大漠苍狼
全集

目录

目录

目录

目录

谨以此文献给在祖国广沃大山中艰苦奋斗过的老一辈勘探工作者。

本故事虚构，如有雷同，纯属巧合。

前言

在写下这一切之前，我考虑了很久，因为很多东西，并不是三言两语就可以说清楚的，有的，到了现在我都不清楚到底是怎么回事，更有很多东西，不符合当时的世界观，本身就不应该流传后世。

而我最后之所以决定记述下来，是因为我感觉这样的事，如果我不说出来，实在是一个遗憾，也是对某些人，甚至可以说是对历史的不负责任。

我是一个已经退休的地质勘探队员，曾经隶属于解放军地质勘探工程连。在那个红色疯狂的岁月中，我们幸运又不幸地游离于“大革命”风暴之外，穿行于中国的大山河川之中，寻找那深埋在地底的财富。在长达20年的勘探生活中，我们穿过了中国80%的无人区域，经历了极端的枯燥与艰苦，也遇到过许多匪夷所思、惊骇莫名的事情。而这些事，你永远也不可能在档案资料中看到。那都是一些“不应该存在”的事实，被永远封存起来了。

这些事情，有些是我亲身经历的，有些是我从老一辈的同志口中听来的，我们之中的很多人，都遵守着自己当年的誓言，没有把这些东西公布于众。我现在也不可能使用报告文学的方式来阐述它，所以请记住，你看到的，只是一本小说而已。

一、当年的七二三工程

我的地质勘探生涯延续了20年，经历了不下数百次可能危及到生命的情况，但在我早年的记忆中，最致命的东西，却不是天涧激流，而是那无法言喻的枯燥。曾经有很长一段时间，我看到连绵不绝的大山和丛林，都会有一种窒息的感觉，想到我还要在那里面穿行十几年，那种痛苦，不是亲身经历的人，真的很难理解。

但是这样的感觉，在1962年的那一次事件后，就消失得无影无踪了。因为那次事后，我知道了，在这枯燥的大山之内，其实隐藏着很多神秘的东西，有一些，就算你穷尽大脑的想象力，也无法理解。同时我也理解了老一辈勘探队员那些对于大山敬畏的话语，并不是危言耸听。

1962年事件的起因，很多做勘探工作的老同志可能都知道，如果年轻的读者有父母从事勘探工作的，也可以问问。当时有一个十分著名的地质工程，叫做内蒙古七二三工程，那是当年在内蒙古山区寻找煤矿的勘探部队行动的总称，工程先后有三个勘探大队进入了内蒙古的原始丛林里，进行区块式的勘探。在勘探工作开始两个月之后，七二三工程却突然停止了。同时工程指挥部开始借调其他勘探队的技术人员，一时间，基本上各地勘探队所有排得上号的技术骨干，都被摸底了一遍，写表格的写表格，调档案的调档案，但是却没有一个人知道那些表格和档案最后是被谁收去了。

最后，确实有一批勘探技术人员，被挑选借调入了七二三地质工程大队。

当时事情闹得沸沸扬扬，很多人都传七二三在内蒙古挖到了什么了不得的东西，至于挖到了什么，却有十几个版本，谁也说不清楚。而1962年事件之外的人，往往了解了也就到这里结束了，后面的事情，随着“文化大革命”的恶化，没人再去理会。那批被卡车送入大山里的技术人员，也很快被人遗忘了。

当时的我，就在这批被遗忘的地质工程技术兵之中。据我后来了解，七二三总共挑选了24个人，我们都是根据军区的调令，从自己当时工作的地质勘探队出发，坐火车在佳木斯集合，也有少部分直接到齐齐哈尔。在那两个地方，又直接被装上军车，一直就晃晃悠悠地从黑龙江开到了内蒙古。早先军车还开在公路上，后来就越开越偏，最后的几天路程，几乎都是在盘山公路上度过的。在去之前，我一点也不知道那里到底发生了什么事情，但是听了几耳朵一路上同行人员的说辞，我也感觉到了，山里发生的事情，确实可能不太正常。

不过那时候我们的猜测，还是属于行业级别的，大部分人都认为可能是发现了大型油田，其中有一些参加大庆油田勘探的老同志还说得绘声绘色，说当时大庆油田发现的时候，也是这样的情况，勘探队发现油气田了，也是全国调配专家，经过了几个月的讨论验证，才确定了大庆油田的存在。

这样的说法，让我们在疑惑之余，倒也心生一股被选中的自豪。

等到卡车将我们运到七二三地质工程大队的指挥部，我们立刻意识到事情没有我们想得那么简单。我们下车的时候，首先看到的是山坳里连绵不断的军用野战帐篷，大大小小，好像无数个坟包，根本不像是一个工程大队，倒像是野战军的驻地。营地里非常繁忙，其中人来人往全是陆军工程兵，我们就傻眼了，以为上头疯了决定要攻打苏联了。

后来才发现，那些帐篷并不都是行军帐，大部分其实是货帐，几个老资格的人偷偷撩起帐篷看了几眼，回来对我们说里面全是苏联进口的设备，上面全是俄文，看不懂是什么东西。

那个时代我们的勘探设备是极端落后的，我们使用的勘探办法，和新中国刚成立的时候差不了多少，国家只有少量的“现代化仪器”，其中大部分都是用极高的价格从苏联买来的。像我们这些基础技术兵，从来没有机会看见。

问题是，当时这种设备，都是用于深埋矿床勘探的，勘探深度为1000到1500米，而以当时的国力，根本没有能力开发如此深埋的矿床，就算坚持要搞，也需要经过五到七年的基础设施建设才能投产，属于远水解不了近渴。所以对于发现这样的矿床，国家的政策一向是保密封存，并不作进一步的勘探，留给子孙后代用。我们当时最大的勘探深度只有500米左右。

这里竟然会有这样的设备，就使得我们很纳闷，心里有了一丝异样的感觉。

当夜也没有任何的交代，我们同来的几个人被安排到了几个帐篷里，大概是三个人一个帐篷。山里的晚上冷得要命，帐篷里生着炉子也根本睡不着，半夜添柴的勤务兵一开帐子冷风就飕飕地进来，人睡着了也马上被冻醒，索性就睁眼看到天亮。

和我同帐篷的两个人，一个年纪有点大，是20世纪20年代末出生的，来自内蒙古，似乎是个有点小名气的人，他们都叫他老猫，真名好像是毛五月，我说这名字好，和毛主席一个姓。另一个和我年纪一般大，大个子膀大腰圆，一身的栗子肉，蒙古族，名字叫王四川，黑得跟煤似的，人家都叫他熊子，是黑龙江人。

老猫的资格最老，话也不多，我和熊子东一句西一句唠，他就在边上抽烟，对着我们笑，也不发表意见，不知道在琢磨什么。

熊子是典型的北方人，热情不夹生，很快我们就称兄道弟了。他告诉我，他爷爷那一代已经和汉族通婚了，一家人是走西口到了关内，做马贩子。后来抗战爆发，他父亲参加了华北野战军的后勤部队，给罗瑞卿养过马，在新中国成立后又回到了黑龙江老家，在一个煤矿当矿长。

他因为这层关系才进了勘探队，不过过程并不顺利。那时候国家基础工业建设需要能源，煤矿是重中之重，他老爹的后半辈子就滚在煤堆里了，偶尔回家，也是张嘴闭嘴矿里的事情，连睡觉说梦话都还是煤，他老妈没少为这事和他爹吵架，所以他从小就对煤有强烈的厌恶感。后来分配工作的时候，他老爹想让他也进煤炭系统，他坚决拒绝了。当时他的梦想是当一个汽车兵，后来发现汽车兵是另外一个系统的进不了，最后在家里待业了半年，只能向他老爹妥协。但是他那时提了个条件，希望在煤矿里找一个最少接触煤的行当，于是就进了矿上的勘探队，没想到干得还不错，后来因为少数民族政策被保送上了大学，最后到了这儿。

我听着好笑，确实是这样，虽然我们是矿业的源头，但是我们接触到矿床的机会确实不多，概率上说，确实我们遇到煤矿的概率最低。

他说完接着就问我家的情况。

我的家庭成分不太好，这在当时不算光荣的事情，就大致告诉他是普通的农民。

其实我的爷爷辈也确实算是农民，我祖上是山西洪洞的，我爷爷的祖辈是贫农，但是我爷爷据说做过一段时间土匪，有点家业，土改的时候被人一举报，变成了反动富农。我爷爷算是个死性子，就带着我奶奶我爹我二叔跑了，到了南方后让我爹认了一个和尚做二舅，随着那和尚才把我爹我二叔的成分定成了贫农。所以说起我的成分是贫农，但是我爷爷又是反动派，这在当时算是可大可小的事情。

聊完背景又聊风土人情，聊这儿发生的事，我们一南一北，一汉一蒙，有太多的东西可以说，好在我们都是吃过苦的人，熬一个夜不算什么，第一个晚上很快就这么过去了。

第二天，营部就派了个人来接待我们，说是带我们去了解情况。

我对那人的印象不深，好像名字叫荣爱国，年龄在30到40岁之间的样子（搞勘探的，风吹雨淋，普遍都显老，所以也分辨不出来）。这个人有点神秘兮兮的，带我们四处看也是点到为止，问他问题他也不回答，很是无趣。

从他嘴里，我们只听到了一些基本的情况，比如说七二三其实是三年前就开始的项目，但是因为人员调配的原因直到今年头上才开工云云，其他就是食堂在什么地方，厕所怎么上之类的生活问题。

之后的一个月，事情却没有任何进展，我们无所事事地待在营地里，也没有人来理会我们，真是莫名其妙，老资格的人后来忍受不下去，在我们的怂恿下几次去找荣爱国，却被各种理由搪塞掉了。

此时我们已经严重感觉到了事情的特殊性，大家都人心惶惶，有些人甚至猜测是不是我们犯了什么事情，要被秘密处决掉了。这种事情样板戏里很多，我们听了传言只能心里直发涩。

当然更多的是一些无意义的猜测。内蒙古的秋天已经是寒风刺骨，南方过来的人很难适应，很多人都流了鼻血，在我记忆中，那一个月我们就是在火炉炕上，一边啃玉米窝头聊天，一边用破袜子擦鼻血度过的。

一个月后，事情终于出现了变化，一个星期三的清晨，我们迷迷糊糊地重新被塞上了卡车，和另外两车工程兵，继续向山里开去。

此时我的心情已经从刚开始的兴奋和疑惑，变成了惶恐，透过大解放军车的篷布，看向临时架设的栈道外连绵不绝的山峦和原始森林，再看看车里工程兵面无表情的脸，气氛变得非常僵硬。所有人都没有说话，大家都静静地靠在车里，随着车子的颠簸，等待这一次旅途的终点。

二、目的地

山里的路都是工程兵临时开出来的，一路上到处可见临时架设的桥和锯断的树木，不过这种临时的山路，依然和真正的路有巨大的差距。我们大部分时间都是沿着山坳走，很多地方，都只是开出一道树木间可以通过的“空隙”而已，一路上的颠簸和曲折，已经不能用语言来形容。

在车上的时候，我们还曾经试图推算出我们所在的位置和要去的地方，根据来之前听到的消息，七二三工程部应该在大兴安岭地区，但是一路过来又感觉不是很像。有去过大兴安岭的人告诉我们，这里连绵的原始森林和其他地方并无差别，但是显然地势地貌并不相同，气温也没有大兴安岭冷得那么霸道，说起来，倒有可能是内蒙古狼山一带。而现在，显然是要把我们带入森林深处。

这些当然都只是推测，其实直到现在，我们也不知道当时那一片区域到底是哪里，按照老猫后来的说法，他说那一片山区的广阔程度，让他感觉我们甚至有可能已经过了中蒙边境，是在蒙古的境内。

这一路走得极其艰苦，因为车是跟着山坳的走向走，而山坳是随着山脉走，车在山里绕来绕去，我们很快就失去了方向感，只能坐到哪里是哪里。车又开得极其慢，中途不时地抛锚，车轮还经常陷在森林下的黑色落叶土里。我记不得有多少次在瞌睡中被唤起来推车了，最后到达目的地，已经是四天五夜之后。

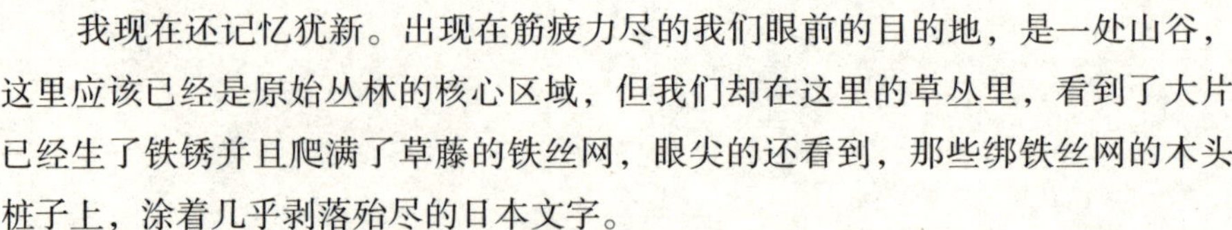

我现在还记忆犹新。出现在筋疲力尽的我们眼前的目的地，是一处山谷，这里应该已经是原始丛林的核心区域，但我们却在这里的草丛里，看到了大片已经生了铁锈并且爬满了草藤的铁丝网，眼尖的还看到，那些绑铁丝网的木头桩子上，涂着几乎剥落殆尽的日本文字。

在那个年代，大家对于这种场景都不陌生。这里是东三省，日本建立伪满之后，在这片土地上偷偷干了不少事情，我们搞勘探的时候也经常在山里看到被日本人废弃的秘密掩体和建筑，大部分在他们撤离的时候被浇上汽油整个儿焚毁了。有些建筑里的设施都很古怪，我在东北曾经看到过一座三层楼，里面的房间都只有半人高，没有楼梯，上下靠一根锁链，根本不知道是用来干什么的。

穿过铁丝网、树木之后出现了很多破败的木制简易屋，上面爬满了几层草蔓，屋顶都被树叶压塌了，看样子废弃了没40年也有30年了。在简易屋的一边，有我们解放军的卡车和十几个军用帐篷，几个工程兵看到卡车过来，都走到跟前帮我们接行李下车。

我们在这里又看到了荣爱国，但是他没跟我们打招呼，只是远远站着看我们，表情还是一如既往的严肃。

后来想想，这是我最后一次看到他，事实上，他到底是不是叫荣爱国，我也不能肯定。这个事件结束后，因为工作关系，大部分人我在后来都不止一次见到，唯独这个人，之后我就再也没有听说过。当时也问过很多工程兵部队的老军官，其实不乏一些人脉相当广、待过很多连队的政委，但他们都告诉我不知道这个人。所以我后来想想，这个荣爱国的身份并不简单，肯定不是普通的工程系统里的人，当然，这是后话，和这个故事一点关系也没有。

下了车之后，我们被安顿到了那些简易木屋里，那些房子以前是给日本兵住的地方，各种家具都很齐全，只是破败得实在太厉害了，木头一掰就酥。我们进去的时候，发现屋子已经简单收拾过了，撒了石灰粉杀虫子，但几十年的荒废是收拾不干净的，木头床板一抖全是不知名的死虫，木头非常潮湿，根本没法睡，我们只能用睡袋睡在地上。

我个人很不喜欢那些简易木屋，感觉在里面气氛很怪，相信和我同年代出生的人都有这样的感觉，一站到和日本有关的地方，就会感觉到一种沉重，很难释怀。无奈当时无法选择。

收拾完后，有小兵来带我们去吃饭。

我们几个混得比较熟的人，都跟着老猫，因为这里似乎就他最有谱。我看见他下车的时候，看着那些帐篷似笑非笑了很长时间，好像知道了会发生什么事情一样。老猫这个人喜欢玩深沉，我站在他身边，就感觉比较有安全感。

一个下午无话，傍晚时分，我们被带到了一个帐篷里，二十几个人闹哄哄地席地而坐，前面是一张幕布，后面是一台幻灯片机器，我们叫做拉洋片机。这摆设一看就知道，这是要给我们开会了。

主持会议的是一个大校，我以前应该见过他，但是想不起来是在哪里。他先是很官方地代表七二三欢迎我们的到来，又对保密措施给我们带来的不便道歉。当然，脸上是看不到任何一点歉意的。接着也不多说废话，用一听就是廊坊人的口音，直接对我们说道："接下来开会的内容，属于国家绝密，请大家举起手跟我一起宣誓，在有生之年，永不透露，包括自己的妻子、父母、战友以及子女。"

对于发誓我们都习以为常，很多勘探项目都是国家机密，进入项目组都必须宣誓保密，而那个年代对于这种宣誓也是相当看重的，这叫做革命情操，不像现在，发誓可以当饭吃。

当时国家保密条例把秘密分为三个等级：秘密、机密、绝密。一般的勘探项目，比如说大庆油田的勘探，虽然属于国家机密，但还有照片可以上报纸。国家绝密的勘探项目，我们都没有遇到过，也不知道这里面到底有什么惊世骇俗的事情，猜也猜不出来。

大家郑重其事地发誓，很多人都互相对视，显然对折磨我们这么久的悬念的即将解开，有点期待。当然也有很多人不以为然，因为那时候也经常有雷声大雨点小的事情，很多时候搞得神秘兮兮的，搞个国家绝密，最后一看也不过是屁大的事情，只不过牵扯到某些"老人家"的行踪，或者生活习惯之类的东西。

后来有人总结过，牵扯到民生的，那叫秘密；牵扯到经济军事方面利益的，叫做机密；关于"老人家"或者某些无法解释、颠覆世界观的，才能叫"绝密"。

什么年头都有刺头，我看见前面的老猫，宣誓的时候，另一只手在大腿上画了个叉，意思是这次宣誓不算。这个有点江湖上要小诡计的意思，而我自己也是不以为然。也是因为家庭出身的关系，我家里在新中国成立前干的勾当，比违背誓言缺德多了，也没见得我父亲有什么心理阴影。而且，现在这个时代，我说出来，别人也未必会信。

各怀着各的心思，仪式完成后，大校把灯关了，后面有人开始放幻灯，而幻灯一打起来之后，我就发现自己太没见识了——那幻灯机其实是一架小型的放映机。

那是个新奇的东西，我们平时看的电影屏幕很大，如今有这么小的，感觉都很好奇，不过我们也只是稍微议论了一下就被大校用手势压了下去。接着，所有人都鸦雀无声地看到了一段大概20分钟长的黑白短片。

我只看了大概10分钟，就感觉到了一股窒息，知道了这一次这么严肃的保密工作绝对不是虚张声势。我们现在在看的影片，是一段绝对不能泄密的《零号片》。

三、《零号片》

所谓的零号片，是一个代称，源于哈尔滨电影制片厂在1959年初冬开始拍摄的一部关于大庆油田的影片，这部影片被命名为《零号片》，只有高级别的中央高层才能观看，其内容涉及了大庆油田早期勘探、定位、开发、石油大会战等场面和细节。此后，我们习惯性地把拍给中央高层看的机密影片，称呼为零号片。真实的零号片最后到哪里去了，无人知晓，我们行内曾经有人说，因为影片中牵扯到了黄汲清和李四光的事情，所以影片最后像是被人为销毁了，事实究竟如何，那是“文革”中无数理不清的事情之一了。

我们所看的这一段影片，十分简略但是清楚地介绍了我们这一次借调的目的。我在这里只能简要说一下短片的内容，需要提前说明的是，在当时的环境下，我们都不可能怀疑这短片的可信程度，不过现在看起来，有些片段实在很难让人相信。

事情大概是这样的：

1959年的冬天，在扑灭大兴安岭南麓一次火灾的时候，救火的伐木工人在一个泥泡里发现了一架日本运输机的残骸。据说当时大火把泡里的水都烤干了，泥面下降，露出了一只折断的机翼。

当地的伐木工人当时并没有认出那是一架飞机，他们爬进飞机的残骸里，从中拿出了很多零件，这些零件后来辗转到了伐木工厂的干部手里，后来又转到了县里，被一个退伍的军官看到，这件事情才得以层层向上通报。

当时对于这种军事遗留器械，高层领导是相当重视的，一方面它可能有相当的军事研究价值，一方面也可能有遗存的杀伤弹药，所以中央当即就派人处理此事。

有关方面把飞机挖出泥潭，检查机舱时，惊讶地发现，这架飞机上运送的，全部都是关东军对于东三省和蒙古局部地质勘探的文件。

我们都知道，日本占领关东之后，在满蒙花了很大的力气寻找矿产，其中最主要的是石油，但是不知道为什么，小日本当时的钻探深度普遍不高，找来找去都没有线索。他们的勘探队甚至几次在大庆油田矿层上走过，都没有发现底下的宝藏。之后日本一直认为中国是一个贫油国，直到后来黄汲清发现大庆油田，才扭转了这一观念(其实在日本占领东三省之前，美国人也找过，也是什么都没发现。这在我们现在想来，实在是一件很奇怪的事情)。

但是日本的基础勘探工作，却是做得一点也不马虎，当时苏联红军进攻关东军的时候，我们的地下工作者曾经想找出这些文件，但是失败了。后来这些东西就不知所终，中国人认为被苏联缴获了，苏联人认为日本销毁了，日本人认为中国人和日本投降军秘密达成协议拿去了。三方面都没有想到的是，这些资料其实是躺在中国大兴安岭的泥沼里整整20年。

这些资料是宝贵的，后来在一定程度上，特别是内蒙古某几个大型浅层矿产的勘探上，起了很重要的参考作用。

而从这些资料上，我们可以看出日本人做事的严谨，所有的勘探资料都分类封在了牛皮箱子里，不同的信息用不同颜色的封皮，这些东西后来在北京档案局的机密工作组里，被严格地分类。

这本来是一件很普通的事情，然而一件事情的发生，却使得这一次意外变得十分特别。

因为这些文件全是用日文书写，且有大量的地质勘探数据，需要翻译人员和地质勘探人员互相协作，整理工作十分缓慢，而在这期间，发生了一件事情：其中一个档案员，在编号0-34的一只皮箱子底下，发现了一只奇怪的黑色密码铁盒。

那是一只十分古怪的盒子，被压在箱子底下，很不起眼，但是盒子上的密码锁十分精密，一看就知道是军队用的东西。

这里面是什么东西呢？当时这只盒子上报上去后，引起了高层强烈的兴趣，他们找来了专家会诊，费了九牛二虎之力，使用化学药水将盒子破坏，才从这只神秘的盒子里，取出了一份关键字用密码写成的地质勘探资料。

当时他们很奇怪，为什么这一份资料要特别保存，这一份地质勘探资料所勘探的地区，难道和其他地方有什么不同吗?

中央怀疑可能这一份资料中有日本人当年寻找石油的线索。但是这份资料所有的关键信息，都用密文书写，日本人的密码相当的厉害，当时无法破译，而掌握日本人电码本的是美国人，当时抗美援朝打完没几年，完全无法和美国鬼子商量借来看看。所以我们根本就不知道具体的内容，只能看出勘探的地点和范围。

于是按照资料上的记载，当时已经在实施的七二三工程组建了一个特别的项目组，其中三支勘探队中的一支，秘密带着那份资料，进入了这里的丛林，寻找上面记载的线索。后来，果然，他们在丛林里发现了我们现在所在的这个日军临时基地。

但是，这里已经是人去楼空，所有的东西都烧掉了，连一张纸头都没有，只能通过附近的一些痕迹，判断当时日本人确实有一支勘探队在附近进行过地毯式的勘探，其广度甚至包括了这里80%的山区丛林。

然而我们自己的勘探队在附近进行了一次普查式勘探后，却没有任何的结果，地表上什么都看不出来。浅层挖掘也什么都没有，这个地方没有任何值得地质勘探的特征。

日本人的极度重视，和我们自己队伍的毫无发现形成了强烈的对比。当时七二三负责人直觉到了事情的特殊性，于是，怀着对日本勘探数据的信任，以及石油存储地层的深度的依据，中央作了一个决定，就是动用了从苏联引进的“地震勘探设备”对这一块区域进行地震勘探。

这是一种当时比较先进的技术，这里抄一段说明，来解释这种设备的工作原理:

在地表以人工方法激发地震波，在向地下传播时，遇有介质性质不同的岩层分界面，地震波将发生反射与折射，在地表或井中用检波器接收这种地震波。收到的地震波信号与震源特性、检波点的位置、地震波经过的地下岩层的性质和结构有关。通过对地震波记录进行处理和解释，可以推断地下岩层的性质和形态。地震勘探在分层的详细程度和勘察的精度上，都优于其他地球物理勘探方法。地震勘探的深度一般为数十米到数十千米不等。

中国从1951年开始进口这种设备，到这时已经有了一定的实际操作经验，这种设备一般用于超深矿床的勘探，发展到现在，勘探反馈的数据的是三维的，十分牛逼，当然这些数据对于普通人来说，依旧只是一大堆极其混乱的曲线。

之后，通过“地质数据成像”演算，可以把这些曲线还原成大概可读的黑白胶片。现在我们的勘探已经有相关软件，可以实时生成，当时则需要人用手摇计算机来算。当然，这些都是科学家做的事情，对于我们这些基础技术兵来说，无疑是听天书，我们只能看懂地质成像之后的那种黑白胶片。

那次地震勘探进行了大概有5个月时间，收集的数据汇拢之后，的确有了发现，但是那个发现，却让人瞠目结舌。

勘探显示，在这块区域地下1200米处，出现了地震波的异常反射。在胶片上显示的是，一块非常突出的形状不规则的白色影子，好像一个十字架，精度精确得吓人，是49米长、34米宽，好像是嵌在地下1200米处岩壳里的一块金属块。

看到这个镜头的时候，我们都议论纷纷，感觉很不可思议，然而等到影片里的技术人员把那个十字小点放大，一下子四周又全部静了下来。

原来那个十字形的白色影子，放大200倍之后，明显现出了几何的外形，所有人都一眼认出来那是什么东西——那竟然是一架轰炸机！

我花了好长时间才明白过来，这种情况也就是说，我们发现，在日本人当年勘探的地方，在地下1200米处的地质岩壳里，竟然镶嵌着一架轰炸机！

四、“深山”

写到这里，很多人会认为我是在胡扯。

确实，这实在是匪夷所思的事情，我们所受的都是相当务实的教育，那个时代是标榜唯物主义的时代，很多无法解释的事情，都会用非常牵强的理由硬把它说通，所以我根本没有接受这种事情的经验，当时我的第一反应也认为是胡扯，这是无稽之谈。

不过后来回头想想，这其实并不难解释。因为事实上，如果一件事情既成事实了，那么总有它成为事实的方法。

这里插一句，这部《零号片》到了这里就结束了，因为我当时心里震惊，所以并没有感觉到影片在这里结束有什么突兀。后来才知道，这一卷零号带，后面还有很长的内容，当然，等我知道这些事情的时候，这些被隐藏的内容也早已经失去了意义，而这些内容被隐藏的理由，我最初得知的时候很不理解，直到后来我带队了，才明白当时那批领导的想法。人的成熟总是需要代价的，想想这一辈子，我的每一次成熟几乎毫无例外都伴随着牺牲和谎言，实在是无奈。

之后大校和我们进行了一些交互讨论，很多人认为这可能是巧合，下面可能有地质大灾难时期形成的硫化铁或者纯铁的凝结块，碰巧是这个形状。但是那大校告诉我们：根据仔细的外形分析，这应该是一架日军的“深山”，那是一种很冷门的重型轰炸机，日本人一般用它当运输机，是在二战末期投入使用的，数量很少。所以巧合的可能性非常低。

既然不是巧合，那就首先要在事实下作推断，大校对我们转述了当时的勘探组和很多专家得出的结论，当时那些人是这样推断的：

首先命题是，确实他们发现了一架深埋在地下1200米处的日本轰炸机。他们不否认这东西存在的可能性，而是去考虑这东西是怎么被弄下去的。

这样的事情只有唯一的解释，按照唯物论，如果飞机不是通过扯淡的空间扭曲出现在那里的，那肯定就是日本人自己搬下去的。

同样，要到达那里，必须有一个通道，而把飞机整体开下去，也显然不可能，所以飞机必须在解体状态下才能搬过去。

那么事情就可以假设得非常明白：

日本人当年在这里，不知道用了什么方法，挖了或是找了一条通往地下深处的通道，接着，日本人把一架“深山”化整为零运下去，然后在通道的尽头——地下1200米处的地方把“深山”重新组装了起来。

这看似极端离谱的推论，是他们能思索出来的唯一合理的可能性。

而要证实这样的假设，有两个前提，一是找到那条通往地下的通道，二是找到这里堆砌过大量设备的痕迹。

大校说，他们在附近发现了大量防冻机油的痕迹，应该算是证明了第二条。现在这里的工程兵，正在大范围搜索，希望能找到第一条前提。而一旦找到通道，就要组织人下去，看看下面到底是什么情况。

这也就是我们之所以来到这里的原因。

会议到这里就结束了，大校又重复了一遍保密条例，然后让我们自由活动。他一出去，整个帐篷里就炸开锅了，几乎骚动了起来。我们不是害怕，说实话要说钻洞勘探，我们这些人都有经验，谁也不会怕，我们当时是兴奋，在枯燥的勘探工作中，这样的事情无疑相当吸引人。

后来回帐篷后，所有人都兴奋得睡不着，我们虽然都相当的累了，但还是在各个帐篷里钻来钻去，发泄情绪。那个晚上，我记忆中只有老猫是在睡觉的，其他人几乎都是彻夜未眠地沉浸在兴奋里。

不过，现在想来我有点奇怪的是，当时讨论了那么多，竟然没有一个人提出那个问题：日本人在几十年前，如此艰苦地把一架飞机运到地下去，是为了什么目的？

这里的勘探记录，特别锁在了密码铁盒里，显然是特别的机密，可以推测出机密到连运送的人员都没有资格看。从行业范围来看，他们显然最开始，是在这里进行普通的地质勘探，而在勘探的时候，他们必然是发现了什么，接着，才做出了这么一件匪夷所思的事情。

为什么呢？我猜想，当时所有人的心里应该都有这个疑问，但是他们都知道，这个问题拿出来讨论，在当时是一点意义都没有的。所以，所有人选择了选择性的失忆。

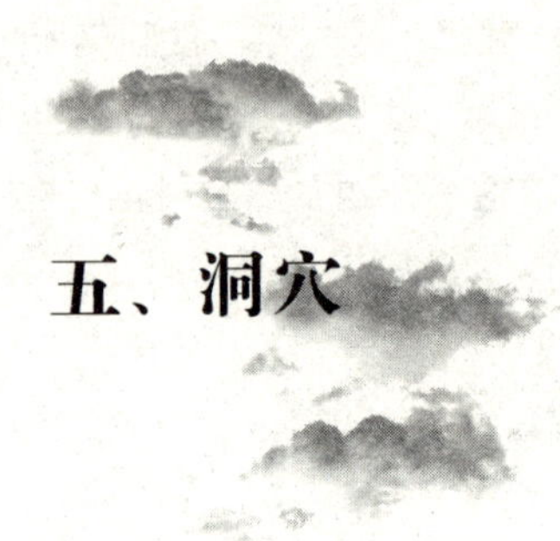

五、洞穴

接下来的时间，可以说是在焦虑与期待中度过的，工程兵全体出动，进行地毯式的搜索，我们提出也要帮助搜索，但是被大校坚决拒绝了，也没有给我们什么理由。当时我们也没有深想拒绝背后的含义，只是天真地认为这是一种保护措施，像我们这样身份的基层专家，在地方上确实是被宠坏了，我们只好仍旧讨论着，等待着丛林里的消息。

唯物主义的胜利发生在12天后。据说一支工程兵分队在5公里外的山上发现了一条废弃了很久的车道，顺着车道又找出去3公里，在一个山坳里，又发现了一个大型的构造洞，呈现裂缝状，宽足有30米。洞口架着隐蔽帆布，上面全是落叶，一开始根本发现不了，有人不小心踩上去了才知道。

洞口相当大，入洞20到30米来看，开始段是一个垂直洞，因为没有带足够的装备，工程兵没有深入。但是很有可能就是入口。

中午那个大校就发了通知，说八九不离十了，后天就过去，让我们做好准备。

大部分人一下兴奋到了极点，也有些人开始紧张，洞穴是世界第五极，地质勘探经常要进洞穴，危险性我们是知道的。大家马上进入了工作状态，各干各的，都没有什么废话，整个营地一片井然有序的气氛。

看着老猫就面有悻然，我这几天越来越佩服老猫，这么刺激的事情，在他脸上看不出一点变化来，他还是那个德行，一张老脸似笑非笑，好像对什么都不在乎。别人准备得热火朝天，他却根本不动，只站在台阶上看着我们。

我看他那个样子，心里有点好奇，总觉得这人好像知道点什么我们不知道的事情，他看我们的眼神，也实在不是什么好的眼神。

其实，每个年代都有那个年代下典型的一种人，老猫就是那个年代所特有的一类人。他们十分聪明，曾经特别留意很多不应该知道的事情，所以了解很多表面下的真相，也知道自己无力改变这种事情。这种人敏感而狡猾，而且享受那种众人皆醉我独醒，但是我又不叫醒你们的优越感。

这当然是我这几年回头看的时候总结的，当时，我对他这种人是好奇的，就好像现在的小孩子看到那些特立独行的青年偶像时的感觉，总想着去接近这个人，然后成为他的同类。

所以当天晚饭的时候，我就找了几个机会，凑过去问了他，是不是有什么想法。

他一开始只是对着我笑，什么也不说，后来我递了几支烟他才松口，抽了几下对我说，他感觉这事情，不对。

首先，那个洞肯定是在我们来之前就找到了，不然不可能这么大剌剌下调令找来这么多人，五公里的搜索范围，他们在这里这么长时间了，会到现在才发现？

其次，那洞的下面肯定有岔洞，否则，根本也不需要这么多人。

他不知道七二三那些人在要什么花枪，这些事情不直接告诉我们，显然里面很有文章。总之，很多地方都非常奇怪，特别是那飞机的事情，太扯了。他感觉不太妙。

说完他拍了拍我，对我说，接下去，要千万小心。

我对老猫的话不置可否，对他的印象有点跌落，感觉他有点想太多了。这事情确实不简单，不然不会有这么大的阵仗，而就算真的有问题，我也认为别人肯定有隐瞒的理由。

那时候也没心思想这么多，他最后的话也没放在心上，我们当天准备好装备，第二天休整了一天，还发了枪，第三天，就和一个排的工程兵向那个山坳出发了。

因为没有牲口，我们都是步行，一行人背着不少东西，还带着狗，预计要走一天时间。

不过，我有点意外的是，那一天的行程中真的没看到老猫，一问才知道，这老贼在早上说他发高烧，去不了了。

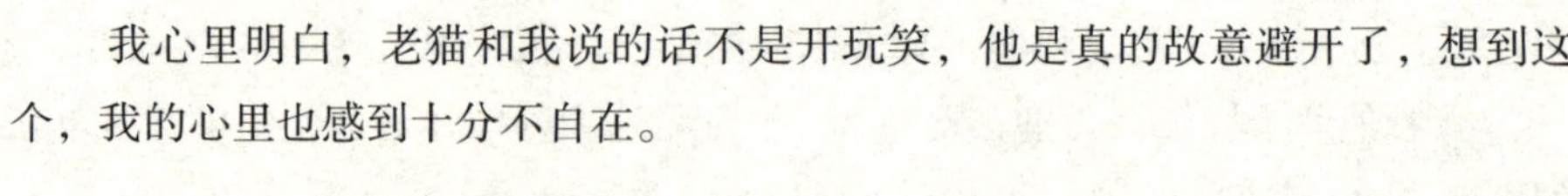

我心里明白，老猫和我说的话不是开玩笑，他是真的故意避开了，想到这个，我的心里也感到十分不自在。

一路行军，对环境的感受比在车上又直接一点。这里每个人都背着枪，王四川告诉我，能背枪应该是在中蒙边境，因为如果是中苏边境，背着枪是很危险的，苏联人有时候会放冷枪过来，所以一般不武装，而蒙古流寇很多，需要火力防身。

但因为全部是在山坳里走，看不到整体的地质地貌，想要进一步推断是在哪里，很困难。而且走路消耗了所有的精力，根本没办法说话。到了后来，我眼前只有我前面那个人的背，连抬头看其他地方的力气都没有。

就这样，闷头走路，实际上我们在丛林里跋涉了一天半，到第二天的中午，才到达那个发现洞窟的山坳，比计划的晚了半天。

这倒不是我们脚程太慢，实在是路太难走了，我们以前走山路，从来没有进到如此深的山里，脚下落叶层的厚度实在吓人，一脚一个团子，里面吱吱冒黑水，感觉跟走在沼泽里一样。人一多，总有人落下，所以慢了。

到了那个地方之后，我马上就感觉到，老猫是对的，这个洞窟肯定不是前天才找到的，因为早就有几个帐篷搭在边上，一捆捆的绳子堆得到处都是，这些东西，没十几天肯定运不过来。

但是大部分人都没发现问题，我们这些人和大山打惯了交道，碰到这种事情基本上都不拐弯。我要不是听老猫讲过，也肯定不会注意。

这里的树木长得非常粗壮，树冠遮天蔽日，地下还有灌木，那个洞窟的口子朝天开在一根横倒的巨大枯木后面，很多不知道从哪里延伸过来的根部都长了出来，包住了垂直洞壁的一边。

这是一个典型的地质构造洞（由于地震等地质构造运动形成的洞穴），不是一般意义上的山洞，其实就是山岩壳上的一条巨大的裂缝，最宽处应该有30多米，站在边上朝下看去，下面就是悬崖峭壁，一片漆黑，飕飕往上吹风，也不知道有多深。

洞壁上阳光能照到的地方，有很多蕨类和苔藓，看得出这应该是一个喇叭洞，下面的空间比洞口还要大。在洞口，工程兵已经架上了一张网，一边拉着牵引器和柴油马达，一筐一筐地用军绿色帆布包着东西吊了下去，显然这洞下面已经有人了。

那个大校告诉我们，工程兵已经完成了初期的勘探，洞垂直段有214米深，洞底有活水，是一条地下暗河，我们得坐皮筏子。而且，在洞底横向顺水60米左右的地方，发现了四个岔洞，我们这一批人要进行分组。

我听到这里脑门就开始冒汗，老猫的话在我心里揪了起来——这老家伙也太准了。

六、分组

当时的情况，属于勘探队方面的人一共是23个，四个人一组，一共四个组，剩下的人做后备队支援，每一个组配备半个班的工程兵，作掩护和背装备。

当时的建制，一个班的数量不定。

这里要区分一下，其实勘探队属于特殊技术兵种，隶属于地质勘探工程大队，而工程兵属于陆军兵种，是分属两个系统管的。相对而言，我们自然要比工程兵舒服得多，平时没有部队里的条条框框，并且我们都是有军衔的。

技术兵种在当年还是正规军编制，我们入伍的时候也受过严格的训练。不过，虽然如此，这几年高强度的工作下来，根本不可能维持那种体质，有工程兵在身边，还是很有必要的。特别是洞窟勘探，绳索重量很重，遇到地下断崖或者地质裂隙的时候，消耗量又很大，多几个人带绳子，可以让我们在初期走得更远。

另外显然他们还带了一些自己安排的东西，经常训练的新兵都能负重20公斤行军30公里以上，虽然不知道他们背了什么东西，但看他们的表情还是比较轻松的。

我当时琢磨着老猫的话，想混到后备队那部分人里去，先窝着看看情况。可恶的是排组的时候，是按年纪来的，我在里面算小的，被分在了第二组，和我同组的还有王四川和两个陕西来的，一个叫裴青，一个叫陈落户。

这两个人我也不陌生，我们在克拉玛依石油大会战的时候已经是战友，之后经常在地方上碰到，不过不在同一个单位，见面也通常是我们走他们来，彼此打个照面没什么印象。这一次总算是有深度交流了。

裴青是个少白头，脸上白白净净的看着很年轻，但是头发斑白，很苦大仇深的样子。人有点小骄傲，据说学历很高，是单位的技术骨干，平时话很少，据说还是个招惹桃花的主儿。

陈落户和他正好相反，基层实干出来的，说普通话都不地道，我们有时候讲笑话，他听啥乐啥，整天——你包社咧，饿知道咧，忒噶笑咧，非常有趣。可惜这人有点狡黠，看得出很有小心思，是那种机关里面的小人，我们都不怎么爱答理他。

工程兵方面和我们一起的是当时内蒙古工程兵团六连四班的五个人，副班长好像叫什么什么抗美，四个战士都是陌生面孔，相当的年轻，那时候也不带介绍的，我们就是互相敬了个礼，认了面孔就算了。

武器方面，当时副班长佩戴56式，其他四个人带着54冲锋枪，子弹都带足了。王四川跟他们说太夸张了，在南方的洞穴里可能还有野兽，在这里，最多有蝙蝠而已。这里的洞内温度太低了，冷血动物待不牢，熊之类的东西也不可能爬到这种深洞里去，唯一需要担心的倒是保暖和氧气，但是这些方面，工程兵们显得并不上心。

当然这些兵不可能听我们的，我们自己都拒绝带枪，只是绑上了武装带。装备被分类归到每一个人的身上，我带上了地质铲和地质锤等工具，感到很幸运，这些东西都是可以用来防身的，又不会太重。王四川背了几件餐具，叮叮当当的，对组织上的意见就很大。

准备妥当之后，我们一个一个被牵引器从洞口吊了下去。那经历我至今记忆犹新，200多米吊着下去要不少时间，一点一点，好比荡秋千一样，真是要了我的老命了。我宁可用绳子自己荡下去，也比这么吊着利索。说实话，爬悬崖对我来说是家常便饭，200多米真不算多深，在山东的时候爬峭壁比这里要艰巨很多。

因为整个喇叭洞是曲折的，刚开始的时候还有阳光，下到30米的地方开始转暗，洞的方向改变，再下去只五六米就进入到一片漆黑的状态，此时可以看到下面有灯光照上来。

我一路草草看了看岩壁，很明显的寒武奥陶纪灰岩，显然这个洞是一个复合洞窟，肯定兼有溶洞和构造洞的特点。

很快我就下到了能够看到下面景象的位置，洞的底部足有一个标准操场的大小，底下全是水，水在缓缓流动。这确实是一条地下暗河，不过这在岩溶洞穴里太常见了，我一点也不惊讶。

我还看到下面架着很多临时的铁架子，不知道是日本人当时留下来的，还是我们自己架设的。几只大型汽灯和先行运下来的东西，都堆在架子上，工程兵正在把里面的东西拿出来，都是一只一只折叠好的皮筏。有几只已经充好气，漂浮在水面上。

水似乎不深，很多人都穿着胶鞋站在水里，王四川比我先下去，连烟都点着了，站在一边用手电四处照洞的内壁。

我下到底部的铁架子上，出于职业习惯，注意力马上被这个洞里的情形吸引了过去，打开手电，和其他人一起看四周的岩壁。

几年前刚加入工作的时候，我感觉山洞有一种非常特别的魅力，特别是那种未知的神秘，总让我感觉自己来到了一个不属于人间的地方。我们搞勘探的经常把山洞比作大山的血管，在其中穿行，有时候你可以清晰地感觉到一股股奇特的气息，你自然而然就会意识到——大山是活的。

不过现在我看它的眼光就好像妇科大夫看妇科病一样，只看自己应该看的地方。

这样的洞穴，以前在山西碰到过一个，很多地方叫这种洞为天坑，都说是老天爷砸出来的，大部分都深得要命，不过，这个洞又和普通的天坑不同，它复杂得多。

构造熔岩复合洞是地质构造和水蚀同时作用形成的复杂洞穴，既有千沟万壑、怪石嶙峋的地势走向，又有极端复杂的洞穴体系。说得简单一点，水溶洞的走向一般是比较平稳的，如果坐皮筏子一路顺地下暗河下去，不会有什么大问题，但是地质构造洞就很可能出现非常离谱的断层，可能顺流漂到一定的地方，突然就是一个100米落差的地下瀑布，那就死挺——一点生还的机会都没有。这种洞穴的勘探，我们一般是避免深入的。

不过这一次肯定是逃不了了，我转头想提醒工程兵，最好在钩锚上绑上石头，加重重量。不过回头看的时候，发现陈落户已经在做这些事情了。

我跳下水去，水一直没到膝盖，透心凉，这里两边都各有溶洞，水从一边流出来，流进另一边，看着看着，我走到王四川身后，看到他正聚精会神看着一边的岩壁。

我走过去的时候，他发现了我，然后示意我看看那里，我也用手电照过去，发现他看的地方的岩壁，有被抛光过的痕迹，好像覆盖了一层蜡。

接着他又用手电指了几个地方给我看，都是类似的痕迹。随即我就感觉到很奇怪，和他对视了一眼，朝他使了个眼色，意思是问他："你怎么看？"

他轻声道："这是琉璃化现象，这个山洞里，可能发生过一次剧烈的爆炸。"

七、一些线索

岩石的琉璃化一般发生在火山爆发熔岩流和岩石发生反应之后，需要非常高的温度，而剧烈的爆炸和焚烧也可以导致这样的现象发生。王四川的推断是基本正确的，但事实是爆炸还是焚烧，却有待考证。王四川第一感觉是爆炸，是因为日本人临走的时候，有可能想封闭这个洞穴，一般军队的做法就是爆破山体，不过当时的黄色炸药如果要达到这种效果，用量肯定相当多，那爆炸之后，可能半个山头都会被掀掉。我个人认为是长时间的焚烧，因为如果这里发生过大爆炸，那这个洞肯定不是现在这个样子。

如果是焚烧的话，这个洞应该被持续灼烤超过40小时，不知道当时他们烧的是什么东西。

我们蹚水在洞里走了两圈，暗河的深度并不平均，一脚深一脚浅的，下头有鹅卵石，用手电照水里，可以看到很多小鱼。如果换成在南方，这里绝对是个避暑的好地方。可惜在北方就太冷了点，穿着胶鞋都有点刺骨。

上头的人一个一个被吊下来，其他组的人我也有熟悉的，互相递烟，讨论讨论这洞里的情况，具体的工作都由工程兵在做，我们也不用操心，东西一点一点都被搬到了皮筏子上。

在这一段过程中，我们还说起了日本兵的事情，那几年经常有传闻在山中抓到来不及撤退的日本残兵，有的都已经和野人一样。他们不知道二战的结束，还以为依旧在打仗，不知道这洞里有没有，要是真碰上这样的事情，那就有意思了。

两小时后，全员都下到了下面，八只皮筏子也全部充好气漂在了水面上。

所有人都有点紧张，有些人神经质地不停地说话，整个洞里都很吵，这时候那个大校也被吊了下来，他换了野战的衣服，这时候我才认出来，这人竟然是我军训时的教官，不过显然他已经认不得我了。

大校给我们做了一次动员，大体是注意安全，然后有没有信心完成任务之类的，我们都条件反射地说有！接着他宣布出发，我们各自深呼吸，穿上雨衣，上了皮筏子，就算正式要出发了。

按照地质成像照片上的分析，那架飞机所在的地方就在这条地下暗河的某一段，不过我们勘探出的垂直距离不等于实际距离，河道在地下蜿蜒，其长度不可获知，但必然是远远长于1200米。

我们是第二组，第一组两艘皮筏子被推下下游的溶洞内一分钟以后，我们也出发了，前面的工程兵打开艇灯给我们开路，我们则举着桨，两边撑着不让皮筏撞到洞壁上去。

很快，四周的声音因为洞口的缩小聚拢了过来，光线也收缩到皮筏四周。这时候用手电照水里，可以发现水已经相当深了，这就是构造洞的特点，洞势的变化十分突兀而且巨大。

洞并不宽，到了这里只有10米左右，但是相当的高，往上的裂隙看不到顶，让人感觉处在一道狭窄的峡谷里，手电照上去，还可以看到植物的根系。

这样的景色还是很壮观的，我们都一时看呆了，陈落户还拿出照相机打起镁闪光拍了两张。

往前面漂了30米不到，就出现了岔洞，我们在这里集合之后，各自分开漂进一个岔洞里，这才真正进入到了紧张的地方。搞洞穴勘探，一支50人的勘探队和一支5人的勘探队感觉完全不同。

我们丢下几个无线电浮标，这样一来，前面出现问题的时候，信号会走样，我们能提前预警。

不过水流很缓慢，看着带灯泡的浮标慢慢漂到前面，我们放心地跟了上去。

洞穴勘探的危险性，在小说中往往被夸大，其实只要按照程序，谨小慎微，洞穴勘探还是比安全的，最主要的危险是岩石不稳定，在人进入后洞穴坍塌造成伤亡。此时前面的工程兵全部都紧紧地握着手里的枪，这让我们感觉到很滑稽。

不过，如果没有我们常年累积的经验，看到洞穴前面的黑暗，是人就很难不紧张，这也可以理解。

最初的四小时，一切顺利，我们很快就漂进去2000多米，水流开始急了起来，出现了转弯和台阶样的短瀑布。因为这里水下出现了大块的岩石堆积，四周开始出现一些卡在石头缝里的东西，都是当年人日本人遗留下的东西，比如说木头箱和锈得全是孔的罐头，上面刷了一些模糊不清的编号，我们看不懂日文，不知道是什么意思。

就在我们的注意力被这些东西吸引过去时，我们遇到了第一次障碍，前面的艇突然停了下来，好像被什么挂住了，接着我们的艇一下就撞了上去，艇边上的人差点摔到水里。然后我们的艇就顺着水流头尾掉了个转，和他们挤在了一起。

我们都感觉奇怪，在水面上，什么都看不到，但是两只艇在这里，竟然都硬生生停住了——水下是不是有什么东西？

我们用桨在水里搅了搅，果然碰到了障碍物，用力一挑，竟然从水里挑起一团铁丝网。

“可恶的小日本，竟然还给我打暗桩。”那副班长骂了一声，就让两个工程兵下水，把它给剪了。

两个战士随即脱了衣服跳下水去，咬着手电就潜入水底，水溅上来一片冰凉，冻得我们都一个哆嗦。真是佩服他们说跳就跳的勇气。

没承想，下去没到三秒钟，两个人全部都浮了上来，班长问他们怎么了，一个人哆嗦着说：“报告班长，水下挂着个死人。”

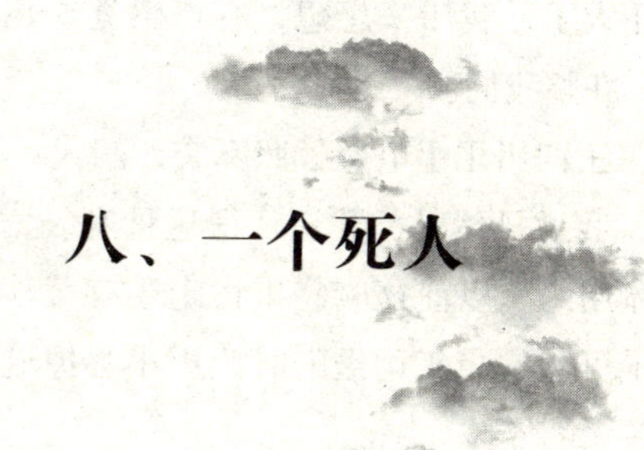

八、一个死人

副班长也脱了衣服跳入了水中，三个人再度潜了下去，水面搅动起来，王四川是个急性子，也脱了衣服露出一身黑皮想下去帮忙，被我扯住了。三个人足够了，再下去一个大块头，肯定帮倒忙。

水下动静很大，牵动的铁丝网扯得我们的筏子晃动不已，我趴在上面尽量保持筏的平衡。很快副班长浮了上来，手里拖着一条青色的东西，接着另两个战士也浮了起来，三个人用力一抖水花，一个麻袋一样的东西一下子从水里被抬了出来。因为他们离我们艇的位置近，这东西直接就被翻到我们的皮筏上，溅了我们一脸。

我们吓了一跳，一开始都以为真是个死人，等仔细一看才发现根本不是。那就是一个腐烂的青黑色麻袋，上面被铁丝网割破了好几道口子，里面全是锈了的铁丝，撑起麻袋后很像一个僵硬的人，大概因为就是这样所以看错了。麻袋非常恶心，一摸一手的锈水，一看就知道在水里泡了很多年了，而且重量极沉，一放到艇上艇尾都翘了起来。

陈落户胆小，当即吓得往后缩，差点就缩到艇外面去了，王四川忙去拉住他。那三个人气喘吁吁地爬回艇上，副班长皱起眉头看了看麻袋，就给了手下两个战士一人一个栗暴，骂道："什么眼神？死人，你家死人是这个样子？"

两个战士也不好意思，挠了挠头。接着又被赶下去剪铁丝网。那副班长显然感觉有点不露脸，对我们解释道："两个新兵蛋子，胆子小。"

其实我们也被吓得够戗，刚才“嘣”的一下那东西被扔到我们艇里，非常吓人了，我后来想想，有点感觉这几个工程兵可能是看我们这些技术兵不顺眼，在整我们。

王四川用手电照了照麻袋，问我：“这是不是日本人留下的东西？”

我说显然是，我还认得这种麻袋，叫做缓冲袋，是爆破的时候用来当临时掩体用的。以前这麻袋里肯定还有黄沙，现在被水冲得一点也不剩下了，这一袋子可能是当年运送的时候不小心掉进水里的。看样子小日本在里头有过一次比较大的爆破。

众人都觉得有道理，我正打算继续解释，突然王四川就把我打断了，他不知道看到了什么，扯起那个腐烂的麻袋，对我道：“不对，老吴，这真的是个死人。”

说着他撕开已经酥软得好比腐烂的棉絮一样的麻袋，我们看到，里面缠绕的铁丝之间，束缚着一具骸骨，铁丝紧紧地缠绕在骸骨上面，把他的身体卷成一个茧。那人显然死前经历过一番剧烈的挣扎，所以整个麻袋才会呈现出那奇怪的样子。

尸体已经半白骨化，这个人几乎瘦得没有多少东西可以腐烂，所以到了现在，铁丝还是缠绕得非常紧。而在看到尸体那张极度痛苦扭曲的面孔时，我们都感到一阵战栗。

时隔将近40年，当时的情形我还历历在目，这是真真正正的事情，我一点儿也没有夸张，我确实在那个洞里，看到这样一具尸体，那种头皮发寒的感觉，我到现在还无法忘记。而没有亲眼见到的人根本无法理解那种景象，日本人竟然能够想出把中国人活活当成爆破的缓冲袋这种丧心病狂的事情来。

我们沉默了很久，王四川在我们中是最性情的，面色比包公还黑。

当时的气氛一下子就被这尸体搞得很严肃，那两个小兵剪断铁丝网后爬上来，看我们的表情，都不知道我们吃错了什么药，莫名其妙。后来，我们把尸体推回水里，才继续出发。

后面的水路就一路无话，开玩笑也觉得不合适，我们为了转移注意力，都把目光投向一边的岩壁。

随着地势越来越低，洞里的地质构造也开始变化，越来越显现出光怪陆离的景象来。石灰岩水溶洞的特点开始替代构造洞的特点，出现石瀑布和渗水现象，我们都戴上了雨篷帽。

但从表面证据看，现在很难说这里的溶洞体系是早于地质构造洞的产生，还是相反的情况，地质构造洞的年龄一般是在亿年以上，而溶洞体系的年龄就在十万到两亿年不等，弹性太大，没有什么可比性。

不过，一般来说，普通的喀斯特地貌中的地下大型暗河溶洞体系好像一个网兜，一层套一层，四通八达，无章可循，绝对没有哪条河道让人观光一样往下走的道理。有理由相信，应该是在亿年之前这里海洋崛起高山的造山运动时，形成了这个地质构造洞系，接着暗河形成，然后暗河的冲刷这里的石灰岩，溶洞特征才开始出现。

而越往下走，因为渗水作用，表层的石灰岩质都被带到了洞系深处，下面的溶蚀会更加厉害。但是到了一定的深度，洞穴又会返回到原始的地质构造洞形态，因为地面的压力太大，喀斯特地貌形成的溶洞根本无法承受如此巨大的压力。

这些是当时我们探讨后的结果，而我们都感兴趣的是，这条暗河的尽头会是哪里？如此大的水量，尽头如果没有一个地下湖的话，很难想象这些水会全部渗透进岩石的缝隙里变成地下水。

我们也计算了大概需要的时间，按照现在的缓坡，不计算绕道，算绝对时间的话，我们离垂直1200米深处的距离应该是16公里，如果不出意外，晚上按时休息的话，我们将在明天早上十点到达。当然，前提是我们走的这条岔洞是正确的，且河道没有任何的曲折，否则就是一个X，鬼知道我们会到达什么地方。

我们的预测在刚开始完美地被事实证明，看气压计行进到大概离地面320米的深度时，大量的溶洞特征爆发般出现，使得地下暗河两边的岩壁变成一幅让人恐惧的复杂画卷，到处都是板骨一样的石瀑布和犬牙交错的石丝。暗河的顶上出现了架空的石桥，有些地方石瀑垂下来，都压到了我们的头顶，我们不得不压低身形才能过去。百万年无人目睹的景色一点一点在我们面前暴露无遗，有一种开在巨兽尸骨堆中的感觉，也不知道是害怕还是兴奋。

在1962年国内出版过一本小说，叫做《地心游记》，也描绘过类似的场景。

不过，很快我们的理论推导就遇到了一个巨大的挑战，在我们驶过一块巨大石瀑后，前面的河道里出现了露出水面的巨石，整个河道因为这些石头变得难以通行，石头挡住了去路，激流在这里绕过石头，而我们的皮筏子则卡在石头缝里。

“地质坍塌。”裴青用手电照着，“这些石头是溶洞坍塌的时候，从洞顶上裂开砸下来的。”

“谁不知道。”王四川道，“奶奶的，谁搭把手老子上去看看。”

等我们爬上了一块石头查看的时候，却看到了意想不到的景象，前面出现了一片乱石滩，堵塞了河道，水流转而从乱石滩下流过。

石滩上面全是不规则的石头，大的好比卡车头，小的只有拳头大，极端不平整。而在这些乱石之间的缝隙里，竟然填满了刚才我们从水下铁丝网上捞起的黑色麻袋，满眼都是。很多麻袋已经腐烂殆尽，里面的残骸呈现各种诡异的姿势，缠绕在铁丝里面，那场面，简直好像地狱一般。

九、地下石滩

这些麻袋有的垒起了五六层高，可以看到底下堆积了好几层。因为挣扎，很多骸骨的手脚都露在了外面，但他们终究没能逃出那坚韧铁丝的束缚，全部死在了这里。尸体都呈现出自然阴干的状态，表情痛苦，令人不忍细看。

我们尝试搬动一些麻袋，那些铁丝马上都绞在了一起，陈落户非常害怕，都吓得没了谱，要不是来时放过尿，我估计他都会尿裤子。倒是那个裴青，一直都没怎么说话，表情很镇定。

我们下了锚，副班长跳着爬过几块岩石查看了一下，发现再往里有很长一段都是这样的情况，这样的尸体恐怕没有一千也有七八百。这里简直就是一个缩小版的万人坑。

搞地质勘探的不是没有胆小鬼，死人确实是不常遇见的，一下子看到这么多，确实有点发寒。

我们几个人一合计，感觉这些人肯定是日军当年抓来的劳工，当年运送一架重型轰炸机的零件，需要大量的劳力，这样的地势下，没有比人更灵便的运输工具了。而当时的情况如此机密，于是这些人最后被这种方式灭口了。

这种令人发指的暴行，放在日本人身上，却再平常不过。不过我们都感觉到奇怪，为什么尸体会被堆砌在这里，这些“尸体麻袋”不可能有其他用处，肯定是被当成缓冲袋，应该会用在爆破的地方，难道，日本人在这里进行过爆破?

我想到这些坍塌的巨石，难道这些巨石碎裂落下来的地质坍塌是日本人制造的？

但是我们看了一圈，四周完全没有这种痕迹，裴青也说，在石头缝隙的深处，可以看到下面水流中的石头边缘非常光滑，这样的水磨程度，没有几万年冲刷是冲不出来的，这里肯定是非常久之前的地质坍塌现场。

同样，这种地方也不适合任何的爆破作业，否则容易引起岩层的连锁反应，而且这些缓冲袋堆积的方式很混乱，好像是废弃在了这里。难道这些是多出来的吗？

不是当事人，实在很难想到日本鬼子的诡异想法。这也让我们更加感觉到奇怪，他们到底在这条暗河的尽头做了什么事情？

皮筏子无法使用，使得我们章法大乱。副班长让工程兵收起所有的装备，我们也分担了很大的一部分，因为皮筏子放气之后非常重，搞完之后，我发现自己的负重根本就是超出想象的。

我们开始徒步跋涉，扶着石头一块岩石一块岩石地前进，简直是举步维艰。走了才没多久，我们就突然明白了日本人为什么要堆砌这些尸体在这里——他们竟然是在填路。这些尸体把巨石和巨石之间的间隙都填平了，这样后面的人走得会快一点。

我不禁一阵恶心，简直有毛骨悚然的感觉，只觉得脚底像有芒刺在扎，只想快点通过这个区域。

不过事与愿违，这里的路简直难走得无法通过，每移动到下一块石头，需要花费的精力和做一次特技差不多，而要是踩那些麻袋，肯定是整只脚陷下去，卡在铁丝里，要剪断铁丝才能抽出来。

我们咬紧牙关走了只有一公里多，花了近三小时，副班长也累得到了极限。在一次停下来之后，所有的人都站不起来了，王四川喘着气对我道："老吴，依这个进度，咱们可能要在万人坑里过夜了。"

王四川说得没错，这前面一片黑暗，不知道有多长的距离，我们也不可能再花三小时爬回去。我和副班长对视一眼，心说这也没有办法了，有一百个不愿意也得硬着头皮在这里休息了。

于是我道："过就过呗，这些都是咱们的同胞，他们死了这么久也没个动静，咱们就当给他们守个夜，有什么不可以？"

没想还没说完，陈落户立即不同意："饿反对。"

我有点意外，问他道："那你说怎么办？"

“饿认为饿们应该继续往前，出了这地方再休息，因为咧，在这种地方肯定休息不好。”他道。

我哭笑不得，王四川挖苦道：“谁休息不好？这儿恐怕就你一个人休息不好，哎，落户，你该不是怕这儿有鬼？”

陈落户脸一下涨得通红，立即道：“饿就是害怕，怎么遭咧，饿娘怀我六个月就生了，先天不足，天生胆子小，这能怨饿吗？而且胆子小不妨碍饿给祖国作贡献啊，你们谁要笑话饿谁就是埋汰同志咧。”

王四川和我对视一眼，也拿他没办法，我道：“鬼神都是迷信之说，岩石是一种物质，尸体也是一种物质，你把这些都当成石头就行了，没什么好怕的。况且，我估计再走一天也走不出这儿，咱们耗不起那体力。”

陈落户道：“前面黑咕隆咚的，你怎么知道，说不定再走15分钟就出去了。”

我想了想，倒也有些道理，如果能不睡在这里，我也不想硬着头皮充大胆。这时候裴青道：“不用争了，你们听声音，前面的水声很平稳，说明水势没有大的变化，我估计即使我们已经到达边缘，也仍旧需要两到三小时才能出去，因为随着我们体力的衰竭，我们不可能有刚才那个强度的行进，这之后的路会越来越力不从心，再走下去是对效率的浪费。”他的语调不紧不慢，很有说服力，“在这里休息最明智，我赞成在这里过夜，但是我们可以缩短休息的时间。”

王四川是真无所谓，他已经累得不行了，立即道：“三票对一票，少数服从多数。”

我心说裴青还真有一套，我倒也没想到这一点，立即顺着他道：“小裴是高才生，看问题和我们这些土包子不一样，我也同意他的分析。”

陈落户还想抗议，王四川做了几个手势，几个当兵的已经把东西全放下了，陈落户气得要命，也没了办法，面色很难看。但是所有人都不理他了，我们开始四处寻找合适的宿营地，很快，找到了一块干燥的板状石头。

爬上去，工程兵整理出一块地方，我们在上面整顿，甩掉了那些装备之后人轻松了很多。裴青带着一个小兵拿着简易装备往前去探路，说看看前面到底还有多少这样的，如果一路下去全是如此，我们不得不丢弃装备，不然有生之年都到不了目的地。

我当时也不以为意，都让他小心着点，副班长就像电影里放的，对那小兵说：“照顾好裴工！”那小兵立正说：“是！”我们约好如果有突发状况，就让他们鸣枪报警，两个人就出发了。

我们自己也有事情做，清理了地盘之后，点上火煮行军饭吃。我们身上虽然都穿着雨披，但是全湿了，于是脱下来烤。我的睡袋从队里带上来，据说是抗美援朝时缴获的美军物质，上面有U.S.的字样，我不是很爱干净，一烤出来一股霉味，王四川赶紧让我拿开。

陈落户生着闷气，不理我们，我们也没理他，我自顾自和王四川说说笑笑。当时的人都这脾气，反正队伍的流动性很大，大家处得好就处，处不好也不强求，反正项目结束后大家还要回各自的地方上，下次碰到指不定什么时候。

行军饭是压缩的无水细粮，里面有盐和糖，手指那么大一块一煮就是一锅子，就是很难吃，有药水的味道，不过也将就了。王四川去打水，往石头下一看，看到黑色麻袋和铁丝了，他说得，还是用自己带的清水吧。最后两个人凑了一壶来煮，然后打在洋盆里吃面糊。

吃的时候，我心里琢磨这也不行啊，自己的水喝完了怎么办，不过想想也烦，心说真到渴得没命的时候，尿不也得喝，也不会挑剔了，最后索性懒得想了。

吃完了饭裴青他们还没回来，我们都点上了烟，我当时抽的是恒大和哈尔滨的混装，是自己拼的，王四川待遇或者说关系没我好，抽阿尔巴尼亚，一角八的。我看部队里抽不到好烟，都是白杆，就合计着递给副班长一包恒大，不是骗人，当时把他开心得脸都红了。

抽了几口，我们都感觉到很不自在，几个人话也没说，就在那里闷抽。

说实话，我其实挺能理解陈落户，在某种程度上他其实比我们勇敢，他敢把自己的胆怯表现出来，其他人虽然没他那么害怕，但是也不可能一点都没感觉。特别是在那种地方吃饭，真的太难受了，我看得出这些人全都装出一副无所谓的样子，其实真的是如芒刺在背，总感觉四面八方都有人看着我们，总想要转头去看，很快肩膀都硬了。

为了转移注意力，王四川让我说几个笑话调剂一下，以前老在勘探队里待着，也有部队的人协助，那些小兵经常让我说笑话，我现编了不少，王四川和我住的时候听过，知道我有说故事的天赋。

不过突然提出要讲笑话，感觉有点傻，一般情况下是先说工作，说啊说的，扯到一件事情上，把人先勾引住了，再说个笑话出来。这里的气氛不适合说恐怖的故事。我当时有一个保留节目，讲一个地质勘探队员在云南和少数民族姑娘闹笑话的故事，非常的逗乐，要言情有言情，要包袱有包袱，我打算要么就这个得了。这些兵哥哥也不知道几年没见过女人，听听这个绝对能转移注意力。

我正琢磨着怎么提起话头来，在这个时候，“啪啪啪！”一连串炸雷一样的枪响突然从远处传来。

那声音极响，一下子我们全部都蹦了起来，那副班长到底是正规军，把烟头一扔一下抓起枪就往枪响的地方去了，其他几个工程兵紧跟在后头。

我们身手没他们这么好，我一下子就落下了十几米，王四川太笨重，没多久就滑到石头下面，脚卡到麻袋里了，扯了几下扯不出来，大叫我帮忙。

我没工夫理他，让后面几乎是在趴着爬的陈落户照顾他，自己急跟了上去。

十、牺牲

这一路跑得天昏地暗，只看到前面那几个人手电直晃，一跑到我们燃起的火光照不到的地方，速度就根本上不去了，只能先用手电筒照路，然后在石头间跳跃着前进。

这并不是那么好跳的，人不是袋鼠，每一跳都是惊险万分。有时候脚慢一点，就会滑到石头下面去。我只能尽力跟上。

远处还在开枪，我很快就看到了子弹的曳光，大概也就是在600米外，裴青他们走了也不算有很长时间，这样的距离算走得快的了。

追到一半我没力气了，这样奔跑太消耗体力，我停下来，感觉肺都要喘出来了。但是停了几秒又发现不对，四周一片漆黑，前面当兵的还在飞奔，眼看着离我越来越远，零散的麻袋和从里面暴露出的骸骨让我有点头皮发麻，只能咬紧牙关继续跟上去。

等我跑到那里的时候，枪声已经停止了，我看到拿枪的是裴青，不见了和他一起的那个战士，那副班长面色惨白地又和一个战士往回跑，我问怎么回事，他们也不理我，径直越过我跑了回去。

我只好爬到裴青边上，问他怎么回事，裴青面色铁青不说话，边上一个战士向我解释，连话也说不清楚，指着一边结结巴巴。我听了好久才听清楚，有人掉下去了，副班长他们回去拿绳子。

我此时已经听到了隆隆水声，走近一看，原来到了这里，地势突然一断，河道出现了一个断层，暗河水从这里直接就扑了下去，形成了个瀑布。不过不算高，最多20多米，手电照下去下面全是石头，我猛地就看见和裴青一起出发的那战士卡在两块石头中间，满脸是血，不知道是死是活，显然是失足掉下去的。

我脑袋嗡了一声，这已经属于重大事故了，忙问裴青具体是怎么回事。裴青说本来他们走到这里就打算回去的，不过他看这瀑布也不高，想既然走到这里了，也不容易，想再下去深入一下。那小兵就说让班长保护他，这么危险的事情得他来，就把枪给了他自己爬了下去。也不知道怎么回事，小兵才爬了没两步，突然就摔了下去，他立即求援，叫了半天我们都没反应，只能放枪通知我们。

我经历过这种事情，失足是地质勘探队员最常面临的危险情况，我赶紧让没有回去的两个战士朝瀑布下喊那失足战士的名字，如果他还清醒，就不能让他睡过去。可是，那两个战士叫了半天——好像叫着钟胡子，应该是个外号——失足的小战士还是一点反应也没有。我的心直往下沉，看样子是凶多吉少了。

王四川他们比我后赶到，也是累得不行了，不过他一听有人掉下去了，马上就要下去救人，被我和那个战士死活拽住了。

最后在边上焦急地等了20分钟，绳索才拿来，副班长自己挂着下去，把小战士背了上来。当时他上来后满手都是血，我一开始还以为是战士身上的，后来才发现，全是副班长自己的。那瀑布里，竟然缠满了铁丝网，隐在水里看不到，估计那小战士就是因为这个失足的。

我一检查，就闭上了眼睛，已经牺牲了，而我最终也没有机会知道这个战士的名字。当时我们一下子都失语了，几个人蹲下来，开始抹眼泪。

因为戴着安全帽，我从来没仔细端详过这些个工程兵，现在看起来，这个战士最多只有19岁，要在现在，还是什么都不懂、肆意践踏青春的年纪。在那时候，他却没有任何遗言，可能连爱情都没有品尝过就轻易死去了。

副班长是上过战场的人，此时只是抽烟，另外几个战士都哭了，王四川也哭，揪住裴青说这还是个娃，你怎么能让他干这么危险的事情。裴青什么都不说，也不反抗，但是面色很不好看。我想去劝劝那几个战士，副班长却拦住我，说让他们哭20分钟，就20分钟。

这件事情对我的打击很大，以往，我们对于勘探活动的危险非常清楚，虽然看上去我们都很放松，但是在关键问题上，我们几个人都很警惕。可惜，长久以来的习惯让我们习惯于自己管好自己，没想过其他人。这一次我们就没有想到那些工程兵都没有地质勘探经验，这些小兵除了体质之外，其他素质和普通人一样，可以说，是我们的疏忽害死了这个小战士。

这种感觉是非常难受的，因为这就是事实，没法逃避，我想着如果是我带着他到了这里，我会不会提醒他什么？恐怕也不会。我们在专业上都很厉害，但在其他方面，我们真的很懈怠，也怪不得裴青。想着我就觉得无比的内疚。

当天晚上，我们把尸体抬回到营地，给他铺上睡袋，尸体是运不回去了，但是任务还得完成，只有等回来的时候再处理。副班长让我们早点休息，但是如何能够平静，所有人一夜无眠。

第二天，其实也无所谓是早上还是晚上，我们各自起床，收拾停当之后，给那个小战士的遗体敬了个礼，就继续前进了。

1962年，国家重于一切，当时，我们从来没有产生回去休整后再来的念头，只想着完成任务。而现代的勘探任务，要是遇到这样的情况，必然已经取消了。

我们在瀑布下吃了中饭，这里尸袋的数量已经很少了，后面的石头相对小块一点，间距也密，比较好走。那时候王四川提出来也想去探路，被我们制止了，没别的原因，感觉不妥当。

吃完午饭，有休息20分钟的间隙，这时候发生了一件事情，让我感觉到很突兀，就是我掏兜想抽烟，却摸到了我口袋里有张皱巴巴的纸。我很奇怪，我口袋里以前没这个。展开来一看，发现是张从劳保笔记上撕下来的纸，上面写了几个字：小心裴青！

十一、纸条

我不知道这张纸头是谁塞给我的，看了看其他几个人，都没注意我。

我又看了看裴青，他正在擦枪，小战士牺牲后，那把枪一直由裴青背着，我一开始没在意，现在看着突然觉得有点刺眼。

这事情一下就变得有点腻味了，那年头国家很困难，三年自然灾害头年，国民党正在叫嚣反攻大陆，我估计这一次保密措施做得这么严，很大程度上就是因为这个。

但是叫嚣也是双方面的，那几年国民党的特务在大陆成了敏感词语，现在说这个有点像二流间谍电视剧里的情节，但是在当时，抓美蒋特务并不是件新鲜事，国安抓，民兵团和公社都抓，动不动就有人吆喝抓美蒋特务。王四川后来总结得好：说好听是国家安全概念深入人心，说难听，1962年，国家搞阶级斗争，文化娱乐很单调，舞会也没了，就指着抓俩美蒋特务消遣。

所以我们那时候是敏感的，这种敏感是两面刃，一边的确国民党在中国的间谍活动开展得相当混乱，一边也造成了很多冤假错案，有一些还完全是因为一些小事而起，理由荒唐得吓人。

我看到那张纸条之后，第一感觉是这里有人犯了敏感了。那年头这种人多的是，全是阴谋论者，凡事想多了，大概是以为裴青是特务，那小战士不是掉下去的，是被裴青推下去的。

那这纸条他妈的是谁塞的呢，我就很纳闷，看着王四川不像这种人，那几个战士也不会，倒是缩在那里已经完全蔫掉了的陈落户，他妈的感觉就是那种人。出了事后他一言不发，我想着，估计是因为他之前说过要继续前进，由此裴青可能才想着去探路，才导致了出事，所以他怕我们会牵连到他头上来，所以干脆缩在后面什么也不说了。

我不以为意，裴青的背景我知道，我们两个还算是校友，我比他长一级，中国地质大学同系的，学校里的事情说得头头是道，怎么可能是敌特？我当时主观感觉陈落户这个人太不济了，已经有点看不起这个人了，于是把纸条扔进火里，自顾自抽烟。

这是一个小插曲，不久我就忘记了，我们继续出发，到当天晚上，又走出去近一公里。这里已经没有尸袋了，我们因为头一天没睡好，晚饭都没吃就睡着了，那时候还不到下午五点。

结果醒过来之后才晚上十点，刚才睡得死，这一下子就睡不着了，看见一个战士还在那里给我们守夜站岗，我感觉很不好意思，让他休息，但被他拒绝了。

我也不勉强，我也有过当正规军的时候，知道他们的心态，那时候又饿得要命，于是就自己煮东西吃。味道香起来，没吃饭的王四川他们都被陆续呛醒了。

几个人围起来吃行军饭，跑了整整一天，又空腹睡了一觉，肚子是非常饿的，烧了一锅子不够，后来又烧了半锅。

好在上头对于这一次勘探时间的估计还是正确的，我们的食物储备量可以撑一个星期，我们也不认为会在下面待这么长时间。压缩干粮这种东西，虽然里面有添加脱水蔬菜的粉末，但是吃多了肯定对身体不好，为数不多的压缩蔬菜，味道又特别的难吃。

吃完精神更好，饭后一支烟，快活似神仙，我们又让那战士去休息，他还是不肯，王四川只好递过去支烟，烟倒是要了。

我们腰酸背痛，在那里一边捶打，一边琢磨明天的事情。也不知道这接下去的路到底是怎么个情况，如果一直是这样，那我们大可以把皮筏子扔在这里，不然按照今天白天的进度，我们还不如回去，否则到后面肯定是弹尽粮绝。

裴青的意思，还是先派人到前面去探路，其他人在这里休整个一天，探路的人花六七个小时可以走出去很远，一个来回，就知道是什么情况了。

我还是感觉到不好，有了昨天的事情，我感觉任何离队的提议都不安全，但是王四川同意裴青的观点。主要的问题是，我们这样缓慢前进，燃料和手电电池都经不起消耗，在这么暗的地方，没有这些东西，我们死定了。而有人探路还有一个好处，就是可以事先熟悉前面的路线，那我们前进的时候可以减少照明的强度，这样可以节省很多能源。

他说如果怕危险，我们可以派一半的人出去探路，做好应急的准备，昨天的意外主要是太莽撞了，有他在，他会提醒别人。

裴青听了就冷冷地看向王四川，因为王四川明显是递话给他，王四川还想戗他，我忙把他拦住，让他们都少说两句。

王四川这个人什么都好，就是正义感太强。我认为事情既然已经发生了，就必须接受，盯着一个人去责怪他其实是逃避现实。我相信裴青自己心里也很难受，而且就算当时裴青竭力阻止那个小战士，选择自己亲自下去，你也不能说这样的悲剧不会发生，不能说裴青有攀岩的经验，就一定可以发现那些铁丝网，最终失足的也可能变成裴青。不过这话王四川也听不进去。

就在气氛又不好的时候，突然传来“哐当”一声炸响，把我们吓了一跳。

在洞穴里，这种金属敲击的高频声音听起来特别的响，让人非常难受。

回头一看，只见是陈落户吃饭的洋盆掉到石头上，里面的饭糊洒了一地，同时他的眼睛看向我们身后，浑身都抖了起来。

王四川看着纳闷，问他到底干什么？这时候在陈落户背后放哨的战士也转过身来，一转之下那战士的脸也变了，咔嚓一声就拉上了枪栓，结巴地大叫：“副班——班长！”

我们马上意识到有什么地方不对了，全部转头顺着陈落户的眼光看去，一下子我就一身冷汗啊。

只见我们对面的一块岩石上，不知道什么时候，竟然出现了一个人，正直勾勾地看着我们。

十二、多出来的陌生人

我们早先在一块比较大的岩石上休息，边上的岩石离我们只有五米左右的距离，下面流淌着暗河的水，篝火的火光照过去，除了脸，那人的身形照得非常清楚。

我们几个人整整齐齐在这里，显然这不是我们中的一个，而这里是什么地方，这里是一条地下暗河的中段，离最近的地面已经有400多米的深度，而离最近的村落鬼知道有多少米，这里怎么可能会有除了我们外的其他人呢?

一瞬间我的冷汗就湿透了衣服，忙转身退了几步。副班长几个都睡得很浅，一听有人叫也爬了起来，看着我们的表情，又转头一看那地方，都倒吸了一口冷气，爬起来就去抓枪上膛。一下子五杆枪全部对准了那个人。

副班长还叫了一声："谁?"

对方没有回答，僵直地站在那里，连动也没有动一下。

我们都咽了口唾沫，王四川胆子最大，此时叫了一声："裴青，手电手电，照照。"

裴青马上小心翼翼地打起手电，顺着那人的脚照上去。这一照我们都一愣，只见这个人穿着和我们一样的解放军军装，连武装带都是一样的，手电再往上照，就看到他衣服上全是血，脸部被安全帽遮着，看不清楚，但是显然也全是血。

我的面色就绿了，立马想到这人是谁了，当下就如三九天被丢在了冰窟窿里，浑身冰凉。

一边就听到王四川也骂了句蒙古话，一个战士叫了出来："是钟胡子！钟胡子没死！"说着要放下枪跑过去。

"别过去！"副班长呵斥了一声，眼睛都充血了，"你看他那样子！看清楚了！"

我们都明白副班长的意思，如果真的是钟胡子没有死，看到我们早就打招呼了，怎么会在那里一动不动，好比一具僵尸一样看着我们，到现在都没反应？

那个战士也不敢过去了，我们僵持住了，副班长脑门上青筋都出来了，显然是无法处理现在的情况。

裴青也端起了枪，咽了口唾沫，问我道："怎么办？"

我心说你问我我去问谁？这人要是真是钟胡子就完蛋了，我们今天早上还给他敬礼，他的死亡应该是非常确定的，但是现在这种情况，好像只可能是他，难道真的有诈尸这种事情？

我心里琢磨了好几个办法，突然就看到我们的洋盆了，就捡起递给裴青，说："把这个砸过去，看看有什么反应。"

裴青说他扔不准，王四川是蒙古族，有投掷"布鲁"的手艺，还在七二三总营的时候，他就打过营地附近的野鸡，准得很，让他扔。

我心说也对，再找王四川，一看就蒙了，这小子不见了。再一看，只见他不知道什么时候已经爬到了对面那人站的岩石边上，准备扑上去。

我张嘴就想阻止他，但已经晚了，只见这人毛着腰，从边上一下子蹿到岩石上面，一个熊抱就把那人抱住了，我们听到一声惊呼，几个人马上蒙了，那声音不是王四川的，而是一个女人的叫声。

接着王四川用摔跤的手法，想把那人直接按倒，没想到对方也不含糊，一个扭身，两个人全部摔倒，一路滚下了石头，摔进了下面的水里。

副班长一看，忙脱枪甩掉上衣冲下去帮忙，石头下的水还是很深的，要是卡在石头缝里，头上不来，死一个人也就一分钟的事情。我们也跟了下去，先是把王四川扯出了水，接着那人也被我们拖了上来。

那人的帽子已经掉了，一头短发，脸上的血也冲干净了一些，我们一看已经知道不是钟胡子，因为这人竟然是个女人，水浸湿了衣服，身体的曲线毕露，太明显了。

王四川吐了口水，冷得直发抖，迅速脱掉衣服去烤火，还问我那人死了没。

我翻开她的头发，还查了查脉搏，看到那女人的脸，我一愣，我竟然还认识她。

一边的裴青也看到了，惊叫了起来："天，是袁喜乐？"

十三、袁喜乐

写到这里很多人会莫名其妙，事实上当时我也是莫名其妙，所谓小说和纪实的不同，就是小说讲究一个前后的呼应，而纪实就是事实。我在这里遇到袁喜乐，就是一个事实，我压根也没有想过会在这里碰到她，但是，在当时，确实，她就这样出现了。

我一开始还不信，再仔细一看，确实是她，心下骇然，心说她怎么会在这里？

袁喜乐也是搞勘探的，虽然她年纪和我们差不多，但是资格要比我们老，只因为她是苏联留学回来的那一批人，受到了比较特别的优待。我和她不止一次在一个勘探队里待过，当时她是副队，外号苏联魔女，行事特别认真，我因为是马大哈，经常挨批，不过私下里这女人很豪爽，我们处得比较愉快。她经常到各处领队，裴青认识她，显然也是差不多的理由。

我们一起来的24个人，显然没有女人，她在这里出现，非常让人震惊。而且看她脸上和身上的伤口，显然情况很不妥当，不知道发生了什么事情。

袁喜乐的体温非常低，我们暂时没工夫讨论她为什么会在这里出现，几个人抽签，最后王四川给她脱掉了衣服。

她身上大面积擦伤，到处是内出血的淤青，看着十分吓人，两只膝盖和手掌破得一塌糊涂，如果不是看这里的岩石和那些铁丝网，必然会认为她是受了酷刑逃出来的。但是这些都不致命，最严重的是她的体温，她的衣服在王四川把她扑进水里之前已经湿了，她的身体应该低温了很长时间，嘴唇都是紫色的。

王四川发着抖给她擦干身体，塞进睡袋里去，又烧了水给她喝，给她用火熏脸，一直搞到大半夜，她的体温才升上来，但神志还是相当不清醒，叫不醒。但就算这样我们已经松了口气，看她安然地睡去，一边的裴青才自言自语："她怎么会在这里？"

我脑子里已经一团乱了，又想起了临走时老猫和我说的话，越来越感觉糟糕。"这事情不对了。"我对他们道，"咱们不能往里走了。"

"怎么不对？"王四川问。

"我看我们不是第一批人。"我道，"这里头肯定有文章，那个大校没和我们说实话。"

当时我的心里很乱，具体的思绪也不清楚，但这事情是明摆着的。裴青立即点头，显然他也意识到了，眉头皱了起来。

看袁喜乐的装扮，显然也是这一次地质勘探任务的编制，但是我们进来的四支队伍中没有她，那她显然属于我们不知道的第五支队伍。

而且按照情理和地理位置来推测，这第五支队伍，应该是在我们四支队伍进入洞窟之前进入的。我们进来这里才一天多的时间，如果是在我们之后，不可能这么快赶上我们。

也就是说，在我们进入洞窟之前，应该已经有了一次勘探活动，具体的情况不明，但是这一个命题可以成立。袁喜乐是铁证。

这事情有点乱了，一下子会衍生出很多的麻烦，比如他们是在多久之前进来的呢？为什么大校没有对我们说这件事情？作为一个女性的勘探队员，上头不可能让她单身一个人进洞，其他人呢？

副班长和几个战士都静静地坐在一边没有说话，我问他们，对这个事情知道多少？

副班长摇头说，比你们还少。我们是和你们同批进来的，你们还开了会，我们连会都没开，上头让我们和你们在一起，不问，不听，不疑，只完成任务。

几个人都沉默了，遇到这种事情，实在是始料未及。

王四川说："要不等她醒了问问她？"

我摇头，袁喜乐刚才的情况不是很妙，最令人感觉到恐惧的是她没有手电，那就是说，这个可怜的女人应该在这个一片漆黑的洞穴里不知道待了多长时间了。如果你想象这样一个场景你就会发现这是多么恐怖的事情，无边无际的黑暗，寒冷的洞穴，各种稀奇古怪的声音，人经历过这些事情后，精神状态肯定会有点问题。

裴青想到的是另一个方面，但是和我殊途同归，他道："没用的，即使她能醒过来，我肯定她也不会对我们透露太多，那是他们那个等级的职业操守。而且她级别比我们高，弄不好我们得听她的。"

"这怎么办？"王四川想了想，就骂了声，"奶奶的，组织上到底是怎么想的？咱们以前没这么多破事儿，掏个洞就掏个洞呗，这洞里的东西有那么稀奇搞得那么神道吗？"

"你上车的时候就应该意识到了，这次的情况和咱们以往的大不相同。"裴青看也不看他，而是看向一边我们前进的方向，我看到他眼神中竟然有一丝期待。

我说这小子的品性还真有点怪，看样子对这种事情并不太在意。我又想起那张纸条了，不过随即一想，其实我自己都有点好奇，这地下河的尽头到底有什么东西？为什么这事的味道越来越难以捉摸了？

"饿说，你们就别说咧，让人家工程兵兄弟部队听到了多不好，还以为饿们怀疑组织的决定咧，被人说出去就不好咧。"陈落户缩在一边轻声道，"下都下来咧，还有什么办法，硬着头皮走呗。"

王四川瞪了他一眼，我就阻止他，这一次陈落户倒没说错，工程兵的思维和我们不一样，我们不应该在他们面前说太多动摇他们的话。我想了想道："不过不管怎么说，还是得等她醒过来问问看，能知道一些是一些。至少要给个解释。"

十四、一个疯子

当夜休息，各有各的心思，我们都没碰过女人，有一个女人睡在这里，内衣还放在那里烘烤，很难睡着。而我确实是累了，脑子里胡思乱想了一通，最后还是睡死了过去。

睡了也不知道多长时间，被人推醒，我抬起头一看，四周一片漆黑，火竟然灭了。我坐起来，打开手电照了一下，原来是守夜的战士挨不住睡着了，没人添燃料，火熄灭了。

我转头看是谁推我，正看到袁喜乐全身赤裸地蹲在我边上，我吓了一跳，问她道："你醒了？"

她不回答我，而是凑了过来，压到了我的身上，我闻到一股奇怪的味道，人就有点晕了。袁喜乐是东北人，和大多数东北女孩子一样，身材丰满，身体有着非常浓烈的女性诱惑力，我想把她推开，但是手却不由自主地抱了过去，一下那种光滑细腻的手感让我头皮都爹了起来。

但是我却不敢再动了，一下进也不是退也不是，正不知所措呢，突然她就张开了嘴巴，我看到她慢慢地把铁丝网从嘴巴里面喷出来。

我大叫一声一下子跳了起来，眼睛一晃，一切都消失了。

我还是躺在睡袋里，火光很亮，陈落户、裴青和两个战士已经起来了，王四川在那里打呼噜，袁喜乐也醒了，已经穿上了衣服，在那里狼吞虎咽地吃东西，头发蓬乱，动作一看就知道不对。

他妈的原来是做梦，我自己都感觉有点好笑，摸了摸裤裆：哎呀，看样子老爹让我快点娶个媳妇是正确的。

揉了揉眼睛爬起来，我用冷水洗了把脸，打了个眼色给裴青，问袁喜乐怎么样。

裴青摇头，说："看样子很久没吃东西了。"

"有没有说过什么？"

他叹了口气："你自己问问看吧。"

我本来就不是很乐观，看裴青的表情和语气，也知道不会有什么惊喜，不过等我走过去试图和她说话以后，才发现情况比我想的不乐观还要离谱。

她缩成一团，神志很不清醒，整个人是一种恍惚的状态，无论我怎么问，她都不理我。我一说话，她就直勾勾地看着我，但是眼神是发散的，也就是不聚焦，显然在黑暗中待了太长时间，她有点无法适应光亮了。她的脸十分的清秀，如今看来，真的不由自主让人心里发酸，觉得她很可怜。

我最后放弃了，王四川给我打了早饭，坐到我边上就直叹气，说太可怜了，估计昨天晚上，她是循着我们的光过来的。他查过她的衣服和背包，里面吃的东西已经全没了，也不知道到底她在这里困了多久，要是我们再晚点进来，她肯定保不住了。

我想了想对他们说："照这么看，这后面肯定得出什么事情，现在想想咱们对里面的情况一无所知，我们是不是先回去？"

我之所以提出这个建议，是因为我们勘探队的性质变了：一方面对于前方的情况，我们已经预见到了危险，并且发现了幸存者；另一方面又发现上头对我们隐瞒了实情。这个时候再继续深入就不明智了，那不是积极的工作态度而是不懂得变通。

裴青也点头："说实话，我很好奇里面的情况，不过，我承认以大局考虑现在回去是正确的，只是不能这么就回去，如果还有其他人也困在这里，我们这一走他们死定了。我想我们几个人轻装往里再走走，搜索一下，也算有个交代。"

我想了想，觉得他说得有道理，娘的，这家伙有当领导的潜质，这让我有点不爽。

我们暂时把这个事情定了，王四川和其他人醒来的时候，我和他们一说，他们也没意见，副班长说反正上头让我们听你们的。

先吃了早饭，吃完就说着就分配人手，袁喜乐肯定是不能带上路的，得留人照顾她。

陈落户马上说他不参加了，“饿的身体忽然不舒服，饿请假。”他在这里等我们回来，众人都没意见。不客气地说，他跟着基本就是个累赘。副班长怕他一个人不行，又留下一个战士在这里，我、王四川、裴青还有他和另两个战士，上了轻装，就开始往前出发。

因为决定探索之后就回去了，所以没有什么资源消耗的顾虑了，我们都开了手电，一下子把洞里照得很亮。

这里的景色都差不多，我们也无暇去管地质构造了，没有负重的情况下，我们走得飞快，很快就看不到后面的篝火了。

越往里走，因为手电光够亮的关系，我们就越感到洞穴大了起来，走起来也特别有力气，似乎要把负重行军时的那种郁闷顶回去。不过走着走着，我们也发现，这里的碎石越来越小，很快就有转回暗河的迹象。

走出去六七百米，地势开始急速向下转，让我们始料未及，斜坡足有300米开外，上面贴地隔几米就是一道铁丝网，我们小心翼翼地顺着斜坡下去，还没到底部，王四川就骂了一声。

斜坡的底部，暗河果然重新出现了黑黢黢的水，但是这一段暗河不长，手电照过去，可以照到前方几十米外又出现了了碎石滩。

“怎么办？难道要回去搬皮筏？”裴青说，当然谁都知道这是不可能的。

副班长用手电照了照水面，可以照到水底：“可以蹚过去。”说着就要往下跳，王四川一下就把他拉住了：“等等！”

说着他把手电往一个角落里移了移，我们看到那水下最深的地方，沉着好几个铁笼子。里面黑影绰绰，不知道关着什么东西。

十五、水牢

这种铁笼子叫做水牢，在东三省的一些日本人的建筑里经常看到，水牢的上部分紧贴着水面，关在水牢里的人，只能把脸贴住笼子的上部栅栏，把鼻子探出去呼吸。在冰冷的地下暗河水里，他们只能连续几天几夜维持这样的姿势，不然就会窒息。

这一段暗河里，沉满了这样的铁笼子，黑压压的一片，不仔细看发现不了，用手电会聚起来去照，有些笼子里似乎还漂浮着几个模糊的影子，不知道是什么东西，让人背脊直发寒。

王四川说，他听以前的老人讲过，一般日本兵把人沉水牢，不会就光让你浸水这么便宜你，水里肯定还有蚂蟥之类的东西，我们得小心，不能贸然跳下去。

我们一听心就吊了起来，副班长说，这里这么冷，不会有蚂蟥吧，王四川说和冷没关系，草原上都有山蚂蟥，平时在草叶子背面，一下雨全出来。

我们常年在外面走的，都知道这东西的危害，蚂蟥并不致命，但是让人有厌恶感，被叮到一口，有时候还会传染冷热病，是野外地质勘探主要的提防对象之一。

被王四川这么一说，我们都觉得不能不当回事，于是扎紧了裤管鞋子带，因为蚂蟥没有吸血的时候非常小，细小的缝隙并不能挡住它们，所以我们还在裤管的缝隙里垫上纱布。

一切准备妥当，互相检查了一下，我们才陆续下水。副班长在前面开路，把东西举在头顶，我们几个好比投降的国军，向水的深处走去。

脚下的石头崎岖不平，走到最深处的时候，水漫到了胸口，极度的冰凉透进我的衣服里，带走了所有体温，我们几个都不由自主地牙齿打战，王四川冻得在后面一个劲催促快点走。

但是这样的前进方式，实在是想快也快不起来，寒冷再加上水的阻力，让我们举步维艰，我们只有尽力迈步，使得每一步尽量走得大一点。

几个工程兵的耐寒能力比我们强，一边走一边用手电照射我们身边的水下，很快，我们就走进了那些铁笼子的中间。这里距离近，从水面上照下去，比在岸上看得清楚多了，那些生满铁锈的栅栏，越发让人感觉毛骨悚然。最恐怖的是，很多的铁笼子里，可以看到悬浮着一团一团的头发和影子，可以确定是人的尸体。

我们越看越是心寒，王四川牙齿打着战说："太惨了，就这么泡死在这里，死了都不安乐。"

裴青说："这里竟然设置了水牢，这一般是日本人用来恐吓中国劳工用的伎俩，有劳工的尸体，还有水牢，就说明日本人在这里待了不少时间，很可能里面有个永久据点。"

我们都不说话，王四川喃喃道："反正小日本喜欢的东西，肯定不是什么好东西。"

我们继续往前走，一路沉默，四周只能听到水声和前头后头人的喘息声。

这一段暗河不长，很快我们就走到了中段，当时我冷得已经感觉不到自己的脚，脑子都有点混沌不清楚，前后手电的晃动都看成了花的。单纯是凭着条件反射继续向前，什么蚂蟥不蚂蟥的也顾不上了。

这时候，我听到了几声特别的水声，好像是有人停了下来。

我眯起眼睛看向前面，发现是走在最前面的副班长停了下来，他正用手电照自己的脚下，低头在找什么东西。

我们问他怎么了，他抬头，面色苍白，对我们道："刚才好像有东西抓了一下我的脚。"

"你不要胡说！"王四川的面色也变了，在这种地方说这种话，真的要命。

几个人本来都被冻得浑浑噩噩，一听这话，人都精神了起来，副班长急说："真的，水下面真的有东西。"

我们看他的表情，感觉也确实不可能是骗我们，这副班长一看就是一本正经的人，连近乎都不会套，怎么会开玩笑？一下子所有的人都把手电照向水里。

“会不会是盲鱼？”裴青问，“这里的地下暗河其实一直在那些石滩下流淌，石头中间有空隙，规模这么大的暗河里肯定有鱼会游来游去。”

“你找出来我就相信你。”王四川说，话音未落，我们全部都看到在我们密集的手电光斑下，水下一道长长的影子闪电一般掠了过去。

所有人都一愣，接着王四川就慌了，转身就往一边的铁笼子上爬，众人一看，马上学样子，几个人手忙脚乱地全部爬到了铁笼子上。副班长带头把枪都举了起来，“咔嚓咔嚓”一阵子弹上膛的声音。

几个人全是浑身湿透，出水之后一下身体适应不了重量，裴青个子最小，一下没站稳，一屁股坐在了笼子上，他面色愈加苍白，直盯着水面看。

几个人还想再用手电照水里，但是却看不到东西了，水面全是我们激起的波纹，猛然间也不知道刚才的那道影子是我们自己的错觉还是什么。不过肯定是没人敢下水了。

僵持了一会儿，王四川说妈的别照了，先跑上岸再说，说着踩着那些铁笼子朝一边跑开了，我们一看他跑了，一阵莫名的恐慌传来，几个人也顾不得多想了，忙追着王四川就跑了过去。

铁笼子十分密集，而且离水面只有一指的距离，跑在上面好像平地，我刚才还琢磨着日本当时怎么把人关进水牢，一看原来还有这样的走法，心说还真是没想到。不过早知道这样，我们何必蹚水，真是不到危急关头脑子都不顶用。

几个人跑得飞快，都怕落在最后一个，很快就看到了对岸，离岸最近的一段没有铁笼子，王四川一个熊跃跳进了水里，挣扎着起来，几步就上了岸。

后来的人急跟着，其中跑在第二个的裴青，眼看就要跑到了，这时候突然他整个人一沉，一下子就缩进了水里，不见了踪影。

我就跟在他后面，一看心里就暗叫糟糕，几步并作一步冲过去一看，只见裴青被拖下水的地方，水里一片翻腾，也不知道到底是怎么回事。

我心里一急，想也没想就跳下了水去，潜入水下朝那翻腾的地方摸了过去。

水下全是水泡，视线非常模糊，好像有两个巨大的物体正在搏斗，我的神经一下子高度紧张，一边掏出匕首，一边移动手电去照想看看到底是怎么回事。

然而出乎我意料的是，等我适应了水下的光线之后，却发现前面并没有什么怪物，反而是一幅啼笑皆非的场景。

只见裴青不知道怎么的，被关进了一个铁笼子里，他水性不好，眼睛在水下睁不开，在笼子里拼命挣扎，因为太过紧张了，根本无济于事，只是空激起无数的水泡。

我一看就明白了，原来，是这里有一只铁笼子锈得厉害，被王四川踩过之后，再被裴青一蹬，栅栏就蹬断了。他人瘦，整个人就跌进了铁笼子里，下来后又一慌，再想从那个洞里出去就难了，视线又不好，只能瞎撞。

这事情可大可小，懂水性的人都知道，怕水的人在澡堂里都能淹死，我赶紧游了过去，伸手进笼子，想让他冷静。

没想到我的手一抓到他的手，他整个人就炸了一样，更加害怕，双脚一蹬，一下子就撞到了一边的栅栏上。

我一看这不行了，赶紧往上浮去，爬到那铁笼子上面，从破洞里面伸手去拉他。这时候副班长和上了岸的王四川都赶到了，我们手忙脚乱地掰开铁笼子，想将里面半死不活的裴青扯出来。

这家伙真是够戗，上来就开始呕吐，不停地咳嗽，整个人死沉死沉的，身子软得像泥一样，我们费尽了力气也只把他的上半身拉出了水面，却怎么也拉不出他的脚。

王四川扯了几下说，可能被什么东西钩住了，要有人下去解。众人一下子全看向我，因为只有我已经完全湿透了，我暗骂一声，只好重新跳下水去看。

没有了裴青折腾，水下清楚了很多，我贴近笼子去看，发现笼子和笼子之间，原来是被铁丝网绕在一起的，大概是怕力气大的苦力抬着铁笼子逃走。而裴青的裤管钩在了铁丝网上。

这可真是要命，我憋住气，潜水伸手进笼子用力扯，费了好大的劲，才把他的裤管扯破，上面的人一直在使劲，我下面一松他立刻就被扯了上去。

我长出了一口气，把手从笼子里抽了出来，刚想蹬脚浮上去，突然手电的光一闪，猛地看到我左边的水里，探出来一张狰狞的脸孔。

十六、水鬼

现在回头看看，我的一生之中，经历事情颇多，危及生命、九死一生的境遇也遭遇过不少，然而真正把我吓到的，恐怕也只有这少数几次。

这恐怕也是由于我当时年纪尚轻，没有经历过生死的关系。

那一张狰狞的脸孔，说实话我根本也没有看清楚，那一个“狰狞”只是个大概的印象，只是转头那一瞬，在黑黢黢的水里，手电的黄色光斑昏暗发散的照射下，在离我如此近的距离突然出现了这么一张脸，不管是什么，这冲击已经是极度骇人了。而我也没有再次看清的机会，那一下惊吓后，我条件反射往后猛缩，接着就倒吸了一口冷水，顿时呛得完全失去了平衡，只知道拼命往水面上摸，接着我的手就被人抓住扯了上去。

我喝了很多的水，咳嗽得说不出话来，眼睛也看不清楚，被人架着一路拖着跑，接着又跳进水里，直到上了岸才勉强缓过来。

那时候真是非常狼狈，所有人浑身没有一块干的地方，我们马上找了块干燥的地方生火烤衣服，把衣服全部脱光，赤条条地缩在一起。

王四川带着白酒，给我们每人喝了一点，我们才逐渐暖起来，那时候王四川就问我，怎么突然会呛水，下面出了什么事情。

我把我看到的事情和他们一说，几个人都露出不相信的神色。裴青说是不是水里的沉尸，被他一折腾给踢得浮了上来，或者干脆是我心理作用，看错了。

我无法回答，我自己也只是有一个模糊的印象，事实上，现在想想，裴青的说法倒是最合理的，但是当时我感觉，在那么漆黑的水下，那个东西没有声息地突然出现在我的身边，实在是让人感觉不对。

那一瞬间的极度恐惧令我记忆深刻，直到现在，我们见面的时候还会讨论，这也导致了之后我在生活中，看到漆黑一片的沟渠总会莫名恐惧，总感觉那里会有什么东西。

当然这是后话，当时我说出来之后，虽然他们都说不信，但对那片水域，明显已经有了恐惧和顾虑。这是人所不能避免的。而我想到我们回来的时候，还必须经过这里，就感觉到头皮发麻，只能暂时不去想。

衣服烤干之后，我们重新穿上，暖烘烘的衣服第一次让我怀念外面的阳光，裴青说不能再浪费时间了，于是收拾停当再次催促我们往前。

此时离我们计划探路的时间已经过去了三分之一，我们预定，如果前方再次碰到这样的水潭，就折返不再前进了，否则更加浪费时间。

然而往前走了一段后，洞穴豁然开朗，暗河走廊的宽度明显增加了，四处日本人遗留下来的痕迹也更多。一路洞壁上出现了很多剥离的日语标志，在岩石的缝隙里，很多残破的绿色木箱碎在那里，里面全是黑色棉絮般的东西，副班长用枪挑挑，发现非常潮湿。

再往里走了一段，这一路很顺利，路也不难走，大概是两小时之后，我们才遇到了第二个始料未及的情况，而且这个情况是我们根本没想到过的，简直让我们目瞪口呆。

原来走到了一处洞穴相对狭长的地段后，我们爬过了一块十分大的石头，此时往后一照，硕大的洞穴内，不再是深邃的黑暗，而是一块巨大的岩壁。

我们花了很长时间才醒悟过来，原来，这个洞穴，竟然在这里到头了。

几支手电的光在巨大的岩壁上晃动，这是一块巨大的板块状石灰岩，是两边的岩壁突然被地层挤压汇拢形成的，这说明形成几亿年前这个深洞的地质构造运动到了这里就停止，洞穴自然封闭，确实是到底了。

回想我们进来的路途，到这里也将近有四五公里，对于地下暗河的长度来说，还是属于小规模的，10到20公里长的暗河也属多见。从暗河开始段的水量来判断，我们实在是想不到这么快就会到达洞穴的尽头。

几个工程兵战士都不说话，听我们几个搞勘探的在那里七嘴八舌地讨论，都觉得不可能。按照课本上说的和我们的经验，暗河应该更长，不然在尽头，就应该有缓冲水量的地下湖泊。

最主要的依据是，在我们行走的石头滩涂下，缝隙中水流湍急，深不见底，表明在这些石头下面的水流不会比我们刚进来的时候暗河少，这些水流到了这里，仍旧在石头下向下游流淌，说明暗河还有向下的通途。

但是石头上面，洞穴却确实到此为止，找了半天也找不到任何隐蔽的入口。

我们全部都丈二和尚摸不着头脑，只好暂时停下来休息，同时，分析可能的情况。

在我们这几个人里，裴青洞穴勘探的经验最丰富，因为他去过云南，那里洞多水多。他说一般出现这样的情况，这里以前肯定是一个断层瀑布，因为水流冲击，岩石结构被冲塌了，石头砸下来，把这里全堵住了，往下的入口肯定在我们脚下这些石头下面。

我和王四川都说不可能，如果真是这样，当年的日本人是怎么过去的，王四川说看样子我们是走错了，其他组才是对的，正好，我们可以理直气壮地回去。

我摆手，这明摆了也不对，不说这里日本人的痕迹，就说那个女人出现在这里，也足够说明这里绝对有可以继续往里走的路。

王四川说这么着吧，我们都别出声，听听看，如果地下有被掩藏的大型缝隙，水声应该比较响。

我们一想也没别的好办法，于是又四散开去，屏住呼吸，凑近地面，一点一点去听地下传出的微弱水声。

说实话，这能听出什么区别出来？所谓声音的大小，我感觉是和环境的安静程度成正比的，你贴近了远了，四周附近的水声是大是小，都影响你的判断。

我小心翼翼地听出去有十几米，就知道这招不行，完全没感觉，就在我叹了口气，招呼他们准备否决掉王四川的提议的时候，那边一个小战士突然站了起来，对我们做了一个不要说话的动作。

我们都一个激灵，心说难道听到了？忙蹑手蹑脚走到他身边，全部俯身去听。

这一听之下，我们都露出了诧异的神色，原来这块石头下面，传来的不是水声，而是一种让人形容不出来的，类似于指甲抓挠石头的声音。

大家凝神静气，听了半天，都听不出来这声音到底是什么，只感觉这“刺啦”的声音听着揪心，好比爪子划在我们的心脏上，感觉痒得要命，恨不得狠挠几下。

我记不清楚是谁最先开始挖石头的，总之很快，我们所有的人都开始动手将这里的石头搬开，先搬大的，然后小的。

搬了几下我就感觉到了一点异样，因为这里的石头，太容易搬动了，在附近的碎石有大有小，大量巨大的根本无法搬动的石头混在里面，使别人一看就知道挖掘无望，但是这里，我们一路挖下去，却发现没有一块这样有决定性的石头。

所有的石头，全部都是人可以搬动的大小和重量，这说明什么问题？

我不由得加快了速度，别人受我的感染，动作也越来越快。

“咚”的一声，我的手碰到了什么东西。

所有人一顿，都停下了手，往我手的方向看。只见我抬起的那块石头下面，露出一块锈迹斑斑的铁板。

几个人对视一眼，都是莫名其妙的表情，他们聚拢到我身边，开始以露出的这块铁板为中心继续挖掘。

很快，一道埋在石头下面的铁门，出现在我们面前，巨大的门板足有5米乘以5米的大小，上面斑驳剥落的绿漆上，隐约可以看到几个白色的日本字——能看懂一个“53”，一个“谋略”，其他的全部都不懂。

门的大部分暴露出来后，我们都重新归于安静，再次去听那门下的声音。这一次，却发现那抓挠的声音听不见了，门下一点声音都没有。

十七、铁门

这是一扇组合的铁门，很容易看到，是由不同大小的铁板焊接起来的，铁板厚度惊人，上面全是大拇指盖大的铆钉，门四周的框压着铁浆子和水泥，也不知道浇了多少。到了门闩附近是四道铁槽，整个铁门压在铁槽里，厚实而沉重，我们踩在上面，丝毫没有下凹和晃动。

门是双开的，在门的中间，有三道巨大的扭矩门销，现在已经被焊死了，连门的缝隙都焊得严丝合缝，扯一下动也不动。

副班长此时看了身边一个战士一眼，不知道是什么用意，那一个战士用力在上面压了一下，然后对他轻声说："防爆的，铁板里面有夹层，夹着棉絮和弹簧。"

"看来小日本离开之后就没打算再回来。"王四川在一边嘀咕道。

我们都点了点头，这是显而易见的。

确实，按照这里的情况来看，继续往下走的通道很有可能就在这封闭的铁门后面，这样的封闭程度，也确实是铁了心要封闭这里，没有计划要再次打开。

不过，如果是这样的话，那到了这里，我们就无路可走了，那袁喜乐怎么解释呢？和她一起的其他人在什么地方呢？就算死了，也应该有尸体啊，最起码，应该有一些痕迹，但是一路过来，我们什么都没有发现。

难道她是一个人进来的？这绝对不可能啊。

而且，不知道是不是想得太多，当时我有种奇怪的感觉：日本人封闭这道铁门，目的不是不让我们进去，而是不想让门里面的东西出来。

因为一般如果日本人要封闭一个地方，按照我们勘探中蒙山区里一些日本地下掩体的经验，他们的做法非常的决绝。日本人不仅会炸毁进入地下掩体的甬道，而且会在地下掩体的穹顶和承重墙上钻孔定向爆破，将整个地下结构破坏得非常彻底。这样才能够最有效地保证资料和物资不会落到敌方手里，掩体也彻底报废，无法被敌方使用。

而这里只是封闭了铁门，且上面只覆盖了浅浅的一层石头，太不像日本人的行事方式。

不过，在当时的情况下，想这么多也没有用处，因为以我们的装备，对这道铁门是毫无办法的。相信不仅我们，就是地质工程连的机修兵来也没有办法，要打开这种门，需要的是大量的气割枪。

我们一开始还不是很沮丧，总觉得应该有办法能打开这道门。然而在铁门上蹲了片刻，东摸摸西敲敲，却没有半点进展。几个人都面面相觑，没有一个人说得出话来。

最后还是裴青提出了那个问题：这事怎么办？是不是真的就这样回去了？

我们都苦笑，不回去又能如何？有这个东西在，无论怎么不甘心，我们也不可能再继续前进了，这一次勘探任务，确实算是到这里到头了。

我们按照一般的工作程序，收集了水文和地质样本，又大概描绘了铁门的样子，就收拾东西，准备回去。

几个战士显然对于这样的洞穴勘探已经厌倦了，回归的时候比谁都积极，帮我们背起装备，就往后走去。

但是，才走了几步，突然所有的人都感觉到了脚下不对，我们当时还没有反应过来，但是为首的副班长已经醒悟了，就听他低声叫了一句：“糟糕！”

我们都低头看去，顿时发现，原本在石头缝隙中流淌的暗河，竟然已经漫到了石头的边缘了，很快就要涨过我们的脚底了。

几个人互相看了一看，脸都白了，因为作为勘探员和工程兵，我们太了解即将要发生什么事情了——暗河涨水了！

“跑！”不知道是谁大喊了一声，我们马上扔掉了身上全部的东西，开始朝来时的方向狂奔。而我背脊发凉，已经预感到大大的不妙：我们的地势实在太低了！

任何洞穴勘探和探险，以及任何涉及地下水系的事情，我们都会被警告要注意地下水涨水的问题，尤其是在云贵，雨水充足，一下雨洞穴内部的水流状况就会完全改变，各供水水系倒灌，很容易改变暗河的水位，非常危险。

只是在这里，我们真是没有想到也会碰到这种事情。在内蒙古，20世纪60年代的干旱是有名的，我们进洞的那一天，晴空万里，谁也没想到会过了几十小时突然下雨。而且大概因为这里的水流是在岩滩下流淌，这条暗河的涨水竟然无声无息，这实在太可怕了。

想到这里，我突然想起了刚才听到的在铁门下指甲挠石头的声音，顿时想抽自己一巴掌。天，那根本就不是什么奇怪的声音，那不就是干性洞穴涨水的声音嘛！当时竟然完全没有意识到。

洞穴的水量突然增大，冲击力加强，将使得整个岩滩的结构发生非常微小的变化，石头摩擦就会发出那种声音，这个课本上都讲过，只是我们以前没有经历过这样的事情，所以当时根本想不到那方面去。

我们那时真的是叫狂奔，在海边生活的朋友，可以知道潮水可以涨得多快，而暗河涨水比潮水的速度，还要快得多！刚开始十几步还是在为想象中的危险逃命，而之后我们的肉眼都能看到水从岩石缝隙里漫了上来。

"到水牢那里去！"王四川以他一向的速度跑在最前面，对我们大叫，"水不会漫过那里！"

我心中稍一盘算已经知道肯定来不及了，这里的路太难走，没等我们跑到那里，我们的双脚肯定就碰不着水底了，那时候以我们的体力，根本无法和涨水下的水流对抗。

但我还是不顾一切地往前跑，如果这时候能停下来好好想想，最明智的应该是收集一些漂浮的东西准备漂流还比较正确，但是那时候我脑子里只有一个"跑"字。

一路狂奔，也不知道跑了多少路，水就已经到了膝盖。这就是分水岭，因为看不见水下的石头，王四川第一个摔倒，这不是随便摔摔的，起来的时候满头是血，但他还是不停，继续往前跑。接着我们几个一个接一个摔倒，然后爬起来。

现在我回忆，似乎每一次爬起都越来越吃力，膝盖割破了，手掌割破了，全然不知。

但在这样的情况下，我们的速度几乎可以忽略不计，水流的冲力也开始体现，我们开始站立不住，只要一松劲就会被水冲得向后走，完全无法前进。

最后，走在最前面的王四川放弃了狂奔，开始朝一边的一块巨大岩石卖力走去，我们知道了他的打算，也知道自救无望，于是都跟着他走。

走到岩石下的时候，水已经到了腰部，每走一步简直都是玩命，耳边全是水流的轰鸣声，在狭窄的空间里，特别震耳朵。我们大叫着说话，先把王四川托了上去，然后他拉着我们一个接一个都爬上了那块岩石。

最后我们几个人全部缩到了岩石的最高处，几个人看着刚才还是陆地的脚下，都彻底蒙了。

十八、涨水

那块石头只有5米高，按照水位上涨的速度，我们顶多能撑10分钟，但我很怀疑我们的神经能不能撑过10分钟。看着水位的上升，水面离自己越来越近，那种心跳极限加速又无计可施的感觉，简直就如身处地狱一样的煎熬。

副班长是我们这里最淡定的人，此时俨然已经放弃了，往石头上一坐就开始抽烟，可惜烟头早就湿烂了，想点也点不着。王四川最不信邪，用手电去照一边的岩壁，大声嚷叫让我去照水蚀线，这样可以判断水位最后的高度，我们好作准备。我们手忙脚乱地跟着他去照，结果找是找到了，在我们远远的头顶上。

这里是整个暗河的最低点，我感觉那个高度已经是给我面子了。

一个小战士后来就哭出来了，这些兵到底是太年轻，和他们讲太多道理也没有用，而我只有烦躁，等死的烦躁。

这样的烦躁没有持续多久，水就漫到了我们的脚下，恐惧扑面而来，所有人都屏住了呼吸，面色苍白地等待最后落水的那一刹那。

就在这个时候，一直没有放弃的王四川突然大吼了一声，指着一边的洞壁，我们转头看去，原来那里有一块突起的石瀑。

王四川说，只要能游到那里，我们就能攀住这些石瀑往上爬，这样至少能多活一会儿。说着他让我们给他照着，二话不说跳进了激流里，几个浮沉后探水出头，朝那里游去。

水流的速度加上距离也不远，很快他就爬上了那块石瀑，接着他打起手电给我们当信号，让我们赶紧过去。

副班长首当其冲，和一个小战士跳了下去，很快也顺利到了那里，似乎并不是非常困难。我顿时振奋不已，拍着裴青说我们拼了，说着就要往下跳。

没想到裴青面色惨白，一下抓住我的手，对我道："不能下去！"

我惊讶，急问道："为什么？"

他指着我们脚下的激流："你看！水里有东西！"

我打着手电照去，只见我们所在石头的一边，水里不知道什么时候出现了一个飘忽的黑影，静静地窝在那里，一动不动。

此时情况之混乱，实在很难用语言形容，一边是已经到脚脖子的暗河激流，一边是在那边大声呼喊的王四川，另一边则是抓着我的手死不肯放的裴青，以及水里不明就里的黑色鬼影。

我本身已经是极度的不知所措，加上这种状况，根本没有其他的精力去考虑问题，反正待着也是被水冲走，于是对他大叫："都什么时候了还疑神疑鬼，水里就是有鲨鱼你也得下去了！"

裴青顽固得出乎我的意料，死死地拽着我，一边撩起他的裤管，大叫："你自己看！"

我低头看，只见他的小腿上，竟然有一条深深的黑色印子，像是被什么东西抓的痕迹。他对我冷冷道："刚才过水牢的时候，我不是摔进那铁笼子里，我是被笼子里的东西扯下去的！这水里肯定有问题！"

我心说胡说，但是想起我在水下一瞬间看到的东西，又卡住了说不出话来。

王四川还在大吼，连喉咙都吼哑了，显然是不明白我们在搞什么鬼，简直是气急败坏。

不过，我只犹豫了一秒钟，就明白其实下不下水都没区别了，反正我们已经在水里，就算现在坚持着不下去，不过半分钟，水照样会漫过我们的腰。于是不管三七二十一就扯着裴青，也不管他是不是愿意，狠命拖着跳进水里。

一下子我们被卷进了激流里，我瞬间打了好几个转，才找到平衡点。在水里看王四川的手电只能看到一个光的方向，不过这也够了，我用尽全身力气吸了口气，然后振开双臂游了过去。

那是根本就没有目的地的游法，我只是对着那一片光拼命划动手臂，不知道在水里实际待了多久，反正当时脑子一片空白，耳朵里什么也听不到，直到我的手被王四川他们扯住，接着把我拉了上去，我才慢慢缓过来，大量的声音再次回到耳朵里。

这一边的石瀑比那边的岩石只高了一些，我抹开眼前的湿发去找裴青，只见他比我慢得多，像一个老头子一样，向我们靠来，不过看样子问题也不大。

我此时想起那黑色的影子，再次去找，找来找去也没有找到，心说难道刚才又是错觉或者光影的巧合？

想到这里我松了口气，接着裴青安然无恙地也被扯了上来，一下子靠到石瀑上，捂着脸大口喘气，显然是累得够戗。

我心里责怪了一下自己刚才的唯心主义想法，自己也觉得可笑，怎么会相信裴青那样的说辞。

王四川看我们几个人都过来了，问我怎么回事，我喘着气让他待会儿再问，实在没力气了。他拍了拍我们，让我们继续往上爬，看看能不能爬到水蚀线上头去。水涨得飞快，这里很快也会沦陷。

我们点头，副班长此时又精神起来，带头第一个往上爬，接着一个跟着一个。我体力不行跟在了最后，裴青比我还不济，我拍了拍他想让他先上去，免得等一下摔下来没人拉。

裴青看着水里，似乎仍然心有余悸，拍了我一下，转头看了一眼我，咧嘴朝我笑了笑，转身爬了上去。

我看着他的笑容，突然就感觉到一股异样，他从来没笑过，忽然笑了，怎么这么古怪？而且这时候笑什么？难道是因为刚才的事情不好意思？随即王四川在上面大骂，说我们两个老是最慢，我只好疾步跟了上去。

石瀑的形成，大多是由于洞穴上方岩层缝隙较大，水流量充沛，在石灰质岩壁上冲刷的原因，与石瀑同时存在的还有石花和石幔，这些都是我们攀爬的垫脚石。

不过这里洞壁的岩石硬度不大，踩上去后很多突起的地方都开始开裂，摇摇欲坠，人人自危。好不容易爬到了能够到达的最高处，往下看看，离刚才看到的，却也没有高多少。

危机感稍微缓和了一点，人的思维也活跃起来，我们各自找好比较稳固的站立点，开始用手电照射对面的岩壁，寻找下一个可能的避水点。

不幸的是，好运好像没有继续下去，对面的岩壁光秃秃的，唯一一个可能落脚的地方，却是在水流的上游，以水流湍急的速度，我们根本没办法游到那里。

那是一种看到希望后更深的绝望，我们重新陷入到绝境之中，这一次，连王四川都放弃了，几个人看着下面的激流全部沉默了。

就在水流再次淹到我们脚踝的时候，突然，王四川放声唱了起来：

是那山谷的风，吹动了我们的红旗，
是那狂暴的雨，洗刷了我们的帐篷。
我们有火焰般的热情，战胜了一切疲劳和寒冷。
背起了我们的行装，攀上了层层的山峰，
我们满怀无限的希望，为祖国寻找出丰富的矿藏。
是那天上的星，为我们点上了明灯。
是那林中的鸟，向我们报告了黎明。
我们有火焰般的热情，战胜了一切疲劳和寒冷。
背起了我们的行装，攀上了层层的山峰，
我们满怀无限的希望，为祖国寻找出丰富的矿藏。
是那条条的河，汇成了波涛的大海，
把我们无穷的智慧，献给祖国人民。
我们有火焰般的热情，战胜了一切疲劳和寒冷。
背起了我们的行装，攀上了层层的山峰，
我们满怀无限的希望，为祖国寻找出丰富的矿藏。

这是《勘探队员之歌》，我就是在这首歌以及《年轻一代》的浪漫主义畅想中，毅然决定踏上地质勘探之路的。多年枯燥的勘探生涯已经把当年的激情磨灭，没有想到，在这种时候，王四川竟然又唱起了这首歌。

这种面临死亡的场面，本来并没有让我感觉到什么激情，但是王四川破锣一样的声音唱起来，却真的让我感觉到了一点浪漫主义情怀。我们不由自主地也跟着唱起了这首耳熟能详的歌曲，唱着唱着，很快，似乎那激流也变得不那么可怕。

然而事实是残酷的，不管我唱得有多么好听，王四川唱得有多么难听，水还是很快涨到了我们的小腿，我们都闭上了眼睛，用尽全身的力气唱着。

在面临生死关头的时候，佛教徒和基督徒们都有给他们准备好的文本，他们在那里可以祈祷以减轻死亡的恐惧，而我们这些无神论者，只有依靠当年的激情来驱赶死亡。实在是无奈。

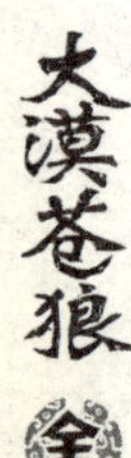

我们紧紧抓着岩壁，等待最后的那一刻到来，水上升到了膝盖，到了腰腹，到了胸口，这个时候，水压已经让我们连唱歌的声音都发不出了。

就在这个时候，我听到喉咙已经哑掉的王四川大叫了一声，我没听清他在喊什么，但是我也看到了异样的东西。只见远处的黑暗中，出现了十分灼目的艇灯灯光，接着，我就看到四只皮筏子出现在我们的视野里。

我一开始还以为是幻觉，但是皮筏子迅速靠近，很快，我就看到老猫蹲在最前的一只皮筏子的艇头上，他叼着烟，正似笑非笑地看着失魂落魄的我们。

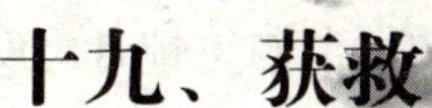

十九、获救

我们一个个被接到皮筏子上之后，王四川低头去亲吻那老旧的艇身，好像他的祖先亲吻辽阔的草原。而我则直接瘫倒在艇上，头枕着一边的艇沿，只觉得眼前一片漆黑。刚才的一切，那嘶哑的声音、湍急的水流、寒冷、恐惧、歌声，所有的所有，变成了一个旋涡，旋转着离我远去。

生与死离得如此之近，真的好似梦境一般。

就在我要昏迷过去的时候，一边的人把我扶了起来，给我脱衣服，这时逼人的寒冷才开始让我感到难受。

我们脱掉衣服，披上了毯子，人才缓过神来，瑟瑟发抖地开始看着这些救援的人。他们大部分都是陌生的工程兵，有两个也是我们一拨的地质勘探兵，但并不熟悉，只有坐在艇头的老猫是熟面孔。

王四川擦干身子之后，就问这是怎么回事，他们怎么进来的。其中一个工程兵告诉他，今天早上总营地发来电报，说是20里外的喀察尔河上游下了暴雨，让他们小心可能产生的潮汛。当时老猫已经在营地里待命，一听这个消息，就面色一变，马上找了那个大校，说可能会暗河涨水。开始那个大校还不相信，在老猫的坚持下，他们组织了救援队下来，现在看来，真是及时啊，要是再晚点，恐怕就不是救援队，而是捞尸队了。

王四川说谢天谢地，长生天保佑，老猫你就是我亲爹，快让我亲一口。

老猫朝他笑笑，也不说话，又看了看我，看了看裴青，露出一个大有深意的表情。

此时我发现了一个问题：皮筏子接了我们后，并没有往回走，而是顺着激流继续往前。我有点惊惧地问道："老猫，我们现在去哪里？这里面是死路。"

被我一问，王四川顿时也发现了这个问题，几个人面色都白了，都叫道："对啊！里面没路了。"王四川道："这里地势太低了，我们应该往上游走，否则这里有可能变成一个地下水囊，我们会困在里面，甚至整个洞底会全部被水灌满。"

那些工程兵都看向老猫，显然是征询他的意见，老猫理都没有理我们，只抽了一口烟，对工程兵们道："往前。"

四只皮筏子好像冲锋舟一样，急速向前冲去，我们不知道老猫的意思，全部都爬了起来，王四川急得脸都绿了。我们刚从生死线上下来，实在不想再一次到那种境地中去。

而皮筏子的速度太快，我们争吵的工夫，几乎已经冲到了洞穴尽头。

这个时候，老猫做了一个手势，指了指一个地方，就让所有的人都安静了下来。

因为水面的升高，我们现在所处的水平面高度，比底下我们发现铁门的地方，至少高了30米。也就是说这个高度，我们站在铁门处抬头看的时候，手电是照不清楚的，而我们也从来没有关注过这个洞穴的顶部，因为那里一向是一片漆黑，看不见什么。

而我们现在的高度，洞穴的顶部已经可以大致看清，我们可以看到洞壁在我们头顶上会合成一个锐角，顶上垂下的巨大钟乳柱，犹如一只只白色的兽牙，影影绰绰，不知道有多少。这些景象昙花一现，在激流中我们没有过多的精力去关注它们，现在也没有多少记忆。

而让我们安静下来的，是我们看到，在洞穴的尽头，两面洞壁会合处的顶端，竟然有一道大约10米宽的缝隙，如今水流好像奔腾的骏马向其中涌入，溅起漫天的水花。

我们一看都明白了，也就说，当年的地质构造运动并没有将这个洞穴完全封闭，这里只是一个收缩段，继续往下的通途，竟然是在洞穴的顶上。

我不知道这样的描写，你们能不能理解洞穴的结构，或者可以这么说，刚才我们所处的，发现铁门的地方，只是一个地下河的水囊，它的大小还不能称呼为暗湖，但是起着和暗湖一样的作用，就是调节地下河水量。因为连年的干旱，我们进来时地下河的水位显然已经到了低谷，所以这个还没有发育成熟的暗湖便露出湖底。而我们在湖底搜索，自然找不到继续往下的道路。

这其实就是一个盲点，我们在“水往低处流”的概念下，总是感觉，通道会在我们的脚下，根本没有想到，我们的头顶根本没被搜索过。

我很想问老猫是怎么知道这件事情的，但是当时的情况不允许，水流实在太快，我们冲到缝隙口的时候，皮筏子已经开始打转，工程兵们大叫：“抓牢趴下！”话音刚落，我们已经被卷进了那道缝隙里，重重地撞在一边的洞壁上，一个工程兵半个身子被甩了出去，幸亏裴青动作很快，啪一下将他拉了回来，接着就是天昏地暗的打转。

我也不知道最后船是横着还是竖着，在经过了极度的劳累和恐惧之后，又一次经历这种激烈的场面，我已经无法坚持了，咬牙坚持了几秒后，我终于眼前一黑昏迷了过去。

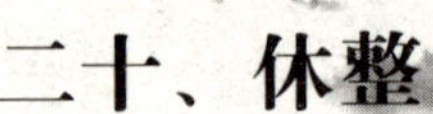

二十、休整

醒过来的时候，四周一边安静，咆哮的水声已经听不见了，我身上裹着毯子，竟然感觉到了暖和。睁开眼睛一看，原来王四川他们就睡在我边上，几个人挤在一起，确实比一个人睡要舒服。

我小心翼翼坐起来，在朦胧的灯光下，我发现自己躺在一个鹅卵石浅滩上，地下铺着防潮毯，边上有小小的篝火，几个黑色的影子坐在那里，显然正在守夜。

有一个人看到我坐了起来便跑过来，我一看，是老猫带来的其中一个工程兵，他问我感觉如何？

我活动了一下，发现手脚颇不便，摸了摸发现都被绑上了绷带，看来刚才混乱的时候，我受了非常严重的伤，不过除了这个之外，倒没有其他的不适，就对他说还行。

那工程兵扶着我站起来，我走到篝火边上，就问他这里是哪里。

工程兵告诉我，这是暗河边缘的洞壁突起，我昏迷了之后，他们已经漂流了四小时，具体是哪里，他自己也不知道。所有人都累得要死，好不容易看到有一处干燥的，就上来休息。说着他递给我烧好的食物。

我一边吃一边看，发现地上有类似于裙边的褶皱，用手电一照远处，原来这里的洞壁角度很缓和，万年冲刷下形成了一处巨大的石梯田群，一层一层的，下面还有很多，一直延伸到水里。

皮筏子搁浅在一边，所有人东倒西歪的，呼噜声此起彼伏，脚下也并不是鹅卵石，只不过地下全是凸起的石瘤子，真不知道我们是怎么睡着的。

我们在石梯田的中间部分，向上几层巨大的梯田后就是洞壁了，那里最干燥，我们的背包就堆在那里，梯田的宽度都不大，但是很长。

我拿着手电向四周照去，照不到暗河对面的洞壁，显然暗河在这里比我们刚开始进来那段宽了很多。除了我们的声音，这里一片宁静，连暗河的水流声都听不到。

难得有这么安静的环境，不好好休息真是浪费了，我心里逐渐放松，吃饱了后，找了个地方放了泡尿，又躺回到王四川边上，很快，就再次进入了梦乡。

这一次醒过来的时候，其他人都醒了，三堆篝火燃得旺盛，煮着茶水和沸水，几个人正在擦拭伤口，衣服也差不多烤干了。

老猫坐在那里，正和裴青、王四川说话，我揉着眼睛走过去，坐到他们中间。

王四川看见我就拍我，说："你他妈的真会享福，晕得真及时，给了你的亲密战友我一个重大的立功表现，你知道昨天是谁一路拽着你吗？那就是我，记得回去给我上报提三等功。"

我不好意思地点头，心说我也不愿意，这是先天的，有什么办法？

说实话，我的体质确实不适合干这一行，入伍的时候，我是硬喝了三大瓶水，才勉强体重达标的，要不然就我那身板，胸口跟钢琴键盘一样，招兵的还以为我得过大肚子病。不过谁叫我当时热血沸腾要投身这个事业呢，所谓体力不足精神补，我认为我的精神还是很强大的。好在这几年我已经健壮很多了。

那个年头当兵的累晕是很丢脸的事情，我不让王四川再继续奚落我，问他们在谈什么？

裴青告诉我，老猫画了一张地势剖面图，他们正研究后面暗河的走势，看看怎么往下走。

我听了很纳闷，问道："为什么还要往下走？你们不是救援队吗？"

几个人都不说话了，老猫抽了口烟，火头抽得一闪一闪，叹了口气。

我又问了一遍，王四川才声音干涩地道："老猫说，他们要救的，并不是我们。"

二十一、真正的救援对象

篝火的火苗在我面前闪动，轻微流通的空气让火苗燃烧的时候，不时发出刺刺的声音。几个人的脸，在火光下都显得有点扭曲，特别是老猫，我只能看到他面部的轮廓，看不到他的表情。

要救的并不是我们？

我感觉我听不懂王四川的话，想起袁喜乐的事情，马上又感觉有点听懂了。但又不能肯定。

“那你们要救的是谁？”我看向老猫，希望他作一个明白的说明。

没有和我们坐在一起的两个勘探兵听到我的问题，停止了交谈，转头看向我，而王四川他们都看着面前的火焰，不出声，没有人声援我。显然，他们早就问过这个问题了。

火光后的老猫看着我，把烟屁股扔到地上，幽幽道：“我无权告诉你们。找到了你自然就知道了。”

又是一阵沉默，没有人说话。最后王四川嘀咕了一句：“这一次，我对组织的做法有意见。”

老猫长出了口气：“军人的天职，是服从命令，有意见，出去后找荣爱国提去。”

我们都叹了口气，知道这并不是老猫不想说，是他在这么多人的面前，不可能当保密条例为儿戏，这是要上军事法庭的。而且确实，我们都是军人，虽然比较特殊，但只要是军人，就要服从命令。这是神圣的原则，军队的一切都依附这个基本原则，我们入伍的时候，已经做好心理准备了。

所以王四川骂了一声，也没有再说下去，而那几个看着我们的勘探技术兵，也转回了头去，继续说话。

我为了缓和气氛，问他们道："算了，那你们商量到什么地方了？我也来听听。"

裴青把老猫画的图递给了我，也是为了缓和气氛，接着说道："我们在和他说当时的那道铁门，就在这个位置。我们在讨论，既然通道在洞穴的顶部，那铁门里是什么地方？"

我想起了那奇怪的铁门，现在它应该已经在水下了。在老猫的图上，草草地画着一条长长的通道，我很容易就可以认出那些我们走过的地方。在铁门的地方，老猫不知道为什么，打了一个问号。

我问他们有什么讨论的结果，裴青说，问过工程兵的意见，他们说有两个可能性，第一，这根本不是门，而是临时吊车的水泥桩。这里的岩石结果并不稳定，走路还好，要是吊装比较大的飞机部件，比如说发动机，就可能需要起重架，那就需要在石头下浇上大量的水泥和钢筋，那道铁门，可能只是水泥桩的残余部分。

我回忆了一下，心说狗屁，那肯定是一道门，又问第二个可能性呢？

裴青道："那就有意思了，他们说，如果不是水泥桩，按照他们修建地下掩体的经验，安置在这种地方的铁门，肯定是一个微差爆破点，下面全是炸药。这铁门下肯定是钻了个深孔一直到达承重层，里面在关键位置上布满超大量防潮防震的炸药，用来在紧急的时候引爆，可以瞬间封闭洞穴，争取时间。

在日本的很多地下要塞都有这样的装置安置在关键通道上，而且这种装置需要少数获得引爆密码的人来操作，日本军队里有特别的人来执行这种"神圣"的引爆任务。

不过，不知道什么原因，日军在撤走的时候，把这道铁门封闭了，显然不想将洞穴完全封闭，也或者当时，知道引爆密码的人，已经死了。

我听了后头上就冒了冷汗，道："你的意思是，我们刚才是站在一堆炸药上？"

在我们身后的一个工程兵插嘴道："不，是一大堆。"

说话的是一个年纪比较大的工程兵，生面孔，甚至看上去比我们的副班长还要老一点。他也挤到我们中间来，老猫向我们介绍，说这是工程连的连长，

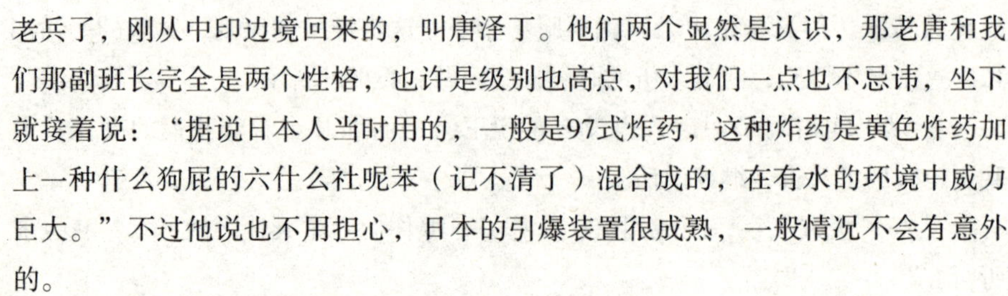

老兵了，刚从中印边境回来的，叫唐泽丁。他们两个显然是认识，那老唐和我们那副班长完全是两个性格，也许是级别也高点，对我们一点也不忌讳，坐下就接着说："据说日本人当时用的，一般是97式炸药，这种炸药是黄色炸药加上一种什么狗屁的六什么社呢苯（记不清了）混合成的，在有水的环境中威力巨大。"不过他说也不用担心，日本的引爆装置很成熟，一般情况不会有意外的。

接着他又说，不过这种爆炸点的位置设置很讲究，相信那个地方应该属于战略要点，要是这个地方守不住，形势会急转直下，所以才会在这里设置爆点。他认为如果这样判断的话，我们后面的暗河段，可能会相对比较安全。

王四川显然是不信，拍了拍他说承你贵言。

我倒觉得他说得有道理，但是事实如何，也只有走下去看了再说。

裴青接着道："这是我们刚才讨论的一个问题，现在还有一个问题比较棘手，刚才我们也提了一下，就是袁喜乐和陈落户他们的问题。"

我心说怎么了，问道他们有什么问题？这里没见到他们，不是应该在上游等吗？

裴青摇头道："老猫说，他们来的时候，只看到了装备，也看到了牺牲战士的尸体，但却没见到他们三个人。"

我又愣了一下，心说怎么可能？裴青说，现在我们也假设，要么就是他们来的时候没有发现袁喜乐他们，要么就是他们发现涨水，来救我们的时候出意外了，总之现在我们也没法回去搜索，只能祈祷他们没事了。

我想起陈落户和袁喜乐的样子，心里真是担心得不行，这两个人都无法照顾自己，那个我们留下的小兵，到底能不能顾得过来？

怀着忧虑，我们又商量了一下别的事情，地下河的走势无从预测，其实当时有一种充电法可以预测地下河的走势和规模，但是数据都是概数，而我们需要细节。现在我们只能凭借以前走地下河的经验来猜测接下来会遇到的情况。

正讨论着，突然传来了嘈杂的声音，我们转头去看，只见两个工程兵沿着梯田已经走出去很远，我们只能看到手电发出的两点光。

石头梯田的长度往往十分惊人，有时候能延绵几公里，可能是他们好奇这种奇怪的地质景象，沿着梯田就贴着洞壁往里走。这时候，那个副班长发现了他们，立刻勒令他们回来。

谁知道他们却在那里招手，指着洞顶，好像发现了什么。

王四川来了兴趣，我和他站起来与其他几个人跑了过去，走到他们那里，抬头一看洞顶，只见长满钟乳的暗河顶部，竟然挂着一条U形的手臂粗细的电缆，从前方的河道处延伸出来。最后电缆挂入到水中，不知去向了。

而在这里，我从那电缆处又听到了刚才在铁门下听到的那种指甲抓挠的声音。此时听起来，那声音不像是水位上升石头摩擦，而是电流产生静电的那种噪声。

发现电缆虽然不是什么特别震撼的事，但是搞工程的几个都很兴奋，因为看到电缆，就意味着附近有用电的东西。不知道日本人用的是什么发电机，但功率肯定不会大，出现了电缆，说明我们离目的地不远了。

只是不知道，这荒废了几十年的电缆中，怎么好像还有电？难道电缆尽头的发动机还在运行吗？

老唐让几个工程兵架着他，搭了个人梯凑过去，因为几十年的水蚀，电缆已经老化且被石灰质薄薄地包进了钟乳里，扯都扯不下来。他们看着电缆一直从这里垂了下去，垂入水里，又让几个兵顺着下去，看看电缆最后连着的是什么东西。

副班长脱了衣服，顺着石梯田一层一层走下水，然后摸着电缆潜了下去。我们看着他潜一会儿，冒起来一会儿，很快就到达了手电照不清的地方。

我怕他出现危险，忙让其他人把皮筏子推下水去，我们去那里接应。

几个人都非常感兴趣，皮筏子很快划到暗河中心的地方，班长的手电在水面甚至还能透上光来。我们看着光点一直移动一直移动，最后停止了，向上浮了上来，接着一个水花，那个副班长喘着粗气一下子扒到艇上。

我们赶紧把他拉上来，给他毛巾擦头，王四川忍不住了，问下面连着什么？

那副班长喘了一分钟才缓过来，结巴道："飞机！水下沉着一架飞机的残骸！"

二十二、小型飞机

飞机?

我们当时就傻眼了，难道这里已经是洞穴的尽头，1200米的地下了?

不可能啊，气压表显示我们现在的垂直深度连一半都不到，而且看这洞穴的宽度，如果那架神秘的轰炸机就在我们的水下，那以它的高度和广度，我们不可能在水面上什么也看不见，手电照下去，肯定能看到一个巨大的飞机影子。而现在，一片漆黑，什么都没有。

王四川问副班长，副班长说，不是轰炸机，是一架小型的飞机，下面还有铁轨，小飞机用锁链固定在铁轨上，看上去已经完全撞毁了。

几个人兴奋异常，而我受了伤，无法潜水下去看，虽然心急火燎，但也只能看着身边的人一个接一个跳下水去，争相去看。

我等了他们大概一小时，直到在岸上的老唐呼喝起来，他们才回到岸上，一边擦身体一边对我们形容下面的场面，其中王四川讲得眉飞色舞。

按照他们的叙述，我们画出了飞机的样子，后来我们总结时查资料，发现那一架飞机同样非常冷门。当时是一个空军指挥学院的空气动力工程师认了出来，那可能是一架小型的Ki-102系列，这种飞机很有名气，那工程师说如果我们真的在那地方发现了这种飞机，说明日本人对于这件事情的重视程度已经非常不一般了，因为这是当时比较新的夜间战斗机。

我们当时见过的飞机都有限，根本不可能了解这么多，只知道那飞机的残骸倾泻在铁轨上，电缆通向那里，有一些奇怪的卡在石头缝隙中的机器，应该是矿轨设备。飞机的翅膀已经完全折毁，头部也撞得不成样子，显然这一架战机应该是迫降失败的牺牲品，奇怪的是，怎么会出现在这里？

我们当时给奇怪下了一个定义，就是所谓奇怪的事情，就是一个东西在不应该出现的地方重复出现。现在想来也很贴切。

王四川甚至分析，说日本人会不会在地下修建什么军火库，把那些来不及运走的飞机都藏在下面，准备打回来的时候再用？

我说花这么大的精力藏这么几架飞机，恐怕不合算，小日本做事情虽然不靠谱，但也不是笨蛋，你别把他们当成电影里那种，只会叫八格牙鲁。

没有去看的人听他们说得如此新奇，也要去看，但是老唐怕有危险，严厉地制止了，几个人只好凑在王四川边上，让他继续说说，继续说说。王四川最好这一口，让他敞开说，就吹上牛了。

老唐这里，则和老猫商量事情，他也相当的兴奋，说有了电缆，估计以后的路会好走不少，你看水下竟然还有铁轨，说明当时没有涨水的时候，这里的水非常浅，而有铁轨也说明之后的洞穴没有大范围的坡度变化，形势一片大好。

于是决定即时出发，不要在这里干耗着。大家在号令中迅速整理了各自的装备，穿上了衣服，再次朝洞穴的尽头开进。

事实证明老唐这老工程兵的经验是相当牛的，我们顺着电缆，靠着洞壁一点一点前进，不久就出现了应急灯，显然到了这里，洞穴的开发程度已经相当高了。这没有平稳的交通是做不到的。

老猫显然不想浪费时间，好路不停脚，我们一口气再往前漂了两三里，出现了大量电缆在头顶上汇集的场面。

查看之后，老唐说这里附近肯定有一台发电机。

果不其然，我们转过一个转角后，看到了一个比较大的水泥脚手架架在洞壁上，洞壁下的水里有一个很大的落水洞，四周围着铁栅栏，电缆就通到那个落水洞里。

老唐说发电机就在洞里，这里是一个配电中心，从里面出来的几条电缆，肯定有一条是通向洞穴的尽头的。

这时候眼尖的就看到水泥脚手架上，架着哨岗、铁丝网和探照灯，那架子下面，还有简易的铁梯。有个人叫了一声，我们朝他指的方向看去，只见脚手架的下面，有两个军用帐篷，和我们很熟悉的睡袋和背包。这些东西一看就不是日本人留下的，而是最近才搭起来的。

老猫马上站了起来，对老唐说：“靠过去。”

爬上水泥的地面，我感觉到一种亲切感，虽然这是日本人造的，一边的架子上刷着“×崎重工×××协作部队076枚”的字样。水泥架子下很干燥，我们走过去，发现那些帐篷果然是我们解放军的，这是一个临时的宿营地。

果然有一支勘探队比我们早进来了，我当时这么想，这事我一直很肯定，不过现在有了事实的依据，我心里就更加的踏实。

特别是那几个帐篷。我们在入口处初步看了洞穴之后，都放弃了帐篷。这里有帐篷，说明这支勘探队里有女性队员，而且应该不止一个。袁喜乐他们进来，应该到达了这里。

老猫让我们在这里停下，然后下令搜索，跟着他来的工程兵开始分散开去，搜索整个水泥架子。很快就有了发现，我们顺着铁梯爬到架子的第二层，那里有一个用沙袋搭起的掩体，里面有一个休息室，现在发出一股霉臭味，地上凌乱无比。我们在那里看到了交错的电线、床和军绿色的写字台，一边的架子上有军用摇杆电话，甚至枪架上还有一支锈得好像铁棒的枪。

如果有蜘蛛的话，我相信这里已经变成一个盘丝洞了，可惜这里没有，而且灰尘也不多，看着这些只是霉变的家具，我感觉非常古怪，似乎日本人只是刚刚离去。

而小兵搜索到的东西，就是那张军绿色的写字桌，我们看到在那桌子上，摆放着我们用的同种的饭盒和水壶，显然老猫要找的人在这里开过会。

其他就没有什么能够让人注意的地方了，我们找了一圈，没有任何新发现。

我们几个人一合计，让工程兵以这里为中心，开始搜索，既然生活用品都在这里，显然人不会走远。

就在我们准备走出掩体的时候，让所有人震惊的一件事情发生了。

就听见一连串清脆的“丁零零”的声音，好像炸雷一样突然在掩体里响了起来，我们全部头皮一麻，朝后看去，原来放在架子上的那台老式摇杆电话，竟然响了。

二十三、未知的勘探队

我看了看王四川，王四川看了我，然后我又看了看裴青，裴青则和老猫对视了一眼，我又去看老唐。当时我很希望有一个人脸上没有那种惊骇莫名的眼神，可惜没有，连一向不阴不阳的老猫，面色都是极度惨白。

电话铃一直在响，因为内部部件的腐朽，铃声响了几声后，就变成了很沉闷的声音，好像有人在打嗝，显然是铃锤断了。

当时站在电话边上的一个小战士吓得面如土色，此时动也不是，不动也不是，看着我们，手就在那里发抖，显然条件反射下就想去接。

铃声响了很久，都没有一个人反应过来该怎么办，大家都在那里僵站着，显然这种情况，超出了我们能处理的范围。

我们一直站着，直到铃声停了下来，当时也不知道是电话最终坏了，还是停了，总之那诡异的声音一停下来，我们顿时松了口气。

几个人又是互相看来看去，当然，此时不可能当成什么都没发生过，我们就这样装什么都不知道地走出去。于是几个人又走到了电话机边上，老唐回头，叫了一个兵过来："小赵，你是不是当过电话兵？"

那小兵回道是的，老唐道："看——看看这电话。"

那小兵点头，走过刚想抓起电话，突然"丁零零"，铃声又响了，可把我们吓的，那老唐都往后一扎马步然后掏枪。

这是习过武的兵的特征，我们以前遇上过和尚兵，打架是一把手，枪也打得不错，但是一被吓着他就条件反射地甩把式，脚下就走了马步，上面则条件反射掏枪，特别的有趣。

不过那时候谁也笑不出来，几个人再次看着那个电话，王四川就来狠的了，说了句谁怕谁？上去就把电话接了起来，放到了耳朵上："喂！"

在漆黑的地下缝隙深处，日本人残留下来的秘密废墟中，一台老式的电话突然响起，这种场景比当时手抄本里的内容要惊悚得多。所以当王四川突然接起电话的时候，我们所有人的心都抽了一下。

王四川喂了一下之后，就没有说话，等对方的回答。这是一件非常可怕的事情，因为你根本不知道这电话是从哪里打过来的，对面是什么东西。

我当时心里非常希望，是我们派出去搜索的其他工程兵，发现了另一个电话，然后贪玩造成的误会，但是王四川喂了一声之后，我们听到的声音，却不是人的回答。

当时所有人都听到了那种奇怪的声音。那是一连串急促的静电音和很多无法形容的声音组成的噪声，好比一个人用高频率在咳嗽。

我们一个一个把电话拿过来，听了很久，都没有听出个所以然来，不知道这是什么声音。但是，所有人都知道，那确实是有含义的声音，因为，它是有规律的。

我相信看到这里，所有的人第一反应就是莫尔斯电码，这是因为大量的国外探险电影以及小说过度宣扬了这种简单电码的通用性。诚然，在国外，莫尔斯电码是一种提高探险生存能力的技能，但是在我们的那个年代，全国上下学的都是俄文，直到我工作了两三年后，大概是20世纪50年代末，中苏交恶后，才开始有小班的英语教育。

所以当时不要说莫尔斯电码这个概念，就算是电码依附的abcd英文，这里都基本上没人认识。我们的基础英文，还是"文革"之后再教育时在职工大学学的。而且在当时的环境下，也不太可能存在能发出这种莫尔斯电码的人。

这里虽然不是莫尔斯电码，但是关于莫尔斯电码却有一条浪漫主义的趣闻：作为一种信息编码标准，它拥有其他编码方案无法超越的长久的生命。莫尔斯电码在海事通信中被作为国际标准一直使用到1999年。1997年，当法国海军停止使用莫尔斯电码时，发送的最后一条消息是："所有人注意，这是我们在永远沉寂之前的最后一声呐喊！"这是我最近才看到的。

电话里的声音持续了45秒之后再次消失，王四川把电话挂了回去，我们围在电话边上，以为它会再次响起，然而，之后的两小时，电话并没有响起来。

几个人陷入了胶着状态，老唐随即让所有在附近的工程兵马上查看电话线路，并问那个当过电话兵的小赵，这是怎么回事。

这里又要说明一下这种电话，这是当时那个电话兵说的，他不说我也不知道这电话的结构。手摇电话它其实就是一个发电机，它的电话线的另一头，要么是另一个电话机，要么是一个接线室（也是电话机，只不过有转线路的功能），只要摇杆一摇，对面就会振铃。这里的铃声响，只有一个可能性，就是电话线通电了。而听不清声音，很可能是外接干电池没电了，电线可以保存很长时间，但是干电池肯定已经腐烂了。

不过，这种电话的通话距离比较长，所以对方发出电流的地方，实在是很难估计。

这说了等于没说，老唐派出人顺着电话线去找，他们找出去十几米，电话线就并入了那条巨大的电缆里，一直向洞的深处延伸下去。

这时候，谢天谢地，老唐给我们找出了一个唯物主义理由，而且十分合理，他说，肯定是电缆里面的电线和电话线搅在一起了，刚才他派人去弄发电机，肯定是在摆弄的时候，电流突然加大，击穿了绝缘，电话铃才响的。那些有规律的声音，可能就是电路里静电的噪声。

我们听了顿时觉得很有道理，众人擦了擦汗水，释然得差点互相恭喜。

有了一个理由，虽然并没有验证，只是一个推测，但是总比莫名其妙要好。

当时只有裴青没有接受这个解释，他还是盯着电话，对老唐摇头，脸上露出了一种高深莫测的表情。

老唐看他这举动，感觉到奇怪，问他什么意思？裴青又看了看我们，这时候做了一个让我们吃惊的举动——只见他拿起了电话，然后小心翼翼地开始摇动摇杆，逐渐加快。

他竟然打了回去！

接着他把电话贴到耳朵上，看着我们，把手指放到嘴上，做了一个不要说话的动作。

后来我们形容这件事情，都说这是一个拨往地狱的电话，正是同样不知道，这个电话，那一头是通向哪里，会接起来的人又是谁。

我感谢上帝没有在那个时候给我们更多的惊吓，无声持续了大概十几秒，电话中又响起了声音，同样是那种无法形容的声音。

裴青听了一会儿，把电话举到我们面前，让我们去听那连续的咳嗽音，问道：“你们看过《永不消逝的电波》吗？”

二十四、永不消逝的电波

不是我们愚钝，当时我们不明白裴青话里的意思，因为当时没有任何人普及电报学的知识，我们对电报的概念，还停留于电影里的嘀嘀嘀声。相信很多20世纪70年代后出生的老弟，你们小时候看黑白片后，如果听到很多有节奏的敲击声，你们能联想到那是有意义的信号吗？相信不会吧。

所以当时裴青可以联想到这一点，我们后来想来实在觉得不可思议，而那个时代，只有真正极端熟悉电报这种东西的人，才可能会听到并且马上联想到这方面。

我们不明白裴青的意思，莫名其妙中最后还是电话兵小赵反应了过来，问道："裴工，你的意思是，这里面的声音，是电报？"

"你们听，啪啪啪啪，啪，34秒重复一次。"他抬手看表，"每重复一次，时间一秒都不差。"他看向我们，"对面不是人，电话线的回路上，有一台自动发报机。"

"你肯定？"老猫看向裴青，眯起了眼睛。

裴青点了点头，转头看小赵："你们电话兵，基础训练里，有没有背过电报码？"

小赵点头，但是露出极其为难的表情："可是基础训练，我差不多都忘记了。"

"那你听码总不会忘记吧？"裴青把话筒给小赵，对我们说，"拿纸来。"

我根本不知道发生了什么事情，只好听他的从兜里掏出工作簿，接着，小赵皱起眉头，几乎是被逼着，极其艰难地听出了一连串号码。

我现在还保留着那本本子，那一串号码是：

281716530604714523972757205302260255297205222232

写完之后，我们就盯着这一串号码直发蒙。

小赵听完之后，重新看了一遍那串数字，就很确定地说，是明码的电文。但是中文明码表洋洋洒洒，就算是职业电报员也不见得能熟练记起所有的字，何况只是受过基础训练的小赵。他把号码四等分之后，得到了十二组四位数字，其中，他只能看懂几个最常用的。

极2817

×1653

×0604

×7145

×2397

×2757

我2053

们0226

×0255

止2972

×0522

×2232

单靠这几个字，只能说明，编出这段自动电文的并不是当时的日本人，而是一个中国人，只不过不知道是谁，不知道这段电码是什么意思。

我们互相传阅电文，当时只是形式性的，这些东西在我眼里就是天书，所有人都没有仔细看，只是象征性地接过来，转动一下眼珠，这是我们下到基层开会时候看长篇报告学会的。

只有两个人，我记得非常清楚，当时只有两个人，一个是老猫，一个是裴青，看得非常认真，其中老猫只是扫了一眼，眉头就皱了起来，而裴青则咬了咬下唇，突然对我们道："我好像能看懂。"

这话好像一个晴天霹雳一样，我们一下子全都看向他，只听他道："我父亲是镇里的电报员，我小时候给他译过电报，大概接触过一千多个电码，我打电报都是直接写电码，不用邮局的人翻译的。”

我们像看神仙一样看着他，老猫的面色很苍白，问道：“说的是什么？”

“你们给我点时间，我要好好回忆一下。”

说着裴青趴到了台子上，抢过我的笔记开始涂鸦，我们围着他，互相掏了几支烟就一边抽一边看。

我看到裴青写的东西，就知道他当时使用的办法，他的记忆中肯定有了那些明码编译的记忆，所以他把每一组数字似乎有关联的字都写了下来，最后，他给我们看的东西是这样的：

极2817
度1653
危0604
险7145
营2397
救2757
我2053
们0226
停0255
止2972
勘0522
探2232

极度危险营救我们停止勘探。

“是求救的电码！”几个人都倒吸了口冷气。

接下来的事情，发生得非常快，老猫看着那份翻译出来的电文，头上已经微微冒出了冷汗。他随即就吩咐老唐找人集合，说要马上出发，编写电报的人，显然现在的处境相当不妙了，再也容不得半点的耽搁。

事实上我们都知道，这幽灵一样的电报，不知道在这里发送了多久，也许当事人早就已经遇难了。但是，作为一个救援队，就是要以最好的情况来判断形势，在不确定的情况下，要无条件认为救援对象还生存着。

可就在我们收拾行李，准备跟他们上路的时候，老猫却拦住了我们，让我们待在这里，说里面肯定是出了问题，不然不会有这种电报传出来。我们对于里面的危险一点也不知道，如果全队人都进入，一旦再一次出事情，就会全军覆没。我们留在这里，作为第二梯队，他们如果安全到达，就会派人回来通知我们。

我们一开始不同意，心说那怎么行，王四川说要么你当第二梯队，这缩头乌龟的事情我才不做。

可惜老猫还是摇头，说：“现在是军事行动，老唐最大，这是他的意思。服从命令！而且你们都有伤，留下你们是为了你们好！”

说着他就要走，王四川还是不服气，但是碍于老猫搬出了命令这两个字来，他也不能发飙。谁都知道老唐那个连长是个软蛋，这肯定是老猫自己的意思。

不过他走了没几步，突然又回头对裴青道：“你能听懂电码，也许用得上，他们留在这里，你可以跟去！”

裴青好像早有预感，此时微微一笑，回头看了一眼我们，很可恶地道：“好好看家！”就跟着他走了。气得王四川差点吐血。

我们看着他们上船，很快就离开了岸边，为首的人打着手电寻找电缆，大概20分钟后，三只船就消失在洞穴的黑暗中，喧闹的声音一下子越来越远。

突然的安静让我很不习惯，我们回头望望，发现剩下来的人，就是我和王四川，还有副班长和他手下的三个小兵，突然感到一股凄然。

王四川问我怎么办，我只好说老猫说得也有道理，咱们怎么说也受了伤，他也是为我们好。

几个人蹲下来，也没事情可干，我看副班长也垂头丧气的，当兵的不怕死，就怕上不了战场，只好掏烟来安慰他们。

这一摸，我就一愣，掏出来一看，我发现口袋里，又多了一张纸条。

二十五、第二张纸条

那是一张与先前石滩上相同的纸条，都是从我们那种劳保工作笔记上撕下来的，那时候的纸头还不像现在这么优质，纸片厚、发黄且粗糙，展开一看，同样是几个小字：进落水洞。

四个字写得极度的潦草，潦草到我勉强才能分辨出来，显然是在极其快速的情况下写的。我看到这几个字，心里就猛跳了一下，心说什么？进落水洞？条件反射下我回头看了看那个铁栅栏拦起来的落水洞。

那个落水洞就在不远处，所有的电缆好像章鱼的触须一样汇集到洞口，盘成一团一团的，流水就在这些电缆中间向洞里流去。

下这个洞？

我感觉到有点莫名其妙，又摸了摸口袋，发现除了烟，没有第二张纸条了，心说奇怪了，到底是谁塞进来的。

早前看到那张小心裴青的纸条时，我根本没有在意，以为是陈落户的恶心伎俩，但现在又一次收到这张纸条，我却无法再不把它当回事。

此时王四川他们都在我边上，我摸纸条的过程他们都看得很清楚，见我看了纸条面色阴晴不定，都凑过来看。我知道自己一个人无法处理这个问题了，就把纸条递给王四川他们，让他们一起看看这到底是怎么回事。

王四川一看就吸了口凉气，说这是给我们的暗示啊，他娘的是谁给我们的呢？为什么要通过这种方式？难道我们队伍里有敌特？

几个人一听，都觉得有道理，不然没必要传小纸条告诉我们这个。王四川兴奋起来了，说同志们，我们立功的机会来了，看样子这落水洞里肯定有什么蹊跷，不能让敌特知道，所以才把这个任务通过这种方式委任给我们。这是那些同志们对我们的信任，来吧，事不宜迟，我们马上下洞。

我赶紧拦住说且慢，这事情太怪了，我们得从长计议。况且这纸条到底是谁放在我口袋里的还不知道呢。我们还是先到洞口看看再说，要不要下去，别这么快决定。

我说的话也有道理，王四川点头说行，他其实也是这个意思。于是便打起手电向洞口走去。

说实话我并没有仔细看过那个洞，上来的时候看了一眼，直觉得落水洞的四周滑得要命，也不敢靠前仔细看。洞里盘满了电缆，使得本来有一个卡车头大的洞口，只剩下一半是空的，下面一片漆黑，冷风阵阵。

因为扎实的应试教育，我看到这个洞的时候，已经能够想象出里面的样子。用落水洞来形容它也许不是很适合，因为这个洞并不在地表，但是原理相同，肯定是水沿垂直裂隙溶蚀出来的。不知道有多深，如果深度超过一定程度，那当地表水下透一段路程之后，落水洞就会开始顺着岩层的倾斜方向，或者节理的倾斜情况发育。

在水平地层发育的落水洞，像阶梯那样逐级下降。在节理众多的地层中，又会形成曲折回环的形态。这里的落水洞，是一种洞中洞，最有可能的发育结果是最后进入毛细石裂隙，变成地下水。当然，这下面也可能是另一条地质构造裂隙，或者另一条更深的地下河支流。

刚才在这里检查的工程兵还有安全锁和一些加固设备没有撤掉，我们可以很平稳地下到一定的深度。王四川刚才说得激动，如今一看到洞的情况，又有点犹豫。到底是搞地质勘探的，安全概念还是有的，知道这样的洞穴相当的危险，因为现在水量很大，会聚的水流在下面都冲起激烈的水花，能见度很差。

我问王四川怎么办，王四川说这样看也看不出什么来，他先下去看看再说。那副班长马上说他去，王四川把他拦住，说我和裴青那小子可不一样，我是搞地质勘探的，爬洞是我的专长，我爬比你们去爬合适，别争了。

我此时也脑子一热，对王四川说，你别他娘的个人英雄主义，纸条是塞在我口袋里的，这事情我来干合适。

这样争来争去，其实我最烦这种事儿，但是当时革命片都这么拍，我们都学来了，不过，最后决定还是我下去，因为王四川个子太大了，几个兵在上面拉绳索恐怕拉不住他。

决定下来之后，我看了看那个深洞，却有点后悔，打先锋实在不是我的强项，而到了这地步，怎么也得硬着头皮上了。

我们之前带有探洞的装备，不过全都在逃涨水的时候扔了，那时候除了枪什么都扔了，好在这里还有以前那些人的包裹。我们把装备理出来，我戴上了头灯，这是我最不喜欢的装备，戴着它脑门很烫，影响我的思考。

接着理出绳子，打了个滑轮扣，我就爬过铁栅栏，踩着那些电缆，往落水洞下滑去。因为溅起了很多水，我都看不清电缆下的洞壁。

这里面的空间刚开始非常狭窄，我下去了一段之后，听到了咔啦咔啦的声音。头灯照下去，脚下很深的地方有一个架子，上面有一台机器，当时我是臆测的，因为我看到的就是一块黑影。接着上面的人继续缓慢地把我往下吊，我转动头部逃避水花，还是很快就变成了一只冰冷的落汤鸡。

到了这里之后，也不知道多少次成落汤鸡了，我倒也有点习惯，下着下着，大概下去了8米，我的头灯就照到了电缆上挂的一块锈烂的铁牌子，闪了一眼看见上面写着：站–0384–8线，后面还有看不懂的日文，不知道是什么意思。

此时我耳朵里全是水声，听到上面有人说话却听不清楚，就让他们继续往下放。绳子停了几下之后，又往下放了几米，我终于能看清楚那台机器了。这里显然刚才检查的时候，工程兵也来过，有很多石灰质剥落的痕迹。

这肯定是台发电机，被架在一个铁架子上，铁架子横在洞里，好比一道屏障，把落水洞封住。透过铁条和铁条的缝隙，我可以看到下面漆黑一片，不知道有多深。铁架上，挂着另外一个铁锈的标志牌：立入禁止。

我一点一点下去，最后落到了铁架子上，铁架子顿时发出一声令人不安的呻吟，往下滑了一下，幸好马上就停止了。我踩了一脚“立入禁止”的牌子，已经锈成薄片的标志牌瞬间变成碎片，从缝隙中漏了下去。

我有点冒汗，又用力往下跺了一脚，整个架子又发出一声呻吟，但声音明显让人感觉，整个架子的强度还是够的，于是才放心地把整个身体的重量放下去。

发电机上覆盖着一层石灰质的东西，已经结痂化了，这是一台用水发电的电机，刀叶上也全是石灰质，被水流打着，还能缓缓转动。我对这东西不了解，也不去研究，直接小心翼翼走了一圈，在这机器的后面，我看到脚下的铁条和铁条之间，有一根铁条断了，露出一个可以容纳一人通过的缺口。

我蹲了下去，用手电向下照去，发现果然下面十几米处，好像洞的落势就不是直的了，就有阶梯状的斜坡，继续往下通去。

我心说太好了，这样好下很多，而且就算摔倒也不至于摔得太过严重，于是先拉了拉绳子，让上面的人放下点，接着，蹲到那个缺口，仔细朝下照去。

蹲近铁架子，我闻到一股浓烈的臭味，好像是什么化学品的味道。我捂住鼻子，凑近下去看，只见铁架子下面，缠绕有一层铁丝网，现在铁丝网上被撕开了一个口子，显然有东西从这里过去了。但现在这个缺口，对于王四川肯定是太小了。

我对上面大叫了几声，让他们扔把钳子下来，很快，一把钢丝钳顺着绳子滑了下来，我拿过来把手探到下面，把铁丝网一根根剪断。

这样的角度干这事实在是吃力，我弄了几分钟就觉得后背抽筋了，好不容易剪断了，还得用手探下去，一根根把它们扯出来。最后我感觉差不多了，才探了个上半身下去，用头灯四处去照，看看还有没有可能扎到人。

铁架子下的铁丝网只能用茂密来形容，黑暗中，我转了一下头，这个时候，就看到在铁丝网的深处，有一大团头发。

二十六、一团头发

当时我感到大大不妙，随即就看到那头发的下面，有一个蜷缩的黑色影子，只不过陷入铁丝网太深了，怎么也看不清楚。我把头凑过去，那股臭味就更加的浓烈，我已经意识到那是什么了。

我把钢丝钳伸过去，钳住一撮头发然后一拉，果然，一张惨白的已经泡肿的人脸，被我拉了起来，这里有一具已经开始腐败的尸体。

我没有想到会在这里看到一个死人，虽然刚才看到头发的一刹那已经意识到了这一点，但是确认之后，还是有点吃惊。我马上朝上面大叫了一声，上面也马上回应了我，不过听不清他们在说什么，最后又有一个人从上面爬了下来。他隔着铁架子，看不到我这里的情况，对我大叫怎么了？

我对他摆了摆手，让他别吵。有个人在一边，我胆子就大了，捂住鼻子挡住那难闻的味道，再一次探头过去。

尸体完全缠绕在铁丝网里，我看到这尸体穿着和我们相同的制服，心里琢磨，死在这里，似乎应该和袁喜乐一样，是上一批勘探队的人。

这真是意外，该死的，刚才我们搜索时，一个都没有发现这里有死人，看样子那批工程兵没有搜索这发电机的下面。

不过尸体在这里出现也真是想不到，难道袁喜乐那批人当时到达这里后，并没有继续往洞里深入，而是和我们一样，从这个落水洞里下去了？

我感觉到一股寒意，马上缩回去，和下来的小兵说下面有个死人，然后扯动绳子，让他们把我们重新拉回去。

上去之后，他们都问我怎么样，我把我看见的事情一说，几个人都露出了惊讶的表情，王四川问我："这也是个线索，你认得出死人是谁吗？"

我摇头，至少我是不认识的，不过他死在那里，这下面恐怕不是什么好地方，我们先把他的尸体弄上来看看再说。

接下来我们花了大概三小时，几个人轮番下去，才把那尸体身上的铁丝网全部剪断吊了上来，弄上来之后，几乎每个人都是一身尸臭。

尸体的头发很长，我们在下面看不清楚，在上面给他整理了一下仪容之后，面貌才清晰起来，虽然被泡得有点发肿，但五官还是很清晰的。

看年纪大概有40岁，皮肤很黑，应该是这一行的老前辈了，当我们帮他把脸洗干净，王四川看着那人，面色忽然变了。

我问他怎么回事，他结巴道："天哪，我认识他，他怎么会在这里？"

我问是谁，王四川说出了一个名字，接着我们几个人的面色都变了，看着那具尸体，怎么都不敢相信。

恕我在这里不能透露这个人的名字，这个人是地质勘探界有名的一个专家，他甚至应该说是地质学家，而不是勘探队员。在我们的历史里，后来这个人被认为叛逃去了苏联，但是我们却知道，他真正是牺牲在了这里。

由此人的身份，我们马上就意识到，早于我们的那一支探险队的规格之高，已经超过了我们的想象。如果要再高一点，恐怕只剩下李四光、黄汲清那帮人了。想到这层，几个人的面色都变了。当时我最先想到的就是，如果老猫他们要救的是这种规格的人，那老猫的担子真是不轻。

王四川搜了尸体的口袋，空空如也，接着检查他的身体，看看他是怎么死的。粗看这人，似乎没有外伤，检查之后就发现，尸体的肢体末端、手指脚趾，都有点发青。最让人奇怪的是，那张大的嘴巴里，我们看到尸体的牙龈竟然是黑色的，整个人呈现抽搐状，僵硬得很厉害。

"这好像是中毒死的？"我当时按照自己的民间常识判断。

几个人都点头，感觉是这样，王四川说难道下面有毒气，是不是日本人在下面囤积的化学武器泄漏了？

很难说没有这个可能性。我当时心里竟然有豁然开朗的感觉，心说对了，就是这样。难道这个洞穴，是日本人囤积化学武器的地方，日本人撤离之后，为了掩盖在战争中使用化学武器的罪证，所以把来不及销毁的化学武器全部囤积到了这里？而那架飞机，也许只是偶然间夹在化学武器中运下去的？

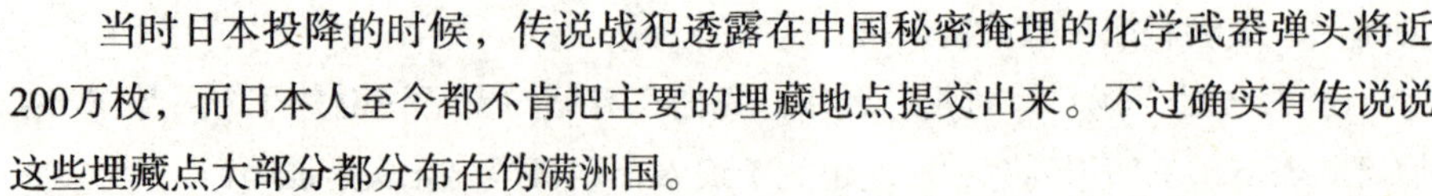

当时日本投降的时候，传说战犯透露在中国秘密掩埋的化学武器弹头将近200万枚，而日本人至今都不肯把主要的埋藏地点提交出来。不过确实有传说说这些埋藏点大部分都分布在伪满洲国。

我甚至想到了这么一个步骤，当年的日本勘探队发现了这条暗河后，进行了勘探，然后提交了报告，虽然没有发现矿产，但是上头可能认为这个地方非常适宜隐藏化学武器，于是就把这里建设成了化学武器仓库。

这里是日本对苏联的防御带，化学武器在这里又可以防御苏联，这个解释貌似非常的合理了。

不过随即想想，又觉得不太可能，为什么日本人要把化学武器运到这么深的丛林里来，好像这样隐藏化学武器，成本太高了。最简单的破绽是，把化学武器从各地运到这里，需要多少时间？而事实上，使用暗河作为仓库怎么说也是违背工程原则的，怎么说也得找个干性洞穴。

那副班长也说不像，他说那铁架子下面有铁丝网，这是防止劳工逃跑的措施，加上我刚才有说“立入禁止”的标志牌，说明这个铁架子下面，是不允许进入的，那应该是还没有勘探过的部分，如果下面有毒气弹，应该是其他标志。

一下子想法多多，更加心乱如麻，到底是不是，我们无从考究。这时候还有另外一个问题，就是王四川提出来，这个人怎么会死在电机下面。

肯定不会是被水冲到那里的，因为有铁架子挡着，冲过来的话应该会在铁架子上方。我们想了想，认为只有一个可能性，就是这个人中毒了之后，在弥留之际按照原路返回，但是中毒太深神志模糊，在铁丝网处毒性发作，被铁丝网缠绕了无法脱身，最后死亡。

看样子，那帮人，真是从落水洞下去的，又在下面遇到了变故。那难道，给我塞纸条的人，知道这件事情？

我们把尸体用睡袋遮掩好，王四川说，咱们肯定得下去了，这事看来非同小可，单说如果老猫要救的是这帮人的话，他已经走错了，那咱们既然知道了，就不能置之不理。

那年代，国家为重、任务第一的思想很根深蒂固，特别这还关系到人命，我们当时就觉得必须代老猫完成任务，这一点是谁都不会犹豫。于是我们都点头。

王四川说，鉴于下面可能有毒气，咱们得小心再小心，大家看看有没有防毒面具，没有的话就准备湿毛巾。

最后所有人撕了些布头当防毒面具，现在想来真是幼稚，以为这样就能防毒了。不过那时的三防教育里也只普及到这样，而我们地质勘探基本上没有接触过防毒面具，因为很多封闭洞穴的深处，自然产生的毒气大都是可燃的，所以防毒面具没用，没毒死前就炸死了。

长话短说，我们陆续穿过铁架子，我探路只探到这里，下面就由副班长继续往下，到了我说的阶梯状洞壁之后，就好走了很多。

我们往下走了很远，两边的洞壁都被冲得相当的光滑，一不小心就会滑倒。我们小心翼翼，很快就来到了一个矮小的溶洞发育层里。这里是没有发育成熟的暗河缝隙，只能说是暗溪，水深只到我们的脚踝，高度让我们只能弯腰走。

下面果然没有多少日本人的痕迹，我们都用布把鼻子蒙了起来，又走了大概10分钟，突然一个小战士停了下来，说不对劲。

我们都停下来看着他，问他怎么了？他没回答我们，而是用手电照着自己的脚，有点担心地把裤管卷了起来。接着，我们看到在他的腿上，竟然全是一块一块突起的巨大黑色软肉，仔细一看，就发现那些全是吸饱了血的蚂蟥。

二十七、蚂蟥

我的脑子嗡了一声，忙用手电一照水里，一开始什么都看不到，等到我们蹲下来仔细看时，几个人都脑子发麻。只见我们脚下的水里，竟然全是蚂蟥，只不过蚂蟥的颜色和水底的颜色太像了，不低下头看根本发觉不了。

这些蚂蟥几乎都挤在了我们脚边，一只一只直往我们鞋子的缝隙里钻。那种挪动的感觉，顿时让我感觉浑身都发毛，我们全都把脚抽起来用力去甩，王四川还甩出一只甩到了我的脖子里。

我破口大骂，说赶紧拍掉，接着副班长也撩起了裤管，我们一看天哪，怎么会这样，全是鼓鼓囊囊的蚂蟥吸在上面，我们撩起来也全是。王四川就纳闷："怎么这里这么多这种东西？"

一个小兵就说，是水温，这里的水温度高，不是那么冷得刺骨。

蚂蟥虽然恶心，但是不致命，我们只是看着这到处都是，心里实在不舒服，而且一旦钻入皮肤里也很难办，在南方的时候还听说蚂蟥会钻入男性生殖器而人浑然不知，所以我相当的恐惧，直摸大腿根。王四川问我干什么，我把这个告诉他，他也大惊失色，说要不掏出来打个结先？

我说你能不能文明点，一边的副班长就说还是快点走吧，这里蚂蟥太多了，待不下去了。

我们知道现在处理它一点用也没有，只好加快速度跑了起来。因为脚下的压力，我们跑得飞快，谁也没有注意到水下的情况，结果才跑了几十米，突然跑在第一的副班长就嗖一下不见了。

我和王四川还没反应过来，也跟着脚下一空，我顿时心叫不好，但还是晚了，原来这里突然出现了一个斜坡，因为走势是起来之后突然下斜，我们走得太快，全都一脚踩空。

紧接着就是天昏地暗，我和王四川一路滚下去，抱在一起也不知道翻了多少个跟头，脑袋、关节、屁股在一秒钟内连续撞了十几个地方，直撞得我要呕吐。

手电都被撞掉了，王四川力气大，用手拼命想抓住一边，但是洞壁太滑了，抓了半天都抓不住。我眼前一片乱光，滚到最后终于稳住了身子，还没等我想怎么停下来，接着又是身下一空，屁股下面突然空了，我一下变成了自由落体。

一瞬间我就心说完了，难道这下面是一个断崖？这次竟然要摔死？

还没等我想到摔死的惨状，轰的一声，浑身一凉，整个人已经摔进了水里。我屁股入水，被拍得浑身一麻，接着马上感觉到了水流的力量，瞬间就被冲到前面。

王四川还死死熊抱着我不放手，我用力踢开他，往上一蹬脚，勉力浮出了水面。

四周一片漆黑，只感觉自己在水中不停地打转，但是从我的耳朵以及我感受到的速度来看，我应该是摔入了另一条波涛汹涌的暗河之中。而且让我吃惊的是，听着四周咆哮的水声，这条暗河的规模和水流的速度，远远大于我进来的那一条——这是一条真正的暗河！

天！我惊慌失措地挣扎了一下，大叫了一声，被咆哮的水声瞬间吞没了，我被卷着，一下子就被冲出去不知道多远，直冲入漆黑一片的深处。

这样的经历绝对是不愉快的，说实话，我没有直观的记忆，因为当时我什么也看不见，只能听到水声，所以四周的景象全都源于想象，并不深刻。我现在唯一记得的感觉，就是那种我就要被冲进地底深处的恐慌。在黑暗中，我一直被这样冲流下去，不知道什么时候才会死去，也不知道自己最后会死在哪里。

直到另一边，第一个被冲下的副班长打起了手电，我才从这种梦魇中脱离出来。那种极度的黑暗里，那一点手电的光芒就好像生命的希望一样，我用尽全身的力气游了过去，发现副班长满头是血，但看样子没有大碍。

两个人划着水，寻找剩下来的人，王四川不知去向，另外三个小战士在我们身后，不知道是不是也摔了下来。

副班长用手电去照四周，我发现果然如想象的那样，这条暗河超乎寻常的宽，竟然看不到边，只能看到一片波涛汹涌的汪洋。

“这里是什么地方？！”副班长惊骇莫名，声嘶力竭地问我。

我根本无法理会，只能用力拽着他，两个人努力维持着平衡，才能勉强浮在水面上。

激流的速度实在太惊人了，我们迅速向暗河的下游倾泻而去，很快就感到力不从心，冰冷的河水和旋涡迅速消耗着我的体力。

幸运的是，副班长体力惊人，最后几乎是他一个人划水拖动着我们两个，我想让他别管我了，但连说这个话的力气都没有。

也不知道到底漂流了多长时间，两个人油尽灯枯的时候，突然后背就撞上了什么东西，两个人都在激流中被拦停了下来。

我已经冻得没知觉了，这一下应该撞得非常厉害，我感觉到一股窒息，但一点也不疼。

两个人艰难地一摸，才知道这激流的水下拦着一道铁网，压在水下面，我们看不到。铁网似乎是拦截水流中杂物用的，我摸到网上贴着不少树枝之类的东西。

上天保佑，我眼泪都下来了，猛扒过去，扒到那铁网上，副班长忙用手电照水下的情况。铁网已经残缺不全，我们能撞上真是造化。

我和他对视了一眼，也不知道是什么表情，笑也不是，哭也不是，我心里还奇怪，这里怎么会拦着一道铁网，难道日本人也到过这里？

正想着，我和副班长都感觉到有什么地方不对，好像手电的光线在前面有反射，正想着，副班长抬起了手电，往铁网后面一照。

一照之下，我和他顿时张大了嘴巴，一幅让我极端意想不到的场景，竟然出现在了我们面前。

只见一架巨大的日本“深山”轰炸机，就淹没在铁网后的河道里，机身大半都在水下，留下一个巨大的黑色影子，机首和一只机翼探在水面之上。最让人惊讶的是，这架巨型轰炸机，显然已经完全坠毁了，在我面前的，是一架完整的残骸。

二十八、水中的“深山”

没有处在我当时的环境之下，很难感觉到那种震撼——如此巨大的一架飞机淹在激流里，巨大的翼展在水下显出的黑影让人呼吸困难，手电照射下，锈迹斑斑的机身好像一只巨大的怪兽，在水中抬头呼吸。

这种壮观的景象，是我从来没有见过的，因为当时除了神秘的部队，没有可能在中国大陆上看到如此巨大的飞机。要知道那时候天上有一架飞机飞过，小孩子都是要探头出来看的，哪像现在，战斗机编队飞过头顶也没有人理。

我们爬过铁网，随即又发现了一个让人惊讶的情况——水下轰炸机残骸的四周，堆满了我们来时见到的捆着尸体的麻袋，这里数量更加惊人，水下黑压压一片，从铁网开始一直延伸到四周，看不到尽头。这些麻袋在水下一堆一堆的，有的相当的整齐，有的已经腐朽凹陷了，好比海边缓冲潮水的石礅，而轰炸机就卡在这些麻袋里。

我们爬过铁网之后，脚已经可以在麻袋上站住，虽然一脚下去脚跟下陷，但总算有了个落脚的地方。两个人互相搀扶着，副班长自言自语道：“日本人在这里到底是在做什么？”

我无言以对，暗河看不到边，手电照出去一片漆黑，我甚至觉得自己是不是在一个巨大的地下湖中间，而这地下湖里竟然垫着如此多的缓冲袋，其间还折戟了一架巨型轰炸机，这实在是太不可思议了。

我们踩着水下高低不平的尸袋，来到了飞机露出水面的一截巨大机翼上，机翼已经折弯了，严重锈蚀，我们爬上去后一手的锈水。

不过谢天谢地，上面是干燥的，我们上去后机翼被压得往下沉了沉。这个时候我就想，要是王四川在，可能这机翼就要折了。

这时才突然想到他，我不由得望向四周，滚滚激流，哪里能看到那个黑大个儿的人影？也不知道他是死是活。

我们筋疲力尽，那是真正的虚脱，同样的感觉只在父亲去世守灵七天时有过，爬到机翼上之后，天昏地暗地人直往下倒。

不过此时是绝对不能休息的，一休息就死定了。我们脱掉衣服，都不忍看那浑身的蚂蟥，有几只吸血吸得像琥珀一样，能看到它们体内的血。

我忍住呕吐，此时最好是有香烟，但口袋里的烟都成糨糊了，只能用打火机烫。那时候最常用的还是火柴，但对于野外勘探来说，火柴太容易潮湿，也太容易引起森林火灾了，所以有门路的人都买打火机。那时候买打火机是要票子的。老式打火机烧的是煤油，灯芯也湿得不行了，我们放着干了很久才点燃，然后用火去烫，一只一只，烫下来后马上弹入水里，伤口也立马流出血来。

好不容易处理完了，我们也成了血人，极度骇人，两个人检查了全身，最后确定确实没有了，才坐下来。我拧干衣服上的水，拿起副班长的手电，仔细去照水下的飞机。

手电已经不甚明亮，但在机翼上看下头的飞机，还是比刚才清楚多了。

整架飞机是倾斜地滑入水中的，我无法想象当时发生了什么，只能看到水下有一个巨大的圆柱形的机身，机首翘起在水面上，远处的机尾则看不清楚。我所站的这一段机翼，在两台巨大的发动机之间，可以看到扭曲的三叶螺旋桨一半浸在水里，已经锈得无法转动了。

机首分成两块，机头上有机枪舱，钢架玻璃全都碎了，只剩下扭曲的框架，一半泡在水里，更上面的驾驶舱倒还能看到玻璃的残片。机顶上还有一个旋转炮塔，似乎完好无损。

整架飞机入水的部分锈得看不到原来的绿色涂装，有的机房锈出了破洞，到底是被水冲了20多年了。水上的还可以，我看到机头的一边有模糊的大大的07字样，其他的痕迹一律看不清楚。

三天前吧，我看这架飞机的时候，还是一段影片上一个指甲盖大小的影子，如今真正在地底看到了，我反倒感觉无法相信。

真的有一架大型飞机！我当时这么对自己说。天，在这地底的深处，真的有一架轰炸机！

但是，当时不是说这架飞机是从上面化整为零运下来的吗？为什么我现在看到的飞机，却像是坠毁在这里的？难道日本人竟想在这暗河中将飞机飞起来？结果失败了？

我抬头照了照头顶，想看看这里的高度，而手电几乎无法照到极限，但显然那样的高度飞机想要起飞是远远不够的。

这真是让人匪夷所思到了极点，日本人为什么想在这里把飞机飞起来？

二十九、探索“深山”

想来想去也想不出个所以然，而在机翼上观察角度有限，上下观察只能看到这么多，加上手电的光逐渐微弱似乎很快就要熄灭，我只好停止查看，思索接下去的对策。

此时体力逐渐恢复，或者说对飞机的好奇让我忘记了刚才的惊险和疲惫。想到马上就要失去照明工具，这在地下河简直就代表死定了，我对副班长提出要到飞机内部去看看，是不是有什么东西可以拿来照明，至少也要进去看看能不能避风，这赤膊待在外面，恐怕不是办法。

副班长体力比我消耗得大，此时精神恍惚，简直类似半昏迷了。

我问他怎么样，他只点头也说不出话来。我只好给他揉搓身体，让他暖和起来，直到他的皮肤发红后便让他待在这里，自己爬进机舱。

机翼和机首之间的部分浸在水里，我蹚过去，小心翼翼地踩着那些麻袋走近轰炸机的头部。我又看到了那个巨大的07编号，以及下面的一些小字，不过实在太模糊了，我无暇细看，直接蹚到机枪舱，从扭曲的钢架中钻了进去。

机舱里一片漆黑，我之所以这么说，是因为小封闭空间内的手电光线和外面不同，同样是黑，这里的就不如外面黑得那么绝望，因为至少我的手电照去，还能照出点东西来。

我穿着鞋，还是能感受到脚下扭曲的钢板，先是看到了一张完全腐烂的机枪手座椅，皮质座套已经无法辨认，只剩下铁锈的椅身，四周有开裂的机身内壁，大量已经黏成一团的黑糊糊的电线挂在上面。

座位前有半截不知道干什么的支架，也许以前是用来安装机关枪的，现在只剩下了架子。

我踩到机枪手座椅上，后面就是机舱内部，已经全部淹水无法通过，但往上到驾驶舱的铁梯倒在，我小心翼翼地爬到了驾驶室里。

飞机坠毁的时候，是尾部先着地缓冲，显然是迫降措施，所以驾驶舱的损害程度不高。机舱走廊到那里只有一个狭小的开口，我爬上去后看见副驾驶座倒在那里，地下全是和锈迹熔在一起的碎玻璃。手电绕了一圈，就照到在主驾驶座上，靠着一只日本空军的航空皮盔。

我胸口紧了紧，凑了过去，果然看到一具干瘪的飞行员尸体，贴在主驾驶座上，整具尸体已经和腐烂的座椅融成了一体，一张大嘴巴张得尤其的大。

这一具尸体果然年代久远了，是日本人没错，我用手电仔细照了照，倒吸了口冷气。这具尸体，似乎有极其不寻常的地方。

虽然不知道当年发生了什么，但从驾驶舱残骸的情况来看，飞机坠毁时并没有着火，所以我看到那具尸体后吃了一惊，因为他竟然完全是青黑色的，且浑身都有凹陷的深坑，乍一看就像蜂窝一样。

我刚开始以为是被机关枪打的，但仔细一看就发现凹陷不对，那些都是腐烂造成的收缩，也就是，这具尸体的腐烂情况很不均匀，身上有些地方没有腐烂，而有些地方又腐烂得太严重。

如此一具尸体，看着真让人不舒服，我在一边扯下块铁皮把尸体盖住。再次回到机翼上后，把副班长背进驾驶舱，我收集了所有似乎能烧的东西，比如说尸体上的皮帽和皮鞋，点了起来。最幸运的是我在机舱残骸里找到液压管，里面的油全干了，只剩下一层黑泥一样的东西，被我刮了出来，连着管子一起烧了，热量很足。

火焰很小，但对我们来说已经是救命稻草了，身上的伤口也不再流血，两个人逐渐缓和了过来，衣服也干了。

我都没有想接下来该干什么，现在的情况是我们干任何事情都没有用，只能等待救援。但我们又不知道，可不可能会有救援。

衣服完全干了以后，我们找不到任何能烧的东西了，所幸衣服可以保暖，我们挑出里面的蚂蟥扔进炭火里烧死，然后围着火开始打盹。

这里看到的景象十分匪夷所思，其实最起码有一百个理由让我睡不着，但我实在太累了，松懈后直接就睡着了。那时，我的脑海里有很多很多的疑问，但都无关紧要，直接眼前就黑了，也不知道睡了多久，火全灭了，我才莫名其妙醒了过来。

这一觉其实睡得很暖和，眼睛一睁开却感觉相当的不对劲，心说怎么突然就醒了，而且耳朵很疼。接下来一秒钟，我顿时醒悟过来，因为飞机的残骸外面，传来了一连串“嗡嗡嗡”凄厉的巨响。

我一开始感到莫名其妙，心说是什么声音？听了一会儿，才发现那凄厉的声音，竟然是警报声！

这里怎么会有警报？我大惊失色，怎么回事？难道电力已经恢复了？

我们做过三防训练，这警报声太熟悉了，我马上爬出驾驶舱的破口，到了顶上。

四周还是一片漆黑，只听见黑暗的远处，好像厉鬼一样的警报声，在暗河上回荡，空气一下子充满了极度的躁动，不知道即将发生什么。

副班长也被吓醒了，他爬了上来，问怎么回事？

我听着警报声，发现竟然越来越急促，顿时，我心里爆发出一股极度不祥的预感。

三十、防空警报

不知从何处传来的警报声在空旷的黑暗中回荡，频率越来越急促，而我们穷尽目力，也无法在这黑暗中窥得任何异动，空气中弥漫着不安的气氛，让人只想拔腿而逃。然而四周的环境又让我们走投无路，焦急间只有站在飞机顶上，束手等待着警报下的危机。

然而，出乎意料的是，警报在响了大概5分钟后，突然静止了下来，但没等我们反应过来，接着，一声巨大的轰鸣声传来，像什么机械扭曲的声音，下游黑暗处的水声也猛地响了起来。

我忐忑不安地看着声音的方向，不知道那里发生了什么，连脚下的飞机残骸，都轻微抖动了起来。低头一看，四周的水流变得更加澎湃，而且，水流的水位竟然下降了。

难道是水坝？我突然意识到。刚才的警报和声音，确实是水坝开闸放水的特征，日本人竟然在地下河里修建了一座水坝？

我有点难以置信，但是，既然地下河里可以“坠毁”一架轰炸机，那修建一座水坝，似乎还是比较合理的事情。我和副班长对视了一眼，都看着退下的水位，有点发蒙。

水位迅速下降，半小时后就降到了那些麻袋以下，无数的尸袋连同飞机的机身露出了水面，那种情形实在太可怕了，你在黑暗中会觉得，并不是水位退了下来，而是底下的尸体浮了上来，连绵一大片，看着就喘不过气来。

幸运的是，我们还看到一条由临时的铁网板铺成的栈道，出现在麻袋中间。铁网板是浸在水里的，但在上面走肯定不会太过困难。

虽然我们不知道这排水是人为的还是由这里的自动机械控制的，但我们知道这是一个离开困境的绝好机会。我们马上爬下飞机，顺着麻袋一路攀爬下到了栈道上，栈道下面垫着尸袋和木板，虽然已经严重腐朽，但还是可以承受我们的重量。我们快步向前跑去。

很快水位就降到了栈道以下，不用蹚水了，跑了大概100米，咆哮的水声更加的震撼。我们感觉已经靠近了水坝。此时已经看不到飞机了，巨大的铁轨出现在水下，比普通火车的铁轨要宽了不止十倍，看铁轨和出现飞机的位置，应该是滑动飞机用的。

同时我们也看到了铁轨的两边，有很多巨大的变电器，那些是巨型水力发电设备的附属设备，在这里的激流下，似乎还有一些在运作，发出轰鸣声，但是不仔细听还是分辨不出来。

此外有吊车，还有指示灯和倒塌的铁架哨塔，随着水面迅速下降，各式各样已经严重腐蚀的东西，都露出了水面。

真是想不到这水下竟然淹没了这么多的东西，不过奇怪的是，这些东西为什么会设置在河道里？

再往前，我们终于看到了那道大坝。

那其实不能称为大坝，因为只有一长段混凝土的残壁耸立在那里，很多地方都已经裂开了缝。但是，在地下河中，你不可能修建非常高的建筑，这座大坝可能只是日本人临时修建的东西。

我们在大坝下面看到了警报发声器——一排巨大的铁喇叭，也不知道刚才的警报，是哪一只发出来的。而栈道的尽头，有那种临时的铁丝梯，可以爬到大坝的顶部。

抬头看看，最多也只有几十米，看着大坝上潮湿的吃水线，我心有余悸，副班长示意我，要不要爬上去？

我心里很想看看大坝后是什么，于是点头，两个人一前一后，小心翼翼地踩上那看上去极不牢靠的铁丝梯。

幸好铁丝梯相当的稳固，我们一前一后爬上了大坝，一股强烈的风吹过来，差点把我直接吹回去，我赶紧蹲下来。

我原本估计，一般大坝的另一面，必然是一个巨大的瀑布，这一次也不假，我已经听到了水倾泻而下的声音，声音在这里达到了最高峰。

然而又不仅仅是一个瀑布，我站稳之后，就看到大坝的另一面，是一片深渊，暗河水奔腾而下，一直落下，但是奇迹般地，我竟然听不到一点水流撞到水面的声音，根本无法知道这下面有多深。

而最让人感到恐惧的是，不仅是大坝的下面，大坝的另一边同样完全是虚无的漆黑，好比一个巨大的地底空洞。我的手电，在这里根本就没有照明的作用。也无法知道这里有多大。

我感受到一股空虚的压迫感，这是刚才在河道中没有的，加上从黑暗中迎面而来的强劲冷风，我无法靠近大坝的外沿。我们就蹲在大坝上，副班长问我道：“这外面好像什么都没有？好像宇宙一样……是什么地方？”

我搜索着大脑里的词汇，竟然没有一个地质名词可以命名这里。这好像是巨大的地质空隙，这么大的空间，似乎只有一个可能，那就是大量的溶洞体系寿命终结、突然崩塌，形成的巨型地下空洞。

这是地质学上的奇景，我竟然可以在有生之年看到如此罕见的地质现象，我突然感觉自己要哭出来了。

就在我为眼前的巨大空间所震惊时，突然“轰”的一声，几道光柱在大坝的其他部位亮了起来，有几道瞬间就熄灭了，只剩下两道，一左一右地从大坝上斜插了出去，射入了眼前的黑暗中。

我们吓了一跳，显然是有人打开了探照灯——大坝里有人！

副班长戒备起来，轻声道：“难道这里还有日本人？”

我心说怎么可能，惊喜道：“不，可能是王四川！”说着，我就想大叫一声，告诉他我们在这里。

可没等我叫出来，一种极度的恐惧顿时笼罩了我，我浑身僵住了，眼睛看到了探照灯照出来的地方，一步也挪不开。

我一直认为恐惧和惊吓是两种不同的东西，惊吓源于突然发生的事物，就算这个事物本身并不可怕，但因为它的突然出现或者消失，也会让人有惊吓的感觉。而恐惧则不是，恐惧是一种思考后的情绪，而且有一种酝酿的过程，比如说我们对黑暗的恐惧，就是一种想象力思考后带来的情绪，黑暗本身是不可怕的。

如果你要问我当时在那片深渊中看到了什么东西，才能够使用恐惧这个词语，我无法回答，因为，事实上，我什么都没有看到。

在探照灯的光源下，我什么都没有看到，这就是我莫名的极度恐惧的来源。

在我的想法中，这个巨大的虚无空间有多大，我已经有一个定量的概念，我认为它的巨大，是和我见过的和我听过的其他地下空洞比较得来的，但当探照灯的灯光照出去后，我发现，巨大这个词语，已经无法用来形容这个空间的大小。

我在部队以及平时的勘探生活中，深切地知道，军用探照灯的探照距离，可以达到1500米到2000米——这是什么概念？也就是说，我可以照到两公里外的物体，还不算2000米外的弱光延伸。

但是我这里看到，那一条光柱直射入远处的黑暗中，最后竟然变成了一条细线，没有任何的反光，也照不出任何的东西，光线像被黑暗吞噬了一样，在虚无中完全消失了。

那种感觉就像探照灯射入夜空一样，所以我一开始没有反应过来，但随即想起了，顿时就愣住了。

副班长看我的面色不对，一开始无法理解，后来听我的解释之后，也僵在了那里。

此时我的冷汗下来了，一个想法控制不住地从我心里出现。我顿时理解了，为什么日本鬼子要千辛万苦地运一架轰炸机到这里来。

难道，他们竟然想飞到这片深渊里去？

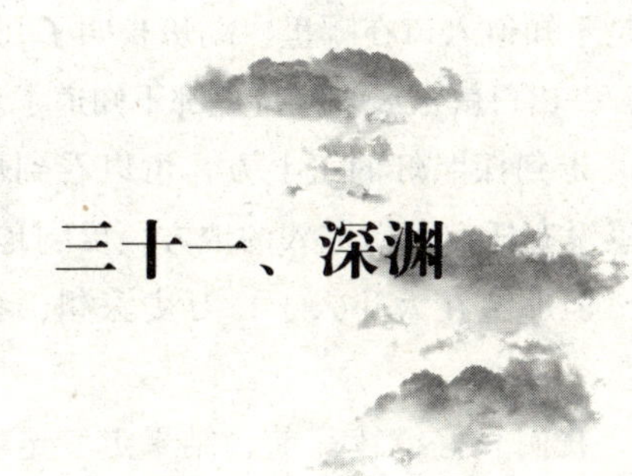

三十一、深渊

这实在是匪夷所思，不管是眼前的景象，还是日本人的所作所为，都让我感觉到毛骨悚然。我也深刻地感受到了日本人做事的乖张和诡异。这种事情，恐怕也只有这种偏执狂的民族才能做出来。

“巨大的‘深山’轰炸机，从地下1200米处的地下河起飞，飞入到那片虚无的地底深渊之中，消失在了黑暗中。”

在之后的很长时间，这个影像好比梦魇一样，在我脑海里挥之不去。

我甚至能想到日本勘探队当时到达这里的情形，这种大自然鬼斧神工的神迹，在日本那种岛屿国家不可能看到。他们当时会怎么想？就像我现在一样，看着这无边的黑暗，难道不会涌起强烈的探知欲？想看看这地下1200米处的深渊内，隐藏着什么东西？

我一直看着那道消逝在黑暗中的光柱，出神了好一会儿，才被冷风吹得醒过神来，浑身无力，震撼不已。我马上又收敛心神，对自己说此时不适合感慨，浪漫主义情怀需要安定团结的环境，这里显然不适合。

此时，那条探照灯的光柱在微微移动，显然是有人在不停调整角度。我心说肯定是王四川，于是和副班长互相搀扶着，往探照灯的方向走去。在这里多一个人是一个人，我们得马上和他会合，想办法离开这里。我们的任务，可以说已经完成了，日本人干的事，恐怕我们也得干下去，不过绝对没有我们的份了。

探照灯应该是安在水坝的机房里，水坝调节水位肯定有开启阀门的机械，只是不知道入口在哪里。副班长叫了几句王工，他也知道这声音根本传播不出去，一出口就被风吹到哪里都不知道了。

走到探照灯的正上方，可以看到灯柱从我们脚下的坝身某处射出来，但这里没有任何可以进入的地方，反倒是大坝的外部，有刚才我们上来的铁丝竖梯。但那实在太吓人了，万丈深渊，我想王四川就算胆子再大也不敢从这里走。

我们只好继续往前，结果走着走着碰到了大坝损毁的部分，坝顶塌陷了很大一块，缺口的地方倒有一道类似于逃生梯的设施。我无法形容那东西的样子，当时心慌意乱下也没有仔细看，反正顺着它下去，就看到了大坝内侧的吊脚铁门。

大坝内部的机房十分复杂，我这一辈子就进了那一次，还是日本人在新中国成立前造的。里面还是黑，不过反正外面也是黑的，我也没有什么不适应。进入之后，我们发现果然是临时修建的大坝，混凝土墙是功能性的修法，四处可以看到裸露出的钢筋和断裂的缝隙。

机房分了好几层，但混凝土楼板不是实的，都是窟窿，就好像现在拆房子拆到一半的感觉。我们进入的那一层有大量的木头箱摆在那里，盖着干性油布，一抖全是灰。从楼板上的窟窿往下看，可以看到下面好几层的楼层，在某个地方有微弱的光，应该是探照灯的尾光。最下面应该是真正的机房，模糊中可以感觉到有巨型的机器。

在这里风小了很多，但外面的水声还是相当骇人，我们叫了半天，看下面也没有什么反应，应该是听不到，而这里也找不到什么路可以下去。

我问副班长怎么办？水坝机房的楼层可不是普通楼房的楼层，相当的高，跳下去我可不行。副班长找了一块混凝土块朝下面扔去，也不知道打到了哪里，一点声音也没有。下面还是没有反应。他说看来这里下不去，要找其他地方。

我心里暗骂了一声，最后用手电照了照。手电的光已经完全不行了，按照以往在野外使用手电照明的经验，这支手电已经属于超常发挥，早在我们进入落水洞的时候，它就应该亮不起来了。此时也不能太过奢望它还能坚持多久。

我对副班长说，我们必须先建立一个新的光源，否则手电一旦完全没电，我们肯定寸步难行。

我们找了找四周，可以点燃当成火把的东西倒不少，那些堆积在角落里的箱子里也不知道放着什么。副班长撬开了其中一只，发现里面大部分是电缆和焊条，还看到了水泥袋，都已经硬化了，把这些箱子和袋子都凝结在了一起。

这些应该全是维护水坝的物资，不从事水利的人都不知道，水坝每年都需要往坝基和山体结合处灌水泥浆，不然坝基会逐年外移，非常危险。所以在发生长期战争的时候，水坝如果荒芜，那么下游居民最好离开排洪区。

我们一连拆了四五只箱子，找到最有用的东西也就是钢盔和棉大衣。大衣拿出来就报废了，里面潮得要命，跟从棺材里挖出来的差不多，钢盔倒保养得不错，我戴了一个，可以挡风。此外还发现了一箱子水壶，我自己的装备早就没了，于是也带上一个。

这一段的搜刮，当时并没有感觉多重要，然而现在想起却有点后怕。最关键的，如果当时没有拿那个水壶，那我现在肯定不是在这里回忆，而是仍旧在那地底深处的大坝中，慢慢地腐朽。

本身机房就不大，走了一圈，大部分东西都翻过来了，因为腐朽和灰尘实在厉害，到后来我们都无法呼吸。我们拆出来几条木棍，绑上油布带着，准备等手电完全熄灭的时候用。

但就在我们准备的时候，突然又发生了变故。

只听突然间，外面又传来了“嗡嗡嗡”的声音，我一听，又是那嘹亮刺耳的警报声，这一次就在我们附近，简直震耳欲聋。

我此时已经有了心理准备了，心说难道要关闸门了？这是怎么回事？难道这里有自动的水坝维护装置吗？

幸好我们已经到达了这里，不用再担心因为水位上涨困在轰炸机残骸上。

我们走出门外朝下看去，想看看是不是水位开始上涨，但那时副班长突然皱起眉头，对我说：“吴工，你仔细听听，这警报和刚才的不一样。”

我仔细听了听，一时间也听不出来，问他有什么不同。他道：这是拉长的警报，是为了让警报声能够尽量传远，我们军事演习时经常需要辨认警报种类，现在的警报，听起来像是空袭的预警警报。

我心里愕然，空袭？这里也会发生空袭吗？

三十二、空袭

不管怎么说，我相信副班长的说法，这是空袭警报应该没有错，毕竟那时部队几乎天天演练。我常年在野外，所以了解得不多，早年在学校里虽然有强制性的疏散训练，一年一到两次，不过那时我只知道完成训练，都是老师带着，只觉得好玩，谁会认真去听警报的频率？

但这里肯定不可能有空袭，这毋庸置疑，我更相信这里的警报是其他功能性的，比如说有人逃跑或者我不了解的情况。

副班长还告诉我，现在是空袭预警，鸣36秒，停24秒，是一种有空袭可能性的提前警报，空袭来临的时候会加快到鸣6秒，停6秒。

在大坝里听着这个警报，简直是心惊胆战，我们出门重新爬上了大坝，迎着风回到探照灯光的上方，发现探照转了方向，正在扫射这个巨大空间的上空。

理论上这个深渊顶部的高度不可能超过1200米，所以这一次探照灯的尽头隐约可以看到隆起的山岩，但照射面积太小，也无法看清那些岩石的真实样貌，但无论如何，我们可以知道这里肯定是一座大山的底部。

没有任何空袭的迹象，狂乱的警报好像一个玩笑，探照灯扫来扫去，除了岩石什么都没有。

扫了一段时间后，似乎也发现了是浪费时间，我们看到，灯光重新移动到水平，接着往下，开始往深渊的下方照去。

这个深渊的深度完全无法想象，连水流倾泻下去，都听不到落地的声响，我当时心说怎么可能照得到底，但趴到大坝边上往下一看，却出乎我的意料。

探照灯的光柱照下去，虽然模糊，但我们却发现，可以照射到深渊底下的情形——深渊似乎并不深。

我再仔细一看，却马上醒悟过来：探照灯照到的并不是深渊的底部，而是一团巨大的灰色浓雾，缓缓地飘升上来。

这就好像探照灯照射到天空中的云团一样，光线无法穿越，扫来扫去，都只能在云层上划动。小时候，我们不了解这个情况，都会认为天上被罩着一个盖子。

那个年代下的我们，十分熟悉这样的现象，而令我感到惊奇的是，那股浓雾并不是静止的，你隐约可以感觉到，这股浓雾正在缓慢但是有节奏地翻滚，同时向上飘着。

这是一种奇景，特别是配上如此庞大的离奇的背景，更加让人头皮发麻。我心说这种雾气到底是怎么产生的？这雾层的下面是怎样的地质情况？

惭愧的是，在当时这么混乱的警报之下，看到这样的情形，我竟然没有将两者联系起来，我仍然就是看着，心中只觉得感慨和惊奇。一直到浓雾一点一点靠近，探照灯的光线照射到的距离越来越短，接着预警警报突然停止，然后猛地转换成急促的空袭警报，我错愕下才突然醒悟——原来这警报要警报的，就是这浓雾的靠近！而那时浓雾几乎已经上升到大坝底下目测200米不到的地方。

我当时还想，难道这浓雾有什么危险？随即我就想到了当时在落水洞看到的那具牙龈发黑的尸体，一股从头到脚的冷汗顿时冒了出来，我一下子脚都软了，简直就想抽自己一巴掌，心说怎么早不想到！

这浓雾，十有八九是有剧毒的！

顿时我就待不住了，一阵一阵的冷汗冒出来，我拉住副班长就想往回逃，先逃到飞机的残骸那边，离这浓雾越远越好。他比我还木，还什么也没想到，我把这个和他一说，他也吓白了脸。

但我拉他走的时候，他却拉住我，说不行！王四川还在下面，我们得去救他，不然就是见死不救，以后怎么也过不了自己这一关。

我一想才想到，顿时又惭愧又焦急，此时哪还有时间去找到达那里的路，再次探出头去，也不见那小子醒悟的迹象，探照灯光还是射向下面的浓雾，在里面摇曳，不知道他到底要找什么。

不过这一看，我又看到在大坝外的铁丝梯一通到下，我看了副班长一眼，副班长也看了我一眼，马上把脚探了下去，对我说：你快跑！我去通知——

话还没说完，突然他脚下踩的那铁丝梯就断了，他一脚踩空，人往下一沉，一下子就摔了下去。

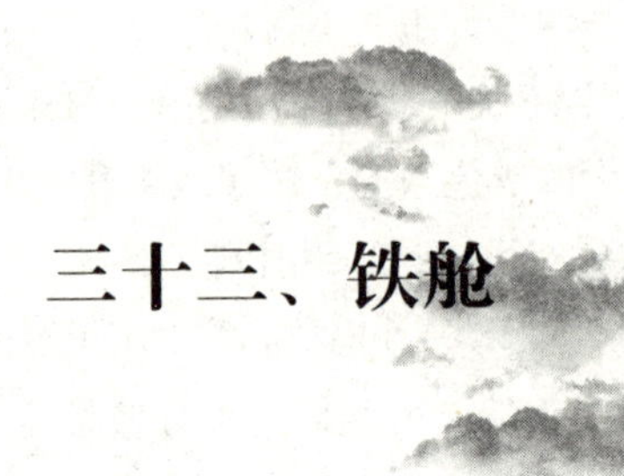

三十三、铁舱

副班长刚说那句话的时候，很有英雄气概，大有电影里张志坚的派头，可惜我当时还没来得及激动，他一下子就摔了下去，十分的措手不及。刹那间我下意识用手去拉，但是他摔得太突然，还是晚了一点，他直接就贴着几乎是垂直的大坝外沿滑了下去。

我大惊失色，瞬间慌了神，差点也和他一起滑下去。幸好大坝有一个非常轻微的斜度，他贴着大坝滑了没两三米，乱抓的手就扯住了一截铁丝梯，这才没直接摔死。而这一下子冲力太大，那铁丝梯虽然没有断，但也被他扯出了混凝土，几乎抓捏不住，手一直往下溜。

我忙对他大叫别慌，我去拉他。说着就趴下去，但我的手根本连一半的距离都够不到，人往外探去，探出上半身，再往外探我就要滑下去了，还是差了很大一截。

也亏得副班长是当兵的，反应和力量就是和别人不同，看着我手伸下来，他做了一个相当大胆的动作——他用脚一踩大坝，借着这短时间的爆发力就一下蹿了上来，正好够抓住我的手。

我一把抓住他，马上屏住了气，用力去扯他。当时我错估了自己的力量和姿势，我已经探出大坝非常多，刚开始还好，等他的力量全部压到我的手臂上，我才发现我竟然撑不住，两个人同时往下滑去。

我惊慌失措到处乱抓，但那个姿势下就算抓住了什么也使不出力气，终于不可避免地，我只有一秒钟的错愕，就被副班长拖了下去。

我看着副班长，他的眼神当时很复杂，而我真的可以说是脑子一片空白，因为一切发生得太快了。

我摔下去之后，马上下巴擦到了粗糙的混凝土，接着翻了个跟头，朝下面滚去。我的脑门还磕到了一根铁丝梯，传来一阵剧痛。

刹那间我用手去抓那铁丝梯，但是眼睛一晃就错过了，两个人转眼贴着大坝摔下去好几十米，一直摔到了探照灯那里。一闪间我看到大坝上有一个方窗，白光从那里射出来，照得我睁不开眼睛，一秒都不到我就摔了过去。

上帝保佑，就在那个时候，我突然感觉一顿，肩膀一紧，落势竟然停住了，像是被什么东西钩住了。我摇了摇几乎无法思考的脑袋，往上一看，只见混凝土外墙上，每隔一只巴掌长短就有一条钢筋的尖端暴露出来，施工的时候可能为了安全，被弯成了钩子的形状，而我刚才搜刮来的水壶带子，就碰巧挂在了一个钢筋钩上，硬是把我扯住了。

副班长却找不到了，唯一的手电加上我准备的火把都摔没了，我上下看都是一片漆黑。幸好这里有探照灯的光散射，不然真是完了。也不知道班长是和我一样停住了，还是已经遇难了。

我定了定神，开始拉着水壶的带子往上爬，钢筋打成的钩子相当的结实，我用脚尖踩着，发着抖爬到了探照灯射出的飘窗前，就在我用手去抓那窗的时候，却突然感觉手没力气，怎么也使不上劲道。

那种感觉我很熟悉，我马上就知道可能是骨折，就在我绝望的时候，突然从那飘窗里伸出来一只手，将我抓住了，接着我就被拖了进去。

我摔到地上，感觉极度眩晕，也不知道是怎么抬头的、谁拉的我，只看到一个缩在探照灯后面的影子，只那一眼，我就发现这个人非常瘦小，绝对不是王四川。

我一直以来都认为打开探照灯的是王四川，当时刹那间看到，还以为自己看错了。随即那个黑色的人影从探照灯尾光的黑暗中走了出来，我看到一个戴着老式防毒面具的人，他看了看我，就来扶我。

我心说这人是谁？难道是遗留下来的日本人？下意识地我想躲避，他对我叫唤，声音憋在防毒面具里根本听不清楚，他叫了几声我一直摇头，他挠了挠头，只好扯掉了防毒面具。我一看，惊讶地张大了嘴巴：这人竟然是副班长留下来照顾陈落户和袁喜乐的那个小兵。

惊讶之后，我突然欣喜，想给他个拥抱，无奈手上一点力气也没有，就问他其他两个人怎么样了？但他却神色紧张，对我道："快跟我来！"说着又戴上了防毒面具，把我扶起来往房间里拉。

我对他说副班长可能还在外面，不知道是摔下去了还是和我一样挂在那里，他点头，说等一下他去看看。

说着我被扶到房间里面，里面竟然亮着暗红色的应急灯。这里应该是机房的技术层，下面是铁丝板和混凝土拼接的地板，从铁丝板的部分可以看到下面的水流和大型的老旧机械，好像一只只巨大的铁锭，和混凝土浇注在一起。没有进过水电站的人无法想象这种机械有多大，成捆的铁锈电缆和管道从下面伸上来，在这里交错，房间的尽头是一面完全由铁浇筑的墙壁，上面有一扇圆形的气闭铁门。

这是气密性的三防门，锈得好像麻花，小兵转动转盘式的门闩，这门闩内部显然有助力器，他很轻松地将门打开，接着把我扶了进去。

里面是准备通道，墙壁上挂着日式三防服，他关上门之后，整个房间开始换气，接着他跑到准备室的尽头，那里同样还有一道三防门，他同样转了开来。

再里面是一间密封的房间，散发着铁锈的味道，四周全是铁的，有铁制的写字桌椅，上面非常的凌乱，四周挂着地图，有一些日文的标语，亮着两盏应急灯。小兵让我在这里别出去，自己马上又折返。

我一眼就看到袁喜乐缩在房间的角落里，整个人缩成了一团，而陈落户坐在椅子上，看到我，神经质地站了起来，眼里全是血丝，嘴巴一翕一合，也不知道想说些什么。

我也不知道说什么好，在这里看到他们，实在是出乎我的意料，虽然分开其实还不到一天，如今却恍如隔世一样——发生的事情太多了。

我问陈落户是怎么来这里的，他说他当时发现涨水之后，那小兵就来救他们。他们吹起皮筏子，一路往下，结果水涨得太快，在暗河的顶部一路过来应该有不止一个岔洞，只是我们探路的时候没有发现，涨水的时候他们控制不住结果被冲到了一个岔洞里，就冲到了这里。

我心说原来是这样，确实我们一直可以说是在底部走，没有注意上方的情况，而最后水位继续升高，那些岔洞必然被淹到了水下，成为了水下涵洞，老猫他们过来的时候才没有发现。

之后的事情，陈落户的回答就没有了逻辑，他的精神状态应该是到了这里就接近极限了，不要说他，如果我不是落水的时候已经惊吓过度，看到"深山”的时候也不知道是怎样的反应。

沉默了一会儿，他问我其他人呢，是不是上头会派人接我们回去？

我不知道怎么解释我经历的事情，只是大概和他讲了一番。他听到老猫下来了，面色变了变，突然又放松了。我想，如果这里才是目的地的话，那现在，那诡异的电报，把他们引到这地底的什么地方去了？

正说着的时候，三防门又打开了，小兵背着副班长冲进来，捂着鼻子大口喘气，对我们大叫道：“快关门！”

我还没反应过来，陈落户已经跳起关上了门，然后我和他一起拧动轮盘闩，一直拧了十几圈，直到听见里面发出嘎嘣一声，才停手。

从门上的玻璃孔往准备室看去，只见准备室外的气闭门没有关，一股灰色的雾气，正缓缓地从门口蔓延进来。

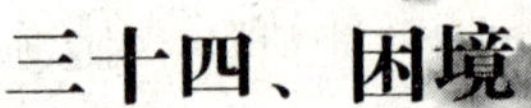

三十四、困境

很难形容那种雾气给人的感觉，到现在为止，我都没有见到任何一种雾气是那样的形态，我印象最深的是那种灰色，让人感觉非常的重，但偏偏又是飘动的。

雾气迅速从门里涌进来，速度十分均匀，让人感觉它从容不迫，因为光线的关系，实在无法看清。我们转头帮小兵放下了副班长，再回头时，整个准备室已经一片漆黑，光线全被雾气阻挡了。

而紧闭的气门，却成功挡住了雾气的再度蔓延。这几十年的老旧三防设施，质量超乎我的想象，虽然如此，我还是下意识不敢靠门太近，总感觉雾气随时会从缝里进来。

我暗暗咂舌，心想如果现在我还在外面，不知道会是个什么样子。难道会和落水洞里的尸体一样？

一旁的陈落户招呼我帮忙，副班长被我们抬到了写字台上，满头是血，小兵大口喘着气，手忙脚乱地检查他的伤口。

我问小兵在哪里找到副班长的？他说就在下面一点点距离，大坝中部出水口的地方，那上面有防止人跌落的水泥缓冲条。副班长没我这么走运，一直摔了下去，直到撞上了缓冲条才停了下来，已经昏了过去。从这个机房可以下到那里，小兵直冲下去，当时浓雾已经几乎就在脚下，幸好班长还死死抓着手电，他一眼看见一路狂奔把他背了上来。那雾气几乎就跟着到了，他连门都来不及关。

我们都有紧急医疗的经验，在野外这种事情经常发生，特别是坠落的伤员。此时我的手也很疼，几乎举不起来，但还是忍着帮忙解开副班长的衣服。

副班长心跳和呼吸都有，但是神志有点迷糊，浑身都软了，脑袋上有伤口，估计是最后那一下撞昏了。这也是可大可小的事情，我见过有的人从大树上摔下来，磕着满头是血但第二天包好了照样爬树，也见过有人打山核桃的时候，被拳头大的石头敲一下脑袋就敲死了。其他的倒是奇迹，没有什么特别的外伤。

小战士看着机灵，看到副班长这样却又哽咽了，我拍拍他让他别担心，自己的手却揪心的痛。

撩起来一看，可以确定没骨折，或者说没骨折得那么厉害，手腕的地方肿了一大块，疼得厉害，可能是关节严重扭伤。这地方也没有什么好处理的，我只好忍着。

我们给他止了血让他躺着，我问那小兵他们到达这里的情况，他又是怎么找到这个三防室的。

小兵一脸茫然，说不是他找到的，是袁喜乐带他们来的。

他说他们的皮筏子被水流带着，一直被冲到大坝边上。他们找了一处地方爬了上去，刚上去袁喜乐就疯了一样开始跑，他和陈落户在背后狂追，一直就追到了这里，到了这里袁喜乐马上就缩到了角落里，再也没动过。

我哑然，水坝内的建筑结构之复杂，并不在于房间的多少，而在于它的用处完全和我们平时的住房不同。事实上普通人所处的建筑结构对他造成的行走习惯在特定建筑场合一点用处也没有，这也是我们做勘探的时候，遇到一些废弃建筑都不主张深入探索的原因。就比如一个化工厂，你想在里面奔跑，恐怕跑不到一百步你就得停下来，因为有些你认为是路的地方，其实根本不是路。水电站就更加的不同，其建筑结构完全是为了承压和为电机服务设计的，袁喜乐能够一口气穿过如此复杂的建筑跑到这里，只能说明一个问题：她对这里的结构非常熟悉，她肯定来过这里。

我突然有点悲哀，如果是这样的话，她肯定是花了相当大的力气才能够回到我们遇见她的地方，见鬼的我们竟然又把她带回来，要不是她神志失常，恐怕会掐死我们。

小兵还告诉我这样的雾起来已经是第二次了，上一次也是先泄洪，但是没有飘到这么高。袁喜乐听到警报之后就几乎疯了一样，要关上这里的门。他是工程兵，对于毒气以及三防方面的知识相当丰富，当时也意识到这雾气可能有毒。

我问按照他的理解，这一切是怎么一回事？

他说，如果按照工程角度来说，这里肯定有一个水位感应器，在水位达到

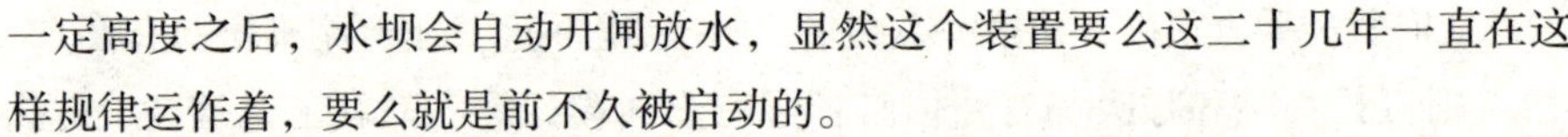
一定高度之后，水坝会自动开闸放水，显然这个装置要么这二十几年一直在这样规律运作着，要么就是前不久被启动的。

而这大坝下的深渊如此的深邃，他估计这层浓雾是被高速落下的水流砸起来的，撑着那种向上吹的横风带上来。也不知道是什么成分。

这小兵的分析真是十分有道理，后来我们回去再考虑，也觉得这是唯一的可能性。

我当时问了他叫什么名字，他说他叫马在海，是温州乐清的兵，三年的老工程兵了，一直没退役。

我说那你怎么还是小兵？他说家庭出身不好，每次班长提档都被放到一边，他都换了四个班长了，自己还是小兵。副班长和他一样，都是家庭出身不好，不过副班长打过印度人，所以升了一级，他们两个人一直在班里待着，他第一个班长都提正排了。他说我要是觉得他可怜就帮他向上头说说，好歹也弄个副班长当。

这事儿我也帮不了他，只好干笑不作答，心说看现在的情况，能活着回去再说吧。

浓雾一直持续，气闭门外一片漆黑，两小时后也不见有消散的迹象。我们躲在铁舱里，只能通过那个孔窗观察外面，什么情况也看不清楚。好在封闭舱里相对安静，我们能听到水流的轰鸣声，这里最清晰的声音，则是我们的呼吸和整个混凝土大坝承压发出的那种声音。

没有人知道浓雾什么时候会退去，我们一开始还说话，后来就静静地待在舱里休息。副班长昏迷了一个半小时后便醒了过来，精神委靡，但是还算清醒，似乎没什么大碍。马在海喜极而泣，我则松了一口气。

之后有段时间，我开始担心房间里氧气会耗尽，但很快我发现这里有老式的换气装置开在踢脚线的位置上。后来1984年的时候我参观了一个海军基地里缴获的日本潜艇，想起这种开在踢脚线上的长条形小窗，有点像那艘日式潜艇的换气系统，想想可能那时看到的就是从报废的潜艇上拆卸下来的系统。这个人防工事修在大坝的机房里，似乎本身就是为了应对这种特别的地质现象。

当时也没有个人能和我商量事情，我只能一个人在那里瞎想这里到底发生过什么事。

显然袁喜乐这么熟悉这个地方，她所属的勘探队肯定在这里待过很长一段时间，我不知道他们在这里发生过什么事，显然他们遇到的我们很快也会遇到。现在我所知道的情况是袁喜乐神志不清，而另一个似乎是他们勘探队的人严重中毒死在了半路上。可以肯定这里发生的必然不会是太愉快的。

其他人到哪里去了？按照马在海所说的，袁喜乐对于这种雾气的恐惧如此厉害，会不会其他人已经牺牲了？另一个关键问题，当年日本人又是怎么想的？

这些事情全都毫无头绪，我的脑海里一下闪过巨大的“深山”轰炸机，一下又闪过深渊和鬼魅一样的雾气，简直头痛欲裂。似乎所有的线索只有这么几项，反复思考都得不到一点启发。

瞎琢磨了将近三小时，雾气还是没有退散，我痛苦莫名，又想到了生死不明的王四川，老猫他们现在又在哪里？我们又该怎么回去？诸如此类的问题一个又一个，在焦灼中我浑浑噩噩地睡了过去。

当时没有想到，这是我在这个洞穴内的最后一次睡眠，这噩梦连连的短暂休息之后，是真正的噩梦的开始。

在睡醒之后，我再一次尝试和袁喜乐交流，不久宣告失败。这个可怜的女人的恐惧似乎已经到达了极点，听不得任何一点声音，只要我一和她说话，她就蜷缩得更加紧，眼睛也不由自主地避开我的视线。

我只好放弃，开始和副班长他们商量离开的路线以及方法。

值得庆幸的是，马在海说他们来时的皮筏子应该还在那个地方，如果水流没有这么湍急，我们可以逆流划船返回。但现在不知道应该是顺着这条巨大的地下暗河逆流，还是寻找我们摔下的落水洞，回到我们和老猫分开的地方。

最明智的路线就是袁喜乐的路线，但又不知道她是怎么走的。如果她还清醒，倒是可以带我们一程。

副班长说要是能找到指示图或者地图就好了，这里肯定有这样的东西，如果能找到，我们就能知道日本人当年是怎么规划的，那就可以找出一条最短最安全的道路。这里许多设施都已经腐朽，如果硬闯回去，恐怕并不现实。

我也点头，心说确实是，这些搞工程的，一看图纸就能知道很多东西，只是这图纸估计撤离的时候已经完全销毁了吧。

几个人在那里商量来商量去，大脑也逐渐清醒起来。我当时是放松的，因为无论怎么说，现在是返回，我们知道目的地有什么，而我们也有选择，可以选择行进的路线。无论什么时候，有选择总是幸福的。这是我后来总结出来的格言。

我们当时全部都没有意识到最关键的问题，不在我们的归途，而就在我们的眼前。

10小时之后，我们大概确定了计划，也统计了剩下的食品以及燃料，再一次探查孔窗的时候，发现仍旧是一片漆黑，此时，我才突然想到那个关键问题：

这雾气会在外面维持多少时间？天哪，一天，或者是一个月？

在我提出来前，没有人想到这个问题，在大家的观念中，雾气总是很快就消散的，我提出来之后，我们也都没有意识到问题的严重性，只是有点恐慌，希望我的想法不会变成现实。马在海对我说，上一次虽然雾气没有上来，但退下去也比较迅速，他估计这雾气再有几小时就肯定得散，不然那横风也能把它吹淡了。

我也想当然地同意了，因为在这样的局面下，找个理由让自己安心总好过让自己窝心。我们当时都忘记了自己刚刚下过的判断，这鬼魅一般的雾气，是被万丈激流冲起来的，现在落水根本没有停止，雾气必然是不停地翻滚上来，如何能有散的时候？

所以很快，马在海的说法就开始站不住脚了。

我们在忐忑不安中，又安静等待了五六个小时，雾气仍旧弥漫在我们的舱外，一点也没有消散的迹象。

这时候，之前那种似有似无的恐慌，就逐渐变成了现实。我们不得不承认了这样一个命题：这浓雾短时间内不会消散了。

对于当时的我们来说，承认这么一个命题，相当的痛苦，这就意味着我们的撤离计划一下子无限期延迟了，我也知道这时候再干等，那就是把头埋进沙子里的鸵鸟。

此时我们再次合计，十多小时前干劲冲天的那些说辞、计划，现在看来就像是笑话一样，这样的境遇颇为尴尬。

副班长和马在海对我说我们是不是得有耐心，现在想这些会不会自乱阵脚？我对马在海他们说，我们得面对现实，看样子，只要水闸不关，这雾气只会越来越浓，不可能消散了。那样的话，我们必须采取措施：一方面要分配口粮和水，尽量延长生存时间，希望能等到雾气散去，一方面也要积极想办法。特别是第一个措施，就算雾气一小时后可能散去，我们也得做好一个月后雾气才散去的准备。

我说完这个，马在海的面色很难看，他对我们说，其实，口粮的问题还可以，他们带来的几只包裹里，有足够的压缩饼干和蔬菜，因为当时急着救我们，所以大量装备都丢弃了，只把食物带了过来。主要的问题是水，他和陈落户两个人只有两只水壶，其中一只还不是满的。

我听完这个，心直往下沉，喉咙一下子感觉到干渴起来。当时在入洞初段行军的时候，也想过实在没水的时候要喝尿，顿时心里犯堵，心说自己当时他妈的也真是缺心眼，现在是现世报应。

当时我们的裤管早就干了，不然还能拧出水来，我脑子转得飞快，但是没用，很快就绝望了。

在我的记忆里，同样被困住的经历并不多，最危险的一次是1959年在川东。那时我才参加工作，当地地质局组织了一个洞穴勘探，我们被涨水困在了一个气洞里三天两夜，好在水最后退了。当时我们有十几号人，干粮和水都很充足，最缺乏的是经验，所以哭鼻子的一大堆，现在倒好，经验丰富了，没水，这实在比哭鼻子要命得多。

这时候马在海说，要在这个密封舱里待到雾退，我们恐怕需要很大的运气。如果能到达其他地方，说不定还有转机，比如说可以找到老旧的水管或者蒸汽管道，里面也许有水。要不要试一下?

我心说这里哪里有那种管道，只见他蹲了下来，指了指踢脚部位的通气口，说这里的通气口联通着气滤装置，是二战时候德国人使用的技术，后来被苏联学去了，我们现在的地下工事大部分是这种装置的改良，这里面也许有水管。

我似乎看到了一线生机，但这管道口窄得只能放进去一个脑袋，人怎能钻得进去?

马在海说他个子小，应该问题不大，说着就趴了下去，先是拆除了防鼠网，然后试探着能不能进去。

我也趴了下去，一看就知道不可能，这洞口的大小已经宽于马在海的肩膀，他到底是个男的，当兵的骨头架子大，怎样都挤不进去。而这个通气口，怎么看也不可能通过任何人。

马在海滑稽地做了很多匪夷所思的动作，然而他的脑袋也只能侧着探入，身子丝毫无法进入分毫，最后他扭伤了脖子，只好退了出来。

其他人里，陈落户脑袋很大，我是个大个子，副班长脑袋上有伤，而袁喜乐就更不用说了，这个提议算是白提了。

我沮丧地坐在地上，几个人都不说话，一边的陈落户更是脑子有问题地把自己的水壶抱在了怀里，似乎怕我们来抢。

我没心思去理他，脑子一片空白，就在这时，突然“啪”的一声，雪上加霜的事情发生了，密封舱里的应急灯突然熄灭了，我们顿时闻到一股烧焦的味道，显然是电线老化终于烧断了。

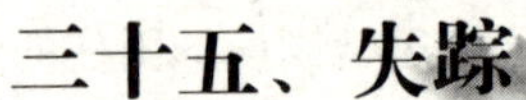

三十五、失踪

突然的黑暗让我们措手不及，那瞬间什么也看不到了，陈落户一下子吓得摔倒在地上，我们各自愣了一秒钟，马上听到黑暗中马在海大骂了一声“狗生”，显然不是什么好听的话。副班长也叹了口气，我听到了他的苦笑声。

我心中突然一阵烦躁，本来已经走投无路，这一下子死得更彻底，连照明都没了。不过死在黑暗里倒是符合我们的职业。

隔了大概5分钟，我听到细碎的摸索声，不久后一道手电光打了起来。突如其来的光线一下照得我们睁不开眼睛。打起手电的是马在海。

他搬了铁质的椅子到应急灯的下方，踩上去看烧毁的灯座，这种应急灯我知道一般不会坏，特别是不常使用的时候，因为结构简单，放上几十年都和新的一样，马在海敲开应急灯下面的储电盒，是里面的老线路碰线烧断了。

这里没有维修的条件，一点办法也没有，马在海用手拨弄了一下，结果被烧了一下，疼得他又骂了一声，被副班长呵斥了一通：当兵的不能这么浮躁，不提倡骂人。马在海很服副班长，马上就认错。

我们都很沮丧，有点不知所措，这样接二连三的打击非常消磨人的志气。

唯一欣慰的是，这里的灯一暗，就从那孔窗中射进来十分微弱的光芒，这光芒在里面本来几乎是看不到的，如今却十分的显眼，表明在准备室的灯还是亮着的。

副班长让马在海关掉手电，这样可以节省一些电池，他这手电的电量也不多了，光线暗淡得很。马在海郁闷地划动了一下手电，最后照了一下那只老式应急灯，然后就想关。

没承想他这一扫之下，我突然感觉到了异样。那一刹那，冷汗突然从背上渗了出来。

黑暗的房间内，那一扫之间，我似乎看到了什么东西，和灯亮的时候感觉不一样了。而那个东西，虽然我没有看清，但却让我条件反射地出了一身的冷汗。

是什么东西？我马上叫喝了一声，让马在海别关，让他照一照这个密封舱。

马在海被我的大叫吓了一跳，随即用手电再一次扫了一下，这一次我们所有人都发现了问题所在，副班长一下子就剧烈咳嗽了起来。

原来，在袁喜乐待的那个角落里，现在只剩下了一只背包，而她人却不见了。

我们马上用手电照了好几圈，想看看她挪到什么地方去了，角落里、桌子下，甚至天花板上，很快，结果让我们开始毛骨悚然：无论我们怎么照，我们都无法找到她，袁喜乐竟然消失了！

从灯暗掉到现在有多久，我就算不掐着手指算，也能知道不会超过10分钟。这10分钟的黑暗，我们都郁闷和沮丧，谁也没有注意到袁喜乐的动静。我知道，在常理下，无论她有什么举动，都无法离开这个几乎密封的舱室！

我们一开始根本不相信，加上光线不好，都认为是看走眼了，陈落户掏出了自己的手电，两支手电仔仔细细照了十几分钟。

但是，袁喜乐确实是不见了。

这密封舱其实不大，照了一遍又一遍，我的冷汗很快就湿透了全身。

“真的没了。”最后是陈落户呻吟地说出了这个结论。

我突然头痛欲裂，这简直是太匪夷所思了，在短短10分钟的黑暗里，竟然有一个人凭空消失了，这太恐怖了，日本人在这里干的事情已经诡异到了极点，而我也无法再接受这种事情。

我抱着脑袋贴着墙壁缩了起来，突然感觉自己是不是在做噩梦，但就连思索这个问题，我都没办法进行了。

副班长也是面色惨白，几个人你看我，我看你，都彻底蒙了。

接着他和马在海就蹲了下来，再次去看那个通风口，只有这个地方，是唯一可以离开的地方。

这下是真的慌了神了，我绝对不相信人可以钻进如此小的一个通道里。这真是见了鬼。

后来我回忆这件事时，就感觉当时马在海和副班长的这种举动是有道理的。因为整个铁舱并不大，我们可以看到大量的铆钉固定的铁壁，除了正门，唯一能离开一个人的地方，只有那个小小的通风管道口。并且就在灯灭之前，我们还尝试着进入到里面，所以几个人在当时不约而同把注意力集中到了那里。

我当时想的是袁喜乐的体形，那个年代，国民特别是女孩子的身材普遍很娇小，我不知道袁喜乐是什么人，但她的身材肯定是我们这里最小的，可是也没有娇小到能进这么小一个通风管的地步。

马在海第一个趴了下来，没有了应急灯，他只能满头冷汗地用手电去照那个通风口。

我们都凝神静气地看着，刚才突如其来的悚然没有消退反而更加强烈。我的心跳像打雷一样，这种感觉只在我第一次偷生产大队鸡蛋的时候才有过。虽然如此，我们都没有想到，马在海在打开手电的一刹那，会突然以那样凄厉的声音惊叫起来。

那是一声受到极度惊吓的叫声，接着他触电一样跳了起来，面色惨白忽然又摔倒在地，像看到了什么极度恐怖的东西。

我被他吓了个半死，忙拾起手电，赶忙蹲下去照。手电的光柱一下就射到了通风口深处。接着我的脑子嗡的一声，从头皮一直麻到脚跟，浑身凉得像掉入冰窖。

这里要说明的是，应急灯亮着的时候，我们只能看到通风管道口的地方，但手电是平行光，光线可以射得很深，所以我一下子就看到了管道深处，在那里，有一张被严重挤压变形的脸，而我，根本无法辨认那是人的脸，还是什么“东西”的脸。

自然，这么远的距离，我们也无法分清这张变形的脸是不是袁喜乐，我更是打心里一百个不相信，这里面竟然塞着一个人！

三十六、通风管道

三个人直吸冷气，我更是花了好久才缓过来，才敢再去看。

仔细看时，不知道是前面形成的心理压力还是那张变形的脸实在太过令人恐惧，我的恐惧感竟然更加的厉害，最后到了窒息的地步。

那确实应该是一张“类人”的东西因为挤压而变形的面孔，最突出的是它的鹰钩鼻和高耸得异常的额头，也不知道这样的五官是被挤压出来的，还是这个东西本来就长得如此的诡异。如果是前者，那这个人肯定已经死亡了，脑部组织肯定全部碎裂了。

不过，唯一让我松口气的是，这张鬼脸上找不到一点衰喜乐的特征。

当时很长一段时间，我们都面面相觑，不知道应该和对方说什么。这种事情，实在是超出我们能理解的范围。

后来是马在海最先明白过来，他站起来就去扯背包里带的绳索，上面有生铁的三角钩，然后要去拆卸那长长的写字桌。我们立即明白了他的意图——他想做一把钩，将里面的“东西”钩出来。

可惜那写字桌实在是结实，底部都有焊接措施，我们尝试了半天都没有松动。

几个人翻了半天，最后副班长找到了一根在墙壁上焊着的不知道用处的小拇指粗细的铁丝，我们硬掰了下来，然后把头弯成钩子。几个人蹲下来就想去钩。

那是手忙脚乱的场面，副班长有伤，最后是我用手电帮忙照明，马在海去操作。

他趴在地上，我打亮手电，其实马在海此时一万个不愿意，但不得不服从命令，嘴唇发着抖。我们让他小心，其实也无从小心，三个人趴在那里，看着铁钩一点一点靠近。

那过程只有半分钟不到，我们却好像盯了一整天，最后钩子快碰到那“东西”的面孔时，我的眼睛都疼了。

就在钩子要碰上那东西的前一刹那，我们已经做好了所有可能的反应，包括那东西突然“动了”，或者往后闪避。然而事实上，我们的钩子碰上它后，它一动也没有动。

接着，无论我们怎么拨弄，它都没有反应。而且，马在海说，好像软趴趴的，手感不对。最后他用力把钩子刺进了那东西的脖沟里，一下子钩住了脑袋，往外一扯。

几乎没什么阻力，那东西就被扯动了，我的心跳陡然加速，几个人全部不约而同站起来，做好了往后疾退的准备，以防看到恐怖莫名的东西来不及反应。

最先出来的是脑袋，白花花的，接着是身体。我看到了类似于手和脚的东西，那一刹那，我的脑子麻了一下，只觉得这东西怎么这么奇怪，那种被扯出来的感觉，似乎是浑身发软没有骨头的软体动物一般。心猛地一跳，下一秒，我的喉咙卡了一下，因为我突然意识到这是什么东西了。

从通风管道口拖出来的，并不是什么怪物，而是一件古怪的胶皮衣，看上面翻起的胶皮，应该也是日本人弄的，而我们看到的扭曲面孔，是上面已经被压碎的防毒面具。而且这是一只头盔样的面具，从正面看上去，额头高耸，诡异异常。衣服和头盔是一个整体，是我从来没有见过的造型，想必并不是单纯的防毒用处。

马在海用铁钩戳了戳那衣服，里面空空的，似乎没有东西，他松了口气，又想骂人，嘴巴张了个形状，大概想起了副班长的话，就闭嘴了。

副班长的表情还是非常凝重。马在海想去查看清楚，被他拉住，他说道：“先别动。”

我其实也这么想，马在海看我们的神情，也感觉出有什么不妥，暂时没有行动。我们围在这衣服边上，暂时缓和着自己的情绪。其间，马在海用铁钩把衣服拨弄开，用手电照着、戳着。

这种情形让我想起以前衣服里爬进一种金线蛇的情形，我的母亲也是用竹竿敲打衣服，把蛇打出来的。不过，此时那衣服一点脾气也没有，无论怎么打，我们都没有发现什么蹊跷。

最后马在海把那件衣服翻转了过来，我看到那胶皮衣连着头盔的地方已经破了，想必是马在海铁钩子的手笔。衣服胸口的地方也已经腐烂了，可能当时粘在了通风管道底壁上，被我们硬扯破了。可以看到衣服里面空空如也。

我们都松了口气，虚惊一场。

马在海上前，将胶皮衣东扯一块西扯一块，很快就扯成了碎片，确实是什么都没有。

副班长说奇怪，这玩意儿是谁塞到里面去的，又是什么目的？说着马在海又蹲了下去，再次用手电照射那通风管道。

三十七、又一个

我也跟着蹲下，此时通风管道中有微弱的风吹出来，手电照下去，黑黢黢的一片，并没有看到我想象中的东西。深邃的管道尽头混沌着一股奇怪的气息，不知道通向哪里。

让我记忆深刻的是，那股微风中，我闻到了熟悉的化学气味，虽然比在落水洞电机站的地方淡很多，但我还是可以断定这是同样的气味。我并不知道这具体是什么味道，但是它在此时出现，总让我感觉到有什么不妥当。

难道当时有人用这件衣服来堵塞这个口子，该不会这个通风系统出现泄漏，这是临时的堵塞措施，现在被我们一拿开，外面的毒气正一点一点泄漏进来？

我心里想着就感觉不太舒服，马在海和我收拾起一堆的杂物，把那个通风管道口象征性堵了堵，这样稍微有些安全感。

几个人坐下来的时候，都严重委靡了，一连串的惊吓真的太消磨人的意志力。

马在海轻声问："如果不是从这里出去的，那么袁工到底到哪里去了？"

我看着口子，下意识摇头，其实我们都在自欺欺人，那样大小的通道，就算袁喜乐能爬进去，也是不可能前进的，前提就是不可能。但是如果不是这里，那又是哪里呢？这里可是一个封闭的空间。除了这个口子外，其他的任何孔洞恐怕连蟑螂都爬不进来。

想着这些事情，我下意识又用手电照了一圈四周。

刚才的混乱把整个房间弄得杂乱不堪，一片狼藉，可见我们刚才惊慌的程度，还是没有袁喜乐。这里只剩下了我们四个人。

就在我想到四个人的时候，我的脑子突然又跳动了一下，又发现了一点异样，而且这种莫名的异样，非常的熟悉，似乎刚才也有过。

我再次照射了一番房间，在疑惑了好久后，突然意识到了异样的所在。

我刚才认为这里剩下了四个人，除了我们三个之外，第四个人就是一直缩在角落里的陈落户，但在扫射的过程中，我突然想起我不知从什么时候起，就没有看到过他了。

我站了起来，颓然的心情又开始紧张，手电再次反复照射，那种诡异的感觉越来越明显，最后我几乎崩溃地意识到：陈落户也不见了！

那一刻我真的崩溃了，血气上涌，再也支撑不住，一阵头昏脑涨。人摇摇欲坠，直想坐倒在地上。好在马在海将我扶住，他们问我怎么回事。我结结巴巴地说出来，几个人再次变色，手电的光线马上在铁舱中横扫，马在海大叫“陈工”。

这种累加的刺激好像一个幕后黑手设置的棋局，一点一点地诱导我们走向崩溃，每一步都恰到好处，在闪烁的手电光斑中，很快所有人都陷入了歇斯底里的状态。

我们当时在想什么，已经无法记忆，但恐惧是必然的，现在想来，我们碰到的是一种人力无法解释的现象，我甚至都不知道自己在恐惧什么？是害怕消失还是害怕被一个人抛弃在这里？这一切都陷入到了混沌的情绪中。

我们敲打着铁舱的壁，发出刺耳的声音，大声呼叫，趴下来检查地板，本就凌乱的铁舱变得更加混乱。

然而这些都是徒劳的，坚固得毫无破绽的墙壁，让我们内心更加恐慌。

一直折腾到我们筋疲力尽，副班长第一个停了下来，我们才逐渐冷静。马在海抓着板寸头，颓然坐倒在椅子上。而我则头顶着墙壁，用力狠狠撞了一下。

这一切，已经失去秩序了，天哪，难道这里有鬼不成？

三个人再也没有说话，安静地待在自己的位置上，我们能听到互相沉重的呼吸声。气氛，可以说当时我们的脑子都是空白的，根本没有气氛可言。

时间一点一点流逝，也许是两小时，也许是四小时，谁也没有说一句话，激动过后，潮水一样的疲惫，向我们涌来。

那是一段长时间的大脑空白，我并没有睡着，但那种疲倦是我从来没有经历的。在我的地质勘探生涯中，经历过很多次几天几夜不睡觉的情况，但身体的疲劳可以自己调节，我们都是抗日战争开始不久后出生的人，我们的童年已经经历过很多难以想象的艰苦劳动，所以身体的劳累我们并不在意，这种精神的疲倦，却是最难以忍受的。

不过，这样一段长时间的冷静与休息，却确实使我们的心境，慢慢地平缓了下来。

也不知道确切是过了多久，我想大概是冷汗收缩带来的寒冷让我清醒了起来。又或许是饥饿。

我深吸了一口气，关掉了手里的手电，找了一个地方坐下来，开始想自己多久没有吃东西了，又已经在这封闭的铁舱内，待了多长时间。

没有天黑天亮，这里的一切混乱不堪，我没有手表，那个年代，手表属于家用电器，连打火机都限量供应，更何况手表?

随着各种感觉回归，我开始思索，几乎是强迫般，整件事情开始在我大脑里回放，想阻止都没有办法。

后来我对老猫说，在这整件事情中，那个时候的考虑，我认为才是真正的考虑。可以说当时我考虑问题的方式，开始是真正开窍了，我一直认为我之后能在业内有现在这些小成，这一次的经历是起了催化作用的。

这里要插一段说明，在我们那个年代，也许很多人都无法理解，其实很多像我们这样的人，都特别的单纯，考虑问题的方式非常的直接，这也和当时只能接触到非常有限的信息有关。你可以让你们的父母回忆一下当时的电影、样板戏，都是非常简单的情节，好人坏人看长相就能分清楚。所以，当时的我们几乎从来没考虑过太复杂的问题。这也是十年浩劫为什么破坏力如此惊人的原因。

我一开始，大脑里全是那两个人消失时的景象，满是晃动的手电光，我头晕目眩强迫自己不去想，而转向对这整件事情的思考。

这肯定是一个不一般的气闭舱，或者说，肯定有什么我们不知道的古怪。在这1200米深的地底深处，几十年前废弃的日本人残留设施的古怪气闭舱里，有两个大活人，在绝对不可能消失的情况下，突然不见了，我假设这个命题存在，那么在我们注意力涣散的那几分钟里，我们的身后，在我们没有注视着他们的情况下，这个气闭舱里，肯定发生了什么事情，是我们所不知道的。

那么到底是什么事呢？

我苦苦地回忆，当时哪怕是一点让我感觉不对的地方。

第一次袁喜乐的消失，是在一片黑暗当中，我们的注意力全在找手电上，没去听四周的任何声音，可以说当时袁喜乐可以利用那些时间做任何事情。

第二次陈落户的消失，是在半黑暗当中，我们的注意力全在通风管道口，我们的身后同样是一个完全的视觉死角。

可以说，他们失踪的时机，实在是太完美了，都是在我们把注意力集中到一个地方之后发生的。

我叹了口气，心里有了一个自然而然的荒唐念头，难道在这个铁舱里，只要你一走神，四周就会有人消失吗？

这实在是荒谬绝伦的事情。

不过，想到这里，我突然浑身一寒，意识到我现在的这种状态，不也是走神吗？我猛地惊醒，忙抬头去看四周，去找副班长和马在海。

映入我眼帘的是一片黑暗，不知道何时，他们的两支手电光点，竟然已经熄灭了，而我在发呆的过程中，竟然一点也没有发觉那是什么时候的事。

一股莫名的恐慌顿时又涌了上来，我的喉咙不由自主发出了呻吟声。

我脑子里第一个反应就是：难道他们也不见了？

想到这一点，没来由地，我在那一刹那陷入了极度的恐惧中，整个人都害怕得缩了起来，一口气在我的胸膛出也出不来，下也下不去。我马上勉强发出一下叫声，自己都无法分辨在说什么，只可以勉强称呼为一声声音。

没有任何的回应，在漆黑一片的空间里，似乎真的只剩下了我一个人。

我脑子顿时又开始发炸，刚才歇斯底里换来的片刻镇定顿时消失了，我努力又喊了一声，同时猛然打开了手电。

一瞬间，我真的以为，我会看到一个空空如也的铁舱。在这地狱一般的废墟里，我一个人被遗留在了这里，被困在漆黑一片的密室里，外面是有毒的雾气，和我同来的人好像鬼魅一样离奇消失。这实在是太过恐怖的境地，如果真的如此，我恐怕会立即疯掉。

所谓现实和小说的区别，往往也在这个地方，小说趋于极端的环境，但现实中往往不会把人逼到那种地步。我的手电一打开，就看到马在海几乎凑在了我眼前，一张脸好像死人一般惨白，似乎在摸索什么，把我吓得大叫起来，同时他也被我吓得一下往后缩了好几米。

另一支手电亮了起来，朝我照来，我看到了铁舱另一边副班长正疑惑地看着我们。

我松了一口气后就大怒，问："你们在搞什么鬼，关了手电一声不吭干什么？"

马在海被我结结实实吓了个半死，说不出话来，副班长马上解释说，他想着两个人不见的时候，整个铁舱都是基本黑暗状态，他在想，是不是有什么机关，在一片漆黑的时候会打开，所以让关了手电找找。当时他说的时候我也关了手电，他以为我也在找。

我当时肯定是走神了，一点印象也没有，此时看到他们两个人还在铁舱里，才再次松了口气，对他们说，刚才以为他们也不见了。

两个人都面色发白，很能理解我的感受，显然他们自己也有这样的顾虑。不过正规的军人到底和我不一样的，这种事情，他们只是放在心里。

我于是问他们，那有没有在黑暗中摸到什么？马在海摇头。

这其实也是一种自欺欺人的做法，通常来说，在光亮的时候都发现不出的破绽，如何可能会在黑暗中发现？但是副班长这样的人能够想到这些已经很不错了，那个年代的工程兵并没有多高的文化水平，最多在他们的专业上受过一些训练。最典型的就是当时的英雄铁道兵部队，有一句老话，就是铁道兵三件宝——铁锹、洋镐、破棉袄，很能体现当时特种工程部队的状况。

我们坐下来聚到一起，都是一脸的严肃，我对他们说别慌别慌，从现在开始我们三个人抱成一团，要再有人不见，我们也能知道是怎么回事！

几个人点头。让我欣慰的是，我们的情绪都稳定了下来，形势完全没有变化，肚子里强烈的饥饿感也告诉我，我们面临的问题还有很多很多，只不过现在无法去思考那些，而面前的两个战士，让我安心。

在唯物主义的指导方向下，我们在深山中遇到过的很多奇怪的事情，都可以在事后用很牵强的理由解释。不过，确实在很多的情况下，最后我们发现这些牵强的理解是正确的，这里面有多少是妄加的，有多少是正确的，谁也说不清楚。现在的情况，恐怕单纯以唯物主义来解释是不太可能了。

我开始想着，如果袁喜乐和陈落户从此再也没有出现，而我也活着回去了，那以后该如何对别人讲述这个故事？

这鬼魅一样消失的两个人，现在又在哪里？是完全消失了，还是到了其他地方？

我抬头看向四周，刚刚进来的时候，我从来没有考虑过这个铁舱在这里的意义，这个几十年前的日军基地，一切都是如此陌生，铁舱在这里我觉得只是同样的陌生而已，从来没想过是否这个铁舱同样也是这个基地内十分特别的地方。

这铁舱用是来做什么的呢？我突然想。

看这里的摆设，很像是一个临时的指挥室或者避难室，位于大坝中层机房的一角，一个完全由铁皮修筑的舱室，外面有过渡用的准备室。表面上看，这里是用来在毒雾上升的时候，临时避难用的铁舱。

但真的是这样吗？

日本人在这里经营出了一个匪夷所思的局面，巨大的大坝和战斗机，这些几乎无法解释的东西都出现在了这个巨型天然岩洞的尽头，他们的目的我们现在根本窥探不到，那会不会这个铁舱也是他们计划的一部分？

我站了起来，看着四周的铁壁，突然有了个疑问：这铁舱的铁壁后面是什么？混凝土？还是我所不知道的东西？

我站起来，第一次不是去敲，而是用手去触摸这个铁壁。这里的锈迹坑坑洼洼，好像被强酸溶蚀过，可以看到铁壁的外面，曾经有一层白色的漆的痕迹，只能说是痕迹了，因为连指甲盖大小的漆面都没有。铁壁冰冷冰冷的，我一摸到它，所有的温度瞬间被吸走了。

不对！我突然意识到，太冷了！这温度，好像冰冷的地下河水的温度，冷得让人吃不消。

我又把耳朵贴上去，去听铁壁后面的声音，此时副班长和马在海都非常诧异我的举动，马在海问我怎么了？

我举手让他别出声，因为这一贴上去，已经听到了一种令人费解的声音。

我一开始无法辨认那是什么，但随即我就知道了，一个巨大的问号出现我的大脑里。

我听到的是水声。不是水流击打岩石的那种咆哮，我很熟悉这种声音，因为我家是渔民，我知道这种声音，是在吃水线下水流摩擦船壁的那种沉闷的“梭梭”声。

这个发现是始料未及的，我非常诧异地又听了一段时间，确实没错，是那种声音。但是，我知道这是不可能的，铁舱在机房的上方，我清晰地记得水面在我们脚下好几层的地方，铁舱的四周不可能有水。这里是水坝“背水面”，就算我们在躲避的过程中，水闸关闸蓄水，暗河水位上升，水位也不可能漫上来这么高。

我把我的发现和马副班长他们一说，他们也很奇怪，都趴上去听，也都听到了。马在海苦笑说：“难道我们现在在水下？”

我拿起他刚才用来钩衣服的铁杆，用力砸了一下铁壁，“砰”的一声被我砸出了火星，声音非常的沉闷。一点金属空鸣都没有。

四周好像真的全是水。

我愕然，此时想到了一件事情，我突然想起了这铁舱外面，是一块巨大的铁制墙壁。

那就是说，显然这铁舱的装置，是独立于整个大坝的混凝土结构的，这个铁舱是被一个巨大的四方形铁盒子包起来的。天哪，我打了自己一个巴掌，心说怎么早没有想到这上面去。水坝里什么装置需要这样的东西？那太简单了，在我的印象里，只有一种设备需要这样的铁皮外壳！

三十八、沉箱

在某些三四十年代日本人修建的大型水坝中——比如说松花江的小丰满，发电机组都处在水下10米左右的地方，到达发电机的技术层就需要一种特别的升降机，这种叫做“沉箱”的装置也是在大坝建设时用来运输大型的电机零件，一般在大坝测试完成后会拆掉，如果不拆掉则一直作为检修时到达大坝底层的唯一通道使用。

在我脑海里，只有这种巨型的升降机是完全用铁皮包住的，它的外壁是正方形的混凝土垂直管道，里面包着钢筋加固的铁皮板。

这种升降机一般不在泄洪的时候使用，因为泄洪的时候，整个大坝的底层完全是泡在水里的，降到下面也没有用处。我当时看到这个铁舱，突然意识到，会不会这个铁舱是焊接在这种巨大的升降机上的？

我们进入的时候，那块铁墙其实就是升降机的入口，我们进入了铁舱之后，其实就进入了那升降机的平台上。

想到这里，我茅塞顿开，一下子想起了很多事情——在铁舱里听到的我以为是大坝受压发出的声音，和各种奇怪的响声，现在想想就感觉不对，那似乎是轮轨摩擦的声音，难道我们进入这平台之后，这平台竟然动了？

现在又听到了铁舱外面的水声，难道在我们进入铁舱的这段时间里，有人启动了这台升降机？我们不知不觉，已经降到了大坝底层的水下了？

这只是我的一个推测，想完后我觉得很荒唐，如果真是这样，何以我一点也没有感觉到？但回忆起来，当时的情况之混乱，要说绝不可能是我想的那样，我也不敢肯定。

另一个我觉得我可能正确的原因是：我想，如果真的是这样，那袁喜乐和陈落户的突然失踪，倒是有了一个极端合理的解释了。

我的注意力投向了铁舱内的一个角落，这个角落，是我在刚才恐慌的过程中从来没有注意过的，我此时自己都有点奇怪，为什么刚才根本就没有想到这个地方，事实上，这个地方是最有可能让人消失的，可能性远远高于那个饭盒一样的通风管道口。

这个角落，就是铁舱的气闭门，也就是我们进来的那道门。

我走到门边上，看着门上的孔窗，窗外黑黢黢的，隐约能看到一点点的光，现在看来，不像是外面透进来的，而是我们手电的反光，整体情况似乎和我们刚进来这里的时候一样。

我看着这门发起呆来。

我的想法很简单：我们刚才之所以根本没有想过这个门，是因为我们认为这门外是骇人的毒气，所以，袁喜乐和陈落户，如果他们是从这门里出去，不仅他们会死，我们也肯定会受牵连。也就是说，只要这门一打开，无论是闻到味道，还是毒气侵入，我们都必然会发现。所以既然我们都没有死，那这扇门绝对没有开过。

但是，按照我刚才的想法，如果我们所在的铁舱在不知不觉中已经沉入到了大坝的底部，那外面就可能不是毒气了，那在刚才的应急灯熄灭的时候，袁喜乐完全可以在黑暗中打开这门出去，陈落户也是同理。

当时我们谁都没有注意门的方向，虽然听上去好像有点不可思议，但是，理论上这完全有可能办到，或者说，这是现在唯一可能的解释了。

问题是，我推测的前提正确吗，门后确实没有毒气？

我把我的想法原封不动地说给了副班长和马在海听，马在海马上摇头说不可能。在他看来，这种说法有太多的破绽了，这么大的东西如果真的下降过，这个铁舱里的人不可能没有感觉。袁喜乐何以能在黑暗中准确地找到门的位置呢？开门的声音呢，为什么我们听不到？副班长低头不语，但是看表情显然也同意马在海的看法。

这是我所没有想到的，我想了一下，心说确实是这样。

事实上，如果我还原整个过程的话，就会发现里面还有一些很难解释的部分，首先就如马在海说的，袁喜乐如何在黑暗中清晰地知道门的位置，接着就可以衍生出，她是如何在黑暗中避开所有人混乱的手脚，在我们身边毫无声息地通过的，她又不是猫。

这是一个反命题，也就是说，在我们认为黑暗蒙蔽了我们的双眼，放走袁喜乐的前提下，我们必须解释袁喜乐是如何解决同样问题的。

这看似是一个无法解决的问题，但我看了整个铁舱内的布置后，就发现这个问题其实非常简单，因为在整个铁舱的中央，有一张焊死的长条形的铁皮台桌。

台桌上是我们弄得凌乱的纸和无法辨认的碎片，但是可以非常明显地看到，桌子的一头是袁喜乐蜷缩的角落，另一头就是那道气闭门，而当时我们再混乱，也不会爬到这桌子上去，当时只要踩着这个桌子就能非常迅速地到达气闭门。

而陈落户就更容易解释了，毕竟当时我们所有的注意力都在通风管道里。

不过马在海听了我的解释就去看那铁皮桌，却发现整个铁舱已经乱得根本无法还原，现在去看也没有任何的痕迹。也就是说，我的想法根本没有实际的根据。

我们三个人大眼瞪小眼，一下子也有点无所适从。

现在想来，我当时的说法其实并没有缓解我们的紧张感，反而让我们几个平添了许多烦躁。确实当时我的话已经影响了他们，他们也开始动摇，但这样一来，我们现在的处境，就变成了作茧自缚的情况，那道黑黢黢的铁门后的情形变成了一个巨大的梦魇。

如果这后面真的如我所说，没有毒气，那我们就应该毫不犹豫打开那道气闭门，看看这大坝底部的空间是什么情况，袁喜乐和陈落户又跑到哪里去了？

但是，如果我错了呢，那我们打开这道门，不是等于自杀吗？

当时想着这些让人发狂的事情，三个人都看向那道铁门，露出了非常复杂的表情。

之后的一段时间，可以说是在一种精神煎熬中度过的，因为最令人无奈的发展，就是毫无发展。我们在铁舱中，时间一点一点流逝，饥饿感越来越强烈，毫无办法的情况下，我们也不得不在角落里进行大小便，臭气熏天。这样的环境下，四周的一切却好像永恒一样完全凝固了。

没有人提出来接下来应该怎么办。所有人都看着那道门，其实，我们知道，现在的问题，打开这道门就马上有答案。

这其实就是唯物论和唯心论之间的一种斗争，看的是我们选择哪一方。

作为一个虔诚的共产党员和解放军军官，我们当时的选择应该非常明确，但是实际上，当时的焦虑却丝毫也不比普通人少，反而中间还掺杂着一种复杂的情绪。

如此说你也许无法理解我们的苦闷，因为单纯从几个男人的角度，特别还是我们这种农民阶级出身的穷苦人家的孩子，在一个有屎尿臭味的封闭空间里，待上几小时，并且饿着肚子，其实并不算什么大不了的。

事实也确实如此，如果说这件事情有一个期限，比如说一天，或者一个星期，我并不会觉得这有多困难，更何况这样的事情还被冠以任务的头衔，那比拖到印度去打仗要轻松很多。

但事实上，让我如坐针毡的是，我们在这里的困境是无限期的，也就是说，只要你不打开那扇门，这一切就将继续，直到我们死亡。

这实在是要让人发疯的事情，一想到这个我就感觉浑身的毛孔都要炸掉了，而我烦躁到这种地步是非常少见的，在这之前就几乎没有发生过。

我们一开始先是讨论，然后坐立不安，安静一阵子，然后又烦躁一阵子。我和马在海都轮流去看看孔窗，又去摸摸铁壁，做着很多毫无意义的事情。副班长则坐在那里，闭着眼睛，也不知道在思索什么。

带着这种令人窒息的烦躁与抉择，我们整整坐了大概七小时，最后，是副班长突然站了起来，走到气闭门的边上，一下抓住了轮盘门闩，接着就往外开始拧。

副班长当时的表情，我记得清清楚楚，我很想形容那是镇定与坦然的革命大无畏精神，但事实上，我知道他也和我们一样，心理承受能力到了极限。他们这种战场上下来的人，看惯了生死，在某些关头往往更容易作出决定，所以他第一个作了选择。

轮盘门闩弯到一半，我们那时才意识到他想开门，我做了一件相当窝囊的事情，竟然想冲上去抱住他阻止他，不过还没有动作，副班长却自己停了下来。

他的表情很冷静，转头对我们挥了一下手，说让我们靠到内壁，如果有不对，他还可以马上关上门。

马在海这个死心眼就是坚持要和他在一起，副班长说他这是上过战场和没上过战场的区别，凡是上过战场的，都不会去干那些白白送死的事情，因为活下来才可能对祖国有价值。马在海不听，被我死死拖住，副班长后来烦了，呵斥一声别吵了，马在海才安静下来。

我和他退到内壁，看着副班长，只见他深吸了一口气，几乎没有犹豫，猛地一转门闩，从门内发出一声相当轻微的“咯吱”声，气闭门四周猛然一缩，门悄然就开了一条缝隙。

我其实还没有做好准备，当下整个人就一震，那一瞬间三个人都僵硬了，时间凝固了一样，而我脑海中一片空白。

然而，似乎什么事情也没有发生，一切和开门之前没什么两样。

我屏着呼吸又等了好久，发现似乎真的没事了，突然就意识到自己的想法对了。

我松了口气，马在海和门口的副班长也长出了口气。我刚想说谢天谢地，突然副班长整个人一松，一下子软倒了在地上，接着门被他一带开了大半。我一惊，看到外面一股汹涌的雾气瞬间涌入这个铁舱。

我脑子嗡的一下，心说我命休矣。

那一刹那，半掩着的气闭门后，是一片深邃的黑暗，浓烈的雾气从黑暗中迅速涌了进来，然后发散腾起，就像一只巨大的软体动物正在侵入这个铁舱。

我的神经一下子绷到了极限，脑子只有一个念头，就是死定了，背后铁壁冰凉，退无可退。

也许给我更多的时间，我还会觉得后悔和气愤，因为自己一点根据也没有的推论，一下把自己和战友推入到了十死无生的境地，这几秒的恐惧远远大于死亡最后带来的伤害，我应该会狠狠甩自己一个巴掌，然后抓掉自己的头皮。

然而，根本没有时间，在我意识到不妙后10秒内，涌入的雾气已经逼到了面前。

马在海早就冲进浓雾中想去扶副班长，我知道这是徒劳的，雾气扑面而来的时候，我下意识屏住了呼吸，用力往铁壁后压去，想要再多活哪怕一秒。

这同样是徒劳的，我闻到了一股冰凉的味道，接着整个人被裹到了雾气里。

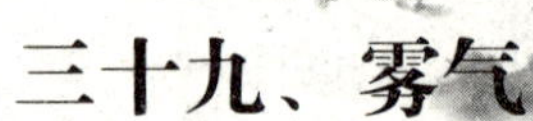

三十九、雾气

我闭上了眼睛，脑子一片空白，感觉自己应该摔倒，或者口吐白沫死去了，这种感觉现在想来非常奇妙。死亡降临的那一刹那，想的东西倒不是死亡了，这让我很意外。

当然，我最后并没有死去，既然我在这里把这些经历写出来，想必大家都会意识到这一点。我之所以把这段经历写得如此清楚，是因为这段经历对我的成长或者是蜕变起了相当大的作用，不能说是大彻大悟，但至少是让我成熟了。事实上，经历过这种事情之后，我才能理解修炼出老猫那种人的沉稳需要付出什么代价。

那么，当时发生了什么事？我为什么没有死？

我在雾气中等死等了十几分钟，觉到了一些异样，那是寒冷开始侵袭我的身体，我的毛孔开始剧烈收缩，热量极速被抽走。

我一开始以为这是死亡的前兆，但当我越来越冷，甚至打了一个喷嚏之后，就意识到了不对劲。接着我张开了眼睛，发现浓烈的雾气竟然在面前稀疏了，我能够大概看清前面的情况，马在海背着副班长站在门边上，也是一脸疑惑。

没有毒？这是当时我的第一个念头，接着突然感觉太可笑了，怎么会这样，难道我们一直在和自己的臆想作斗争吗？

但这里的雾气却很稀薄，而且冷得要命，感觉又不对。

门口显然相当的冷，马在海缩着身子，看了我一眼，缓缓将气闭门完全拉开来，接着我们的手电都照到了门口外面的空间。

雾气腾腾，手电光什么也照不到，只有滚动的雾气，其他什么也看不到。

雾气确实无害，副班长似乎是因为力竭昏倒了，一路过来，他一直是精神压力和体力透支最厉害的人，又受了伤，如今也不知道到底是什么问题，终于昏了过去。

马在海背着他，我们收拾了装备，一前一后踏出了铁舱，踏入到了雾气之中。

我无法形容看到了一个什么景象，因为前后左右全是雾，朦胧一片，手电照出去没几米就看不见了。此时我们的手电已经只能勉强使用，事实上在这种光线下，就算没有雾气，我们也看不到太远。

这种雾气大部分积聚在我们膝盖以下，白而浓烈，再往上就迅速稀薄下来。我们一动雾气就开始翻滚，好比走在云里。而且铁门外极度的寒冷，冷得才出来几秒，我就感觉下肢无法静止，冷得只有动着我才能感觉到它的存在。

这种冷已经不是寒冷的地下河水所能比拟的，我们缩起身子，有点惶恐地看向四周。

冷却的气温让我很快恢复思绪，我已经发现这种雾气并不是早先看到的那种沉重的灰雾，而是冰窖中常见的那种冰冷的水汽。并且这里的温度应该远远低于冰窖，因为在太冷了。

我们取出睡袋披在身上，勉强感觉暖和一点，我跺了跺脚，似乎脚下是铁丝板，很滑，冻着一层冰。而我跺脚处，竟然有回声，显然这是一个比较空旷的空间。

这里是哪里？我越来越迷惑，大坝的底部应该是什么，不是应该沉着发电机的转子吗？怎么像是一个巨大的冰窖？

我们小心翼翼朝前走去，脚下的铁皮和铁丝板发出有节奏的震动声，越往前走，雾气越稀薄。很快我就看到了脚下，那是一条类似于田垄的铁丝板过道，过道的两边是混凝土浇的类似于水池的四方形巨大凹陷，有点像烧石灰的工地，只不过修筑得正规了很多。凹陷里应该是冰，冰下黑影绰绰，一个一个有小牛犊子那么大，不知道冻的是什么。

手电根本照不下去，我踩了一下，完全冻结实了，水深起码有两米，看样子不可能知道那是什么东西了。

继续往前走，越走越冷，大概走出去有50米，我都想回去了，马在海也冻

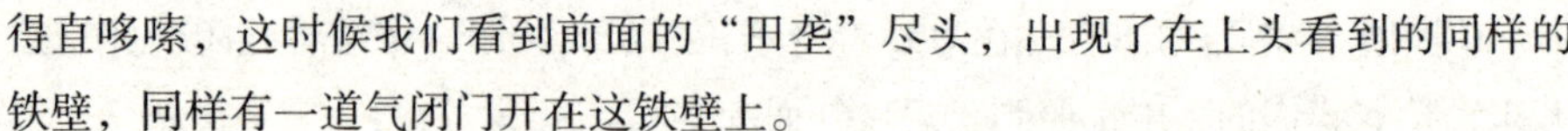

得直哆嗦，这时候我们看到前面的“田垄”尽头，出现了在上头看到的同样的铁壁，同样有一道气闭门开在这铁壁上。

只不过，这扇门上结满了冰屑，厚厚的一层，地上有大量的碎冰，还有一根撬杆靠在那里，想必是短时间内有人用这样的简易工具打开过这冰封的门。

我上去看了看碎冰，确定是不久前形成的，长出了一口气，心说难道袁喜乐真的按照我推断的方式跑出来了？这门是她开的吗？

我拾起撬杆，刚想插到轮闩里开门，突然轮闩咯噔转了一下。我吓了一跳，接着，轮闩开始缓慢地转动，我瞬间意识到，后面有人在开门！

当时，我被这突如其来的变化吓了一跳，随即和马在海两个人退后一步，条件反射地举起手里的铁杆防卫，马在海则侧着身子，贴到了门边的墙上。

门随即被缓缓推了开来，在我还猜测里面出来的会是袁喜乐还是陈落户时，一张黝黑的大饼脸探了出来，看了看我们，接着我们几个，包括大饼脸的主人都愣住了。

我足足花了一分钟，才认出门后探出来的这张黑脸就是王四川，倒不是因为我的反应慢，而是他的变化实在太大了。他整个人就像从屠宰场里出来的一样，满脸都是血痂，额头上的皮都翻了起来。而且，脸上黑得很不自然。

他看着我们，似乎也没反应过来，过了好久，他才大叫了一声：“老吴，你他妈的没死啊！”

我上去一把就把他抱住了，眼泪立刻下来了，接着马在海也认出了王四川，顿时也哭了。王四川大概身上有伤，被我一抱疼得就叫了起来。

对于当时的我来说，王四川没死，真是太好了，就好像中奖一样。不过流眼泪到底是不光彩的事，我很快止泪并用袖子擦掉，打量了一下他，就问他怎么回事。

他的身上比脸上好不了多少，衣服都焦了，而且我拥抱他的时候，闻到一股焦臭味。他大骂了一声，说他在电机房踩断了根电缆，差点烧煳了。

之后的情况和我们经历的差不多，但他应该是爬上了水坝另一头。那里有一幢大概三层楼高的水泥塔，塔的顶上是探照灯，应该是照明用的建筑，塔顶有铁桥通到大坝上的一道铁门，里面是跟我们原先看到的一样的电机房。和我们不同的是，他进入的那个机房似乎是配电室，里面横亘着无数巨大老旧的电缆，绝缘皮都冻化开裂了，他从来没有想过这么多年后那些电缆还通着电，一脚下去，直接就被击倒了。

当时他形容得很有趣，说自己先闻到了烧肉的味道，接着就感觉人飘起来了，从脚底麻到头顶，再接着就被直接弹飞了。摔到地上，照理应该很疼，但当时他的脑子里只有那烧肉的味道。他太饿了。

我看王四川给我比画电缆的粗细，又一次觉得不可思议，我的想法中，这里只是一个临时的大坝，只需要很小的发电机组就可以满足照明或者其他需要，但是按王四川对我比画的，很显然这里的发电机功率相当的高。

这里需要那么多电干什么？那些多余的电是输到哪里去？不过，这里奇怪的事情太多了，我也没工夫去细想。

王四川万幸没有被电死，之后大坝泄洪警报等事情，都和我们经历的一样，那配电室里也有一道铁制的墙壁，触电之后他恶心呕吐，有很长时间人都处于混沌的状态，只好躲进铁舱里休息。之后他又经历了一些事情，一直到现在，开门就遇到了我们。

我听完后，拍了拍他，感慨他的命大，也亏他身体魁梧，如果换我，肯定已经完全焦黑了，死了都得快一天了。

几个人又感慨了一番。说实话，看到王四川后，我突然整个人放松了。在现在的小团体里，我对马在海这样的新兵是很不放心的，副班长又是伤员，而且明显有责任心但是应变能力不强，我其实变相就是这个团体的负责人，无形的压力很大。现在碰到了王四川，我感觉他能为我分担很多的压力和责任，所以心情一下子就变好了。

王四川遇到了我们，自然也是心情大好，说完后他问我们的情况，我一五一十都说了，他听完袁喜乐的事情就发呆，我们说得这么玄，他真有点不相信，但是在这种情况下他又不得不信。

我不知道怎么能说得更明白点，因为事实上，袁喜乐和陈落户的事情，我和他一样无知，便对他道，现在最重要的是弄清楚我们到底在什么地方。

从他的叙述来看，这个大坝应该是一个对称结构，两边都有一个“沉箱”升降机，表明大坝的两边，都有安置电机的水下机房。就算最少一边两台电机，一台主一台副，也有四台，当时的情况下，中国的工业极度落后，几乎没有电灯（你可以查考《小兵张嘎》中的城乡，非常的真实，就是在新中国成立后的很长一段时间里，我们生活的环境也还是这样，特别是农民），这样的电量可以支撑一个乡镇了。

马在海说，这样的大坝，应该是从两边开始修起，最后在中间合拢，他跟着苏联人的时候，听过这种方法。

王四川就纳闷了，问我们现在在大坝的哪个位置。

我心说沉箱能够到达的最底层的位置，应该是大坝的基部，用混凝土灌装电机的地方，但刚才一路走过来，显然不是。外面巨大的空间，似乎是一个巨大的冰窖，不知道冰冻着什么。

我和王四川这些人，相识其实不到几个月，要说真正的友情，当时还没有，可以说我们后面的那些铁关系，就是在这时磨砺出来的。所谓同经生死才称兄弟，我写到这里的时候，无法不提提这些，退休之后回想以前，那些活着和死去的战友朋友，我发现自己这辈子最大的幸福，就是拥有这些回忆。有很多时候我很感慨，年轻时无论多叱咤风云，老来谋一间窄屋，打几个字，写几个故事，能做的似乎也只剩下这些。

长话短说，和王四川的重逢，可以说是意外，也可以说是必然。因为大坝的结构使然，要么就干脆死在暗河里，一旦登上大坝，按照这样两头通的设计，我们迟早会遇上，不过是你遇上我，还是我遇上你的问题。这在当时我并没有想到。

但是王四川并非我们的救星，虽然他可以在精神上为我减轻不少的压力，但在业务方面，他并没有带来多少的改变。不过有他在，我确实是最大限度地镇定了下来，开始琢磨接下来怎么办。

这里所有的人，伤的伤，晕的晕，没伤的也又冷又饿，不是危言耸听，我们当时所处的状况，如果换成现在的小年轻，肯定早就崩溃了。我所说的疲倦和饥饿在当时看来还是可以忍受的，但对于现在这种生活品质来说，那是相当严重的过劳，附近又是情况不明。回头想想，我们所谓的猜测和推论，鬼知道对不对，这里谁知道是不是大坝的底部，说不定这里已经是地狱了。

我冷静下来后第一个想法，就是我们必须回到大坝上去，毒气必然有散去的时候，想想我们发现袁喜乐的地方，离这条地下河的洞口那么近，我们也应该可以。只要我们没有像她那样丧失神志，那我们回到洞口的概率会很高。

我的想法是，既然沉箱会沉下来，自然也能升上去。当时我问王四川他是怎么启动沉箱的，他却说不上来，这时我意识到了我疏忽了——这个沉箱是怎么启动的？任何的升降机都有一个电闸，光秃秃的铁舱内壁，显然没有这样显眼的装置。

当然也有另外一种可能性，而且是比较合理的可能性，就是这种沉箱和旧社会大型老矿井用的升降机一样，开关在升降机外边，有专人负责。为什么是这么麻烦的设置？因为那时候的矿工一般都没有人权，为了控制矿工或者当时叫做包身工的活动空间，就得防止他们逃跑。

但如果是这样，那么，是谁拉下了下降的电闸？我想到这里冷汗涟涟，难道这大坝内，有我们之外的其他人？

这实在是让人毛骨悚然，因为这个人存在，那么他必然是可以看到我们，然而他并没有任何和我们接触的表示，而是在我们进入铁舱之后，悄悄把我们沉进了大坝的底部——他的意图是什么？

如果不能解决这个问题，那另外一种可能性，我是不想去承认的。如果我们不能升上去，我们的结局是如何，想来也不用我来说。

我们在铁舱里犹豫了很长时间，到最后，还是王四川的一番话提醒了我。他说，按照我刚才的说法，袁喜乐和陈落户消失唯一的唯物主义解释，就是他们跑到外面的巨大冰窖里去了，但他们并没有进入到这个2号铁舱里，如此说来，他们应该还在外面。我们不能丢下他们不管。

王四川的责任心是我这辈子最钦佩的品德，也大概是因为他这种一个都不能少的品德，让我很有安全感。在当时的情况下，我却不认为去寻找袁喜乐是正确的，因为我认为，不是我们丢下了他们，是他们丢下了我们。

不过，假设铁舱无法上升，那不管我们怎么想，我们唯一能做的，就是去搜索外面的坝底空间，看看那里有没有出路。

王四川最后说服我的说法是，我所形容的袁喜乐的行为，说明这里的事情袁喜乐肯定经历过了，她的神志又不清醒，那她刚才的行为，很可能就是在重复她上一次的逃跑过程，如果能找到她，说不定她能带我们逃出去！

这话确实是相当有道理，当下我们就决定，按照王四川的说法，搜索袁喜乐和陈落户，同时看看这里到底是什么地方，然后再作打算。

这个时候，副班长还是昏迷不醒，我们知道他这种身体状态不能再受冻了，让王四川留下照顾他我又感觉不妥当，于是让马在海留下，我和王四川去。人少点速度也快。

说好之后，我们匆匆吃了点东西，紧紧地把睡袋裹在身上，集中了几支手电的电池，正式出发。

四十、冷雾

大概是因为那层冷雾的关系，我们一开始以为外面的空间会很大，因为能见度极低，看不到光线的尽头，所以有这样的错觉。我和王四川哆哆嗦嗦地沿着我来时候的铁丝板田垄又走回去了一段，就已经看不到2号铁舱的舱门了。

王四川第一次出来，注意力都被外面混凝土池里冰冻住的黑色影子吸引了，他不时停下来，想照出厚冰下的影子到底是什么，但这里冰的通透性实在不好，加上冷雾的散发，要想在冰上看清冰下的东西确实是不可能的。

我一边走一边看，这一次比来的时候看得更加的仔细，心里也疑惑这个地方是日本人用来干什么的。这么冷的话，显然已经低于地下水的温度，这里肯定有制冷用的压缩机。当时还没有冰箱的概念，冷冻压缩机都用于大型冷库，而这里，很像一个水产用的冷库。

我们走到一个地方时，王四川提议走上边混凝土池和混凝土池中间的“纵向”田垄，这些长条的混凝土突起，一直通向雾气的深处，走在上面虽然比较难保持平衡，但是比踩着冰走要现实。

我同意，一起走了上去，小心翼翼好像走钢丝一样一点一点向雾气的深处走去。

离开那条铁丝板的正规田垄，让我多少有点心虚，因为这东西就好比一条生命线，离开了这条线，总让人很没有安全感。

那是很漫长的一段行进，大概是因为实在太冷了，或者是走得太小心，我们其实走得相当的慢，所以实际走了多少时间我们没有把握，只觉得走了很长的路。其间因为太过寒冷，而且四周全是雾气，也没有什么可以讨论的，也就一直没有和王四川说话，到后来神志都有点恍惚了。

最后，王四川先停了下来，他其实走在我后面，他叫住了我。这个时候，我才发现前方的雾气中，出现了一排排很大的大概半人高的影子。我们加快脚步向它靠近，很快就发现，这个空间的边缘到了，那些影子是靠墙安置的不知名机器，上面全是冻霜。很多管子从这些机器里衍生出来，插入到混凝土水池的冰里。

这些机器的上方，有很多的标志牌子，王四川把几块标志上的冻霜敲掉，发现都是编号，机器上是“冷-03-A”之类的字样，一直排列着。管子上则是复杂得多的编号，似乎是标志这些管子负责哪个混凝土池的制冷的。

我猜测这些就是制冷用的压缩机，我们顺着边走，感到这里冷得离谱，很快牙齿开始打战。

走了没几步就看到一个开在混凝土上的大型门洞，用的是扭矩门闩，有一道厚实的铁门半掩着，门上全是白霜。王四川踢了几脚，这门纹丝不动，厚度惊人。我看着这道门感到很眼熟，一时间也没想起在哪里看到过，等王四川掰掉门上的几块霜，露出了门上的字时，我才醒悟过来。

那门上写着很大的：53，谋略。

和我们在暗河第一段从石头下挖出的那道大铁门几乎一模一样，当时有人说里面是引爆炸药的地方。

我心里说难道这后面也是引爆炸药的地方？但也觉得不是很可能了。

门刚好开了能容纳一人进入的缝隙，整扇门其实已经和边上的混凝土冻成了一个整体，轮轴处的霜冻硬得惊人，想要再开一点根本不可能。

我深吸了口气，和王四川前后进入，里面的温度要高一点，所以雾气特别的浓，往里走了几步就好多了。我们定睛观瞧，门后是一个铁皮走道，很高，横宽都和门齐平，有5米左右，似乎是用来运送大型东西的通道。我们往里再走，铁锈的味道越来越浓，并且脚下感觉不太稳。

通道不知道通向哪里，前方一片漆黑，连手电都照不到尽头，这让人有点恐慌。就在我开始犹豫要不要深入时，王四川又发现了东西。他拍了我一下，指了指墙上，我转头一照，照到边上翻着无数铁锈鳞的铁皮上被人用手擦过了，留下了一条长长的印迹。铁锈片落了一地，我们在地上看到了清晰的脚印，而且有两对。

这些痕迹相当的新，我顿时兴奋起来，看样子，似乎是找到袁喜乐的线索了。

跟着这些痕迹，我们加快了脚步，一直往通道的深处跑去，同时手电不停扫射四周，唯恐错过什么。大概跑了半支烟的工夫，我们终于从出口出来，来到一处平台上。

平台上下方豁然开朗，上方相当的高，出现了钢结构的横梁。往下照的时候，令人吃惊的场景出现了，只见下面好像是一个巨大的吊装车间，两根巨大的铁轨卡在车间的地板上，好像两道巨大的伤疤，特别的显眼。

由平台边上的铁丝梯，可以下到下方的吊装车间，下到下面之后，更加感觉到这个车间有多么巨大。那里到处都堆着器械，老旧的积满灰尘的篷布盖着一堆又一堆的东西，头顶上吊着起重用的钩子，20多年时间的荒废在这里倒不是很显眼，至少没有严重的铁锈味。

后来我们才发现，车间墙壁的踢脚线位置上，也有相同的换气装置，显然其中的一些20年来还在运行，使得这里常年保持着相对干燥和洁净的空气。

我们打着手电，不知所措地在里面搜索，日本人在东北留下的建筑，少有保存得如此完好的，大部分都在离开前焚毁了，这里的情况实在有点奇怪，难道日本人当时离开得过于仓促了？

不久我便在一段墙壁上，看到了大量粘贴上的东西，乍一看很像“大跃进”时候的卫星招贴，仔细一看，才发现都是日文的计划表，以及一系列我看不懂的结构图。这些图纸上都有少许霉斑，整个儿已经发黄酥软了，一碰就整片整片往下掉。

我不敢多动，一直用手电照着，往前看去，偶尔有几张战争的宣传画和黑白照片夹在里面。

我对王四川说，这里肯定是小日本组装“深山”的地方，当年分解“深山”运下来，显然需要分解到最小的尺寸，重新组装的工作可能持续了好几个月，在这里，那些零件要重新保养、上油，然后组装成大型的组件，比如说发动机、起落架等。

虽然不知道这些结构图是不是“深山”的，但这里的大小和设施基本可以证实我的推断。

王四川说，那把这些东西运到上面去，肯定要有一个巨大的升降机，我们得去找找，说不定那就是出路。

我们边走边看，到一处地方的时候，墙上的东西引起了我的注意。那是一块挂在墙上的木板，上面贴满了黑白照片，大大小小的，有合照和单人照，都是电视上的那种小日本的军装，都带着可耻的笑容。这些可能是他们在这里过什么节的时候拍摄的东西，我不知道这块木板对他们有什么用，其中的一张，引起了我的兴趣。

那张照片上，我看到了十几个中国的劳工，骨瘦如柴，他们正拖着什么东西，那个东西从水里拖出来，还有一半在水里，黑黑的好像一团水母，一个日本兵在边上查看。因为照片太模糊了，我实在无法看清这些人在看什么。

我刚想叫王四川过来一起看，却发现他也在叫我，他已经走到了很远的地方，正把一块篷布掀开，表情非常的不自然。

我忙走了过去，他正好把那篷布扯开了一半，我看到篷布的下面，有一只惨白的人手。

篷布扯开之后，我看到了惨不忍睹的一幕，篷布内是分段的钢筋和水泥锭，一具穿着工程兵军装的尸体，夹在两堆钢筋的中间，我们将他搬出来的时候，发现尸体已经完全僵化了，大概是因为这里的温度，整个人硬得好像石头。肯定死了有段时间了。

翻过来看，是一张陌生的脸孔，呈现惊恐的表情，眼睛瞪得几乎要鼓出眼眶。这又是一张年轻的脸，我认不出他是不是和我们同期进来的四支队伍中的人，不过看尸体的情况，最大的可能还是袁喜乐的队伍，这样算我们发现的尸体，我们已经找到了三个人了，两个死了，一个疯了，那其他的人，又在哪里呢？

不管怎么说，又牺牲了一个，我心里十分的不舒服，主要是因为这个战士太年轻了，我总认为让这些还没有真正开始享受生命的孩子冒险，非常的不公平。

王四川并不多愁善感，他们蒙古族对于生命的流逝相当看得开，表面上他总是说自己是唯物论者，其实我认定他心里还是个纯种的蒙古人，他总认为死亡是受了长生天的召唤，回到苍狼和白鹿的草原上去了。

这样的超脱并不是不好，不过我后来和他讨论的时候，总是和他说，一个人对死亡越超脱，也意味着他对敌人越无情。你们的成吉思汗对敌人毫不手软，也许在心里，他只是认为自己把他们送回到天上去了。但是王四川当即反驳我说，秦始皇对于死亡并不超脱，如此怕死的人照样杀人如麻，你的论点根本就不成立，与其如此，不如超脱一点的好。

尸体上凝结着大量的血，几乎半个身体都是，王四川感到有点不正常，我们解开了尸体硬邦邦的衣服，才发现，他的背上有两个大拇指粗的血洞，皮都翻了起来。作为军人，这种伤口太熟悉了，这是枪伤。

他竟然是被人用枪打死的。

王四川的黑脸也白了。这太不正常了，如果说是任何的意外死亡，我们都可以认为是正常的，毕竟洞穴勘探，以及这里这么复杂的环境，意外死亡是难免的。特别是这些没有经验的新兵，勘探不同于打仗，有经验和没经验，有时候就是一个生一个死的区别。

但是，如果他是被人用枪谋杀的，性质就完全不同了，有弹孔就有开枪者，也就有开枪的理由，但是在这里？谁会开枪杀自己的战友？

日本人？实在是不太可能，但是又不能完全排除。因为那个时候，离他们撤离只有20年，如果说当年新的关东军补充进来的学生兵只有十几岁，那现在也只有30多。但是这里又不像是可以生活人的地方，一路过来没有见到一点生活的痕迹。

那难道真的有敌特？

当时自然而然我们同时想到了这个，并且心里都慌了起来。

王四川想着，突然就把尸体搬回到钢筋中去。我问他干什么，他说既然敌特在这里杀了人，肯定是暴露了自己的身份，他把尸体用篷布包了起来，就是不想别人知道他的存在。如果让他知道我们发现了尸体，那么他知道自己瞒不下去，肯定会向我们下手，他有枪我们肯定死定了，所以我们要重新把尸体盖住。这样，他以为我们还不知道他的身份，就会出现，毕竟混在我们当中，存活的概率大上很多，而我们也可以在他不注意的时候制伏他。

我一听这很有道理，忙帮他把尸体再次藏了起来。

弄了半天，我们才把尸体归位盖起来，王四川说现在要加倍小心了，我点头，心里很慌，这种慌比面对着自然障碍要不同得多。我们两个人都叹了口气，转身准备继续往里面走。

才转身，我忽然意识到不对，手电一照，顿时“啊”了一声，整个人一惊坐倒在地。

原来在我们背后的地上，趴着一个人，这个人探着一张惨白如死人的脸，直勾勾地瞪着我们。

这样的惊吓，我已经被袁喜乐吓过一次了，这一次却仍旧没有免疫，主要是这个人贴得太近了，几乎就在我们的身后。也不知道他是什么时候贴上来的，一点声息都没有。特别是他趴在地上的动作，完全像是一种诡异的动物，这一下子的效果实在惊骇绝伦。

我和王四川都吓了一大跳，我整个儿就被吓瘫在地上，腰椎磕在钢筋上，疼得我差点背过气去。王四川的反应比我慢半拍，也吓得倒退了一步。

回过神忙用手电再去照，却看见那人一闪间，躲过了手电的光斑，突然就爬起来，朝车间的黑暗处飞也似的爬去，那一刹那的动作，完全就是一只动物。

“抓！”我瞬间醒悟过来，对王四川大叫一声，因为我这个时候站不起来，而王四川是站着的。

王四川的做法却和我不一样，他应了一声，叫我照着照着！我忙用手电追着那人，接着他掂量了一下自己的手电筒，吆喝了一声，对着那人就扔了过去。

我看着那支手电画过了一个令人惊叹的弧线，狠狠地砸在了就要消失在黑暗中的那人的膝盖上，那人闷哼了一声，滚倒在地，动了一下又想爬起来，但是显然伤得极重，他爬起来又摔了下去。

这是我第一次看到王四川施展他投掷“布鲁”的技艺，作为在中蒙一带混过的人，我多少听过一些蒙古人投掷布鲁神乎其神的描述，但我没有想到的是真正用于“狩猎”的时候，这种技艺施展起来竟然如此有美感。

王四川后来告诉我，他投掷的方式是“吉如根布鲁”的方法，如果他想用力气，我根本就看不清手电的运动轨迹，只能听到破空的声音，不过这样一来那人的膝盖会被完全打碎。真正好看的是另一种用来打飞鸟的布鲁，他的安答中有一个高手，比他厉害多了。

我们追过去的时候，那个人还是已经爬了起来，一瘸一拐地撞进篷布罩着的物资堆放区里，里面连绵一片全是叠在一起的篷布，他一下就不见了踪影。

我和王四川追了进去，地上全是固定篷布的绳网，很容易绊倒人，王四川一边往里面闯，一边扯掉边上物资的篷布，看看他是不是躲在下面。

那些篷布里都是罐头和一些瓦楞片一样的装置，类似于过滤网，还有很多油箱。这些军用物资堆放的方式，都是物资放在浅舱板上，然后披上篷布四个角用麻绳网或者铁丝包紧。一看就知道是空降用的打包方式，德式的物资底盘十分明显。

当时中国的15军用空降技术都是苏式的，很多民间，比如我们在内蒙古戈壁上接空投物资的时候，其中有一些是从日本人那里缴获的德制底盘，所以我认识。这种底盘数量很少，怎么说呢，各方面都优于苏联的，想必当时我们也留了一手。

很快我们一直追到很里面，走进了物资堆放区的深处，满眼望去都是一模一样的篷布堆儿，近的地方寸步难行，远的地方黑影绰绰，好像迷宫一样。我心说糟糕，这下难找了，这个时候，王四川却对我做了个别出声的手势。

我朝他手电照的地方看去，只见我们的左边，有一块篷布，很不自然地凸出了一块，还在不停地颤抖。

我们蹑手蹑脚走过去，王四川深吸了一口气后，突然用力掀掉了那块篷布，然后我定睛扑了上去。

没想到篷布一扯起来，呼的一下一大层灰从篷布下面吹了起来，接着一个白影从篷布下蹿出来，一下把我撞倒在地。混乱间，我被呛得连眼睛都睁不开，剧烈地咳嗽，什么也看不到，只听到王四川骂了一声，似乎追他去了。

我心里一边骂一边挥手把眼前的灰甩开，眯着眼睛看他们往哪里跑了，却发现两个人竟然都没影了。我大叫了一声："王四川！"便想随便找个方向去找。

这时候，鬼使神差地，我忽然眼角一瞥，人就顿了一下，竟然硬生生停住了。

我看到，被王四川扯掉的那块篷布下面，露出一个我十分感兴趣的东西。

初时我还不肯定，等我一边拨开灰尘，一边走近把篷布全都掀开，心里就激动了起来。在这块篷布下面，有一张军用沙盘，一座已经被压坏的木质大坝的微缩模型，镶嵌在沙盘之上，同时，一架微缩的"深山"，架在大坝内部的"水面"上，四周吊车、机架，大量的细小装置，一应俱全。

所谓沙盘，不知道各位了解不了解这种东西，抄一段说明：它是根据地形图、航空相片或实地地形，按一定的比例关系，用泥沙、兵棋和其他材料堆制的模型。

被篷布盖住的沙盘，有可能在暗河上最后组装飞机的时候，用来模拟吊装过程，如此巨大的一架轰炸机，在一个地下空洞中完成最后组装自然不可能像在厂房中那么方便。

那座沙盘可以说是一个精细与粗糙的完美结合体，就单个的模型来说，粗糙得难以置信，全部都是用木头和木板随意雕刻，大概有个样子就行。然而，就是这么粗糙的模型，其涵盖的内容却是十分惊人的。这么多年下来，要我回忆起所有当然不可能，我印象最深的只有已经损坏的大坝，和一边的“深山”。

从整个沙盘的地势上，可以看出地下暗河的大概地貌，因为巨大的水量冲击，这里暗河的宽度惊人，原本地质裂隙样的刀切地貌已经被冲积成了比较平缓的暗河河床，日本人在水里建了大量的钢筋混凝土结构，在水上垒起了一个架空的巨大平台。

平台之下有过滤网的水道，可以贯通暗河的水，平台上架着大量的设备，其中让我吃惊的是三根架空的铁轨，长长地倾斜着向虚空的方向架着，好像一门三管的高射炮，对准了虚空里的目标。铁轨下用的是三角结构，整个结构好像被放倒的高压电塔，而“深山”就停在铁轨的后方，三条铁轨末端，也就是“炮口”最后的高度，恰恰高出大坝大约一半。

边上高高低低大小不一的指挥台、功能掩体、吊车、小轨道，我们过来时的水下拦截暗网都有清晰的标志，我甚至可以清晰地看到王四川说的他被拦停的沉沙池入口。

看到这样的设施，我已经满身大汗，虽然一直以来我都是这么想，但此时我才最后确定，小日本他娘的真的是有心想把那架“深山”开到那个黑色的巨大地下空洞中去！

日本在二战时期拥有相当的航空母舰起飞经验，虽然当时我并不完全了解，但是，从沙盘上搭建的结构复杂的起飞设施来看，显然“深山”从这里起飞，日本人认为是完全可以做到的。

我想起了淹没在水中的那架“深山”的残骸，心中充满了疑问，既然如此，日本人在这里做了这么多的事情，那么，那架“深山”到底有没有起飞呢？而且，为什么现在的水下，堆积了如此多的缓冲袋？我也没有看到那三根铁轨啊。

想着，突然一道闪电划过大脑，我只觉得一股巨大的凉意从我的脖子一直蔓延到了我的脚跟。

我想起那架飞机残骸的样子，特别是它的机头，我清晰地回忆起来，那架“深山”的机头，是背向大坝的！

天！

也就是说，这架沉在水中的“深山”残骸，并不是没有起飞废弃在这里的，而是，它不仅起飞了，而且已经从深渊中飞回来了！

四十一、深渊回归

对于在洞穴中起飞一架重型轰炸机，我并不了解这种操作需要多少精确计算，对此也没有什么概念，但是，如果有一架如此巨大的轰炸机要从那片深渊中返航，并且降落，这个难度我是完全可以预想的。

首先要控制飞机的机动飞进暗河口，就已经是相当困难的操作了，而要在如此狭小的空间里完成降落，对飞行员的要求是超高的。降落跑道的长度不是问题，可以使用大量的拉索，主要的问题是这里的高度实在是不容许一点点错误，否则直接就是坠毁。

日本人显然也知道这一点，所以我感觉一开始他们就没有准备让飞机安稳降落，这么多的缓冲袋，显然早就做好了飞机坠毁的准备。他们是想使用迫降的方式回收飞机。而且，看飞机最后的样子，他们的确也这么做了，从深渊中返航的那架“深山”确实是完全损毁了。

我想着那片令人心悸的虚无就感到毛骨悚然，小鬼子真是敢干，那么，那架“深山”的驾驶员，在深渊中，看到了什么？

我没有驾驶过飞机，但想着飞行在地下1200米下的、无边无际的地底深渊中，这种感觉真让人毛骨悚然。

正在臆想着，背后传来了王四川的声音，我回头一看，只见他灰头土脸地提溜着那个被他打到膝盖的人，那个人被他扭成了一个极端不舒服的姿势。王四川的力气极大，一般人被他扭住是完全挣脱不开的，那人显然已经完全放弃了抵抗，被王四川拖死尸一样拖了过来。

我忙走过去，王四川把那人按到地上，骂了一句：“真他娘不容易，这家伙比兔子跑得还快，乌漆麻黑的，老子差点就让他跑了。还好老子眼神也不差。”

我用手电去照那人惨白的脸，这才看清楚这人的样子。

那是一张陌生的脸，面无血色，浑身是汗，也不知道是跑的还是他本身就这么湿。如今他正用极度怨恨的眼神盯着我，满眼血丝，整个人都在颤抖。

让我有点意外的是，细看这个人后发现，和我们之前碰到的袁喜乐以及另外几具尸体都不一样，他没有穿工程兵军装，穿的是列宁服，看样子不是当兵的。他这样的打扮，更像是所谓的中科院李四光他们那时候的打扮，像是下派的专家。

我们搜了那人的衣服口袋，结果搜出了他的工作证，得知这个人叫苏振华，果然是地质部的人。

“看样子，第一批人的组合和咱们不同，确实规格高多了。”王四川沉下脸来说。

袁喜乐是苏联撤走后相当于擦苏联人屁股的中坚人物，相当于土地革命时候的王明、博古，地位非同一般。而地质部的人肯定是搞政治工作的，虽然不一定是地质专业，但最起码也是直接听命于几个老头子的人，相当于特派员，类似于当年苏共派到中国来指导工作的李德。我虽然很讨厌特派员这种身份的人，但是当时只要是重要的事情，肯定能看到这种人的身影。

我叫了几声苏振华，但那个人还是那样瞪着我，好像对我有着极端的仇恨。我扳了扳他的脸，发现他和袁喜乐一样，也好像处于一种疯癫的状态。

好嘛，又找到一个疯子。我心里想，第一支队伍到底出了什么事情？怎么人不是死了，就是疯了？

王四川也很无奈，问我道：“咱们拿他怎么办，这人犟得跟牛似的，我一松手他肯定跑，咱们难道要绑着他？”

我也不知道怎么办，心里想要么先把他送回到2号舱去，让马在海看着他再说。

刚想说话，那个苏振华突然从牙缝里挤出一句话，他一嘴不知道哪里的口音，那句话说出来我一点也听不懂。当时王四川的面色就变了，显然听懂了。

我问他说的是什么，王四川面色有点怪，低声说：“那是蒙古话，意思是：小心影子，里面有鬼！”

这句话是苏振华在我们面前说的唯一一句话，看他说话的表情，也不知道是警告还是诅咒，自此之后，他再没有说过话，只是用要把我们生吞活剥的眼神死死盯着我们。

我无法理解他话中的意思——影子里有鬼，这句话实在是匪夷所思，你要光说有鬼，我也许还能理解，但是影子里有鬼？哪里来的影子？手电光的照射下，这么多的影子重叠，难道里面都有鬼？而鬼又是什么概念？

不过说到影子，我不自觉就想起了外面冰窖中冻在水池底下的黑影，这些东西确实让人有一种诡异莫名的感觉。我想着，也许苏振华讲的，是那些影子？

无法再想下去，小鬼子的地下基地里死了这么多人，要真有鬼魂存在的话，这里有鬼实在是不稀奇，但我们是唯物主义者，绝对不会承认鬼魂这种事情。

和王四川合计了一下，王四川还是说把他带回到2号舱，让马在海看着他，我们继续再搜索。这里的情况，看来有门，而且这里这么多东西，我们应该好好搜索补给一下，我们的状况实在是不太好。

我说既然这样，那你就别把这人带回去了，我回去把马在海他们带过来就行了，你先看看能不能生点火，我们回来时就能取暖烧水，这里比那2号舱要好得多。

王四川一想也是，就让我先去，这里他来弄，这里这么多的油料，生火还是很容易的。

我裹了裹衣服，让他小心点，这里说不定有炸药，别我回来的时候这里已经炸没了。他大笑说自己在草原打篝火的时候我还在睡炕呢，哪来这么多废话。

我照着原路，一路小跑重新跑上那条铁皮通道，接着从铁门出去，就循着来时的路往回走。刚才追苏振华的时候，身上出了汗，现在冰窖里的温度一下来，我那个难受就别提了。当时我脑子里一门心思就想着快点把马在海他们带过来，然后喝点热开水舒服一下。

此时我从来没有想过，就是这么短的一条路，我还能出什么事情，一路凭着记忆力往回跑，跑着跑着我就突然发现，四周变得一模一样了。我刚开始还没有意识到发生了什么事情，等我跑了十几分钟，发现四周还是冷雾弥漫、一望无际的冰田，我就明白了，他妈的来的时候没做什么记号，我竟然迷路了。

那一次的迷路，对于整件事情，也是相当重要的一个环节，那次的迷路，后来想来是必然。因为在那么空旷的地方，视野又那么不清晰，我们来时一点都没有意识到要记忆来时候的走向，现在走回去就只靠着自己的直觉，所以到后来发现陷入到雾气之中找不到方向，是几乎肯定的。

当然这并不是一件大不了的事，我根本没有在意，只在最初的几分钟感觉懊恼。当时我很疲倦，如此一来，显然要在这个冰凉的地方待上更多的时间，这是一件让人讨厌的事情。后来，我选了一个方向，继续向前走。

我当时的想法是，只要继续往前走，中间的铁丝板田垄，或者墙壁，我至少能碰到一样，有了这些参照物，我就能决定下一步的走向。

而我走了有两三分钟，也如我所料，结满了霜的混凝土高墙出现在雾气的尽头，显然我刚才可能转弯转太早了。

我在那里大概判断了一下方向，转身走上另一条垂直的混凝土田垄，开始顺着墙的方向走。2号舱应该在前面，此时我已经冻得有点扛不住了，于是加快了速度。

当时，因为墙根的地方，都是巨大的被白霜冻住的机器，且大量的管道电缆从那里延伸出来，插入到冰里，所以整块地方都是大大小小的霜堆，根本就弄不清楚那些冰堆下面埋的是什么。这些大大小小的管道都压在我走的那条田垄上，使得这一条田垄比其他的田垄高出很多，崎岖不平，相当的难走，这里是低温源，也使得田垄边的冰面上覆盖了一层厚霜。

这样两个条件，使得我最后走在了冰面上，因为结了霜，冰面并不是太滑，还比较好走。我走得越来越快，也没顾上看脚下的冰，更不认为这里的冰面会发生什么变化。

可是我的想法是错误的，大概往前走了才10分钟，我的脚就突然踩到了什么东西。在我停下来的时候，突然脚下一空，整个人往下一溜坡，我竟然往下摔了去。

情急之下我反身顺势坐了下来，一屁股蹲到冰上。好在下落的势头不大，竟被我硬生生坐住了。

忙往身下一看，只见我脚前的冷雾中，竟然有一个巨大的黑斑，仔细看才发现原来那一块冰田，不知道为什么，被人挖出了一个深坑。

仔细看的时候，就发现那个冰坑并不大，大概只有解放卡车头的大小，远用不上“巨大”那个形容词。我感觉它大，只不过突然是一下子的错觉，但这个坑确实很深，应该已经挖到了混凝土池的底部，里面雾气渺渺，也不知道下面有什么。

显然，这里有人进行了一项破坏工作。在冰上打洞我们都做过，入冬时候，大兴安岭钓鱼都要打洞，如果冰层太厚的话，破冰是相当困难的，眼前这个坑要敲出来，我可以想象需要多大的力气和时间，而且不太可能是一个人干的。

我摸了摸冰坑的边缘，发现显然是用蛮力砸的，有裂缝——这是谁干的？

难道是苏振华他们？

想想觉得有可能，袁喜乐的队伍到达这里之后，不知道发生了什么变故，在发生变故之前，他们必然有一番探索，看着这里奇怪的冰窟和冰下的影子，应该会有人提出挖开来看看。要是我们这一支队伍没有遇到这么多的事情，完整地到达了这里，相信我也会有这样的想法。

我一下子来了好奇心，心说这冰下到底是什么东西？他们有没有挖出来？

想着我蹲下了身子，把手电探进坑里，想看看能不能照到什么。

我的性格是偏谨慎的，所以当时没有一丝念头跳下去看看，如果是王四川在这里，说不定就下去了。这也是万幸之一。手电照下去之后，我一开始并没有看清下面的影子，只是很奇怪地发现，似乎是挖掘到了一个地方，就草草地停止了。

这是相当容易分辨的，因为你挖掘冰坑，由于冰的硬度你不可能像地质钻孔一样平均地挖掘，肯定是先砸一边，然后从这一边开始向四周延伸，所以如果砸到一半就停止，坑底将是极度不平整的。

我看到那坑底的情况就是这样，挖得乱七八糟，能隐约看到冻在冰下的影子，已经露出了一点，显然当时挖掘到那影子之后，他们马上就停手了。

我越来越好奇，心说为什么不继续挖了？

我就琢磨着是不是应该跳下去，但是两米左右的冰坑是相当危险的，下去后很可能上不来，冻死在里面。东北有一种陷阱就是这么挖的，熊掉进去后坑壁只高过它一个头它就爬不出来了。

正在犹豫是先去找马在海，还是先下去看的时候，突然我就感觉到身后有风吹来。

在那么寒冷的情况下，突然有风吹来，即使只是十分微弱的风，人也会十分的敏感，我冷得打了个寒战，立即想转头去看。

可没等我动，突然就有人在我背后狠狠地一推，我本来就蹲得不牢，一下就失去了平衡，一头栽到了坑里。

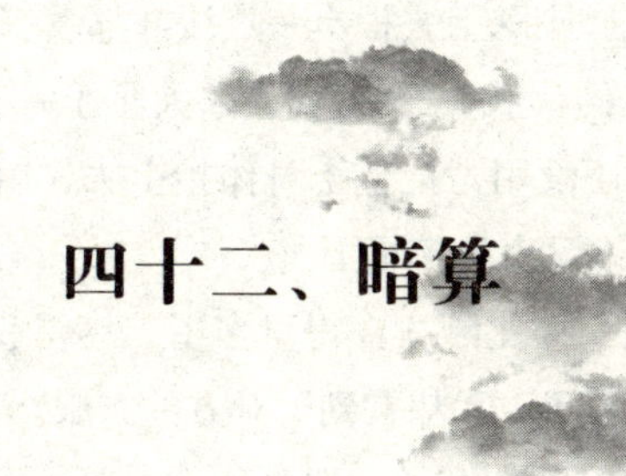

四十二、暗算

这是头朝下摔了下去，慌乱间我马上蜷起身体，用手护住脑袋。好在我的身手还可以，连撞两下到地上，七荤八素下还能分清哪是上哪是下，还马上往上看去，心说是哪个浑蛋暗算我？

没想到头刚抬起来，突然一大堆冰块劈头盖脸地砸下来，砸了我一脸，我被迫低下头，再次护住脑袋。冰块拍在我的后脑上，冰凉的碎屑直往后脖子里钻。我大怒，甩着头想顶着冰块抬起来，可才抬了一半，又是劈头盖脸一通冰块，这一次数量更多，重量更大，有一块猛砸在我的后颈上，差点砸得我昏过去。

我马上明白了，对方是想用冰块埋住我，在这种环境下，这就是想置于我死地。

我心中大骇，搞地质虽然会遇到很多危险，但是遇到有人要杀我还是第一次，难道是埋伏在这里的敌特看我落单，要找我下手？随即我大怒，心说你不用枪而是用这种方法就大错特错了，我虽然是一个技术兵，但那年头当过兵的哪个是好惹的？好歹我也是扛过沙包跑过5公里的。

想着我抓起一块边上的冰，狠狠地朝冰块跌落的地方扔了过去，也不管有没有扔中，扔掉之后马上接着再扔，几下后冰块的落势就减缓了，显然推冰下来的人在闪躲我扔上去的冰块。

我知道机不可失，时不再来，马上用力踩着冰壁往上爬，才爬了几下我就心里一沉。

太滑了，根本无法着力！

我脚刚踩上去根本一点缓冲都没有立刻滑下来。

妈的！我一下就急了，大吼了一声发狠往上一跳，这一跳我就扒到了坑岸，可还没用力把整个身体抬上去，就看到眼前黑影一晃，下巴猛地被人踢了一脚，人又直接摔了下去。

这一摔比刚才摔得重多了，疼得我眼前一黑，抓在手里的手电都掉了；但在那一瞬间，我却看到了对方的衣服。

我一下就愣了，那是什么衣服，天，我的心脏缩了起来，那是日本人穿的军装。

日本人？

这真是一个让我极端恐惧的发现，难道想把我活埋的是一个日本兵？

这里荒废了不过20年，如果有足够的食物，当时的日本残兵确实有可能存活下来；但这样的可能性太低了，一路看来，这个洞穴实在是不适合生存。

这个想法一闪而过，我再次被推下来的冰块埋了半截，外面的人显然改变了策略，想一下把碎冰全推下来，直接把我埋死。而冰块已经冻在了一起，他想一次性把我干掉是不可能的，我想在乱冰之中爬出去也是不可能的。

大概是因为冰屑过于寒冷，我的脑子极度的清醒，马上就想到这样下去不行，我上不去就是一只死狗，对方埋不死我，也有足够的时间想其他的办法杀我，这事不能这么下去，否则对我不利。

但是我有什么办法可想，难道装死吗？

这时候我落下的手电被掉下来的冰块埋住了，这么一来就更要命了。我条件反射，一边用力把双脚挣脱出冰堆，一边把手伸进碎冰里乱摸。

没想到这一摸，我没有摸到手电，却摸到了一个手感奇怪的东西，我抓了一把，心里咯噔一下，糟了。

我顾不上管头顶上的暗算，一边用左手护头，一边开始扒拉脚下的碎雪。虽然刚才的手感我不太肯定，但我还是感觉可能摸到了要命的东西。

刚才的手感，顶部是圆锥形，冰冷冰冷的，和周围的冰一样的冷，只露出一点，好比一个冻在冰里的铁砣。如果换了别人，根本就不会感到异样，但我就不同，因为我在学校里，去佳木斯实习的时候，曾经在那里的冰蚀洞摸到过这东西。当时我们吓得半死，一队人几乎是爬着从洞里出来的。

扒了几下手电被我扒拉了出来，我抽出来用手电当工具继续挖掘，很快坑底被我重新挖了出来，一个黑色的圆锥体出现在我眼前。

虽然我早就意识到了那是什么，可实际看到后，还是令我倒吸了一口凉气。

那真的是一枚弹头。

因为露在冰上的只有一点，无法判断冻在冰下的整个弹头是什么口径的，但肯定不是九二炮的炮弹，这弹头大得多，应该属于某种大口径的重型火炮。

我猛地明白了为什么当初挖掘的人只挖出一点就不挖了。这他妈的要是我我也不敢。这枚炮弹引芯盖都拧掉了，当时再一铲子下去，保准全部炸飞。我脑子一想就浑身发紧，真没想到这冰下冻的竟然是这个，那如果外面那么多的冰池里全是炮弹，这里能冻有多少枚？

看大小，5000枚是肯定有的。

可是，当初日本人为什么要用冰冻住这些炮弹？

头上一大块冰砸下来，结束了我的思考，上头的那人还在不停地把冰推下来。我无暇再考虑，但是心里也多了很大的顾虑，忙扒拉了碎冰把弹头埋起来，想着必须脱身，把这个事情通知王四川他们。

暂时还不知道这是什么弹头，如果是普通弹量的弹头，那日本人把这些炸弹堆在这里，肯定是有过准备把大坝整体炸毁。

在爆破工程学上，大坝这种堡垒一样的巨型混凝土建筑是极其难以炸毁的。你用普通小弹量的炸药，几乎不会对破坏大坝起一点作用。当年国民党准备爆破小丰满的时候也遇到了这种问题，要彻底毁掉一座大坝，像这样在大坝的底部堆积大量炸药是最有效的做法。如此一来我们待在这里，简直是待在火药桶上，实在是不安全。

依现在我的处境，却又有一个难题。此时我不得不拱起身子，保护这下面的弹头不被大块的冰块压到，于是就乱成一团，更别说脱身。

这实在是让人要发疯的经历，就好像你的把柄被人抓到了，人家打你你又不能还手，但是你又极度地不服一样。

过了十几分钟，我的身体已经冻僵了，几乎都被冰掩埋了。可还是没有办法，这个时候，我心里认为自己可能真的要死在这里了，一口气上来，就什么也不管了，抓起块冰往上再扔，对着上面大喊："我操你个王八羔子！这下面有炸弹！你他娘的再扔老子跟你一起死！"

上面用一块飞砸下来的冰表示回答，我低头躲开，还想再骂，这时上面安静了下来，忽然没声音了，接着滑冰也停止了。

我隔了好一会儿，又大骂了几声，发现没有回应，这才有点反应过来，用手电往上照，已经照不到人。

走了？我心里突然害怕起来，心说他会不会看这样太慢，回去拿凶器去了？我用力把脚拔出来，此时底下全是碎冰，一踩整个人就倒下去，像雪地一样。踏了两下，我发现无法着力，这个时候，有两道手电光从上面照了下来。

我抬头背光看不到人，但是听到了马在海的惊呼：“是吴工！”

我心里顿时一安，忙对他们大喊：“当心！这里有日本人！”

马在海没听清，这时我又听到副班长的声音，他是听懂了，但是显然没理解。

马在海伸手将我拉了上来，我浑身都是硬的，他问我怎么回事？

外面有风，我冷得瑟瑟发抖，赶忙用手电去照四周，但是哪里还有那个穿日本军装的人的影子？

马在海是在副班长醒了之后，被副班长训斥了才出来找我们的。副班长的意思是，他们工程兵部队跟着勘探队下来，就是要保护我们几个工程师的，为什么要保护我们，因为我们是国家的人才，需要牺牲的时候他们工程兵应该冲在前面，不然他们下来不是给我们添麻烦？

如今竟然是两个工程师去探路，工程兵在窝里睡觉，这个脸谁丢得起？于是逼着马在海出来找我们。

我听他这样说也觉得挺感动，但这样的想法显然有点太过于阳刚，当时那场合，我也没说什么。

我把刚才的事情和副班长他们说了，他们都大感不可思议。马在海说真有日本人那这事就复杂了，咱们真得小心点，抗战都胜利这么多年了，还被日本人杀害就不值得了。至于冰下的影子竟然是弹头，他们也想不到。

我们在四周稍微搜索了一下，根本找不到那个日本人的痕迹。副班长说不妥当，有可能对方不止一个人，刚才看到我们的手电光，就逃跑了，等一下说不定带帮手来。我们在这里待着不安全，我们要快离开。

他们既然出来找我们，那我就不用再回到舱里，这样省了不少时间。我判断了一下方向，接着马在海背着我朝那个铁门的方向走。

这一路走得很顺利，回到吊装车间后，我老远就看到了王四川的火光，一想到有火，我浑身都刺痛起来，真想快点过去烤烤。

副班长他们也冻得够戗，几个人一路跑过去，马在海还大叫了一声王工！

我们看到篝火边上有个人动了一下，接着一边的帆布后面，十几个穿着日本军装的人站了起来。

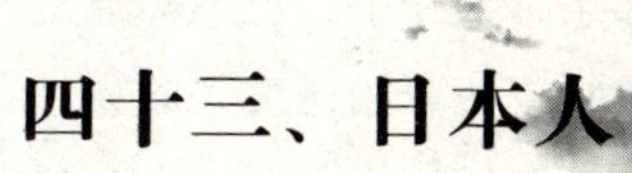

四十三、日本人

那一刻，我、副班长、马在海三个人，统统吓得遍体生寒，三个人全部僵在了原地。

我刚刚其实还在半信半疑，是不是刚才看到日本人的军装，是自己的错觉，到底我当时被人踢了一脚，那一下才几秒的时间，不太可能看得清楚。

没想到没过多少时间，竟然猛地看到这么多的日本人。这一下，好比我们穿过了时间隧道，那令人厌恶的黄色大衣让我们感觉一下走入了抗战年代。

随即我发现不对，这几个日本人怎么这么眼熟，看着好像还认识。

再一看，顿时看见其中一个探出头的日本军官，竟然是老猫！

我还在讶异，裴青和王四川已经走了出来，王四川一下接过我，看我一身冰碴他奇怪了，问副班长我是怎么回事。

我被拉过去，马上就被脱掉衣服架到篝火边上，这团篝火真大啊，真暖和啊，我眼泪当时就下来了，也不知道是为什么哭。

现在想想，碰到大部队的这种安全感，实在是太好了。

当时我们几个衣衫褴褛，老猫他们却一律是整齐的日本军用大衣，特别是老猫，穿着深色的军官装，配上他那种不阴不阳的表情，像极了电影里的日本参谋官。我被裹上睡袋后，和他两相对望，最后都笑出了声来。接着边上的几个人都笑了。

我问他娘的怎么回事，你们这帮老鬼怎么回事，什么时候全部都倒戈成日本鬼子了?

裴青说你别冤枉好人,我们是敌后武工队化装的,说着我们大笑。

仔细一问,才知道这些衣服是在另一个物资仓库里翻出来的。裴青说他妈的他们走的那条路太冷了,也不知道是什么原因。后来他们在一个仓库里搜,刨出来这些衣服,一开始还没人敢穿,后来冻得受不了才套上,这一套整个儿就是一支日本的关东军大队。他们自己看着都可乐。

我想起和他们分别的时候,又问他们是怎么到达这里的,有没有找到那电报的源头。

我这一问,一下子几个人的面色都沉了下来。裴青叹了口气,点头说找到了,不过,人已经死了。

说着他就比画着,把过程跟我们简单地说了一遍。

这里要重新整理一下思路,因为裴青他们只是简要口述了他们的经历,事隔这么多年,要我完全记忆内容太难了,其中很多细节我已经记不清楚。或者,裴青当时也可能说得不太详细,不过这些都不重要。

他们是顺着电缆线一路朝那一条水路——我们这里称呼为“6号川”,这是日本人命名的名字,稍后就会说到——的深处漂去,和这座大坝所在的这一条“0号”在地理上是主流和支流的关系。

我们自落水洞那里分开以后,他们一直往内漂流,和那个老唐分析的一样,到了落水洞之后的一段,电缆以及水下的铁轨,都意味着这里已经是日本人废弃前的活动密集区。这里的地势以及周围的环境,都趋于平缓,前进下去后越来越顺,没有一点阻碍。日本人活动的痕迹也越来越多,越来越多样化。

大约一直往内漂流了40分钟,暗河的河底呈现出一个向上的趋势,河水越来越浅,不久,他们的前方出现了大量突出水面的浅滩,再往里去,浅滩越来越多,在前方连成了一片,暗河就到此为止,取而代之的是一大片连绵的岩河滩。

刚开始岩河滩上也有水,但无法在上面行进皮筏子了,他们只好蹚水。裴青他们发现,“6号川”挂在暗河顶部山岩,从这里开始分岔。

河滩是一个斜坡,他们往上走,很快就走到了干燥的地方。爬到河滩的顶上,河滩后面是一个很大的溶蚀山洞,里面相当平坦,但是一片狼藉,钟乳上面挂满了各式各样的电缆,地下全是用防水帆布遮盖的一堆堆的东西。他们掀开帆布,里面是堆满了文件的写字台和通信器材,其中让他印象深刻的是大量的电缆,从粗分到细,地上顶上到处都是。还有临时床和很多个木箱物资,他们的日军军装就是在里面找到的。

溶洞的尽头有大量的岔洞，有些里面堆满了东西，有些深不见底，不知道通向哪里。大量的电缆延伸到了这些岔洞中去，显然里面也有需要用电的设备。

裴青说，老唐根据整个布局分析，“6号川”尽头的这个地方，是整个暗河洞穴工程的通信枢纽，也就是老式电话系统的接线中心。这个接线室由我们过来时的落水洞小型发电站直接供电，且相当隐蔽，在战时可以保证一定程度的隐秘性。

从里面的情况来看，日本人没有销毁文件，而是把这些东西完整地用帆布盖了起来，显然撤离时日本人没有想过再也不会回来了。这和我们之前看到的一些情况又有矛盾，实在是想不通这个地下基地最后的时间里，发生了什么事情，他们接到的到底是什么命令。

草草观察了一番后，他们开始顺着电缆，寻找落水洞发电站的电报源头。老猫认为很有可能早于我们的第一批勘探队的幸存者在这个地方等待救援，他吹起了提醒哨。

但是凄厉的哨声没有得到任何回音，最后是老唐和那个电话兵检查线路，在无数的插头中找到了那条电话电缆。他们扯着那条电缆一直过去，最后发现它一直延伸，竟然通往洞穴深处一个岔洞里。

老唐带着人进去，大概深入到岔洞中20米，就闻到了腐臭味，接着看到了一个发报室，里面有一台自动发报机，而边上有一堆靠墙盖着帆布的东西。裴青掀开后，发现下面是三个死人。

这三个死人是两男一女，男的中有一个老人，他们都披着日本人的土黄色大衣，但里面穿的是和我们一样的解放军军装。三个人都已经腐烂了，整个发报室充斥着轻微的腐臭味。

把尸体翻过来，裴青发现是三张陌生的面孔，看穿着的确应该就是老猫判断的幸存者，但很可惜，并没有活着，而且牺牲有一段时间了。

搜索队非常沮丧，他们将尸体从发报室里抬了出来。裴青把还在自动发报的电报机前停了下来。后来想找出这三个人的死因，查看了尸体之后，发现他们的牙龈上有黑线，与我们在落水洞看到的尸体一样，似乎是中毒死的。

老唐认为，可能他们当时中了一种慢性毒，并没有立即死亡，其中某个人编写了电报，他们一直等在这里，但还是没有撑到最后。老猫听了之后摇头说不可能。

这三个人都被盖在了帆布下面，如果是老唐说的那样，但是三具尸体都被盖住了，那肯定还有一个人幸存着。

当时一支勘探队的编制人数并不确定，但不可能很多，特别是勘探区域未知的情况下，我们可以预测勘探队的人数应该在五到十人之间。在当时的情况下，除非是超大型的勘探任务，否则也就是这么多人。

那么第一支探险队死亡的人数，老猫他们没有我们掌握的信息，当时统计的是三人，加上幸存的袁喜乐，以及老猫说的幸存者、我们看到的年轻战士，应该还有少数人没有找到。老猫相当的头疼，一边让其他人继续搜索四周的溶洞，一边和老唐在旁边商量对策。不过他们说话的时候神神秘秘的，裴青也没法去听，并不知道他们当时的决定是什么。

这洞穴深处的洞系相当复杂，当时的搜索相当不顺利。老猫带来的工程兵大多是新兵，老唐是个软蛋，技术上谁都服他，也能打，但是一有事情他没那种感染别人和他一起豁出去的魅力，所以他带的兵四处跑，发现那些洞都深不可测，有些还垂直向下，最后都退了回来。

他们最后困在了那里，骂也骂不动，老猫自己本身也是个阴阳怪气的人，此时完全没办法，只好就地休整。而同时我已经在顽固的副班长和不要命的王四川带领下摔进了巨型暗河“0号川”。

我对带兵并没有什么特别的经验，这么多年的军旅生涯下来，也知道什么样的人能带好兵。真正的军官，应该像副班长那样固执地执行命令，勇猛得好像王四川，且又狡猾得好像老猫，这样的人实在少之又少。

我并不知道他们在那里休整了多久，如果不是老唐发现了发报室的问题，老猫可能已经宣布任务失败，回来找我们会合了，那我们也就不会在这个大坝内的吊装仓库里会合，出现刚才那种啼笑皆非的场面。

其实在裴青对我讲述整个过程的时候，我已经感到里面似乎有“讲不通”的地方，但你要理解当时裴青是用口音很重的普通话来讲述这整个过程的。当时普通话教育普及了几年，我搞不清楚，反正效果还没有出现，裴青的语速又快，我在听的时候并没有精力听懂每一个细节。这个“讲不通”的地方，在他们收殓尸体的时候，被老唐这个“钉子精神者”发现了。

问题就出在那个发报室上。

抗战时候的电话系统，虽然简陋，但已经可以实现短距离的通话功能。当时的无线电报主要用于超远距离的通信，电报的适用范围相当严格，发报机的位置必须在高点，所以一般适用于平原一带。在山谷之中，因为山脉的环绕，会对信号传输造成相当大的困难。你想山谷之中尚且如此，何况在更加复杂的山洞之中？

所以在暗河尽头的溶洞内，架设一台发报机，有何用处？实在有点奇怪。

老唐发现，那确实是一个正规的发报室，日本人的读码本，以及大量的电报资料都在这里。他们推测，这一台自动发报机的发射天线，肯定不在这里，可能在地面上，用于和其他要塞的电报台联络。

当即就出现了一个问题，如果真是这样(事实上他们都认为肯定应该是这样)，那么这台自动发报机发出的电报，将信号传递到电话线上，是否只是偶然？有没有可能当时的发报人，也发现了这个可能，他的目的也许是将信号传到地面去，我们从电话线路中听到电报，完全是一种故障。

那这么的话，这信号有没有被人截获？地面上的七二三指挥部是不是早就知道这洞里有危险？

裴青当时把这个问题提了出来，并问老猫是否在他们下来之前就知道了很多他们并不知道的事情。他直接质问老猫，这种处事方式现在看来不太可能，但在当时的人际关系下是十分正常的。

老猫并没有理会他，他说这谁也不知道，如果发射天线真的一直接到地面上，这么多年风吹雨打，难保不会早就坏了。

这么说有点打太极，在他们争论的时候，老唐和那个电话兵正摆弄那台自动电报机，就在裴青准备继续发难的时候，戴着耳机的老唐把他们阻止住了，并把耳机拿掉，让他们听。

原来自动发报机除了发报之外，同样有收报的功能。此时老唐为了验证老猫说的陆上天线是否损坏，开启了机器的收报功能，没想到的是，他们马上从耳机中听到了急促的连续电码。

听到这里我相当惊讶。虽然通过发报机截获电报不是困难的事情，特别是那个年代还是密文电码时代，不存在跳频的发报机，而截获电报往往需要相当长的调频准备，一打开收报机就收到电报，这说明这台发报机和对方的发报机有着相同的频率，这样的可能性极小，除非就是两台机器事先约定好的。

裴青并没有想到这一点，他认为这电报肯定是露在地表的天线截获了国内电报，这说明这发报机天线肯定是有用的。

老唐和电话兵却已经发现了问题，电话兵努力听码听了十几分钟，发现编码方式完全不对，根本无法听出。接着他们查看了日本人的听码本，发现耳机里的电码频率竟然是日本人的编码。

要知道这是军用编码，就算日本本土的电报能发到中国的内蒙古，也只会是民用的编码，不可能和当初的加密日本电文相同。这马上变成了一件糟糕的事情：在地下1200米处的关东军基地电报室的自动电报机，能收到日文的军用加密电码，而他们却不知道，这电码是从什么地方发出来的。

这实在是匪夷所思，而且无法解释。这电报机肯定有一个天线，这天线在什么地方？

当时他们推测，就在我们搜索的内蒙古原始森林深处，肯定还有另外一处日本人的秘密基地，这发报机收到的电报，肯定是来自于那里。

当时所有人都接受这个解释。因为事实上没可能有其他的解释了。第一，他们认为电报不可能来自地下，因为不符合物理规则，那么电报必然来自于地面上的“天线”。第二，在1962年，地面上的天线不可能接收到日本本国的军用电码，而且还是使用1942年密码本的电码，所以这电码必然来自于1942年废弃的另外一个地方，这地方也应该在内蒙古。

因为没人懂日文，所以就算有所有的读码本，也没有办法知道这电报讲的到底是什么。电话兵听了相当长的时间，发现电报的内容有段长度，而且也是循环频率，对方又是一台自动的发报机。

老猫此时倒放松了，虽然没有救到人，但是找到了这段电报，以及这么多的资料，对他来说，也应该可以交差了。于是他们记录下了所有的电码频率，拆掉了发报机背上，然后带上所有的电码本和解码机。老猫准备先返回，让专业人员破译了这段电码再说，看看到底说的是什么。

在收拾那些电报资料时，老猫他们有了一个惊喜，一个小兵在成沓的资料本里，意外地发现了一张工程截面图。这张关键的图纸只有一半能看清楚，在那能看清楚的一半上，就清晰地画着我们所在的大坝、飞机起飞结构，以及大量的暗河支流信息。

靠这张图纸，他们通过所在溶洞的岔洞，进入到落水洞下的溶洞发育系，在里面跟着电缆穿行了十几个小时，才到达了大坝一端，来到那一处暗河濒临的巨大深渊边上。之后，又经历了一些事情，最终在这里碰上了我们。

事情相当的清楚，我也理顺了脉络。显然老猫和裴青他们经历的事情相当的轻松，这让我有点懊恼。因为让我们进入到落水洞的是一张纸条，这张纸条如果是他们中的一个塞给我的，那我就感觉是被一个不负责的人推入到了相当危险的境地。

我后来想想，我们摔入那条巨大暗河中完全是意外，如果没有发生这种意外，那么我们进入到落水洞下的溶洞发育区，最后会走到哪里，实在不可预测。

我们经历的事情，王四川早已经讲述给了他们听，连队伍中可能有敌特都和他说了。老猫的面色是相当难看的，因为加上他们遇到的牺牲者，可以知道的死亡名单就很长了。

电报室——三人死亡；

落水洞发电机——一人死亡；

吊装仓库——一人死亡——苏振华疯了；

加上之前疯了的袁喜乐，这第一支我们不知道的勘探队中，我们找到的人已经有了七个，其中竟然没有一个是正常的，不是死了就是疯了。

我问老猫，已经到了这个时候，你应该和我们说一些事情了，你至少应该告诉我，这一支队伍到底有几个人。

我一说，裴青马上附和，一边的王四川、马在海和副班长也都跟着我问。裴青相当的激动，之前他就和老猫吵得相当厉害，这一次我们都站了起来，他就更加的按捺不住了。

老猫和老唐都沉默，他们下面的兵肯定是不知道的，要知道什么也应该是他们两个知道。

两边僵持了一会儿，谁都没说话，最后老猫突然松了，叹了口气，对我们道：“好吧，不过我只能告诉你们这一点，你们不能再问了，知道太多，对你们和我们，都没有好处。”

我道：“你说吧，我理解你。我们出去后谁都不会提这件事情。”

老猫有点古怪地笑了笑，道：“这支队伍是半个月前进入这里的，一共九个人，四个专家，四个工程兵，一个特派监督员。”

“九个人？”马在海吸了口凉气，道，“那么，我们还有两个人没有找到？”

老猫摇头，对他说：“不，是一个。”

马在海掰起手指，数了数，道：“不对，九减去七，不是二吗？”

老猫道：“还有一个人，活着出来了。”

我们顿时都吃了一惊，马在海问：“是谁？”

老猫眯着眼睛，指了指自己：“就是我。”

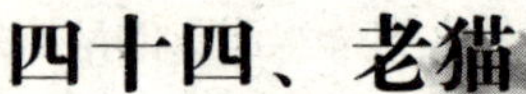

四十四、老猫

我愣了很长时间，好久才反应了过来。其他人也是一样，王四川又问了一遍：“你说你进来过？”

老猫掏出烟点上，点头。

我们全乱套了，好几个人脸都白了，面面相觑。

我的脑子还是混沌一片，可转念一想突然就想笑，发现这事情其实相当的合理，而且早就有迹象了。

首先老猫在我们下来之前，就知道大校那帮人早就发现了那个洞。起初我以为是他熟悉组织的一些做派，现在看来他早就进去过，他当然知道这个事情。

其次，在暗河涨水的时候，他能够及时出现，并且知道继续往前的通道是在暗河的顶部。我一开始也以为是他的经验丰富，此时想，也是因为他进去过。

这真不知道是我们太单纯还是怎么的，竟然就没有想到这一点。

静了片刻，裴青第一个反应过来，冷冷地问道：“毛五月，我早知道你有问题，但是没想到你牵扯得这么深，这到底是怎么回事，你要是不说清楚，别怪我们不讲阶级友情。”

老猫不慌不忙，摇头对我们道：“刚才说了，我只能说到这儿，上头有他们自己的考虑。而且，我不说是为你们好。”

“奶奶的，你他娘的装什么干部！”王四川性情中人，一下就翻了，跳了起来，要冲上去打老猫。才挨上去，一边的老唐冲上来，把王四川整个人扭成了一个麻花。老唐是练家子，出手很利落，王四川那么大个头都一下被他制住了。不过王四川也不是好惹的，顺着一个翻身立即用一个摔跤的动作把老唐掀倒在地，两个人就扭在一起。

我本不打算把事情闹僵，眼看裴青也冲了过去，吓了一跳，以为要大打出手，不过他是去劝架的，把两个人拉了开来。老唐指着王四川骂道：“你是不是当兵的？充什么知识分子大爷，老猫不说是有纪律在，你他娘的算哪根葱，我们听你的还是听团部的？”

这话看似不猛，其实老唐已经在里面提了两点：第一，不是不说，而是不能说；第二，命令是团部下的。这是暗示我们别问了。

工程兵团团部都搬出来了，我知道老猫是打死也不会说了。王四川是那种血气上来政委也敢打的人，我怕他再说什么废话，要给别人定性套上反革命的帽子就坏了，忙拦住他让他别说了，两边都少说两句。马在海在边上看气氛不对，见风使舵岔开话题说：“几位领导先别管这个，那不对啊，如果毛工是一个幸存者，那这洞里应该只有一个人了，会不会就是刚才想杀吴工的那个人？”

这事情其他人都不知道，一听有人要杀我，老猫都感到很意外，问我什么杀人？我把刚才差点被人埋死在冰坑里的事情说了。

老猫听完后，皱起了眉头。老唐就问要不要派人去搜搜？老猫马上摆手，道：“不要派，这事情不对！”

我问怎么不对？老猫就说，按照他之前得到的消息，这一支在我们之前的秘密勘探队，一共是九个人，而且其中有三个是女人。而根据发现的尸体，我们已经发现了七个人，而老猫自己也是那队人的其中之一，那么就是还有一个人没有发现，而这一个人，经过性别筛选，可以知道应该是一个女人。

根据我刚才形容的袭击我的穿日本军装的人，显然是一个强壮的男人。

王四川问我，当时我在被袭击的时候，是否能看清，对方是男是女？

我回忆了一下，坚决说那肯定是一个男人，长这么大，小时候村里打架打得多了，是被女人打还是被男人打，我总是分得出来的。

这事情果然就不对了，如果打我的是一个男的，而勘探队没被发现的是一个女人，那就说明打我的人不是勘探队里的一员。那么，这个男人是谁？怎么会多出一个男人来？

难道这基地里真的有日本人?

所有人都议论纷纷，想来想去也想不出其他的可能性。裴青啧了一声，阴阴地对我们道："会不会是陈落户？这里只有他不见了。"

王四川就摇头，说："不可能，陈落户那胆子，怎么可能打人？"

裴青说："人不可貌相，越是貌不惊人的人，可能越是伪装，我就觉得他胆子小得有点过分了。"

我此时感觉全乱了。老唐摆手，再次把声音压下去，说我和副班长身上都有伤，他们一路到这里也疲倦了，需要休整，这些事暂时不要想了，让我们休息，他会安排他的人稍微搜索一下这里，等精力恢复过来，再商量下一步怎么办。

我确实已经相当疲倦，老唐这么一说，我们都安静了下来。老唐说得是对的，我们当时再想也不会有什么收获，于是各自分开，一下子气氛就轻松了。

他们已经烧了水煮了压缩的蔬菜糊，几个工程兵给我盛了一碗，老唐看我冷，给我加了他带来的辣椒酱。我吃得浑身冒汗。

不过我还是困了，吃着吃着，我的眼皮耷拉了下来，几乎要睡着了。

以前有人和我说过，打仗的人骑在马背上都能睡觉，我在各地勘探队里奔波，不要说马，四条腿的家畜除了狗我都骑过了，却没有一次能睡着，所以我一直不相信这种说法；现在我却相信了，我的困意非常重，只觉得什么都不重要了，都让它去吧，就算是有人要杀我就杀吧，现在我只要睡觉。

然而，我却没有能够睡着，因为我看到老猫他们在火堆边展开了很多图纸，要开始查看什么。

我知道那肯定是这里的结构图，于是强忍着睡意，爬起来凑了过去，问老猫拿了一张看。老唐让我去休息，我说不用，我想看看这个地下基地到底是怎么一回事。老猫递给了我一张。

结构图有点年头了，拿在手里酥软软的，我铺在地上看，这时王四川也凑了过来，他对这也有兴趣，而且看他精神头很好，他娘的游牧民族的体力就是比我们吃大米的好。我努力集中精神，看到老猫给我的是整个暗河体系的平面图，我一眼就找到了我们所在的大坝以及"0号川"暗河的标示。

日本人地图的精细程度让人咋舌，这张平面图上，暗河的大小支流清晰无比，我们进入暗河的地面洞口，也清晰地标示在上面；同时我们还看到其他的地表洞口，一共有四个，都是在其他的支流上。

整个暗河体系相当庞大，课本上的知识在这里已经没有多大的用处，这个时候就要发挥我们的主观判断能力了。我们逐渐又凑拢了起来，人一个一个围着，一起来研究这些图。

暗河的支流一共有七条，其中3号、4号、5号、6号全部都是由2号川发育而来，我们由地表岩洞进入后就是2号川。从图上可以看到，2号川上的这四条小支流最后全都是渗入了岩隙，发育中止，没有完全成形为成熟的暗河，尽头也没有蓄水湖。除了6号川的尽头是日本人的通信中心外，其他三条支流的尽头并没有日军的设施。

这是一个独立的体系，犹如一棵四枝丫的大树，2号川是树干，3、4、5、6号是四根树枝。

另外的两条暗河又是另外一个独立体系，1号川和7号川这两条暗河在上游会聚，变成了大坝所在的0号川。

令人惊奇的是，这些暗河之间，并不是完全独立的，在各条支流之间，可以看到大量的还在发育中的溶洞体系，日本人都清晰地标注了出来。通过这些复杂的犹如迷宫一样的洞系，日本人可以在这些支流之间轻易地来回穿梭。

除此之外，还有类似落水洞小型发电站一样的若干个临时发电机组标示在上面，其中有几个地方的标示符号我们无法辨认，不知道那是什么设施。

看着看着，我想到了一个问题。我问老猫，他们现在是什么打算，没有撤退，反而靠着这些结构图前进来到这里，是为了什么？难道是为了救那最后的女人吗？

老猫摇头，指了指结构图上的一个地方，说："是这个。"

我向他的手指看去，只见他指在那座大坝的标志边上。一开始我还以为他指的是那架"深山"轰炸机，后来才看到他指的原来是大坝的另一边——那一片巨大虚无的地下空洞。

我有点理解不了，那片无垠的黑暗在亲眼看到时的震撼让人头皮发麻，而在这张结构图上，只不过是一片空白。老猫何以对这片空白感兴趣？

我把我的问题提了出来。老猫抽烟不语，边上的老唐就接嘴，他指了指结构图上的一条长短间隔的虚线，做了一个轻声的手势，然后低声道："你不是搞工程的，无法理解不奇怪，你先看这条线，我来解释给你听。"

我点了点头，他继续道："日本人的标志和我们不同，但通过线的种类在图纸上出现的频率，我们可以猜出这些是什么线。你看，实线代表着输电电缆，这种线在图纸上最多，几乎到处都是，犹如藤蔓一样，这些线都是由发电

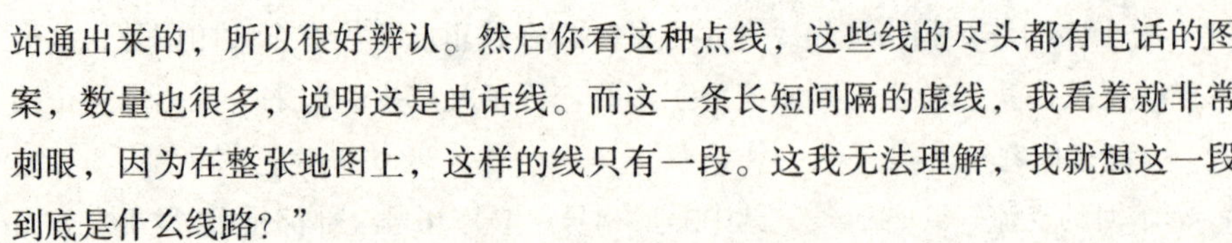

站通出来的，所以很好辨认。然后你看这种点线，这些线的尽头都有电话的图案，数量也很多，说明这是电话线。而这一条长短间隔的虚线，我看着就非常刺眼，因为在整张地图上，这样的线只有一段。这我无法理解，我就想这一段到底是什么线路？”

接着他把手沿着这条虚线移动，最后指了指一个地方：“后来我看了这条虚线的两头，就明白了原委，你看这是哪里？”

我顺着他的手指看去，就看到这一条虚线的一端，竟然就是6号川尽头的发报室。我露出了惊讶的神情，边上的王四川也啊了一声：“发报室，那这条线？”

“对，这条线，就代表着发报室里发报机的发报接收天线。我们一直认为这天线是通向地面，用来和其他的要塞联系的，可是，我仔细查看图纸后，发现不是这样，这条天线的另一端并不在地面上，而是在这里！”他指向了大坝的外沿，天线的另一头就在这里中止，变成了一个“*”字的标志，一看就知道是大型的天线。

我突然就冒出冷汗，头皮整个儿就麻了！

他娘的！我在一瞬间就理解了老唐的意思：

发报机的天线在大坝上，对着那片虚空。

他们从发报机里收到了日本人1942年规格的加密电码。

信号不可能来自地表。

那么，他们收到的信号来自哪里，我看着“*”字的天线标志，知道只有一个答案。

信号来自于那片无尽的深渊的某处。

20年前，日本人已经下去了，并发回了信息！

四十五、电报

老唐说这些话的时候，说得很轻，但我和王四川他们还是感到了无法言喻的一种毛骨悚然。

“20年前，一架日本的‘深山’轰炸机，竟然在地下1200米处的暗河上起飞，飞跃了地下水坝，滑翔入水坝之外的巨大地底空腔，消失在了那片无边无际的黑暗中。我们谁也不知道这架‘深山’在黑暗中会遇到什么，飞机上的飞行员会看到什么。”

光是这样的事情，就已经超过了我的接受程度，现在我们竟然还发现，在那片黑暗中，竟然有神秘的电报传了出来。这实在太匪夷所思了。

随即我想到了这里大量堆积的空降捆绑的货物和物资，心里顿时就明了这些东西到底是要运到哪里去了。

这里整个基地，所有的布置，显然都是为了把人空降入这个巨大的地下空腔所做。并且，如果日本没有战败，这样的空降活动还会进行无数次，一直到这个仓库里所有的物资都被空投下去为止。

老唐说，这个发现实在是太让人震惊了，所以他们有必要验证一下。他们下到大坝中来，就是为了寻找这一根天线。如果确实的话，这事情就完全是另一种性质的了。我问他们有没有找到那根天线？老唐摇头，说暂时还没有，因为他们无法下到大坝的底层，所以才会到这里来寻找继续往下的道路。

下去，这是一个什么概念，不言而喻。

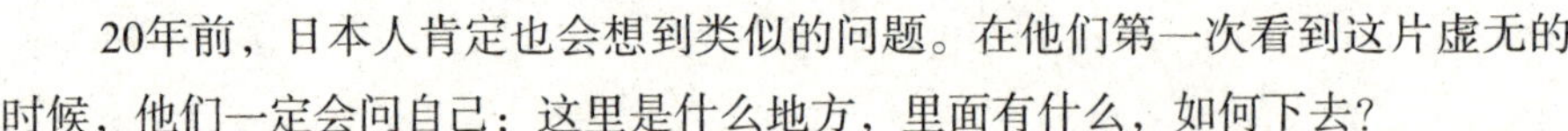

20年前，日本人肯定也会想到类似的问题。在他们第一次看到这片虚无的时候，他们一定会问自己：这里是什么地方，里面有什么，如何下去？

现在我们面临的局面，显然表示，他们应该已经解决了最后一个疑问，并且发回了消息。

此时的我脑海里对这里发生的事情，已经有了一个很清晰的概念。20年前日本人发现并在这里进行了大量的基建改造，并且成功地使用战略轰炸机进行了空投。虽然轰炸机在最后降落过程中坠毁了，但这整个过程，已经可以用疯狂来形容。

我甚至可以推测出很多的细节。比如说，这架坠毁的“深山”必然不会是第一架飞入深渊的飞机，为了测试可行性，我们之前在水下发现的小型战斗机残骸，必然是进行飞行可行性试验的首选。日本有着相当成熟的航空母舰技术，在这里飞起一架战斗机比一架巨型轰炸机要简单得多。

我问老唐接下来的打算，他就说了他的计划。

我和老唐他们不同，工程兵必须严谨，所以他们必须去求证一些东西，以使得自己的报告百分之百正确。这是毛主席当年批示的工作准则，工程兵永远工作在军队的前方，开山铺路，遇河架桥，任何的失误都可能导致战略意图败露，所以无论干什么都必须严谨。

所以老唐对我们说，他们必须完全确定这信号就是从深渊中发出的，只有事情属实才能下这个结论，否则会给组织上带来极大的误导。

搜索救援工作也必须继续，大坝外部的情况我们不得而知，过于具体的计划也没有用处，还是以不变应万变。探索大坝的工作，将由工程兵来完成，我们勘探队不应该再走散了，勘探队的工作已经完成了。

我心说地质勘探队的任务早就结束了，这片虚无之下，肯定不会是几十万公顷的石油湖。这边日本人的活动，显然和地质资源的勘探关系不大，从进入这个地下暗河一开始，我们的任务其实就已经结束了。

这样说无可厚非，确实接下来的事情我们已经无法插手，我们没有继续前进的道路，也没有后退的方法。

于是就没有人反对，老猫并没有表态，他默默地喝着茶，听我们说话。看他的表情，似乎感觉我们在谈的这些都很可笑。

我当时无所谓，没有想到，不久之后，我自己也有了这样的感觉。

带着梦魇一般的震惊，我进入了梦乡。在这样的刺激下不可避免地做了一个长梦，梦里那巨大的虚无好比一张巨大的嘴，而我站在大坝的顶部，迎着狂风看见它朝我蔓延过来。四周的岩壁慢慢被那种看似没有尽头的黑暗腐蚀。又梦到我坐在飞机上，在虚无中没有目的地飞行，四周什么都没有，怎么飞都飞不到头。

这种惶恐比第一种还要可怕一些，不过我没有因此醒过来，一直睡了10小时，到吃饭的时间，才被王四川推醒。

老唐他们已经带着人出去了，老猫也走了。我已经预料到就算我们不动，老猫也肯定会跟着工程兵活动，因为他肯定有其他的身份，否则不可能逼着荣爱国派冲锋舟进来救我们。

直觉告诉我，这里的事情已经全部超出我的理解范围，我已经不想再思考任何一部分。

我一边吃饭，一边听裴青和王四川讲这大坝的事情。他们在猜测这里的冰窖到底是怎么回事。

我们对整座大坝的结构，只有一个模糊的认识，特别是这种用于特殊用途的大坝，我们完全不知道这里有些设施是用来做什么的，自然也无从推测可能的结构。

现在唯一明了的是，大坝的两边有沉入水下的沉箱运送物资，大坝的水位之下，是一个巨大的冻着大量炮弹的冰窖和囤积着大量物资的吊装仓库。

王四川吃着蔬菜泥对我们说："我感觉，我们所在的地方应该已经是大坝的底部。因为这些大口径弹头如果是用来在最后时候炸毁大坝，那么，它们就应该安置在大坝的底部，这样爆炸的时候才能保证有效地把坝基以上的部分完全摧毁。"

但是，无法理解的是，为什么要把这些弹头全部冰冻起来？只有硝化甘油需要冷冻，但硝化甘油无法用来做炮弹，在出膛的时候高温肯定会使弹头比炮弹壳更快爆炸，而且运输的危险太大了。

说起来，要低温保存的东西，好像只有一种，那就是细菌弹头。

日本鬼子在中国的细菌战，有相当多的史料记载，但大部分的老百姓只知道731。

只有一小部分，比如说我们这些经常钻林子钻洞子搞地质勘探的人才能够知道，731只是冰山一角。我们在几十年的地质勘探过程中，在东北的丛林深处发现过大量日军侵华时期遗留下来的水泥建筑。这些建筑基本上已完全被焚毁，但从建筑结构来看，都有地牢和解剖室的痕迹。我的一个战友曾经告诉过我，细菌战的规模，在中国绝对不止这么点。

外面不太可能是细菌弹，这和这里的环境没有什么交集，日本人探索这片区域，目的明确，不会莫名其妙地堆一堆细菌武器在这里。这些弹头到底是干什么用的？

我当时有一个念想：如果这些压缩机停止工作怎么办？这里的气温虽然很低，这些冰块也会逐渐融化，那么，弹头会发生什么变化呢？

显然谁也猜不出来。

老唐带人出去，外面的冰窖应该不会很大，我能听到一些大的动静，不时有人回来。这些新兵蛋子冻得鼻涕直流，这时候看上去真的都还是孩子。

等得相当无聊，我们聊了一会儿，王四川坐不住了，吆喝我们也出去看看。

我们裹紧大衣，走到外面的冰窖里，顺着声音传来的方向走去。走了十几步我觉得不对，这里好像更冷了，我的眉毛上都结了霜，早先没有冷到这种程度。

我们搓着手跺着脚，像大兴安岭冬天起白毛风的感觉，不久看到前面有了人影，走过去，就看到老唐一边跺脚一边在吆喝什么，声音越来越大，似乎是在砸什么东西。

这里是冰窖的中段，我们走近，立即发现他们在干什么，他们正在冰面上砸坑。

几个小兵举着简易的工具，正卖力地砸冰，不过似乎效果不大，地面上并没有出现很深的凹陷，只有大片被砸碎的冰末。

我感觉有点危险，下面是炸弹，也不知道老唐这么做是什么意图，就走到他边上，让他小心，又问他在干吗。

他冻得嘴都紫了，哆嗦着让我看冰面下，那里是一大片的影子，因为冰面已经被砸得坑坑洼洼，很难看清是什么，不过能肯定那不是弹头。这个影子体积很大。

顺着影子走了一圈，我才认了出来，不由得又吸了一口凉气——这影子的形状，好像一只巨大的回形针，但并不是实心的，回形针的四周可以看到很多的U形的突起。

我认得这形状，这是一条大型的发报天线。

虽然我知道这东西肯定存在，但当时我也蒙了，我奇怪这玩意儿怎么会被冻在冰里。

仔细一看还不止这些，天线的黑影外，竟然还有另外一个巨大的比较淡的影子，应该是埋在冰层更深处的东西。这个影子有那天线的三倍大小，看形状，是一个巨大的漏勺一样的圆盘。

“这是什么鬼东西？”我哆嗦着问老唐，“是你们在找的天线？怎么会在冰里？”

“这不是天线。”老唐指了指几个角上的U形突起，“这东西有一个绰号，叫做‘威尔兹堡巨人’。”

“什么？”我又冷又诧异，愣了一下，“什么巨人？”

老唐说和我解释这些有点困难，他是很熟悉这些东西，但是要给我讲明白，得说到技术上去。反正往简单里说，‘威尔兹堡巨人’是一个诨号，是日本人从德国进口的一种跟踪雷达，主要是用来夜间防空的时候自动控制探照灯。日本人在中国不需要使用那么先进的夜间跟踪技术，所以这些雷达数量不多，大部分被布置在蒙古和太平洋战场。中国初期尝试仿制过这种雷达，但是没有成功，后来这种技术被淘汰了。

在当时，这种雷达应该是最先进的追踪设备。

这是他们搭雷达站时普及的知识，后来雷达兵从工程兵团中独立了出去，成了一支专门的雷达部队。

老唐说他们是在搜索这片冰窖时发现这巨大的影子的，他吃了一惊，不过影子应该没有我们现在看上去的这么大，这种大小的错觉是因为盘子四周的冰和外环的冰密度不同造成的。

他们认为这台雷达应该是当时的备用导航雷达，确实，如此艰巨的飞行任务需要精密的导航。

我听了个大概，王四川问那你们想把它刨出来干什么呢？难道这和那电报有关系？

老唐道倒不是光因为这个，说着从口袋里掏出一张纸，上面用铅笔很粗略地画着几个图形，说他们分了几个组分别搜索这里，一组由老猫带着，往吊装仓库的四周搜索，那里装配了如此巨大的一架“深山”，肯定有巨大的升降装置通往上面。他的这组搜索这个冰窖，寻找我说的那些沉箱的制动装置，同时对冰窖的情况进行一个初步了解。

几个图形就是他们画出的冰窖平面图，工程兵都有绘图技能，即使是寥寥几道，也显示出他的专业来。四周的压缩机和线路图都标了出来，不过我更在意的是，他们绘出了冰下阴影的分布。

老唐用铅笔指着几个地方道：“你说的炮弹，分布冰窖的四周，成一个环，数量非常多，而在中心部分，就是我们发现的‘威尔兹堡巨人’。你看这边非常淡的纹路，这些大概手臂粗细好像梯子一样的影子，是‘威尔兹堡巨人’的滑动铁轨；同时我们在‘威尔兹堡巨人’的边上又发现了四个解放卡车头大小的黑斑，这应该是和‘威尔兹堡巨人’配套的两组探照灯。”

我点头，他继续道：“你不觉得这非常的奇怪吗？在一堆炸弹的中间摆上一套雷达导航系统，这意味着什么呢？”我已经完全被冻得无法思考，王四川打了个喷嚏，就道：“难道这是个套儿？”

当时王四川讲出这句话之后，我立即理解了他想说的意思。不过如果真是这样，这事情就更加匪夷所思了。

所谓的套儿，不用解释也能理解，就是一个放着吸引物的陷阱。王四川说，这情形不就和工程兵埋地雷差不多嘛，做一个假目标，四周埋上地雷，引敌人靠近。

这里的炮弹全部都去掉了引芯盖，处于激发状态，这确实有点像；但中间的雷达有什么用处呢，难道这就是“饵”？我无法想象雷达能吸引什么东西来，这是导航雷达，难道他们最后想引自己的飞机撞向大坝，摧毁这个水利工程吗？

这就一点逻辑性都没有了，鬼子为什么要这么干？

实在太冷，我们坚持不下去了，老唐让我们回去，实在想帮忙可以帮老猫去。

我们回到休息地，喝了几口热水就哪里也不想去了，我越发感受到一股不安的气氛。

我忽然开始想日本人废弃这里的原因，是否真有我们想的这么简单？

整个地下体系的一切都没有任何军事破坏的迹象，显然他们是非常有秩序地撤退，大量物资堆积在这里，既没有爆破，甚至连文件都没有被焚烧的迹象。

我们在“深山”中看到了一具驾驶员的尸体，“深山”严重损毁，但是其他机组成员呢？那具尸体又为什么会被留在机舱里？

不知道是外面的寒冷透进了仓库内，还是我的想法让我不舒服，我继续打战，怎么也止不住。

那种感觉我到现在还记忆犹新，那不是害怕，而是之前无数发现给我带来的震惊，一起冒出来的战栗。

我脑子里闪过的是，难道“深山”回航的时候，这个基地已经被废弃了？

想到这个的时候，我脸上的表情一定非常古怪，使得王四川和裴青都抬头看我。王四川还以为我不舒服，问我是不是要再睡一下比较合适，身体是革命的本钱，不要硬熬。

我摇头，问他们道："你们说，那架'深山'，在那深渊里，飞了多久才回来？"

王四川问我是什么意思？我道会不会有这么一种可能性，这架"深山"飞入深渊之后，这里出了什么紧急的情况，整个要塞的人必须立即撤离，等到"深山"回航的时候，要塞中已经没有人了。没有了地面指引，"深山"依靠飞行员的能力自己迫降，才会坠毁。所以飞行员的尸体才会被遗留在飞机残骸里，活下来的机组成员自己撤离，不知去向。

我说的时候并不了解"深山"的巡航能力，事后查证："深山"满速度飞行，可以巡航十到十四小时。

如此巨大的地下要塞，完全撤离最少需要上百小时。"深山"回航的时候，他们再快也无法完全撤离。所以我的想法应该是不太可能的。

不过谁也没想到这些细节。王四川说有道理。裴青就对我说："这里不像有什么紧急情况的样子，他们连发报机都没有拆掉，密码本都在，这比投降还从容。"

这感觉好像不是撤离，而是整个要塞的人，突然就消失了一样。

老唐也提过这个概念，他们来到这里的过程中发现过很多用帆布掩盖的文件，显然日本人没有想过从此不回来，好像只是在作一个临时交接准备而已。但显然，他们离开之后，就没有再回来。

这里一定发生了什么我们无法想象的事情，这个地下要塞最后的十几小时，绝对是处在一种我们无法推测的状态中。而这一切应该是"深山"飞入那片深渊之后开始发生的。

我越想越不明白，又站起来去看那只沙盘，想从中找点什么线索。这时候，王四川忽然嗯了一声，抬起了头，往四周去看。我也被他感染得抬头，却发现他不是在看，而是在听，在我们头顶相当遥远的地方，又响起了防空警报声。在室内，这警报听起来很沉闷，而且很轻，不仔细去听很容易和排风扇的声音混在一起。

裴青看表，警报连续响了很长时间，然后戛然而止。

他松了口气道："三分钟长鸣，这是警报解除的频率。"

我心中一松，心说阿弥陀佛，看来上面的情况有所好转。还没想完，四周

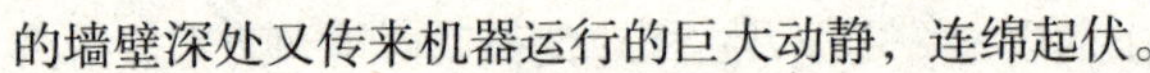
的墙壁深处又传来机器运行的巨大动静，连绵起伏。

我们正在诧异发生了什么事，几个小兵兴冲冲地从仓库的深处走回来，对我们道好消息，大坝的泄洪结束了，上游大雨涨起的大水已经全部泻入了那片深渊中，相信很快浓雾会退到警报线下。我们可以想办法回去了。

王四川刚想问他们怎么知道的，另一边又出了状况，冰窖方向老唐手下的几个小兵抬着什么东西进来，对我们大叫帮忙。

那东西死沉死沉的，四个人抬着几乎只能在地上拖。我们立即上去，看到那是一团冰坨子，有棺材那么大。王四川大叫一声我来，上去咬牙托起来才把这东西抬离地面。我和裴青上去，那边小兵大叫不用不用，我们够了，后面还有！

立即又有人从冰窖里抬了一块冰坨进来，我招呼其他人上去，咬牙上去托住，感觉还不是一般的沉。接着就看到了冰里冻着一团东西。

抬到里面放下，感觉脚都被压短了几分，我问他们挖出了什么东西，那几个兵翻转冰块让我看，我一下就看到，冰里冻的竟然是个死人。

一个兵道："娘的是鬼子兵，刚发现的，冻死在冰里的。"

冰中的死人抱着双臂，形容枯槁，眼睛紧闭着，确实一眼就能知道是在低温下昏迷后死去的。在不规则的冰面下，面部有些扭曲，尸体的上身披着大衣，可以看得出这具尸体体形很小，似乎还未成年。

四十六、女尸

日本在战争后期兵源非常窘迫，最后派到内蒙古的新兵年纪都非常小，日本人普遍个子小，否则也不会叫他们小鬼子，这么看来尸体的这个身高也许还是正常的。

一个小兵道：“下面还有好几具，全挂在雷达上，哎呀我的妈呀，挖着挖着冰里出来一张黑脸，老吓人了，俺洋镐都打在了自己脑袋上。”

我们都大笑，副班长过来啧了一声：“瞧你那熊样，还有脸说，还不快收拾一下，继续去帮忙。”

这兵大概是他带的，有点害怕他，立即不笑了，把冰坨子堆好，又跑了出去。我本来也想出去帮忙，但副班长说不用了，外面太冷了，他们也待不下去，搬完了就得回来。我们只好作罢。

很快老唐也回来了，把头发上的霜一抖落，都整片整片掉下来，一回来立即蹲到火堆边上取暖。他的脸都冻裂了。接着又有两三个冰坨子被抬了进来，之后，人员陆续回归，把冰窖的铁门关上，才明显感觉温度有所上升。老唐说还有几具死人，实在挖不出来了，再弄下去要冻死了。

外面的温度肯定还在下降，不知道是怎么回事。我们往火里丢东西，烧得更旺一点，那批小兵喝了好几碗温茶，才感觉缓过来。

有几个一边喝一边围着这些冰冻的尸体好奇地看着，裴青特别感兴趣，一具尸体一具尸体地翻，把他们的脸都露了出来，累得直喘粗气。

我在边上看着，不知道他想干什么，忽然他翻过一具尸体后，愣了一下，接着蹲了下来。

我端着茶杯走过去，问他有什么发现。他露出一个难以置信的表情："这是个女人。"

刚一说完，拥在一起的小兵本来闹闹嚷嚷的，一下全定住不说话了，都把头转向这边来。

气氛有点怪，我们互相看了看，工程兵的表情都很奇怪，其中一个站起来走过来，其他人也全围了过来看。

当时感觉有点尴尬和古怪，后来想想也是正常的。工程兵都是血气方刚的年纪，常年在深山老林中跋涉，铺线架桥，这种工作太艰苦，几乎不可能有女人，所以任何一个看到女人的机会，对于他们来说都是一件赏心悦目的事情。这个年纪对于异性又有着魔一般的憧憬，所以即使是一具女尸，也足够让他们面红耳赤的了。

更何况在我们那代人的记忆里，日本女兵的印象就一个，那就是川岛芳子，那几乎是一个妖艳淫秽的代称。这里不上纲上线地说，小兵们的躁动是很正常的。不是有一句俗话吗？"当兵三年，母猪不嫌。"

我也走到那具尸体边上，这里的温度仍然很低，冰坨子基本上没有融化，能够看到里面的尸体和其他几具穿着很相似，但是身材更小，能够一眼让人发现她是女人的，是她的发髻。

中国的女兵总是剪个学生头，或者干脆就是假小子，很少有看到留着发髻的，似乎日本女兵都会留发髻。

能看到的也只有这些，工程兵们看了几分钟就发现和他们脑海中的川岛芳子完全是两回事，百无聊赖下都纷纷回去。只有裴青还盯着看，我叫了他一声，他抬头，有一丝很难察觉的奇怪表情闪过脸庞，但稍纵即逝。我感觉有点奇怪，他随即就叹了口气："还是个女娃子，这些鬼子也真狠得下心。"

一旁的王四川道："战争从不让女人走开，你知道她杀了多少中国人？有什么可怜的。"

裴青涩然笑笑，忽然对我道："老吴，来帮个忙烧点开水，咱们把她融出来，我想看看她身上有些什么东西。"

我问道："怎么？你又有什么想法？"

他解释道，这里出现女兵很不寻常，这些女兵一般都在日本的特殊部队工作，要不就是佐官的秘书，别看都是年纪很小的女人，但军职都很高。他想看看这个女人来自哪里，身上是不是有可以当成线索的文件之类的东西。

老唐就道不能用开水融，这些冰的温度太低，开水一浇就会爆裂，到时候里面的尸体全毁了，等到融化就是一地的血水。抗美援朝的时候这种例子太多了，很多志愿军战士的遗体在雪地里被挖出来，没法入殓，最后都用温毛巾一点一点融掉。

我在大兴安岭待过一些时间，知道这种现象，那边的老乡说，冷得往冰上尿尿，冰就会炸开。

裴青没有办法，只好作罢。在这种温度下，要等这些冰自然融化，不知道需要多少时间。他让我帮忙，把女尸推到靠近火堆的地方。

我心里对这个没兴趣，但理由正当，我也不好反驳，就帮了他这个忙。

冰坨子砸出来的时候很不规则，我一推就滚了一下，尸体翻了过去。裴青怒道："你小心点。"忙去翻过来。

我眉头一皱，当时觉得心里十分别扭。那时的感觉我到现在还记得清清楚楚，不过可惜我并没有细想，随即注意力就被冰块里的东西吸引了过去。

只见在尸体的背面，可以看到背着一只很大的、形状非常奇怪的铁盒子，这只盒子是圆形，简直有她半个身子大。整个东西第一感觉是一只铁做的蜗牛。

我一看到就愣住了，直觉告诉我这玩意儿不寻常。

第一感觉是什么地质仪器，或者是某种地雷，我招呼老唐来看，老唐就道不是地雷，地雷会有引芯。他也没见过这种地质仪器，看着就是一个铁壳子。

我感觉这东西就是不正常，也不知道为什么会有这种直觉，反正好像是在哪里见过。但就只有这种感觉，到底是在哪里一点记忆也没有。

小兵们精力旺盛，又围过来看热闹。我让他们都看看，集思广益，到底什么盒子会是圆的，里面放的是什么东西？一小兵说会不会是饼干，又被副班长骂了一声。老唐说他："吴工不是说集思广益嘛，你这样带兵谁还敢提意见？"

上级压话副班长才没话说，不过也不太岔气。我感觉这人就是太实在，凡事都是死心眼，所以才升不上去。我拍拍他说别紧张，别把我当军官。

马在海就道："这种盘子像盒子，像咱们的电话布线盒啊。你看盒子的中间有一个凹陷，这是轴承的痕迹，电话线绕在上面，一边走一边放，这盒子肯定是个线盒，里面应该是卷着什么东西。"

另外一个小兵道："不对吧，机枪子弹也可以卷成这个样子，布线盒的话这种规格太大，会影响行动。"

我知道马在海说得没错，这玩意儿肯定是卷东西的，但绝对不会是电话线或者机枪子弹。那玩意儿太重了，其他人身上没背这东西，让一个女兵背，那是不符合逻辑的，这里面的东西应该不会太重。

这会是什么呢？

正琢磨着，王四川啧了一声，走过来道你们这些夫子少爷就该待在研究所里做学问，和一日本女鬼子客气什么，来砸成几块把那东西拿出来看不就得了，说着掏出地质锤就过来了。

裴青立即站了起来，拦到他面前，冷冷道："王四川，你还有没有纪律？"

裴青在队伍里一直是个不阴不阳的人，也没见他和我们太熟络，又不见太孤僻，平时我们商量事情，他也是有事说事，所以他这举动实在是让王四川纳闷。

王四川脾气也不好，裴青这种高调压过来，他最腻烦，立即就瞪大铜铃一样的牛眼："你干什么？踩到尾巴了你？你说说看我犯了什么纪律了？"

裴青和他对视道："一、你这是在亵渎尸体。二、冰中的尸体情况不明，万一有什么危险，是你负全责还是如何？"

王四川愣了一下，就笑了："亵渎尸体，亵渎个屁，这人是你娘还是你媳妇，你小子该不是日本人的种吧？"

我一听糟了，王四川这臭嘴，这玩笑有点过了。

一般我们开玩笑都很有分寸，王四川虽然在我们这里是最大大咧咧的，但到底也是大学毕业出来的，没见他说过太过分的话，但这一句话就超过我们可以接受的玩笑的度了，也不知道他是怎么搞的。

果然裴青脸一下就阴了，一下就跳了起来："贼你妈。"上去就是一脚，但他怎么可能是王四川的对手，一巴掌就被撂地上了，他又爬起来抄起边上一砸冰的铁棍就上。我一看动真格的了，立即上去拉住裴青，老唐上去走到他们两个中间，开始骂人了。

我把裴青扯到一边，裴青逐渐冷静了下来，把东西一扔，挣开我往仓库的一边走去。王四川的脸更黑，眼珠都红了，还想骂人，被老唐硬喝住了。

我回头看看老唐，心里直骂街，老唐给我使了个眼色，让我过去看着裴青，别走丢了。

我只好离开他们，远远地跟着裴青走，看他就走到几堆物资中间，坐了下来。我想让他冷静一下，没过去找他说话，就远远找了个地方看着，却见裴青把头埋到双膝间，好像抽泣了起来。

看到这情形有点让我起鸡皮疙瘩，裴青的这种反应过激了，也许是他的童年对于日本人有什么特别的记忆，也可能是因为这里实在太压抑了，我们一路过来不知不觉中心理已经发生了变化，到刚才那个临界点就爆了。这个我不便多问，也不可能去安慰他，只觉得看见一大男人哭浑身不自在

好不容易他稍微舒缓了下来，才看他面无表情地走了出去。

我跟在后面，回到休息的地方，气氛变得很尴尬，几个人都不说话。裴青拿了自己的东西，换了一个地方，原本他睡得离王四川很近，王四川张嘴就要骂，我忙踢了他一脚，喝道："行了行了，同事一场你少说两句。"

王四川把话咽下去了，转身去睡觉，不久就打起了呼噜，这气氛总算缓和了一点。

我看了看表，时间已经不早了，心里想到老猫怎么还没回来，这才想起刚才回来的那两个兵，转头去找，找了一圈儿，却发现人群中没有他们。

我就纳闷了，刚才没看到有人走啊。难道他们回来转转又去找老猫了？

于是抓住每一个人都问，有没有老猫队里的人，他们都摇头，说一点印象也没有，全是老唐的兵。

事情有点不对了，我摇醒了王四川，和他说了这事情，他转头往小兵堆里看了一圈，也认不出来。

我心说难道是我们刚才弄错了，这些工程兵都穿着日本人的大衣，刚才和我们打招呼的两个不是老猫的人？再问有没有人和我们说过大坝泄洪完成的事情，还是摇头。

老唐看我们面色不对，问我们怎么了，我就把这事情和他说了一遍。在场的人都感觉到异样，虽然这事情不算多诡异，但是有两个工程兵突然出现，又悄无声息地消失了，这说起来总是有点问题。

副班长就道要么找找，也许看我们忙的时候又回去老猫那里了，人多眼杂，看不清楚。

我就点头道："说起来老猫怎么一点消息也没有，他们怎么样也应该回来了。我们要不要过去看一看？"

说起这茬子我们才感到不对劲，老唐点了副班长，叫了几个人往仓库里头找去。副班长立即就出发了。

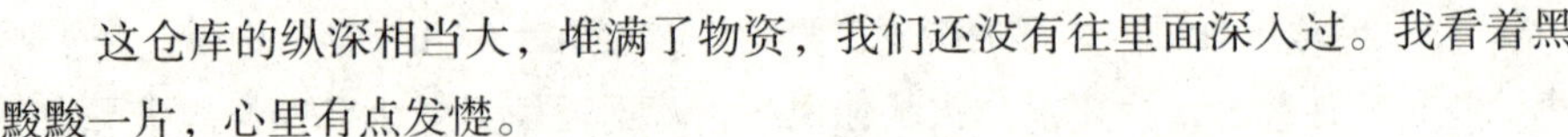

这仓库的纵深相当大，堆满了物资，我们还没有往里面深入过。我看着黑黢黢一片，心里有点发憷。

副班长进去之后，不久我们听到他们的叫喊声，没听见老猫的回应，只听得叫喊声一路深入，显然没有进展。

老实说当时我有点神经紧张，老唐让我抽他的"铁鹰"说没事情，这地方能出的事情都出了，不会有什么，他们一定是走得太远了。

"铁鹰"是很老的烟了，是新中国成立初期的国防烟厂最老的牌子，我都看直了，心说这年头居然还有人能搞到这烟，抽了一口，味道不纯，但是带劲。我再转头往仓库里头看，这时连副班长的声音也听不到了。

我们也不知道仓库到底有多大，现在想来，那吊装仓库的结构之复杂，也很难用语言完全形容出来。那不能用什么形状或者多少平方米来描绘，那是一个立体的相当不规整的空间，仓库的顶相当高，顶上还有一层一层堆着物资的铁栅栏板，有铁轨可以拉着活动，下面的物资也叠得很高。显然鬼子研究大坝的形体，已经最大限度地利用了这里的空间。

我们等了大概10分钟，副班长音讯全无，既没有回来，也没有任何的动静。但老唐却还是让我们等着，说带着枪呢，要真出事肯定会开枪。

我有些心神不宁，但是不能把这种情绪传染给别人，只好走开去看那些尸体。裴青就坐在那具女尸边上，一边看着上面的冰融化，一边发呆。

我递烟给他，他也没要，我越发郁闷起来，看工程兵们没注意，就问道你到底怎么回事？

裴青没理我，看了我一眼继续看着冰，似乎根本不想和我说话，我推了他几下他还拍开我的手。

我没办法，又去找王四川，他也不知道是真睡还是假睡，推他他也不醒。

我彻底没辙了，心说真是皇帝不急太监急，又安慰自己——老唐经验丰富，对副班长他们也很了解，他说没事应该没事，而且确实没有听到什么枪声，也许他们有什么重大发现暂时回不来，也是相当有可能的。我被这里的环境搞得过于紧张了。

于是我缩到火边上，躺下来休息，看着仓库顶上杂乱的线缆和绞索想事情。火光照上去，那些线缆的影子不停地抖动，一会儿我就又睡着了。这一睡又是六小时，醒来的时候，副班长还是没有回来，连老唐也不在了，四周只剩下马在海和几个不熟悉的工程兵。

我的直觉告诉我事情坏了。

我问马在海人呢？他道老唐见副班长老不回来，自己也带人去找，这不也两小时了，也没有了动静。他正不知道怎么办好呢，也想跟去看看。

我心说这仓库会吃人还是怎么的，心里就打起了鼓，推醒王四川就让他们收拾一下，我们必须要干点什么。

王四川醒来也蒙了，不过他很快就明白发生了什么事情，抽了一根烟说这事情恐怕糟了。老猫做事情很精明，出去这么久，如果有什么耽误，肯定会派人回来报信。现在这个状况必然出了事。

我说这不是废话嘛，问题是现在怎么办？

王四川挠头，说要不我们也去找找？负重给养全在这里，他们如果没出事肯定得回来。要不就在这里干等，不过这是个没头的事情。

这没什么可犹豫的，我看了看，裴青远远地也睡了，留下的工程兵有三个，我让马在海跟着我们，这家伙机灵能办事，裴青就让他睡着，我们三个打着手电往仓库深处探去。

我原本没想过这仓库能大到这种程度，还以为其中的黑暗后面就应该是墙了，不过走了走就知道大坝坝基的空间是很大的，能够容纳非常多的物资。

王四川拿着他们砸冰的铁棍，四处敲那些物资，发出声音吸引别人的注意力，因为物质堆放得不规则，走不了多久，后面我们休息地方的火光就看不到了，气温骤降，地上都有冰花，相当滑，难走得要命。

我们小心地前进，地下也能看到其他人走过的痕迹，转了几道弯，几个人都一愣，我发现前方到头了，前面出现了一面混凝土墙，上面刷着标语。

四十七、仓库的尽头

标语写的什么我也不认识，可能是安全生产一类的话，当时也没有过多的注意。我心里吃惊的是，仓库竟然到头了，看来也并没有大到我想象的程度。

更重要的是，如果仓库到这里就到头了，那么老猫他们到哪里去了？四周已经没有可以继续深入的地方。这么大小的仓库，并不足以让人搜索10小时都不回来。

混凝土墙相当长，贴墙没有堆放物资，我们沿着墙壁走，一直走到尽头，仍旧没有什么发现，也没有了痕迹，这些人好像凭空消失了一样。

马在海有点犯嘀咕，王四川不信邪，又回去了一趟，就说不可能，人是活的，还真能变戏法变没了不成。

我知道这其中必有蹊跷，这时候就看到那些用篷布遮起来的物资了，心说难道这些篷布下面有其他的出口？

于是原路回去，注意边上的物资有没有什么痕迹，果然发现墙边上的物资固定网全都被揭开过，边上的固定铆钉都松了，显然有人也像我们这么找过。我们开始挨个儿一块一块地翻，忽然马在海叫了一声，其中一块篷布下面的混凝土地面上，有一道铁门，这道铁门和我们在洞穴里看到过的那一道有点相似，但是小了很多，没有被焊起来，上面有一个褪了色的奇怪图形。

王四川想去开门，被马在海拦住了，对我们道："王工、吴工，还是我来，这是高压危险的记号。这下面可能是电缆层，这里的线路可能都在下面走。”说着让我们退后，自己用边上的篷布包着手，用了吃奶的力气把铁门翻了上来。

铁门足有半米厚，他抬到一半就吃不消了，我们两个立即上去帮忙才把铁门推正不会掉下来，另一半就算了。手电往里一照，发现马在海说得没错，下面全是碗口粗的电缆，而且温度非常低，电缆全被包在冰壳里，能看到一边的铁丝梯上冰已经被人砸掉了。

马在海道：“他们真的下去了。”

我问他道：“这地方能通到哪里？”

他道：“所有的地方，电缆坑是用来铺设电缆的，所有用电的地方它都会通到，这样便于检修。一般用在固定的工事里，临时工事都挂在坑道上，一颗手榴弹就全断电了。但是这儿不同，这个坑道显然有隐蔽需求，鬼子造大坝的时候显然预计这里要用到20年以上。”

我点头，日本人没有想到苏联人这么彪悍，更没有想到原子弹，要真没有这两方面，他们确实至少还能再抵抗10年。

那么老猫他们从这里下去是正确的。王四川朝里面叫了几声，只有回声。我忽然明白了：“会不会他们在这些线缆道里迷路了？”

马在海说说不好，一般不会，因为里面结构不会太复杂，而且标示会比较清楚。王四川爬了下去，说看看就知道了。

我们陆续下去，为了避免迷路，我们用地质锤敲掉墙壁上的冰做记号，然后往一个方向摸去。这里极难走，虽然不会碰头但脚下全是电缆，滑得要命。最要命的是，下面温度低得离谱，而且还有一阵一阵的风。

显然这里和那冰窖是通的，而且有排风扇往这里运送冷气。

我们裹紧大衣，还是不住地哆嗦，这风简直是无孔不入地往我领子里跑。王四川就问，到底那冰窖是干什么用的？这种抽风式的通道，怎么好像是冷却装置？马在海说有可能，不过他只是个小兵，这些都是技术兵的事情，他是不懂，他只管拆和造。

王四川自言自语道：“什么东西能用到这么牛逼的冷却装置？”就在这时候，忽然我们听到身后，“砰”的一声闷响，好像是下来的铁门被关上了。

我和王四川对视一眼，心说糟糕了，立即往回狂奔，连滚带爬地起来，回到下来的地方，发现铁门果然关上了。王四川爬上去用力推，但铁门纹丝不动，他就看了看我，面露惊恐和愤怒之色，立即大骂。

我几乎呆住了，一下就明白是怎么回事——外面有人把门关上了，而且锁上了。

敌特！真的有敌特，我们被暗算了！

我忽然就想抽自己一巴掌，他妈的怎么就这么大意，刚才也不想想这铁门为什么会被盖在篷布下面，显然是有人不想我们发现。

人总是有犯迷糊的时候，我一直认为自己还算是一个聪明人，那一天也不知道是怎么回事，可能是因为我发现铁门的时候，篷布已经被马在海翻开了，就没有往某些方面想，看来是脑子里事情太多了。

马在海跟上来，王四川拿过他的枪就想朝上打，我立即和马在海把枪抢回来。这铁门有半米厚，估计和之前洞穴里看到的门一样，中间全是防爆材料，别说枪了，连手榴弹都没用。而且门上包着铁皮，子弹可能直接弹回来，这么短的距离我们三个肯定穿葫芦。

用力往上又推了两把，又大叫了两声，我就知道老猫他们出了什么事了。他们肯定也被人暗算了，这里既然可以防爆，那么隔音措施必然非常好，我们在这里叫破了喉咙也不可能有人听到。

王四川不信邪，爬到铁丝梯上，用肩膀撞了两下，差点扭了腰。这门本身就太重了，这种撞法基本不会对门闩造成任何伤害。

王四川爬下来，又骂了一连串蒙古话。一阵风吹来，我打了一个寒战，情势急转直下，看来必须快点找路出去，否则会冻死在这里。此时心中不由得担心，老猫他们被困起码也有10小时了，不知道他们有没有找到路出去。

又是一阵风吹来，吹得我喘不过气，鼻子都塞了。我们三个人知道再无选择，立即往背风的地方走去，一边王四川开始大叫老猫和老唐。

我先来想想怎么称呼我们走的地方，这应该叫做“电缆渠”，现在城市里也有很多，经常积水，通信光缆都是往地下走，每一个枢纽分流的地方，有一个深井，井口有盖子通往地面。我们就是从其中一个井下来，然后走入渠道内。

刚开始的一段没有分流枢纽，所以我们一路往前，琢磨是否应该是反向迎风去走，这样说不定能从冰窖里出去，不过想想实在是吃不消，这儿的温度比起冰窖还算可以忍受。要是靠近冰窖，温度降低，风力还越来越大，肯定会出事，是人都不会选择这条路线。

躲避寒冷寻找温暖是身体的本能，无法违抗。现在想来，当时的人身体其实都很好，即使像我这样的，在那么严酷的环境下也坚持下来了。

在冰渠里走了大概半小时，我们遇到了第一个枢纽。王四川爬上去顶了几下铁门，纹丝不动，也锁着。

马在海道："一般情况下，怕打仗的时候这里被敌人利用，所有的口子都是规定要锁上的。"

王四川骂了一声："要是全锁着该怎么办？"

我拍了拍他道："放心，天无绝人之路。"

说这话的时候，我心里其实也没底。我们找了个方向，砸上几个记号，继续往前。我祈祷不管是如来还是长生天一定要保佑哪个日本人迷糊有一个半个铁门没锁上。

长话短说，这电缆渠其实并不复杂，但长度极其长，看来确实是整个大坝的布线全部都在这里走。我们每找到一个井起码要走半小时。走了三小时，只找到四个铁门，一个比一个锁得结实。前方的沟渠一片漆黑，也不知道通向哪里。

我们眉毛都冻成了一条，头发上都是冰屑，手脚都麻木了，意识到了情形比我们想的要糟糕得多。这不是开玩笑的，如果再有十几小时蹲在这里，我们全部会得低体温症。王四川手里的铁棍没注意都黏在了他手上，一换手就撕下一层皮。

老猫他们肯定和我们境遇一样，希望他们已经找到路出去了，否则恐怕已经凶多吉少。

在这里也没有过多的办法好想，一边是混凝土厚墙，别说打洞，磕出个印子来都困难，我们只有继续往前。

又走了几小时，终于有了转机，只见一边的混凝土墙上出现了好几个圆形的洞，半人高。没有电缆通向里面。

"通风口。"马在海道。我们往里看了看，尽头有光照出来。

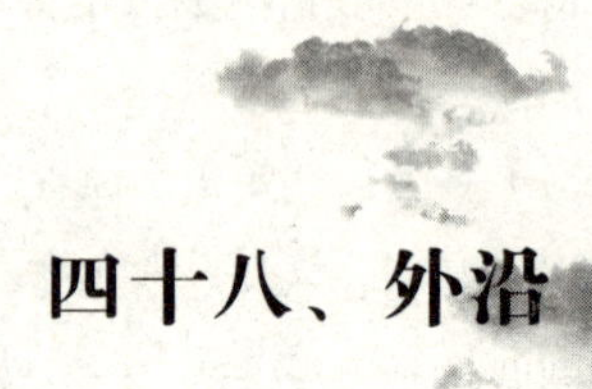

四十八、外沿

灯光很暗淡，应该是之前看到的那种应急灯的灯光，不知道下面是什么地方。

现在只能死马当活马医了，只要能离开这里，就算是龙潭虎穴也得去闯。

三个洞口显然通向同一个地方，无须多选，我们从中间那个钻了进去，爬了有十几米就到了头。另一头是通风口的铁栅栏，冻的全是冰，栅栏之间都堵实了，成了一块冰板子，光从后面透过来，但看不到具体情形。

马在海退下子弹，用枪托去砸铁栅栏的四角，这里非常狭窄，用不出力气，砸了半天才把栅栏砸下来，后面吹进来一阵狂风，刮得我几乎窒息。

我立即转头喘了几口，然后用大衣蒙住口鼻，往外看去只看到一片黑暗，外面什么都没有。

我们三个人互相看了看，才明白是怎么回事。这洞外面根本不是什么房间，而竟然是大坝外，外面就是那片无尽的深渊，从这里看去，一片虚无，只有那让人眩晕的狂风直往这洞里灌来。

这通风管道是朝室外的，这倒也合情合理。

外面的雾确实散了，手电照出去还是什么都看不到。马在海大叫着说他探头出去看看，我们就扯住他的大衣衣摆，他探头出去，一出去风把他的衣服全吹了起来，人就往外飘，好像有人在扯他一样。

他大惊失色，我们立即把他扯住，他才没摔下去。王四川道：“你快点，先扫一眼看看是什么情况。”

他趴在出口用手电吃力地照了一遍四周，然后被我们拉了回来，就道：“这里是大坝的底了，我们下面10米左右就是山岩，边上有铁丝梯能爬下去。”

我问他有没有老猫他们的痕迹，他就说怎么看得见，上面能看到他之前打出的那一只探照灯，但是距离相当远，显然这里确实是大坝的最底部，全是混凝土和岩石的交错层，手电照不了多远，什么都看不清楚。

王四川问他能不能顺着铁丝梯爬上去，他就说有点玄，风太大了，比我们在大坝上蒙着的还要大，而且这些铁丝梯已经腐朽了，如果爬到一半断裂，那后果连想都不用想。

不过我觉得这个险可以冒，主要是这里面的温度实在太低了，在这通风口上狂风猛灌我都觉得比里面暖和。如果我们再在电缆渠内找下去，恐怕撑不了多久。这里至少还有一线生机。而且并不是所有的铁丝梯都不能负重，这种钢筋有大拇指粗细，非常结实，副班长那一次，应该是意外。我们爬的时候只要小心一点，应该不至于出事。

三个人一合计，王四川说先别作决定，咱们先试试看，如果不行我们再回来。

于是马在海搓暖双手，第一个探身出去，单手抓着铁丝梯挂了过去，大衣立即被吹了起来，他用力贴近大坝的混凝土面，对我们大叫，但就是这么点距离，我们就听不清楚了。他只好做手势让我们过去，自己往上爬。

我第二个，探出通风口的那一刹那，确实有点恐怖，这外面就好比是宇宙空间一样，什么都没有，下面那个深渊，摔下去不知道有没有底，能感觉到的只有狂风。我抓住铁丝梯，吊过去的那一刹那人都飞了起来，但是随后我就适应了，立即调整了动作，贴在大坝外壁上，然后往上爬。

接着是王四川，我用手电照着看他爬过来，他体重大，比我稳多了。

全部站定了之后，我开始观察四周，手电照去，一边就是大坝的外壁，能看到手电光在大坝表面滑过的长条光斑。长条光斑只能照出一块表面，远处逐渐融入黑暗，大坝的混凝土外墙非常粗糙，上面有一层发黑的物质，看上去和雾气的颜色有点像。铁丝梯上也有，我看了看自己的手，发现有薄薄的一层，像液体又不像液体，立即在自己的大衣上擦擦，然后翻起袖子保护手，心说鬼知道这些东西有没有毒。

另一边就不用说了，什么都没有。当时的感觉，就是我们趴在整个世界的边缘。

这时候我有点后悔了，从这里爬上去要在这种状态下坚持多久，实在无法估计，这绝对不会是美好的记忆。

铁丝梯可以往上也可以往下，照出去可以看到远处也有，不止一排，但是两排之间相隔很远，中间有一种特殊的钢筋突出，下面的钢筋可以踩脚，都打了钩子，可以抓手，显然这些铁丝梯和钢筋互相组合成了在大坝外活动的构架。这是在施工或者检修时使用的预留路径。

这时我想到一点，这里已经是大坝的底部了，他们应该不需要检修什么东西，怎么会留这些“通道”？

马在海看王四川也站稳了，就咬住手电，开始往上爬，我们立即跟了上去。

狂风中我们无法思考，连呼吸都要绞尽脑汁去找角度，爬了几步、走了多远都没有什么概念，那种感觉，根本无法形容。在那种情形下，你既无法冷静，也无法激动，心情非常奇怪，回头看看无尽的黑暗，我突然意识到，这种感觉可能就是“悟”。我的身体、我的灵魂似乎是领悟到了什么信息，一种来自神迹的信息。

我真怀疑如果那种状态继续下去，我可能直接就会皈依了，不过，马在海的靴子把我的这种心境打断了。

我抬头看，原来他停止了往上，我的头撞到了他的靴跟。

我知道他必然发现了什么，转头去看，一下就看到我们左边的大坝外壁远处，“趴”着一个庞然大物。

那东西离我们大概20米，由混凝土和钢筋浇筑而成，呈现一个复杂的形状，看上去，好像是趴在大坝外壁的一只长满刺的刺猬，钢筋就是那些长刺；但是这个形状肯定是混凝土铸件做出来的，不是工程粗糙导致的。整个东西极大，好比一幢三层楼的房子。

与整个大坝比起来，它还没有下面突出的岩石显眼，但在这个距离看起来，就是一个庞然大物。

从我们这里，有一条之前说的“通路”可以到达那里，扶着钢筋可以过去。

马在海望了一下，爬到了那通路上，开始往那个地方爬。我的原则是少生事端，所以一看他爬过去就有点急，爬到他刚才站的地方，对他大叫干什么，他也朝我大叫，声音飘忽不定，说：“那就是天线！”

我对他大叫道你管它是什么，现在我们首要的是要离开这里！但他好像有什么想法，让我待着别动，他要过去看看。

王四川在下面拍我脚，问我怎么回事。我心说我怎么说啊，这小兵也太无组织无纪律了，想了想，我也鬼使神差地跟了过去。

横着走受到风的阻力更大，几乎站立不住，好不容易看着马在海到了那边想跨过去，我却只爬了一半。忽然一阵大风吹来，把我压到大坝壁上，我闭着眼睛躲过去，再转头看马在海，却发现他不在了。

我心里惊了一下，以为他摔下去了，一晃眼却见他挂在下面六七米处的钢筋条上，显然刚才他确实出了事，可能是狂风来的时候脱手了。这小子太不小心了。

我对他做手势问他有没有受伤，但他没有手来回应我，手脚并用吃力地拉住钢筋条往上爬，他的手可能受伤了，用不上力气，爬了几下直往下滑。

我立即靠过去，大叫挺住，摸到边上，把手伸过去我才发现为什么他会掉下去。这一边伸手到那水泥“刺猬”的钢筋刺上，距离很长，我能够够到，但手已经绷直了，要挂过去需要相当大的臂力和勇气。我把手缩回来，调整了一下姿势，再伸过来还是不对，我心里就骂小日本偷工减料，就这么一点距离都不肯多放几个。

王四川跟了过来，也是气急败坏。我往后缩了一下，深吸一口气然后用力一荡，一下就荡了过去，立即用力稳住身形，单手挂在了半空。

这个过程十分的勉强，我惊出了一身冷汗，心说要是刚才再来一阵风我肯定也要遭殃。

吊在那里移动双脚踩到另外的钢筋上，我稳住了身子，然后爬了下去，拉住马在海我就大骂，你狗日的爬过来干什么？他拉住我的手，用力爬了几步到能站稳的位置，就喘气道：“天线，这里就是天线。”

我看了看四周的钢筋，这里的钢筋确实和一路爬过来看到的不同，这里的钢筋细，而且没有生锈。我有点吃惊，这玩意儿竟然这么大，分岔这么多，看来接收功率相当的强悍。但这并不是他爬过来的理由。

我骂道：“天线就天线，你也不用爬过来啊。”

他朝我笑了笑，挠了挠头。我以为他不好意思，没想到他把枪从背后转了过来，拉上了枪栓，对准了我，对我道：“不好意思，吴工，要委屈你一下了。”

四十九、控制室

都是当兵的人，打靶前无数次教官都会提醒，枪口不能对着人，也都听说过走火打死人的事情，即使是空枪，里面的撞针如果弹出，也会有杀伤力。所以看着黑洞洞的枪口，我顿时觉得无比的刺眼，立即用手去挡，同时喝他道："怎么回事？把枪放下去，别等下走火把我崩了。"

他丝毫不以为意，"没事，子弹我卸下来了，保险也扣上了。"说着就把枪头递给我。

我抓住枪头一看，子弹匣确实没了，心中奇怪，心说他什么时候卸掉的，动作这么快。就问他："帮什么忙？你到底想干什么？看到天线就不要命了？这玩意儿又不能带我们出去。"

他又解下自己的武装带，系到步枪的背带上，道："唐连长他们说下来就是为的找这天线，如果他们和我们走的是同一条路，他们肯定也会发现这天线，他们肯定会爬过来查看的。如果他们不是和我们走同一条路，我先查证一下，咱们找到他们后就可以直接回去，不用再来一次了。"

我心说有道理，他继续道："而且，我们是工程兵，论学问当然是你们大，但是有些工程架设上的细节，只有我们知道，等我看看这天线的布置，我也许能猜出唐连长现在在哪儿也说不定。"

看他说得信誓旦旦，以及他以往机灵的表现，我感觉靠谱，这时候王四川也跳了过来，到了我身边，问我干吗？老是节外生枝，这地方有啥好玩的？

我给他解释了一下，马在海已经把武装带的一端系到了自己的腰带上，然后让我抓着枪管，自己开始往天线的突起混凝土堆下方和大坝外墙的地方爬去。混凝土堆犹如一只不规则的碗扣在大坝垂直的壁上，天线刺出的角度随着弧度的延伸逐渐难以落脚，所以越到下面越难攀爬，到了一定角度后就等于半身要悬挂在半空中。

还好马在海身手十分灵活，只有几个地方需要我抓住枪管提起他让他借力荡过去，很快他就到达了我们看不到的位置，没多久他大叫了一声有了，接着传来什么东西敲击天线的声音。

敲了一会儿后他让我们也爬下来，我拉了一下，另一头似乎被他固定住了，于是把枪卡在身边的天线上，顺着枪带和武装带也爬了下去。王四川紧随其后。

下去后才10米左右就能看到潮湿的洞岩，被冲刷得好似打着蜡，我没空仔细观察，只看到在碗状混凝土包和大坝外墙的交接处，有一道一米长宽的正方形小窗。电缆从混凝土包里伸出，通到小窗内。一边的武装带绑在电缆上。

马在海缩在小窗里，对我们道："这后面是电报房。"

"电报房不在老唐发现的那个山洞里吗？"王四川问。

"那机器我看了，太小了，肯定不是总发报机房的发报机，工程上不可能把发报机和天线离那么远，一旦发生战斗，电缆很可能被切断。总发报房一定会在天线附近。"他道，"在地下掩体的设计中，除了总机房外，会架设小型电报机的都是临时指挥所，所以，唐连长他们找到的山洞应该是一处临时指挥所，只有在这儿——大坝被攻克的时候才会使用，平时收发电报，应该都会在总发报房内。"

"你小子，你刚才怎么不说？"王四川道。

"实话说了吧，唐连长说是要找天线，其实我感觉，他真正要找的就是这个总电报室，他比我经验丰富多了，根本不需要我提醒。"马在海往窗里面缩去，给我让出位置，我也爬了进去。

"已经找到一个发报室了，也证实了电报是从那台发报机里发出的，还要找这里干吗？"我问。

"我也不敢肯定，不过，一般情况下，总发报室其实就是总司令部。"他道，"可能和这个有关系。"

说话间我已经挤进了那只小窗内，说是小窗，其实也不算小，只是里面的电缆非常多，不平均地分布在狭长的空间内，于是显得局促。每条电缆都有手腕粗细，绞在一起，好比怪物的触须。王四川在外面大叫要我们小心，别触电了。

往里面爬了五六米就到头了，尽头是一面墙，墙上有电缆孔，电缆从孔里穿入，间隙都被水泥封死了。马在海说，我们现在处在外部维修通道，里面是内部维修通道，这面墙是第一道密封墙，这么做应该是因为这儿外部空气有问题。

我说你别给我们上工程课，这里有面墙，我们是不是过不去了？

马在海也不多说，拿起自己的水壶开始砸墙，很快墙竟然开裂了："为了维修方便，这种隔离墙一般都是白灰浇的，看着很敦实，其实用指甲都能扒开。最多里面还隔一层铁网，直接剪开就行了。"说着，果然墙就被敲通了，"这连铁丝网都没有，要塞内一定没老鼠。"

我们花了十几分钟，把破口扩大到人能通过的大小，继续深入，又如法炮制砸开了两道同样的隔离墙。在隔离墙之间有供通风用的风散口，防止毒气积压，与沉箱内的一样，非常狭窄无法使人进入。

最后，我们进入到了电缆通道的尽头，所有的电缆到了这里后开始通入到一只一只的电缆铁盒内，然后变成细小的电线向下通出。马在海指了指身下的铁皮翻盖，抓住一边的电缆，用力踹了几脚，铁盖就撞开了。

翻下去后下面一片漆黑，用手电一照，发现我们是在某个房间的天花板内，下面有几张椅子和桌子，上面堆满了东西。

马在海跳了下去，照了一圈后没发现什么，我和王四川也跳了下去，环视一圈，这房间和一路过来看到的房间很不一样。

这是一个四方形的房间，大概有篮球场那么大，四面都摆着东西。

第一眼先看到一排古旧的巨大仪器，都是比人还高的铁箱子，上面全是红红绿绿的指示灯和一些电闸，非常敦实和巨大，靠四边墙壁摆放，铁皮都已经锈迹斑斑，但比起外面那些锈得掉渣的机械部件，这里的铁锈算是非常轻微的。显然这些铁箱仪器做过防锈处理。

其中一面墙上挂着一块巨大的铁板，上面用各种颜色的线条印着整个大坝的切面图，不过图很简略，在图上配合着图示以及很多指示灯。铁板下面的铁箱上，比其他的铁箱多了很多按钮，像是一个操控台。

房间的中间部分，列着四张长写字桌，上面整齐地摆着电话和一沓沓文件，厚厚地覆盖着灰。

之所以觉得和一路看到的房间很不一样，是因为这里有精密的仪器，不像一路过来看到的都是大型机械和混凝土部件，不是冷库就是仓库、电缆渠，这里总算是像技术人员待的区域了。

我问马在海，这些东西都是干吗用的，马在海一一对我们解释。他说大型的铁箱仪器应该是控制大坝的设备，铁箱上全是日文，他不知道具体用处，但那里头肯定有压力监控、水位监控、控制大坝大闸的电路，以及每台发电机的控制。这一边的大坝切面图，应该有大坝内部管道的控制，这些二极管都代表着管道关闭和开启，不过，整个大坝牵扯到的东西太多了，具体这些是什么管道，他也说不出来。

简而言之，就是他知道这些是什么东西，但不知道怎么用，可以肯定的是，这里是大坝的控制室，至少是控制室之一。

意外的是，我们没看到预想中的发报机，也没有发现这个房间有通往别处的门，竟好像是密封的。

马在海用手电照着天花板看电线的走向，从天花板看到墙上，然后从墙上看到地上，最后指着地上的一块带着四个手腕粗细插销的铁板，把它翻了起来。那铁板竟然是一扇非常厚实的翻门，下面出现了一道垂直的梯子，似乎下头还有一个房间。

"隐藏式的翻门，即使攻克了这里，也要花很长的时间才能找到这个控制室。"马在海道，"日本的军事建筑都这样。"

下面的房间乍一看似乎没什么古怪，我心里还惦记着其他事情，准备速战速决，于是准备下去，一边的王四川拉住了我："等等等等，有情况。"

"什么情况？"我问。

一边的王四川对铁板上的大坝剖面图很有兴趣，指着问道："你看，这大坝两个角上，那两道竖的指示灯，是不是代表我们下来时的沉箱？"

马在海顺势看去，那两道指示灯比其他的大，颜色也和其他的不同，他吸了口气，点了点头："对，应该是。"

"这么说，控制这沉箱的开关，也应该在这里？"他道。

我心里一个激灵，知道他想到了什么。

王四川走了过去，用手电去照铁箱仪器上密密麻麻的按钮。每个按钮下方都有日本的标签，但我知道他要看的不是这个。他靠近那些按钮后朝我招手，我凑过去一看，发现非常明显，这些按钮上，灰尘被擦掉的痕迹非常明显和新鲜，好像不久前有人使用过。

"有意思。"王四川道，"难道这儿真的还有日本人？"

王四川想到了我们在沉箱内发生的事，沉箱内没有任何操作装置，我们进入沉箱之后，是谁启动沉箱让我们降入大坝底部的？我不认为这是残留的日本兵干的，第一，我们一路过来没有看到任何的生活痕迹；第二，这个地方到处是灰尘，只有这块操作面板上的灰尘被擦掉了，显然不是经常有人活动。

我对他解释道："看上去，好像是有一个人，在近段时间来到这里，然后按下了按钮，操作了某些东西。"

我看了看地面，本来应该能看到脚印的，但现在我们到处乱走，已经无法分辨出什么。

王四川想了想，觉得有道理："那会是谁呢，他肯定比我们先到达，难道是上一批勘探队里那个我们还未找到的女人？"

"暂时只有假设是她。"我道，"实在想不出别的可能性。"

马在海道："不对啊，我们能从外面进来是因为砸掉了隔离墙，这儿除了电缆口就只有这道翻门可以进出，那么这个人应该是从下面一路找上来的，这样一来不太可能靠运气找到这儿，除非这个人事先知道这个大坝的结构。"

确实如此，我继续分析：她到了这里后，可能靠这块铁板找到了控制仪器，并且扫去仪器面板上的灰尘，读了那些标签后找到控制沉箱的按钮。她知道铁板下的机器可以控制沉箱，所以没有一台台找，而是扫掉灰尘寻找哪个按钮用来启动和关闭——这些细节告诉我们，她一定遵循了某种指引，目的性很明确，但对于细节不熟悉。

"看来，不管这人是谁，背景肯定有点问题，说不定是日本人的特务。"我道，"第一支勘探队的人员中有人被枪杀，可能就是这个特务干的。他们勘探任务的失败也可能是敌特破坏的原因。"

三个人都点头，王四川说这个女人踪迹不明，如今被我们发现了她活动的痕迹，说不定她就在附近，我们岂不是很容易就碰到她？

马在海的枪还挂在外面，我说要不拿回来防身吧，马在海说咱们现在还不能确定下面能出去，万一走不出去，还是得从原路返回。如果把枪拿回来，就很难再爬回这里了，于是我只好作罢。王四川说那么我们现在得加倍小心。

继续往下搜索，马在海先从梯子上爬了下去，确定下面没有人了，我们才下去。

下面几乎是比上面大两倍的一个房间，靠大坝外墙的方向是六台发报机，机台上还凌乱地堆着电报，其他地方都是铁做的桌子，到处是盖着灰的文件。

这应该是大坝的指挥中心，墙上挂着巨幅的地下要塞平面图，和老唐缴获的那份如出一辙但是更大，在其中一张靠墙的长桌上，王四川还看到了一只麦克风。应该是广播台。

“当年日本天皇的投降书，应该就是在这儿朗读的，朗读完后就开始撤退了。”王四川道，尝试着想让马在海启动广播，但是调了半天，连电源灯都没亮，看来是完全损坏了。

下来之后，我特意让他们不要走动，果然就看到地上有凌乱的脚印，一直通向两个方向，手电一照，一边是一道双开铁门，一边是一道暗绿色的木门。

双开铁门明显是防爆的密封门，外面应该通往其他地方，木门后不知道是哪里，难道是厕所?

我们走过去打开木门，里面竟然是一间办公室。

整个屋子都是灰，摆设、装饰都非常的朴素，显然当时的日本兵也没心思打扮自己的办公室，墙上能看到原来挂饰的痕迹，也许是日本刀。在办公室的角落里有一个衣架，上面是一件不知类型的军装，积满了灰尘。

灰尘中到处都是被翻动的痕迹，留下了手印，我们顺着它一路看去，除了大量的文件外，没有其他发现。

抗战历史学家或者懂日文的人也许能够在其中找到什么线索，无奈我们这两样都不是，只得作罢。不过根据到处都是的手印，这人应该在没有头绪地找着什么东西。

又回到外面的指挥所，走向另一个方向的铁门。

推开双开铁门，不出所料，外面是一道长长的走廊，漆黑一片。手电照去，脚印一路过来又回去，显然这里有出口。当时也没多想什么，急着出去的我们顺着脚印进入黑暗之中。

不久后出现了几条岔路，而且都有脚印的痕迹，拿捏不准的我们只得一条一条走。第一次的选择是错误的，尽头是一间配电房，里面全是电闸。王四川说要不要试着拉几个，我说千万不要，要是关掉了什么重要的设备，比如说冰窖的压缩机，鬼知道会有什么后果。

我们回到分岔路口走第二条走廊，很快就到了一扇铁门前，同样是一道三防门，厚得要命。这里的每一个空间在战斗的时候都能变成很难攻克的掩体。

胖子将铁门推开，里面是一个独立的大厅。照例用手电一扫，我们都发出了一声惊讶的叹息。

我之所以不厌其烦地解释这一段我们找到正确房间的过程，是因为它实在

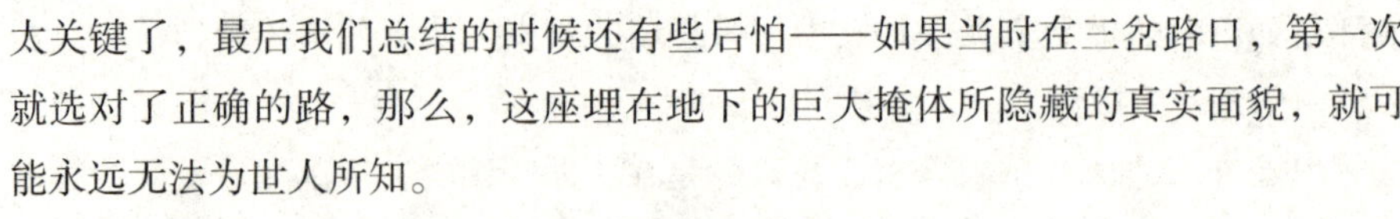

太关键了，最后我们总结的时候还有些后怕——如果当时在三岔路口，第一次就选对了正确的路，那么，这座埋在地下的巨大掩体所隐藏的真实面貌，就可能永远无法为世人所知。

很多时候，一次选择可以改变很多的东西。

那扇铁门之后，我们看到了一个奇怪的房间，我感觉它非常熟悉，好像不久前才看到过，但毫无概念。

在房间正前方的墙上，挂着一块不大的幕布，房间里有很多低矮的座位，在房间后方，有一台奇怪的机器架在那里。

一直走到机器面前后，我才意识到那是什么，这是一台小型胶片放映机——这里竟然是一个胶片放映室。

我是在地面上的帐篷里开会看《零号片》时，才知道世界上竟然可以有这么小的胶片放映机，这里难道是这个地下基地的电影院，日本兵平时在这里进行娱乐活动？

在现在看来，也许是真的，但在当时那个年代，日本人在我们的意识里是不可能有这种正当娱乐活动的，这里肯定是对日本军人强化军国主义思想的地方。

我对这种小型放映机非常好奇，仔细看发现上面擦拭的痕迹很重，显然那个先于我们进来的人对这个机器也十分在意。我上下左右仔细观察，忽然就发现不对。

放映机上有一个凹槽，似乎可以卡什么东西，我总觉得这个凹槽非常面熟，这不同于刚才的似曾相识感，而是让我有一种必须想起在什么地方见过的紧张，感觉非常关键。

叫了王四川过来，他比画了一下，三个人一起回忆，马在海立即想了起来：“铁盒子！是那具日本女兵的尸体上发现的铁壳盒子！”

这还是不久前发生的事情，我记得那是一只有点像蜗牛壳的铁盒子，再一比画，果然是，茅塞顿开。

不会吧，这么说，那铁盒子是卡在这里的，难道，那竟然是放映机的零件？我愣了愣，忽然意识到不是。

不对，老天，那个铁盒子，是摄影机的胶卷盒！

五十、胶卷盒

我们三个人面面相觑，都感觉忽然有些启发，我坐下来，逼迫自己冷静思考，各种线索因为有了这只铁盒子的汇合，我逐渐明白了一些东西。

难道，事情是这样的？

前面的事情已经非常清楚了，日本人建立这个基地，并且运入一架巨型轰炸机的目的，就是那个巨大的虚空的深渊。

我们不知道他们是怎么发现这里的，也许是他们在勘探石油和煤矿时，发现了这个巨大的空间，又或者他们仅仅是出于好奇心，在探索这条暗河时，发现了暗河尽头的巨大虚无。是什么动机都不重要，显然他们最后非常坚决地想要知道，这片中国大地之下，犹如宇宙般的黑暗中，到底有些什么？

而要实现目的，他们选择使用“深山”轰炸机，而他们自然不可能用肉眼来记录观测的结果，在“深山”轰炸机上，肯定装有侦察机用的航拍设备，其中很可能有当时最先进的航拍摄影机。

然而，飞机起飞后，整个基地因为某种原因，忽然就被废弃了，当“深山”飞回到大坝内，因为没有导航，坠毁在了地下河内。当时河内铺满了尸体做成的缓冲袋，所以飞机没有完全损毁，可能有人受伤，但死亡的只有一个驾驶人员，就是我们在飞机残骸中看到的那具奇怪的尸体。其他人可能活了下来。

那胶卷盒我们是从冰层中的尸体上发现的，那么说，冰层里的尸体可能就是当时的机组人员？他们迫降后幸存了下来，拿下了胶卷，但之后又不知道什么原因被冻死在冰窖里了？

是不是他们在飞机坠毁之后，还发生了一些事情？这些飞行员没有离开，反而到了大坝底层，在那只雷达附近堆砌弹头。最后因为某种事故，被冻死在那里。

而雷达和弹头排列的形状，正如王四川说的那样，很像一个套、一个陷阱。

是什么原因呢？难道是因为，他们在深渊中看到了什么，或者说，难道他们认为，深渊中有某种东西，被"深山"吸引了过来？

想到这里，我的背脊开始发凉，有点起鸡皮疙瘩。

接来下的事情很简单，在这些人被冻死几十年后，我们的地质勘探队也发现了这个空洞。于是，我们来了。

我们不知道第一支勘探队发生了什么事情，假设一切都是那个敌特在搞鬼，显然这个敌特来自日本，他知道下面的一切，也知道中国人发现了这里，于是混在了第一支勘探队里，杀害了队员破坏了任务。

从他在这里留下的痕迹来看，他是在寻找什么东西，很可能，就是那个胶卷盒。但是他不知道胶卷竟然被冻在了冰里，所以一直到我们进来也没有找到。为了拖延时间，他把我们降入冰窖，也想冻死我们，可惜，他没想到第一支勘探队里有人竟然没死，还利用电话线设置了自动发报机，使得老唐他们拿到了要塞平面图并且找到了冰窖。

几乎是直线，我把推测和王四川一说，三个人想得都差不多。

"如此说来，这敌特居心叵测，十分的厉害，竟然把我们这么多人玩弄在股掌之中。"王四川道，"他把我们降到冰窖之后，竟然还想杀掉落单的你，但是，明明第一支勘探队是个女人失踪，为什么你感觉杀你的是个男人？"

我咬了咬下唇，就道："很明显，有两种可能性，一是我弄错了，或者，那人是男扮女装，日本人身材不高，所以不是没有可能。还有就是，这个人，混到我们的队伍里进来了。"说到这里，我又想到了那几张纸条。

这个人，他在冰窖中想把我活埋，也是他关上了电缆渠的铁门，想把我们困在里面。

"你觉得，这个人是谁？"我问王四川。

他摇头，这些工程兵我们都不了解，说实在的，谁都有可能。

“要我说，要么是陈落户，要么是裴青，这两个人最可疑。”他道，“我看八成是裴青。”

王四川对裴青有情绪不假，不过我现在心里也有些怀疑裴青，只是不想说出来。

沉默了一会儿，马在海问：“那现在怎么办？敌在暗，我们在明。”

“我没有反特的经验，咱们三个都曾被困，显然咱们三个应该是清白的。”我道，“我们现在继续和他们周旋，恐怕胜算不大，既然已经知道那胶卷是他们的目的，谨慎起见，我们应该先拿到胶片，然后离开这里，到地面上，让组织上决定下一步的行动。”

这个提议，现在想起来是当时我们个人利益和组织利益乃至国家利益的高度统一，所以立即一致通过。

王四川道：“不过，如果真是我们想的那样，现在仓库里人那么少，很可能那家伙已经得手了，胶片已经被抢去了。”

我道也有这个可能性，但事实是怎样不能靠推测，我们无论如何必须想办法先回仓库。

另外，老唐他们肯定也在找路回仓库，我们也有义务在仓库留下信息，告诉他们我们的去向和敌特的事情，否则他们可能还会找我们，旁生出许多枝节来，要是因此导致更多的人员伤亡，我们的罪过就大了。

最合适的做法，应该是我们中有一人留下，两个人拿到胶卷后离开，留下的人负责传递情报，但这时候谁留下都是个敏感问题，所以我一时间也没说什么。

总之，仓库是第一站，必须先回去。

一共三条岔路，两条已经知道是错误的，那最后的那条肯定就是出路。

接下来的过程非常枯燥，这块区域应该是整个大坝的核心所在，大坝成员的宿舍、食堂、武器库，都在这层，包括无数的控制室、小型办公场所、厕所，我们在其中穿行了足有两个多小时，绕了无数的弯路，最后终于找到了一条楼梯。

这是一条应急楼梯，应该是沉箱无法使用的时候撤离用的，非常狭窄，我们往上走了二十级后听到了风声，又走了十级，推开一扇铁丝门，我们终于回到了大坝顶部。

一爬出来，强风直灌入口鼻，那道孤零零的探照灯还在，另一边的虚无深远而又宁静。经历了那么多，再次看到这片深远，感觉更加的复杂。

另一边，水位已经下降，原本淹没在水面下的东西全部露了出来，我们看到了小山一样高的尸体袋，巨大的深山折戟其中，能清晰地看到飞机坠毁划过的痕迹。同时，更多的水下建筑露了出来，几处地方甚至还有灯亮着。应该是马在海打开探照灯的同时打开了这些。

地下河并未完全干涸，水位降得非常低而且能听见水流的声音，大坝的闸门关上了，这里开始蓄水，过不了多久，这些水流会使得水位重新上升。

马在海指了指一个方向，那边一片漆黑什么也看不清楚："那儿就是过滤闸，我们的船就在那里，我系得很牢，应该还在。"

"如果我们靠这船出去了，那你当班长的心愿肯定能了了。"我道，心说即使没有船，蹚水我也要蹚出去，哪怕几乎等于送死。

没有时间过于关注这些，我们商量了一下如何找到仓库，想沿着大坝的外沿爬下去，先在刚才我们绕弯的地方再找找看。

正要行动，马在海忽然嘘了一声："你们快看！"

我转头，看他正望着大坝的内侧，立即凑过去："干吗？"

"有人！"

顺着他手指的方向，大坝内侧的黑暗处，一支手电光点正在快速移动，有人正在那些铁丝板上行走。

"是谁？"王四川道。

马在海看着，脸色焦急，"不知道，不过他在朝我系皮筏子的地方去。"

"糟了。"三个人顿时意识到不好。只有一个手电，孤身一人，难道是那个敌特？他往皮筏子的方向跑，难道他得手了，准备偷偷离开？

这时候我根本没办法细想，不管这人是敌是友，我们必须抓住他。没等我说话，马在海和王四川已经冲了出去，开始攀爬铁丝梯。

巨大的大坝的另一边，没有强风，下面也不是万丈深渊，我们爬得飞快，如果我们抢不到前头，很可能我们就出不去了。

走运的是，我们很快就爬下了大坝，地下铁丝板搭建的通道四通八达。不过视野不太开阔，一时间看不见那人在什么方向。

正在犹豫，王四川眼尖，他说前面有手电光，离我们大概五六百米。

"追！"我叫道。但他立即把我拉住了："我们没枪，万一是敌特，他背的是自动步枪，我们怎么说都不是对手。"

"那怎么办？"我急道。

"我们得一击制敌。"王四川很沉着，"听着，这不是开玩笑的，对方可是杀人不眨眼的特务。这儿你是技术兵，小马是工程兵，都没正儿八经打过仗，绝对不能莽撞。”

我怒道：“你就打过仗了？！”

“老子虽然没打过仗，但是5岁起就跟我爹骑马，15岁能结伴上山打狼，我们蒙古族的小孩子玩儿什么都拼命，怎么也比你们强点。”他看着那电光道，“我们现在和打猎差不多，唯一的优势就是人多，我们三个人必须有分工，一个人分散他的注意力，一个人打掉他的枪，另一个人在这个间隙制伏他。我负责打落他的枪，老吴你身体最单薄，你负责吸引他的注意力，小马，你在那一刹那偷袭他。”

我说你又没枪你拿什么打落他的枪？

王四川四处寻找，想找称手的玩意儿，但这里是铁丝板做的通道，什么都没有堆积，他最后探出去，从水里的麻袋中拽出一根大腿骨，道：“蒙古人在草原上也是什么都没有，只要手艺精湛，任何东西在我们手里都是武器。”

我看着他拿着腿骨的姿势，就明白他是准备投布鲁，问道：“你为什么不直接打他的脑袋将他打倒？”

王四川说这是不可能的，你自己看就知道了。

我往那边看过去，明白了他的意思，这里照明不足，那个人只有手电的部分能够看清，其他部分随着他的动作都若隐若现。

“如果他把手电放在船上，那么我连他的上半身都看不到，所以你必须让他开枪，我才能知道他枪的位置。”

平时我对他的技术倒有信心，但这次是这么关键的时候，绝对不容许失误，我道：“不成，单纯压宝在你的布鲁上，要是打不中怎么办？”

王四川道你哪那么多废话，再犹豫这家伙就跑了，咱们可能要在这儿待一辈子。

我抬头一看，光点已经停了下来，不知道在干什么，王四川的话让我毛骨悚然，明白此时只能赌一把了，于是点头。

三个人关掉手电，继续小心翼翼往前，利用很多东西当掩护，迅速朝手电光靠近。前面的人也清晰了起来。

最后大概离他只剩下10米，我们看到一个穿着日本军装的人，正在往皮筏子上搬东西，不时警惕地看四周。接着，看到了那卷胶卷盒，已经被搬到了皮筏子上。

我缩在几只麻袋后面，只露出半个脑袋观察，那人竟然戴着防毒面具。

妈的，都到这时候了，还不肯露出庐山真面目。

王四川给我使了个眼色，悄悄做了几个手语，让我吸引对方的注意力，马在海潜水，他准备投掷布鲁。

我一旦发出动静，对方立即会警觉然后开枪，他在对方注意力放在我身上的时候，甩出布鲁打掉他的枪。然后马在海突然出水，把对方拽到水里，我们三个再一拥而上。

我把过程想了一遍，没问题，就点头。王四川刚想动手，忽然，对面那人停下了手中的动作，警惕地看着四周，好像察觉到了什么。

我和王四川立即缩回头，心说真他妈警觉，果然是专业特务。等了很长一段时间，再次探头出来，对方手上加快了速度，显然有所害怕。

王四川不再和我商量，使了个眼色，马在海倒是非常沉着，立即潜水而去。我穷尽目力判断着，一直看着他到了皮筏子下方，做好了准备。

王四川对我点了一下头，我深吸一口气，心里念叨了一句阿弥陀佛，接着，猛地狂奔起来，大吼道："不许动！"

手电光迅速朝我这里照来，跑了两步之后，对方开枪了，子弹呼啸着从我脑后飞了过去。

我顿感不妙，因为子弹贴我脑后的距离太近了，这家伙显然射击的技巧非常熟练，他可能根本看不到我，只是听着声音就能大概判断出我的位置，而且开枪的速度太快了。几乎是本能，我立即条件反射，一下滚倒。之后看到两道火光掠过我刚才站的地方，再晚一秒我就没命了。

好在王四川那边也不慢，我卧倒之后听到了布鲁破空特有的声响，那肯定是王四川说的最凶狠的用来击倒野牛的投法，然后是一连串骚动和落水声。

我知道我们成功了。我马上跳起来，往水声传来的地方跑去。

王四川比我更快，我看到水中水花四溅，刚想跳下去，却看到皮筏子上赫然放着那只黑色的铁皮胶卷盒。

我上去抱住它，拾起掉在另一边的滚烫的步枪，对准了水里。

两个打一个，而且其中一个是王四川，应该不用我了，我还是先保护重要的资料比较靠谱。

水里扑腾了半晌，先是马在海探出了头又沉下去，我端起枪瞄准水里，大家绞在一起，根本分不清谁是谁，也不敢贸然开枪。

也不知道折腾了多久，忽然平静了，一个扑腾马在海先爬上皮筏子，大口喘气。

我差点就一枪托砸下去，看到是他才收手，问怎么样了，他根本说不出话，拼命地喘，连我去拉他的手都没力气接。

几秒后，王四川也出水了，他肺活量大，没有那么喘气，在水里划着四处看。

四周的水面非常平静，我用手电扫过，看不出一丝异样。

“妈的，被他跑了！”王四川骂道，“东西拿到了吗？”

我扬了扬铁盒子，他摇了摇头，爬上皮筏子拉起马在海：“功亏一篑，本来咱们肯定都是一等功。”说着爬起来。

我看着漆黑一片的水面，知道肯定有一双眼睛在看着我们，再看马在海的神情，显然他很想离开了，他问：“现在怎么办，要么直接上路？”

说实话，我看到这皮筏子，只剩下立即离开的欲望了，几乎不容自己思考，立即点头道：“不管了，为了胶卷的安全，我觉得我们应该马上离开。”

马在海大喜，开始解缆绳，我看向王四川，认为他肯定和我想法一致。

没想到他没有动。

我心中咯噔一下，看着他，问他干吗？难道还想等老唐他们，现在形势有变，应该随机应变了。

当时我也知道，就这么出去了对老唐他们是一种不负责任，但是由于有一个巨大的借口在手上，我完全管不了那么多了，王四川的正义感非常强，我很怕他在这个时候钻牛角尖。

他看着我，表情有点奇怪，犹豫了一下，才道：“不是，我想，我们是否应该先回放映厅。”

“放映厅？”马在海也惊讶，“回那儿干啥？”

王四川拍了拍铁盒子：“如果把这东西就这么交上去，我们这辈子都可能不知道，里面拍的是什么。”

他看着我，我看着他，立即明白了。

“你说，等我们30年、40年之后，会不会后悔当时没有耽搁这几个小时的时间？也许，几个小时后，我们会看到人类历史上最不可思议的东西？”

五十一、航拍

1962年与1963年交接，那个异常寒冷的冬天，想必很多人都有记忆。那是三年自然灾害的尾声，“大跃进”悄然结束，中印边境的战争局势已经明朗，很多人都以为混乱的局面已经过去，国内会迎来一段相对稳定的时期。

当所有人的目光都聚集在这些大事件上时，没有人能想到，在中国边境线的地下深处，我们正面临一个抉择。

几十年前，日本人在那条深埋在地下1200米处的地下河里，建设了如此巨大的工程，只是为了让一架飞机在这条狭窄的河道里飞起，飞进那片好似无穷无尽的地底虚空中。并且，这一次飞行记录下来的秘密，全部都在我们眼前这卷胶片里，这份东西如果上缴，那么，以我们的级别，这辈子无论如何都不可能知道，日本人在这个巨大的深渊里究竟看到了什么。

而我们就算立即离开，最少也需要跋涉十多个小时，才能回到洞口。另一方面，能够放映这卷胶片的机器就放在身后的大坝里，只须耽误一两个小时，我们就能知道日本人在这里活动的目的，甚至是了解这个深渊里隐藏的秘密。

那么，在经历了那么多事情之后，是走是留，对于我们这些农村出来的孩子来说，并不是很难的选择。

现在回想起来，这个决定无疑有点冒险，当时逃进水里的家伙肯定还在附近潜伏着，如果继续在这里逗留，这家伙一定会是一个麻烦，但我们没有考虑太多。

谁也没有想到，就是这个没有考虑太多，成了整件事情的转折点。

决定了以后，我们一边提防着身后是否有人跟踪，一边踏上了回途。

按照来时的路线，我们很快就回到了大坝里，一路走得小心翼翼，也许是因为熟悉路线，没出现什么意外，我们顺利地回到放映室。

我们重新打量这间放映室，比起之前的走马观花，我发现这个放映室并没有我想象得那么小。可能是里面局促的长木椅给出一种错觉，所有的东西都有一层极厚的灰尘，这让我担心放映机还能不能使用。

放映机在整个放映室的后方，是一台大概弹药箱那么大的铁皮机器，有两个转轮连接胶片的转头，上面全是灰。王四川拿着铁棍守在门口，以防被偷袭。

我没有摆弄放映机的经验，几乎是一身冷汗地研究着那台铁皮机器，害怕一不小心弄坏。

其实，放映机的构造并不复杂，当时的机械大多是简单的轮组结构，但是，不知道是因为紧张还是什么，无论如何我也没法把胶卷盒装上去。忙了半天，手上全是汗也没有什么进展，最后还是马在海帮我装了上去。也许因为他是工程兵熟悉机械原理，他只是看了几眼，就摸到了窍门，接着又找到了开关，启动了机器。

前面满是灰尘的白布上突然出现了黑白色的图案，20世纪40年代的航空摄像技术非常不成熟，模糊的黑白画面有点抖，什么都看不清楚。

然后，马在海摇动着胶片轮轴，白布上开始出现活动的画面，我突然兴奋起来。日本人当年为什么要在这里建设这座大坝，以及他们在深渊里带回了什么影像，很快就有答案了。

最早的画面是白色的，带着黑点，应该是胶卷上的废片，好比照相机胶片最开始的部分总是黑色。马在海缓缓地摇动轮轴，画面上的黑点跳动着，让我们知道胶片在往前走。

走了大概有一分钟，屏幕上却没有任何变化，我有点着急，不知道是马在海不敢加速还是放映机有问题。正在我担心能不能放出影像时，幕布上有一行字一闪而过。

马在海好像愣了一下，停住手慢慢往后退，把那行字倒了出来，定在了幕布上。

这是一行很潦草的“日文字”，掺杂着一些“汉字”，我虽然不懂是什么意思，但还是能看出，这是一行非常严厉的警告。

五十二、特情绝密的内容

黑色的字在白色的底布上很清晰，从那几个“汉字”我认出是一个警告，署名的部分是“特情07 绝密筑城工程部队”。

“筑城工程部队”这几个字，使得我一刹那间以为是我们自己的抬头。日本人也用汉字，“筑城工程部队”这个虽然很像中文句式，但我们一般称自己为建设兵团，或者“内蒙工程部队”。“筑城工程部队”听起来非常奇怪，可能是日本人在这里建设要塞的部队自称。

让我觉得有问题的是，这一行字并不是字幕用的那种工体字，而是手写的，像是拍完之后用笔写在了胶片上。

那行字很长，我猜想这句警告会不会是说，这是一盒绝密胶片，你无权观看之类？这行字肯定蕴涵了其他信息，因为它只是这么写在胶片上，在幕布上显示的时间不会超过一秒，等别人意识到它，胶片早该看完了。

“绝密”两个字让我觉得呼吸困难，我想到了下来前发的誓言，想不到日本人也用相同的字眼。

我对马在海打了个招呼，马在海反应了过来，又开始转动轮轴。几秒钟后，上面终于出现了画面，我们再次屏住呼吸看起来。

有连续画面的部分长短不一，包含的信息非常少，我们看完全部胶片，只用了一个小时。但是播放完后，没有人去理会静止的屏幕，只是静静地坐着，心中的惊骇难以形容。

胶片大体可以分为两个部分，前面是大概10分钟的各种零散的资料片段，之后是整体的航拍片段。

整段胶片其实质量不高，在新中国成立前各种空中侦察中进行的所谓航拍，一般都使用航空照相机。当时的航空摄影机因为技术限制，在空中拍摄的画面都抖得非常厉害，这从美国拍摄轰炸长崎的黑白胶片上就能了解。

庆幸的是，这卷胶片还可以基本表现出画面的各种细节，我能分辨出白布上的图像。只是没有声音，不知道它是不是本来就是默片，还是这里没有喇叭的原因。

胶片本身的内容十分少，感觉没有去铺陈气氛，更注重于记录一些信息。这份胶片中包含的很多细节、每一段拍摄的东西，时间都非常短，而且都和之后的事情有关系，无法省略，我需要全部记述出来。

这卷胶片，应该是日军的随军摄影师留下的，当时的日本是一个战争机器，随军摄影师负责记录的战争侧写片段，有些会被作为战争资料保存，有些会在军事会议上使用。现在的日军侵华资料，基本上都是这批人留下的。

我想那个摄影师可能想不到，我们会是这段影片的第一批中国观众。

第一部分画面，是地面上的情景，黑白画面上出现了一个机场。那是个白天，能看到非常明亮的天空。当时我们处在地下河的深处，举头就是漆黑的岩石，看到幕布上映出苍白天空的那一刹那，我心中产生了一种强烈的渴望。

机场上停着几架飞机，四周有很多飞行员和普通日本兵在搬运东西，镜头拍摄到那些日本兵后，又一下转过来，改为拍一个穿着军官服装的人，重复了好几次。这组画面被快速切换，再加上多余的抖动，给人一种非常急促的感觉。

没等我看清那个日本军官的模样，这些镜头又飞快地跳了过去，变成了两个日本飞行员在飞机的翅膀下谈话，两个人一边说话一边拍着飞机的起落架，一副哈哈大笑的表情。

没有声音（就算有我也听不懂），这些画面让人产生很多联想，接下来，镜头变成了从飞机舷窗往下拍的景象。能看到地面的村庄、森林和河流。那是真的在天空里，不是在地下河。这应该是他们来这里的前期过程，当时东三省还被日本控制着，他们在这里可以从容地调动飞机。之后镜头一会儿扫向舷窗外，一会儿拍摄飞机的内部，我能猜到这是一架运输机，里面蹲着很多的日本鬼子和成堆的东西。

所有的日本鬼子都低头不语，随着机身的晃动而晃动，看上去非常疲惫，很像我们当时在卡车后斗里的情况。

画面快速切换，这一部分很快就放完了。

这些镜头看上去没有什么意义，但却包含了很多的信息。第一，在抗日战争时期，只有相当紧急的行动，才会使用飞机运兵，说明摄影师应该是从离目的地很远的地方赶来的，而且很紧急；第二，摄影师拍了很多生活化的画面，这也许可以推测出，他在拍摄这些画面时，还不知道自己在执行真实的拍摄任务——否则，我相信他绝对没有那种闲心。

往后，画面立即变成他们进入丛林的片段。我看到了那几栋现在已经腐朽在林子深处的日本木房军营。

在影片里，那里应该是刚刚搭建完成的，这时我又看到了那个日本军官，黑白的画面使得他的脸色看起来非常苍白。他正在呆呆地漫无目的地看着忙碌的人群。

这一次，镜头停留的时间长了一点，我看着画面上那张脸，心里觉得有点毛毛的。

也许是因为电影里的日本人都长得非常可笑，台本戏里也都是找丑角来演，但这个真正的日本鬼子，却长得十分正常。

再要仔细去看，却发现他的脸上透出一股很怪的气质，这股气质，远远比电影里的那些反派演员给我的感觉可怕得多。

我的童年经历过抗日战争的最后阶段，那个时候，我听说过无数关于日本鬼子的传言，他们就是最凶狠的怪物。又因为当时在非战区，我没有实际见过他们，所以鬼子再可怕也只是一个想象中的东西而已，从小到大看到、听到的，都是电影里的角色、老人的口述和宣传队台本戏里的东西。直到现在，我才看到，原来真正的日本鬼子，是这样的。

他们并不是丑陋的怪人，看上去和我们一样，但不知道为什么，这种感觉却让我更加厌恶。

镜头停留的时间很长，我以为这是出于对这个军官的尊敬，但我很快就知道不是那样，因为有一个女人来到军官身边，他们开始交谈起来。

镜头开始拍摄那个女人。那个女人显然也发现了自己正在被拍摄，冲镜头的方向看了几眼，但也没有在意，还是继续和军官说着什么。

这个女人谈不上漂亮，身形很修长，也穿着军服，镜头还拍到了她的脸。

这个时候，看着这女人的表情，我忽然感觉到一股异样，脑子里闪过一种奇怪的感觉。

没等我仔细去品味，关于木屋的几个镜头已经快速闪过，军官和女人都消失了，幕布上又回到了一片漆黑的状态。

我觉得不对，刚想让马在海倒回去看，幕布一下再次亮起，我看到画面上出现了奇怪的图像。这个图案顿时把我对于那个女人的奇怪感觉压了下去。

那是一个光球，有脸盆那么大，光球内部，好像有什么东西在涌动。

我不明白那是什么，难道是月亮？仔细看那形态就知道不是，那光球太圆了，中秋节的月亮也没有那么圆。

难道这已经是深渊里的景象？我紧张起来，那这是什么？深渊里面，怎么会有一个月亮一样的光球？

五十三、深渊奇景

那可真是匪夷所思到极点，而且，为什么中间没有任何过渡？我感觉不太对劲，至少也应该拍摄一下飞机飞入深渊时的情形。

接着，那个光球开始在幕布上移动。

那种感觉非常诡异，因为光球移动的方式十分生硬，从幕布中心移动到上方，然后再移回中心，接着往下，几秒后又消失了。幕布变得漆黑一片，很快光球又再次出现，再次移动，就这样重复了好几次。

奇怪的是，看着看着，我觉得这种感觉并不陌生，好像在哪里见过。

我顶着脑子想了想，忽然就知道了光球是什么，我想起了当时用探照灯照射深渊穹顶的情形，妈的，这是探照灯的光斑。

但我还是感到莫名其妙，心说为什么要拍摄一个光斑？摄影机难道拍到了什么奇怪的东西？但是光斑里什么都没有。

“这是什么？”王四川不解地问。

我把我的猜想一说，马在海就点头道：“吴工说得对，这是探照灯，他们好像在作调试。”

“调试？”我问道，“调试什么？”

他道：“我觉得应该是摄影机和照明用探照灯之间的协调，我以前看我们军区二炮的人调试过。当时是高射炮演习，探照灯跟着高射炮走，和这个感觉很像。我们装电台的时候也这么干，开一下，收一下，看看效果。用电的东西不好好调试一定会出问题，这是我们连长说的。”

马在海说得有点小心，可能是因为我们两个“工”都不知道，他怕说得太多驳了我们面子。

我明白了，这时再看，就发现光斑中的那些涌动的感觉，确实好像是流动的河水。如果是这样，那飞机这时应该已经停在大坝内部的铁轨上，摄影机也固定在了飞机上，镜头朝下，对准着飞机的下方。接着，马在海加快了速度，画面变快，一下又黑屏了。

一刹那，我的心紧缩了一下，人开始轻微地发抖，因为我知道，接下来即将看到最关键的东西。

几秒钟后，幕布再次亮起。我屏住了呼吸，看到了一片虚无的黑色，刚才看到的光斑变得很小——那是探照灯光在深远距离的效果。从画面的抖动程度来看，飞机已经飞了起来，这时屏幕上的黑暗，就是那片诡异虚无深渊的体现。

我能看到深渊下有一层隐隐约约的雾气，它是深灰色的，给人的感觉很奇怪，介于固体和气体之间。但是，因为清晰度、距离还有光线的关系，没法感受太多。

从画面上能感觉到飞机正在缓慢地下降，逐渐靠近下方的雾气，但到了一个高度就停止了，接下来是平飞的过程。

之后的十几分钟，能看到飞机贴着雾气在飞，雾气就在下方，但没有什么变化。

这是可以预料到的，但我没有想到，深渊竟然这么大，以飞机的速度，飞行十几分钟还没有到头——那里面到底有多大？

这十几分钟里，画面几乎没有什么变化，但我们根本不敢移开眼睛，就怕漏了什么。

就在这时，忽然画面一白，我们由于精神过于集中都惊了一下，接着，屏幕又快速地闪过了一行字。

马在海立即停手，往回倒了过去，把那行字重放了出来。

那是一组数字，和之前的一样，也是非常潦草的手写。那几个符号我倒是认识，那是高度、时间和一些方位数据。

这是一个标注，表示下面的影片中，应该出现了什么异常的东西。这些高度、时间和方位数据，应该就是他们当时的飞行数据。

我紧张起来，画面切换以后立即重新亮起，我当即就发现，飞机的状况和刚才完全不同了，幕布上的图像全在奇怪地抖动。

这种抖动十分激烈，显然当时的飞行状况很不好，在这种震动下，我们基本没法看到连续的镜头，只能勉强看到晃动中难得的以秒计算的稳定画面，让我头昏欲吐。

一路看下来，连续性画面最长也只有十几秒，但我还是发现，飞机这时在做一个弧度极大的俯冲，同时还在转向。

我非常清楚这么做的目的，因为在画面上，我能看到他们正在迅速逼近一团雾气，而那团浓雾之中，我看到了一个巨大的直立的黑影，我能看到的部分，就有六七层楼那么高。

好像雾气之下有什么巨大的东西？

飞机正朝着那黑影俯冲下去，我屏住呼吸看着，一直到飞机扎进雾里五六分钟后，我才看到了那影子的全貌。

那一瞬间我目瞪口呆。

影子比我之前估计得还要巨大，因为到了这里我才发现它的下半部分深陷在浓雾里，令我惊讶的却不是影子的大小，而是它奇怪的形状。

那竟然好像是一个人的影子。

我心中感到奇怪，让马在海慢慢往下播放，看到它果然很像一个巨大的“人影”，这个“人”的头颅巨大，身子呈现一种诡异的佝偻感，巨大的身形在沉雾中双手垂立，好像在哀悼什么。在浓雾弥漫的幕布上，它并不清晰，但是绝对不能说是模糊的。

我简直不敢相信自己的眼睛，整个后背的汗毛瞬间就立了起来。

这是什么东西？是鬼斧神工的石头，还是什么神人雕刻的石像，或者是一个巨大的人形生物？

我无法确定，甚至不能肯定那真的是人的形状。

但是，就算我不想承认，也无法骗自己说看错了。我意识到，不管那是什么，这种形状的影子一定不是天然形成的，这是一个人造之物。

可是，怎么可能有人造之物出现在这个深渊里，而且还是如此庞大而神秘？

画面继续推进，飞机围着那人影转了一个圈后，重新冲出了那团雾气，往上拉了起来，就在我希望飞机再次飞入雾里，让我们可以看得更清楚时，幕布上的图像一下停止不动了。

我满手都是冷汗，这个突兀的停止把我从震惊中震出来，王四川马上去看放映机，就发现胶片放到底了，显然拍摄到这里时，胶片用尽了。

整个放映室里一片寂静，谁也没有说话，我们都看着幕布上定格的画面，静止的画面什么都分辨不出来。

我不记得王四川那时候说了什么，无论他们说了什么都没有意义，我的大脑也没有思考，不由自主地把烟盒摸了出来，但哆嗦得连根烟都抽不出来。

五十四、浓雾中的怪影

一直到马在海把放映机关掉，幕布还原成那块破旧的白布，我的思绪才缓了回来，问了第一句话："这是什么东西？"

没有人回答。

我努力镇定，把哆嗦抑制下去，点火抽了口烟，看向王四川，王四川也看了看我，面色比马在海还要苍白。

我们受过大学教育，当时的教育水平虽然达不到现在这样，但是横向比较，中国当时的大学教育不会比世界上同期的逊色太多，特别是我们这样的专业，师资都是当时苏联和留美的那一批老专家学者，能在他们手下毕业，我们对于自己的理解能力都很自信。

而那一批人都是坚定的唯物主义者，我们受到的自然也是这样的教育。这其实非常可怕，因为无神论者无所畏惧，但一旦遇到一些无法解释的事情，我们受到的冲击就比一般人更厉害。

我想作出一些可行的推测，但是什么都想不出来。单凭一个模糊的影子，我没法进行任何思考，但我明白，那不是幻觉或者错觉。

在地下1000多米的地方，有如此巨大的一个地下空腔，已经是地质学上的奇迹，然而，在这深渊里，竟然还立着这样一个东西，这是谁的杰作？

看那个黑色影子的形状，一定是人造的东西，但在这样一个地方，谁能够造出这么巨大的东西？

我的唯物主义世界观不可避免地动摇了，脑子里都是疑问，同时我也明白没有人可以为我们解答。

一边的王四川忽然长出一口气，走到我旁边，开始向我要烟，我发现他的手也在轻微地哆嗦。

我递给他一根，把我的烟头也递过去让他对着点上，又丢给马在海一根。那孩子已经完全懵了，过了很久才过来接走。另一边王四川拿着烟却不抽，而是放到前面的木椅上，然后跪下，做了一个奇怪的礼仪，同时嘴里念着几句他们民族的话。

这个举动更加奇怪，我等他念完，他才对我们道，他在祈祷“额赫嘎扎尔”的保佑，一般是要点香灯的，现在只有香烟了。以前他一直不相信父母对于“地母”的说法，觉得是迷信，现在他也是半信半疑，但还是应该先给予尊敬。

我想和他说这确实是封建迷信，但看着幕布上的东西却说不出话来。一边的马在海问王四川祈祷要怎么做，王四川说，“地母”只保佑他们族群。

整卷胶片的内容就到此为止，我们没有再看一遍，也没有继续讨论，因为不知道该讨论什么。这件事情已经完全超出了我们的认知范围，马在海念了几句菩萨保佑，我们都静了下来。

几分钟后，王四川取下胶片，重新装好，对我们道：“事情就到这里了，现在咱们得有个默契。”

我们看向他，他已经恢复原来的神色：“再想也没有用，光凭我们不可能知道那到底是什么东西，它也不应该流传在世。我相信把这卷胶片上缴以后，它一定会被封存起来。所以，我们谁也不能说看过胶片的事情，同意吗？”

我知道他的意思，这种东西太具有颠覆性了，如果让别人知道我们看过，会有很多麻烦事。

我们点头，马在海就道：“可我不太会骗人，连长一瞪我，我肯定瞒不住。”

王四川怒道：“你怎么这么软蛋，你要不说，出去肯定给你升个班长，怎么样，你管得住你的嘴吗？”

马在海立即就开心了，脚跟一并对王四川敬礼：“谢谢王工，我一定管住我的嘴。”

其实我们没有权力决定这种军衔的升降，不过这一次如果我们能回去，一等功是肯定有的，马在海即使不是班长，也会升到副班长。

“现在我们马上离开。”王四川道，“免得夜长梦多。”

我本来就非常想回到地面，如今一看胶片，这片深渊的诡异让我毛骨悚然，就更加不想留在这里，但一时间却有点迈不开腿。

在王四川的催促下，我们勉强收拾了一切，等到重新背起行李，我不由自主地对之前的决定感到后悔，这样的内容还不如不看，看了让人更没法平静了。

王四川来到门口，拿掉原先卡住门的铁棒，招呼我们跟上，我们耽误了两个小时，现在要加快速度补回来。

我们凑过去，他小心翼翼地推门，看样子是怕有人伏击，又让我们小心门突然被人撞开。

可是，王四川推了一下，门却纹丝不动。

他有点惊讶，用了点力气，还是这样，门只是稍微动了一下，但没有一丝要打开的迹象。

王四川看了看我，面色变得难看起来，他用力抓住门把晃了晃。我顿时意识到出事了，因为门明显不是卡住的样子。他又用力晃了几下，灰尘被一片片地震下来，门还是几乎纹丝不动。

王四川转头退了几步，有点不可置信地骂道：“真他娘见鬼，有人在外面把门锁上了。”

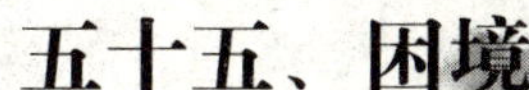

五十五、困境

这里全是军事设施，所有的门都是有三防功能的铁皮夹心门，外面是水泥，里面是铁皮和棉花。这种门一旦被锁上，就算有炸药也很难弄开，更何况我们根本就没有炸药。我也上去推了推，从手感来看，我清楚地知道了门已经在外面被锁死，不可能有从里面打开的希望了。看来，刚才我们放映胶片的时候，有人偷偷把门锁上了。

一股不安涌上我的心头。在这个大坝里会这么干的，只有那个我们刚才截住的“敌特”，难道他一路尾随我们，而我们竟然没有发觉？

王四川大怒，用熊一样的身体狂撞门板，我也上去帮忙，但只撞了几下就吃不消了，那种感觉就像直接撞在水泥墙上。

王四川的怒气一下涌了上来，表情很是可怕，撞了一通后还不够，又跳起来用脚去踹。然而撞都没用，踹就更没用了。折腾了一会儿，他气喘吁吁地坐了下来，沮丧地皱起眉头，对着门就骂：“你奶奶的熊驴腿儿的，别老是关别人后门，有种你他妈开门和爷单练。”

门外没有任何动静，本来这就是放映室，隔音措施很好，门外的人是基本听不到里面声音的。这也可能是“敌特”锁门，王四川没有发觉的原因。

想到在仓库的时候，他用了一样的手法，我们偷袭得手之后，这孙子又他娘的直接摆回我们一道，我不由得心头火起，但是对着这门，再发火也没有办法。我对他们道：“他这么快就跟了过来，看样子他非得到这卷胶片不可，我们得快点离开，否则恐怕他还有后招，我们困在这里很被动。”

“等等，不用那么急。”王四川阻止道，“我们合计一下，一急就该中他的圈套了，这门隔在这里，他没什么办法用后招的。”

话音刚落，忽然房间的几盏灯闪了闪，接着一下子全灭掉了，顿时四周一片漆黑。有人切断了电源。

几个人立即打起手电，王四川大骂了一声“妈了个巴子的”，又踹了铁门一脚。同时，我们听到了，在四周的墙壁里，传来一阵奇怪的声音。

这种声音是一种轻微的共鸣声，我摸了摸墙壁，发现墙壁轻微抖动着，好像有什么机器被启动了。

我立即紧张起来，虽然不知道那是什么，但我知道一定不是什么好事。这一连串变化发生得极快，一定是他事先计划好的。

“找找还有没有其他出口。”我道。

三个人立即分开，开始到处乱翻，但这个放映室并不大，转了一圈下来，只在幕布后面，找到一个通风口。

这个通风的口子是圆形的，就像大号的脚盆，口子上还有个鼓风的风扇，全是结成絮一样的灰尘，已经不转了。外面封着一层铁丝网，比我们在沉箱里看到的要简陋得多，可能因为这里是生活区，只需要在总阀门那里进行封闭处理，保持空气流通就行了。

我凑上去感觉从通风口里有一股气流正在吹进，但是风速很小，能听到通风口深处有很多噪声，刚才的奇怪声音可能是通风管道里的什么机器启动了。

王四川想把铁丝网拔下来，却发现铁丝网牢牢生在水泥里，每一根都有小指头粗细，根本没法撼动半分。

“小日本的东西真他娘瓷实。”王四川道，说着让马在海来看，“你是工兵，你有什么办法？”

马在海上来看了半天，然后摸了摸边上的水泥墙，一阵摇头：“这是军工加固的，铁丝网的边浇了十几公分的水泥，要用石工锤才能砸开，否则就要用气割或者炸药。”

他提到的三样东西我们一样都没有，王四川就想到了什么，走过去拿回铁棍对着铁丝网的边缘敲了几下，我看见他虎口都敲裂了，却只崩下了一点水泥碎屑。

所谓军事要塞，看上去虽然简陋，但用料和做工上确实极端坚固，这个不服不行。

王四川又敲了一通，随即放弃了，改用铁棍插入铁丝网的网眼里撬，这一次倒是有了效果。铁丝网被撬得变了形，但网眼很大，变形以后铁棍就吃不上力了，没法再撬。

我也知道此路不通，王四川把铁棍一扔开始叉腰叹气，样子滑稽得要命，但是我一点也笑不出来。

我站在房间的中心，用手电环照着封闭的水泥墙，想找找还有没有其他口子，就在这时，忽然闻到了一股奇怪的味道在空气里弥漫。猛地一下，我意识到了不对，回头一看，就发现刚才的铁门不知道什么时候开了一条缝。

我立即打了个响指引起他们的注意，然后走过去，越靠近门那种味道就越重，很快我闻出那是烟的味道。

我下意识推了一把铁门，力道突然往前一送，铁门竟然随之动了一下，好像可以打开了。我心里一惊，立即往前用力，铁门一下推开更大的一条缝隙，几乎是同时，一股浓烟涌了进来，把我呛得瞬间眼泪直流。

我一边擦眼睛一边大叫王四川快来帮忙，王四川这才反应过来，迅速上来，我们两个用力去推门，但门后像是被顶上了十分结实的东西，撞了几下那条缝都没有再变宽，反而浓烟更汹涌地冲了进来。

我一看不对，这是设计好的，这是要用烟熏死我们，又大叫着让他们把门拉上，一拉却发现门动不了。再用力拉了几下，我就知道坏了，一定有什么东西把门卡住了，也可能用绳子系在了墙壁的钩子上，我们拉也拉不回来，推也推不出去。

浓烟源源不断地冲进来，我们被呛得嘴眼全部张不开，王四川一边咳嗽一边脱衣服。“帮——忙！”他一边咳嗽一边大叫，“塞住缝！”

我们闭上眼睛冲过去，把衣服全脱了下来往缝隙里塞，但是缝隙太大了，衣服根本不够。后来王四川的衣服烧了起来，逼得他立即扯回来，用脚踩灭然后穿上。

王四川彻底暴怒了，一边破口大骂，一边操起自己的铁棍插进缝隙里撬，但无论他叫得多么凄厉，棍子都撬弯了，也完全没用。这时候，我发现铁门上好像有很多撬痕，看来还有其他人撬过这门。不知道是怎么回事。

管不了这些细节，整个房间里已经冲进来大量浓烟，我们就算退后都感到喉咙发紧无法呼吸，这样下去我们真的可能被烟呛死。王四川只骂了几声就完全骂不下去了，我们退回来，撕下满是灰尘的电影幕布，用水壶里的水把它打湿捂到嘴上。慌乱中，我再一次看到那个通风口，竟然也有浓烟涌进来。

我想起刚才机器启动的声音，肯定是外面那王八蛋开动了机器在往这里灌空气，可能是他从其他通风口把浓烟导向了这里。

王四川完全失去了控制，在那里大声咆哮，而我浑身冒出冷汗，这里只有两个出口，但都在进烟，其他地方还全是混凝土墙。这种情况下，我们基本等于死定了。

这时完全没有冷静下来思考的必要，我和王四川对视了一眼，他叫我们让开，抡起铁棍就往通风口的铁丝网上砸去。比起铁门，这里是唯一可能的求生通道。

他把铁丝网砸得火星四溅，铁棍震动着，一直砸到他再也抡不动，但我却绝望地看到那片铁丝网几乎没有任何变化。

马在海也急了，这时他也顾不上管什么首长小兵，直接从王四川手里接过铁棍就砸。他的力气好像比王四川更大，而且动作更标准，应该是做军事工程开山的时候练出来的。但就算这样，那铁丝网也只是凹陷了一点。最后，马在海砸得铁棍都脱手了，铁丝网还是完全没有能被砸破的迹象，而浓烟已经呛得我们没法正常呼吸了。

我捂着嘴，看着不断涌进来的浓烟，脑子里一片空白，悲哀地想到，也许我们只能这样等死了。

就在这时，王四川忽然被什么吸引了注意力，他的手电照向那些木头长椅下的一个地方，我们跟着看过去，突然发现，那边的浓烟有点奇怪。

烟雾像在被吸进什么地方。

五十六、出口

我们三个人立即冲了过去，把那些木头长椅搬开，发现下面又出现了一个通风口。这个通风口比那边的小很多，上面也有那种手指粗细的铁丝网以及风扇，但它是用螺栓固定的。

我看着这个洞有些惊喜，但又觉得不对，不确定自己能不能钻进去，因为它太小了，但这时也管不了那么多了。

王四川马上用铁棍卡住网眼去撬，立即就发现，螺栓竟然以前已经被人撬松了。我心中奇怪，难道有人已经撬开过这里，然后又装了回去？这时王四川已经把铁丝网撬下，然后抓住风扇的叶子往外掰。

日本人的军事设施用料很足，风扇的铁皮叶和中心的固定轴都厚得吓人，一看就极其敦实。王四川搞得满手都是灰和油，扇叶还是纹丝不动，最后马在海用铁丝网的网眼套住中间的螺帽当扳手，发现这个螺帽同样也被撬松了，旋转之下把它拆了下来。

王四川把铁皮叶搬出来甩到一边，落地声听起来非常沉闷，感觉有小20斤重，这一定是战争前期生产的，战争后期日本人根本没有那么多金属可以浪费。

烟越来越大，就算打着手电也几乎什么都看不见了，只能勉强看见通道里满是手脚粗细的电缆。日本人建设这里的时候，肯定一切以经济、快速为准，所以所有的通风通路都同时充当了电缆通道。

最瘦小的马在海先尝试着爬了进去，他非常勉强地挤入了通道里，我看着有点发寒，倒不是担心自己，马在海能下去，我这样的体形破点皮应该也没什么大问题，但王四川估计够戗。

到下面转弯进入水平的通风管口之后，空间变大，马在海跳下去后示意没问题。

我和王四川对视一眼，王四川笑笑道："你先下，我松松筋骨。"

我摇了摇头，心说你一个人肯定进不去："你先来，我在上面踹你，就算把你骨头踹断也得把你踹下去。"

他倒也没意见，毕竟也不想死，但换了几个姿势入洞发现都不行。最后他干脆脱了个精光，头朝下钻了进去，果然不出所料，进去一半就卡死了。

我直接跳到他身上，在他的哀号下，用自己的体重把他活生生一点一点踹了下去，他的两个肩膀全都磨破了，通道两边留下两道血痕。

这时浓烟已经漫到了头顶，我也头朝下，被他们拉了下去。

这个通风管道设在地面上，所以我们现在处于整个区域的地下，往左的话就是外面的走廊，我看到那边的顶部也有通风口，还有光照出来。

那里也全是烟，所有通风管道里都充满了辛辣的烟味，我小心翼翼地爬过去，从通风口抬头看，上头挡着东西，浓烟四溢又没有照明，只能看见那王八蛋的手电在闪烁，其余的什么都看不清楚。

如果有手枪的话，我一定从这个口子一枪毙了那小子，把他的脑浆都打出来，可惜现在却无计可施，好在这家伙也没了武器。我蹲下来，往另一个方向看了看，判断哪个地方可以从管道出去，然后杀他个回马枪，让他知道知道我们的厉害。

整个大坝因为过于空旷而显得十分安静，选择的出口如果离他太近，我们踹掉风扇的动静肯定会被他听到，那就打草惊蛇了。我决定顺着管道继续往前爬一段，要把我们熏死，恐怕还得烧一段时间，他不会这么快就发觉我们已经逃脱。

我小心翼翼地顺着电缆往前爬，其他两个人跟在我后面，我们经过一扇扇排气扇口，管道错综复杂，上面应该是不同的房间或者走廊地面，可惜没有照明电力，所有地方都是一片漆黑，散发着霉味。手电光照上去，只能看到凌乱的一些无法看清的东西。

通风管道里灰尘之多让我们难以想象，很快我身上沾满了一层，一搓就起灰色油脂，很是恶心，我一直带他们爬过六个通风管道口，到了离放映室足够远的地方，才决定上去。

但到了那里我们又傻眼了，因为里头没有东西可以做扳手，难道要回去拿那个被卸下来的铁丝网？时间根本来不及，而且也没法切割掉它拿进来。一时间我们三个人面面相觑，有点绝望。

看着风扇发了几分钟呆，王四川焦躁起来，道：“不能干等下去了，直接踹，否则就算‘敌特’不来我们也要被熏死了。”

我点头，这时也没有别的办法，就招呼马在海直接踹。马在海把脚伸进风扇叶子之间一通猛踹，但半天后那铁丝网还是纹丝不动。

这种纹丝不动是真正的纹丝不动，让我意识到，这东西结实到，靠踹是踹不开的。

我们分别踹了半天，但毫无起色，又去了下一个管道口碰运气，还是不行，我一下郁闷起来，暗想难道我们会被困死在通风管道里？

继续往前走，一个一个口子踹过来，小日本的工程水平让我崩溃，几乎每一个口子都一样结实。

也不知道爬了多久，就在我要绝望的时候，马在海忽然叫了一声：“哎，这个是松的。”

我立即上去看，就发现他踹的那块铁丝网往外移了一些，他高兴起来，扭头对我们做了一个兴奋的表情，又踹了几下，居然又松动了。我摸了一下，就发现这铁丝网竟然没有被固定，而是架上去的。

他踹开铁丝网，然后把手从风扇的叶子缝隙中伸出去，拧开固定风扇的螺帽。

这个螺帽也十分松，我心中觉得奇怪，突然感觉这条路是不是有人走过，但又觉得不大可能。

之后，洞口就不再是阻碍了，王四川要死要活地从口子里钻了出去，感觉好像又从娘胎里生了一遍一样。

我们爬出去一看，外面是条阴森幽长的隧道，我心里顿时沉了沉，因为这条走廊非常大，几乎可以容纳并排开两辆卡车，有三层楼高，赤裸的混凝土表面粗糙无比。

看来这应该是水坝内部运输的主干道，应该是距离放映室五六十米外的区域，已经出了办公区。

我一下冷静了下来，这是个令人畏惧的地方，一切都异常诡异，几十年前，这里一定发生过很多令人匪夷所思的事情，我们还是得恪守谨慎，不能头脑发热。

王四川用手电照射着巨大的隧道，我立即发现地面上有很多铁轨，好像是用来运输的，铁轨之间互相连接，我在老家的砖瓦厂看到过类似的东西。

手电照到墙上后，我发现那里钉着一块铁皮牌子，上去擦掉灰尘，就看见一串锈迹斑斑的日文，夹着一些汉字。我尝试着猜出一个大概的意思，王四川却在前头急切地叫我跟上。

我走过去，发现隧道两边出现了很多通道和房间，但所有通道口和门的外沿都被钉上了非常厚的木板。

我有点奇怪，这里的感觉和大坝其他地方不一样，看起来更加破败萧索，而且入口都被封住了，这里到底发生了什么？

如果是为了保护里面的东西，这种方法不见得有什么作用，而且日本人对搬不走的东西往往会毫不犹豫地毁掉。

“会不会是为了关押找来的中国劳工？”王四川自言自语道，我摇头，日本人对付中国劳工的办法不会那么复杂，他们会在工程完成以后屠杀他们，那些人不会为了中国人费什么脑筋。

王四川用手电照射着那些木板的缝隙，里面和我们从通风口爬出来的那个房间格局一样，但更多的就看不到了。

我们一路往前，朝着隧道的一端走去，很快就到了尽头。一路过去，所有的口子都被严实地堵上了，没有一个漏掉的。

“看样子这里整个区域都是封闭的。”王四川道，“我们可能得再进到通风管道里。”

“不用。”我道，“用木板封闭这里的鬼子肯定也得出去，他们不会把自己困死在这里，肯定有一个没有封闭的通道通往另一个地方。”

我们走在隧道中间，我看左边，王四川看右边，马在海注意头顶。我们掉转方向一个口子一个口子地找过去，但是，一直走到隧道另一边的尽头，都没有找到那个出口。但在这个隧道的尽头，我们看到了一扇非常巨大的双开铁门，表面锈得一塌糊涂，也被人从里面完全焊死了，我连去推的欲望都没有。

我还真不信邪，又来回找了一圈，还是如此，心中的郁闷一下蹿到了极点。

我们在铁门边上合计了一番，这不符合常理，所有的口子都是从外面钉死的，如果它们都被封闭了，那钉死口子的人也出不去。我们肯定会在这里看到他的尸体，但隧道里除了一些空的木头箱子外，什么都没有。

王四川没有多说什么，他显然也想不通，几个人互相看了看，王四川忽然走向一个口子，说道："我们撬开一个看看房间里到底封着什么东西，也许就知道是怎么回事了。"

他手里的铁棍，当真成了我们最可靠的工具，那些木板是常见的杨木，应该是从地面的森林里就地砍伐的，都是毛料，已经没有当年那么结实，被王四川硬生生撬裂了。

撬掉几块木板后，就出现了一个可以让人通过的口子，我先上前用手电往里照了照，看到了很多床铺，那一刻我吃惊地看到，手电光下，那些床上竟然躺满了人。

五十七、封闭的房间

手电光非常昏暗，但还是能看到那些床上，都躺着一个黑影，它们一动不动，我头皮一炸，心想难道这里是停尸房？但我同时看了看四周宽阔的走廊和一溜下去被木板钉死的通道口，如果是停尸房，这里该有多少死人？

王四川催促我进去，我对他简单说了说情况，他和我换了个位置也往里看了看，马上说道："忌讳什么？活的都不怕还怕死的？"说着就进去了。

我让马在海警惕点，然后镇定了一下也小心翼翼地爬入缺口，等进到里面站起来再一照，就发现这些床铺上躺着的和我想象的有些出入。

那是一些像睡袋一样的包裹，看起来非常像裹尸袋，和鬼子的军服一个颜色，一眼望去像一个个黄绿色的虫茧。更加让人发毛的是，那么多的三层通铺上，全都是这种帆布袋，表面全是一片一片的污垢，一看就知道是有什么从里面浸出了血色搞的。

我有点恶心，好在我们这些大老爷们儿也不知道娇气，王四川让我们做好准备，之后用铁棍把帆布袋翻了一下，露出开口的地方后再挑开。我一下就看到了一只漆黑僵硬的手，从里面露了出来。

在这里待了这么多天，见了太多诡异的事，看到这种奇怪的手，我已经没有太多感觉了，等王四川继续把帆布弄开，我马上看见了一具干尸的半边身体。

"还真是死人。"王四川道。

马在海是工程兵，这种场面没怎么见过，这时已经怕得缩在后面。我拍了他一下，让他争气点，一个当兵的连点戾气都没有，难怪当不了班长。

王四川拧小了手电光去照，从尸体上破烂的军服来看，这是个日本兵，衣服全被他的体液“冻”成了硬块，整具尸体暴露在外的皮肤都是黑色的，而且腐烂得很不均匀，有的地方已经见了骨头，有些地方还是完好的，整个就是一块蜂窝煤。

我在那架坠毁在地下河的“深山”轰炸机里，也见过一具尸体出现了同样的腐烂情况，那肯定是因为中毒，很可能这个日本兵和那个飞行员一样，也是中毒死的。

弄开另一个帆布袋，里头的尸体也是同样的情况。

“这些人都是中毒死的，看来是深渊里那些毒雾的牺牲品。”王四川轻声道，“毒物聚集的地方都腐烂了，没腐烂的地方估计连细菌都被毒死了，所以才烂成了这副德行。不过，怎么会是这种颜色？”

那具尸体表面的黑色确实很不寻常，王四川把铁棍插进尸体躯干上的一个烂孔里搅了搅，带了些棉絮一样的东西出来，又放到鼻子边闻了一下。

马在海在后面立即有些想要吐，我摇了摇头，心说这小子确实没出息，也闻了闻，那是一种无法言喻的味道，但并没想象中那么恶心。

“如果这种黑色是中毒导致的，说明中毒量很大，光靠呼吸不会是这样，这种毒气可能对人的皮肤也有作用。”王四川道，“咱们以后如果还碰上，一定要特别小心。”

我点头，三防课上讲过这些，我还没想过真能用上这些知识。王四川把铁棍上黏到的脏东西在尸体的睡袋上蹭掉，又去看房间里的其他地方。

我低头看着尸体下的床板，忽然有了一个念头：“不对，这可能是小日本到这里的先头部队。”

“你怎么看出来的？”王四川爬到一张床上，看着房间的顶部问道。

“这么多睡袋，是野战部队的装备，如果是鬼子的正规守备军，肯定有被褥，毕竟这里这么冷。”我道，“而且这里有这么多房间，假设里面全是死人的话，那死亡数量太大了。小日本到这里建设大坝，第一批人一开始可能不知道深渊底下的雾气有剧毒，在建设期间，地下河上游开始下雨，水量增加冲到深渊里使毒雾上升，导致这批日本人和当时的一些劳工中毒，就发生了大批死亡，所以才可能有这么大的伤亡量。”

“那为什么这些尸体没被处理掉？”马在海听了以后问，“日本人不是有焚尸炉吗？”

我看着尸体奇怪的姿势，心里有个大概的猜测，但是这猜测让我觉得浑身发冷，如果它是正确的，那发生在这里的事情会很惨烈。

“应该有迫不得已的原因。”我道，“这里的尸体，每个人都躺在睡袋里，一个人一张床，这么处理尸体是很没有效率的，如果真的要停尸的话，这里三分之一的房间就够了。而且，尸体使用睡袋包裹也太浪费了，日本人军力最鼎盛的时期也不会这么浪费。”

所以，我想我们看到的，并不是什么停尸房，尸体之所以这么放置，很可能是因为，他们死的时候就是这个状态。

这里是宿营区，要命的剧毒大雾，应该是半夜来的，通过通风管道进入这里，在睡梦中只有少数人幸免于难，而他们在大雾退去之后，发现整个营区一片死寂，已经变成死域。

面对那样的情况，幸存者肯定非常恐慌，他们没有能力处理那么多尸体，只有等支援部队下来，但他们又害怕尸体腐烂引起瘟疫，就封闭了这里的所有出口，包括通风管道，废弃这块区域。

那么多人在一夜之间悄无声息地死了，想想都让人不寒而栗，这种死亡方式虽然安静，但我很不喜欢，我宁可清醒地看着自己死去。

这个推测我觉得比较合理，但王四川突然叫了一声，招手让我上去。

我顺着木床爬到他身边，看到又有一个帆布袋被他挑开了，他用手电照着里头那具尸体的脑袋给我看。

我清晰地看到，那具尸体的脑门处有一个弹孔。

他看了看我，道：“这家伙是被毙掉的。你再看这里。”

他指了指那具尸体的身上，我发现尸体的胸口也有好几处弹孔：“先是肺叶中弹，然后一枪打在额头上，可能是为了减轻他的痛苦，让他死得痛快点。”

说着他跳下床，一口气挑开十几个帆布袋，我们发现，竟然有七八具都是中枪而死。有些是额头中弹，有些是枪伤，很是奇怪。

“有些确实是被毒死的，但有些是被枪打死的，这里的情况一定比你说的那些复杂得多。”王四川道。

我觉得无法理解，被枪杀的尸体躺在睡袋里，肯定是死后被人装进去的，这么说来，日本人真的把这些房间当成了停尸房。那就像马在海说的，尸体放在这里会腐烂发臭，为何不用焚化炉，而要用木板把尸体封起来？难不成，在当时这些尸体出了什么可怕的异变，让他们不敢触碰？

王四川听了就摇头，道："不可能，用木板封死不一定是不让里面的东西出来，也许是不让外面的东西进去。"

我摇头，更觉得不可能："这里又不是什么荒郊野外，又没野兽，何必要把尸体保护起来？"

"等等，你想想。"王四川忽然想到了什么，"这么多尸体没有被焚烧，会不会和鬼子突然放弃这里有关系？也许这些人死得很突然和密集，之后鬼子立即决定放弃这里，所以来不及处理尸体。他们用木板封死这些区域，其中的原因也许和他们忽然撤离是同一个原因。"

这就更难想象了，这个大坝里的各种迹象表明，鬼子在离开的时候，既没有烧毁资料，也没有进行什么破坏，他们是非常从容地离开的，从容得就好像突然全部消失了一样。这也是我最觉得不对劲的地方。

整个大坝里的各种设施都很诡异，不知道有什么用处，同时鬼子在里面的活动又没有逻辑性，各种看到的东西都让我无法理解，这让人非常不安。

这个房间的地面上，没有通风管道，我们也没有找到其他线索。

王四川说，干脆我们把这些木板都撬掉，看看里面到底是什么样的结构，被木板封死的除了房间入口，还有很多通道口，那些通道不知道通往什么地方，总有一条路是可以出去的。

我心说，这样还不如回到通风管道去，虽然爬得很辛苦，但总比在这么大的停尸间里找出路合适。

正在犹豫不决，一直没说话的马在海忽然对我们做了一个小声的动作。

他一直贴在门口没敢参与进来。我们静下来，忽然听到外面空旷的隧道里，突然出现了一个非常轻微的声音。这声音很奇怪，仔细听，我发现那是推动木板的声音。

有什么东西在外面？

我们互相看了看，立即爬出去，用手电在隧道里照射，声音在空旷的空间找不到来路，我们凭着模糊的感觉往声音方向走去，发现声音来自隧道边上某个通道的深处。

"咯吱咯吱……"声音很轻微，我有些发毛，一下想到了那些木板后面封死的尸体，王四川把铁棒举了起来。

五十八、走廊里的怪声

怪声并没有立即停止，每隔一段时间就响几下，没有任何规律，听起来，就像有人在修理上面的木质东西。在一片寂静得诡异的隧道里，忽然响起这种声音，所有人都屏住了呼吸。

王四川想说话，被我阻止，我让他们都保持安静。

这里的结构非常复杂，我能判断出声音的大概方向，但是，要想找到怪声的所在，还得慢慢摸过去听。

我想过几个可能性，搞不好是那小子摸过来了，也许他觉得我们被烟熏得差不多了，之后发现我们从通风管道里走了，于是从其他口子摸了进来。但这时我看了看表，我们到这里花的时间不长，“敌特”应该没那么快发现我们逃走，所以不太可能是他。

而且，声音好像来自放映室相反的方向，在这层错综复杂的通道体系深处，恐怕还有别人，弄不好，可能是老唐、老猫他们。

但是老猫他们何必这么小心，他们人多势众，还有武器，不会只有这么点动静。

免不了又要想到木板和停尸房，我冒出一身冷汗，难道鬼子把这些地方都封起来，是因为这些死人有问题？

为了避免打草惊蛇，我对王四川做了个手势，让他保持着距离前进。

他做了个手势表示会意，三个人顺着那个声音的方向摸过去。

顺着隧道往前，声音越来越清晰，我能够感觉我们靠近了。当走近到一定程度，却又开始分辨不清，各种回音来自四面八方，无论从哪个方向听，都感觉差不多。

我把耳朵贴在那些钉死的通道口木板上，一个个听着木板后传来的声音的清晰度，勉强分辨出了最可能是的，就招手让王四川上铁棍。这次王四川却没有动手撬，而是挨着木板蹲下，用手碰了碰底部的木板，很轻松地就拿了一块下来。

这是块搭上去的木板，我用手电照了照，发现木头边上有断裂的痕迹，也是被撬开的，但裂口很明显不是刚出现的，看样子被撬开很长时间了。

王四川看了看我。这就有点耐人寻味了，他继续拨动那些木板，又有几块被拿了下来，一个能够过一个人的洞出现了。这是一个很久以前就被掰出来的口子，但那人把掰断的木板小心翼翼地放回去掩盖了起来。

原来是这样，我心说，难道这就是他们出去的出口？为什么要把出口隐藏？

几块木板拿掉之后，那奇怪的声音立即清晰地从后面传了过来，我们小心翼翼地爬进去，立即感觉到，这里的温度要比外面低得多。

很可能这里更靠近大坝底部的冰窖，它也是一条狭长的走廊，两边有很多房间，但都被木板钉死了，只剩下很少的几个没有被钉死。我们走到其中一个房间一看，发现那是另一条通道的入口，里面一片漆黑，看来这里的走廊是丰字形互相穿插的设计。

我们小心翼翼地循着声音靠近，声音越来越清晰，最后在一个交叉的走廊口停下脚步，声音就从这条走廊的深处传了过来。源头几乎就在通道往里二三十米的地方。

我和马在海把手电打向里面，王四川举起铁棍，但是等手电一打直，那声音一下消失了。

四周猛然间一片寂静，我发现这条走廊的底部朦朦胧胧的很不清楚，但是能看到，那边有个东西在动，好像是个人。

“谁在那里？”王四川叫了一声，那人立刻往边上跑去，竟然一下不见了，不知道是到了另一条走廊，还是那里有个可以藏身的房间。

“是不是那王八蛋？”王四川挽起袖子就来劲了，我立即摇头：“他不可能那么快发现我们已经逃走了，应该还在烧烟呢。”心里恍惚觉得刚才那人眼熟，没时间细想就挥手：“不管是谁，逮住再说。”

我们三个人马上往走廊的尽头追去，跑到那里一看，尽头的左边果然有一个房间，钉在门口的木板被掰开了一个大口子，里面非常黑什么也看不清楚。

我毛腰就想进去，王四川一把把我拉住："小心有埋伏。"说完缩在门口，用手电仔细往里照去，好像要看看入口侧面有没有躲着人。

我也缩下去与他一起看，刚蹲下去，忽然从右边的门后探出来一个人。一把抓住了王四川的手电，猝不及防之下，手电就被抢走了。

王四川愣了一下，立即就上去抢，但那人已经缩了回去，手电光一下跑到了房间的深处。王四川啧了一声立即钻了进去。

我和马在海立即跟上，因为要毛腰进去，我被马在海卡了一下搞得晚了一点，刚进去站起来，就听到王四川叫了一句："不对！快堵着洞口。"

刚说完，边上的床就倒了下来，同时一个黑影蹿了上来，我用手扶头把床一下推了回去，那人几乎是同时就从洞口钻了出去。

如果反应稍微慢一点，那人就直接跑出去了，好在我手快，一下就把那人扑倒拉了回来，手电乱晃下，我看到了那张脸。

那一瞬间我呆住了，出现在我面前的是一张很脏很苍白的脸，我一眼就认了出来，她竟然是袁喜乐。

"袁工。"我惊讶道，没说完她一头撞了过来，力气居然非常大，直接让我的嘴唇撞到了牙齿，同时她一下挣脱了出去，捡起我的手电跑了出去。我抓了几下没抓住。

王四川这时扑了过来，我们的脑袋撞在一起，他骂了一声就问我刚才叫什么。

"是袁喜乐！追、追！"我对王四川大叫，一边忍着嘴上的剧痛追了出去，只看到手电光已经跑出去很远，立刻追着狂跑而去。

在迷宫一样的地形里追人是十分困难的，好在大部分的入口都封住了，黑暗里我跌跌撞撞地追了起码有半根烟的工夫，跟着转了几个弯，前面的灯光忽然灭掉了，袁喜乐竟然把手电关了。

我又瞎追了十几步，前面出现了岔口，不知道她是跑的哪个方向，只能停下来。这时通道里传来回音，仔细听到处都是脚步声，却听不出是在哪个通道里。看身后没有王四川和马在海，我有些着急，大叫道："人呢？"

"我在这里。"王四川在后面不知道什么地方大叫，我一听就知道不对，因为那声音不在我的正后方。看来已经走岔了。

"你们两个别动，她把手电关了，我听不到脚步声了。我去追，你们两个先等着。”我大叫道。

立即凌乱的脚步声安静了下来，我仔细辨认，就听见前方的通道里传来轻微的脚步声，看样子袁喜乐已经跑出去很远，好在声音好像还是从这条路上传出的。我一路加速，踩过走廊里各种各样的杂物，跟着声音狂追而去。

追着追着，前面的声音忽然消失了，我继续跑了几步，猛地发现，下面像是死路，不由得心中一定，但是，手电扫去，除了大量杂物，看不到袁喜乐的人。

我放慢脚步，叫道：“袁工，我也是工程兵部的人。你别跑，自己人。”

没有人回答，我也料到了，往黑暗里小心地走过去，注意着那些杂物后面，很快我就在弹药箱旁边，看到袁喜乐正蹲在那里不停地发抖。

我松了口气，看她好像不具备攻击性，放下了戒备，凑过去道：“袁工，别害怕，别害怕，我是自己人。”

这时却觉得有一些异样，因为袁喜乐抖得更厉害了。而她的眼睛，不由自主地瞟向一边。

我忽然意识到，她好像不是躲我，否则她应该躲到弹药箱另一面，那个我看不到的地方。

一股不祥的感觉涌了上来，我心知不妙，马上用手电照向她的身后，一下就看到，在通道的尽头，立着一个陌生的人影。

五十九、一个疯子

没等我惊讶，那人影几乎是瞬间就扑了过来，一下把我扑倒在地，我立即就闻到了一股混合了尿和排泄物的恶臭，当下用手电当锤子乱砸，一记砸中他的下颌，把他砸到一边。

我立即翻身起来，却又被扑倒在地，我闻着对方身上令人作呕的味道，心里邪火乱冒，又是一顿乱砸。这一次却没有成功，反而手上传来一阵剧痛，我顿时炸毛了，大吼一声一头撞过去，再次把他撞翻。

这一下撞得我脑子嗡嗡作响，一摸手臂，不知道被什么东西扎伤了，出了一个很大的血口子。我怒火中烧，也不去管伤口，抢起手电就扑了过去，手电光闪过，就见寒光一闪，我立即转身把那道寒光躲了过去。

黑影踉跄了几步，撞到墙上转身，我立即用手电去照他的眼睛，在这样的黑暗里，这样的光是很刺眼的，他立即转头，我还是一眼就把他认了出来。

这家伙竟然是陈落户。

原来他们两个都在这里，不过看他面色苍白，脸上满是鼻涕和污垢，竟然像是疯了。

“落户！”我大喝了一声，他毫无反应，转着脸就朝我冲过来，手里闪着什么利器的寒光。

通道很窄，我躲了几下，抓住了他的手，一下把他压贴到了墙壁上，手电也滚到了一边。

混乱间，忽然有手电照过来，接着王四川和马在海跑了出来，三个人抓手的抓手，抓脚的抓脚，我心中一安，力道顿时放松了些。

陈落户不愧是从基层做上来的，身体非常强壮，只是这一松已经够他手脚乱扭把我们都挣脱了。三个人挤在这条通道里本来就很局促，又要戒备他手上的利器，这一下三人都没敢近身。陈落户乱挥着手把我们逼开，扭头朝黑暗里狂奔而去。马在海立即要追，马上被王四川喝住了，追这么一个疯子太危险了，何况我们已经抓到了一个袁喜乐。

我气喘吁吁地瘫倒在地，这时才觉得胳膊开始持续地疼起来，捡起摔裂了的手电筒一照，就发现整只手几乎被血染红了，伤口是一个星状的血洞。

那好像是一把老旧的军用刺刀，没想到那东西隔了这么多年还那么锋利。

马在海立即帮我止血，王四川看着陈落户消失的方向说道："这鬼地方到底怎么回事，人说疯就疯，他娘的陈落户好好的怎么也这样了？"

我看了看袁喜乐，她躲在角落里，吓得全身发抖，头埋在膝盖里，让我不由得也心生恐惧。这批去苏联的人也算是我们这个时代的铁娘子，竟然会怕成这个样子。我对王四川说道："陈落户本来就胆小，这地方邪气冲天，换成我一个人，肯定也扛不住要疯，倒是他们怎么会出现在这里？"

王四川摇头："你疯了会拿刀捅人吗？你看刚才他那样，那不是吓疯的，我的手都差点被他砍下来。那刀刀都是杀手，要不是我下手重、没留力牵住了他，你可能就挂了。"

我回想刚才的过程又是一身冷汗，王四川看了看四周："邪门，长生天保佑，这地方一定有什么蹊跷，我们还是快点出去吧。"

"该不是被日本鬼子的鬼附身了吧？"马在海冷不丁冒出一句。

王四川和我看了他一眼，我说："这个世界哪有鬼，我们是唯物主义世界的成员，这种思想就是怪力乱神。"

"难怪你当不上班长。"王四川数落了一句。

马在海不说话了，我有点心里发寒，不管是邪门还是鬼魂，这几个疯子让我感到非常不安。这大坝里最可怕的事情，也许我们还没有遇到，再不离开，我们也可能会变成这个样子。

王四川走到袁喜乐面前，又尝试安抚了她一下，发现完全没用，她基本不敢和我们对视。王四川一走开她就抖得更厉害，和之前完全一样。

看来想从她身上知道这里发生了什么是不可能的。

看着通道的四壁，王四川问我有什么打算。我有点犹豫，要不要把陈落户

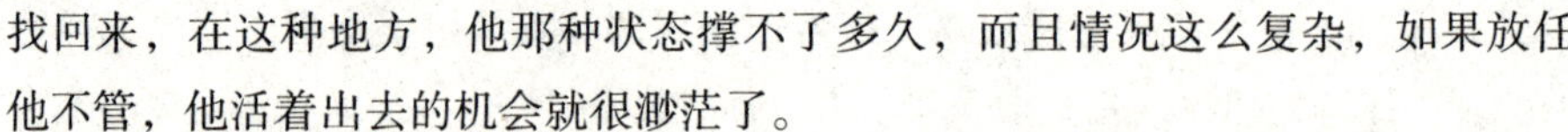

找回来，在这种地方，他那种状态撑不了多久，而且情况这么复杂，如果放任他不管，他活着出去的机会就很渺茫了。

虽然有段时间我已经忘了他的存在，但毕竟是战友关系，对于在地面上休整的那一个多月时间里称兄道弟的人的生死，不是那么爽快能作决定的。

我们那个时代，抛弃战友要背负强大的心理包袱。在当时的电影中，这种行为被无数次批判过，里面的那些角色基本是看上去像小人的人扮演，让人鄙视，所以那种犹豫念头的产生，让我非常矛盾。

而实际分析一下，就算找到了陈落户，把那么一个疯子弄出这里，也是一个巨大的拖累。我思考了一下，决定暂时放弃他，先离开这个区域，到时候可以让王四川带着胶片先走，我们再作打算。

我看着袁喜乐，暗想袁喜乐为什么会出现在这里，肯定不是通过我来时的通风管道，这说明我的思路是正确的，这里肯定另有通道出去，而且很可能就在这些走廊里。

想到这里，我回忆起了当时他们两个人失踪的时候。看来他们真是在黑暗里偷偷跑出了那个沉箱，可是当时到底发生了什么事情？袁喜乐疯了也就算了，为什么陈落户也跟着跑了出去？

袁喜乐非常了解这里，在雾气刚起来的时候，她带着马在海和陈落户逃进了沉箱，是因为她知道在沉箱里是安全的，然后沉箱沉到大坝底下之后，她立即跑出来，跑到了这里，这肯定是有理由的。

为什么？

我又想起了之前那个念头和这里各种日本人用途不明的设施，以及日本人留下的奇怪痕迹，心中更加不安了。

看来，这大坝里一定有什么我们不知道的威胁。

六十、大坝中的神秘威胁

因为担心袁喜乐再次跑掉，我们不得不把她押起来。

虽然我有点好奇，这里到底发生了什么？但看陈落户的样子，这种变化一定是极其邪门的，我不想步他后尘。

我不知道陈落户会在什么时候突然出现攻击我们，只能加倍小心，我看着袁喜乐，希望她能给我们一些提示。王四川则在这块区域开路寻找。

一路往前走，通道错综复杂，这一次我们观察得非常仔细。我很快就发现这个地方，和大坝的其他地方很不一样。

这里的墙壁上到处都是无法形容的痕迹，之前我们在外面看到的水泥都是发黄的，但这里的水泥壁上，全是一块一块的黑色的东西。

这些黑色非常奇怪，既不是血也不是油漆，好像是从墙壁里渗透出来的。在手电的照射下，显得这里的墙壁上都是腐朽的烂斑。这种感觉，好像是大坝已经从这里开始腐烂了起来。

边走边想，四周静得让我身上的汗毛都开始立起来，一直走到一个岔路口上，袁喜乐忽然不走了。

我推她，她也不动，而是看向其中一个路口，那里漆黑一片。

“往这里走？”王四川问，袁喜乐依然不回答，但是我和王四川对视一眼，把她往那个路口推去，她倒不挣扎了。

我心中一喜，给王四川使了个眼色，我们就往那个路口走了过去。

进去没多久，我们发现里面比外面要潮湿很多，到处是水，深一脚浅一脚的，墙壁上到处都是黑色的霉斑，有一股非常浓重的气味。我们继续走，发现积水越来越深，都没到了小腿上，水很浑浊，被我们一走动就更加脏了，最底层的沉淀物都被我们搅了起来。

绕过几道复杂的弯，我们看到了这些水的来源，有一堵水泥墙被砸掉了表皮，露出墙里一大堆生锈的水管，下水管上有一道裂缝，水从那里渗了出来。

出水量不大，但这么长年累月地流，积水是难免的。在水管墙的尽头，是被木板封死的一个房间口，泡在水里和水面附近的木板烂了，露出一个洞。

我们爬进去，看到里面是一个大概卡车后斗那么大的房间，房间里全是水，水里有三张铁床，上面放满了东西。

王四川检查了一下，都是我们工程兵的设备，在一件帆布包里，我们翻出了袁喜乐的工作本和一本俄语书。

马在海在上面找到一把手枪，看样子是袁喜乐的。

“找找出路！”王四川立即道。我们在房里找了起来，这里有袁喜乐的东西，她就从这里进的，可是找了半天，我们就绝望地发现，这个房间是全密封的，就连通风口都没有。

“邪了门了！”王四川往床上一坐，看着袁喜乐就道，“你他娘带我们到这里来干吗？”

袁喜乐却没有那么害怕了，她爬到床上，缩到了角落里，看着一边发起了呆。

满怀希望落空，我有些愤怒，叹了几口气，也想休息一下，马在海就叫道：“哎，有东西吃！”

我转头看到了马在海在翻那几只军包，然后从里面拿出几只罐头丢给我。

我一看，我们也有一样的，不过没这么多，看来袁喜乐的伙食标准比我们好多了。

不提不觉得，提起来我还真觉得饿了，几个人就开了罐头，王四川解开袁喜乐的绳子，也给她开了一罐，放在她面前，可她并没有吃。

我吃着吃着，看到一边的水下，沉着一些什么东西，伸手去捡，立刻发现那些都是吃剩的罐头皮，等我一个个拿起来再数，竟然有十几个。

“你干吗？”王四川不解地问。

“你看有这么多罐头，看来她在这里待了很久。”我道，“这里应该是她的避难所，她还真躲在这里。”

继续寻找，从污水下，我捞起了起码30只罐头皮，堆成一座小山，以工程兵大队的设备，一个人最多带5只罐头（罐头比压缩粮重得多，带太多非常吃力），这里这么多，起码有7个人的份儿。

看来躲在这里的不止她一个人，其他人也不知道是谁。

这就让我有点奇怪，这是一个潮湿、肮脏散发着难闻气味的房间，整个房间都积满了污水，如果需要找躲藏的地方，外面的很多房间也可以，为什么要选择这里？

我想起袁喜乐消失时的情形，现在能确定她一定是在黑暗里用什么手段逃离了，然后她跑回了这里，躲进了这个房间，显然她认为这里才是安全的地方。

真是百思不得其解，不过袁喜乐比我们都了解这里，她认为这里安全一定有理由，这倒让我放松下来。

这里有张双层大床，床脚泡在水里已经烂了，所以很不平稳，这里潮湿的气味倒不是无法忍受，但现在显然不是休息的时候，我们快速吃完东西，抽起烟，强打精神打算立即继续行动。

现在“敌特”肯定已经发现我们逃走了，我们没法估计他下一步的举动，接下来就看谁的脑门亮了。马在海从袁喜乐包里又翻出了一些吃的塞到我们自己的包里，之后就拉起袁喜乐让她走。

结果这一次袁喜乐完全不配合，一下缩回角落里。

王四川伸手进去，像老鹰抓小鸡一样把她抓了起来，她开始拼命挣扎，大声尖叫，王四川被她抓了几下，只得松手，她一下又缩了回去，开始发抖。

王四川痛得直咧嘴，看了看手上的抓痕，有点恼意，想硬把她拉出来，我顿时觉得不妥，拦住他，示意我来。

说着我尽量以友好的表情靠近床角里的袁喜乐，轻声说：“袁工，现在我们要带你出去，我们是自己人，你不用害怕，我们会保护你的。”

袁喜乐看着我，表情仍旧惊恐，没有一点变化，随着我的靠近，她抖得更加厉害了，脸上的表情扭曲得让我心惊。

“别怕，别怕。”我想起在伊犁的那几年学会的辅导方法，动作特别慢地挨到她面前，抓住了她的手。

在这里折腾了那么久，她身上的味道也不会好闻到哪里去，但是我抓住她的手，那种女性皮肤的细腻柔润，让我心中一颤。在地质队常年的深山老林生活里，女人非常少，别说恋爱牵手，就是见到异性的机会都非常少。我的心跳在这一刻不由自主地加快了。

好在我背对着王四川他们，他们没有发现我的变化，我镇定了一下，摒除了一些杂念，才把她拉起来。

可能是因为我的语气，她真的平缓了下来，呼吸渐渐正常了，愣愣地看着我，我看着她，点头对她道："相信我。"

终于我发现她的肩膀放松了下来，我拉她下床后，对王四川使了个眼色。

王四川和马在海背起装备，很有默契地没有说话，静静地走向房间外的走廊。

袁喜乐没有反抗，但我还是不敢大意，走到房间门口，我感到她的手明显哆嗦了一下。我拉紧她的手臂，鼓励她，可就在这时，本来漆黑一片的走廊里，有灯光忽然闪了一下，接着一盏暗青色的灯亮了起来。

大坝的照明电力好像又恢复了。看样子，那家伙已经发现我们不见了。

走廊里没有损坏的灯陆续亮了，但是数量很少。走廊里一段亮一段暗看着十分诡异，那些被照亮的地方被四周虚无的黑暗包围着，成了一个个存在于黑色孤独中的站点。

这是好事，省得我们摸黑找了，我们纷纷关掉手电，这时我发现袁喜乐的手又发起抖来，我坚定地握紧了她的手，想给她一些信心，但是瞬间，她甩脱了我的手再次逃进房间，我们跟进去，发现她又缩回了刚才的角落里。

我十分懊恼，和王四川对视一眼，他干脆发火了，拿出绳子就想强绑。我也觉得没办法，只能上去帮忙，就听见袁喜乐在喃喃自语。

我一开始以为她在念经，仔细一听，才发现她反复说着一句话："关灯，关灯。影子里有鬼，影子里有鬼。"

六十一、影子里有鬼

我看着她的表情，又看了看外面的灯光，背上马上蹿起了一股凉气。

说实在的，那一刹那我被袁喜乐吓坏了，倒不是因为她说到鬼，而是她的样子。

显然，她非常害怕外面的灯光。她了解这里，这种表现无疑说明，只要灯一亮起来，这里肯定就会出现什么危险。

“影子里有鬼。”那个特派员也说过类似的话，那是什么意思？什么叫影子里有鬼？

刚才袁喜乐看到灯光亮起来，就大叫着关灯，我忽然想起我们见到她的情景。那时候，她已经在一片漆黑里不知道摸索了多长时间，没有任何照明。

我不相信鬼神之说，但现在我本能地有股不祥的预感，这句话每个人都说，而说的人都疯了，那就不能不重视。

我拉住王四川，不让他再绑袁喜乐。王四川是有宗教信仰的人，对于这种东西更加敏感，我怕他控制不住自己的情绪，下手重了。又看了看幽深的被光亮切成一段段的走廊，我心里犹豫起来。

总不能在这里待着不出去，也不知道什么时候又会断电，龟缩不前不是我的性格。而且我们一路过来都有手电照明，也没见照出什么鬼。

马在海就道：“吴工，我出去看一下，要是有什么不妥，我就大叫。”

我摇头，现在袁喜乐是个大麻烦，我们只有三个人，一个人必须看住她，另外两个人勉强前后警戒。我们身上还有那么多东西，不应该分散，最好的办法是速战速决，而且不能再在这里寻找出口了。我决定还是回到我们来时的通风管道，再想办法。

是福不是祸，是祸躲不过，这一次恐怕得硬扛了。在那个年代，我们这些人身上并没有太多的胆怯，反而有一种宿命的激动。明知山有虎，偏向虎山行，是一种原则。现在的人可能很难理解这种情怀。

事实上，在当年那个特殊时期，这种英雄主义情怀还是解决了很多问题的，至少在很多选择上，这种情怀让我们没有退缩。

王四川重新抓起袁喜乐，这一次再也没有办法让她安静下来，我们还是把她绑起来，塞住她的嘴，然后让王四川扛起她。

我拿起铁棍走出房间，马在海在后面，我们蹚过积水，很快就来到了干燥的地方。

虽说人类起源于大海，但对大地的感情显然更加深厚。抖了抖被积水泡得起皮的脚，我感觉格外安心，如果不是袁喜乐那句话，我应该会非常高兴离开那个鬼房间。

前面就是第一盏应急灯亮起的地方，清幽的灯光确实很不吉利，我没有太多犹豫，挥手让他们跟上。

很快来到灯下，我仔细打量了灯光，没有什么特别的，只发现那灯用铁皮包着，王四川用铁棍敲了几下，发现外壳很结实，很难破坏。

不知道为什么这些灯都是加固过的。

如果怕灯光，把灯打灭不就行了——我刚才想过这个方法，现在看来不可以了。

想起袁喜乐的话，我下意识看了看灯光下我们的影子。

影子很淡，映在一边发黑的水泥墙上，我们互相看了看，第一眼好像没什么异常，但再去看就发现不对劲了，后背一下冒出了冷汗。

我们印在墙上的影子，发生了一种非常奇怪的变化。

六十二、奇怪的影子

我们都知道，在正常的情况下，影子即使拉长变形，总归还是能一眼认出是自己的，但让我毛骨悚然的是，那面水泥墙上的影子状态非常奇怪，这种奇怪的感觉很难形容，一定要说的话，我只能说，那不是我们的影子。

它们虽然很明显是从我们脚下延伸到墙上的，但是，那些影子的样子，怎么看都不会是我们。因为所有的影子，都呈现出一种佝偻的姿态，竟然全部弯着腰，好像已经是六七十岁的人。

猛然间，我出了一身白毛汗，如果之前袁喜乐没有对我说过那句话，我还会认为是错觉，但现在一看，不由得觉得诡异至极。

马在海动了动手，那诡异的佝偻的影子也动了动手，确实就是他的影子。

“邪门。”我道，转头看了看灯，“会不会是角度问题。”

马在海摇头，王四川也动了动手，做了一个奇怪的动作。

影子也跟着做了这个动作，但是影子的动作非常奇怪，那动作看上去让人脊梁发冷。

这他娘的，影子里果然有鬼，袁喜乐还真没说错，无论是谁看到这样的影子，都得倒吸一口凉气。

难不成，他们就是这样被吓疯的？不太可能，这绝对不至于到把人吓疯的地步，而且，这影子虽然形状恐怖，但也不见得能把我们怎么样。

我看着，觉得事情没有那么简单，我完全说不出个所以然来，袁喜乐和陈落户的疯，难道都是因为他们都害怕这些影子？这其中肯定不会那么简单。

我看了看袁喜乐的脸，她已经害怕得全身发抖，脸转向一边，连看影子的胆子都没有。

“此地不宜久留。”这里的情况已经超出我能理解的范围，这时不应该去琢磨这是怎么回事，快点离开才是硬道理。我推着王四川和马在海，让他们不要去管这些。

四个人加快了脚步，朝着通道狂走，但走到第一个岔口就郁闷了，刚才进来的时候没想到会搞得这么混乱——到处都是木头封死的通道口和房间，我们根本搞不清是从哪里追到这个区域来的。

我们都有些紧张，毕竟影子总是跟着你，到了路灯下回头看了几眼，总能看到墙上飘忽着那几个诡异的影子。

最后还马在海靠谱，找到了回巨大隧道的道路，虽然不是原路返回，但至少方向对了。我们踹开封住道路的木板，发现外面隧道顶上的汽灯全部亮了。

整个隧道被照得一片光明，昏黄的灯非常密集，所有的东西都一目了然。

这种光明和隧道的宽度让我觉得舒畅，我们赶紧跑到光亮下。

再看我们的影子，这里的光照十分强，影子在地上看不分明，也不知道有没有正常起来。

几个人松了口气，王四川转头就去找来时的那个房间。这还真有点困难，不过比起里面，隧道里一通到底，结构简单多了，找到出口只是时间问题。

我们分开，我心中的不安到了最严重的地步，但感觉到了这么明亮的地方，即使有鬼我们也能撑一撑了。

想着这些我回头看了眼我们出来的通道口，忽然就看到那后面，站着几个东西。

这几个东西都佝偻着腰，耸着肩膀，一半身形隐在黑暗里，看起来和我们刚才的影子很像。

它们局促地挤在出口处，一动不动，像雕塑一样。

我遍体生寒，用眼睛稍微数了数，就发现那些佝偻着的东西，好像有四只。

难道那些是我们的影子？它们从墙壁上爬下来了？

六十三、鬼影

王四川看到了，马上念了句蒙古族的经文，抓紧了自己的铁棍。

我看了眼地面，感觉得不对，灯光下，我还是能看到自己淡淡的影子在地面上，我们的影子并没有从墙壁上爬出来。

那几个绝对不是我的影子，但这么看去，那佝偻的样子，确实和之前的影子十分相似。

只要不是鬼，其他东西我倒是不悚，在林子里走地脉的人野兽怪事见得多了，有形的都不在话下。

我们几个人互相打了眼色，就朝四个黑影走去，因为它们都隐没在入口阴影的黑暗里，王四川打亮了手电照向它们。

一照过去，所有人都停住了脚步。

因为我们看到那边什么都没有。那几个黑影，忽然消失了。

王四川把手电移开，那四个黑影马上又出现站在那里。把手电一照过去，黑影立即就消失了，只剩一个黑洞洞的口子。

我们对视了一眼，马在海就发抖道："真的是鬼。"

我看了一眼袁喜乐，发现她根本不转头看那里，而是看着上头刺眼的灯光，在那里发抖。那一瞬间我的冷汗也下来了，要不是这里很亮，我恐怕也会撒腿就跑。

"你有长生天保佑，要不你去看看。"我对王四川道。

“你也有马克思保佑，我和长生天很久没联系了。”王四川道。

我看了他一眼，心说这个没出息的，想起唯物主义思想，嘴里默念了几句语录给自己壮胆，对王四川道：“我去看看，你在这里给我打手电。”一边接过他的铁棍，径直往那个出口走去，因为我已经确信，这肯定不是什么鬼影，里面肯定有蹊跷。

王四川的手电照着，那边一直什么都没有，我一直走到出口外面，就给王四川打了个手势，同时开始戒备。

王四川再次把手电移开，我就看到我面前的景象瞬间发生了变化。

那几个“影子”果然又出现了，然而在这么近的地方，我看到的却不是影子，而是一个非常奇怪的现象。

我看到了两种不同程度的黑暗，外面的光线射入这里，好像发生了扭曲，使得出现了几个黑暗里的黑影。

这是一种非常难以形容的景象，但好像没什么危险，我打手势让他们过来，继续走近用手电照射，就发现这种光线扭曲在整个通道里都产生。

“空气里有什么东西？”我迅速想了想这是怎么回事，转头道，“你还记得物理课上学的东西吗？”

“哪些东西？”

“光线折射。”

“光线在不同密度和特性的气体或悬浮物质里折射率不一样，如果空气里有密度很高的其他物质，就会产生这种现象，比如说彩虹就是光线通过空气中悬浮的水珠造成的。”王四川道，“你问这个干什么？”

我回忆了一下，心说你他娘成绩比我还差，你说的到底对不对啊。

这么想着，我发现了一个问题，把手电往上照，果然，在通道上方的手电光出现的波动比下方的更厉害。

这就能解释，为什么我们的影子会佝偻着了，因为越往上的空气里，引起折射的气体的密度就越大。不过，这到底是一种什么东西造成的？

我并没有放松下来，而是觉得更加不妙了，因为袁喜乐是高才生，她不可能想不到我想的这些，所以她是不会被这种影子吓疯的。

而且她刚才有一个非常明确的语言，就是关灯，一路过来她没有去注意影子，而是一直看着那些灯。

离我最近的灯就在前面，我快步走过去，佝偻的影子立即就被拉长映出来。我走到灯下，灯的周围没有明显的灯光扭曲，但我伸手把空气上下扑腾了一下，看到立即出现了类似沙漠里热气蒸腾的现象。

这种现象越靠近灯的四周就越明显，我伸手一摸，发现墙壁被灯光照得非常烫。

看样子是墙壁被灯照热以后，水泥里挥发了什么气体出来，形成了这种现象。

我想起墙壁上黑色的腐烂斑纹，又想起了袁喜乐和陈落户的样子，忽然意识到不妙，立即捂住了嘴巴，但来不及了，我忽然感觉头有些发晕。

我以为是心理作用，下意识深吸了几口气，却觉得更加难受，我心里咯噔一下，马上屏住呼吸跑回去。

我一直跑到王四川边上才敢呼吸，指着上面的灯道：“空气里可能有毒……”

我顺着自己手指的方向抬头看去，一看之下，下半句话就卡在了喉咙里，我看到灯光附近的蒸腾，整个灯光的上面，都在以一种妖异形态扭曲着。

所有人都看到了，王四川目瞪口呆道：“这是怎么回事？”

我摇摇头，就看一边的袁喜乐一直看着那些奇怪的扭曲，一直在发抖，我用手挥着四周的空气，发现好像已经到处弥漫着那种未知气体。

这时，马在海一下掐住了自己的喉咙，我感到自己头疼的感觉也更加强烈起来。

“妈的！难道这里是毒气室。”王四川看上去还没受到什么影响，只是也捂住了嘴巴。

“怎么办？”我想着陈落户，我可不想自己变成他那个样子，“这种气体可能伤害大脑和神经，我们也会疯掉，甚至会当场死掉。”

王四川捂着嘴，看向袁喜乐，袁喜乐这时却看向了我们来时的通道。

“避难所！”王四川道，“她刚才一直不肯离开那个房间，那是她的避难所，那里面一定是安全的。”

他立刻就解开了袁喜乐的绳子，然后退后了一步，让我们都退后，我们眼睁睁地看着袁喜乐瞬间就往那通道里跑了过去。

我明白了王四川的意图，袁喜乐对这里很熟悉，一定知道最近的道路。

我们立即跟着追了过去。

六十四、尸体的走廊

通道里有灯，但有些亮着有些暗着，在这种跑动下也看不清楚，即使我们打了手电也只能狂奔着尽量跟紧。这里的通道岔道太多了，又老是急转，最后几乎变成了听声辨位。

我转了几个弯后发现，袁喜乐跑过的道路非常复杂，不是最短的路线，而是最暗的最少亮灯的路线——这是为了尽量避免吸入更多毒气。

这显然是一条固定的线路，是有人根据经验定下来的。

但这就使得不熟悉路线的人完全无法跟上第一个人的速度，很快我们三个就全部跑岔了，我看不到他们，只能听到四处都是凌乱的脚步声，也弄不清谁是谁，只能判断脚步最轻离我最近而且不中断的那个就是袁喜乐。

很快我就冲进了一条漆黑一片的通道里，它离亮灯的距离最起码也有100米，我看到有人在里面跌跌撞撞地跑，肯定就是袁喜乐。

这条通道太黑了，我看着袁喜乐跌跌撞撞，速度明显慢了下来，回头我跑进去一定是同样的情况。

如果能在这里赶上她，我就得救了，但要是也搞得磕磕绊绊的，她跑出这一段通道以后就会把我甩开很长的距离，到时要再找到她就难了。

想到这里，我用手电照向地面，想利用一下我有照明的优势。但跑了几步，我就被绊倒在地，用手电一照，一路过去，地上竟然躺着很多人。

这些人全部横倒在通道上，都穿着工程兵的衣服，我认出了几张脸，这些全都是老唐的兵。我蹲下来摸了摸他们的脖子，发现所有的人都已经死了。

在仓促的手电照射下，我也看不出他们到底是怎么死的，只是一张一张熟悉的脸让我脑子一片空白。

我原本还指望着他们能找到我们，或者我们能找到他们，在这座基地里，人多是一种非常好的安全感，但是现在的场景让我绝望。

很快我就看到了老唐，他和其他人一样躺在地上，口鼻处全是已经干掉的污秽，我脑中嗡了一声，立即上去摸他的脖子，发现他已经死去多时了。

我和老唐的感情并不比与其他人好多少，只是见到平时交流多些的人牺牲在这里，心里会更难受，暗骂一声正准备专心去追袁喜乐，忽然手电一晃看到老唐手里抓着一只包。

我想到老唐包里的地图，立即把他的包拿过来，但一拿之下却完全动不了，他的尸体完全僵硬，把包抓得死死的。

我用力掰开他的手，把包抢了出来，又想到了他的枪，去摸他的腰，却发现他腰里的手枪套是空的。

再去看其他人，发现所有人的枪和腰里的手榴弹都不见了。

我心生奇怪，但是前边的袁喜乐已经快跑出这段黑暗通道了，只能立即跟了过去。

一路踩着尸体跑到她身后的地方，我发现几乎所有的尸体都集中在这段通道中间，他们生前这样做是为了躲避毒气在这里避难，还是在这里遭到了别人暗算？

他们的枪既然被人搜走，绝对有人处理过他们的尸体，我心生恐惧，他娘的老唐他们出现在这里，肯定是被毒死的，但毒死之后，有人拿走了他们的枪，说明这不是意外，这是有人设计的。那袭击他们的人是谁？只能是那个敌特。

那个敌特肯定也知道这里的存在。

如果他知道，那他必然也知道刚才那个放映室很可能有通风口通向这里。

如此说来，他用浓烟来赶我们，是一个套，就是想把我们从那个房间赶到这里来？

同时袁喜乐对这里极度熟悉，说明他们也是在这里中招的，难道这个封闭的空间，是那个敌特的一个陷阱，他把两批勘探队的大部分人逼到了这里，难道是想利用这里特殊的“环境”暗算我们？

那如果是这样，这个敌特很可能不是我们队伍里的人，而是当时袁喜乐队伍里的人。他害了袁喜乐他们后，在这个大坝里潜伏着，等待下一批人到来，如法炮制。

想着我就懊悔，这个看不见的敌特，一个人几乎把我们所有人玩得团团转，他对于这里极其熟悉，而且心智极其厉害。我把这个敌人想得太简单了。

本来我以为我们的敌人只是这个可怕而诡异的基地而已，敌特只是一个似有似无只要小心提防的概念，现在，敌特一下变成了整个大坝里对我们最大的威胁。

进入灯光照射的区域，我就看到我们的影子在墙壁上的扭曲已经非常严重，我的头非常晕，并且出现了奇怪的耳鸣。

不知道是光线还是我的意识开始出现问题，前面的通道也变得扭曲，我开始站不稳了。

袁喜乐也是几次倒在地上然后爬起来，我几乎用所有的意识保持了速度，就算直接撞墙也不在乎。

终于又跑了两三分钟，一个熟悉的转弯出现在面前，袁喜乐转了过去，我跟了上去，我们又回到了之前她带我们去的避难所。

一踏入避难所门口走廊的积水，我就发现了这里的奥妙所在，这里所有的墙壁都是潮湿冰凉的，地上的积水很深，蹚进去几步我们的影子立即就正常了。

看来这里的水有蹊跷，也不知道是水可以和空气里的毒气发生反应还是如何。

我终于得以用力吸了几口空气，本来难闻的臭味竟然让脑子立刻清明了不少，而袁喜乐已经冲进了那个被污水淹没的房间里。

我跟进去，看到袁喜乐开始做一件让我瞠目结舌的事情。

六十五、避难所

袁喜乐一头扎进深水里，用积水冲洗着眼耳鼻口，我也照做，果然，耳朵里那些古怪的声音和疼痛很快缓和了下来。

不敢怠慢，我又继续看袁喜乐，不知道接下来还要干什么，却看见她开始脱自己的衣服往水里扔去。

我惊呆了。我从来没有见过女人的身体，一下满目的白光，那雪白的胴体让我目瞪口呆。

很快袁喜乐把所有的衣服都脱了下来，然后用衣服沾着积水擦着身体。

我呆呆地站在那里，浑身全僵住了。

我无法形容那时看到的一切，袁喜乐是一个丰满高挑、极富魅力的女人，羊脂一样的皮肤和身上圆润的线条，让我的目光根本无法移开。

如果不是她把我推进水里，我还会一直发呆下去，但是冷冷的积水呛入我的鼻子，把我的思绪拉了回来。我下意识爬起来，就见她来扯我的衣服。

我领会了她的好意，也脱下衣服和她一样擦拭身体，一擦之下，马上就发现衣服入水以后变得非常滑腻，显然上面不知不觉沾上了很多微粒，再一摸皮肤也是如此，只能立即搓洗。

一直搓到皮肤发红我才停下来，袁喜乐已经缩回床上去了，衣服抱在手里遮着，但她裸露的肩膀和露出的那些极其诱人的线条还是让我脑子一片空白。

一时间非常尴尬，我也只好有样学样，把湿透的衣服遮住敏感部位。

那种感觉极其难受，冰冷的湿衣服贴着身体，让我逐渐冷静下来，这时强烈的不适感开始从身体的各个地方浮现出来，用尽了最后的力气爬到床上后，我再也动不了了。

很快我就失去了知觉，剧烈的头晕和耳鸣让我醒过来，转身又失去了知觉，周而复始，我知道我只能听天由命了。之前我已经吸进了很多挥发出来的气体，我吸入的毒气比袁喜乐多得多，不知道自己能不能挺过去。

这时，我想到了袁喜乐的身体，那丰满的双峰和纤细的腰肢，这好像是上帝和我开的玩笑，在我清醒的最后一刻，他让我看到了世界上最美的东西。

也不知道迷糊了多久，我醒了过来，衣服已经全都干了，嘴边都是我吐出来的东西，完全不知道是什么时候吐的，而我的裤子上是一股非常重的尿骚味，显然是小便失禁了。

我艰难地支起身体，借着手电光看到一切都没有变化，袁喜乐倒在另一张床上，我爬下去，就见她面色苍白，嘴唇完全没有血色，正在发抖。

这时她的身体没有太多遮挡，丰满的胴体若隐若现，我摸了摸她的额头，心顿时沉了下去——她在发烧。

我一时间觉得绝望，在这种地方，没有支援，没有药，生了病只能靠硬熬。但袁喜乐的身体很难经得起折腾了，她能扛这么久已经相当厉害了。

想到药，我想起了老唐的背包，在里头一通翻找，但是没有。庆幸的是，我找到了几盒火柴。

有了火柴意味着可以生火，她需要热水和能量。我也需要。

我用在这里吃剩的罐头皮搭了一个金字塔一样的架子，往上面几个罐头里放进比较干燥的木片，用我的衣服破片引火烧了起来。又用一只罐头皮到外面渗水的地方接了点水，拿回去加热，很快就有了一些热水。

吹凉后，我喂她喝下去一些，把里面有炭火的罐子皮放到她身边，试图让她感觉暖和一些，慢慢地，她脸上就有了血色。

平时很难想象一根火柴可以有这么大的作用。

看着袁喜乐好转，我才放下心来，回忆之前发生的一切，后悔得要死。当时我们已经知道了危险，袁喜乐已经给足了提示，我竟然还作了那么草率的决定。

这时才想到王四川和马在海，他们不在这个房间里，说明他们最终没有找到这里。我来到房间口，也不敢出去，只能对着走廊大喊了几声。

等了一会儿，没有任何回音，我心中一凉。

这里非常安静，如果他们还活着，一定会听到我的叫声，难道他们昏过去了，或者死了？

我想到老唐他们的样子。觉得王四川和马在海这一次一定会凶多吉少，我真是把他们害死了。

一刹那我觉得非常沮丧，真想一头撞在墙壁上。但是我硬生生忍住了，外面的灯还亮着，那种毒气会持续地蒸发，再这么下去，我和袁喜乐一定也会被困死在这里，我还是得想办法离开。

我翻出老唐包里的几块压缩饼干，不敢多吃，拌了一半机械地吃下去，又从包里找到了老唐当时带走的那张大坝的结构图。

把图摊在床板上，用手电照着，我找到了现在所处的位置。那是整个大坝的最中心，一块非常大的区域，旁边有一个标注：第四层。

我们之前进入的冰窖在这个区域的另一边，我对比着方向，意识到我们这个区域，其实就在我们之前休息的那个仓库隔壁。

刚才在巨大的隧道里看到的被电焊焊死的铁门背后，就是我们休息的仓库，我们从一个电缆井绕了一个圈子，其实并没有走开多远。

外面那条隧道里有这么多铁轨，再加上连着仓库，显然本来是运输隧道。

冰窖连接着仓库，仓库连接着这条隧道，袁喜乐和陈落户，都是在冰窖里消失的，但最后出现在了这里，特派员也是在仓库里发现的，但他疯了，显然他也到过这里。

这些都说明，有道路可以从这里连通到仓库。这说明我的推测是对的，但我不太会看平面图，只能硬着头皮研究。

我看了一会儿，立即发现这个区域有无数的通道，画成了一个棋盘，每条通道两边都有很多房间，我不知道自己是在哪个角落，但是，这种在通道尽头的房间并不多，只有十间。

而且我们左右还有通道可以延伸，所以一定不在四个角上，那就只剩下六间的可能性。

问题是，我在平面图上找不到这个区域出口的标志，唯一的出口就是隧道尽头的铁门，而且有很大可能不是常规设置的出口。我抹了抹脸，就觉得头非常疼，就算是让我找到出口，我他娘的怎么出去？我看着外面的灯光，如果那些灯一直不熄灭我们会怎么样？

我躺下来，闭着眼睛，忽然想到了第一次见到袁喜乐的情形，忽然又坐了起来，觉得有点不对。

袁喜乐他们中招很可能是因为那个“敌特”把他们骗到了这里，然后开启了灯的电源。被骗到这里的人都被毒气侵害，一些人情急之下发现了这个地方并且躲了起来。

但袁喜乐和疯掉的特派员，后来都出现在这个区域外，袁喜乐甚至在石滩上遇到了我们。那说明，最后他们活着离开了这里，外面的毒气那么厉害，这种情况发生的唯一可能性就是，这里的灯光后来又灭了。

为什么？

是那个“敌特”又关掉了电源，还是说，当时上游没有下雨，地下河水没有那么泛滥，这里的备用电源消耗完？

一定有一个原因使这里重新恢复了黑暗，而袁喜乐一定是在这个房间里等到灯光再度熄灭，然后趁黑逃出了这里。然而非常不巧，她在那片黑暗的洞穴里完全失去了神志，又被我们带了回来。

我看了看袁喜乐，忽然觉得自己非常对不起她，如果她没疯，我一定被砍死了。

袁喜乐梦呓了几声，我帮她盖上衣服，发现她的发烧并没有好转。看着她的姿态，我不由得有些心猿意马，只能用冷水浇头，逼自己抓紧时间继续研究平面图，但还是看不出什么，忍不住想马在海在就好了，真是隔行如隔山。

我搜索脑子里的各种回忆，想翻出以前听他们商量时的一些知识，看看能不能有什么启发。

想着，唯一能想到的就是老唐和我说天线，实线的黑线代表电线，虚线代表天线。我寻找着平面图上的黑线，忽然，就看到了一个让我心中一动的东西。

——难道，他们是这样让灯灭掉的？

所有的电灯能亮，都是因为有电，要让灯熄灭最简单的办法是切断电源。

但这里的埋线都在水泥墙壁里，而且一定采取了并联的方式，我们没有办法通过破坏其中几盏灯来使整个区域暗掉。但一定会有一条总电源线，只要切断那条线，事情就成了。

我顺着图上的黑线，一条一条地看着，最后发现了那条总线的位置。我发现这里的一个房间里有一只电闸，几乎所有的线路都从这个房间延伸出来。

但是我比画那个房间的位置，就一阵绝望，不管我在哪个可能的房间里，到达那里都必死无疑．因为我关掉电源以后，在黑暗里一定不可能及时回到这里。

我合上结构图，知道这玩意儿对我没用了。但是，这么一来，我几乎就没有任何办法了，我们会在这里饿死，不仅任务完不成，还会迎来一种最悲惨的死法。

任务？

我脑子里一闪，立即摸我的身后，想到，那卷胶片，在王四川身上。

糟糕，我吸了口冷气，刚啧一声，忽然又想到了事情的反面。

不对，这未必是坏事，那卷胶卷，即使不在我身上，也是我离开这里最后的机会。

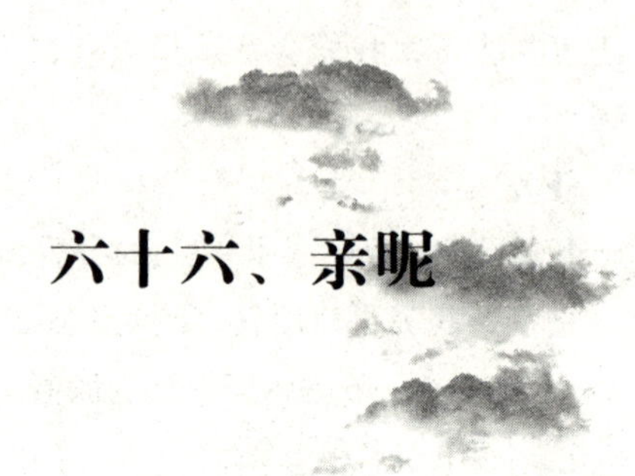

六十六、亲昵

那卷胶片在王四川身上，那个敌特的目的就是胶卷，那么，他在一段时间以后，一定会进入到这个区域里来。

他虽然算计得非常精确，但是，他肯定不会知道，胶卷在什么地方，而他一定不知道这个避难所的存在（否则袁喜乐早死了），在估计我们都死了或者疯了以后，他一定会进来慢慢找。

我觉得他很可能在进来的时候关上灯，或者戴上防毒面具，后者的可能性更大一些。

这就好办了，人的欲望就是人的弱点，只要保佑他不是一下就找到王四川，那么，我可以设一个局。以其人之道，还治其人之身。

不过这家伙一定没有这么快进来，我想了想，心中有了一个大概的计划。

活动了一下，我觉得四肢还是很酸痛，知道以自己现在的状态，即使那家伙进来我也没有办法制伏，所以现在必须要休息。我抱起袁喜乐，把她抱到远离门口的最远的床上。

袁喜乐的身体滚烫而柔软，散发着一股让人心跳的体香，一抱她的衣服就掉了下来，我用嘴叼住，竭力不去看。但即使这样我还是觉得面红耳赤，把她安顿后花了一会儿才平复了下来。又把火罐也拿到她身边，这样既可以让她取暖，也可以把本来就很微弱的火光遮掩一下，不至于被人看到。

空洞的门口让人觉得没有安全感，但如果遮掩上，反而会留下痕迹被人怀疑，我想着外面有水，无论谁进来我肯定能听到蹚水声，所以倒不用太着急。

于是裹上衣服，我再次倒头休息，很快就睡着了。

这一次没有睡死，做了好几个梦，浑浑噩噩的很难受，半睡半醒间我忽然觉得有点不对劲。

挣扎着醒过来，就闻到一股淡淡的好闻的味道，慢慢感到身体很暖和，再打起精神立即发现，我的怀里躺着一个人。

我先是一惊，但马上摸到一个滚烫而光滑的背脊，立即就知道是怎么回事了，我怀里的，竟然是袁喜乐。

她不知道什么时候爬了过来，缩在了我的怀里。

我僵住了，立即从身体的很多地方感受到了她光滑的皮肤，还有她那诱人的曲线。她贴得非常紧，脸埋在我的脖子里，手死死地搭在我的腰上。

我僵硬了片刻，忽然就坦然了，拉了拉盖在我身上的衣服，裹在手里搂住了她。

我不了解女人，不知道在什么情况下会发生这种事情，也不知道发生这种事情的原因，但已经是这时候，就这样好了，即使她醒来抽我巴掌也无所谓，即使她告我流氓罪我也无所谓。

她在我的怀里动了动，好像是回应我一样，抱得更紧了，我忽然发现我的胸口是湿的，她刚才哭过了。

我用下巴蹭了蹭她的头发，忽然就有一股奇怪的感觉从心底涌了上来，我明确地知道那不是欲望，虽然我无法压制我身体的变化，但我知道那种感觉不是欲望。

我就这么简单地、莫名其妙地，忽然觉得，我得保护她。

年轻人的恋爱，总是由一个非常小的点起来，然后迅速燃烧，那时候的爱是毫无条件和保留的，甚至是没有理由的，一切都源于那个小点。

我不知道自己这种想法是否就算是爱了，我抱着袁喜乐，对于一个经历了那么多，现在还没有走出恐惧，并且神志不清的女人来说，寻求一个拥抱和这种身体的相贴也许是不分对象的，即使换成了王四川，应该也会面临相同的局面。

但是，这对于我却大不相同，我搂着她，这种滋味超过我以往获得的任何一种美好。

我不敢动也不想动，一直保持着这个动作。

有可能是借助了我的体温的原因，袁喜乐的额头慢慢开始出汗，呼吸平缓下来，体温也逐渐下降，两个人贴合到的皮肤全是汗水，我才慢慢松开她，起来往烧着炭的罐头皮中加了点柴火。

外面的灯还亮着，我喘了几口气，让自己清醒一点，然后接了点污水洗脸。袁喜乐在床上翻了一个身，显然躺得舒服了一点。

我又把烧着的罐头皮拿了两个过来，但不敢再放到她身边，怕她烫着，想了想就放了回去，开始琢磨详细的计划。

这个地方非常安静，我必须设一个埋伏，把敌特引过来。

而袁喜乐在这里，如果单纯在这里设伏，一旦我失败，袁喜乐一定会被我连累，而且这个避难所对于我们来说很重要，我不能将这里来作为设伏地点，我得另找一个地方做一个陷阱。

我小心翼翼地走到房间外面，一边用水打湿裸露在外的皮肤，挥动手臂，看手电光前的挥动是否有折射，然后环视这个走廊的口子。

很快我物色到了一个方向，尽头的几个房间离积水的通道大概有17米的距离，这个距离能够保证袁喜乐的安全。那边可以做陷阱。

然后，我需要一个办法，能让我暴露在毒气里不受影响的时间长一些。

关键是这里的水，我不知道这些水是怎么和毒气反应的，但是这些水是关键。

墙壁上的水量也不小，我用自己的短裤做了个口罩，弄湿了包在脸上，却不敢轻易尝试有没有用，因为还是有很多皮肤露在外面。我想起那些房间里中毒而死的尸体，估计皮肤暴露也不行。

正琢磨有什么更稳妥的办法，是不是也要把衣服弄湿，我忽然听到身后传来一个东西打翻的声音，好像是袁喜乐起来了。

我赶紧跑回去，就看到袁喜乐没有穿衣服，站在房间的中央，另一边我用来取暖的罐子皮倒了一地。她正惊恐地发抖。

我赶紧走近，叫了一声：“喜乐。”

她看到我，一下就冲了过来把我抱住。

她抱得极其紧，我能感觉到她浑身剧烈地发抖，意识到她刚才可能以为我扔下她离开了，心中不由得一痛。

在这个地方，一个人困了这么长的时间，即使是男人都会崩溃，更何况是一个女人。

“放心，我在这里。”我叹了口气，抱了她一会儿，想让她安静下来，再把她推开，但她死死地抱着我不放手。

我只好把她抱起来抱回到床上，捏着她的手看着她，解释道："我不会走的，我在想办法让我们都能安全出去。不用害怕。"

她还是不放心地看着我，我看见她的眼泪顺着脸颊直接就下来了，又抽出手再次抱住我。

我暗叹了一声，当时的我怎么可能受得了这种场面，她那种表情，能让铁石心肠也融化了。我狠不下心再推开，只能也抱着她，慢慢地发呆。

也不知道抱了多久，她才逐渐安静下来，我指了指地上的罐头皮，示意我要把这几个东西重新点起来，她才犹犹豫豫地放手。

我松了口气，起身把被她打灭的几只罐头皮全部拿起来，重新添入柴火点上。添柴的期间，我意识到这样下去不行，我可能没法说服她在这里等我去设计那个敌特，她在黑暗里也不知道困了多久，一个人困着肯定比两个人困着要煎熬得多，她看到我离开，肯定害怕得要死，我也不忍心让她再受惊吓。

但是她不说话，我没法和她交流，我得想一个办法，让她相信我一定会回来。但是，这办法一时半会儿肯定想不出来。

回去摸了摸她的额头，烧并没有退干净，亏得她经常雨里来风里去，体质十分好，否则连这一关都过不了。接着我发现她的脸上和身上全是污迹，手脚很凉，而且脚上全是水泡。

袁喜乐有一双很纤细的脚，这说明她的出身一定很好，一路过来走了那么多路，解放鞋的鞋底一定会留下痕迹。

我用罐头皮烧了一罐子水，等水温了，撕下自己衣服的衣角帮她把双脚擦干净，然后用皮带扣的扣针把水泡一个个挑破。因为她的脚已经被温水软化，她好像并不觉得很疼，而是默默地看着我。

我把水泡里的水都挤出来，然后用温水又擦了一遍，这下可能有点疼了，她几次都绷紧了身体。我看向她，她好像是竭力忍住痛苦，对我笑了一下。

我心中一软，她并不是没有笑过，在她还是"苏联魔女"的时候，她的笑是非常难得的，但是如今她这一笑，却显得像个小姑娘似的，无比柔和。

可惜，这个笑发生在这样的情况下，如果她以后恢复了神志，这一切就和我没关系了。

不过不知道为什么，我心中却很满足，即使只有这么一点有瑕疵的笑，对于在这种环境下的我来说也非常不错。

弄完以后，我把她纤细的双脚放到床上，然后盖上背包，又把她的袜子洗了挂起来。她的袜子上有几个破洞，看得出都是最近才磨出来的，不像我的袜子，很久以前就像一个网兜一样了。

我对她说道："明天才能下床，今天就待在床上，好不好？"

她点点头，示意我坐下来陪她，我摇了摇头，心中一动，想到了一个能让她放心让我离开的方法。

接下来的三天，我无时无刻不在注意外面的动静，但是没有任何响动，敌特的耐性非常好。同样，王四川他们也没有动静，我心里更加沉了下来。

每天我都会给袁喜乐洗两次脚，她脚上的水泡慢慢消了下去，在这么肮脏的环境下，居然没有化脓的迹象，让我放下心来。

每次洗完，我都会去外面把水倒掉，再从墙壁上接点干净的水回来，我会故意在外面多待一段时间，前几次她有点担心，但看我每次都会回来，慢慢就没有那么敏感了。

我放下心来，另一方面，用罐头的盖子折出了一块三角铁。

当时罐头用料很厚，切口特别锋利，只要稍微加工一下，就是非常厉害的武器。同时，我尝试着用水浸湿我所有的衣服，暴露到毒气中，我发现三层布最大限度吸水后捂住鼻孔，可以支撑五六分钟才会感觉到不适。五六分钟对我来说虽然不算多，但是已经足够了。

接着，我用皮带扣和一个空的罐头做了一个铃铛，然后拆掉了老唐的包，扯出了里面的粗棉线，系着铃铛，狂奔着跑到打算用来做陷阱的房间，挂了进去。

晚上，我们分睡在各自的床上，但是醒来的时候，袁喜乐总会缩在我的怀里。

我并不是个圣人，我承认这样亲昵的行为让我无法忍受，但是，我并不知道自己应该怎么做。在当时，我以为这样抱着，已经是最亲密的行为了。

在最安静和亲密的时候，我总是会突然有一种希望，我希望那个敌特，最好不要来了。就让我们在这种安静中，一直待下去吧。

然而，该来的总会要来。

六十七、敌特

应该是在四五天以后，我坐在门口，静静地听着通道里的动静，听到了几声隐蔽的声响。

几天下来，我几乎已经习惯了每天毫无收获地度过，如今听到那几声脚步声，我还以为是自己听错了。

但这里实在是太安静了，安静到任何声音都藏不住，我立即就意识到，有人进来了。

总算来了，我的心跳陡然快了起来，拔出了三角铁，仔细地听着那声音，判断着对方的位置。

但是要准确判断是很难的，我只能知道他已经在这些房间和通道区域里了，离我们还有些距离。

我努力集中自己的精神，一边给袁喜乐草草擦拭了一下双脚，和她示意了一下，就走了出去。

但我的表情一定已经有了变化，她好像起了一丝讶异，我并没有给她反应过来的机会，迅速拿着三角铁走了出去。

谨慎地走出去几步，我扯起事先准备好的线头，缓缓拉动起来。

空罐头和皮带扣做成的铃铛在另一边的房间里响了一下，这种金属的撞击声，在黑暗里格外刺耳，一定会引起他的注意。

果然，黑暗里的脚步声停止了。

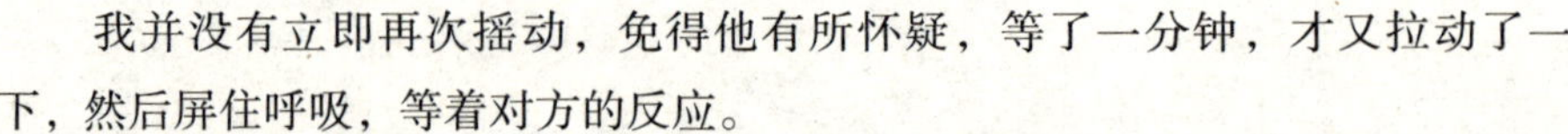

我并没有立即再次摇动，免得他有所怀疑，等了一分钟，才又拉动了一下，然后屏住呼吸，等着对方的反应。

寂静中，脚步声又出现了，声音更加轻微，简直无法分辨，显然对方走得更加小心了。

我松了口气，每隔两三分钟，拉动一次线子。

勾魂的响声有规律地响起。脚步声明显缓缓靠近了，我咬住三角铁，把自己整个浸入走廊的积水里，爬到走廊积水的口子上。

我不知道他会从哪里走过来，如果他从我面前走过去，我制伏他的机会就可以大些，但我并不希望这样，因为袁喜乐就在后面的房间里。我预设的最好的机会是，他进入那个房间再出来的那一刹那。

浑身湿透的状态下，我可以在毒气中生存至少5分钟，时间还是很充足的。

很快，脚步声变得非常近，而且频率很低，对方现在几十秒才移动一步，警觉性非常高。

走廊远处的灯里并没有出现人影，他不是从这个方向过来的，脚步声的方向在我的右边，他不会路过这个积水的走廊，而是从另一条通道直接到达那个房间门口。

那边没有灯，一片黑暗。

我有点不耐烦，待在积水的边缘，毒气没有被完全中和，让人有点恶心，我不得不隔三差五把脸没入水里。这一次出来的时间比以往都长了，等着我的袁喜乐也是个定时炸弹。

我没有再拉动线头，黑暗里他一定看不到是什么在牵引那个铃铛，但万一他听到线在转角的摩擦声就麻烦了。

咬牙忍住恶心，我把全部注意力都集中在耳朵上，听着声音一点一点靠近，终于，几声明显的衣服摩擦声，让我能判断那人应该就在那边的黑暗里，那道房间门附近。

我不敢动，这时发出任何声音都会功亏一篑，然后听见那边传来木板被拿下的声音。

那是我作掩饰用的木板，他一定靠在门外的墙上，正在取下木板。

“进去吧，进去吧。”我在心里祈祷，“小乖乖，里面什么都没有，里面是安全的，别怕。”

忽然，我听到黑暗里呼啦一声，木板被扔到了通道的远处。

我心里一惊，再听黑暗里什么声音都没有了。

难道他已经进去了？不可能，那个洞那么小，里面还有杂物挡着，他不可能不发出一点声音就进去。

他一定没有动，还在原来的那个位置上，这是想把屋子里的人引出来。

这家伙简直小心到了极点，一点错误都不肯犯，我心中暗骂，这可怎么办？这样要僵持到什么时候？

不过，仔细一想就知道只能继续等待，看谁先没有耐心。我头上冒汗，发现自己想得太美了。这家伙显然是个心思极度缜密的主儿，不是野地里的麻雀。

而我实在没有其他办法，只得硬着头皮等，足足过了十几分钟，我才听到那边再次传来动静。显然是他开始往里爬了。里面的杂物被他推动，立即就发出了倒塌声。

我心中狂喜，小心翼翼地爬起来，趁着混乱快步冲了过去，摸索着靠到了那个门边，举起了三角铁。

就在我强压兴奋的时候，忽然面前灯光一亮，我眼前顿时一花，几乎是同时，我的头被什么东西狠狠砸了一下。

一阵头昏眼花，我本能地往后退了几步，腿上又是一下，正打在我的软骨上，我猛然间半跪下来，一把刀从后面伸过来卡住了我的脖子，冷冷地贴在我的喉咙上。

我惊了一下，后面传来了一个声音："别动，否则就切了你的喉咙。"

我顿时僵住了，接着我的手被掰到了身后，整个人被死死地压在了墙上。

我想说话，但是那刀紧紧地贴着我的喉咙，感觉只要挪动一下，我的喉咙就一定会被割开。

这是我生平第一次被人用刀架着喉咙，我有点手足无措，刀尖在我呼吸的时候会刺痛我的皮肤，我花了一点时间才真正意识到出了什么事情。

"东西呢？"背后传来声音，"胶卷呢？"

他的声音非常沙哑，带着一种很难形容的口音，我无法想出到底是谁，不是我记忆中的任何一个熟人的声音。难道不是队里的人？我心中生疑，来不及仔细分辨，他的刀又紧了几分："回答问题。"

我定了定神，心说现在不是琢磨他是谁的时候，而是要琢磨该如何脱身。无奈我身体虚弱，一时间作不出判断，结巴了几声，也不知道自己说了些什么，说完，后面那位猛地一拉我的下巴，把我整个人扭成了一个很不舒服的姿势。

"快说，否则宰了你。"那个声音变得更加低沉。

我暗想你让我怎么说？第一，我也不知道王四川跑哪里去了，胶卷在他们身上。第二，我说了肯定是一样得死。理智告诉我，打死都不能说。“你放开我，让我喘口气，我才能说话。”我顿了顿才道。

“少废话，你没看到我的脸，我可以不杀你，但是你不说，我一定会杀你。你自己做做算数。”后面的声音冷冷地道。

我听着他的声音，有点害怕起来，因为这人说话的时候，听不出有一丝波澜，如果要我从身后制伏一个人，我绝对做不到这么镇定。

这说明眼前的局面对他来说不算什么，那我最好就真的不要轻举妄动。

“我说了你也不会信的。”我决定说实话，“我也不知道胶卷在哪里，但是我知道可以怎么拿到它。”

说完我立即就感到刀片往上一挑，我顿时一惊，以为这样说他不信，直接要动手了，不过那刀一下就滑到了我的眼睑边上。

“别乱说话，别乱想办法，你要想用这办法找机会，我一定会挖掉你的眼睛，或者切断你的手筋，然后才让你带路。到时候你生不如死。实话说，我不想杀你，但你没多少选择。最后一次问你，东西在哪里，老老实实说出来。”

这时我彻底绝望了，在电影里，那些主角有大把机会可以从这种局面中逃脱，他娘的换在现实里出现，我竟然毫无办法。

“不在我这里，在王四川那里。”我道。

“王四川是谁，在哪里？”

“死了。”我撒了个谎。

“死了？”对方就很意外，“尸体在哪里？你为什么不把胶片带回来？”

“我没有时间，这个地方有问题，当时我和那个女人都中毒了，我能活着逃到这里来已经很走运了。”

“你被派到这里来，就不能叫做走运。”他冷声道，拉住我的头发，“我去看看，如果你骗我，你就准备少只眼睛。”

我已经感觉到头晕，立即道：“到不了那个地方我可能已经死了。”

他冷笑一声，刚想说话，忽然闷哼了一声，整个人好像被什么东西一撞，直接磕到了我的身上。

匕首立即在我眼睛边上划出了一道血痕，我不知道发生了什么事，但是后脑又被用力一撞，也不知道撞到什么。

混乱间他的手电脱了手，撞在墙上，打着转儿摔到地上，晃过的手电光中，我看到袁喜乐拿着一把三角铁，对着那人就刺。两个人一下滚成了一片。

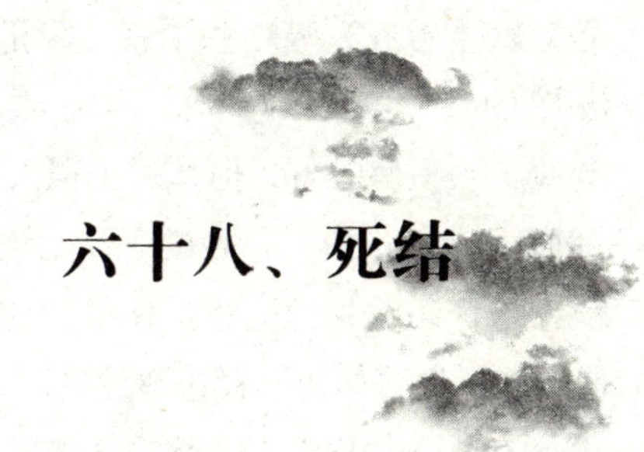

六十八、死结

我捡起手电就上去帮忙，那人穿的三防服已经被袁喜乐刺破了好几个口子。但袁喜乐到底是女人，很快那人就挣脱出来，手里拿着匕首乱挥。

我上去把袁喜乐拉回来，用手电照着那人，那人捂着伤口，趺趺撞撞地往回退去，没有任何犹豫就往黑暗里跑去。

我心中暗骂，看到地下已经有不少血迹，刚才袁喜乐突然袭击，一定让他猝不及防，那几下一定不轻。我看到他的防毒面具都被刺中了，破了好几个口子，可惜我没有抢下来。

袁喜乐抓着我的手臂发抖，将三角铁丢在一边，她的双手都是血迹。

我抱紧她用手电照地上的三角铁，一边思考这东西是从哪里来的，一边觉得胸口很不舒服，两个人一路退回我们的避难所，再次用水擦拭了身体。这一次我知道该怎么做了，只是看着袁喜乐，场面还是非常尴尬。

看着袁喜乐，我也不知道该怎么说，我没有想到她会突然出来给我解围，如果没有她，我可能就死了。但是刚才实在太险了，我宁可她不要出来。

回去以后给她洗手，我发现她的手被三角铁割了一道很大的口子，血已经凝固了。我一下觉得非常感动，难道在我出去的时候，她模仿我做了一把三角铁？但好像她做的东西有棱角，把自己都划破了。

“谢谢。”我对她道，把她的手捂在我的手中间，朝她笑了笑。

我没有想过我会以这样的心态来面对她，以前在单位的时候，她严厉得像老娘一样，现在却像我的女儿。

她默默看着我，嘴巴张了张，眼里不知道是眼泪，还是一种怜悯，我觉得她好像要说话。

我咬了咬下唇等着，但是过了很久，她终究没有什么反应。

我叹了口气，拍了拍她的手，心说此地不宜久留，我必须尽快去把电源关掉。刚想起身，她一把把我拉住了，我心中一动，知道刚才我出去已经失去了她的信任，正想着如何解释，忽然她凑了上来，吻在了我的唇上。

那一刹那，我只觉得一股香气逼来，顿时脑子一片空白。

分开之后，她忽然拉住我的手，靠近床后面被挡住的墙壁，让我往里看，那里很不起眼地刻了一行字。

“必然导致必然。”

字刻得十分潦草，也不知道是谁刻的，不知道是什么意思，不过一定是之前被困在这里的某一个人刻的，很可能就是袁喜乐自己。

“你刻的？”我心中奇怪。

她摇了摇头，指了指我的心。

我看着那几个字，觉得莫名其妙，但是看她神志好像有点恢复，而且想传达什么信息给我，这是个好消息，我看着她，做了个疑问的表情，想看她还有什么举动。

就在这个时候，忽然我觉得眼角一闪，再看就发现走廊里的灯灭掉了，外面变成了一片漆黑。

我愣了一下，心说怎么回事，是电源出问题了，还是电闸被人关了。

难道是王四川他们？我想，但是不大可能，王四川即使还活着，也一定凶多吉少，他们如果能这么干，肯定早就这么干了。

我忽然意识到这可能是那个敌特干的，防毒面具被我们破坏掉以后，他和我们一样完全失去了防护，他要活着离开这里的办法只有一个，就是熄灯。

这倒是省了我不少事情，我可以直接把袁喜乐带出去。

但我不知道熄灯以后，那些蒸腾的有毒气体要多久才会失去作用，而一想，又觉得不对。

那家伙的伤不知道有多严重，袁喜乐的力气不大，那绝对不会是致命伤。从他逃跑到灯熄灭没多少时间，看样子他一定还在我们附近。而空气中的毒气浓度很高，他现在一定很不好受，能不能熬过去一定是个问题。

但他一旦熬过去了，就是一个心腹大患，刚才我们之所以能在这么劣势的情况下暗算他，就是利用了四周的黑暗。虽然如此他几乎也算到了我的想法，如今在这样的情况下，他一定在黑暗里等着我们。

这是他唯一的机会了。

希望这王八蛋熬不住吧，我心说，可恨的是，在这种地方，如果没有手电，摸黑走路的话，一定会在里面绕晕，而假使我们开了手电，又会是一个巨大的靶子。

最可恶的是，我完全不知道该从哪里出去，即使开了手电，也要花很长时间去找。

之前敌特有目的，他的目的便成了他的弱点；现在我们有了目的，我们的目的也照样成了我们的弱点，看来人只要有什么所求就会变弱。

想着我心中凛然，忽然意识到，这场事实上只有三个人参与的争斗，会变成一场糟糕的捉迷藏游戏，而且会旷日持久。

我退回来，我不是擅长阴谋诡计的人，刚才的想法已经是我全部的智慧，现在我觉得自己根本无法想出什么好办法解决这个死结。

刚才的狂喜瞬间被浇灭了，我心中无比郁闷，不由得捂住了脸，努力压制心中的焦虑。没有刚才那种成功的错觉倒还好，现在事情重新回到这种局势下，我觉得自己简直蠢得要死。

当时如果能直接抓住那王八蛋，现在什么事情都没有，就差那么一点，就差那么一点！

袁喜乐在一旁抱住了我，我才松了口气，在这个无比潮湿的房间里待着真的很难忍受，幸好我不是一个人。万幸。等到毒气消散，我们也许可以到一个干燥的房间去。

我们又等了一夜。我几乎没有睡觉，看着门口的黑暗，总觉得睡着以后会有危险，虽然我知道在黑暗里，他想找到这里也几乎是不可能的，他能利用的就是他对于这里环境的熟悉，可进可退。

袁喜乐躺在我的怀里，每天晚上她只有这样才能入睡，但今天我发现她也没有睡踏实，一直在躁动。也许是怕我半夜什么时候像白天一样离开。

我心里计划着，盲目地在黑暗里摸来摸去，一定不是办法，去开灯怎么样？那就不得不把袁喜乐一个人丢在这里。说实话那种毒气太恐怖，我宁可在黑暗里待着，而且，那家伙如果铁了心干掉我们，一定会把电闸破坏掉。

我有这里的平面图，虽然不知道自己的方位，但是如果能到达这里的角落，我就可以以那个为起点开始在这里寻找出口。这么一想好像情况也并不是我想得那么糟糕，只要小心不被对方伏击就可以了。

我想着自己摸黑寻找出口的样子，忽然就心中一动，想到了我们第一次看到袁喜乐时的样子，她正在黑暗里摆弄一个房间门口的木板。

我一个激灵，她知道来这里的道路，难道当时，她是想出去？

这么说，那个地方，难道就是出口？

我一阵兴奋，越想越有道理，虽然我完全想不起那个地方到底是个什么样子，但是，我却可以把整个查找的区域缩小很多。而且，说不定，到达那个地方附近，袁喜乐会帮我在黑暗中找到那里。

我的焦虑猛地减轻了不少，几乎想立即把袁喜乐叫醒，但还是忍住了，她睡得不踏实，但到底是睡着了。

长出口气，她的头发蹭着我的下巴，很痒。我拥了拥她，换了个更加舒服的姿势，深吸了一口她身上散发出来的女人味，把脸颊贴在她的额头上闭上了眼睛。这个时候，我感到她的头动了动，把头抬了起来。

她的鼻子蹭到了我的下巴，接着我感到了她湿润的嘴唇和呼吸出的气息。

不知道为什么，我立即僵住了，一股热气从我心里升腾上来，我忽然心跳加速。

我搂紧了她，立即想把这种奇怪的悸动压下去，她被我一搂，发出了一声轻吟，接着我就感觉到她的下巴凑了上来，在我脸颊附近亲昵地划过。

我的脑子出现了片刻空白，感受着那温和的气息，几乎同时，我的嘴唇好像被什么控制了一般，已经不由自主地印了过去。

那一瞬间，我忘记了自己处在一个污秽不堪的房间里，忘记了外面弥漫着浓烈的未知毒气，忘记了这里距离地面1200米，我忘记了一切的不美好，心里只剩下我吻着的这个女人和她炽热的身体。

她比世界上任何东西，都要美好。

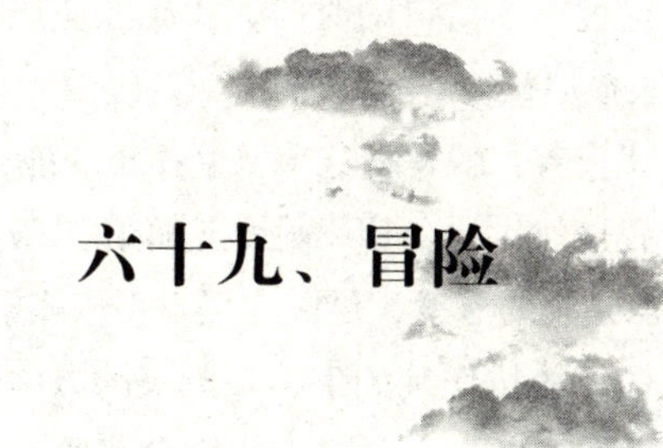

六十九、冒险

有些夜晚只是时间流逝，有些却可以让人刻骨铭心。

很多事情，你感觉它变了，但其实只是换了个样子；有些事情，你发现什么都没有变化，但是，你却真的被改变了。

那一天以后，我就有这种感觉。醒来的时候，看着袁喜乐在我怀里熟睡的样子，昨晚令人眩晕的那些片段，让我的心不由自主加快了跳动。

在那些事情上，我还是一个什么都不懂的孩子，我对于那些回忆，更多的是羞涩和渴望。

不知道是不是心理作用，她醒来之后，我发现她的面色有些不自然。她只是用一种很复杂的眼神看着我，那种眼神，让我有一种很奇妙的感觉，好像是我们之间有了共同的秘密。

我整顿了片刻，收拾了所有的东西，就带着袁喜乐试探着走出房间，一点一点地远离积水走廊，空气好像毫无变化，但是我发现，已经没有了那种让人窒息的感觉。

我们走得很小心，我紧紧握着她的手，我知道我握着的不仅仅是一双手，而是一个需要我担起全部责任的女人。

这也许是一种可笑的情绪，但是我知道，我现在可以为我握着的这只手的主人，牺牲任何东西，而且绝对不会后悔。

我根据自己稀薄的感觉，贴着墙壁一点一点地前进，时不时停下来听听动静，黑暗里没有任何声音，不知道那个家伙是死了，还是正潜伏着。

走过一个岔口的时候，我犹豫应该先朝哪边，但是袁喜乐却抓着我的手，让我去摸墙壁。

我摸着，就发现这个墙壁拐角的地方，有三道非常深的刻痕。

我恍然大悟，原来她是这样在黑暗里行进的。这些刻痕不知道是谁刻下来的，但是它的深度，足够在黑暗里依靠触觉很容易就能感觉出来。

我继续拉住她的手，在刻痕的方向转弯。我们在黑暗里继续往前摸索，很快就来到了下一个岔口，我摸着墙壁，果然，在这个岔口的转弯处又摸到同样的刻痕。

有门，难怪之前在那么暗的情况下，这女人都能跑得这么快，而且准确无误地回到避难所。这里环境太恶劣，没有指引的话，自己实在不可能注意这些细节。

一路摸着刻痕，我们来到了一个房间门口，我不敢开手电，但是我感觉，这里应该是我们当时发现她的地方。我和她弄掉了房间门口的木板，摸着发现上面出现了一个能供一人通过的狗洞。

我稍微放下了心，没想到会如此顺利，但同时觉得奇怪，为什么什么事情都没有发生。

静下来，四周还是听不到一点动静。说实话，这里这么安静，我们一路摸索，对方一定能听到我们。但是，他好像没有采取什么措施。

这不符合常理，他如果要伏击我们，必定要偷偷摸过来，为什么他什么都没有做，难道他真的死了吗？

心里忍不住悚然一惊，我忽然想到了另外一个可能性。

难道他是在守株待兔，和我当时一样，他等在了一个我们必须进去的地方。

袁喜乐正想进入那个房间，立即被我拉住了，我拉着她后退了几步蹲下来，出口在眼前，但是我一下觉得，这个房间里充满了威胁。

难道，那家伙在里面？

确实有这个可能，这条出路他肯定也知道，对于他来说，与其到处撵我们，不如等在这里实在。

那一刻我有一种啼笑皆非的感觉，就在昨天，我设下了一个陷阱和难题，等着那个敌特来闯，我能想象他当时的纠结。但是现在，他把所有的东西原封不动地还给我了，我现在面临的问题几乎和他一模一样。

如果他躲在里面，手里有一把匕首，只要我一进去立即会被伏击，但是，我不进去，没法离开。

这里的木板十分结实，没有王四川的铁棍，我也没办法把出口弄大，爬进去几乎等于送死，心中郁闷得别提了。

犹豫了半天，只有冒险试，赌里面一片漆黑。

我把拿下来的木板和几个背包都背到胸口，手里拿着三角铁，用双臂撑着，面朝上爬了进去，一进去我用左手挡在自己面前，几乎是贴地蹦着，好像感觉到有人扑了上来。

然而等我爬了进去翻身站起来，却发现谁也没扑上来。我静下来戒备，感觉里面非常安静。

愣了一下，我小心翼翼地打起手电，找了一圈，里面什么人都没有，而一边的墙壁上方，有一个被拆掉的通风管道口。

我又转了一圈，确定没有人，一下觉得好笑，妈的，完全是自己吓自己。

把袁喜乐叫了进来，我看到她熟练地踩着床铺上去，爬进了通风管道，我也跟了上去。

通风管道还是同样的构造，但显然不是我们来时候的那一条，我们一路往前爬，很快前面出现了出口。

从另一头的通风管道口子出来，我来到了一个奇怪的地方，手电往四周处一照，就意识到这里是一个巨大水池的上方。

整个房间都是锈得生起鳞片的铁壁，没被水浸没的地方有六七米高，至于水下有多深就不知道了，一水池的死水全都被铁锈染成了一种浑浊的红棕色。

我用手电扫了一圈，发现四周水面以上的铁壁上，有无数通风管道出口。而从通风管道的口子出来，有一条走廊贴着铁壁围了这个房间一圈，绕着走廊可以路过所有的通风管道口。

看来这地方是整个通风系统的空气净化室，大量的空气在这里交换净化。

另一边的走廊上有一道门，袁喜乐非常开心地跑过去，拉了一下，门好像被锁住了。她的面色一变，显然有点不敢相信，又拉了一下，我帮她去拉，发现门被卡死了。

我用力敲了一下门，这肯定是那敌特干的，他娘的他除了锁门还会干什么！

手电照向其他通风管道口，我不知道这些管道能不能通到其他地方，立即拿出了平面图，去看这里的结构。

可惜，平面图上没有我想要的，这种隐秘的设置会被利用作为渗透和偷袭的通道，所以标有通风管道的平面图肯定是保密的地图。

不过走运的是，我在图上看到了这个房间的位置。我发现，在这摊死水的下面，有一个通道通到外面的地下河里，距离大概有50米，不算远，问题是，在这个通道的出口上，有铁闸门用来换水，必须打开它才能出去。

这个闸门的开关，就在当时司令部隔壁的那个控制室里，我们根本不可能回到那边，但是，我有了找电缆的经验。

闸门的电路不会太复杂，而且，电缆尽量不会在水下走。

所有的通风管道里都有电缆，这里也同时是一个电缆的枢纽。我找着找着，很快找到了一条通到水里去的唯一的电缆。

我脱掉自己的外衣，包着三角铁，把电缆的皮刮掉，然后找了其他差不多粗细的可能通电的电缆，把两条电缆一接，火光四射，地下的污水开始出现旋涡。

这是首先的排水过程，水脏成这样，我也不敢跳下去。很快水换清了，我和袁喜乐对视了一眼，我抱着她一下跳进了水里。

手电入水后只坚持了几秒钟就灭了，但已经足够让我看清水下通道的方向，我们摸黑游了进去。

50米的距离说长不长，说短不短，但我不知道袁喜乐水性如何，也不敢大意，只管往前游，一边游一边随时摸着自己的上头，看是不是游出了管道。

然而大概是太紧张了还是什么别的缘故，我一路游下去，很快觉得气紧，而摸着上面，一路都是管道的顶部。

我不由得着急起来，想着是不是先回去看看平面图，如果看错了，等下一点气也没有了，那岂非要活活淹死在这里。

犹豫的时候，手脚慢了，而气也更加急了起来，胸口开始发辣，我很想吸气，知道自己一定得回去，否则很可能呛水。

刚想拉着袁喜乐返回，她却推着不让我回去，我肺里的气这时已经完全净了，被她推了几下，完全慌了。

慌乱间她拉着我的手，用力捏着，然后示意我往前，非常坚决。

我下意识地跟着她，几乎是在极限中坚持了几秒，忽然摸着头顶上方空了，可以上浮了。

意识半游离中，我一阵目眩，发现有无数的灯照向了我，我觉得莫名其妙，被人抓住了手，拉出了浮筒。

七十、生变

另一边的袁喜乐也被拉了出来，我被地下河上的冷风一吹，人缓了过来，吃惊地发现四周全是工程兵。另一边，到处都是大型汽灯，把整个基地照得通亮。在河道上，我看到大量皮筏上全是运着物资的工程兵，足足有几百人。

“怎么回事？”我摇摇晃晃地说，还没说完，那些扶着我们的人分开，一个军官从后面走了过来，向我敬礼，让我们跟他走。

我被他们扶着，一路走在铁网道上，看到很多设备被防水帆布盖着，都是我们在地面看到的那些，现在竟然全部运了下来。而近处，无数人在解构这里的设施。一直走到一处物资以后，我看见一个军官站在那里。

我认识这个人，看到他出现在这里，我立刻意识到事情发生了很大的变化。这个人姓程，不是我们工程兵部系统的，但我在克拉玛依见过他。他是跟随地质队的正规部队总指挥，负责一切周围保卫和保密事务。

我们都叫他程师长，他的部队番号是很有名的华西军区二十四师，只要是当年去过大西北靠近新疆的人，都会知道这支部队，他出现在这里，让我非常意外。

在克拉玛依，他对我们非常客气，但是这个人平时不苟言笑，是个职业军人。

他看到我们，立即走了过来，看我没力气说话，对扶着我的人道：“送到医疗队，我马上来。”

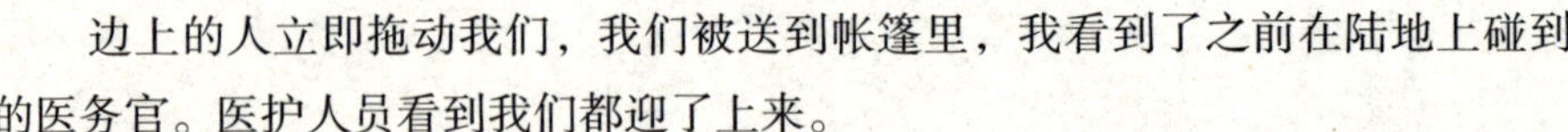

边上的人立即拖动我们，我们被送到帐篷里，我看到了之前在陆地上碰到的医务官。医护人员看到我们都迎了上来。

此时，我还拉着袁喜乐的手，她必须要去另外一个帐篷，但她紧紧握着我的手不放。

看着她的眼睛，我也不想放手，但是一个女护士过来拉她，我看着四周的人，忽然犹豫了一下，手一松，瞬间她已经被人拉开了。

她没有反抗，只是看着我，我抬了抬手，想说我就在她隔壁的帐篷，让她别害怕，但她已经被簇拥着进了一个医疗帐篷。

我不知道为什么在当时有了一种错觉，忽然，在我们之间出现了一层奇怪的东西，让我觉得非常不安，但我没能多想，就已经看不到她了。

我也被送进另外一个帐篷，我就问他们怎么回事，怎么大部队全都下来了。医生意味深长地看了看，让我别问那么多，该我们知道的，我们都会知道，现在最重要的是休息。

我的衣服被换下，开始做身体检查，我看着沉默的医护人员，心中的不安更加强烈了。无论发生了什么，大部队下来了，背后一定有重大原因。

可惜，这样的不安并没有持续太长时间，我躺下之后，被遗忘的疲惫好像潮水一样涌来，在护士为我输液的过程里，我慢慢睡了过去，真正地睡了过去。

我一个梦也没有做，完全失去了知觉。

再醒过来，已经是两天以后的事情了。

我的身体，一定在这两天里经历了翻天覆地的折磨，身上各种酸痛无法形容。简直连脚指甲都觉得酸痛。医生还不让我下床，只吩咐护士给我吃一些流食，然后继续休息。

我问他袁喜乐怎么样了，他就朝我暧昧地笑笑，说和我差不多。我不知道是什么意思，但是那种笑让我很不安。我几次想溜出去看看，但是使不上力气，总是下床就躺倒在地上，后来护士就对我发脾气，每摔倒一次都会让她被批评，再摔倒她就要被记处分了，让我老老实实在床上躺着。

我不知道我的身体是怎么了，我对自己有一个判断，知道绝对不会躺几天就站不起来了，心中开始不安，心说这该不是中毒的后遗症吧？

后来问医生，医生告诉我，这确实是副作用，但不是因为中毒，而是用了解毒剂的原因，那种毒气对人的神经系统有影响，这几日我挂的吊瓶里都是解毒剂。

我心中奇怪，难道他们已经知道我中的是什么毒了？但是再问，医生却没有透露更多，只说等我伤好了，再详细和我解释，因为这种毒气的运作机理很复杂。

那个年代阶级观念很浓，该不该知道、该知道多少是很明确的，我也没有为难他，只问什么时候可以下床走动。

他说最起码还要三天时间，之后看尿检的状况，这种毒气对我身体的伤害是永久性的，我本身吸入得不算多，可能不会在年轻的时候体现出来，但老了之后会很麻烦，现在处理得好不好，对以后的身体状况有很大的影响。

我想袁喜乐应该和我是一样的情况，甚至她应该比我更严重，不由得担心起来，但这时没有力气，我总不能爬着去见她，于是只好克制住自己。

三天后，我果然被准许出了帐篷，被人搀扶着，只能在帐篷外的凳子上坐一会儿。但这么短的时间里，我发现整个基地已经灯火通明，架起了大量照明以及无数的帐篷。我目瞪口呆地看着，感觉到一股不对劲。

这么多的照明设备和这么多的人，看来大部队会在这里驻扎相当长的时间。他们没有等我们返回就全部下到洞里来了，这显然表示上头的计划有变。

难道我们在洞里的时候，上面发生了什么，所以让他们这么大动干戈？

七十一、一切都只是开始

虽然医生和护士对于当时的事情都讳莫如深，但从其他人对话的蛛丝马迹中我感觉到，上头决定下到洞穴的原因本身就十分晦涩，他们或许也不明白做出这种举动的原因。

唯一明确的，是这些人被通知准备出发的时间，就在老猫进洞两天后。

那段时间，应该是我们和老猫困在仓库里的时间。

从日本人当时绘制的整条地下河的分岔图来看，我们所在的勘探线路应该是最重要的，不过，确实也有其他支流也会会聚到“0号川”。

我觉得能够解释的是，也许探索地下河分支的其他勘探分队已经有人回去了，并且带回了非常关键的东西，使得上头作出了更改计划的决定。

至于是什么东西，我完全无法判断。事实上，我觉得即使是我们带出胶片，也没法使得上头决定下来这么多人。如果确实像我想的那样，那其他分队带上来的东西，一定让上头觉得，下来长期驻扎是值得的，并且是必要的。

从我以往的经验来看，这东西也许本身并不重要，比如说上头感兴趣的，也许是那些不知道是什么类型的、必须低温冷藏的炮弹。

当然，这一切都是我在病床上的臆想，真正的原因，我可能这辈子都不会知道。我倒是不在乎这些，我不能知道的事情，在当时多了去了，也不差这么一件。

不管怎么说，大部队的出现，终归是一件救命的事情。我没有什么可埋怨的。至少现在我躺在舒服的床上，三餐有人照顾。

只是好几次半夜醒来，我都会花几秒钟才能反应过来，我现在已经在帐篷里了，而不是那个积水的小房间。但是身边没有袁喜乐，总会让我在半夜涌起强烈的想见她的冲动。

另外，不知道是什么原因，也许是我在那片区域里看到了躺在床上的成片的鬼子尸体，让我在冥冥中，觉得这个地方，有着某种不安定的隐患随时可能发生。这种忐忑的感觉十分隐晦，但时刻存在着，让我觉得非常不安。

我在帐篷里又躺了一个多礼拜，身体才基本恢复正常，但是还得拄拐。

又过了一个礼拜，我获准可以在医疗区自由走动，首先做的事情，就是去寻找袁喜乐。虽然帐篷很多，但我还是很快想办法知道了她在哪里，可惜，门口的警卫不让我进去。

我在帐篷外面站了半天，身边有很多人经过。这些人看着我，好像有各种奇怪的反应扑过来，竟然把我心里那么强烈的渴望压了下去。

我没有叫她，只是想象着她在帐篷里的情形，然后转身离开。在那一刻，我有点看不起自己。

返回的路上有点失魂落魄，我在医疗区域里漫无目的地乱走，在人来人往中，我恍惚间好像看到了鬼子当年在这里的情形。转而又觉得时过境迁，当年的鬼子死也想不到，几十年后，这里会有这样一个人，带着这样的心情在这个基地里穿行。

我不由得苦笑，之前自己从来不是什么多愁善感的人，现在却变成了这副模样。烦闷中我想着去哪里搞根烟排遣，忽然就看到一边的帐篷里，出来了一个身材魁梧的人。

那人没注意到我，端着流食一边吃一边和四周经过的人打招呼。

我看着他，过了很久才反应过来，简直不敢相信自己的眼睛，立即走上去叫道："四川！"

王四川回过头，看到我也露出非常意外的表情，两个人面对面站着一下子百感交集。我真的不敢想象他竟然没事，忙问他怎么回事，当时到底发生了什么，他为什么一下就没了声音？怎么从毒气室逃出来的？

王四川看了看四周，一副欲言又止的模样，想了想迅速拉着我进了他的帐篷，又立即把帘子拉上。

我感到很奇怪，虽然我们的行动受到限制，但上头既然放我们出来可以到处走动，就应该不怕我们相遇，但是王四川又好像非常忌讳。

环视四周，他这个帐篷里的情况和我的帐篷差不多，吊瓶和我的也非常相像。他这几天一定也在接受和我一样的治疗。

他把我拉到帐篷靠里的位置，离门远了一点，对我道：“遇到你太好了，我正愁怎么找你，咱们得快点想办法离开这里。”

我猛地奇怪起来，问他怎么忽然说这个。

他拉我坐下，压低声音道：“我这几天一直在找你，他们说你也被救上来了，但我不知道你在哪个帐篷，有些帐篷我进不去，急死我了。”

“怎么回事？”我问道，“到底出了什么事情？”

“我也不是很清楚，但是我们很危险，我们得想办法出去。”

我疑惑起来，他看了看门外，压低声音道：“我从头和你说，你听完就知道了。”

在帐篷里，王四川把他遭遇的事情大概说了一遍，听完以后我非常错愕，他说的事情，和我的经历很不一样。

他们和我跑散之后，连追了几个岔口，发现已经完全跟不上我们，而那里的地形又实在太过复杂，就是运气好得要死，也很难在短时间里回到避难所。

那时如果继续在那片区域盲目寻找，恐怕只有死路一条，当时他和马在海没有过多商量，只是稍微一想，就想着唯一的活路是回到来时的通风管道，回到那间放映室去。

于是他们在当时就原路返回了，这也是我跟袁喜乐跑到一半之后再也听不到他们动静的原因。

他们爬进了通风管道，一路往回爬，但通风管道里的烟非常浓烈，他们最后爬过了那道封闭的口子，用一边的水泥块和自己的包塞住了毒气的来路，然后待在通风管道的中段，打湿衣服捂住了口鼻。

我听到这里，就知道他们是侥幸保住了命，通风管道里没有灯，那些毒气进入管道之后大部分在黑暗的地方凝结了。

他们在通风管道里等了很长一段时间，也不知道后面毒气室的情况，但前面的浓烟倒逐渐散了，他们又爬回了放映室里。

放映室的门如我所想，一直都没能打开，烟雾消散之后，他们想了很多的办法都没有把门弄开，之后就一直待在那里。

难怪我怎么叫他们都没有回应，我心说。

他们在大坝的内部，而我和袁喜乐是通过水下出来的，所以等搜索队搜索到他们，已经是我们被救上来两天之后。不过他的体质比我要好，中毒也不深，所以很快就恢复了。

后来他也知道我被救了上来，但一直没机会出来找我。当时他和马在海都在医疗帐篷里，本来以为一切都过去了，但他完全没想到，两天后，马在海忽然出现了奇怪的症状，挺了三个小时就死了。

“死了？”我心里咯噔一下，难怪只有一张床，又心里一沉，暗想怎么会这样，好不容易逃过一劫出来了，竟然会死在外面。

“我看着他死的。”王四川阴着脸，“给他输药的时候，我按着他的手，他死的时候非常痛苦。”

“为什么？”我问道，“你们不是中毒不深吗？”

王四川摇头道：“医生说，是抗毒剂过敏。”

他说着，但从神情中却看得出他不是单纯悲怆，好像还有一种其他的情绪，我就问道：“你觉得不是过敏吗？”

他忽然又看了看外面，从自己病床的褥子下拿出一个东西给我看，说道：“这是我按着马在海的手的时候，他偷偷塞给我的，你看看。”

七十二、蹊跷

我有点莫名其妙，接过来一看，发现那是一只小药瓶。

“这是什么？”我问道。

王四川转了一下，我就发现瓶子的标签上面歪歪扭扭地写着几个字：“小心，有人下毒。”

我倒吸了口冷气，马上道：“怎么回事？”

“他没来得及说。”王四川道，“但他是第一个去作报告的人。我不知道他是什么时候写在这个药瓶上的，也不知道他为什么不明说，而是在那个时候，用这种方式告诉我。”

我看着瓶子，心里非常奇怪，马在海这么做有什么用意？为什么有人会对他下毒？难道是敌特吗？

“马在海给了我这东西，而且他也死了，我看这事假不了，所以他死了以后我就没有再打点滴。”他道。

“上头不知道吗？”我问道。

“我看他们应该有怀疑，但是，我觉得他们怀疑的是我。”王四川道，“毕竟我和他在一个帐篷里。”

我想到袁喜乐帐篷外，难道那样严密的防范是因为这件事情？

“肯定特务混在外面那些人里，要把我们干掉。”王四川道，“咱们现在随时都处在危险里。”

我看他的表情知道他是认真的，但我想不通。“为什么？”我问道，事情已经成了定论，在这里暗杀一个人要冒很大的风险，对于特务来说，没有必要，也许马在海只是发生了意外？

“我不知道，老子又不是特务。”他道，“待在这里，我们迟早会被干掉，这么多人，防不胜防，我简直不敢睡觉。”

“难道是那家伙还没死？”我想着之前一路如影随形的那个敌特，心里一阵发悸。我们获救之后一直消息闭塞，连找个明白人问的机会都没有，也不知道到底怎么样了。

“那家伙没那么大能量，要干这种事情，得上头有人，看样子高层里还有老鼠。”

我皱起了眉头，说这事我们摆不平啊，一定要通知上头彻查才行。王四川就摇头：“你他娘的知道上头哪个是，现在这里谁管事我都不知道，如果是最大的那个有问题，我们怎么说都是死。现在最好的办法是，想法子让上头尽快把我们送出去。我们到司令部告去。”

我明白了他说快走的意思，如果换作平时或者其他人，我会觉得这是无稽之谈，但王四川的性格非常实在，马在海也死了，我知道这事应该不是捕风捉影。

王四川把纸条撕碎，丢到一边的痰盂里，道：“你怎么想，同不同意我的说法。”

“上头找你谈过吗？”我问。

他摇头，我接着道：“这事不可能就这么过去，我们肯定也会去作报告，但马在海只是一个工程兵，没有理由找他作完报告就了事。地质方面的东西，上头应该找我们才对，然而上头好像一点也不着急找我们了解信息，如果这是因为我们身体不好，我觉得说不过去，上头没那么有耐心。这事有蹊跷。”

“什么蹊跷？”

我想了想，举了举手指道：“我想，一定有人在我们之前已经作了地质报告，上头认为核心的报告，听一个人说就够了，所以我们的报告就不着急了。”

“你是说，我们队里还有人幸存，那些人作了报告？”

我点头，当时老唐他们死在了那片毒气区域里，但应该不是所有人都在里面，至少我就没看到老猫和裴青他们。他们现在不晓得怎么样了。

裴青在系统里名气很大，老猫的地位特殊，他们作报告的概率确实比我们高得多。

“这件事情我同意你的说法。”最后我作出了结论，“但是，你现在着急也没有办法，这个项目这么保密，我们的去留问题一定不是我们能做主的。”

“我一个人的时候，还真没办法，但是你在就好办了。”王四川道，“胶卷的事情你没跟上头说吧？”

我摇头，根本没有机会说，也没人来问我，我问他道：“胶卷不是在你身上吗?”

“是，我没想到会有人进来救我们，所以被救出来的时候，胶卷就在身上。直到马在海作报告的时候，才交了上去。”王四川道，“我特地关照过马在海，让他能不说尽量别说，但我不知道他作报告的时候有没有扛住，也许他当时被那气氛一吓就全说了。你知道他那种孩子太嫩。”他道，“他回来的当天就开始不舒服，几乎立即就病发了，我没有时间问他。这他娘的成了个问题，我们被救出来的地方就是放映室，身上带着胶卷，这等于被捉奸在床。”

“你是说，你不知道他说了什么，所以我们作报告的时候就会有问题，万一和他说的不一样，我们的事情就会露馅。”

王四川点头：“马在海死得不明不白，我们的说法又有问题，你知道这意味着什么。”

我之前没想过这个问题，是因为我以为王四川和马在海都牺牲了，没想到事情会有这样的变化，但听王四川的语气，我知道他有办法，就问他该怎么办。

他道：“我们中有一个人得说实话，另一个按照我们当时商量的来说，这样，不管马在海是怎么说的，咱们俩中间都有一个是清白的。这么一来，另一个会被怀疑，而一个是犯人，一个是证人，我们就会被押出去，到地面上去，只要离开了这里，至少没有了生命危险。”

我想了想，发现这确实是唯一的办法，在当时出这种事情后果非常严重，弄不好要被打成左派。于是就定下，我说真话，他说假话，又合计了一下怎么说，他就让我立即回去，见机行事。

我拍了拍他的肩膀，他也拍了拍我的肩膀，各种心情无法言表，也没再说什么。

我走出他的帐篷，觉得事情变得十分麻烦，倒是暂时忘记了袁喜乐的事，当下有点后悔决定回去看那盘胶卷。到这时我才意识到，这不像我们以前犯的那些错误，这一次如果被发现，那一定会被送上军事法庭，而且要是不看，马在海也可能不会牺牲。

不过，如果不回去的话，也就错失了和袁喜乐的那几天几夜，这么对比之下，事情变得难以取舍，只好不去想。

一路想着作报告的时候，我该怎么说，哪些可以详细说、哪些不能说、不能说的部分怎么补上，想了个大概，发现很难说得明白，那几天几夜发生的事情太多了，一下子让我焦虑起来。

回到自己的帐篷前，忽然发现不对，医务长和护士都站在帐篷外面说着什么，看到我来了，医务长过来道："跑哪里去了，快，首长在找你。"

我还在诧异，他已经招呼了一下，一边马上出来了四个警卫兵，面无表情地对我敬礼道："请跟我们去一趟司令部。"

我立即敬礼，心里咯噔一下，知道担心的事情躲不过，但没想到来得这么快。

七十三、报告

司令部在大坝基地边缘的一所水泥房子里，已经进行过加固。

这是我获救后第一次走出医疗区，一路上发现到处都在急性加固和检修，焊接光闪得一大片一大片的。

走进水泥房，就看到几个军官正在说话，其中有我们刚被救上来时碰到的程师长，他们都板着脸。

如果是其他时候，我对付上级还是挺有一套的。我这人属于老大难，看上去老实，其实古灵精怪，做事不会犯大错误，但也不会老老实实听上头的话，是上头觉得不管不会出什么大事，但也没什么前途的那一类人。

但这一次情况不同了，上头的几个人我不了解脾气，而且气氛非常压抑，我几乎站立不住，手心已经开始冒汗。

这时，我已经知道自己的紧张和心虚是压制不住的，索性就不压制了，让他们觉得我是因为看到上级才会有这样的紧张表现。

整个报告的过程持续了两个小时，我浑浑噩噩，最后也不知道是怎么过关的，只是在说到胶卷的时候，我强调我是看过胶片的，但我发现他们无动于衷，好像这不是什么大问题。

说完后，我忐忑不安地看着他们，不知道面对我的会是什么命运，是被挥手带走，还是会被质问？

没有想到，几个人只是低头记录，然后问了我几个小问题，要求我把说的内容再作一份书面报告，就让我离开。

我从帐篷里出来，被地下河的寒气一激，发现自己的后背全是冷汗，凉得要命。又去回忆作报告时的情形，也不知道自己有没有露出破绽，继而怀疑起几个军官的那种表情，那是他们不动声色的习惯，还是意味着他们觉得我的话有问题，所以不露出表情？

各种猜测让我心里无比忐忑，想来想去觉得还不如袁喜乐那样失去神志的好。

之后两天，王四川也来找我，他也有和我一样的疑惑。因为他在作报告的时候，很含糊地略过了看胶片的那一部分，原以为一定会被追问，后来竟然也没有人问他。整个报告的过程也非常顺利。

我想着，难道是我们想太多了？如果那些军官不是故弄玄虚的话，也就是说，他们的注意力其实根本不在胶片身上，甚至根本不在我们身上，这些报告只是走过场而已。

但是，从那些军官的级别来看，好像又不是走过场，这些领导都是大忙人，如果一点也不在乎，找几个中级军官就可以了，何必自己上阵亲自听我们作报告。

于是我隐约猜到这件事情的另一种可能性，这种可能性完全没有根据，只是一种猜测。

事情说到了这里，可以说真正告一段落。

我们作完报告之后，在医疗帐篷里又躺了一个礼拜，这时防卫逐渐放宽，其他人被允许来看我们。

我和王四川因为敌特的事情，都非常小心，后来逐渐发现没有必要，甚至还发现虽然我们帐篷外的警戒放宽了，但整个医疗区的警戒反而严了。

袁喜乐的帐篷还是没法进去，我隔三差五去看看，旁敲侧击地打听，都没有任何结果，慢慢地也就麻木了。

这段时间里，我们得知，整个洞穴已经被我们的工程兵占领了。不仅是这里，其他的支流也都有队伍驻扎。

虽然人死的死，伤的伤，但我们带出来的平面图还是起到了非常大的作用，他们原来在大坝里搜索幸存者靠的就是这个，具体过程，在后来的会议上我们也听到了一些。

从我们在佳木斯集合到现在已经过去将近四个月的时间，不能说经历了很多，但这一次的经历是我们意想不到的，也最有传奇性。

我想到未来，一定会有很长时间，忘不了那片空旷的深渊，以及那盘胶卷中拍摄到的骇人影像，还有和袁喜乐的那四天四夜。

这一定是我生命里最难忘的一段黑暗时光，它虽然不如我们向往的战争那样气势磅礴，但能亲历这里的奇诡和神秘也不错。

可惜，我发现我的这种想法毫无价值，因为几天后，我就意识到最后的那个猜测是正确的。整件事情才刚刚开始，而我们经历的那部分，不过是交响乐的前奏而已。

七十四、新的会议

所有的书面报告都石沉大海，没有人给我们任何反馈。果然如王四川说的，虽然我们经历了一切，但是却一定不会告知我们真相。

本来，到了这时，我们的事情就算告一段落了，理应把我们抽调回地面。但是，我们最后拿到的命令却都是原地待命，这让我感觉不太对，总觉得有什么事情在等着我们。

上头是不会解释的，我们只能接受。当时倒也没有什么怨言，本来就算是犯了错误混了过去，也不敢放屁。

我们被安排进了一个卫生连，住在铁网上临时搭起的木台上，和其他地质队员不在一个区。上头派了一个校官，给我们开了一个小会，讲了保密工作的重要性，我们在这里经历的事情被列为机密，谁也不能提。

在另一边的队伍里，也应该公布了纪律，所以没有人问我们，但所有人看我们的眼神都不一样了。一支队伍只有我们四个人活下来，会有各种不同的传言。有的说我们差点疯了，因为有人说，我们两个正因为敌特问题而被特别调查。我也说不清楚，他们的眼神里包含的是恐惧还是怜悯，只是无端地有些可笑。

在卫生连里，我还惊讶地看到了裴青，他的白头发更多了，但显然当时待在仓库里的他们，反而是最安全的。

我们聊了一会儿，我才知道在我们之前作第一份报告的人，就是他。

他淡淡地告诉我，他那边有四个人幸存。说的时候，他显得很冷漠，我看着他的眼睛，不知道他在想些什么。

我没有看到老猫，裴青也不知道他的消息，想到老猫我就觉得没那么简单，这样的老狐狸不会死在这种地方吧，也许在司令部那边？不过他是当时跟着老唐离开的那批人之一，很难说结局如何。

在以后一个月时间里，我们也尽量安分守己，王四川在地质大队这批人里，有自己的小圈子，一点一点地打听，逐渐知道了一些事情。但是，它们并不重要。

我们一天天地混日子，远远地看到到处都是电焊的火花，再加上那些被帆布盖着的苏联装备，我开始确信事情不对劲。

即使对这里有长期考察的需要，也用不着进行如此紧密的工程修缮，这里的情况，反倒像在进行某种大型工程。

事情好像并不是要走向结束，而是要开始什么大型准备工作。

在压抑潮湿的环境下，这种感觉让我觉得非常不安。

这种想法后来一次又一次地被强化，到了半个月以后，另一边的地质勘探队开始陆续撤离，而我们这边配给的伙食，也升级了。我第一次在我们的饭盒里，看到了整只的鸡腿。

在那个年代，鸡腿这种东西的珍稀程度几乎等同于现在的熊掌。在大型的集体饭里，鸡腿这种食物的等级之高是很难想象的。

我那20多年吃的最高等级的伙食，是在延安一次报功会上，克拉玛依大捷以后，我作为青年代表作报告，当时的伙食里有大豆和咸肉，有三块之多。对于干细粮都没吃过多少的人来说，三块肉的味道之鲜美简直赛过龙肉，这件事情也成为我最让人羡慕的谈资。

而再以我弟弟为例，他们后来在东北插队，细粮的配给是一个人一个月半斤，那是什么概念，大米饭从来不是饭，是当糖吃的。

你可以想象，我看到鸡腿时的震惊，我甚至怀疑自己发昏看错了。等我吃了几口以后，那种油脂爆炒的香味让我不禁发起抖来。

那顿饭我吃了整整一个小时，才算彻底把鸡腿吃完。吃完后心里想的是，我要是回去说给我们局里的人听，他们该嫉妒到什么程度。

王四川倒不在乎，他住在山区，有打猎的习惯，他的手艺那么好，平常打几只野鸡很平常，以后的几顿伙食，虽然再没出现鸡腿，但还是有很多东西，比如说香菇和虾。

虾是真正的稀缺品，但我却不如吃鸡腿那么兴奋。我出来到处跑赚的工分和粮票几乎都给了家里，我的弟弟知道我辛苦，常在溪水里钓虾，然后做成虾干寄给我。我看到虾的时候想起了家里，猛然间有点感伤。年少轻狂，这种感觉我很少有，在这种情况下反而有种格外的感触。

一边忐忑不安地等待着进一步的消息，一边还是偷偷往医疗区跑，我想见袁喜乐一面，即使见不着，能在她帐篷外面待一会儿，感受那种距离，脑子里想象当时在一起的事情，也总能让我宽心一笑。

其实在那时候，我可以托王四川找他那个圈子里的朋友帮忙打听，但我终究开不了口，这里面掺杂了害羞和顾虑。而最主要的是，我不知道该怎么开口，我害怕被他们追问。

这种煎熬一直到一周以后才消失，那时候我像往常一样去医疗区溜达，忽然发现帐篷门口的警卫撤掉了，帐篷的门是敞开的。

我愣了一下，还以为自己走错了，仔细一看才发现就是这里，立刻浑身打起冷战。

袁喜乐的帐篷也解封了。

这说明什么？是她和马在海一样不治身亡了，还是说她也痊愈了？

我摇了摇脑袋，把不祥的念头撇去，看着洞开的帐篷忽然不知道怎么办才好。以前来的时候，每次都盼望能进去，现在门打开了，反而又不敢了。

我忽然发现，其实我不知道该用什么表情和姿态去面对袁喜乐。

在门口待了半天，我才勉强压下心头的悸动，硬着头皮走了进去，进到帐篷里的那一刻，脑子几乎已经一片空白了。

可是，我马上发现，帐篷里没有人，床上没有人，被子掀在一边，吊瓶却还挂着。

我走了一圈，走到她的床边，摸了摸她的床铺，想着她躺在上面的情形，也许她出去放风或者做检查去了，起初的激动慢慢平静了下来。

“你在这里干什么？”正发着呆，背后忽然有人说话。

回头一看，一个中年护士正怒目瞪着我。

我也是伤员之一，她也照顾过我，我立即道：“我来看望袁喜乐同志，她是不是没事了？”

“她去做检查了，白天都在其他帐篷里，晚上才回来。”她道，“这里是女兵帐篷，你要探病得先约时间，找你们领导组织大家一起来。”

我道："我看见警卫撤走了，以为可以来探望了。"

"一个一个来病人还要不要休息？"她拿了桌上的一只铁饭盒往外走，估计要去食堂打饭，"你别在这里等了，她回来我也不会让你单独见的。回去吧，记得把帐篷门拉上，回来以后如果你还在，我可就不客气了。"说着急匆匆地离开了。

我叹了口气，忽然有点失望，还以为终于可以看到她了，结果还是看不到。晚上这里是不允许其他人进入的，我不可能等她回来。

把病床整理了一下，我又看着床铺发了会儿呆才准备离开，走了几步，我忽然想给她留点什么，让她知道我来过了。

摸遍身上，我只摸到一包烟，瞬间叹了口气，想到了当时在避难所里她也要烟抽的情形，不由得有些难过。我抽出其中一根，把烟盒子塞到了她的枕头下，才转身离开。

出了医疗区抽上烟，我忽然觉得心中的各种浮躁稍微平复了些。又想着袁喜乐能不能知道烟盒是我留下的，起了一刹那的错觉——我正躺在她的枕头下，等她回来。

之后的几天我都没有再去找她，因为从起床，我就开始学习各种思想语录，都是指导员在营地里组织的自发性自学。本来政治觉悟就是我们的弱项，根本学不进去，再加上没法去看袁喜乐，我更加有了厌烦的感觉。

在这段要命的时间过去后，被我们称为"赶鸭子"的第一次通气会到来了。

七十五、通气会

通气会的性质我们去之前都不了解，现在想起来，那更像是一次培训。

那也是我第一次在“地下”，见到老田。

我和王四川都很意外，我们没有想到他也被牵连了进来。我们和老田并不熟悉，只是在大学党校系统和他有过几面之缘。

帐篷里挂着块黑板，老田戴着他那副标志性的厚眼镜，坐在一边整理资料。我在党校预备班里见到他的时候，他也是这副德行。印象中他比我大七八岁，看上去却像上个时代的人，据说组织上介绍了一个老婆给他，如今看也不怎么样，婚后几乎没变化。

那个年代总会有一些很不一样的人，回想起来，我真的算活得很清醒的那一批。

人到齐后，我们都拿出了之前发的牛皮封面笔记本，用那种黄杆的圆珠笔准备做笔记。这些东西都很稀少，一般是拿来作奖励的，所以我们都从本子的最上头记录，方便多写点字。

老田很擅长应付这种场面，站起来点了名，开始给我们上课。他在黑板上画了一个阶梯状的线条，说要对我们普及那片深渊的一些信息。

王四川听得直打哈欠，老田的北方口音有时候很难听懂，但我却听得很专注，因为我对那个深渊很有兴趣。

老田的讲解分好几个阶段，说实话，他还是比较适合去教地质学，这种混合性知识东打一耙西打一耙，需要讲师能够根据节奏调动气氛，真的很不适合由他讲。

他告诉我们，在这段时间，他们通过一些方式对深渊的深度进行了测量，发现这个深渊的底部是一个阶梯形的结构。

大概在离水坝500米到1000米的距离里，深渊的最大深度有90米，再往外1000米的深度，有将近230米。

这好比是一个楼梯，在大坝下方90米的浓雾中是第一级台阶，长度是500到1000米。他们用的测量方式是抛物线测量法，使用迫击炮往不同的角度发射炮弹，计算炮弹大概射程和听到爆炸的时间（也就是触地时间），可以得出大概的深度。

90米的距离不算太深，用现有的深矿技术甚至可以使用绳索完全到达，他们觉得，电报的信号应该是从下面发出来的。日本人可能在下面还有设备，而我们的新任务，是降到第一级“台阶”上作初期的探索。除此以外，还要到达台阶的边缘，测试第二级台阶的精确信息，看看是否可能存在第三道断裂。以后工程兵会酌情判断是否也要下去。

老田作了一个推测，他说假设这是一个以原生洞穴为主体的洞，那么最开始的时候，这个洞可能没有现在这么大，这个空洞最初嵌在地层里，好比一个很大的气泡。

坍塌从这个气泡的四周开始，好像是这个气泡开始长大，开始腐蚀周边的岩石，很快四周崩塌的程度越来越厉害，逐渐坍塌出来的孔洞先是快速变大，之后达到稳定。

然后，这些在原生洞穴四周产生的新洞穴又开始继续腐蚀周围的岩石，开始新一轮膨胀，周而复始，这个巨大的虚空就形成了。

这也大致解释了这种阶梯状地貌产生的原因。

根据这种假设，可以判断在这种腐蚀运动进行到某种规模的时候，洞穴的中心会发生坍塌，把一个巨大的空腔坍塌成无数细小的地下洞穴，但只要腐蚀岩石的机理还存在，这些空腔很快——地质年表上的快——还会继续腐蚀四周岩石，逐渐重新融合在一起。

深渊下的雾气也有了分析结果，老田说那些雾气里含有大量汞蒸气。这里的岩石应该是高汞矿石，地下河水冲进深渊里以后，气流会把下面的汞雾蒸腾上来，形成致命的武器。

汞就是水银，水银蒸气是一种剧毒，中毒之后，会有剧烈的头晕、呕吐、失忆、神经错乱的症状，严重的当场就会死亡。鬼子在这里的工程初期，大量使用了高汞石头作为建筑材料，混到水泥里做成混凝土，所以整座大坝的汞含量非常高。

这些含汞的矿石被照明的灯泡加热后，就会挥发出大量的汞蒸气，我们在毒气区域发现的那些小日本基本都是因为汞中毒死掉，后来他们采取了在墙壁空隙上封铁皮和加长挂灯垂线的方法。而居住区因为汞污染太严重，就直接封闭了。

所谓“影子里有鬼”，是挥发出的汞蒸气折射光线的原因，那种无色无味的气体在空气里涌动，扰乱了光影。

这里的地下河水因为处在地热丰富的区域，富含一种含硫的矿物质，可以中和汞，所以可以在一定程度上缓解重金属污染的情况。

我听完之后，一知半解，地质勘探和化学有很深的渊源，但是这个渊源在我这里并没有传承下去。那个年代，我们这样的地质勘探人员，脑子里只有煤和石油，保不齐再搞点铁矿、铜矿，汞这种东西还真没注意。

有个人就问道：“含硫的话，那这地下水不就是酸性的，会不会对人也有害？”

老田就摇头：“一般的温泉都是含硫的水，可以用来疗养，治疗皮肤病和疗毒，你只要不是长期饮用，一两个月是不会对人造成伤害的。倒是这里的建筑腐蚀得很严重，很多地方都已经坍塌了。”

老田说，这里只有下雨的时候水位才会升高，平时水位都很低，但即使是这样，潮湿和酸性环境也把坚固的军事设施腐蚀了，还好发现得早，再过10年这里的大坝坝基说不定都塌了。他在刚来的时候四处看了看，就发现鬼子在很多地方刷了防酸腐蚀的油漆，要不然腐坏的情况肯定还要严重。

我想着老田果然博学，这都知道，回想一路过来，确实大部分的铁门、铁丝都锈得相当厉害，一直以为是因为年代隔得太远，没想到是这种原因。

老田说完了之后，我们都礼貌性地鼓掌，心说终于可以回去了，却见他去外面吩咐了几声之后另一个军官走了进来，并且搬进来一块幕布。

同时搬进来的还有一台放映仪。

那个军官说了几句话，我心里咯噔一下，就见他让我们举起手宣誓。

到这时候，我已经明确地知道，我的猜测是对的，这件事情还没结束。

接下来，军官为我们放映了一卷胶片，胶片中的内容，就是我们当时在大坝放映室看到的内容。

我当时的心情很奇怪，有种看了就糟糕的感觉，很想起身出去不看，因为一旦被告知了这个信息，就意味着，你已经是下面即将进行的行动中的成员，不可以退出。

但这显然是强制性的，我绝对出不去，就算我闭上眼睛也没有用。

这次用的放映机要比上次的好得多，画面比较稳定和清晰，但即使是这样我也没有看出更多的信息。在放映的过程中，我和王四川对视，他也是脸色铁青。这时我意识到了，为什么作报告的时候，他们对于我们有没有看到胶片并不在意，那是因为本身他们已经决定要把胶片放给我们看，至于是否事先看过当然完全没必要追究。

忐忑地等到胶片放映结束，没有看过胶片的人都面色惨白，和我们当时的情况一样，接着军官开始讲述往后的计划。

首先，他说了高层对于这里的推测。上头已经派人检查了大坝里除了吊装工厂之外的所有地方，确定在冰窟里的炮弹都是注汞弹。注汞弹是一种非常可怕的特殊弹头，爆炸后会形成浓密的汞蒸气云，它比空气重六倍，能够压在某个区域里，使得该区域里的所有生物迅速死亡，还会在那个地方留下极其严重的重金属污染，再也无法种植和养殖任何东西。

注汞弹一般用在要塞攻防战上，也许鬼子本来准备在中俄边境进行拉锯战时使用它，没想到苏联的机械化部队速度太快，他们根本来不及使用。

他们还在大坝内侧发现了汞提炼厂，他们判断日本人一开始在这里是为了开采汞矿，后来才对那片深渊产生了兴趣。

这里的第一批建筑是地下河床上的用铁丝桥架起来的简易平台，之后是内侧河道两边的水泥建筑群，最后是大坝以及大坝后面的飞机起飞装置。

那些缴获的文件也全部被翻译了，里面的内容自然没有必要告诉我们，只透露了从深渊发回来的电报，解码之后的意思是："安全到达。"

一开始上头也觉得日本人可能进去了，但后来老田使用迫击炮深度测量之后，发现大坝下面有一块90米深的平台，那么很可能信号是从那个平台上发来的，下面肯定还有日本人的建筑。于是上头决定组织一支队伍，继续往下，降到深渊里探索。

这里的所有人，就是这支队伍的人选。

听完以后，我和王四川都面色惨白，心中极度不愿意。

在深渊之上，我们已经九死一生，那下面雾气弥漫，日本人的很多怪诞行为都没有得到解释，鬼知道下去以后会发生什么，我实在不想再尝试那种境遇。

不过，我知道怎么提意见都没有用。我们是唯一适合的一批人，换句话说，这是只有我们能干的任务。之前还看了机密的资料，说明上头根本不会同意你退出，现在已经没回头路了。

我心里想着是否有办法推脱，另一种声音浮了上来，假使我侥幸完成任务，估计我以后的道路会顺利很多，回去也许能靠这资历当个科长，再也不用日晒雨淋了。

如果事情真如我想的发展下去，也许真的是这种结果。但当时谁也不会想到“文化大革命”的发生，我的人生会变得那么无所适从，那毕竟是后话了。

之后讲的是人员分配，我和王四川自然是必选，我是正队长，王四川是副队长，老田是专家援助的身份，另外再带三个工程兵。

看着他们都是十八九岁的年纪，我想起了马在海，虽然他最后被追授了烈士和班长，但是一切都太迟了，哪怕在他死前让他真正感受一秒钟的荣耀也好，可惜再大的荣誉他都无法知道了。

我对于这样的安排还算满意，只是隐约觉得老田是个麻烦，知识分子的队伍很不好带，但他肯定得去，我们需要他对这一切作出更精确的计算，他必须亲自采样和观察细节。另一方面，老田不可能放弃这个机会，他很明白自己的地位是怎么来的。

我在想，等他真正下去以后，一定会后悔自己的决定。

再之后，老田开始讲一些基础知识，我也开始昏昏欲睡，但领导在不敢放肆，只好强打精神。会议结束后又是一阵沟通，等我走出帐篷看表，已经是傍晚五点。

我想着还没到医疗区关门的时候，要不要抓紧时间，再去看看有没有机会见袁喜乐，不知不觉脚下已经走到了医疗区域外，远远地看了一眼帐篷，发现那里的护士正结伴去吃饭。

我想到中年护士说的话，其实挺有道理，我一个人去看她影响确实不好，还是得叫上几个人，带点东西过去也有个探病的样子。于是作罢，心中更加失落了。

正想离开，忽然远处那群护士里有人吆喝了一声。

我一开始没多想，还是准备离开，那边又叫了一声别走。

我抬头一看，就见中年护士正冲我吆喝，并快步走了过来，后面的护士好奇地看着我这边。

我不明就里，再心虚一点说不定就直接逃了，但我的性格还算比较兜得住，就迎面来到医疗区门口，中年护士也走了出来。

“你怎么老在这里逛来逛去的。”她还是一张让人望而生畏的脸。

“我——”我指了指后面的帐篷，“刚开完会，烟抽得太多，出来透透气。”

“你有东西落下了，正好，你拿回去，省得我去找你了。”她从口袋里掏出一个东西递给我。

我一看，是我塞在袁喜乐枕头下面的那盒烟。

一时间我也不知道该有什么反应，接了过来，中年护士就转身离开了。

我看这大妈的风采就是护士长级别的，这烟可能是她在整理病床的时候发现的，那么，袁喜乐岂不是可能没有看到它？而且，这大妈说不定看到烟就意识到我的目的，然后把烟给收走了。

我看着中年护士远去的背影，不由得觉得自己好傻好丧气，没来前的几天还有些自我安慰，原来全是空想。

也罢，反正烟也抽完了，省得去买。

我翻开烟盒，想拿出一根抽，一倒就发现烟盒的重量有点不对，里面除了烟还有其他东西。

抠了一下，里头有一只小巧的女士手表，我一下就认出了那是袁喜乐的。同时，我还看到了一张小纸条，借着一边的汽灯，我看到上面写着：“我好想见你。喜乐。”

她给我写了字，我顿时有些惊讶，难道她的神志已经恢复了？接着，我的心里一阵悸动，几乎快要窒息。时间好像停止了，在冷风中我呆立了很长时间，一种无法言语的感情无法抑制地里涌了起来，我忽然很想很想看到她，把她拥进怀里。

七十六、思念

如果说，我之前的想念是一支安静的白蜡，压抑地燃烧着，终有烧光的一天。但在那一刻，这支白蜡却被投进了枯叶堆中，烧起无法熄灭的烈火。

我已经意识到，我再也没有办法就这么走回帐篷，当作什么事情都没有发生，那一刻，为了能见到她，我什么都可以豁出去。

在当时那个年代，这种念头简直是疯狂的，我一开始甚至因为自己心中有如此强烈的想法而感到害怕。

我想抑制这种强烈渴望，但是没有用，我的脑子无法思考那些可能性，虽然那一瞬间，我的脑子里掠过了无数可能有的悲惨后果，但是，所有这些平日里最忌讳的东西，在这一刻都变得毫无意义。

并不是我不害怕那个年代加在我们身上的东西，但在那一刻，我拒绝去想那些，我知道那不是冲动，因为我并不着急，我只是想见她，不能再等了。

我打量着帐篷口上的警卫兵，其实溜进去并不是一件很难的事情，我可以通过铁丝通道下头的水游过去。但是，入水的路线需要仔细地谋划。

我回到自己的帐篷里，把袁喜乐送我的手表用手帕包好放在枕头下面，然后悄悄摸了回去，一路顺着医疗区域，寻找最合适的进入口。

大坝内侧的建筑都建在地下河道的两边，一边是医疗区、食堂，还有我们住的地方，另一边是工程兵、司令部，还有他们的食堂。因为系统不同、伙食不同，我们两个系统的人是被故意分开的。

医疗区是一块独立的地方，有二十多个大大小小的帐篷，上百个护士都住在里面。

我和袁喜乐的住处中间隔着食堂，所有的帐篷都搭在一些铁架子上，有些是日本人原来安上的，有些是我们自己焊接起来的。所以，整个区域全架在水面上，我可以从食堂下涉水过去，一路到医疗区。但这样也有一个问题，就是怎么上去，铁架子全封死了。

想了半天也不知道如何是好，但我已经无法再等待了，决定先下去再说。

我喝了几口烧酒，活动了一下身体，偷偷从营地的边缘下水，然后摸进了铁丝网下。

建立营地的步骤是，先使用电焊加固铁丝板，然后在上面垫上木板，再打上帐篷的防水布，隔音效果很差。所以一路过去，我听到上面的帐篷里全是各式各样的走路声、吵闹声和大笑的声音。

地下河的河水极其寒冷，冻得我瑟瑟发抖，但心中是滚烫的。这个时候也不敢打手电，就靠着木板缝隙中透下来的灯光前进。

游了几十米出了食堂，到医疗区的路上有一段上面没有遮盖，我潜水过去，再探头出来，发现这里忽然静了下来。

我差点打了个喷嚏，抱着双臂打着寒战从下往上看有没有地方可以上去，很快就发现有一个地方透下来的灯光特别亮。

我又闷头游过去，亮光那里的铁丝网上被气割出了一个圆洞，感觉正好可以容纳一个人通过，爬上去之后发现那是一个取水井，旁边放着很多水桶。

冷风吹了过来，我起了一身鸡皮疙瘩，赶紧把衣服脱掉拧干，这样才暖和了点。我只穿着一条短裤，往袁喜乐的帐篷摸过去，就看到门口的警卫兵还在，看来那天是陪她去做检查了。

我们的野战帐篷都用泥钉打在土里，本来四角要用重物压住防风，这里没有那么多石头，所以改为直接用木板压住打上细铁钉，我不可能从正门冒险摸进去。

也不知道帐篷里有没有人，我想了想，来到帐篷后面贴着听了一会儿，没听到有人说话，才深吸了一口气，用小刀贴着帐篷的底部划出口子，然后钻了进去。

里面比外面暖和多了，几乎只过了一秒钟，就刺激得我浑身刺痛。帐篷里有一盏很昏暗的灯，我不敢说话，就看到袁喜乐已经坐了起来，看着我的方向。

她的头发变长了，脸显得更加精致，“苏联魔女”那种干练冰冷的气质消失了，取而代之是一种让我无法形容的感觉。

我只穿着一条短裤，冻得浑身发青地看着她，两个人就这么看着，谁也不知道该怎么反应。

我忽然觉得这样狼狈地出现，是不是会破坏我在她心里的形象？但我还没有反应过来，她已经扑了上来，冲进了我的怀里。

冰冷的身体顿时迎上了一股炽热的暖意，我也抱紧了她。

那几个小时，什么事情都没有发生，因为我们都不敢说话。袁喜乐怕有人突然进来，关掉了灯，我们依偎在一起，感受着对方的体温。

我的脑海中出现了当时我们在避难所黑暗里的情形，现在和这时是多么相似，又是多么不同。

我不知道那是幸福，还是满足，或者随便其他什么，我只知道我不想离开。

我们在黑暗里，用手指在对方的手上写字交流着，虽然非常模糊，交流得非常有限，但还是非常高兴。我问了她很多问题，她大部分反应都是摇头，好像并不理解。

她中毒的程度要比我们严重得多，我意识到她并没有完全复原，更加地心疼。但我又没法待得太久，因为护士会半夜来查验，袁喜乐显然也知道这一点，没有留我，我依依不舍地离开，沿着水路返回。

这条水路看来是一个盲点，我成功回到了自己的区域，虽然冻得几乎要死，但心里还是非常满足。

到了自己的帐篷里，我和他们说刚去洗了个冷水澡，然后去摸枕头下的手表，拿出来偷偷把玩着。那是一只非常小巧的苏联基洛夫表，当然不能和现在的精工名表比，但还是比一般的男式腕表要小和薄。当我翻到后面，就发现表的底盘上刻着几个字：“无论我变成什么，你都要怜悯我。”

字刻得并不好，好像是用什么尖刺刻上去的，这应该是她喜欢的名言，也许是某本歌剧里的台词。

苏联的东西以结实夯实出名，这种小表一般都很名贵，是国际间的交流礼物，想买可能都买不到。

我激动起来，想着这表的由来一定很有意义，放在手里吻了吻，心里像有什么确立了一样，一下感觉好像她在身边，能闻到她头发的香味。

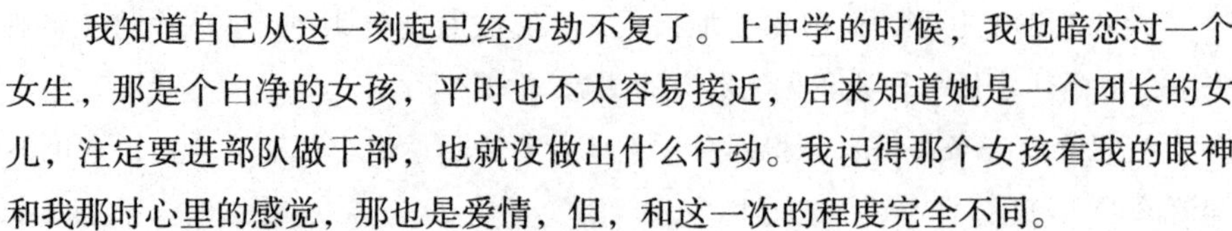

我知道自己从这一刻起已经万劫不复了。上中学的时候，我也暗恋过一个女生，那是个白净的女孩，平时也不太容易接近，后来知道她是一个团长的女儿，注定要进部队做干部，也就没做出什么行动。我记得那个女孩看我的眼神和我那时心里的感觉，那也是爱情，但，和这一次的程度完全不同。

那时候我还可以思考很多问题，可现在，我脑子里只有拥她入怀的念头，其他什么我都无法去想。我知道我已经退不出去。

但是转过身又觉得担心，在那个时代，爱上一个女孩要付出太多的代价，而她现在还不知道能不能恢复神志。我也不知道在这种环境下我能干什么，也不去奢望，现在想的，只是能多见她几面。

这时王四川带了一帮人过来叫我打牌，我没心没肺的，输得脸上贴满了条，后来他们觉得索然无味，就出去抽烟吹牛去了。

我躺在自己的床上想着之前的事情，心里满是复杂的情绪，想到一些场面竟然面红耳赤起来，一边觉得自己没出息，一边又不自主地笑，想着想着睡着了。

第二天王四川踢醒我的时候，我正在做梦，梦里当年那个团长的女儿又回来找我，她的脸一会儿变成袁喜乐，一会儿又变回去。我焦躁起来，想问你他娘的学川剧的？刚说话，却看到四周全是人在看我，我一摸脸，发现脸上全是纸条，上面写着“搞对象”三个字。我大惊失色，赶忙去撕，却发现贴得极其牢固，脸上的皮都拉碎了还撕不下来，一下吓醒了。

睁开眼睛，我才发现昨天糊里糊涂输牌的纸条都没撕就睡了，王四川正拽着我的脸颊让我起来，看样子很是兴奋。

同时我听到帐篷外面动静也很大，从开着的帐篷门能看到好多人跑过去。

我摇摇头让自己清醒，问怎么了，他说：“快点，有好戏看。”

七十七、钢缆

正觉得奇怪，王四川撩开了我的被子拖我，我冻得直哆嗦，披上衣服踹了他两脚，然后跟他跑了出去，马上发现那些人都在往大坝跑。

跟随着来到大坝上，围观的人太多了，就有人出来把他们往下赶，我们是技术人员没人敢撵，于是还算方便地来到了大坝边上。走近了看到一群工程兵正在摆弄一大圈钢缆，这种钢缆每卷都有一吨多重，要运下来一定够戗。

我看到两根钢缆被卷扬机绞成一股，用铁皮加粗连在一起，钢缆的一端连着一个大的黑铁砣子。

几个工程兵用杠杆推动铁砣子，一边有一只用油桶做的土炮，这是解放军的传统装备了，据说是刘伯承发明的，把油桶的一边切掉，然后打上几个铁箍。

这东西一般用来打高地，后来在剿匪的时候被普遍用来扫雷，只是把火药换成了大量的石子。当时的土匪往往缺心眼地把地雷埋得特别密，一炮下去石子漫天开花，地雷炸地雷直接炸掉半座山，连炮弹都省了。

我明白了他们是在做什么，这是在架设钢缆，在山区或者落差巨大的地形上，钢缆确实是最快捷的通行方式。

不过，我没想到会用这么野蛮的方法，而且现在好像已经到了最后的时刻，我下意识退后了一步，这个动作一做，其他人也立即跟着我退后，有的还捂住了耳朵。

我感到有点好笑，就在这时，从前面人群让开后的空隙里，我看到了一个奇怪的人。

他在另一个方向，离我很远的地方，正坐在大坝的边缘看着那片黑暗，好像并不关心这里的事情。

之所以说他奇怪，倒不是因为他长得怪，而是因为他是个毛子——苏联人。

这里怎么会出现苏联人?

我觉得不可思议，这里的保密等级这么高，按理说不会有外国人出现。

这家伙留着很短的络腮胡，身材修长，看得出很健壮，给人一种很有爆发力的感觉，这会儿嘴里叼着根烟，对着深渊发怔。

他的脚下是万丈深渊，却一副无所谓的样子，要知道在这种强风下，普通人早腿软了。

我找了边上的一个人问，没问出这个人到底是谁，只知道是刚来的，据说是个很厉害的苏联专家。

我还想问个仔细，这时土炮响了，整个地面狠狠地震了一下，我的注意力立即被吸引了过去。只见铁砣子带着钢缆飞入深渊，但是很快力竭掉了下去，垂直落下。

一边的钢缆被抽出，在空中舞动，越动越长，周围的空气发出犀利的破空声，这时候如果被打到恐怕脑袋都会被削去半个。

安全第一，我又退后了几步，钢缆下坠的过程持续了很长时间，一直到钢缆不再抽出，舞动重新平息下来，我才敢再次靠近。那条45度角的缆绳已经刺入了大坝下的黑暗里。

“结不结实？”王四川问。

几个工程兵抓住静止下来的钢缆，用力往下压，道：“这是打桩机用的钢丝绳，你说结不结实？”

王四川学着他的口音：“好，我相信你，我摔下去你赔我脑袋。”

“赔你赔你，你是头大象我都敢这么说！”那工程兵道，看得出他确实很有信心。

我们以后会顺这根钢缆下去，看到工程兵这么有信心还是很高兴的。

王四川笑着去递烟，我上去吊了一下，果然钢缆纹丝不动，顿时安心了不少。

钢缆的另一边开始在大坝一端进行加固，用卷扬机把钢缆弄直，尽量避免受风压的影响而晃动。在钢缆附近，我清楚地听到狂风掠过的震动声。

王四川很快就和几个工程兵熟稔了，开始打听，我看着钢绳连接的深远黑暗，总觉得，自己能从中看出什么来。

等我想起了那个苏联人，再次看过去的时候，他已经不在了。我走过去，也坐在大坝的边缘，却被烈风差点刮下去，不由得心生恐惧终于放弃。

这一次照面以后，过了很久我都没有再见到他，对他的疑惑倒没怎么困扰我，毕竟我最大的问题远比这严重得多。

不过我在茶余饭后的一些言论中，大概知道了他的来历。这个人名叫伊万，来了没多久，经常在司令部出没，不知道是干什么的，但是大领导对他都很客气。

王四川想到，该不是又来了个要搞“左倾”的吧。我说，早不是苏联人能左右的时代了，只不过有这种人出现，还是很耐人寻味的。

一周后，所有的准备工作终于就绪，我们开了个小小的动员大会后背起装备，准备出发。

打头的是两个工程兵，这条钢缆的承重能力足够吊起一百个我们，但是为了保险，我们还是两个一组，用滑轮滑下去，约定安全到达以后以信号弹为信号。

滑轮的速度极快，两个工程兵戴上了防毒面具，连目送的时间都没有，就消失在了黑暗里，只有钢缆的振动表示他们还挂在上面。

我已经谈不上紧张了，趁着现在多抽了根烟，一直耐心等待着，然而没有想到的是，等了足足有三个小时也没有等到信号弹。两个工程兵好像被黑暗吞没了一样。

他们消失了。

我和王四川对视了一眼，又看了看现场指挥。现场指挥的脸色已经铁青了。

行动立即取消，老田被叫去开会，上头还给了我一个任务，安定队员的情绪鼓舞士气，不要被牺牲和困难吓倒。

两个人下落不明，老田去开会，我和王四川不需要教育，只剩下一个工程兵，我也不知道这打气会该怎么开，不过这小子确实吓得够戗，坐在我们面前，腿直哆嗦。

这些工程兵在林子里出生入死，遇河架桥，遇树开路，就算碰到只老虎也不至于吓成这样，但是往往这样的人会非常恐惧无形的东西。说实话，对于那片深渊的那种虚无，我内心深处也是恐惧的，但我这个人更实际，我更恐惧的是，接下来自己的命运。

20世纪60年代，没有取消任务一说，有困难要克服困难，对于那个年代的中国人来说，基本上所有的事情都是困难重重的，没有牺牲精神什么事都不会成功。所以我们还是会接着下去，而那两个工程兵，我想绝不会有其他的可能性，他们一定是遇到了什么事情，已经死亡了。

王四川对那工程兵说，也许下面是个世外桃源，有梳着粗辫子的护士或者军校女生，他们两个一乐就忘了发信号弹。

这是个蹩脚的笑话，谁也没笑。

鼓舞士气以失败告终，反正也没人考核我的成绩。

傍晚老田开会回来，也是一言不发，问他也不说话，只是在那里看自己的笔记。我觉得他也想不出什么应对的方法，这是一件很简单的事情，不是靠演算和商量就能得出结论的，最后的办法无非是蛮干。

第二天上午，我的想法得到了证实，我们甚至没有被集合，是王四川听到风声，我强烈要求才批准我们去。到的时候，我看见又有两个工程兵已经穿上了全部的装备，身上系着一条绳子。

我问他们要干吗，那个现场指挥说："这一次一定要看看下面到底是什么鬼地方。一有动静，就把他们拉回来，这样就知道出了什么事。"

我知道不妥，但也知道怎么说都没有用

那两个工程兵打过仗，明显气度不凡，但看得出也很紧张，毕竟有些事不是用枪就能解决的。

他们一手拿着信号枪，一手把冲锋枪的子弹上膛，这一次下得非常慢，一点一点地，探照灯一直打着他们，直到他们缓缓沉入到黑暗之中。

所有人都不说话，听得见狂风的声音，我在心中默念千万别有事，等着通知的信号弹上来。

时间一分一秒过去，我渐渐意识到不对，但是所有人都不说话，我也只能等着，半个小时以后，我确定又出事了。

"拉上来！"现场指挥忽然叫了一声，边上的人反应过来，立即摇动绳盘。

没多久绳子被拉了上来，断口在空中被吹得乱摆。

我愣了一下，只见那现场指挥双眼血红，摔掉帽子，摸起一支枪，戴上防毒面具要下去。王四川赶忙拦住他，却被他摆手推开。

“王连，请示一下上级吧。”一个小兵急道。

“我上不来再去请示。”他道，“谁和我下去？”

边上的小兵都上去了，我看着不对，刚想阻止，王四川上去道：“都躲开，我来！”

我知道这是以退为进，王四川肯定不能做先锋，我们是技术人员，死了就没了，怎么也要保证我们的安全，他这么一拉扯，上头肯定会知道。

果然那现场指挥坚决不同意，一时间大家僵在了那里。而我心中骇然，这深渊之下到底是个什么世界，为什么会把人都吞掉？我急忙走到大坝边上，摸着钢绳，试图看出什么来判断之后的行动，忽然感觉到不对。

钢绳在以很轻微的幅度振动，我把耳朵贴上去，耳朵是人体上感觉最灵敏的器官之一，确实是这样，钢缆在振动。

有东西在顺着这玩意儿从深渊下爬上来。

七十八、无法参透

我打了几个响指让大家安静下来，让他们也来听，几个人听了以后，面色瞬间起了变化。

“是什么？”王四川问，“什么东西在钢绳上？”

“不知道。”我满头冷汗，心说可能是工程兵还活着，也可能是弄死他的东西，“子弹全部上膛，给我一支。”

如果是有人还活着而且顺着钢缆往上爬，那实在太危险了，这么大的风压、这么长的距离，要爬上来太困难，得有人去接他。

我当时有一种冲动，抓起枪想滑下去看个究竟，但是硬生生忍住了。经历了那么多事情，某些勇气已经消失了，后来是现场指挥和另一个小兵先下去，其他人把枪对准下面，要是真爬上来什么妖怪，这几支冲锋枪也够它喝一壶的。

十几分钟后，挂在钢缆上的现场指挥用手电打了个信号，让再派人下去，他继续往下。两小时后，他们带了一个人往上爬，上来后立刻大叫医务长抢救。

他们带上来的是一个几乎看不出是人的人，浑身一片漆黑，已经奄奄一息。

医生还没到，我们把他平放，在场的没人认出他是谁，他浑身挥发出一股怪味，脸上全烂了，话也说不出来，眼睛一片浑浊，很可能已经完全失明了，不时张嘴想说什么，但是一点声音也发不出来。

现场指挥一边给他洗伤口，一边流下了眼泪，大叫道："医生死哪里去了？你告诉他们，一分钟内不到我枪毙了他！"

我和王四川深受震撼，立即上去帮忙，我撕开他的衣服，对着他就叫道："同志！坚持住！"

没想到我一说完，他忽然就浑身抖了一下，一下把烂脸转到了我说话的方向，猛地抓住了我的衣领。

我被他整个人扯了过去，那人恐怖碎裂的脸突然扭曲了，浑浊的眼睛几乎要瞪了出来。

他撕心裂肺地叫了起来，但那种声音别人根本没法听懂，但他还是不管不顾地吼了好几声。

我忍住刺耳的感觉，凑过去仔细辨别，发现他吼的好像是"为什么又是你"？

听起来好像是又好像不是，我感到很疑惑，心说这是什么意思？一边的医生过来把那人抱上了担架，其他人都跟着去了，整个大坝上顿时只剩下我和王四川。

王四川看着那深渊，满头冷汗地看着我说："老吴，他说什么了？"

我摇头，觉得自己真的有点被吓到了，看着下面的深渊，手有点抖，忍不住点上烟镇定，心里想，刚才这里的所有人都会庆幸自己没下去。又伸手握住钢缆，感受着那些振动，上面还沾着那个人身上的东西。

正觉得心有余悸，"他手里有东西！"那些还没走远的人里有声音叫道。

我和王四川对视一眼，快步走过去，发现那个工程兵手里果然攥着什么，现场指挥半天才掰开他的手，我看见那是块石头。

那是块黑色的墨水瓶大小的石头，上面全是孔洞，类似一块海绵，发出一种奇异的光泽。

后来从医生那里证实，那个烧伤非常严重的人是三连四班班长何汝平，是从他衣服里的军官证上认出来的，才26岁，竟然救活了，但是陷入了深度昏迷，基本上这辈子也废了。

那块从他手里发现的石头，是一块"黑云石"，这是一种非常常见的石头，特别是在这里，地下河四周的洞壁全是这种岩石构成的。

何汝平从那个深渊下捡到这种石头，再正常也不过。老田推测，也许当时何汝平只是在痛苦中随手抓起了一块石头，但我觉得不会是这样。人在那样的痛苦中不可能有力气抓住一块石头，一点一点爬上钢缆，他的那种行为，表示石头一定有特殊的意义，这是何汝平用生命带回来的关于那个地狱的线索，只是我们无法参透。

至于他身上的烧伤，现在还没有定论，伤口中既没有强酸，也没有高温炙烤的痕迹，他的烧伤好像是从身体里烫出来的。

这块石头唯一让人在意的地方，是上面的无数细孔。

黑云石是由沉积物质经过亿万年的压力过程形成的一种岩石，在长久的压积作用下，这种石头的结构不可能产生像海绵一样的细孔。

所以这些细孔应该是这里塌方后，被空气中其他因素腐蚀出来的，也许和下面的浓雾有关系。

老田敲开了石头，里面完全一样，理论试验方面我们完全不内行，只好由得他去研究，我们则在帐篷里等待结果。

我们在帐篷里等了三个小时都没有消息，慢慢开始不耐烦起来，几个人开始轮番出去打听。刚开始时老田带着他的学生一直在作探讨，后来裴青也加入了，只能看见他们在帐篷里进进出出，一直也没什么信息传出来。

裴青最近和上层走得很近，我们都没有看到他，应该是在搞别的什么东西，他的理论知识非常扎实，按道理一开始就应该让他参与，但是因为他的性格，老田可能非常排斥，如今他的加入，说明如今的困境应该是他们那帮人无法解决的。

我想着就有点绝望，觉得这事情实在蹊跷。

果然，等到傍晚，我们得到了通知：深入深渊的计划全面暂停。

七十九、深渊中带回来的石头

吃晚饭的时候，我又想到何汝平当时的情形，忽然有点控制不住地发起抖来。我相信所有看到那副惨状的人都会被吓到，深渊下面一定是一个地狱一样的地方，而我们肯定还会尝试下去，就算这个计划中止，也一定会是我们这样的技术人员都牺牲以后才有可能。

我想退出这个任务，却又没有这样的勇气，虽然这一切都是自愿的，但是退缩意味着会有长时间的动员和说明。在那些真正的当兵的人看来，胆怯是一个所有人都会遇到的问题，鼓励一下就好了。营长、旅长、师长轮番轰炸，就算我是死硬派坚持到最后，真的退出了这次任务，以后回到地方这辈子也算废了，不知道会有什么帽子等着我，有的是人给我穿小鞋。

“这个同志有点问题”，这句话可以成为任何事情的借口，就算是分房子和拿工分，除非大家都有，否则肯定有人会闹——这种逃兵都有，为什么我没有？对于这个我自己倒是无所谓，只是怕我又会因此被别人排挤。

这几乎是和性命一样慎重的事情，根本没法那么轻松地决定。

我于是想，我老爹知道了这种情况会希望我如何，也许我老爹不在乎，毕竟他吃的苦多了，这点非议对他来说是小意思。但是我弟弟一定会烦死我，他一直把我当成英雄，又是最容易受鼓动的年纪，虽然我想他最终会理解我。

深渊下的情况一定是件想不出结果的事情，我知道所有人都会有相同的想法，但是谁也不会明说。

王四川靠在支撑杆上，一边给炉子添柴，一边自言自语："你们说，那下面会不会是熔岩滩子，人一到下面就被烧伤烧死？"

"明火熔岩亮度那么高，下面应该很亮才对，上升的热气会翻动雾层，不会这么平静。"有人走进来接话道，我看见是裴青，他从老田那边回来了。

我们立即问有什么进展，他摇头叹了口气："没有，我回来吃饭。"说完继续道："倒有可能是地热，这里很可能有大量地热源，地下河水灌进这些地方，变成高温蒸汽喷出来，那种气体只要碰到马上就会皮烂肉消。"

"但是何汝平为什么要捡块石头回来呢？"王四川摇头表示太难理解。

"也许他自己也不知道。"裴青道，"我看早先的日本人也可能只是尝试下去，并没有成功，那电台也许是他们用降落伞空降下去的，我们是在浪费时间。"

几个人都叹气，这个可能性乍一看是存在的，何汝平准是想告诉别人，那下面是一个没有任何人可以生存的地方，这样我们也许在最后退缩的时候心里会好过一点。但是我也明白这并不成立，要推翻这个猜测很容易，因为那台在深渊里的发报机已经孤独地工作了几十年，它需要一个非常稳定的电源。我相信以当时的技术，下面肯定有一个小型的水力发电系统，只有水力系统能工作几十年不需要任何维护。

深渊下是可以生存的，问题是我们没有摸到门道，何汝平的那块石头，可能是我们唯一的线索。

可是在什么情况下，会有人认为我们看到这块石头将有启发？石头本身没有任何问题，非常常见和普通，既没有多出什么难解的东西，也没有缺少什么元素。

"也许他们应该查查，石头上原来应该有，现在却没有的东西。"裴青道，"很多时候人往往着眼于多了什么，而没注意到少了什么！"

这倒也是个方向，从下面带上来的石头，应该有哪些必然的特征呢？"何汝平是个工程兵，我觉得应该想这些，他不了解地质勘探，他只懂工程那一套。"我想着就道。王四川马上说了句"你个家伙倒说得有道理"，接着拉开帐篷，把外面站岗的兵叫进来。

外面的兵有些惶恐，估计是以为我们要他下去，进来的时候脸都绿了。

我问道："你几岁了？哪个连队的？"

这个小兵道："我叫庞铁松，18岁了。三连的。"

和电影里演的不一样，他看上去没有革命的大无畏精神，反倒有些发抖。

正在恐惧中的我们看到他这样故作镇定，有了些安慰，但也不想戏弄他，王四川问道：“你是什么类型的工程兵，和汝平一样吗？”

庞铁松的面色更苍白，但还是敬礼：“一样！”

王四川让他坐到我们中间，递给他一根烟，问道：“我问你一个问题，你们工程兵看到石头想到的是什么？”

“顽强！坚定！永不放弃！”他一本正经道。

我心说，难道何汝平捡起这块石头是想告诉我们要顽强、坚定、永不放弃吗？那他的精神境界该有多高，在那种环境和痛苦下不可能有人会想到这些。

王四川骂道：“放屁！这里不是政治课，少给我扯这些，给我好好说。这边，这边，这边。”他比画了一下，意思是周围的洞壁，“你看到这些石头会想到什么？”

庞铁松想了想，有点不太敢回答，王四川看自己吓到他了，立即换了一副和蔼的上级视察嘴脸，把帐篷的帘子放下来，对他和颜悦色地道：“说吧，这是内部会议，谁也不会说出去的。别人不会知道你说了什么。”

庞铁松这才挺了挺腰板，支支吾吾道：“报告首长，我一看到这里的石头，想到在昆仑山挖山洞的时候，我想，要是那里也有这么大的洞，我们该多省事。”

我和王四川面面相觑，确定如裴青说的，工程兵的思维和我们是不同的，这和工作经历有关系。王四川于是试探地问道：“那如果你看到一块从山石上敲下来的石头，你会想到什么？”

“石头？”他奇怪地反问道，王四川就比画了一下黑色的碎石头。

庞铁松道：“我会想到开山工程，我们大部分时间都在和这种碎石头打交道，这种山洞很稳定，有碎石头应该都是日本鬼子做这个水坝的时候掉下去的。”

“唔……”我陷入了沉思，第一直觉是，这不好推测。何汝平是不是这样想的，谁也不知道。

王四川问他，是不是所有工程兵都会这么想，庞铁松也说不上来，只道反正他是这么想的，要不他帮我问问其他人。

王四川刚想答应，被裴青制止了，他对庞铁松说：“你先出去，这里的事情对谁也不准说。”

庞铁松如释重负地出去，裴青道：“我相信这小子的话有一定的参考性，何汝平下去以后在那样的能见度下，他不太可能注意到一块那么细小的石头，

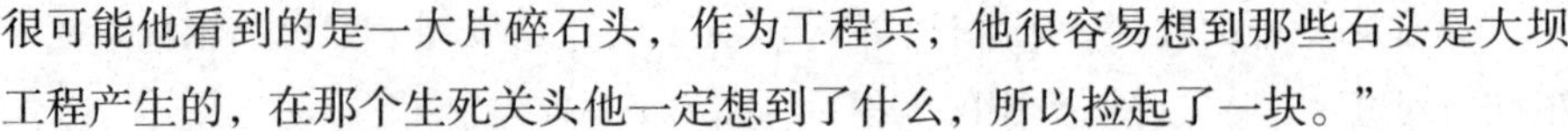

很可能他看到的是一大片碎石头，作为工程兵，他很容易想到那些石头是大坝工程产生的，在那个生死关头他一定想到了什么，所以捡起了一块。”

“这种想法应该很直接。”我道，“我们再怎么想也没有用，得让工程兵去想。”

裴青点头：“所以不能让这小兵去问，会传达不必要的信息。我们要知道真实的情况，得做得小心一点，我准备让部委准备一个测验，让何汝平那个连的工程兵来回答几个问题。”

比起盲目的推测，这办法显然好了很多。我们都同意，裴青去操办，王四川等他走了以后说：“这小子不发神经的时候确实是个人才。”

我苦笑，裴青的聪明和刻苦有时候让我觉得惭愧，事实上很难说是我这种懒散耍小聪明的生活态度正确，还是他那种主义正确。我只知道只要自己过得舒服就行，但不去尝试，也很难比较是他舒服还是我舒服。

这些都是题外话。我问王四川：“你小子有什么想法，很少看你不发表意见。”

他道：“这不是我们的范畴，乱说话有时候会干扰到别人的思路。不过我觉得庞铁松的说法有道理，因为，说到大坝工程，我也觉得有点疑惑。日本人在这里的举动很怪。”

“怎么说？”我问道。

“为什么盖这座大坝，在地下河上修这种东西要下多大的决心啊，一定有非修不可的理由才会这样搞。”他道，“不会光为了发电，如果是那样从上面拉条电缆下去不是方便多了。”

哎呀，我心里咯噔一下，自己从来没想过这个问题，王四川却说得很平常一样，这让我有点郁闷。我能承认比裴青笨，但是我没法承认比王四川还笨。

他继续道：“大坝的作用应该是控制地下河的水位。我觉得日本人修大坝的目的，是为了能控制流入深渊的水量。水和石头，这两个东西加起来，也许我们能分析出下面的情况。可惜咱们没资格作研究，让老田那书呆子去折腾，估计几个礼拜都不会有头绪。所以让裴青去做点事捅捅上头也是好的，至少这家伙比老田能办事。”

我点头，想说老田也不是不好，这种话还是少说，但估计王四川一定听不进去。裴青和老田相比的话，我自然是喜欢老田，不知道为什么会这样，也许是那张“小心裴青”的纸条和他之前的一些古怪举动，让我觉得他和我们不一样。

晚饭后，时间还早，医疗区还没关闭，我想出发去看袁喜乐，这次正正当当地去看看能不能探望，如果不行晚上再潜水过去。上次看她精神有了一些恢复，我觉得将她快点送出山洞会对她有好处。虽然这么做我有些舍不得，但是一切到了现在，也只能慢慢淡下去。我以后要干的事情太危险，而她一旦离开这里，我们以后再见面的机会就微乎其微了。想到这里，我心中涌现出一股愁意。

快步来到帐篷前时，我忽然觉得有点不对，一旁的几个护士都用很奇怪的眼神看着帐篷和我，感觉非常不正常。我心中奇怪，难道真像王四川说的那样，传出了什么闲话？再进去一看，只见里面全是人，几个医生都在。

最让我惊讶的是，其中还有之前在大坝边见到的苏联人。

八十、伊万

他们都在用俄语交谈，看到我进来了，都愣了一下，有个医生看了看我，朝我做了手势，让我等下再进来，显然里面的场面不适合我。

苏联人抬头看了我一下，老毛子的表情我分辨不出喜怒哀乐，还是立即退了出去，心中有点不爽。

苏联从20世纪50年代开始向中国派遣专家，确实对中国的基础建设有很大的帮助，但是，一方面苏联对中国的援助带有非常明确的政治企图；另一方面，援华的专家本身素质参差不齐，很多专家思想古板，作风跋扈，加上生活习惯和文化差异还有后来的中苏关系恶化，导致我们普遍对苏联专家有一种抵制情绪。

和其他人不一样，我一开始看不惯这帮老爷，主要是早先亲身经历过一件事情。在地方上，我认识一个苏联专家，因为对中国的地理环境不熟悉，他在一块盐碱化很严重的地上强制使用碱肥，导致2000多亩田地三年绝收。最后受处分的是那个生产队长，甚至还坐了牢，那专家却只是被调回了苏联。

不一会儿几个医生出来了，我站起来想进去，却被为首的医生拦住了："让他们单独待会儿，你回去吧。"

"单独待会儿？"我心中有股不祥的预感，"为什么？我进去看一下。"说着抓住机会往里钻，被医务长一下拉住了。

"你识相一点，知道里面是谁吗？"

我冷笑道："管他是谁，那个苏联家伙就不是人了？我和袁喜乐也是战友，没有理由不让一个无产阶级对他的战友表达关心。"

"谁管你是无产阶级战友还是什么。"医务长抓住我不放，"里面的事情和无产阶级没关系，你是不是吃错药了？人家小夫妻的事情你掺和什么？"

我挣扎了一下，忽然愣了："你说什么？小夫妻？"

"伊万同志是袁喜乐的未婚夫，从苏联千辛万苦过来的，人家三年没见面了，你不能识相一点？"

说话间，我已经被拉离了帐篷，还是没反应过来："未婚夫？"

医生们看到了我的表情，好像感觉到了什么，都笑了起来。其中一个摇头道："原来是你表错情了，癞蛤蟆想吃天鹅肉，还无产阶级战友，以后想追人先打听清楚。"

医务长拍了拍我的肩膀，说："都什么时候了，别胡思乱想，年轻人不要真以为什么错都能犯，快回去吧。"

说着一行人散开，我呆呆地站在那里，心中很不是滋味。过了一会儿才有一股无名火从心底升上来，我立即离开了那里。

说实话，我并不知道自己在火什么，也许是在火自己的可笑。早前和袁喜乐的一切镜头在我脑海里一幕一幕地闪过，我之前认为那些都是因为我而变得特别，但忽然根本不是那么回事了，也许只是偶然，只是平常的在恐惧时候的依恋。

她是有未婚夫的，天哪，那她之前心中不可能有我什么事情。果然只是我多想了吗？

那黑暗里的四天四夜，到底算什么？

然而在愤怒中我又感到一丝轻松，如果是这样，那一切倒回归正常了，我就当做了一场梦，没有什么好思念的，也没有什么可发愁。

可以说这个梦醒得正是时候。

我心里百味杂陈，以前看小说，写到里面的男女主人公产生各种情愫，总觉得言过其实，然而这一刻我脑子里空空如也，又明确地感觉到这种空白的背后，是那么多无法形容的心情。

不知道怎么回事，我不想看到那个帐篷，就算远远地只是瞟到一眼我都觉得心跳加速，然而那帐篷的位置最高，我怎么躲也躲不掉。

我在整个营地里乱走，终于走到了大坝上。

整个大坝空无一人，冷风凛冽，看着那虚无的黑暗，我逐渐平静了下来。

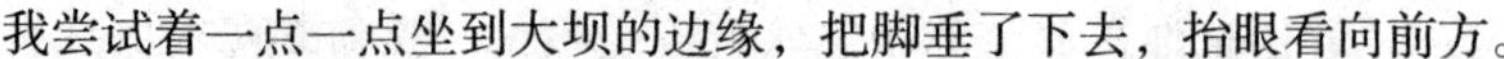

我尝试着一点一点坐到大坝的边缘，把脚垂了下去，抬眼看向前方。

巨大的黑暗让我头晕目眩，我脑子里的杂念好像被黑暗吸了出去，人世间的一切，和这大自然相比，简直不值一提。

我打定了主意，要制伏那下面的存在，现在没有什么能让我恐惧了。

现在想来，那几个小时的冥想所作出的决定是因为什么？有哲人说过：爱情让人充满勇气，我觉得反过来说也可以。失去爱情更让人充满勇气。很难说我的决定是因为得到还是失去爱情，也许两种都有一点。

不过这些都已经无关紧要，在那一刻我改变态度成为了事实，虽然这并没有太改变什么。

我回到帐篷里，王四川他们还是多少看出了我的变化，问我怎么了，我推说是琢磨石头的事情。以后的一段时间袁喜乐这三个字好像成了禁忌，只要听到我的心就提了上来，只有和她完全不相干的话题，我才能参与进去。我没有再去看她，心中那种不可抑制的思念被堵得严严实实，偶尔几次看到那个伊万，更加觉得他是极为可恶的。

事实上以后的大部分时间，我都非常消沉，基本上任何消息都没听进去，有经验的一眼就能看出我出了什么问题，但是好像谁也没经验，或者干脆假装没看到。

一直到老田和裴青他们有了一些进展，再一次开大会，我才勉强抖擞起精神来。

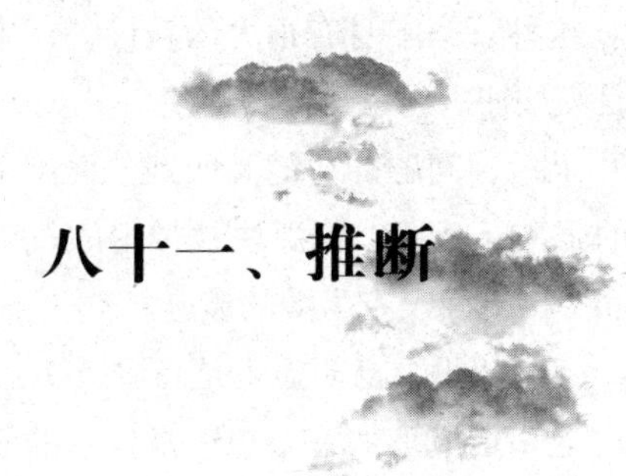

八十一、推断

老田和裴青各自作了推断，除了两个结论，早已经吵过很多次了，实在没有一个确定的结果，只能举手表决少数服从多数了。我完全不知道两边是什么情况，先问了王四川哪边靠谱，王四川一脸为难地说："老田那边我听不懂，暂时投裴青吧？不过那小子说的我也觉得太大胆了。"

这次投票会是个小规模的会，大家坐得很近，先由老田和裴青分别讲自己的想法和方案，我脑子一片空白，听得格外顺，大概补了一下情况。

说实话，老田说的我也听不懂，我的理论基础比王四川稍好，但也是癞蛤蟆的亲戚，一样吃不着天鹅肉。我只听懂了一些原理，他们通过对石头断面的判断，认为这块石头是被非常大的力量砸下来的，但无法肯定是人工还是自然塌方。

这在王四川嘴里说起来是屁话，这块石头不是被砸下来的，难道是凭空长出来的？但老田接下来的话还是很有用的。

他们把石头切开以后，发现石头上的细孔几乎遍布了整块石头，这是酸性腐蚀的结果，说明这些石头被人工处理过。这好像间接证明了裴青的理论，但是老田认为，这种现象不是因为石头被处理，而是因为暖水进入地下流，冲到深渊下导致的。

这在地质学上是一个本位矛盾说，从这个地方发现的岩石，是流水在本地形成的，还是从上流带下来的，有时候这种问题会让我们白忙好几个月。一听到这样的问题我就头疼。

这种石头本身有很大的碱性，在施工之前先用酸液清洗好像是很说得通，但是废酸冲入河里也很有道理。

最后，问题的关键又回到了何汝平为什么要捡这块石头上，难道是因为下面的强酸还残留？但那块被带出的石头很干净，显然被冲刷了很久，棱角已经圆润了，上面没有强酸的痕迹。

而何汝平自己明显也是高温烫伤，不是酸腐蚀。

老田最成形的一个想法是位置的问题。我们投入到深渊中的钢缆，可能正好投在了某一个高温点附近，地下河水泻入深渊，下面流经的地方不太可能会有太高的温度，何汝平抓起这块被地下河水冲刷的石头，是告诉我们地下河水流过的地方是安全的，他也许是因为下到地下河水里面才没有死去。

而裴青的说法正好相反，他说这里是地下深处，有丰富的地热资源，可能有很多滚烫的深达岩浆层的缝隙，地下河水冲入这些缝隙里，被加热形成了大量的蒸汽泉，高温蒸汽从水里冲出来，就在水面上形成了温度非常高的气层。

蒸汽无色无味，到高处急速冷却变成了浓雾，起到了一个暖被的作用，于是下面的温度越来越高，任何东西下去都会被高温灼蒸，很快就死掉。

何汝平以前是钢铁工人，在高温环境下工作过，所以比其他人更耐热，懂得一些抵抗高温的知识。同时又是一个工程兵，他抓住石头的手并没有被严重烫伤，说明这块石头在下面不是很烫。很明显，这些石头在那里出现不是意外，何汝平把它带上来，是因为在他以为自己必死的时候，他发现这些石头堆起的某个地方并没有其他地方那么烫，只有这样，他带上这块石头给我们才是说得通的。

“如果像你说的这样，你怎么解释何汝平身上的烫伤？”老田带的一个学生问。

“那些烫伤是他冒险离开这种石头回来的时候造成的，我想，下面很可能还有人活着。”裴青说，“他们还困在那片石头上，所以何汝平带石头上来，让我们知道，下面的人是可以生存的。”

“我听说过有人用带孔的石头做隔热砖，分量也很轻，因为石头里有空气。”王四川道。

“为什么他们不发射信号弹？”那个学生还是不服气，另一边一个看起来像是工程兵的头儿说：“如果像裴工说的那样，那信号弹是打不着的，下面的湿度太大。”

我听着，不由得佩服起裴青，他几乎是完全胜利了，在大学里，不知道多少次我在这种情况下把比自己年长得多的教授驳得体无完肤，一遇到这种情况就像打了鸡血一样。

说实话，我相信裴青的推论，因为那才叫推论，特别是关于那块石头的，当然我承认在这种情况下，老田说的也未必不可能。

裴青对几个干部说："我提议在河水不那么湍急的时候，关闭闸门，等下面的水流尽以后，那层雾很快会变薄，这也是为什么日本鬼子要修水坝的原因，要下去必须切断水源。"

他道："为了表示对我的提议的信心，我愿意亲自带队下去。"

"年轻人，鲁莽是要送命的。"老田在一边道，"我建议在什么都不明白的时候，还是要再商议一下。"

"下面可能还有人活着，我们等不起，我愿意为我的错误付出生命代价，是因为我有信心，老田，你害怕是因为你不敢。"

"我是搞科研的，不是来打赌的！"老田面色变得很不好看。

几个干部互相看了看，告诉我们休会，他们去商量。我知道裴青已经得到他想要的了，老田没机会了，因为休会是要给老田个台阶下，然后做做他的工作。

裴青显然也知道，出帐篷的时候，脸上出现少有的一种明朗的神情。

我有点想去恭喜他，我们在队里被这些老头子压迫得太惨，虽然我看不惯他的臭屁，但是这事确实让我觉得舒服。不过我也知道，这个时候对他示好是找死，就算他不给我白眼，被老田那帮人看到，我也会在他们受伤的心灵上加上一刀，他们会找时间把这一刀还给我。

所以出门以后，我们各自低头分开走，没想到才走几步，裴青竟然在后面叫我。

我回头一看，见他正大踏步朝我走来，心中不由得纳闷，一边的老田他们已经对我投来了阴沉的目光。刚想是否要表现得冷淡点，让自己脱身，裴青已经拉着我的手臂朝一个隐秘处走去。

他的手上都是粉笔灰，在我袖子上印出了手印，手劲很大。我莫名其妙，跟他过去道："干吗？"

"你觉得我刚才说得怎么样？"他开门见山地问，"你相信我还是老田？"

我更加莫名其妙，看了看后面好像没人听得到，就指了指他，轻声道：

"你。"

"好。"他一点也不意外，"那你能不能帮我一个忙？"

我皱起眉头："什么忙？"

"我需要一个人陪我下去。"他道，"我觉得你是最合适的人选。"

"他们会派一个工程兵和你下去。"我道，"我觉得我不可能比他们更合适。"

"我会拒绝。"他道，"他们不应该为我的一个推测冒风险。不能再死人了，我们只是名义上叫得好听，并不真比他们珍贵。"

我明白他的想法，不过又觉得好笑："那我为什么得为你的推测冒风险？你他娘的是我养的吗？"

他也笑了一下，道："我并不是这个意思，事实上我认为我的推断八九不离十，但我认为推断总是会有意外，就算我的推断完全正确，下到深渊的过程也一定十分危险，我需要一个我信得过的人。"

"为什么不找王四川？"我问道。

"你知道他不喜欢我，而且，王四川太冲动。"他继续道，"你也知道我不太会处理人际关系，在这里我唯一佩服的人是你，你在某些方面确实比我强。"

"谢谢你看得起我。"我又想了一下还是拒绝，"但是对不起，我觉得还没到我出马的时候，而且之前的事那是侥幸。"

裴青脸色不变，一点也没有受挫的样子，道："你可以考虑一下。"

我笑着摇头，心说永远不。我可以不要命地完成任务，因为我知道最终那要不了命，但是这一次，并不是我胆怯，我只是不想由我来冒这个险，特别是为了证明你裴青的推测。

走了几步，他又追了上来，其他人都已经走散了，我也不必太忌讳，道："我会下去，但不是这一次。如果确定自己的推论没错，你甚至可以一个人下去。现场指挥的话，你要求，他也会陪你下去的。"

"我并不是在要求你。"他道，"你的理由是对的，我本来没想过可能说服你，只是想试一下。"

说着他递给我一根烟，我心中有些不好的感觉，因为他今天太反常了。

他点上烟继续说道："在下去之前我要提醒你一句，袁喜乐的级别很高，你现在可不算门当户对，立功的机会可不多。"

这小子还他娘的知道了，我心中一阵恼怒，真没想到，这小子平时也不见得注意我，不知道他是怎么看出来的。

“我迟早会下去的。”我道，“而且我和袁喜乐的事情和你没关系。”

“如果我死在下面就很难说计划会不会中止了，你自己看着办。”他没有管我的说辞，快步超过我，“她很快就要结婚了，你是知道的。”

我愣了一下，他一下走得没影了。我忍不住心想，这王八蛋是在威胁我吗？但他本身又什么都没干，好像不算是威胁。说起袁喜乐，我的心一痛，她现在的痛苦轮不到我去安慰了。

不过裴青好像很想下去，这让我有点惊讶。这种愿望有点奇怪，而且他态度很坚定，并不是做姿态，好像是已经打定主意要下去，现在只不过要挑个好用的伙伴而已。

为什么？裴青总让人有一丝迷惑，如果说他要彻底打败老田，他其实已经做到了……

有一刹那我动摇了，想答应他，但是我忍住了。

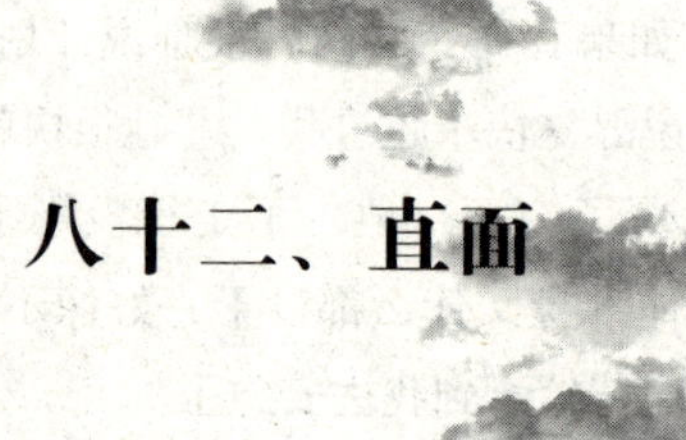

八十二、直面

吃完晚饭打牌的时候，王四川问我裴青找我干吗，我把情况一说，他有点恼怒，可能是因为裴青找了我没找他，他一直认为从手上功夫来说，他远比我靠谱。

我知道这基本上说得对，但裴青不是要一个保镖，他选择的人要对一切都有自己理性的判断，在突发事件到来的时候，还需要一种应变能力。

所以在我们被救上来以后，裴青已经慢慢判断好形势，换句话说，他这种人就像被手电光罩住的鹿，在最危险的时候他会本能地坐下来想想。这是很要命的，虽然向右跳少一条腿向左跳少两条，之间有很明显的取舍关系，但关键的是在哪一刻能跳出去，而不是跳向那里以后，选择都是上帝做的。

王四川太过情绪化。不像他的外表看上去那么不拘小节，王四川其实非常细心和聪明，但是情绪会影响他最后的判断。

裴青找我是对的，因为我和他们的一板一眼不同，我从小就是个固执的孩子。

我骗人玩小诡计内行，脸皮也厚，我中庸地遵守各种纪律，信奉各种信条，但只要不爽就可以全部丢掉。

在那个时代需要我这种在关键时刻变得不“高尚”的人。袁喜乐的事情在我心中隐隐作痛，我想，我如果为她下去，她会不会感激我？至少我能在她心里留下一个深刻的印象，让她永远忘不了我，甚至觉得亏欠我。

这听上去让人有点冲动，但是我随即又想，我为什么要这么干？她记得我又怎么样？她能不能好起来都是一回事，她不选择我，我做什么都没有用。她现在也许正靠在她未婚夫怀里，永远不会知道我动了多可笑的心思。

也许再过几年，我会喜欢上其他姑娘，为什么不能给自己一点时间？

这么一来，我又没心思打牌，脸上又贴满了条，王四川在火头上看我心不在焉更加生气，我被他弄得烦死了，就把牌一丢，道："我出去吹风，你们先玩着。"

边上早有人等我下来，立即补了我的位，王四川白了我一眼，不知道骂了句什么，引来满堂喝彩。

我找了个安静的地方，外面是地下河，我坐在一个木箱上，看不清里面是炸药还是食品，点上烟抽着，把烟灰弹在地下河里。

抽了几口，忽然我身边的地下河里传来水声，好像有什么在水里被惊动了。

我顿时吓了一跳，立即站起来往下看去，一眼看见地下河里，竟然站着一个赤身裸体的男人，皮肤很白，正瞪着我，我一眼认出了他是那个伊万。

我们两个互相对视，他道："你把烟灰弹到我头上了。"

他的中文还不错，带着很浓的苏联口音，但因为声音很浑厚所以很容易听懂。

"你在下面干什么？"我松了口气停止搜索脑子里的俄语，"我没看到你。"

"洗澡。你看不出来吗？"他从水里扯出一块毛巾，把头上的烟灰擦掉，河水凉气逼人，我在岸上都觉得毛孔收缩，但是这个苏联人浑身泛红，好像一点也不在乎。

"在这里洗澡你不怕生病吗？"我看了看不远处的装尸袋和泛着凉气的黑色河水。

他把毛巾拧干，挂到脖子上，拉住一边的铁扶手爬上来，然后继续拧水。他的身材很高大，感觉地下河的温度对他来说没什么大问题，甚至称不上是冷水。

"听说你们中国人一辈子才洗两次澡？"伊万道。

"那只是蒙古族的习俗。"我道，心说被王四川连累了。

"我只是开玩笑，"他笑了笑，"不过你们好像很喜欢热水。"

我点头，不知道为什么心跳很快，觉得非常尴尬。有一股敌意让我想立即走，但又感觉那样的话自己气度太小了。

沉默了几分钟，他擦干了身体，从一边的箱子上拿起衣服穿上，像是忽然想到了什么，道：“我认得你。”

我抽了口烟，本来想转身走了，被他一叫咳了一下，只得停下来。

“你是把喜乐救上来的那个人。”他道，伸过手来和我握了一下，“我本来想在一个比较正式的场合向你道谢。”

道个屁的谢，我心说，你这恶心的有毛怪物，早知道你在上面，我就和袁喜乐躲在下面不出来，急死你丫的。

他的手非常烫，能洗冷水澡表明他的身体很好，他又道：“很抱歉，上次没有直接向你道谢，他们没和我说你是救了喜乐的人。”

“没事，我也不是只救了她一个人。”

“是，但她是我的世界，你救了我的整个世界。所以，我的感谢是真心的，我的名字叫伊万。”

“听说了。”我道，“伊万屎为奇。”

他说了一句俄文，表示我的发音有问题，我跟着他念了一遍：“一碗屎为奇。”

戏弄他的快感有限，而且让我觉得我的人格很卑劣，我转移了话题：“你来这里是做什么的？”

“我还不知道，”他道，“这里……让我觉得，奇妙？”他看了看四周，“我只是在找喜乐，然后他们把我弄了过来。”

“你在苏联是干吗的，研究什么？”我递给他烟，他拒绝了。

“我是一个军人，当兵的。”他道，拿出了他自己的外国烟，“男人应该抽这个。”

我看了看他的烟。我只抽过一次苏联烟，烟劲非常大，这些生活在严寒地带的人都很迟钝，需要刺激性非常强的东西。

“谁规定的？”我有点挑衅地问他。

他并没有听出我的不爽，或者说，他根本不在乎，只道：“是喜乐说的。”

我接过来，立即点上，把火柴丢给他，忽然意识到，我可以从这里打听一些袁喜乐的事情。

虽然我心里开始弥漫起无尽的难受，肉体和心灵双重的，那是一种堵，呼吸很不顺畅，但好像是和自己挑战一样，我想把自己逼得直面这个情敌。

这对于我来说是一场战事，敌人是我的自卑心。能和情敌谈论那个女人，说明我并不畏惧他。

“袁喜乐现在什么情况？”我问道。

他吸了口气，对我笑了笑：“什么情况也没有，她还是那么美，对于我来说，她什么情况也没有，时间、疾病，都是可以忽略不计的因素。”

我吃惊地看着他，他戴上自己的帽子，吹了口烟，又和我握手，说道：“很高兴遇到你，我这一次引开了卫兵才能跑出来洗澡，我得尽快回去，他们不希望我和其他人说话。”

“为什么？”

“我不知道。”伊万摇头，“中国人总是神神秘秘的，当然，有一部分苏联人也是这样，希望能很快再见到你。”他指了指我的香烟，“别浪费好烟，好男人不浪费烟草，也是喜乐说的。”

我和他一起走上一边的水坝，他又道：“我会和喜乐在中国结婚，在离开这里以后——我正在努力让他们同意把她送回到地面上去——你对她的意义非凡，我希望你能来参加。”

“哦——”我的脑子一下乱了，心沉了下去。

“不管如何，希望你到时候不要拒绝。”他道，“晚安。”转身走向另一个方向。

我站在原地，没想到对话会这么快结束。心中那些刚刚鼓起来的勇气之类的东西，一下子空掉，我感觉自己变成了空壳子。

这种感觉混合了一种郁闷加上屈辱的元素，我在原地站了很久，忽然有了一个决定。我知道那不明智，但那能让我好受一些。

八十三、进入深渊的第一层

石棉服非常笨重，穿戴完以后，很像苏联卫国战争电影里，在冬天和德国人作战的苏联红军。

加厚的防毒面具光是看着就让人不舒服，但是想到下面的环境，让我穿得再厚我也没有异议。

裴青很瘦，体力不行，穿戴整齐了已经气喘吁吁，面色苍白，但表情非常镇定，好像他可以忽视这些困难。

看他的表情，我莫名地觉得心定，他完全不紧张，我怎么可能被书呆子看扁。

上头还想派工程兵跟我们下去，裴青拒绝了。

这时水坝已经关了三天水闸，下面的雾气果然淡了很多，裴青的信心更加坚定了，要下去的前一刻，他戴上防毒面具，看了我一眼，说道："希望你别后悔。"

"怎么，你也会怕我怪你吗？"我道。

"不，你没那个机会，那个时候你已经变成粉蒸肉了。"他道，"我们会活着回来的，但是，也许下面的情况很不一般，你要做好心理准备。"

死都不怕还废话什么，我心中暗骂。王四川帮我最后整了一下衣服，拍了拍我，道："自己当心点。"

我点头，做了个一切好了的手势，还没说什么，有人推了我们一把，两只脚立刻下去转了几个圈，等稳下来，我们已经悬在深渊上空了。

狂风袭来，吹得我们直打转，好在上面有个锁定的口子，可以锁住不动，否则我们一定像风车一样直接被转死。

探照灯从大坝上照来，几条光柱在我们四周移动，我们上一秒还看到大坝上的人疾呼，下一秒立刻看不到了，下落的速度比我想象得要快很多。

我这时已经完全后悔了，心脏跳得很快，看着顺风摆动的脚和下面的浓雾，袁喜乐一下不算什么了。妈的，我这是要到什么地方去啊。

我鄙视自己的时间不到半分钟，已经降入雾气里，并不是太浓，我能听到裴青紧张的呼吸声，我们不能对话，风太大，一说话就会被吹走，于是给他打了个手势，让他镇定。

他看了看手里的温度表，温度并没有上升，探照灯光已经非常朦胧，并且很快看不见了，我们打开手电，四周的黑暗逼来，最后只剩下我们的手电光。

但凡是经历过那种环境的人，终生都不会忘记，在一个绝对黑暗、狂风四起的巨大空间里，上不着天、下不着地，被吊在半空，这种感觉太魔幻了。刹那间我在想，自己在一个什么地方？如果我忽然失忆了，可能死也无法想象，这到底是怎么回事。

继续向下，风开始变小，四周非常安静，手电光能照到周围的雾气，好像自己陷进了一团棉花里。

慢慢地，我和裴青开始把注意力放到温度计上，即使本来已经被石棉衣捂得大汗淋漓，我们还是感觉到温度开始明显上升了。

“小心，如果还有蒸汽，立即刹车。”他道。

我没理他，只是看了看压力表，准备打信号弹，一摸出来发现上面全是水珠。

“雾气太重也会造成呼吸困难，到一定程度是打不出火的，就算发射出去了，它也不会亮。”他道，“有用早用了，早就说浪费时间。”

温度已经升高到70摄氏度，我已经想脱衣服了，但我知道石棉服已经在隔热，脱了可能更热，而再穿回去就没用了。

裴青这时拉了刹车，好像想考虑一下，如果温度继续升高，我们是否要放弃下落。

在他看温度计时，我忽然看到下面的绳索上，黏着什么东西，手电照去，我立刻发现，那是一个“人”。

这个人好像已经完全被烫熟了，几乎缩成了一团，无法辨认是谁。他和整个钢缆已经成了一体，很多肉汁像蜡一样淌了下来。

我有点想吐，也不知道自己是怎么忍下来的，裴青的面色我看不清，他不说话，想必也不好受。

“怎么办？”裴青问我。

我道：“他死在这里，说明以前这里的温度非常高，现在只有70摄氏度，说明温度确实降低了，你的推论是正确的。”

“我是说，这东西会挡住我们的滑轮的。”裴青道，“要想办法把他弄下去。”

我听着心里有些不爽，这到底是我们的战友，说这话显得太过功利了。但是我也知道即使责备裴青也没有用处，他脑子里恐怕只有他的学术胜利。而且他说的是对的，其实这时我们没时间感慨。

我用手电照着那人和钢缆的接触面，知道普通的办法很难把他和钢缆分开，只能把他的手脚切断，然后用刀去割。

这是个很棘手的活儿，裴青肯定是不行的，我对他道：“你等一下。”说着翻身用双脚钩住上面的钢缆，然后解开了自己的保险扣，翻到了钢缆上。

钢缆因为我的动作开始晃动，加上我的离开，裴青的吊扣一下失去了平衡，晃动下，他吓得面色苍白，连忙喊着让我小心。

晃动也让我有点心慌，不过想起钢缆的粗细我心里有了底气，开始在晃动中爬向那具尸体。

爬近了看，尸体更加可怕，他的脸朝向钢缆的上方，嘴痛苦地张开着，但是五官全部熔成了蜡，头发全部贴在熔化的脸上，狂风中显得异常诡异。

“对不住了。”我闭了闭眼说道，然后背过冲锋枪，开了三连射，小心翼翼地瞄准了这人的手，两个三点把他的手打断。

断手顿时掉入深渊下，我换了方向，接着把另一只手和盘住钢缆的双脚打断。他的脚却没有掉下去，而是和身体一样牢牢地黏在了钢缆上。

我知道最难受的关头到了，把枪收了回去，拔出匕首继续靠近。

爬到尸体边上，戴着防毒面具，我闻到了一股奇怪的味道，我不敢想象不戴防毒面具闻这股味道会是什么感觉。那时候喉咙腻歪得要命，胃里一抽一抽的，只好憋着气用匕首插到钢缆和尸体接触的部分用力划去。

那张熔化的脸几乎和我的脸贴在了一起，我努力不去想他，手上的动作越来越大，终于因为他自身的重量，腰部以上黏合的身体被我切开挂了下去，变成了一个倒挂的姿态。

割开的钢缆处全是油脂，非常滑腻，我解开自己的皮带扣在钢缆上防止滑落，继续往下爬了一点去割腰部以下的部分。

因为有上半身的重量挂在下面牵拉，割掉一点尸体就继续往下翻一点，方便了不少，只割了几下，尸体和钢缆黏结的部分就开始撕裂，摇摇欲坠起来。我上去推了一把，尸体一下脱离了钢缆。

在那一刹那，我看到尸体翻出后，刚才被尸体覆盖的部分钢缆上，忽然出现了一圈黑色的东西。我一眼就认了出来，那是被绑成一个大捆的手榴弹，被一条军用皮带绑在钢缆上。

同时我看到一条绳子从这捆手榴弹的发火盖上引了出来，另一边在空中飘荡着，竟然连着那具下落的尸体。

我花了一秒钟才反应过来，顿时大惊失色，身子马上绷直了，接着手榴弹的发火盖几乎瞬间被全部拔了出来，随即开始冒烟。

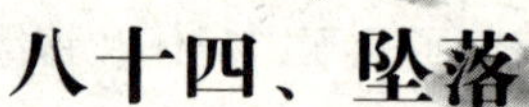

八十四、坠落

我离那捆手榴弹几乎只有一条手臂的距离，只要一爆炸我立即会被炸成肉泥。这种木柄手榴弹最多有六秒的缓冲时间，说不好什么时候就炸了。这么短的时间里，别说在钢缆上，在平地上我也什么都做不了。

但我还是在瞬间作出了一个反应，一下把脚伸上了钢缆，然后用力往那捆手榴弹踹去，手榴弹是用皮带捆在钢缆上的，肯定不会太牢固。

连踹了两脚，手榴弹没被踹出去，只是顺着钢缆被我踹得往下滑了一点，还卡在那双还黏在钢缆上的断脚上。

我一看，知道自己死定了，翻身开始往裘青的方向狂爬，生死关头竟然还让我爬出去两三米，然后只听身后一声巨响，几乎是瞬间身下的钢缆蛇一样扭了起来，力气之大好比一条钢鞭。

我整个身体一震，两条腿和后背同时感觉被打桩机敲了一下，接着好像被什么东西猛地一拍。

几乎没有时间感觉到疼，再反应过来我已经被炸了出去。

整个过程极快，接下来我的脑子几乎一片空白，直接摔到雾气中。瞬间我看到有什么东西朝我扑面而来。

接着我直接磕了上去，脑子一下撞在地上嗡嗡直响。

怎么一下摔到底了？我诧异起来，随即一股剧烈的眩晕涌了上来。

几分钟后，我竟然发现自己还有知觉没有昏过去，浑身开始疯狂地疼痛。

我用力爬起来，发现四周一片漆黑，一摸头灯，已经完全摔扁了。

我觉得不可想象，这么近距离的爆炸，不仅没把我炸死，我摔到深渊里竟然也没有被摔死?

还是说我已经死了现在到了阴曹地府?不对，我能摸到身上几乎碎成一片一片的石棉服。

我翻出武装带，一动就觉得浑身到处都疼，忍住了把手电拔出来打亮，发现防毒面具的镜片也碎了几道缝。

四周是个碎石滩，全是那种黑色的带孔的石头，雾气很浓。

我照了照身上，石棉大衣和裤靴上面几乎全是洞，里面隐隐有血渗出来，集中在腿上，我按了几下，疼得几乎要晕过去。

看来这厚得要命的石棉服是我没被炸死的主要功臣，不过为什么摔下来也没事?

我咳嗽了几声，感觉喉咙里带血，即使现在还活着，也不知道具体伤得如何，还是要快点想个办法。

不过裴青的分析完全正确，这下面的温度还是很高，但显然已经降了下来。

我想起裴青，意识到刚才他肯定也够戗，不知道钢缆最终有没有被炸断，或者他有没有被炸下来。

拼命忍住剧痛，我捂着伤口在四周找了一下，忽然看到前面也出现了手电光，跌跌撞撞地走过去，果然是裴青的缆车架，头盔掉在一边，人却不在。

我喘着气走着叫了几声，走在碎石上十分不稳而摔了一跤，看到裴青倒在一块石头后面，防毒面具也掉了，满头是血。

我爬过去，用布先蒙住他的口鼻，帮他把防毒面具戴回去。

他比我的位置高，摔得不轻，被我摇了几下才清醒过来，疼得直皱眉，看见我白了一眼，问道："你他娘的干了什么，那死人怎么会炸了?"

我把经过说了一遍，他骂了一声："看来他是想把钢缆炸断，不让上面再派人下来，但还没成功就牺牲了，你完成了他未竟的事业。"

我看了看一片漆黑的头顶，心中苦笑，这下上头该疯了，不仅人没上去，反而把钢缆也炸断了。

裴青拔出备用的手电四处照了照，我看到边上不到10米的地方是那只连接着钢缆的铁砣子。

看样子，刚才我们遇到尸体的地方离地面已经非常近了，只是因为雾气太浓看不到地面，以致我们还以为一直在半空里，否则解开皮带跳下来说不定都比现在要好。

想想也真是可笑，一叶障目这种事情真的会发生。

四周没有人影，其他几个人或者尸体不知道会在什么地方，是不是有人幸存还是个疑问。

我问裴青感觉如何，他只说不知道，看了四周一圈，笑了起来："怎么样，我说得没错吧，这就是我推测的环境。"

"你牛，这个我由衷佩服你，不过现在不是得意的时候。"我道，"上头可不知道我们还活着，如果不通知他们，等一下他们以为你失败了，直接开闸放水，我们就死得冤了。"

"你说得对。"他也苦笑。

我把他扶起来，感觉他的情况比我要好得多，定了定神，摸出武装带拿出信号枪打开枪管，把信号弹倒出来看情况，一看就发现不对，整颗信号弹像在水里泡过一样，引药全湿了。

和之前我们预料的一样，把备用的和裴青的倒出来一看，全都报废了，这里太潮湿了。

我不甘心，把信号弹塞回去，对着天上打了一枪。

哑火。

"他娘的！"我骂了一声，抖了抖枪管，把信号弹一颗一颗换过来，一颗一颗开枪。全部哑火。

我们的军工科研还要加强啊，我一边心凉一边说，看裴青倒是毫不在意，捡起手电打着亮往浓雾的深处走去了。

我一瘸一拐地跟上，问他怎么办，他道："他们最起码还要开几天的会，我们得找一个能隔绝水汽的地方，把信号弹阴干。你看，这里肯定以前有人来过。"

他用手电照着我们脚下的碎石滩，这些碎石头有大有小，大的有八仙桌那么大，小的比何汝平带上去的还小。"这些石头都是这个要塞工程的工程废料，被倾倒进深渊，这里很平整了，应该是条路，顺着走可能有发现。"

我的腿已经疼得站不直了，咬牙跟在他后面，看他一点也没有要来管我的样子，不由得有点心凉，只得竭力忍住疼痛。

走了没几分钟，我们发现雾气里出现了一个非常模糊的阴影，走过去，发现那是一座被腐蚀得不成样子的三层水泥塔。

八十五、真正的边缘

日本鬼子果然在这里也进行了工程，我倒吸了一口冷气，一直以来我还不敢相信这个推论，现在被真切地证实了。

不过，也仅止于此。这座塔完全破败了，在这种无比潮湿的环境下，水泥根本没法干透。

我们走近，看着已经倾斜开裂的塔身，觉得只要我们进入，塔很可能会倒塌，用手电照了照里面，底层什么都没有，有一道梯子通到上方。

我用眼神示意裴青是不是就不进去了，塔里的空间不大，看着也不会有什么东西，而且很危险。

裴青用手电照了照地下，我看到那里有凌乱的脚印，还是新鲜的。没等我作出判断，他已经快步走了进去，往第二层爬去。

第二层非常局促而且没有任何窗户，只有一间阁楼的大小，上去用手电一照，我们立即看到里面有三个人挤在一起。

是我们的战士，我叹了口气，看着他们闭着眼睛，露出的地方全都严重烫伤了。裴青上去挨个推了推摸了摸，就回头对我摇头。

“如果当时老田早点听我的，也许还能救他们。”裴青道，“他们一定是顺着那条黑石头路找到了这座塔，塔是封闭的，他们在里面派何汝平上去报信。”

我默默看着这几个年轻的工程兵，裴青转身就让我跟他走。绕过塔再往后，又是什么都没有，碎石的道路到这里戛然而止，变成了非常狰狞的利齿一样的乱石，根本没法走。

乱石和乱石之间的缝隙很深，这些应该是这个洞穴形成的时候，从洞穴的顶部坍塌下来的。

前面好像是不可能再有鬼子的建筑了，这座破败的石塔好像是鬼子在这里唯一的成绩。

裴青却不死心，他小心翼翼地爬到那些碎石上，间隔着走去。

我只能跟上，已经知道自己要受罪了，脚上的剧痛使得我举步维艰，只得让他停下来等我。

他回头看了我一眼，好像是觉得很麻烦，勉强回来搀扶起我往前，我道："老田说，这里往外延伸最多1000米，外面就是悬崖，这种地形下什么都不能修造，那边肯定什么都没有。"

"不，一定有。"他道，用手电指了指一边的乱石深处，我看到有一条电缆从塔的位置一路延伸过来，贴在乱石的缝隙里，不仔细看很难发现。

"如果这里没有价值，鬼子不会建那个塔。"裴青道，"前面一定有什么很重要的东西，必须建在那里。"

我看他说得不像在等什么东西出现，而是在找什么，心中感觉他一定有自己的判断，问道："你觉得是什么？"

"我觉得是一座信号塔。"他道。

"为什么？"我不解。

"没有为什么，显然应该是这东西。"他喘着气道，"跟着电缆走，一定会有发现，到时候再告诉你。"

裴青喘着气，他很是急切，但是体力不够，本来他体力就不行，如今还要扶着我，体力消耗得非常大。

他这么说我也没办法，两个人走走停停，忽然雾气稀薄起来，前面开始有风吹过来。

这是靠近边缘的狂风，前面一片漆黑，手电光是照不出深渊的深邃的，但是在这里，竟然可以看到大坝上方探照灯朦胧的反射光。

在反射光中，我看到一座足有十层楼那么高的铁塔的影子，矗立在那里。

真的是一座信号塔。

裴青大笑起来："你看到没有！你看到没有！"

"你怎么知道？"我惊讶甚于惊恐，忽然意识到不对，"难道，你来过这里？"

“当然不是，我说过，这里肯定有一座信号塔。”他看着那巨大的黑影，“和我想象的特征几乎一样。”

他用手电照了照四周，除了信号塔，四周好像什么都没有，他平静了一些，转头对我道：“你还记得那个来自深渊的信号吗？老田说可能是这里发出去的，但这里离大坝那么近，还有电缆连着，为什么要使用电报通信，用电话不就好了？”他指了指身后的大雾，“你再想想，这里的环境特征，常年被含有重金属的浓雾笼罩，大坝又处在一个狭窄的区域里，不利于信号的接收。鬼子一定希望有一个能够很好地接收来自深渊内信号的接收点或者中转站。这个地方是最好的选择。”

我理解了他的意思，但如果是这样，等于证明了有鬼子进入了深渊的更深处。

老田在会上直接否定掉了这个可能性，觉得这种说法太惊悚也不现实，当时裴青没有反驳，但显然他不是这么想的。

我在听老田分析之前，觉得那深渊里的信号只能这么解释，但老田一说我也觉得老田很有道理，如今裴青这么分析又觉得他说得更有道理，不由得心中暗骂。

“他们一定已经下去了。”裴青道，“而且，当时他们一定还活着，才能从下面发回电报。”

我听着发现裴青的声音都有点发抖，忽然间非常奇怪，但这时也没法多想。我们继续往前，一直走到信号塔底下，裴青立刻抬头往上看去，在这一瞬间，那种不对的感觉更加强烈起来。

下到深渊以来，我总觉得他非常开心，本来他一直给我一种苦大仇深的感觉，开心这种感情如此浓烈地被他表现出来，一时间让人感觉非常诡异。

但我又说不出更多的东西，也许是他觉得自己完胜了老田？我只能这么想着。

信号塔是一座铁塔，塔架表面糊了一层水泥，从剥落的地方可以看到水泥里还有好几层东西，显然都是为防锈而准备的。

这样的信号塔对于现在的人们来说，完全称不上高，但对于当时的我们来说，已经可以称得上壮观了。

电缆通到塔上，旁边有可以爬到塔上去的铁丝梯，和大坝上的一样，但肯定没法爬。我们绕过铁塔的水泥基座，看见再往外10米，是万丈深渊。

这里是比大坝更边缘的地方，四周的怪石犬牙一样对着黑暗刺出，好比是防御用的尖利钉墙。

再往外，是那片幽诡的黑暗，什么都看不到，但我总觉得，这片黑暗比在大坝上看，要更黑，更深邃了。

我们把信号弹放在边缘，试图让干燥的狂风吹干引药，裴青安静了下来，恢复了他一贯的模样，一直看着那黑暗。

身体在石棉服里很难受，在强烈的风下，衣服慢慢干了，我感觉自己不再流血，但石棉服上渗出的血块大得吓人，也就不敢乱动，坐在那里陪他发呆。

火药的干燥程度我们没法把握，只好尽量多吹一会儿，裴青发了一会儿愣，转头问我道："你有没有听过狐仙的传说？"

我摇头，他道："那是说，有一个读书人，在一个洞穴里避雨，遇到了一个美丽的姑娘，姑娘带他来到了洞的深处，发现里面深得要命，竟然是仙境一样的世界，他在里面饮酒作乐，非常开心。第二天，那个姑娘让他别走，留在洞里，他却又舍不得人世的繁华，还是走了出来，结果出洞以后，却发现世界已经完全变了样子。他在世上走了一圈，又回到了那个洞里，想回到仙境里去，却发现那个洞穴只是一个丑陋的石头洞而已，里面什么也没有。好像是《聊斋志异》里的故事。"

"你想说明什么？"我问道。

"我想说的是，如果那个读书人从一开始选择不再出洞，结果会怎样？"

这个故事里的姑娘是一个狐妖，那么读书人如果不出洞，也许能和狐仙产生白娘子和许仙这样的感情，但是读书人必然有很多不可逆转的心结，比如说自己的父母和功名，所以即使过得再久，他还是会出洞。

"那，如果一个人本身抱着不出来的心情，到了这个洞里，即使本来知道那是个丑陋的石头洞，他是否能生活下去？"他问道。

"除非他有一个非常强大的信念。"我道，我看着他，已经不知道他在想什么了。

"你觉得下面会是怎样的一个世界？"他顿了顿，指了指那片深渊。

我想起了在胶片中看到的景象，我想以我的想象力，我是无法想象出来的，于是摇头。

"如果让你一辈子生活在那种地方，你会愿意吗？"他问道。

"你到底在想什么？"我有点恼火。

他道："我是在想，那些在深渊里的日本人，他们现在可不可能还活着。正如你说的，他们有着一个强大的信念。"

我看着黑暗，这还真不好说，毕竟才过去20多年，假如下面有生存的条件，以人的生存能力，什么都有可能。

他说完，走到我身边，捡了信号弹塞入了信号枪里。抬头看了看，发现信号塔会挡住信号弹的弹道，往边上走了点，然后朝天打了一枪。

瞬间一颗橙色的信号弹直飞入上空，然后被风吹出一条弧线，往大坝吹去。

我心中一安，终于打着了，裴青又填入了一颗，继续射入空中，这一颗是绿色的。

两种光线叠加在一起，产生出一种奇异的颜色，把我们四周的区域全部照亮了，我惊奇地发现，在附近的黑暗里，还隐藏着非常多东西。

那些是大量搭建在乱石上的铁架子，东一个西一个，上面放着很多东西，有的是帐篷，有的是盖着帆布的机械一样的物体。

我招呼裴青走过去，翻开帆布，看到了很多说不出名字的机械部件，可惜都锈成废铁成为一团了。

我们往铁架子的后面走去，发现这样的架子足足有几十个，裴青爬到一块比较高的石头尖上看了一下，露出了疑惑的表情。

“有意思。”他道，说着让我把手电往一个方向照。

“干什么？”我问。

他道：“等下再告诉你，你保持你手电光线的方向往那边。”说着，他把自己的手电照向了同一个方向。我们两个手电的方向平行，然后他往边上走去。

我第一次觉得理论基础太差是一种对自己的羞辱，因为我完全不知道裴青在干吗。他走到一个位置，把手电转来转去，最后对我道：“咱们这一次不光让老田颜面扫地，而且可能真的立了一个大功。”

我不解地看着他，不想再提问表现自己的无能。他跳下来：“我发现了日本人隐藏在这里的一个秘密。”

八十六、大秘密

我心中一动，问道："是什么？"

裴青指了指一个方向："你看那边。"

我顺着他的手指看去，看到他手电的光线照出一条直线，全是那种日本人放置仪器的铁架子，数量极其多。看着凌乱，但用手电的光线作为标尺一对，就发现这些架子其实非常整齐。

所有的铁架子以一个角度排成了一条直线，在怪石下不用什么比对还真看不出来。

我又看了看刚才我照出来的情况，也是一样，那边的铁架也是排成了一条直线。

两条直线相交形成了一对平行线。

但是，除了这些铁架子，在这两条平行线外的区域里，还有一些零散的铁架子。

"这有什么用意吗？"我问。

"这是一条飞机的跑道。"裴青道。

我看了看平行线之间的乱石："是飞机自杀的跑道吗？"

"只是没有修建完成而已。"他照了照那些铁架子上的仪器，"这些是大功率的信号灯基座，整条跑道是斜的，因为这个地方的长度还不够，只能斜过来获得同样面积下能降落的最大跑道。"

“那些是什么？”我指了指跑道外的那几只铁架子。

“你没在晚上坐过军用飞机吗？这些是辅助信号灯。”他道，“我在克拉玛依看到过。”

这小子因为理论基础好，经常和专家组到处飞，做的项目级别比我们高多了。在克拉玛依的油田遇到地质上的问题，经常需要专家组检查，所以他到大西北戈壁的机会非常多，出入那里只有靠军用机场。

这好像是种炫耀，但我知道其实应该不是，他继续道：“大坝后头空间太小，看来他们想建一条能够顺利降落使用的常规跑道。”

“这是日本人的秘密？”我问，心说这最多只是一个常规的发现而已。

裴青摇头：“这种信号灯的灯光需要穿透浓雾，需要非常强力的电力供应。”他蹲下去，从铁架子后面拽起一条黑色的被腐蚀得坑坑洼洼的电缆，这条电缆连通着一排铁架子，“这和我之前的想法产生了一个矛盾。”

我不耐烦地做了个快说的手势，他继续道：“如果我之前的推断是正确的，那么只要大坝开闸，这里就会被地下河水和高温蒸汽覆盖。如果这里要建立长久机场，那水力发电势必要停止，否则飞机会被泡在水里。”

“而且地下河水在雨季一定会暴涨，大坝开闸泄洪后这里的情况一定更严重，所以，这个地方不可能建成可以重复使用的机场。”他道，“这条跑道修建起来，只能在某些特定的时候使用。”

“但是，上面大坝上供飞机起飞的铁轨和飞机的残骸表示，飞机已经起飞并且飞了回来，这里的跑道还没有修建完成，甚至只是刚刚开始，有人会先把飞机飞起来，然后再修建回程跑道吗？在这种环境下就算有大兵团也不可能在飞机巡航的时间里修成一条跑道。”

我点头，这确实很矛盾。

“这是个第二阶段的工程，上面的起飞铁轨和缓冲沙包表明，第一架飞机原本是准备在降落的时候损毁的，但是飞一次损失一架飞机显然太浪费了，他们就要建第二阶段工程，用来应付以后的探索。”他转头道，“既然有第二阶段的探索，那这里一定还有一架飞机。”

我皱起了眉头，这么多话听过来一头雾水，等听到结论部分，我意识到他说得非常合理。

看了看那些铁架子，刚才看到这东西的时候，他竟然能立即想到这些，这并不是一个书呆子能做到的。

“这架飞机应该还在上面大坝的仓库里。”裴青道，“也许，还不止一架，这算不算是鬼子的秘密？”

“算。不过，这也不是什么了不得的功劳吧。”我道，如果是我们来说的话，其实是件挺风光的事情，但裴青作为石油勘探的骨干，他身上的荣誉已经很多了，几架飞机并不能和他在石油方面的贡献相比。

“到时候你就知道了。”裴青压了压防毒面具，说着让我起身，“很多东西，平时不重要，但在某些特殊的时刻，它会比任何东西都要珍贵。如果我的发现被证实了，那么，这个项目里最大最难的一个问题，就轻松解决掉了，我言而有信，这个功劳你也有一份。”

“你别瞎吹啊。”我说道。

他笑笑：“吹牛不是我的强项，我们往回走吧，去看看上面会想什么办法把我们弄上去。”

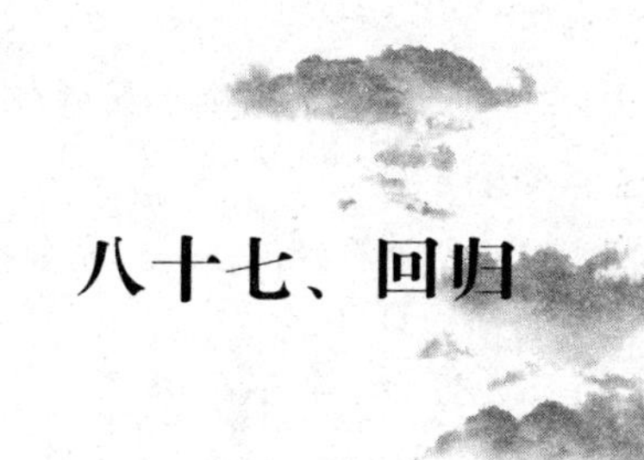

八十七、回归

我们回到了悬崖边，往上是绝壁，有细小的水流溅落下来，这样的高度，真是让人汗颜。

在悬崖边徘徊了两个小时后，我们看到一条长绳从上面垂了下来。裴青和我回去，把塔里那些战士的尸体一具一具背出来，一起系上绳子，然后自己扣上保险扣，开始往上爬，不久卷扬机启动，我们被缓缓提了上去。

刚爬上大坝，我看见所有的领导几乎都等在了上面，我们在下面优哉游哉，但他们一定是急得像热锅上的蚂蚁。

在所有人的掌声中我被人扶了上来，王四川给我一个熊抱，剧痛下我差点昏了过去。牺牲战士的尸体也被解了下来，一字排开躺在大坝顶端。

看着惨不忍睹的尸体，很多人都哭了，军官们都摘下了帽子，有人开始确认他们的身份。

忽然，有一个小兵叫了起来，他站起来报告："首长，有些不对。"

"怎么了？"我们的注意力被吸引了过去。

他道："人数不对。"

"不对？怎么不对？"

"多了一个人。"

我们面面相觑，我心里突然有什么闪过，一下知道哪里有问题了。果然小兵道："我们下去了四个人，裴工说有个人死在了钢缆上，另外有一个被救了上来，其他在地下的应该是两个人，但这里有三个人，多了一个人啊。”

“没算错？”

那小兵摇头，这时另一个小兵蹲在一具尸体边上，忽然又叫道：“不对，首长，这个人有问题。”

我们走过去，就看到他在一具完全看不清脸的尸体旁，在看他的牙齿。

“什么问题。”

“这人是何汝平。”小兵道。

“何汝平？”几个人都愣了愣，不对啊，何汝平不是在医疗帐篷里？

“怎么可能？”王四川道。

“是何汝平。”那个小战士道，“我认得他的牙齿。他少了三颗牙。”

刚才的小兵凑过去看，也点头：“是，何汝平是少了三颗牙，这人确实是何汝平。”

我们面面相觑，我猛地看向医疗帐篷，开始出冷汗：“这个是何汝平，那我们救上来的那个人是谁？”

“是那家伙！”裴青突然道，“我们救上来的是我们遇到的那个敌特，钢缆上那个战士的尸体上绑了手榴弹，应该是想阻止这家伙爬上去。”

顺着他的话一想，我的冷汗流得更多了。

“这家伙一定是趁夜顺着钢缆下去的。”裴青继续道。

一边的军官抬头让裴青别说话，之后和身边的警卫员说了声，警卫就急急忙忙跑开了。

后来我才知道，假“何汝平”马上被控制了，但他已经深度昏迷，即使知道他是敌特也没有用，其他人的身份已经全部确认了。

我当时觉得奇怪，为什么这个敌特要冒着生命危险下到深渊里去？在我看来深渊下完全没有价值，难道我们遗漏了什么东西？

我被几个中级干部送去医疗帐篷，裴青直接去述职，我没有看到老田，但不知道为什么，我很想看看他这时的表情。

我经历了一个漫长的手术，体内被取出24块弹片，木柄手榴弹的杀伤威力主要反映在四个方向，我单纯处在手榴弹的直线上，这才是我没被炸死的主要原因。但即使如此，我的左脚也有截肢的危险，需要继续观察。

我在医疗帐篷里又待了很多天，和上次不同，其间有无数人来探望，但当我静下来的时候，总是想到，袁喜乐在我的帐篷外几步的地方。

这种距离让我的心情复杂。

有几次我想去看看她，但有一种奇怪的情绪阻止了我。我好像已经放掉了，又仍然在意着什么。

当你不知道一盆火是否熄灭的时候，最好是再等一等，再等一段时间，它说不定真的灭了，但是如果你浇入一盆油，也许会烧得比之前更旺。

几乎是又过了两个星期后，我回到自己的帐篷区，发现物是人非，好多帐篷已经不见了。而且整个大坝区域，不知道为什么被一块巨大的幕布围了起来。外沿也设置了警卫，不让任何人靠近。

王四川他们给我搞了个欢迎会，我太久没有放松地和别人说话，这一个晚上很是开心。

打牌的时候，我问了他们最近基地里有什么动向，为什么那边围起了幕布。

话刚问完，王四川他们的表情都变了变，几个人的神色都有点闪烁。

我心中奇怪，难道我不在的时候，出了什么事情？又追问了一下，王四川看了看帐篷外，压低声音道："你们上来以后，这里出了怪事。"

首先是伙食这段时间一直持续着高等级，这一方面让他们暗爽，另一方面，疑惑也渐渐多了。

到月底的时候，事情更加让人看不透，一边的工地里，架起了巨大的幕布，所有人都不得入内。

从幕布的内部，时不时传出机械吊装的大型噪声，而另一边被帆布遮盖的装备，也开始准备集中搬运。

那时候距离我从下面上来应该过了两个星期，也是裴青完成述职以后，说起来，这段时间我一直没有看到他。

其他人尚且可以忍耐心中的疑问，王四川却早就忍不住，连白痴都能看出，这里在进行一个非常大的工程吊装。而且，上头不想让其他人看到吊装的是什么东西，并且接二连三撤走的人也让他们更加不安。

一方面，王四川分析他们之所以被留下，很可能是因为他们的技术编制，组织部往往最后才会管理他们；另一方面，越来越好的伙食待遇又让他们觉得，他们会不会撤不走了。

如果撤走，那这里的一切肯定和他们没有关系了，这就会导致心有不甘，特别是那幕布后的东西，让人揪心。而不撤走的话，他们又不知道，最后等待他们的是什么。

王四川在这段时间做了件蠢事，他在上厕所的时候想偷偷溜去看幕布后是

什么东西，但被巡逻的发现了，关了三天禁闭，写了检讨。

我问他有没有看到什么，他拍大腿挠头说只扫到一眼看见大量的巨大设备，我想了想，说道，按照这里的情况推断，他们也许在安装新型的苏联雷达。

王四川就摇头，道：“不太可能，我觉得幕布后，很可能在组装一架大型的飞机。”

八十八、新的会议

王四川的猜测让我毛骨悚然，但我内心觉得那不太可能。飞机部队属于空军，在我们的概念里非常神秘，1949年开国大典的时候，一共才几架飞机还都是从国民党手里缴获的，此后中国的飞机工业完全是绝密的。

现在再看，当时的中国完全没有工业基础，造飞机几乎是不可能的。到了抗美援朝的时候，我们部队的大部分伤亡都来自空中打击，飞机一直是中国军队的痛处。我后来查访当年的资料，看到彭德怀在朝鲜问毛泽东："我们的飞机呢？"内心非常感慨。

那个年代中国获得飞机技术的唯一途径是苏联，但即使有苏联的帮助，我相信在当年也不可能有那么强大的吊装能力，那个时候很多工程兵连精密吊车都没见过。

但很快我就知道了，自己有多保守。

在王四川提出他想法的第四天，我们被通知参加一次特别会议，我当时心跳骤然加快，知道这次会议，可能决定我们的去留。

这是个小型会议，比我们到佳木斯以来的所有会议规模都小。我们在一个小帐篷里，一共也就十来个人，没有放映机，但一看坐在前头的几位，全都是饭里有鸡腿的主儿。一个是之前认识的程师长，但他却不坐在正位，坐正位的人，穿着深色的中山装，大约60岁，双目炯炯有神，一眼看去很不一般。

等程师长开始一一介绍，我们都站起来握手，才意识到此人的价值。在这里照例我不能说，不过当年中科院没多少人，在系统里的人也许能猜到他是何方神圣。此人有个外号，比本名更广为人知。这个人会出现在这里我并不意外，这么大规模的工程加上这里的机密度，有一位朝野大员亲自把握，其实一点也不过分。

落座以后，由中山装老人带头，我们再一次宣誓保密。

我在这个故事里，一共宣誓了三次，这就是最后一次。如果你认为我之前的事情已经算是匪夷所思的话，那之后的故事，会更让你无法接受。

从这篇文章开始以来，我之所以选择平铺直叙，就是为了能让大家在我讲到这里的时候，可以接受后面的故事。

当时与会的一共是11个人，除了6个领导，剩下5个包括我们都是被选中参加任务的人员。我到现在还保留着当时的名单。事实上，不用再看我也能背得出来。

他们是我、王四川、田小会、朱强和阿卜买买提。我和王四川属于基层的地质勘探员，田小会和朱强都是院里的。田小会就是老田，后来我才知道他是李四光麾下的学生，当时已经是主任级别，说是小会，实际也比我们大了很多岁。

阿卜买买提是什么身份我不知道，看样子可能是在后方指挥工作。

朱强是摄影师，以前没见过，但我被救上来以后开的第一次赶鸭子会，摄影机是他安装的。

整个会议过程非常短，其实那只是一次非常简短但是不可抗的任务安排。

他们告诉我们，我们将要进入到深渊中去。这一次，不是使用钢缆，而是飞进去。

说完这个，王四川就看了我一眼，表示他的未卜先知，但他脸上并不是得意的表情，反而是一种严肃下的悲切。

程师长说，这本来是既定的计划，在老猫第一次幸存回去通报了洞里的情况之后，他们已经有了这样的计划。计划一共有两个方案，第一是准备从苏联进口一架大型飞机，但是和苏联交恶之后，很难再进行这样的活动；第二是使用中国现有的飞机，但这个需要很长的时间，他们现在运到了吊装设备，等零件运进来还要很长时间。

后来裴青发现了吊装仓库里还有日本人的轰炸机零件，因为这里的起飞铁轨都是根据日本的规格来设计的，所以，他们决定使用那些零件，再组装出一架“深山”轰炸机。

经过工程师们不分昼夜的工作，这架飞机即将完成最后组装，因为中国没有能驾驶这种大型轰炸机的驾驶员，所以他们找到了一个滞留在中国的苏联飞行员作为主驾驶，由一个投降的国民党飞行员作为副驾驶。

我一下就意识到他们说的是伊万，但是，伊万没有出现。显然飞行员不需要知道我们这方面的事。

我当时的感觉无法形容，以至于会议后面的内容，我完全就没有听进去。不过，在那个时候，我已经完全认命。

会议后，我们被安排进行了很全面的体检，之后是继续等待。

我通过朱强，知道了那个伊万真实的背景。他是苏联的功勋飞行员，平时做飞行教练，因为特技出色，被称为疯狂的伊万。据说从前他为了向袁喜乐求婚，使用轰炸机在空中做了一个非常困难的大空翻动作。这个动作本来是绝不可能做到的，但他竟然侥幸成功了。

因为这件事情袁喜乐才接受了他的追求，不过他也因此被送上军事法庭，为了避免刑罚，他作为最后一批专家过来援助中国，但来了没多久中苏关系就僵了，他为了袁喜乐滞留在国内没有回去。

他可以说是那时中国唯一能驾驶轰炸机进行这种飞行的人。

我听了不置可否，更加觉得自己没戏了，两相对比，我是一个瘪三地质队混混，他是功勋飞行员，而且和袁喜乐有过那么激烈的过去。

不过，反正她已经离开了，以后见到她的机会几乎没有，无论她是怎么想的，都和我没有关系了。

等待期间，我一直在想这些乱七八糟的事，王四川则一直焦虑，但我们没有再对这件事情进行讨论。一来是不允许，二来是我们都没有心思，谁有心思讨论自己可能会怎么死？

朱强因为要安装摄影机，所以先进了幕布里，但他也没有对我们说什么，只说拍了一些资料先送到地面上。为了以后公开播放的时候，不让人认出那是日本的飞机，他得把那些膏药旗贴上胶布盖住。

我想着，既然可以做这种门面工夫了，那飞机一定已经基本成型，不由得更加忐忑。

我和王四川的深厚友谊，大约是在这段时间建立的。在当时，我们都怀着对周遭一切的疑惑、恐惧，以及对很多事物的基本共识，由此更容易互相信任。当然，还有最重要的一点——那时候没有那么多的利益可以供我们琢磨。

如果换成现在，我和王四川一定不会成为朋友，因为我们之间的性格差异太大了。

我们在这段时间聊了很多，理想、现实、未来，他会质疑我的很多想法，甚至是一些价值观。我发现这个汉子有些思想比我要更为开阔，一如他的祖先。

不管怎么说，在这支11个人的队伍里，我和他成为同盟已经是事实，我现在之所以可以记录下这一切，全拜此所赐。

进入幕布里的时间就到了。

虽然我们之前已经知道了里面会是什么，但实际看到又是另外一回事。

我们进到幕布里，整个空间被汽灯照得通明，一架巨大的轰炸机，被架在了高射炮一样的铁轨上，指向的，是大坝后面的幽深虚空。

我第一次活生生见到如此大型的轰炸机，那些流线型的线条，墨绿色的机身，让人心中升起异样的感觉。首先，它是如此巨大，地下河里的残骸已经让我惊诧，如今看到了真实的，感觉更加震撼。而更奇怪的，是它竟然如此妖异。

我想以妖异来形容一架轰炸机，可能我是古今第一个。但是，我真的有这种感觉，那巨大的钢铁机械好像是一架巨大的怪物。

我们被引领着参观了机舱内部，里面满是焊接味和煤油味。龙骨上一圈圈的钢架，好比人的肋骨，技术人员对我解释了大量的基础知识，我们应该在哪里，飞机起飞后会和在地面时有什么不同。

我几乎没有听进去，当晚做了一个梦，梦见自己在“深山”轰炸机里，前面是一望无际的黑暗，但是我很平静。

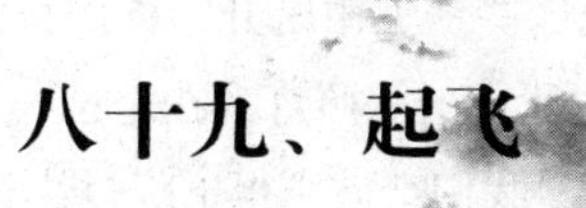

八十九、起飞

起飞的日子一天天临近，会议结束第二天，王四川找卫兵要了一张信纸，把一些事情交代了下去，他怕有事牺牲，不能只言片语也不留下。我受到感染，也给家里留了条子，封在信封里，托组织部带出去。

组织部的几个女兵都向我投来了异样的目光，我不敢说那是崇拜，但至少是一种炙热的光。我心中想着前途未定，各种滋味涌上心头，那种感觉无法形容。

胡思乱想根本没法停止，转眼又过去了一个星期，白天训练，晚上开小会，有人一次又一次对我们重复着“无产阶级勇气”，倒也没有太大的恐慌。不久后，这一天终于来了。

前一夜我出乎意料休息得很好，早早去了集合地，发现已经来了不少工程兵，负责发射任务的人已经连夜测试了很多次。

我一个人在集合地等到所有人到位，包括我不太愿意共事的飞行员伊万，然后列队走进了飞机里。

基地里给我们每人都配了一套飞行服，全是小日本的航空服配置，应该是从仓库里淘出来的。我们几个还好，王四川和伊万都是大个子，穿上那些衣服戴上头盔后显得特别寒碜。

我们早早坐上了自己的位置，系上了保险带，听着驾驶舱里传来无线电的声音，外面有无数的声响，叫喝声和机械敲击的声音掺杂着，所有人都僵硬得要命。

不是紧张，只是无奈和麻木。

机身的固定卡架使用非常牢固的铁夹钳停在铁轨上，起落架也被加上了这种铁夹钳，一共6个，每个有60公斤重，用巨大的螺栓收紧。现在飞机即将起飞，需要把这些铁夹钳松开，得用很长的时间。

另一边所有的探照灯都在定位，风向非常重要，因为现在不是常规起飞，如果风压向下，我们会被压得下降过快，可能来不及提速就直接撞上深渊底部了。

我不知道外面忙碌的所有部分，但显然只要一处出问题，我们就小命难保。

应该是搬掉铁夹钳使得飞机震动，动荡中王四川递给我们每个人一根烟，有人拿了，有人没拿。王四川又问在机舱里为我们做最后检查的三个战士，是哪里人。

三个战士一个是甘肃的，一个是山西的，一个是哈尔滨的。

王四川就稀罕地道："怎么都是天南地北的兵。"

其中一个年长的道，他们是贺龙手下的兵，虽然年纪不大，但参加革命都很早，是真正上过战场的那批，十一二岁在部队里当勤务员，没几年就新中国成立了。都是苦孩子出身，除了部队没地方待。

我见一个是我老乡，和他用家乡话说了几句，小兵很高兴，但看得出他的高兴中透着紧张。

我苦笑，心想你紧张什么，等下飞的是我们。

他们检查完了之后挨个向我们敬礼，然后下了飞机，我看着就像遗体告别一样，突然特别难受。

裴青什么话也不说，在机舱里不能抽烟，那根烟被他把玩得不成样子。王四川拍了一下他："别板着个脸，这次任务危险不大，鬼子坠机才死了一个，轮不到咱们。"

裴青白了他一眼，说道："我不怕死，我不像你们有家里人。"

王四川道："那好，你既然有这觉悟，回头如果飞机要减重，先把你扔下去。"

裴青没反驳也没不理会，而是反问道："你们有没有想过，飞机并不是探索这个深渊最好的办法。"

"不飞怎么下去？"王四川道。

"对于这种空间最好的探索方法是使用飞艇。"一边的朱强道，"其实指挥部也有过这个想法，但听说建造飞艇的技术暂时还没有。"

"事实上什么技术也没用，如果没有这架飞机，工程兵也能直接修栈道下去。"裴青道，"为什么一定要用飞机？"

“也对，那未必不是办法。”老田道，“人多力量大嘛。”

我听得出裴青话中有话，但这种事也不能多问，正想转移话题，听到驾驶舱传来声音：“地面准备工作已经完成，我们要准备起飞了。”

顿时鸦雀无声，谁也不说话了。王四川把烟夹到耳朵上，对我们道：“我们那里人的习惯，这样能带来好运。”

我们互相看了看，耳朵上也都夹了烟，只有裴青把烟叼到了嘴里，靠近了舱壁。接着是无声的十多分钟，我听见发动机开始预热起来，机身开始抖动。

我无法回忆起飞的最初过程，那段记忆对于我来说，是无比清晰而又模糊的，但我可以记起启动几秒后的事情。

因为铁轨是有弹性的，飞机起飞的时候震动非常剧烈，剧烈到我一度以为它会脱轨，在飞起之前撞上大坝。

在这种震动中飞机急速加速，在第一秒，我们耳朵上所有的烟都掉了，裴青冷笑着叼烟看着我们，眼神很是不屑。

但是我没多少时间恼怒，随之而来的是头晕目眩，老田立即叫出了声音。我死死贴住舱壁，觉得肠子直往喉咙上冲，几乎是咬着牙关才能把呕吐感压下去。

随着速度的迅速加快，我的喉咙整个发紧，难受到了极限，心里想着，不管是起飞还是撞毁，都他娘的给我快一点。

终于在我几乎眩晕而死的一瞬间，颠簸消失了，连飞机震动的巨大噪声都消失了，耳边只剩下气流和发动机的声音。我刚松了一口气，机身猛地一沉，飞机倾斜，机头朝下急速下降。

我知道我们已经飞出了大坝，失重感让老田终于吐了出来，我脑子里一片空白，只知道抓住一切可以抓的东西。

缓缓的失重感慢慢消失，一切都平缓下来，我一身冷汗看向裴青和王四川，也不知道是不是成功了，只听无线电里伊万道：“已经进入平飞，可以解开安全带开始工作了。”

我很想大口呼吸一下，无奈没有了任何力气，我花了很长时间才解开保险带，跟王四川对视，看了看已经休克的老田。王四川也吐了。

骑马和坐飞机完全不一样，我心中苦笑，见裴青已经迫不及待地走到了舱口。

没有打开照明，外面什么都看不见。我招呼伊万把挂在飞机外面的所有照明打开。很快白光亮起，照出了一片洞壁。外面布满了巨大的黑色花岗岩层，在白光下显得格外诡异。

深渊，我来了。我心道。

九十、飞行日志

最早的一个小时，我们是在惊叹、恐惧、虚弱中度过的。老田醒过来花了15分钟，朱强后来也吐了，但他还是开启了摄像，让我们能观察飞机下的情形。更多的人都注视着摄影机。

那是如此幽深的景象，现在我夜间坐飞机的时候，看着舷窗外的黑暗，有时候还会惊醒，以为自己又回到了那一刻。

“黑云母花岗岩。“缓过来的老田清理完吐得一塌糊涂的头罩，来到我们后面，一边咳嗽一边道，“第三纪形成的，真想去敲一块下来当样本。”

一边的洞壁只被探照灯照亮了一小部分，黑色的岩壁凹凸不平非常狰狞，老田看着那些因为常年压力形成的岩石纹路，开始给我们滔滔不绝地讲理论知识。

这些是我们没有接触过的，我们也就由得他讲。

慢慢地，两边的洞壁同时远去，我们飞出了喇叭嘴，往巨大的空间深处飞去。黑暗侵入，探照灯渐渐什么都照射不到了。

在这里气流变得平稳，只能听见发动机的声音，飞机飞得很慢，我们来到中间机舱，翻开舱盖，开始观察洞顶的情形。

这里的一切看上去都是无限的，只有洞顶一定是有限的。

然而飞机缓缓爬高，我们看到洞顶越来越近，却有一股泰山压顶之感。孙悟空被如来翻掌压下的那一瞬间，估计看到的情形和这个差不多。

靠近了看，这个洞穴的顶部犬牙交错，断裂的巨石形成无数凸起的岩锥往下刺来，就像倒悬在头顶的无数险峰，随便蹭一下我们都会立即粉身碎骨。

飞机不再升高，在这种视角和速度上，我有一种错觉，我伸出手就可以抓住上面的岩石。离开飞机以后，我会吊在上面，看着身下满是云层的深渊直到死去。

很快，我们平息了兴奋，一方面确实没什么可看的了，另一方面，极度紧张过后，人终归会陷入平静。

到这时裴青站了起来，一个人去了投弹舱。

我和王四川对视了一眼，王四川说真是傻鸟多作怪，装什么苦大仇深。我苦笑，心说这种人我不是第一次见到，确实很难相处，不过裴青确实是不合群，这可能是因为他过于聪明造成的。

试想如果你和一群明显比你幸福但又比你笨的人在一起，你也很难摆正自己的位置。

接下来的几个小时，我们轮番做着观察笔记，基本都在说废话。在这片空间里，能观察的东西确实不多，很快变得无事可做。

三个小时后，我们开始下降，向深渊的底部降去。

飞机平缓地下降，我们全部拥到舷窗位置，帮助日记观察。

从朱强的位置向下望，下面的迷雾犹如云层，看得不是很清楚，那些棉絮一般的雾，在这个距离看去像是一整片柔软的固体，飞机可以直接降到上面。但高度真正降低以后，这片雾气的真实情况就显现了出来。

那是一种灰色的气体，因为其中的“汞”概念让我觉得喉咙发紧。我发现虽然雾气看上去是凝固的，但表层其实还在缓慢地流动，不知道是被飞机的气流带动，还是因为深渊里有微弱的风。

这时王四川和裴青打出了大量的曳光弹，刺入浓雾以后，爆出大量光斑，瞬间把雾气下的情形照亮。

什么都没有，迷雾中没有任何光影变化，好像这深渊远没有到底。有重金属的雾气挡住了雷达，这下面到底有多深恐怕只有降下去才能知道。

“全体戴上氧气罩，准备切入云雾层。”耳机里传来声音。

我们几个吃过亏的立即戴上了头罩，另一边的红灯亮起，开始闪动，飞机猛地一震，开始加速下降。我们用肉眼看着，四周开始迷蒙起来。

能见度急剧下降，很快便降到什么都看不到，从舷窗看出去全是灰蒙蒙的一片。

“这样能看什么东西？”王四川道，“雾里看花有什么好看的，有什么办法把这些雾清开？”

耳机里的声音道：“没办法，我们现在看看能不能穿透雾层，到下层去，在这期间只能是这样。”

开会的时候，老田曾经提出了一个大胆的假设，这一层雾气应该和地面上的云层一样，把这片虚无的黑暗分成了上下两个部分，问题是这片云层到底有多厚我们并不知道。

这其实相当危险，因为如果浓雾太厚，我们很容易在里面偏离航线，一头撞上一边的洞壁。如果老田的判断是错误的，那云雾下可能是深渊的底部，那我们同样没法看到下面的情况，甚至直接坠毁。

所有人都充当了飞机的眼睛，我们用尽一切眼力看着自己的方向，一旦出现情况就立即知会伊万。曳光弹不停地发射出去，看它会不会在下面撞到障碍物。

非常安静，谁也没有说话。飞机一直在下降，但是怎么也没有降出云层。

王四川终于问道：“老田，你是不是搞错了？再降我们就到底了，哪有那么厚的云？”

老田道：“你忘了这是汞雾吗，本来就不是云，这地方的深度本来就不好估计，我们只有冒险。”这时的他也显得有些底气不足。

王四川拍了拍耳机问伊万：“我们现在的深度是多少？”

“3100米。”伊万道，“老田，再降我们要撞到底了。”

裴青这时好像有些意外，问我道：“降了多少米？”

“三公里多。”我道。他看了看温度计疑惑起来：“奇怪，温度在下降。”

“这有什么奇怪的，罗森殿当然寒气逼人。”王四川道，但是说完面色忽然变了，“我靠，是不对。”

朱强不懂，问我们道：“什么意思？”

王四川就对他解释了一番，听完后，朱强还是很担心：“那为什么温度会下降？难道理论是错误的？”

“不是，我觉得应该是这里的雾气有强大的隔热作用，而且非常厚，所以雾气的内部温度会比外面低。”

“那你们慌什么？”朱强莫名其妙。

“汞蒸气比水蒸气更重，隔热性更好，温度降低，说明我们进入了汞蒸气更厚的地方，也是这层雾的下方。但是汞只有加热才会转化成蒸气，所以产生汞的地方应该温度比较高，我们之前认为下面可能有很多的汞矿或汞湖，就是基于这样的判断。但现在温度降低了，那说明可能出现了第三种情况——汞在地脉的更下层，加热以后从深渊下的裂缝里蒸腾出来，然后形成了汞雾。那样的话，汞层和地面之间的间隔是很小的。”

一边的裴青补充道：“温度降低意味着，我们已经非常靠近深渊的底部了。”

朱强看向老田，老田道：“裴青你这只是猜测。”

裴青道：“温度降低是事实，很可能我们离地面已经只有1000米。如果深渊底部有山脊，我们死定了。”

王四川马上提起耳机提醒伊万，还没说几句，旁边看着外面的朱强大叫了一声。我赶紧跑到窗边，猛地见到浓雾里出现了一块黑色的山峰，飞机几乎贴着石头飞了过去。

我一身冷汗，和王四川对视，王四川立即大叫道：“拉起来！我们要撞底了！”

耳机那边的伊万还没明白，我冲上炮塔看向山峰，几乎是一瞬间，原本一片灰蒙的浓雾里出现了无数狰狞的黑影，看形状都是山一样巨大的岩石。

这些一定是我们在洞顶看到的那些裂缝的一部分，它们在空洞坍塌，之后从上面掉下来堆积在深渊的底部。我们降到了一定高度，这些岩山的顶部现在全部刺了出来。

王四川冲进驾驶室，这时伊万早已经看到了这幅可怕的景象，拉起了飞机头，飞离了这些黑影。我往下看去，真是一身冷汗，刚才只要有一点误差，我们就直接挂掉了。

还没舒口气，忽然听驾驶室里大骂了一声，我抬头往前看，飞机前头猛地出现了一片巨大的黑影。

那影子的形状酷似一只巨大的马头，大得无法形容，而飞机的能见度很低，那种距离等于一辆时速300迈（英里）的快车，突然在它面前100米处出现了一堵墙。

伊万本能地作出了反应，飞机立即侧拉，机身一下子侧成了70度，我立刻倒在机舱一侧，看到飞机以可怕的弧线朝黑影冲了过去。

黑影非常快速地靠近，最后从雾气中“冲”了出去，几乎在机腹3米，最多不过10米处蹭了过去。我看着那清晰无比的黑色岩石从机身下掠过，完全蒙了。

那时的心跳已经不是加速，而是完全停止，血液在那一刻好像是不流动的。

我的脑海里记下机腹掠过岩石表面的过程，每个细节都十分清晰，那最多不超过30秒，我却感觉有30分钟那么漫长。

而飞机掠过以后，机身几乎侧成了90度，轰炸机是没法做翻滚的，只要翻过了头会像乌龟一样再也翻不过来，直接摔下去，所以飞机立即被强行往上平拉。

我听见伊万大叫，知道这时他已经不是在驾驶飞机，而是在靠本能了，不由得也跟着大叫。恍惚间，也不知道怎么回事，我忽然看到自己的头顶有什么东西掠过。

抬头一看，一个山影直接出现在顶上，还没等我惊讶，忽然雾气里冲出了一只岩角，撞在炮塔上的铁架子上，那一刻炮塔的所有玻璃都碎了。

我几乎在巨响响起的一刹那缩了下脖子，迎面冲来狂风，几乎把我刮出去。我拉着保险，再看四周，忽地眼前一亮，没有了玻璃，我几乎是露在炮塔外，但这样一来反而视野变得非常大。我迎着大风转了一圈，看向深渊的底部，惊呆了。

在深渊下犬牙交错的黑影深处，我看到了一片迷蒙的灯光。

九十一、深渊之下

飞机迅速翻转，角度一下没了。

灯光转瞬即逝，我有点怀疑自己的眼睛，剧烈的颠簸中是否把曳光弹看错了，但是转念一想，好像不可能看错，那片灯光非常远而且在那些黑影的更下方。

飞机连续几个侧飞，我探头使劲看，但再也没有那个角度。心急之下，我解下保险绳，猛然间几乎是从炮塔摔到了机舱里。

机舱里一片狼藉，朱强也撞破了头，所有的东西都在乱砸。我刚站起来就被一支弹过来的手电砸到了下巴，疼得直流泪，王四川跟过来说道："你没事吧？刚才什么动静？"

我没心思理他，疯了一样冲到另一边的舷窗边往外看去，那里一片漆黑，什么也看不见了。

飞机又是一个急侧飞，我抓着一边的钢骨，差点翻了出去。王四川对我大叫："系上保险！"我乱抓着系上，他问我："你看到什么了？"

"灯光！"我道，"下面有灯！"

"灯？"他诧异得瞪大了眼睛，"你没看错吧？"

"看错你是我祖宗！"我大骂，他立即去看，其他人也马上看向下面，王四川大叫："哪里有？"

我道："角度不对了，刚才能看到。"

王四川再换了一个舷窗看，还是一样看不到，来回几次，他看了看我，好像是表示怀疑。

我知道怎么说也没用，刚才打了那么多曳光弹，自己也不敢百分之百肯定了。

飞机这时趋于平稳，下面的黑影已经远了很多，我一边想着再看看，就听裴青在他的窗口拍手示意我们过去。

我们冲过去，看到了一大片灯光，只见飞机转过一处黑岩，灯光的规模远比我想的大得多，连绵一片，肯定不是曳光弹。

我们呆呆地看着那片怪石之下幽远深处的灯光，缓缓地消失在雾气中，四周的黑影也逐渐退去，灰色的雾气重新笼罩了整个机身。

飞机爬升，伊万在耳机里道："捡回一条命！"然后副驾驶爬出驾驶舱，爬上炮塔检查破损的情况。

我们从舷窗边退下来，一个个瘫坐在地，刚才的景象让我们从恐惧惊讶转为五味杂陈。

"那他娘的真的是灯光吗？"朱强面如土色，"谁在下面？"

"难道是小日本，他们真的下去了？"王四川用头撞了撞舱壁。

"会不会是什么自然现象？"朱强问，"磷光？大气发电？"

我们相视摇头，至少我记忆中没有看到过那么大片的自然发光现象，主要是那些灯光非常稳定，没有闪烁，自然发光现象不太可能那样。我内心中，几乎肯定了那些是灯光。

底下那些巨型岩石每一块都有1000米高，那些灯光印在岩山底部的深远处，让我想起了《聊斋志异》中的罗刹海市。浓雾之下，深渊之底，如果真有一处隐秘而诡异的世外桃源，那也太魔幻了。

我想到了基地仓库中的那些设备物资以及从深渊发回的那串不断重复的电报。之前的推断是否过于低估了日本人的能力？也许，他们真的已经在深渊之下建立了前哨站，空降下了第一批人？

大家又开会讨论，王四川、我和裴青都是实在人，知道知识分子那套东西已经行不通了。裴青抓起话筒提醒让伊万记一下方位，回来的时候再注意一下。忽然，在炮塔检查的副驾驶大叫："左边，左边下方有情况！"

老田他们惊魂未定，完全是下意识地冲到了左边，我心说舷窗那里怎么看得清楚，冲上炮塔，对副驾驶问道在哪里？什么情况？

"那些灯光！"副驾驶道，"那些灯光跟着我们升上来了！"

我朝他指的方向看去，只见浓雾中，在我们飞机的左下方，果然出现了几盏迷蒙的灯，离我们的飞机至多400米的距离。

我一开始还真以为是底下的灯光浮了上来，这时一看却肯定不是。因为那只有三四盏灯，而且灯光不亮，忽明忽暗。

那是什么？难道是什么生物？但是那灯光显示，这东西应该是人造的。

飞机继续上升，那灯光紧紧跟着我们，距离拿捏得非常好，从我们的位置看，几乎是静止的，几次伊万加速和减速，对方都会立即调整速度。

瞬间大家都进入了临战状态，我心中的恐惧逐渐浓重了。这东西无论是什么，都是我们从深渊下引上来的。

王四川说得对，这一定不是什么生物，因为从那灯光的闪灭看一定是人工的机械，但是浓雾阻隔下，我看不清楚它的真面目。而最有可能的，副驾驶分析，那应该也是一架飞机。

我当时有个荒唐的想法，会不会是小日本在深渊里建了机场，现在派了战斗机来跟踪我们？但如果是这样，那个飞行员一定已经七老八十了。

反正一切猜测都很荒唐，唯一的办法是飞出雾层，看它会不会跟出来。谨慎起见，伊万拉升得很慢，保持着这样的速度，我们可以从容地随机应变。一路无语，所有人都看着等着。四周的雾气终于越来越薄，缓缓地我们浮出了雾层，那东西却还是死死地紧跟着。

我们的心提到了嗓子眼上，看那灯光越来越清楚，接着雾层一抖，一架巨大的飞机出现在我们肉眼之中，也破雾而出。

那确实是一架日本的飞机，而且非常大。不是战斗机，竟然和我们一样也是轰炸机。

“准备战斗！”我立即朝炮塔下大喊。所有人都有些慌乱，我咬了咬牙，心说世界真是无奇不有。

王四川他们换掉曳光弹，上了真枪实弹，飞机的指挥权易手了，伊万开始打灯语，向下面的飞机问话。

我不懂这种语言，但和一般的旗语一样，这是国际通用的语言。飞机机尾的灯开始闪烁，我不知道伊万说的是什么，但肯定不是好话。

不一会儿，下面的飞机上也闪起了灯语，竟然回复了我们。我问副驾驶什么意思？副驾驶看着默想了一下，疑惑道：“这不是回答，和我们打过去的灯语一模一样。”

“什么意思？”

"是问对方部队的番号和国籍。"副驾驶道，我们的飞机又开始闪起了灯语。

下面的飞机安静地飞着，不久后，又是灯语闪起。我再看向副驾驶，他一脸困惑地说："又是一样，该不是对方看不懂吧。"

"你这灯语是哪年使用的？"我问。

"这我就不知道了。"他道。

"该不会是新的灯语，所以那群小日本不懂？"

伊万在耳机里用他半生不熟的中文说那倒不会，他在德国战场上就是使用这种语言的。

我丈二和尚摸不着头脑，王四川说道："管那么多干吗？打下来再说。"

"中日已经停战了，理论上我们不能首先攻击他们。"伊万道，"要遵守国际公约。"

"在南京的时候国际公约哪里去了？"王四川道，"和小日本讲什么道理？"

"把他们打下来，我们什么也得不到。"我说道，"而且最后也不知道会是谁把谁打下来。"看着下面那架飞机，我总感觉哪里不太对劲。

继续灯语交流，我看着我们的飞机灯光闪烁，又看着下面的飞机一下一下地重复，心中的异常更甚。

为什么这么相似，无论是闪动的频率和速度，还是这架飞机的外形，越看越让人感觉哪里不对。我对着舱内叫道："谁有望远镜？"

王四川递上来，我冲那架飞机看去，身体立刻僵住了。

我看到下面那架飞机的炮塔玻璃也碎了。

而最让人毛骨悚然的是，我发现，那也是一架和我们一模一样的"深山"。

"难道那是我们自己？"我对所有人道，"这是个镜像？"

九十二、看到了自己

我走下炮塔，告诉了他们我的推论。

王四川立即反对，让我拿出理论依据来。我怎么可能拿得出，我只懂事实。老田让我别慌，对我道，这其实不稀奇，因为可能是折射效应。密度不同的空气加上特定角度的光线会有这种空气镜像现象，和海市蜃楼是一个道理。

说完我们还是半信半疑，这乍一看很有道理，但是之前老田的权威言论差点让我们送命，对他的话我们都有了保留看法。

王四川道："有这么清晰的海市蜃楼吗？"

"地下有那么大的空洞都可以，海市蜃楼清晰点有什么不可以呢？"老田道，"我们要相信事实嘛。"

王四川想了想，道："不对，那为什么这海市蜃楼会延迟？我们的灯亮，那东西应该同样亮起来，和镜子一样。"

伊万打了信号灯再做试验，果然是一模一样，但是延迟了20秒。

"老田同志，请你解释！"王四川逼问道。

老田可能是回答不出来，面色顿时铁青："这个……"

"其实要知道是不是我们很简单，我们打出曳光弹，他们的飞机上肯定没有这种子弹，有的话颜色也不可能一样。"裴青道，说完使了个眼色。

王四川换上曳光弹，朝空放了十几枪，曳光弹带着尾巴在黑暗里划出一道道光线。

我屏住呼吸，看着那架诡异的飞机，20秒后，同样的十几个光斑从下面的飞机上射了出来，飞入黑暗里。

“同样的颜色，同样的频率。”老田道，“你看看，你看看，我说得没错吧。这一定是一种还没被发现的自然现象。可能和汞雾有很大的关系，我们知道汞是用来做镜子的原料……”

我松了口气，至少知道那不是日本人的飞机了，不由得对刚才自己的想法感到可笑。

“这地方真他娘的邪门。”王四川愤然道，但看得出，他不爽的原因更多是因为老田。

我最后看了一眼那飞机，心中却隐约感觉还是有哪里不对。这种隐忧让我很不舒服，但事后证明我的感觉是正确的。那架飞机有很大的问题，然而等察觉到已经太迟了。当然，这是后话了。

一场虚惊，所有人都渐渐冷静了下来。

如果可以脱下头罩，我一定想用冷水冲冲脸。朱强要把这种不一般的现象拍下来。我看了看表，从起飞到现在已经过去5个小时了，就进入驾驶舱和伊万商量以后的行程。

伊万看我进来，道：“正要找你。”我看他面色有些不妥，问道有什么问题？

他看了看我身后没有谁跟进来，关掉了内部通信的按钮，说道：“你坐到这里来。”指了指副驾驶位。

我狐疑地爬过去，他指了指几个表：“第一，我们刚才从浓雾里突击出来时，消耗了太多的汽油。”

我看不懂仪表，问道：“太多是多少？”

“太多是，我们可能只能再巡航三到四个小时，就要掉下去了。”

我想了想才反应过来：“你是说我们已经回不去了？”

“也不尽然，我可以关掉两个引擎，慢慢地磨回去，运气好的话，应该能正好到达，最后的降落靠滑翔。我想靠我的技术没问题。只是，咱们可能没日本人飞得那么远，完不成任务了。”

我心说就算完成了，东西带不回去也是白搭，想到刚才他的口气，又问：“你说第一，那第二呢？第二又是什么？”

他道：“你看左边。”我从驾驶舱看出去，发现左边的黑暗深处，探照灯照到了东西，是岩壁。“你在靠边飞？”我奇怪道。

“不是，我看到这个也很奇怪，这里的地形和我们预估的不一样，我一下来就发现，刚才我们在浓雾下飞的时候，经过了几个非常大的转弯。那时候我们的速度很快，是不是有可能，在那个时候飞进了什么岔道，我们现在已经在另外一个空洞里，而且这空洞在收窄，我们可能没有足够的空间掉头。”

我不是完全明白，问他能不能再说清楚一点。伊万的中文实在是不太灵光，他想了想道：“你还记得日本人那套胶卷最后的部分吗？”

我点头，他道：“我是飞行员，所以我注意到的细节可能和你们不一样。在摄影机拍摄那个……”他顿了顿，显然找不到词来指代那个巨大的人影。我道：“东西，你可以称为东西。”

“那个东西的时候。”他舔了舔嘴唇，用手做了个飞机的形状，然后把“飞机”斜了过来，在我面前演示，“飞机的运行轨迹是一个高弧度的回转，所以摄影机才能拍到那东西的多个角度。当时我想提出一个疑问，但因为胶片非常模糊，我并不肯定，所以就没提。现在我发现我当时的疑问变成了实际的问题。你看两边的间距，我目测和胶片上那架飞机急转的间距差不多，但我们的飞机太大了，我们做不了回转，也就是说，如果我们在这里掉头，那么就会一头撞上岩壁。”

“那为什么日本人可以转？”

“那是我当时的疑问。”伊万道，“我当时感觉无论是速度还是回旋的弧度，都不是轰炸机能做到的，当时摄影机所在的飞机很像是小型的飞机。”

“不可能。”我摇头，我们都亲眼见过那架飞机的残骸，上面也找到了固定摄影机的位置。

“那就有第二种可能性，胶片上的空间感和速度感与现实不同，也是说胶片上的地方不是这里，咱们走错路了。”

九十三、大翻滚

说实话，这时我还是半懂不懂，不过大概知道了他的意思。怎么会走错？难道这空洞里还会有岔路不成？不过我知道现在已经没时间错愕这个了。两个问题放在一起，表示我们有大麻烦。

“那你有什么办法？你是功勋飞行员，如果你没办法，你不会和我说这些。”

“不，对于飞行员来说，告知战友我们正要牺牲也是义务之一。”他镇定地道，“不过，确实还有一个办法可以试试，只不过那样的话，成功的概率很小很小。”

“说！”我拍了他一下。

他道：“左右的距离不够，但是上下的距离是足够的。我可以做一个大翻滚。”

“用轰炸机可以吗？”

“你忘了我是干了什么被开除的吗？那样是很难，但是这一架体形小了很多，我想成功的概率会大些。”

“怎么个大翻滚法？需要我们做什么？念经吗？”我问道。

伊万显然听不懂我的玩笑，继续用手演示：“翻到反位，也是飞机肚子在上的状态以后，飞机会失控，然后沉下去，这个时候如果能控制好飞机的姿态，我可以借惯性把飞机翻过来，同时马力全开重新把飞机拉起来。飞机没法往前翻跟头，因为我们这么翻直接是坠毁的姿态，高度不够我做拉升，所以我们只能往上做空翻。为了争取足够的高度，我们得重新降到雾里去，我需要你们所有人帮我目测。”

我点头，问道：“什么时候开始？”

他看了看油表：“最多还有10分钟时间给你考虑和准备。”

我心中暗骂这个死苏联佬太慢性了，也不早说，立即拍椅子退回后舱，对那些还在辩论的人大吼：“都他娘的系好安全带，抓住能抓到的任何东西，每人负责一个窗口，我们要沉到雾里去。”

所有人都哗然，王四川道：“你疯了?!”

“没时间再解释了。”我道，“如果不听我的，那我们只能自己走回去了！”我上去拍他们让他们马上照做，然后自己重新回到炮塔上，把副驾驶拉下来：“回到你自己的位置上，这里我来。”

这时伊万打开了话筒，在里面说：“无论看到什么都要叫出来，飞机翻过来的时候我什么也看不到。”

“翻？什么翻？”王四川问，话没说完，飞机已经整个往下急降而去。

我在炮塔上差点被扔下去，一边稳住自己，把住两边，一边咬牙，狂风吹得我感觉头都要被吹裂了。

“吴工，你最好能解释得通，否则我一定打你小报告。”王四川在下面大叫。

我心说你大爷的，随便你打我什么，只要能活下来，打我反革命都行。

飞机几乎是一头扎进了雾里，能见度极速下降。比起上次，这一次简直可以称为野蛮，伊万在耳机里不停地叫着高度。我是露天的，视野最大，那种经历这辈子都不可能忘掉。

5分钟后，我已经看到了雾气深处的黑影，对伊万大叫道：“可以了没？”

“这里比刚才那里浅，我们还需要再降一点。”伊万的声音很平静。

我几乎是迎面看着浓雾深处的黑影越来越清晰，那感觉几乎像是要马上坠机，就在我们感觉要完蛋的那一刹那，机头忽然拉起，开始爬升，里头的伊万开始念起一句俄文。

“那是什么玩意儿？”我叫道。

“我上次的求婚词。上次翻成功就因为念了这个，希望这次也能走运。”他道，“真希望喜乐能听到。”说话间飞机的机头已经拉起，机身开始旋转，飞机失去速度，我在炮塔上天旋地转，几乎什么也看不见了。

飞机几乎是竖立着冲出了雾层，我死死地抓住一边的边缘，眼看着自己开始头朝下，不由得大叫出声。伊万这时还牢牢地控制着飞机的姿态，飞机往一个地方侧翻，如果顺利，飞机会在坠落的过程中重新翻过来。

这叫做泰格尔空翻，是战斗机才能做的特技动作，这位苏联空军的前教官不知道是艺高人胆大，还是已经完全放弃了希望，这时的声音竟然还是相对冷静的——至少和耳机里王四川的叫骂、老田的呕吐声比起来，他的声音更像一个旁观者，而不是诡异动作的控制者。

在飞机失控与非失控的临界点上，我反而变得非常平静，这超出了肉体的控制。你知道，那时，你下一秒钟能不能控制着庞然大物完全取决于你身外的东西，这时你会感觉到命运、神、信念，无论你用什么词形容和称呼，只有在那种时刻，你才能看到它们真实存在的痕迹。

飞机缓缓地扭了过来，我们重新坠进雾里的时候，飞机已经几乎能成功地翻过来了，这时，裴青的声音从耳机中传来："岩山！"同时我立即看见，飞机下方左侧的雾里，出现了一个狰狞的黑影。

那一刻的飞机处于失控状态，根本没有办法做动作，我看着那黑影朝飞机扑面而来，一眼看去距离几乎在毫厘之间，不知道能不能避过。

我闭上了眼睛，完全明白了伊万那番话。我们这一代人真的经历了太多大是大非的东西，往往感叹蹉跎的命运，但是命运到底是什么，谁又能说清楚。但在那时候，那一刹那最多10秒的时间里，我能告诉别人什么是命运。

等我再睁开眼睛，就直直地看着那座岩山贴着我的脑门掠了过去，瞬间我们飞过了那道岩山，我的脑子一片空白，王四川又是大叫，"啊！下面！左边有障碍物！"

我一看，只见飞机靠左的方向，边上的岩山上有很多嶙峋的凸起，刚说完飞机翅膀就撞上了一块，飞机立即剧烈震动，火星四溅。还好只是擦过，但前面还是有很多凸起的牙齿一样的石锥，一看肯定躲不过了。

我心念一转，大叫："把那些玩意儿打掉！"说完自己先上弹，对着前面的凸起开始扫射。

机炮的威力很大，前面瞬间碎石飞崩，后面也开火了。从飞机各个部位射出的子弹拖着尾巴射向前方的凸起，瞬间第一根石锥被连根打断。还没等我缓过来，后面成片的石锥就又出现了。

"完蛋了！"王四川在耳机里大吼，我没工夫思考他说得对不对，只能用尽全力大吼：“不要停！”

此时顾不了害怕，也管不了自己能不能活下去，前面凸起的岩石就是我们最凶恶的仇敌，所有的子弹就像瀑布一样倾泻了过去。

乱石飞溅中我也不知道前面破坏得如何，瞬间飞机就已经撞上了那些凸起的岩石，我在巨震中摔翻在地，接着就听到了几道岩石同时划过机腹的声音。

几秒钟后，飞机已经撞了过去，以一个非常小的偏差角度开始转动，机身渐渐远离岩山，往上飞去。

我爬起来看着身后，只看到后面岩石松动，大块的石头被我们撞得往下滚落。

看来我们的扫射起了作用，如果没被子弹那么密集地破坏，这种花岗岩绝对不可能轻易被撞碎，现在从山体上滚落的就换成了这架飞机的残骸。

伊万在耳机里笑了起来，笑得非常放肆。“我爱你们！”他大笑着道。

我是第一次听到伊万发出这种笑声，在那个年代，需要多么开心才敢发出这种笑声。我虚脱一般，靠保险绳挂着才没有倒下，这瞬间想到了袁喜乐——她答应伊万以后，这个苏联佬肯定也曾经发出过这种能穿透天际的笑声。

这是个属于天空的男人，袁喜乐怎么可能拒绝这种男人呢?

“好了，老吴，你下来解释一下，你们唱的是哪出？”王四川在下面骂道。

“等下。”我道，实在没了力气，闭上了眼睛。

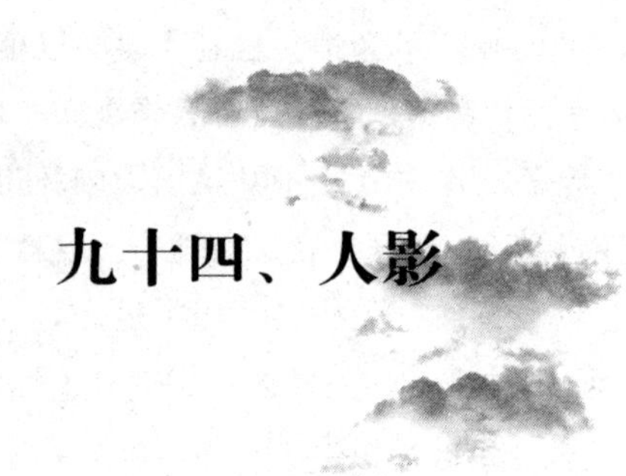

九十四、人影

我在炮塔上发呆，看着四周的黑暗，一生中，从没有哪个时刻那么想抽一根烟。我不是很能思考刚才发生的事情，我脑海里不由自主地浮现出几个月前我们在佳木斯集合时的情景。当时我能想到会有这样的未来吗？又想几个月后如果我能活着回去，我能分清现在的这些经历是真实的，还是梦境吗？

我几乎能肯定，只要有人坚持现在是梦，我一定会怀疑自己，虽然现在抬头看四周，一切都真得不能再真了。

王四川又在耳机里催促，说再不下来，就上来把我拖下去，我才懒洋洋地下去，把刚才的情况说了一遍。

老田吐得不成人样了，竟然还对我说他也是负责人之一，这种情况为什么不和他商量，没经过他的同意，这要是他报上去，我就犯了严重的错误。

我心说驴日的，怎么没把他给吐死。我之前对老田的印象并不坏，他是老派的、我们自己培养起来的知识分子，一本正经，凡事都遵守着他习惯的那套等级制度。这本来没什么大不了，在当时的单位里，有点知识的人都是这样子。有些人是真心把这套东西当成纲领的，另一些人只是披着皮而已。

不过这时我真的懒得和他扯皮了，不去理会，自顾自走开。老田本身也不善于应付我这种人，嘟哝了几声看没人帮腔也就不说话了。

我当时并不知道，就是这一下默默地走开，改变了很多东西，我以后的人生，也因为这个发生了我完全想不到的变化。这在以后的故事中，我会陆续提到，和这个故事无关。

之后我们便踏上了归途，为了节约燃料，我们关掉了一些探照灯，以后的三个小时，是相对平静的。

就在这三个小时里，我萌生了把这件事情记述下来的念头，那是突如其来的冲动，像是有人把这个念头塞进我的脑子里一样。对于文化课并不出色的我来说，这个想法让我自己都有点吃惊。

在这架已经残破的飞机里，我们已经连续7个小时不吃不喝，小便都是尽快解决。这些还不是最难熬的，在这种情况下，大家的烟瘾都犯了，抓心挠肝，几乎生不如死。王四川想着办法隔着头罩抽，打发了一些时间，我和裴青一直在闭目养神。

平静只持续了三个小时，三个小时多一点，我们所有人都听到了飞机的一声异动，接着飞机里的灯全灭了。

起初我们很紧张，但是副驾驶出来招呼了一下，说只是照明的电路坏了，然后开始检查起来。我看了看窗外，这下什么也看不见了，只能听见发动机的轰鸣声。

我走进驾驶舱，这一次老田也非要跟我进来，我看到飞机前方也是一片漆黑，只有几盏绿色的仪表灯亮着，把伊万照得阴森森的。

“有麻烦吗？”我问。

“暂时没有，油料消耗在我控制的范围内，其他的在上帝手里。”他对我道。

我指了指前面的黑暗：“你这么开害怕吗？”

“这是飞机，又不是汽车，在夜空里我们一般都只靠导航。”他道，“而且照明线路又不复杂。”

刚说完前面的灯亮了几下，又灭了，好像很快就能修好。我放下心来，刚想走，忽然就感到，刚才灯光闪过的那一刹那，外侧几十米的地方有什么东西。

我看向那个方向，现在却什么都看不清楚，本想算了，但想了想，还是觉得不太对。

这时不可以有任何差错，我跑回去对王四川大叫，让他打几发曳光弹看看右前方有什么。

王四川惊魂未定，以为又有什么情况，骂了几声立即跑了上去，很快曳光弹开始打向飞机的前方。

瞬间飞机右前方被照亮，我在驾驶室凑到舷窗边看，在片状光源里，我看到黑暗里果然有东西，我竭力去看，立即就腿软了，我发现那竟然是一对巨大的凹陷的眼睛，正在注视着我们。

那对眼睛无比巨大，深凹在眼窝里，那种大小，只一眼就让人头皮发麻。

我震惊得说不出话来，很快所有人都看到了，我听到王四川在耳机喃喃自语："天哪，什么东西？"

飞机越开越近，我们很快看到了那眼睛之外的部分，那是一张巨大的黑色怪脸，眼窝深陷，脸奇长无比，目测了一下，足有五层楼那么高。

这时飞机飞得很平稳，就这么看着，有一种它缓缓从黑暗里探向我们的感觉，那瞬间的感受用语言完全没法形容。

"看来这就是胶片里那个影子。"伊万淡淡地说道，"没想到居然这么大。"

"曳光弹增加照明。"我对后面喊了一声，另一杆机炮也开始发射，无数曳光弹射向那张脸的前方。

光亮增强之后，这张巨脸的身体也显现了出来，我立即确定了，那的确是我们在胶卷里看到的那个巨大的影子。它呈现着一种非常奇怪的姿势，站立在浓雾里。

所有人都没有说话，耳边只剩下机炮打出曳光弹的声音，而我们全部的注意力都集中在那张脸上。随着巨大的人影越来越近，我看到整个巨人身上竟然满是细小的黑孔，密密麻麻的，好像被虫蛀过了一样。

说那些黑孔细小，那只是因为距离的原因，事实上那些孔洞应该会非常大。我静静地看着，浑身冰凉，想起了在那条完全被封闭的隧道里看见的尸体，那些尸体腐烂完了之后，也是完全变成黑色，上面充满了孔洞。

不过我已经肯定，那是一座巨大的石质雕像，因为它身上的光泽和四周岩壁的石头光泽一模一样。这是被人雕刻出来的。

看到这奇怪的石雕的脸，那不是佛像，也不是我能想到的任何古代雕塑的脸。这张脸看上去非常粗糙简陋，我想不出它是什么，它好像只是一个"巨人"而已。

飞机安静地飞着，我发现自己没法思考，这东西是怎么产生的？难道真的有古人进入过这片深渊？而且在这里的巨石上雕刻出这么巨大的一座人形雕像？

那是谁？即使依靠现在的科技，我们也不可能如此深入到深渊里，到底是什么古人有这种力量，能做出这种奇迹来？

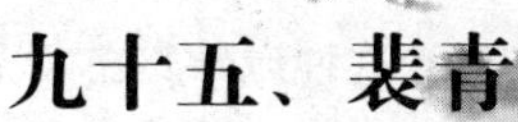

九十五、裴青

“这是远古时期的雕像。”沉默了一会儿，老田在耳机里喃喃道，“怎么会出现在这里？”

“可能是从上面坍塌下来的。”裴青道，“这个‘夸父’也许是在地面上雕刻出来的，然后因为地质灾害沉入地下，最后洞穴坍塌又掉入了这个深渊里。”

“可能吗？”

“比古人进入到这个深渊去雕刻的可能性大很多。”裴青道。

真的是这样吗？我无法肯定，但我意识到这个深渊里，一定还隐藏着大量的秘密，是我们永远没法触及的。

飞机缓缓地从“巨人”身边飞了过去，甚至一度我们距离那“巨人”才十多米的距离，我们能清晰地看到那些孔洞，竟然每个都是能容纳一人的大小。我看着，总觉得那些孔洞里，好像藏了什么东西。

可惜，飞机几乎是一瞬间就飞了过去。我们来不及细看，“巨人”已经在我们身后，消失在了黑暗里。

“可惜，我们不能停下来看看。”王四川道，“谁要是发明个能停下来的飞机，我一定给他颁个奖。”

“也未必需要停下来。”裴青说道。

“拍下来了吗？”老田问朱强，朱强道：“拍下来了。”

“好，我们的任务完成了。”老田叹了口气，好像一桩心事放下了。

这时，外面传来一连串声音，飞机外部的照明又恢复了，探照灯又亮了起来。

“奇怪？”伊万说了一声。

我拍了拍脸，让自己放松下来，刚才我看到的情况，可能是我这辈子看到的最诡异的情形，这种诡异实在太怪，使得我现在反而非常安静，只是有点难以思考。

伊万看了看我，摇头笑了笑，好像觉得我的反应很好玩。

我问道：“你不觉得惊讶吗？”

“我们现在还活着，这才是最令人惊讶的事情。”他想了想又道，“对了，我需要减轻飞机的重量方便最大限度节省汽油，你让他们清点一下，我们需要把能扔的东西都尽量扔下去，这要尽快做，你先去准备，等下我打开投弹舱。”

说起这个，我脑子里首先出现的竟然是王四川，不由得好笑，退回去和他们说。其他人都还在震惊中没有缓过来，被我拍着手才一个个反应过来，但动作还是很迟钝。

我只有自己来，这里比较重的东西是机炮和子弹，于是开始拆卸。王四川很是舍不得这些武器，对于从小用铁铳打猎的人来说，他们对于枪的感情是很难理解的。

投弹口打开，东西搬到了投弹舱，里面的气流非常猛烈，我把整理出来的重物推到轨道上，然后推了下去，看着它们飞滑入黑暗之中。我又把子弹打成捆也推了下去，另外还扔了一些本来不是很有用的物资。

从投弹口看，下面连浓雾都看不到，也不知道那个巨大的影子还在不在，我有些发怔，但还是强迫自己收敛心神。

这时听到后面有声音，原来是裴青走了下来。他提着一个帆布包，好像是他找出来要丢的东西，之后，他反手关上投弹舱的门，走了过来，突然点起了一根烟。

我看他的表情有点奇怪，问他干吗？

他朝我笑笑：“和你说点事情。”

我看他的样子，更加奇怪，这小子干吗，难道又有什么企图？

“我听说过你的背景，你也算是个黑五类。你也知道你老爹要花多大力气，才能脱掉这层皮。”他道，“我从小没有父母，在养父母身边长大，他们没有虐待我，也没有真正关心过我，院里的人都对我的母亲避讳不提，连她的名字都不说。这还不是最可怕的，懂事以后，我才发现这个世界很不公平，自己比别人低了一等，而那些都是我的母亲带给我的。”

那是这个时代的固有特征，我心里明白。但他忽然和我说这个干什么？

“我一直都不知道这一切是为什么，后来才知道，原来我是日本人的孩子。”他道，“你知道一个一直接受抗日教育的孩子，知道自己是日本人后是什么感受吗？”

1945年日本军队从中国撤离后，留下了很多遗孤，这些大部分都是战时日本侨商的孩子。我没有回答裴青，只是突然有些同情他。

“如果我是日本人的孩子，为什么要把我留在中国？如果我是中国人养大的，为什么要给我一个日本人的血统？”裴青冷冷地道，这些话一定在他心里说过很多遍。他不是愤怒地说出来，而是把他心中淬炼过的东西慢慢地拿出来。

“成年以后，我开始寻找我父母的下落，我需要一个答案，要么告诉我他们死了，要么让我找到他们。我查了很多资料，回访了很多地方，最后在老资料里找到了我父母的名字。我发现他们是一对日本地质工程师，参加了一个内蒙古考察项目后，失踪了。我被寄养到了我父母的朋友家，在三岁的时候，他们离开了中国，把我丢在了这里。因为知道了这个，我才会进入到这个体系里来。”

我看了看投弹舱下的深渊，忽然意识到了什么。

“你父母难道是——”

他笑了笑，侧脸看了看窗边的黑暗，眼中既有茫然，又有一种热切的希望。

我看着他，猛地一个激灵，想起了在胶片里看到的那个日本军官身边的女人。当时就觉得看到的时候很不对劲，难道，她是裴青的——

想着，我看见他把带来的帆布包背到身上，我才意识到，那竟然是降落伞。

“我相信，他们最后一定是下去了。”他道。

他转身再次朝向我：“机舱里有我的背包，里头有我存下来的全国粮票，你交给我的养父母，我下去以后，你帮我争取一下烈士的待遇，我的弟弟可以靠这个上大学。”

“你疯了，这么多年了，就算他们真的下去，在下面也肯定死了。”我叫道。

“对于我来说，死了还是活着又有什么关系？”他道。

“你的食物太少，下面那么大，你可能在找到他们之前就死了。”我道。

“我有70个小时。”他道，“你记得那片灯光吗，我想，应该在那里。”

我无言以对。

“我下去之后，别人不知道我出了什么情况，如果你把我的话说出去，你知道你一定会被审查怀疑，不如你说我中毒疯了，这样谁也不受牵连。”

我坚决地摇头朝他走去，忽然他掏出了一把小手枪，在我朝他扑过去时一枪打在了我身上，我一阵剧痛摔倒在地，同时就看他跳出了投弹口。

裴青瞬间消失在了黑暗里，我连他的降落伞打没打开都没看到。

我发了一会儿呆，回到上面，把其他人一个个解开，胸口的剧痛让我什么话也说不出来。王四川赶忙检查我的伤口，我不敢让他动，因为这里的毒气不知道会不会侵入我的伤口。不过裴青显然没有对准我的要害，否则打向我的脑门我必死无疑。但即便如此，这也是我第一次受枪伤，我从没想过会这么痛。电影里那些果然是骗人的。

王四川问我事情的经过，我大致说了几个重点，但没有把裴青的话说出来，他最后那套说辞我深以为然。

在那时候我心中的震惊远远大于任何感情，甚至对于他打伤我我也无所谓，我只是想他能落到哪里去？下面的巨大岩石之下，可能是深达数十里的地下峡谷，他只有最多70个小时来寻找那个信号，而且没有了任何归途。

值得吗？说实在的，我无法评判裴青，我知道那种被称为黑二代的孩提遭遇。无论在哪个时代，人们对于战争创伤的愤怒都会在这些不幸的孩子身上延续。对于幼年的裴青来说，“你妈妈是日本人”这句话一定犹如巨大的诅咒，使他夜夜在梦中惊醒。石块、口水更是家常便饭。

所以，他一定对自己的母亲有一种复杂的感情，从来没见过亲生母亲，对于母爱的渴望和那“诅咒”所带来的憎恶，使得他在查到那支队伍神秘地进入深渊消失了以后，一定想知道更多。

不知道大家还记不记得那个细节——裴青看到那具女兵尸体的时候哭了。我想他一定是想到了他母亲可能也有类似的遭遇，而对于尸体的亵渎，很可能让他想到了他童年遭遇到的事情。

不管怎么说，裴青在那个时候跳入那片深渊已经成为了事实，对于他来说，这个故事已经结束了。他自己的故事开始产生，而我们还得继续。

继续下去，直到回家。

九十六、黑暗的寂静

之后的过程乏善可陈，三个小时后，伊万告诉我们，我们接近了大坝。

用肉眼还没法看到迎接我们的灯光，但是四周的黑云母花岗岩洞壁告诉我们，我们回来了。油箱已经见底，不可能再有什么改变。

我被王四川扶到座位上绑好，所有人都归位，经历了那么多，我对伊万的信心非常强。对于一个能用轰炸机翻跟斗的男人来说，降落在地下河的跑道上好像不值一提。

飞机平缓地靠近，我闭上眼睛，想着脚踩上地面的感觉，我们终归是大地上的土鳖，只有回到地上才会安心。这时却听到了伊万在耳机里说了一句："不对劲。"

"怎么了？"我问。

"我收到了返航的信号，我们已经很靠近了，但我没有看到导航灯。"

我不是很明白，解下保险，跌跌撞撞地走向驾驶舱。伊万指了指飞机的前方，那里一片漆黑。

"还有多远？"

"最多三公里，本来应该能看到灯了。"他道。

但是前头什么都没有。

"你确定你飞的方向对吗？"我道，"别搞了那么多事，最后我们自己摆了自己一道。"

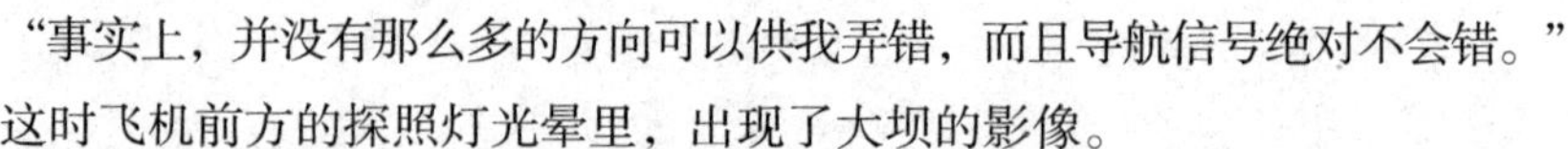

“事实上，并没有那么多的方向可以供我弄错，而且导航信号绝对不会错。”

这时飞机前方的探照灯光晕里，出现了大坝的影像。

我看到了灰白的水泥，大坝矗立在前方，然后，好像一切都有些异样，因为所有的灯都灭了，那里是一片黑暗的寂静。

这情景太不寻常了，因为以我们离开时的阵势，无论是怎样的故障都不可能使得所有的灯都灭了。这个样子，竟然好像他们撤离了一样。

我心中涌起极大的不祥，但没有时间再推测了，我们正在急速靠近大坝。

“没灯也得降了，否则撞山了。”伊万拍了拍我，让我回去坐好。

我回去后飞机开始下降，王四川和老田问我事情怎么样了，我实在不想解释。伊万在耳机里道：“不要再站起来了，我们准备降落，不过好像没有人迎接我们。”

我转头，看着岩壁急速收拢，然后大坝在一边闪过，我松了口气，心说成了。忽然伊万少见地大吼了一声：“上帝！为什么没有跑道？！”

“什么？”我大惊。

伊万大叫了一声：“抓好！”

飞机猛烈地震动着，接着以难以置信的角度降落。

我看到整个机舱在瞬间扭曲了起来，所有人在那一刹那都弹了起来。

接着我的头以极大的力量撞到了金属梁上，眼前一黑，立即失去了知觉。

走运的是，很快我醒了过来，剧烈的脑震荡让我呕吐，有那么几秒我觉得自己已经晕了很长时间了，但当我睁开眼睛，发现飞机还在不停地震动。

其他人好像也失去了知觉，眼前一片漆黑，只有爆出的火花作为照明。我花了好几分钟才解开保险带，踉跄着爬过去，看到王四川和老田摔在一起满头是血，摇了几下根本没用。

我忍住随时要昏过去的目眩，咬牙把他们一个个拖出下沉的飞机，上帝保佑，这么剧烈的坠毁，飞机竟然没有爆炸，也许是那些缓冲袋和地下河水救了我们。

飞机几乎已经完全变形，我的大腿血流如注，逐渐开始失去知觉，但我知道更多是被这里冰冷的地下河水给冻麻的。

几个人死尸一样躺在一边的铁网桥上，我暂时筋疲力尽，靠在上面喘了几口气，手上沾满了锈水，乍一看还以为是血，惊了一下才反应过来。这时驾驶舱朝天的玻璃处传来了砸玻璃的声音。

我咬牙站起来，帮着里面的人把玻璃片砸掉，拉他出来，发现是副驾驶。

他脸上全是细小的伤口，嘴里也全是血，左耳朵挂在脖子上只剩下一张皮连着。

我扶他下到地上，他对我说："老伊，去看看老伊。"

我赶紧爬上去，跳进驾驶舱，看到伊万坐在那里，解开了自己的头罩，满脸都是血，好像刚才被卡住了。

我爬过去，想去扶他，他却朝我摆了摆手让我别过去。我发现他的胸口上全是血。

"机舱受到了正面的冲击，我在最后关头抬起了机头，但是拉不起来，日本人造的东西果然靠不住。"他躺在座位上，说话断断续续。

我失笑："你是在为你的坠机找借口吗？"

"我没被人打下来，也没在降落的时候有什么漏洞，事实是这里没有跑道，你们中国人也很靠不住，讲话不守信用。"

我朝下看去，这里的水面上什么都没有，来之前那么多的吊装设备都没有了，四周一片寂静，好像一个人都没有。

"好了，别废话，我等下会弄清楚这里的情况。"我道，"你是自己爬出来，还是我来扶你？"

伊万没理我，只问我道："如果查出谁拆了铁轨，替我揍他一顿。现在你别理我，让我一个人待一会儿。"

我看他的面色有些苍白，心中闪过一丝不安，他看我不动，接着道："让苏联人一个人待着，中国人去干活。苏联人要想些事情。"

我点头，心中已经感觉到了什么，但还是退了出去。跳下飞机的时候，他最后喊了一句，我没听清那句话的意思。

30分钟后，王四川再去看他，他已经永远睡过去了，在他最熟悉和热爱的驾驶舱上。他胸口的伤是致命的，折断的肋骨刺穿了他的胸口。伊万诺维奇，37岁，牺牲在了一个无人知晓的地方。他并没有什么大义，单纯追随着他那份沉默同时又炽热的爱来到了这里。

他还是保持着他一贯冷静的表情，疯狂的伊万在死前，接受了自己的命运。

"如果我成功了，那么我拥有了她，如果我失败了，至少她永远也不可能忘记我了。"

没有人能忘记一个为了自己敢拿轰炸机做泰格尔空翻的男人，我想不仅是袁喜乐，我也无法忘记。

我们没有移动他，事实上也无法移动，我们没有过多地悲伤，我总觉得伊万这样的男人不会领情，而且伊万也不是唯一的牺牲者，朱强、副驾驶后来也牺牲了。

事实上，朱强可能在被拖出飞机残骸的时候已经死了，只不过身上没有明显的外伤，很可能是内伤死亡。副驾驶一开始还很精神，等我处理完老田，他已经浑身冰凉了，估计也是内伤。

之后的很长一段时间，我们都坐在那里，等待可能的救援。然而四周什么都没有发生。王四川恢复体力后，找了一圈，回来后面色苍白，对我道："这里非常不对劲，所有的东西都被拆掉拿走了。"

我很佩服王四川的抗压能力，如果不是他过于强调个人喜好，这个领队应该是他最合适，而我已经接近了极限，完全跟不上他的思维。

在他的催促下我才站起来，和他去巡视了一圈，立即发现，这里的变化，不仅仅是不对劲。

如果只是这里的人莫名其妙地撤走了，我倒能抗压想出很好的理由来，不管正确与否，先说服了自己再说，但是这里四周的情况太不寻常了。

我不仅没有在四周看到任何遗留下来的设备和废弃物，甚至连之前记忆里很清楚的一些焊接痕迹都找不到了。

九十七、噩梦

所有的地方都一层浓锈，没有任何修理或者是被加固过的痕迹。这里看上去，不是没有人，而是好像从来没有人到来过。

我明白这是不可能的，没有任何人能做到完全消除痕迹，而且是在这么大的一片区域里。

“你怎么想？”王四川点上烟问我，“狗日的这地方究竟是怎么了？”

我想他心中早有了和我一样的判断，但是，他无法从这判断中得出结论。事实上结论可能只有一个，但是说出来实在太难让人接受。

不管怎么说，我只能自己说出来了。我道：“看样子，我们降落错地方了，这地方不是我们出发的地方……日本人在深渊附近造了不止一个大坝。”

“你是认真的？”王四川问。

“难道还有别的解释吗？”我道，但心里还是不信的。大坝四周的各种附属建筑看上去如此眼熟，还有水下的尸袋，我无法精确地记忆这些凌乱的细节，但是，我的直觉告诉我，这里是我们来时的地方，除非小日本偏执地把所有的基地都造成一样的，否则实在太奇怪了。

“跟我来。”王四川想到了什么，他把烟头一丢，往边上跑去，那里有一座水泥塔。

“你干什么？”我问。

“我在那座塔里关了三天禁闭，为了打发时间，我在墙上一些隐蔽的地方刻了些东西，他们不可能知道。”他道。

我们一路冲进了关他的禁闭室里，那是个很小的房间，他跑到墙边，挖出了一块砖看。“没有！”他面色苍白，“真的没有！这里真的不是……但是这房间，和关我禁闭的那间一模一样！”

我看着禁闭室的墙壁，上面有日文标语和很多的霉斑，另一边是透气窗，能看到下面的水面和我们坠机的现场。边上有一个探照灯，但是没有任何的光，我只能借着飞机上没有完全熄灭的火焰，看到坠毁现场的全貌。

一看之下，我就愣住了。

看着还在燃烧着的飞机残骸，我忽然觉得整个场面非常熟悉，好像眼前的坠毁现场，我之前也看到过。

这种熟悉感非常强烈，我知道不是错觉，等我仔细回忆，就想到了是怎么回事，剧烈的毛骨悚然顿时让我如坠冰屋。

我发现，刚才我们坠毁的那架飞机残骸在水中的位置和姿态，非常眼熟，那突出水面上的翅膀，烧焦的机身，和之前在水下看到的那架20多年前坠毁的“深山”，竟然一模一样。

我无法理解，我以为我看错了，又以为我在做梦。

但我冷静了一下，再去看，确实是一模一样。不管是机头还是翻起的机翼的角度，都和我记忆中那架20多年前的残骸吻合。甚至飞机坠毁的大概位置，我都觉得一样。

这是怎么回事？

我立即走回到飞机边上，希望我面前的景象是幻觉。但走到下面，相似的感觉反而更加强烈，唯一感觉不对的地方，是机侧贴住的部分。

飞机来不及喷漆，本来用胶布把日本人的标志都贴住了，现在因为坠毁，几块胶布已经烧掉，露出了下面的太阳涂斑，像一只瞪大的血红眼睛。还有一块胶布也被烧掉了一半，后面露出了一个奇怪的符号。

我走过去看，发现，那是一个“7”字。

我僵在那里，看着那个“7”字，像被人扼住了喉咙一样喘不过气来。

“怎么了？”王四川莫名其妙地问。

“我们刚才乘的是这架飞机吗？”我已经语无伦次。

“你疯了？当然是啊。”

“那原来在这里的那架飞机残骸呢？”我问，“日本人那架‘深山’的残骸呢？”

“肯定在附近，我记得那架烂飞机也沉在了这个地方的水里，不会离我们太远，他们总不会把那架烂飞机也搬走。”

“真的在这附近？”我喃喃道，王四川去找了一圈，回来时脸也绿了：“奇怪，它不见了。哪里去了？难道真被搬走了？或者在我们坠毁的时候被压扁了？”

我摇头，指了指我们眼前还在燃烧的飞机残骸：“它在这里。”

我无法给出一个明确的解释，也无法看透其中的猫腻，但是，我几乎可以肯定，我之前看到的沉在地下河里的日本“深山”，和刚才坠毁的轰炸机，是同一架飞机。

如果是这样，这里就出现了不可调和的矛盾。我们怎么会在飞机坠毁之前，看到了飞机坠毁后的残骸？对当时的我来说，我的知识已经完全无法思考其中的缘由。

我感觉，一定是我们自己出了问题，我们可能在深渊里飞行的时候，还是吸入了不少毒气，我们已经疯了。

这是唯一的解释，汞中毒会产生神经病变，这种感觉让人毛骨悚然，疯子看出来的事总是毫无理由的。

“那不用担心了，也许我们现在已经被抢救躺在了帐篷里。”王四川道，“伊万也没死。”

“也许其实还没降落。”我冷冷道，“裴青也没跳伞。”

“我们睡一觉醒过来，也许都好了。”跟过来的老田竟然当真了。

“那你可能要面临更多的问题，我们其实从进洞开始就暴露在了这种毒气之下，那么我们是从什么时候开始发疯的？也许我们在找到袁喜乐的时候已经发疯了，甚至是吊在洞口的时候就疯了。”我道，“那表示我们身边的人全疯了，你一觉醒来还是疯的。”

“再往回想，你怎么能保证你原来不是疯的？既然这么真实的感觉都可能是假的，那么还有什么不可能？你可能是个老疯子，躺在床上，我们和这里都是你疯想出来的。”我继续道，“认为这一切都是整个故事，往往是真正变疯的开始。”

“那这里怎么解释？”王四川道。

“如果是无法解释的东西，我们不强行解释。”我道，“我老爹告诉我，想不通别想，做该做的事情。我们应该冷静下来，想一下如果这一切都没发生，我们应该做什么？”

说完我们所有人都看向了地下河的上游。

“我想看天。我们多久没看到天了？”王四川说道，“我恨死这个洞了。”

“那么走吧。”我道，“也许他们会在洞口等我们，会像上次一样拉住我们的手。”

“然后给我们一个解释？”

我心说可能性不大，但是，我不想去想这些事。

我们收拾起东西，飞机上本来没有准备多少干粮，有的也基本甩下飞机了，所有人都轻装上阵。

顺着铁丝往回走，这里的水位非常低，我们踩着没膝的地下河水，往上游走去。

“这里不是我们来时的道路。”王四川道，“我是在一号川下来的。”他用手电照了照洞的顶部，“我们最好能回到上面去。”

“从上走我们得最后爬100多米的悬崖，他们说，从这条0号川走，会好走一些，最后会从一个涵洞里出去。”我道。我不知道我的想法是否正确，但是我不相信我能爬上那么高的悬崖。

一路进去，沿途看到了大量的标语，两天后，在我们又饿又冷的时候，我看到前面出现了一道诡异的颜色。

有一刹那我没认出什么来，但是王四川大叫了一声，狂吼起来，我才想起来，那是阳光。

我冲了过去，然后一阵目眩，刺眼的色彩扑面而来。

九十八、人间

出来的地方是一个很不起眼的刀切口一样的山洞，被隐蔽网绳掩盖，但网已经腐烂，有几个巨大的口子。网绳上挂满了藤蔓，阳光从那里照下来，美得让人无所适从。

我们一个一个爬了出去，外面是满目的森林和山。一瞬间，各种各样的色彩扑面而来，在一个黑暗压抑的洞穴里生活了那么长时间，我接触到的颜色只有无尽的黑暗、晦涩的灰黄，以及灯光的惨白，再次看到大自然所有的色彩，金黄的阳光、宽阔的蓝天、墨绿的树木，我无法形容那些颜色的炫目和饱满，几乎眩晕了过去。

王四川放声大吼，对着蓝天跪倒，我们都瘫倒在他身边，让阳光肆意地照在我们身上，把几个月的阴冷潮湿除去。我从来没有觉得，晒到太阳会是如此舒服和幸福。

原来我们早已经拥有了那么美好的东西，最不可或缺的东西，往往因为习惯而不被人注意。

休息了一会儿，我的眼睛才逐渐适应了这个世界，这些我曾经认为无比枯燥的树木和蓝天，如今无比鲜活。我爬起来开始打量四周。

这个山洞处在一个山谷山腰的阳面，我们不清楚这里距离我们进入的那个口子有多远，但根据我们走的时间，直线距离不会太远。地面上的后勤部队营地应该就在附近。

0号川是地下河的主干，但出来的洞口却是这么小，真是让人想不到。

王四川第一个招呼了一声，指着一边的悬崖，那里有一条小瀑布流下，后面还有一道缓坡，我们在那里洗了脸，然后往山上走去。

山并不高，半个小时后我们到了足够眺望四周的高度，老田筋疲力尽地坐下来休息，我踏上崖边一块凸起的石头，看向远方。

四周没有军营，没有炊烟，只有一望无际的树木。北方的林子没有南方雨林那种遮天蔽日的茂密，但这里的树木都异常高大，显得凛然而不可侵犯。

我心中刚刚涌起的力量又微弱了下去，我们坐车进这个森林用了几天时间，如果想徒步走出去，恐怕此后的辛苦危险不会比我在洞里的时候差。

森林里不能抽烟，可我这时什么都不在乎，点上狠狠吸了两口，感觉总算有股力量从肺里弥漫开来。

不过，无论如何，蓝天让我感到无比神清气爽，天是如此广阔，难怪王四川认为天是神明之主。重新在天空下行走，感觉是从地狱返回了人间。

当晚我们就在山上露营休整，之后一共休息了三天时间。我们先是挖了一些野菜煮汤充饥，到了晚上就挤在篝火边上，看着漫天星空进入睡眠。第二天王四川又用树枝做了几只布鲁，打了几只野鸡回来烤了吃，我们逐渐恢复了体力。

三天后，我们开始寻找出去的道路。为了避免迷路，我们留下老田看守篝火，在山顶燃烟作为标志，我们每天出去寻找，傍晚以燃烟作为目标返回。两天后，我们找到了那座废弃的日本军营。

它已经完全被荒草淹没，整个营地里的杂草有齐腰深，屋顶的落叶几乎要把房子压垮了。铁丝网上全是藤蔓，和我第一次来这里的时候大不相同。

营地里一个人也没有。我无法相信地拨开杂草走进去，看着四周的一切，我清晰地记得那时候我们大部队驻扎在这里，四周的杂草几乎全部被清光，屋顶的落叶也被清理干净了。现在怎么会这样？

我不相信仅仅几个月时间这里会重新变成这样，这里看样子最少有几十年没人到过了，我们是到这里的第一批人。那一刹那，我甚至以为这是另外一个被废弃的营地。

“为什么好像之前的一切，我们来过的痕迹都消失了？”王四川道。

我低头不语，走进军营进到那些木房里，看到一片狼藉。所有的东西上都积满了灰尘，木板的缝隙里也全是小虫。那种程度不是可以伪装出来的，正如王四川所说，我们来过这里的一切痕迹都消失了。

这简直像是一场梦，在梦里我们干了很多事情，但醒来以后发现那些都没有发生过。

如果只有我一个人，我也就真当是梦了，可惜我们有这么多人。

这到底是怎么回事？难道，我们真的进入到一种疯狂当中了吗？

所有人都没有说话，老田低声抽泣起来，我们无法解释这一切，我们连提出假设的办法都没有。

王四川并不信邪，说也许是这里的草长得快，他拉着我们到四周探索，然而越找越不对劲，不仅四周没有我们活动过的痕迹，来的时候工程兵开路砍出来的车道也没了。

那些被砍掉的树，是不可能这么快长出来的。

“我们疯了，我们都疯了。”来到军营的木屋里休息，老田一直喃喃自语，忽然笑了起来，“你们都是疯子，没救了，我还知道自己疯了，我还有救。”

我看着他的样子叹了口气，老田是一个死脑筋，思想僵化，遇到这种事情，他有点倒不过来，我也不知道拿他怎么办好。在老田的笑声下，气氛更加诡异，我感觉再这么下去，不仅是他，我也非疯了不可。

我决定不去想这些奇怪的事情了，比起这里难以解释的现象，我现在更担心的是我们该怎么办。

原本我想着即使找不到部队，找到车道我们也可以出去，但看现在这种情况，我们几乎是被困在这里，一切只能推翻重来，而且得更加小心了。

而且，最重要的一点，进来的路本来是对我们保密的，我们不仅不知道自己在这片原始丛林的什么位置，连这个丛林在哪里都不知道。如果是在国境线外，那我们就算走出去也可能会被抓起来。

事情开始严峻起来。

九十九、不太对劲

无论如何，首先要确定自己的位置，王四川说："如果我们在蒙古，万一走错了方向也许会走到苏联去，而且不管是哪个方向，离有人烟的地方都很远，在森林里太容易迷路了，看来我们得做好长期抗战的准备。"

"理论上只要一路向南走，一定能出去。"我道，在蓝天下多走点路我现在并不抗拒，"咱们以前摸林子的时候来回是好几个月，时间倒不是问题。"

"问题是你受了枪伤。我们没药，你的伤口不可能自己好起来，肉会从子弹周围开始发臭。"王四川道，"除非把子弹挖出来，但处理不好伤口会发炎，死得更快。而且，我们没有食物，饿肚子走不了多远。"

"你有什么主意？"我问道，我看他好像也不是特别担心。

"这里离林区肯定很远，你看这里的树这么茂盛，往远看哪里都一样。说明几十年内这里都没有被砍伐过，这地方的偏远程度肯定比我们自己想的还要厉害。我们都知道这种山路有多难走，你受了伤，老田又是这副样子，我们应该就地休养一段时间，以静制动。"王四川接着道，"烧点湿柴，附近如果有猎人或者护林的，看到烟会以为森林着火然后赶过来，同时，我们打打猎，晒晒干果，储备足够的食物。"

我想了想，王四川没说错，我们现在确实不太适合长途跋涉。以前我们走林子，虽然会在林子里待很长时间，但离最近的补给点都会保持在三到四天的路程内，还有骡子和驴帮忙运输物资。这一次性质不同，没有枪，王四川只能打一些山鸡、野兔之类的东西，每次都要消耗大半天时间，这样边打猎边赶路可能要很久很久才能出去，他要是在路途上生病或者受伤，我们就死定了。

我们是在深秋进入丛林里的，休整了一个多月，当时的天气已经非常冷，又在洞穴里熬了几个月时间，前后算算，现在这个时候应该是1963年的春天。我相信按照王四川的计划做，不会浪费太多时间。

我们把露营点移到了军营里，毕竟这里有房顶，当晚王四川烧出了一些草木灰，尝试拔出我的子弹，可没成功，只能用皮带扣把子弹挖了出来。那比中弹的时候还疼，用文字绝对形容不出那种痛。

之后，王四川便开始实行他的计划，先是他自己一个人打猎，我伤好了一些后，他也开始教我。

和王四川打猎还是很有意思的，投掷布鲁是从小就需要锻炼的技术，而且需要天赋，我不可能学会，只学了一些制作陷阱的方法。我们每天收获的猎物除了当天的伙食，剩下的都用烟熏干处理。这个时期的北方，林子里的野生动物还是很多的，基本上每天都有收获。我们的进展很顺利，很快房梁上的熏肉都快挂满了。

老田没有参与我们的行动，他一直在想一切是怎么回事，我们打猎的时候，他就在附近转悠，想找出什么线索。但他怎么想都想不出个所以然来，经常半夜跳起来和我们说一些匪夷所思的假设，慢慢人就变得一惊一乍，时而清醒，时而迷糊。我觉得他真的有点不正常起来，给他做思想工作也没有用，只能让他看家。

打猎的时候，我们有几次经过了一个区域，我觉得很像当时我们下去的那片垂直洞口。但是，我们在那附近找了很久，都没有发现那个天坑洞的入口，整片区域不知道怎么回事全是落叶。我记得当时开会时说过，那个洞口是被落叶埋住的，我不知道是自己认错了，还是那个洞口确实被埋在了落叶下面。

更让我奇怪的是，我发现，在这段时间里，这里的天气开始明显地变暖。在我的计算里，我们现在处于春天，但是，猛烈的日头却告诉我不太对劲。

王四川也不知道这一切是怎么回事，北方其实没有传统意义上的四季，春天和冬天没有太大区别，夏天倒还很凉快，入秋之后就会很快变冷，10月就开始下雪，现在这种温度明显已经是夏天了。如果现在是初春，只可能有一种可能性，就是遇到了暖春。

王四川分析，我们现在也许在靠近海边的地方，被太平洋暖气流影响。

如此一来，我们便错误地估计了我们的时间，北方的暖春是少见的天气。

天气一热草木生长，这种地方会有狼群，我们没有武器，会比较棘手。

当时我们算了一下，熏好的肉只能支撑一个多月，我们原本打算准备两个月的食物，现在只能走一步是一步了。已经有的熏肉，再加上路上顺手打点东西的话，我想出去不会是什么大问题，于是决定提早出发，趁狼群还在草原上的时候出去。

没有想到，就在准备出发的前两天，这个节骨眼上，天却开始下起冷雨。

雨一下就没完没了，总是停一下就又继续，外面顿时泥泞不堪，根本无法行走。我们只能整天待在那些木屋里避雨，那种潮湿阴冷让我后来发了烧，迷迷糊糊的几次都以为自己还在洞里。

那几天，我们逐渐冷静了下来，感觉形势会越来越好，倒不用着急。老田不魔怔的时候，也说了一些靠谱的话，他说以他在北方的经验，北方本来就干，这雨下透了会有很长时间的好天气，也不会下太长的时间，与其冒雨出去，不如等雨停了再说。

我们一直祈祷等待雨停，王四川每天看云色，总说还有五六天好下。可五六天又五六天，雨倒没停，却等来了其他东西。

大概在第三周的第二天半夜，我们忽然被一阵奇怪的声音吵醒了，我迷糊了一会儿，就发现那是木板被敲击的声音。

我第一反应是起风了，心中就一凛，然而等我再听了几声，才意识到不是，但这么一来却更加惊讶了。

因为那竟然是敲门声。我看了看躺在身边的两个人，他们全部都在，就出了一身冷汗，在这种深山老林里只有我们几个人，怎么会有人敲门？

一百、森林中的来客

我惊醒以后，花了很长时间才反应过来，王四川睡眠浅，也坐了起来，轻声问："谁他娘的半夜出去了？"

"没人。"我看了看老田道，"所有人都在屋里。"

我们看着门板，紧接着又"砰砰砰"响了几声，很明显是有人在敲门，这种本来普通的动静，在这种场合下听起来非常诡异。

我们面面相觑，"难道是狗熊在敲门？"王四川道。

"狗熊没这么有礼貌。"我道。

敲门的声音并不重，而且有些迟疑，听起来阴森森的。王四川对我使了个眼色，抓起一边篝火里的木棒当火把摸了过去，我们一个左一个右，来到了门边。

王四川一把拉开门，火把一下捅了过去，紧接着发现门外什么都没有。我探出头，看到门口地面上有两只巨大的泥脚印，心里咯噔一下，刚想说话，王四川阻止了我。他走出门外，把柴火往前探，顺着火光，我看到了有几团站立着的"泥巴"站在远处的大雨里。

我也走了出去，就发现这些竟然都是一个个满身泥浆的人，人数还不少，正在奇怪，一边的一个"泥巴"叫了我一声："吴用？是你？"

我一愣，吴用是我的一个外号，凡是姓吴的人全都有这种麻烦，无论自己的名字有多威风，一旦摊上这个姓就会玩完。而且十有八九会被安一个"吴用”的外号。因为《水浒传》是当时很少有的几本小说。

不过自从我成为正连以后很少有人这么叫了，我们的组织结构很松散，我的上级管的事太多，估计连我的名字都记不住，王四川他们都没太多文化，所以这个外号已经很久没有人叫了，现在被叫出来我相当吃惊。

不过更让我吃惊的是这个名字从“泥巴”嘴里说了出来，接着所有的泥巴都动了，他们卸下雨篷，一个个人头露了出来。

我看着那些脸，上面沾满了泥浆简直看不清五官，我把头转向刚刚叫我的那个，突然一下我僵住了，我看着她的脸，脑子一片空白。

我竟然看到了袁喜乐。

虽然她也一脸泥，但我一看就注意到了她的眼睛是那么明亮，她没有疯，她笑着朝我走过来。

我呆住了，王四川看见也呆住了，问道这是怎么回事?

那些人都凑了过来，有几个手里还端着冲锋枪，袁喜乐对他们道：“是自己人。”他们才把枪放下来，其中有人对着我们身后的木屋就道：“老天保佑，终于有个干爽的地方了。”

目瞪口呆中，我几乎是下意识地把一行满身是泥的人让进屋里，眼睛还是一直看着袁喜乐。

这些人脱下雨披，我看着他们的装备就知道他们全是地质队的，我不是很熟，但所有人看到老田都非常惊讶，老田也看着他们，那一刻我脑子很混乱，总觉得什么地方出问题了。

他们脱掉衣服，立刻围到火边取暖，王四川看着我，他也没有反应过来，只是拿出最近打猎剩下的肉，他们接过吃起来。

“你们怎么在这里?”有一个人问，我一看他，又愣住了。

这个人我也不认识，但我却见过，我记得他的名字叫苏振华，他是特派员，我们在大坝的仓库里找到了他。当时他已经疯了，怎么现在也是好好的?而且还和袁喜乐在一起?

我没有回答他，而是用力捏了捏脸，看看自己是不是在做梦。接着我又被一个人吸引了注意力，他是这些人里年纪最大的一个，正在咳嗽，袁喜乐递给他毛巾，他擦去脸上的脏泥。

我惊讶地发现，那是一个非常有名的老专家，一直传说他在苏联，但我惊讶的是，我也见过他，那是在落水洞下，我发现了他的尸体。

接着，我看到了第四个我能认出来的人，我看到老猫在人群中不起眼地抽着烟，那张老脸一如我看到的那样世故。

“毛五月。”我下意识地叫了一声。

老猫惊讶地看向我，就问道：“您是哪位，我们见过？”

我皱着眉头看他，看着他的表情，我无法分辨他的疑惑是真是假，但这已经无所谓了，如果说单纯看到袁喜乐和特派员还可以想办法解释，但看到了那个老专家，就没有办法逃避了。

虽然打死我也没法相信，但我还是意识到了，我眼前的这帮人，是七二三工程的第一支勘探队伍。

在那一刹那，我好像摸到了事情的关键。

根据以前老猫告诉我的情况，当时我们进入洞穴之前，还有一支队伍进过洞穴。这支队伍由袁喜乐带队，苏振华是特派员，老专家是协助，总共9个人在洞里遭遇了各种危险，几乎全军覆没，老猫是唯一一个回到地面上的。此外，只剩下袁喜乐和苏振华还待在洞里，但他们两个都吸了太多的汞蒸气以致神志异常。

可是现在，这支队伍里的所有人，都活生生地出现在了我面前。而且，比我知道的人数要多得多，这是什么情况？老猫没有对我说实话吗？

而且，看他们的装备，他们正在这里进行地质勘探活动，应该就是在寻找那个洞穴。

我们和这支队伍见面的可能性存在吗？我们是他们的后备，老猫把洞穴的信息带出来之后，才会有后面的计划，我们才会被调入七二三工程，我们怎么可能和他们在这种地方相遇？

如果不是我们真的疯了，那难道，我们回到了大半年前？

我想到了我们遇到的一切，我们降落的时候，原本假设好的缓冲跑道不见了，大坝里所有的人和设备都消失了，而我们回到地面上之后，也发现所有我们到过的痕迹都没有了。

如果我们真的回到了从前，那这一切倒是说得通了。如果我们回到了我们还没有来过的时间，当然就不会看到我们来过的痕迹。

这么说来，我们在深渊里飞行的时候，不知不觉中，出了什么问题？

但是，这可能吗？

这是怎么做到的？要让我相信这些，我觉得还是老田说的，还不如我们都疯了好接受一些。

我忽然想起了之前我师傅和我讲的一件事情，他说他在塔克拉玛干找石油的时候，听当地人说，那里的沙漠有一块奇怪的区域，人经常在里面失踪，然后在相隔很远的地方出现。两边的距离有可能超过几百公里，但相隔的时间不过一个晚上，不靠飞机是绝对不可能出现那样的情况的。

而当事人自己并不知道，只是说自己在一片没有边际的沙漠里迷了路，走了几天几夜才被发现——而他的几天几夜，却实实在在只有一个晚上的时间。

医生都说那是因为缺水引起的错觉，但我师傅说肯定不是。他们在那个区域勘探的时候，他们勘探队后来有人失踪，后来发现了尸体，也是离营地有几百公里远，除非那个人自杀，否则他如果发现不对劲，原地待着等天亮，也比乱走几百公里要保险。

难道，我们在那片深渊里，也遇到了差不多的事情？

一百零一、套话

我一边想，一边出冷汗，但是不知道为什么，我想着总觉得不对劲，这其中好像有什么东西，让我觉得哪里有问题。

真的是这样吗？我看着那些人的脸，但是，我从面前这么多张脸上，看不出一丝破绽。

如果这是真的，那袁喜乐的队伍应该在我们到来之前不长时间来到这里，我们并没有错开“太远”或者说“太久”。对于他们来说，我们出现在这里是非常奇怪的事情，而我也不可能和她说这些我们自己都不相信的鬼话。这么一来事情就会非常尴尬，因为他们执行的是秘密任务，我们莫名其妙出现在秘密任务的区域，弄不好，我们的处境会很麻烦。

现在我一时半会儿也想不出应该怎么办、怎么说，也不知道王四川有没有想明白什么，这时应该做的是先糊弄过去，再从长计议。

我看向王四川，就发现他表情正常，我看他，他也看向了我，我知道他至少也准备先混过去再说，不由得松了口气，这时我反倒很怕有点糊涂的老田会说出奇怪的话。

但是老田居然很在乎机密，他看着那些人，本身就有点神志不清，如今更是迷惑，他缩在一边，只是对着那些人不停地点头。

特派员看我目瞪口呆、无法反应的表情，就露出了奇怪的神色，转头去问王四川同样的问题：“你怎么在这里？”

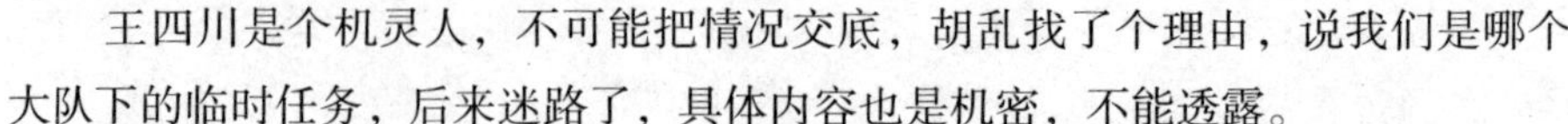

王四川是个机灵人，不可能把情况交底，胡乱找了个理由，说我们是哪个大队下的临时任务，后来迷路了，具体内容也是机密，不能透露。

听完王四川的话，那个特派员用一种很耐人寻味的眼神打量着我们，面色并不像其他人那么放松。

袁喜乐显然没有想那么多，洗掉脸上的泥浆，又冲洗了头发，对我们道：“这么深的林子居然会出现个房子，房子里还有火光，我还以为遇到什么妖怪了。太巧了，说出来谁都不会信，在这种地方会碰到同行。”

“我们是这几天往冒着烟的方向找到这里的。”有一个年轻人说道。

王四川照实说我们困在这里已经有段时间了，东西都丢了云云，说完他就问道：“你们来了太好了，我们有救了。这里离城区到底有多远？”

这个问题本来很简单，一问却发现袁喜乐的表情很尴尬，也没人回答我们。

“不会吧？你们也是迷路到这里的？”我问。

袁喜乐摇头：“这倒不是，只不过这个地方的位置很机密。你们无意中到了这里虽然没问题，但我们没法告诉你们这里的位置。”

王四川和我对视了一眼，袁喜乐说话的时候，眼睛不经意地看了“特派员”一眼。我意识到，这种保密一定是这个特派员强调下的结果。

老田是老资格，这时就道：“至少也要想个办法吧？我们要治病，我们已经疯了。”

其他人都以为是个玩笑，都笑了起来，一个年轻人道：“他娘的雨一下这么多天，谁不疯。我也快疯了。”

我看向特派员，看他如何反应。

“这事情我们做不了主，我们要请示总部，让他们作决定。”特派员道，“别担心，最多我让小聪明送你们出去，等天气好转，我们就发电报。”

小聪明是个很面嫩的小伙子，眼神很坚定，和其他人的气质很不相同，一看是个当兵的。他背着一只电报机，对我们笑了笑。

特派员接着问道：“你们困在这里多久了？”

“从发觉不对到现在，怎么也有一个月了。”王四川回答道。

“那你们在这附近都走过了？”他递上来一根烟问道，他的眼神很平静，好像只是随便问问。

四周的气氛很热烈，长途跋涉的袁喜乐他们找到了相对干燥可以烤火的地方，又有肉可以吃，很是放松，老田在这里重新受到了尊重，我们也找到了出去的希望。在这种情况下，特派员递烟给我们，很是正常，但是他的问题，白痴都知道他在试探什么。

我了解这种人，怀疑一切是他们的习惯。“我们往东西两边走得比较多，其他的地方有悬崖。你们是从哪里过来的？”王四川滴水不漏地说着，反问道。

“我也不懂，没学过这些，只懂跟着他们乱走，早分不清东南西北了。”特派员笑道，“你们在这里有没有发现什么奇怪的东西？”

王四川嘿嘿一笑：“哪里有什么奇怪的东西，除了树还是树，能找到现在这个小日本修的房子就不错了。你信不信，附近肯定还有这样的地方。这些房子都是本地的木头造的，左边的几间是仓库，我想他们在这里肯定有什么大计划，否则不用盖房子，我感觉最起码他们是准备在这里待半年以上。”

我本来还担心王四川应付不来，但是看他的谈吐，很是自然，东一句西一句，没被“特派员”控制住，心里就安定下来，暗想这小子真是个人才，不当官实在太浪费了。

人多口杂，我自问没王四川那么会忽悠，就起身到房间的角落里去，一边给他们准备床铺，一边琢磨接下来怎么应付。

看样子王四川能把第一波扛下来，他除了我们出现在这里的原因，其他都说了实话，这样我们就算不对口供也不会被戳穿。

老田因为保密条例，肯定不会乱说话，他这种把条例看得比命还重的人，倒最不需要担心。反而我得特别小心，因为我一看就是部队里不守纪律、心思活泛的人。我刚才肯定表现得很可疑，特派员和王四川有一句没一句地说话，但总是看我就是证据，他清楚地知道我刚才的反应是不正常的。

我现在要避开他的观察，然后想办法让他觉得我的反常另有原因。

当年我的想法还是不够成熟，现在思考那个特派员之所以会对我们起疑，理由很简单，很可能真的因为那个地方的地理位置，绝不可能出现其他勘探队，我们真的很可能已经过了当时有争议的边境线。而之所以其他队员没有怀疑，很可能是因为袁喜乐他们也和我们一样，没有被告知这件事情。

不管是什么原因，后来也无所谓了，因为接下来几天发生的事情比这个重要多了。

当夜无话，袁喜乐他们非常疲惫，后来都陆续休息了。我们本来休养得非常好，这么一来很兴奋，我看着屋顶到天亮才睡了一会儿。

当时我并没有注意到这支队伍中的一个情况，说明我的脑子还不够清醒，

但是我透过王四川的臭脚看到一边火光下袁喜乐的睡脸，她的头发还没有在洞里见到的那么长，我脑子思绪万千，但看着她的脸，心里慢慢平静了下来。

不管这是怎么回事，只要能见到她，就不是一件坏事，虽然，我总觉得这一定是个梦。

一百零二、最好的历史

第二天天亮，雨终于停了。

我醒过来，看到满地的人，才终于相信昨晚的事情并不是梦。

有些人已经起床了，王四川不在，袁喜乐也不在，我爬起来，来到室外，又看到了久违的太阳。我舒展了一下筋骨，去找王四川，他一般不会这么早起来，早起一定是想找机会和我商量事情。

地上还非常泥泞，我找了个比较清澈的泥坑洗了脸，看到有比我起得更早的人在森林里摇树，树叶可以被摇下来收集当柴，比地上浸湿的更容易晒干。

此时我却希望那是袁喜乐，我很想看到她，和她单独说说话，同时又有些莫名的紧张。

可惜我走过去发现那是小聪明，他看上去只有15岁，身上已经背了一大堆柴。摇树、捆柴，做得很熟练，另一边还有人在吆喝什么。我听到是老猫的声音，但是看不到人。

“东北人？”我问他，南方人对付不了这种树，南方人烧稻草。

他朝我笑笑，并不回答，我表示要帮他背一部分柴火，他摇头，小小的身子背着大得和他不成比例的柴堆往回走。

“别理他，他个子小，可是脾气倔得很。”我听到一个声音传来，同时我看到袁喜乐从一边的林子里出来，正在擦头发。

她的脸上有水珠，头发也是湿的，好像是刚洗完脸，女人一搞地质，都不会讲究到哪里去，但也不会像我这样随便找个泥坑凑合了。

她走到我边上，看到我的脸就笑了，对我道："那边有大点的水坑，你要不要去洗洗，我看你这几年都没好好洗脸。"

"反正这辈子也没指望找对象了，不浪费那个时间。"我笑道。

"找对象这种事情，全靠自己的努力，自己都放弃了，人家姑娘家当然不会来迁就你。"她道，"搞地质勘探的又不是没有女同志，你泄气什么，快去洗吧，我带你去。"

我跟着她走了几步，果然前面有个清澈的水坑，我蹲下去，这次比较仔细地洗了把脸。

洗完她看了看我，点头道："这不是好多了，男人就要精神点儿。"

"怎么精神也精神不过苏联飞行员啊。"我道，"你可别拿你爱人的标准来要求我。"

以前，我并不敢和她这么说话，不过不知道为什么，我现在看到她并没有感到不可靠近，也许是因为基地里发生的那些事情，让我对她改变了感觉。

袁喜乐有点吃惊地看着我："你怎么知道的？"她用手帕擦了一下脸，"我可没告诉什么人，是谁告诉的你？"

我笑了笑："天下没有不透风的墙，保密工作做得再好也没用。"

她脸红地笑了笑："那都是以前在苏联的事了，我回来以后都过去了，他也不可能来中国。"

"你怎么肯定他不会跟来？"我道，"也许他只是慢了一点。"

"就算他来了，我们也不可能在一起，这里和苏联虽然都是布尔什维克，但是毕竟还有很大的不同，如果他来了，我只能拒绝他。"她道。

"不可惜吗？那么出色的一个男人？"我问道。

"你怎么知道他出色？"她好像觉得我有点好笑。

我心说我真的知道，要是他不出色，我已经死在一个匪夷所思的地方了。

"也许，在那时的我看来，他真的不错。"袁喜乐的脸有些苍白和无奈，"不过，越是炽热的爱，冷却下来就越有可能开裂。其实我也说不清楚。"她叹了口气，"我不想谈这些。"说着加快了脚步把我甩在了后头。

我想追上去，却迟疑了一下，但她走了几步，又走了回来，盯着我道："今天的话别讲给别人听，不管你是从哪里听来的。"

我点头，她看了看不远处的木屋，又道："这一次我们的任务非同寻常，你们最好和我们划清关系，我尽量说服苏振华让你们回去。"

“如果苏振华不肯会出现什么结果？”我问。

“你们可能被划入我们的队伍。”她道，“但是这次的任务很危险，你们不值得冒险。”她说完指了指嘴巴，“别乱说话，我知道你的背景，但是别人不知道，有人会对你们不放心的。”然后离开了我。

我理解她说的话，对于早已经知道结局的人来说，我知道她说得很正确。

我看着她的背影，一直到她进入木屋，就去找王四川，后来在木屋后院找到了他，他在晒木柴，我过去帮忙，两个人假装认真干活，我把我的想法告诉了他。

他听完后说，他当时也是这么想的，但他觉得实在不可能会发生这种事情，与其说我们回到了过去，他觉得还不如说这些人都是山里的鬼，特地来戏弄我们。

鬼就更不可能了，我和他合计了一下，既然想不到其他理由，我们现在只能认为，我们真的已经回到了大半年前。

那么事情就变得非常复杂，因为，这支勘探队，明显是要找到那个洞口，如果我们编入他们的队伍，那我们岂不是又要到洞里去——我宁可死都不想回去，所以一定得想办法，让特派员苏振华同意把我们送出去。

不管是哪种情况，最重要的是活着出去。

他们今天一定会商量这件事情，小聪明是发电报的，他们商量的结果小聪明一定知道，王四川就准备和小聪明套下近乎，探探口风，如果不让我们走，那我们就得想办法连夜跑了。

这个我不内行，只能让他去处理，王四川于是约了小聪明去打猎，我又回到屋子里，竭力表现得正常，希望特派员能忘掉我昨天的反应。

中午的时候，王四川和小聪明带了大礼回来，那是头鹿，用枪打的。这只鹿肥得很，吃完后还剩下很多，王四川就让我帮忙熏肉，我们原来准备的干粮，根本不够这么多人吃的，袁喜乐他们的消耗很大，不可能再把粮食让给我们，反而还要消耗我们的。我知道王四川打猎的目的，除了和小聪明套近乎，还同时在继续准备我们出去时的食物。

我越来越佩服这小子，能文能武，精力旺盛，除了性格冲动点儿，几乎没什么大缺点，蒙古族的血统让人不得不佩服。

当天下午勘探队开始去四周工作，只留了几个体力没恢复过来的人，我们在屋外，王四川一边切着肉条，一边看没人在附近，就和我说，他打听来，好像是要找小聪明把我们送出去，来回得一个多月，真够远的。具体怎么办好像还在商量。

他说袁喜乐他们肯定不是走了一个多月从外面进来的，这附近一定有大型的据点，但他们不想我们知道，就让小聪明带着绕过大部队。这样一来，我们会以为只是一次意外的两支队伍相遇，不会想到背后有那么多破事。

“这正合我意，这样我们可以找个乡下躲一段时间，等到‘我们’出发了再想办法回去，否则没法解释。”王四川最后道。

这一定是袁喜乐出的主意，我心中一安，忽然就想到了袁喜乐当时在洞里被我们发现的样子，我对王四川道：“不对，我们不能一走了之，我们一走，这些人都要牺牲了。”

“对于我们来说，他们已经牺牲了。”王四川默默道，他显然早就想过这个问题。

“我们可以提醒他们一下，也许会好很多。”我道。

“不行。”王四川马上摇头，“如果我们真的是在几个月之前，我不能想象，提醒了他们会有什么后果。在我们的历史里，他们的命运已经注定了，绕过改变了历史，那么我们的历史也会改变，我想象不出会是怎样，但很可能是我们没法接受的。这一次幸存的是袁喜乐和苏振华，但是你一提醒，幸存的就可能是其他人。”

我想了一下，忽然就毛骨悚然，确实如此，假如袁喜乐他们全部幸存了下来，我至少可以保证一点，那么飞入深渊的计划就一定轮不到我们，而是由袁喜乐他们参与。他们还是会飞回到大半年前，坠毁在大坝里，袁喜乐能不能在这次坠毁时幸存，很难说。

我们已经经历的历史，算起来是我们能接受的最好的历史。我想着袁喜乐的模样，她的未来是一场噩梦，我可以改变这一切，但为了她，我却要眼睁睁看着这一切发生。

我叹了口气，决定妥协，我不是上帝，在这种命运面前，我不知道自己能做些什么。

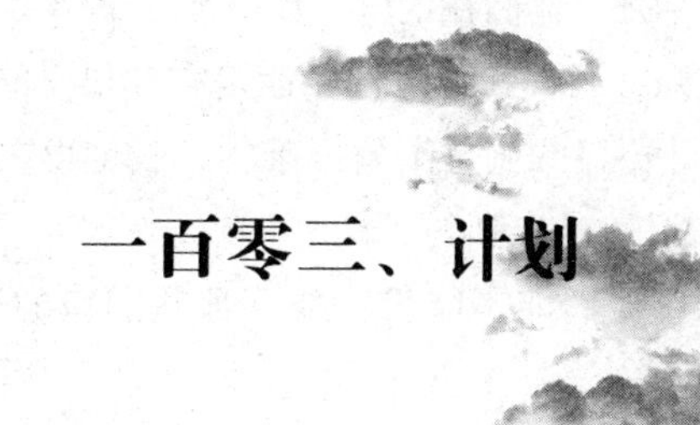

一百零三、计划

肉熏了一个下午，晚上袁喜乐没宣布王四川带来的那个消息，我并不意外，知道这种事情总要花一些时间的。

在睡着之前，我在脑海里把所有的顺序理了一遍。我发现我已经慢慢接受了那个前提，那就是，我们真的回到了几个月之前。

如果我按照王四川的计划离开，那么他们之后便会进入到洞穴里，发生一连串的意外，而在这个时间，另一边不知情的另一个我正在等待前往这里的调令。

不过这一切也许不会这么快就发生，我们进入到洞里，看到地下河上“深山”的时候，飞机锈得非常厉害，当时我以为飞机最起码锈了20多年了，现在看来，那种腐朽速度应该是地下河的恶劣环境导致的。但即使这样，我觉得也至少需要4个月时间，“深山”才可能坏成那个样子。

我们是在11月中旬进洞的，在洞里待了差不多5个月，然后飞入了深渊，飞机坠毁后，如果要让飞机在地下河里腐烂成另一队“我们”见到的样子，那么，我们至少飞回了10个月之前。

也就是说，现在我们是在1962年的夏天，现在大概是7月。

那么说来之所以气温这么高，不是因为暖冬，而是现在本身就是夏天。

我们在这里已经待了一个月左右，也就是说，另一队“我们”怎么也要三个月以后才会来到这里，假设袁喜乐早我们一个月进洞，那他们还需要在这里待三个月才会进入那个洞里。

三个月，他们在这里干什么呢？单纯是寻找吗？

我知道洞穴就在附近，但是它被很厚的落叶层覆盖了，在这种林子里找几个被落叶覆盖的洞是十分困难的，我记得之前打猎的时候，当时就在离它很近的地方都没有找到那个洞口。

所以他们能不能很快找到那些洞口的确很难说，但，三个月时间也太长了。

不说那么久，给我这么多人，两个月时间，就算一寸一寸去找也该找到了。

难道是，之后还有什么事会发生？使得他们进洞推迟了？我想。

难道是因为下雨？

推算下来，现在已经是雨季，下雨之后，这里的地下河会暴涨，他们即使发现了洞穴也没法下去。

对的，上游的汛期结束之前，他们可能会一直等候，等到水位降下去再进行勘探。

我忽然有了一个想法，我在想，如果我完全阻止了他们呢？让他们完全放弃那个计划，比如说，在他们离开之后，把那个洞口炸毁。

我可以把大坝里的炮弹运出来，那么他们也许不会死，但那很可能形成一系列的变化，我也许没机会被调配进这个项目，我经历的事情也不会发生。

如此一来会有一个悖论，如果是这样，我也和这件事情没关系了，那我不可能出现在这里，也不可能去阻止他们。他们还是会按照原来的计划进洞，然后遇难，而我会被调入该项目。

整个事情形成了一个矛盾之环，我没法思考下去，也明白这不能轻易尝试，否则不知道会出现什么状况。

虽然我已经找到了一个理由让自己妥协，但是每次想起袁喜乐会遭遇危险，我心里还是很不舒服，我知道，我不可能真的当什么事情都没发生过。

心中的纠结让人难以入睡，我真希望老田是对的，这是一场疯梦，我可以早点醒来，就算发现自己躺在那张病床上，也至少能让我坦然。

半梦半醒地，做了无数的梦，内容都非常晦涩，让人捉摸不准。一直到了第二天早上，听到王四川在和人吵架才被吵醒。

爬起来一看，发现他是在和特派员吵，王四川骂得很难听，显然怒不可遏。

没有人劝架，在那个年代只有动手才能劝，不动手的话只算是互相抨击一下，其他人也不敢随便帮腔。

我没那么多的忌讳，走过去摆手阻止王四川问怎么了，王四川道："王八蛋说让我们留在这里！不让小聪明带我们出去了。"

"为什么？"我转向特派员，"我们是战友，你怎么可以见死不救？"

"我们和总部联系不上，这件事我们自己做不了主。"特派员不动声色道，"我们的任务也很急迫，不能耽搁，所以我也没办法，你们等在这里，我们执行完任务回来再来找你们。"

"我们在这里已经困了快一个月了，我们也有自己的任务。"王四川气急败坏。

"那你不如当我们没有来过。"特派员道。

我看着他的脸，那种表情让人知道，他完全不是在和王四川吵，而是在看他的反应，我心里想到袁喜乐的话，意识到事情肯定有了很微妙的变化。

很难说这个让我们留下的决定是不是上头的意思，我也可以理解，虽然他们没法确实查到每一支地质队的动向，但是，有人出现在这里肯定引起了很大的警惕。

"得，那你们滚吧。"王四川道，"老子不靠你们也走得出去。"

"不行，这个森林很危险，你们必须留在原地等我们回来，这附近也最好不要乱走，我们会留几个人陪你们。"特派员不想再说，说完往屋里走。

王四川气得发抖，马上就要发狂："陪我们？是看着我们吧？你把我们当什么了！"

特派员没理他，我对王四川使了个眼色，让他别冲动了，自己点上一根烟，朝特派员走了过去。

"那你们估计什么时候回来？"我问道。

"说不准，但肯定不会太久，你们安心待着好了。"特派员没有看我，说得很不经意。

"如果是一般的地质活动，我们也可以帮忙，省得傻等。"我道，"我们和袁喜乐一起工作过一段时间，她知道我们的表现。"

说着我看了一眼袁喜乐，她却没有给我回应。

"不用了。"他道，"不是不相信你们的能力。"

这话说得很明白了，不是不相信能力问题，那不相信的是什么？我心知肚明。我还想说话，一边的老猫就上来拍了拍我的肩膀道："也不是不需要你们帮忙，你们可以在这里多熏点腌肉，改善我们的伙食嘛。”

说完看着我笑，其他人也笑了出来，我知道这是老猫在给双方台阶下，不由得暗叹了一声。

看来他们全部商量好了，他们已经全部默认了这一决定。

事到如今，不会再有任何改变了。现在他们还这么客气，说明他们还没有查到我们的底细，再争论，也许会更加露怯，不如装成无奈的样子再想办法。

我默默点头同意，拉王四川坐下，老猫颇有深意地看了我一眼，远远地坐到一边，不知道是同情还是什么。

接下来几天，他们继续出发，只留下小聪明带着几个人和我们在一起。我们不知道他们的去向，但是，一般是三到五天后，他们就会回来休整。

我们没有听到他们在我们面前谈论任何有关勘探的内容，这显然是一种防范我们的默契。

他们不在的时候，我们就自己去打猎，小聪明没有贴身监视我们，但他们几个留守的总盯着我们的背包，显然他们知道没有那些装备和干粮是走不出这里的。

王四川想过逃走，我们把一些食物在野外熏干，藏到树上，但放在外面的肉保存不了几天，很快就会变臭。

而如果我们逃跑，也好像不太可能，因为：第一，我们搞不到食物；第二，那些留下来的工程兵，一定会毫不犹豫地开枪击毙我们。

我开始非常焦虑起来，我知道水位终归会下去，他们终归会进洞，现在我最担心的反而是他们，因为一旦进洞，就是他们的死期到了。

一百零四、事故

如果我估计得没错，当时应该是9月初，气温已经比刚出洞时凉快很多，而袁喜乐他们最后一次离开之后，再也没有回来，从此音信全无。

小聪明一开始还可以专心地暗中监视我们，如今却也坐立不安，虽然他竭力不表现出来，但是已经没什么作用。显然，等待的时间已经超过了他们之前的预期。我们的心态也发生了变化，王四川越来越平静，而我却急躁起来。

我知道我的推测，或者说我的预感，很可能应验了。

我们不知道他们去了哪里，也没有办法去寻找，只得耐心等候着，时间一天一天过去，却不见他们回来。事情变得非常尴尬起来。

我们都知道，无论那个洞穴有多难找，他们也早就应该回来了，现在还不见踪影，那基本上可以判定为出了意外，或者已经迷路，或者困在了某个地方。

刚开始几天，我和小聪明在比较小的范围里进行了搜索，什么都没有发现，小聪明不让我们拿包裹，所以没法走远。他非常固执，即使到了这种程度，他也不肯信任我们。

我们没有办法，只能死扛着，又扛了一个多星期，还是没有人回来，我们就正式确定出事了。他们的食物最多支撑两个星期，距离他们上次出去已经将近一个月，我们再不想办法他们就死定了。

看管我们的，本来一共是三个人，其中两个组成了搜救队，开始搜索，只留一个人看守我们。

我立即发现，这是一个改变局势的机会，于是对小聪明说，我们也要参与进去。这样我们可以分成两组，效率要高一倍，这种时候，时间就是人命。

小聪明还在犹豫，我看得出他非常着急，但显然特派员的任务在他心里分量非常重。

“特派员说过，请你们在这里等。”他想了想还是这么说道。

“你觉得苏振华会觉得看着我们，比他的命更重要吗？我们在这里等，基本就是等着给他收尸。”我道，“我敞开来说话，你要是不放心我们，你拿着枪和我们一组，你还怕我们跑了吗？”

他还是显得很犹豫，我简直觉得不可理喻，这么简单的道理，在这种人的脑子里怎么就想不明白。

索性不再理会他，直接抓起另外一只包，开始往里塞熏肉和装备，作准备工作。

另一边王四川也背起包，小聪明看着我们忽然好像想通了一样，跺了跺脚，立即招呼其他两个人，和我们一起准备。

王四川确实是有私心的，装了一背包熏肉，一切准备妥当后我们分成了两队，老田、王四川、小聪明和我一队，就往外面出发。

一进入丛林，我马上发现形势比我们想的还要严重，走远了之后，连之前认得的路都不认得了，茂密的树林中所有地方看来都差不多。后来王四川用斧头在树上砍上“王”字作记号，怕我们也会迷路。

我本来分析，按照他们每三到五天就可以回营地补给一次的频率，他们活动的区域一定是步行一到两天就可以到达的区域，走运的话，他们可能被困在了某个地方，我们应该很快就能发现。但现在看来，他们在丛林里迷路的机会很大，我不知道他们会走到哪里去，如果走得太远，那就完蛋了。

另外，我也想着，他们有没有可能进洞去了，不过他们没有补给，就算有重大发现也不可能挨饿去探索。

我们先去了东北方向，一边大喊，一边往山上爬，寻找视野好的地方眺望。老田看到外面的莽莽林海，一片茫然，我们升起“狼烟”，希望他们会回应，可是都没有收获。

就这么一路找去，一找就是5天，四周还是茫茫一片墨绿色，我其实心里很明白，再这么找下去，能和他们相遇的机会非常渺茫。

以前勘探队里也不是没有发生过人员失踪的事情，但凡有人不见，大部分都是找不回来的，即使有村民帮忙带着火把去找也没什么用。但在那时，我心里有个信念，就是他们绝对不会死在这个地方。

一路上，王四川不停地暗示我可以逃跑了，只要制伏小聪明，有了那么多熏肉，我们应该可以存活，大不了带着他一起往南方去。而那些人一定不会死在树林里，所以他们说不定已经和另外一支搜索队遇到了，或者自己找到了出路，我们是不用去理会的。

虽然他这么分析也有道理，但是我没有同意，原因我没有说，我心里隐约记得，在仓库里发现的那具盖在帆布下的尸体，好像就是小聪明。

如果我的记忆没错，那说明小聪明之后也会进到洞里，绝对不会被我们在这里绑架。

这就说明，我们现在对小聪明发难，很可能失败的是我们，我们可能被他击毙在这里。

小聪明身手很好，我觉得王四川不一定能干得过他。所以，现在绝对不是我们离开的时机，我们还是要继续等待机会。

王四川急躁难耐，我把继续寻找的方向定为南面，他才安静下来，我和他说，我们就一直向南找，如果真找不到，我们就执行他的计划。

于是掉转方向，我们往南边找去，这一次我们故意走深了一些，深入了7天的路程，到了第八天中午，忽然王四川开始大声嚷嚷。我们往他说的地方看去，看见远处的山头有烟冒了起来。

这里还处在原始森林里，不可能是炊烟，普通的树木着火也不会有那么明显的黑烟，大规模的森林火灾也不是这样的。

这是求救的狼烟信号。肯定是袁喜乐参考了我们之前的做法。

小聪明欣喜若狂，我们一路狂奔了7个小时，才到达烟升起的地方。一眼看到那是一个背风的山腰，第一眼还看不清，但仔细看后就发现，“黑烟”升起来的地方，有六七只大帐篷。虽然我知道他们一定会没事，但看到这个场景的时候，我还是松了口气。与此同时，我忽然发现这里很眼熟，周围的地形，让我觉得似曾相识。

跟着小聪明跑下去，他冲帐篷大叫，我再一看周围的环境，冷汗就下来了，我几乎立即肯定，这里我来过。

毫无疑问，这里就是我们第一次下去时的垂直天坑洞口。现在全部被树叶覆盖了。

可是，我记得那里离日本人废弃的军营并没有多远，而且也不是这个方向。

难道，我们一直以为自己往南，但实际上，却绕过来了？

我四处去看，很多特征都让我无比肯定，确实就是那里。

我觉得不对劲，但却说不出个所以然来。如果是绕错了，那我们绕的圈子可算是匪夷所思了。

疑虑中我们来到帐篷边上，小聪明马上大喊："特派员首长，特派员首长。"

没有人回应，我们冲进帐篷里，一个一个找，却发现帐篷里没有人。

"哪里去了，被狼叼去了？"王四川还没有发现这里的蹊跷。

我却知道他们去了哪里，转身往山坡跑，冲过一根巨大的树木后，我立即看到大树后面的黑土上，有一个大洞。

小聪明跟着我上来，看到那个洞，马上要下去，我一把没拉住，他踩到的地方就陷了下去。

等我们把他拉上来，再清掉落叶，赫然一个伪装网暴露在我们面前。

那个网绳上非常粗大，看上去很结实，但这些伪装网已经烂得差不多了，一碰就断。

另一边，我们看到大树上系了几根绳子，一路挂到洞下。

我心里发凉，看样子他们在最后一次勘探的时候，已经发现了这个洞口，他们并不是迷路或者被困住，而是已经进洞去了。从他们失踪到现在，已经过了相当长的时间，他们的补给肯定已经到了底，为什么还不出来？

难道他们已经出事了？

一百零五、无法抗拒

不对，时间太快了，我们进洞的时候是11月，现在是初秋，其间隔了很长时间，如果他们现在就在洞里出事了，那难道袁喜乐他们在洞里困了两个月？

我在避难所的房间里只看到几十只罐头，那些怎么都撑不过那么长的时间。

而且，按照道理，老猫应该会出来报信，没听老猫说他在洞里待了很长时间才出来。

各种疑惑涌了上来，我忽然意识到事情没有我想得那么简单。一切都不是上头说得那么简单，袁喜乐他们在这里一定发生了相当多的事情。

就在这时，让人意想不到的事情发生了，小聪明忽然把枪对准了我。

“你干什么？”我有些莫名其妙，下意识去躲枪口。

他站了起来，让王四川也靠向我：“你刚才想也不想就冲上来，你早就知道洞在这里对不对？”

我心中咯噔一下，糟糕，刚才疏忽了，没想到这小鬼心思这么机灵，仓促中我马上道：“不是，我只是想上高点的地方看看他们是不是在附近。”

他咔嚓一下拉上枪栓：“你刚才的行为非常可疑，我不相信，但我现在没工夫审问你，你们两个马上给我下去救人。”

小聪明把枪对着我们，我和王四川对视一眼，心说怎么这么丧。

之前一直在抓敌特，飞了一圈，我们就变敌特了。

“我觉得我们应该先合计一下。”我道，“我们不知道下面是什么情况，贸然下去，可能也会遭殃。”

“没时间给你合计了。”小聪明道，“要是他们死，你们也活不了。”

“他们绝对死不了，我向你保证。”我耐心道。

小聪明一下把枪对准了我：“吴工，特派员说了，让我好好看着你们几个，我不知道你们到底是不是特务，但我现在要去救他们，我就看不住你们了，我只能把你们先毙了。”

我目瞪口呆，心说这是什么狗屁逻辑，一时间居然作不出反应。

“为了你们自己好，你们应该下去。”他道。

“特派员的任务就那么重要？”我终于问道，“万一你杀错了我们呢？”

“那就把我自己毙了给你们偿命！”

我看向小聪明的眼睛，发现他已经急得失去理智了，知道只能按他说的办，否则他真会开枪。我对王四川使了一下眼色，王四川就大骂了一声。

我看了一眼洞口，比起第一次，它现在显得更加阴冷可怕，但还是整顿了一下，在小聪明的催促中爬了下去。

因为已经爬过一次，我们对所有的落脚点都很熟悉，下得非常快，小聪明紧跟着，还是用枪指着我们。

我们落到下面，打开手电发现下面水位很高很急，显然夏季最后的雨水全部汇到了附近的河流里，河流又连通地下河，虽然这时比起遇到涨水情况要好一些，但想在水里站稳还是很困难。而且这水竟然凉得有点刺骨。

我环视四周的洞壁，小聪明让我们赶快走，我强忍住抗拒刚想动，忽然被王四川拉住了。

我问他干吗，他把脸转向了另一个方向，转向地下河的上游。

“你听。”他道。

我凝神静气，排除水声，果然听到上游有人说话。

小聪明立即朝上游冲去，逆流走了不到300米，前面出现了一块突出边缘的石台，上面有篝火和人。

“特派员！”小聪明大叫着冲了过去，那边的人立即有了反应，我们也冲了上去，看见情况极度糟糕，那些人好像都受了伤，有些人一动不动地躺着。

袁喜乐正在给一个伤员换纱布，看到我，好像有点不敢相信，晃了晃，几乎晕了过去，我立即上去扶住她，她马上抱住了我，大哭起来。

我很诧异，不知道他们发生了什么情况，又去看其他人，就发现他们损失惨重，所有人都受伤了，好几个都已经奄奄一息。而且我没有看到特派员，小聪明像是在找他，非常失魂落魄。

我快速数了一下，袁喜乐的队伍不算小聪明和另外两个寻找的工程兵，一共是17个人，现在只看到7个，就问她到底是怎么回事。

经过短暂的休息后，袁喜乐把他们的经过讲了一遍。他们果然是在最后一次出发的时候发现了这个洞，下来后先往上游开始探索，但可能是下雨的缘故，水位之后涨得很高，等他们发现的时候已经走得太深，往回赶已经来不及，有9个直接被冲到下游去了，受重伤都是被激流冲到石头上磕的。

老田他们帮忙照顾着，我和王四川仔细检查了伤员，发现两个重伤员其实已经救不了，只是还没有完全断气，这几天全靠袁喜乐带着两个轻伤伤员照顾他们，已经精疲力竭到绝望了。

食物早就吃光了，他们从六天前起就几乎没吃东西，也曾经让人出去求救，但派出去以后到现在都没回来。

我想着外面的茂密丛林，那个人恐怕已经凶多吉少，这时候反而觉得宁愿他当了逃兵。

这些伤员都有不同程度的骨折，不可能把他们都拉到上面去，所以索性在洞里面，还不用烧火取暖。他们还定期派人上去烧浓烟放信号，一直到今天才被我们看到。

我听着只觉得头大，他们的遭遇几乎和我们一样，只是我们有老猫营救，否则估计也是一样的结果。这可能也是老猫在上游下雨之后能立即反应的原因，毕竟已经经历过一次灾难。

这群人里没有老猫，我估计他也被冲到下游去了。

我们拿出了熏肉，煮了给他们吃，狼吞虎咽地吃完后，我让袁喜乐他们休息，我来看护伤员。他们很快就睡着了。

小聪明非常敬业，虽然非常担心特派员，但还是牢牢监视着我们，我忽然就对这种人感到不寒而栗，他们到底是为了什么活着?

一直到半夜我才睡了一会儿，隔天醒来，发现在这里睡觉远比上面温度低，那些已经淡下去的洞穴记忆又被翻了起来，心里不由得很堵。

爬起来想琢磨琢磨接下来怎么办，却见几个轻伤的人过来收拾装备，好像要到什么地方。

我喝住他们，问他们要干吗，为首的小聪明说要去地下河下游找被冲走的人。

我气不打一处来，心说也不掂量自己的分量，你们知道那下面是什么地方吗，坚决不准。没想到这几个人都不服我，我才想起，我在这里不是负责人。

“你不用监视我们了吗？”我揶揄道。

小聪明伸手指了指我背后，我看到一个年纪有些大的伤员正在看我们，枪就放在他枕头边。

我火大起来，心说管你去死，但回头一想，这些人要是出事，还得我们去救，实在麻烦，只能让袁喜乐帮忙。

没想到袁喜乐也昏了头，竟然同意他们，并且表明自己也要去，她对我道：“你们来了，我们就有了人手，下面的人很可能和我们一样还活着，我们一定得去看看。”

我心说你他娘倒说得头头是道，你知不知道这样会把他们都害死，但我又不能说出来，急得直跳脚。

袁喜乐看我的表情，以为我只是胆小，道：“你相信我，我相信自己的判断。在这种时候，要敢于冒险，吴用，你跟过我好几次，知道我说一不二。”

我看了眼王四川，几乎要说出来了，王四川朝我狠狠瞪了一眼，我才忍住，现在说这个明显让人觉得是气话，他们也未必信。

无奈之下，我们让那几个伤员留下，说这种事情需要精力充沛的人干，否则即使找到他们也没有力气救援，所以还是我、王四川和小聪明三个人去。可能由于之前我说了几句气话，在那一刻我从小聪明眼里看到了一股敌意的瞪视，心中不由自主一叹，忽然明白了什么叫对牛弹琴。

真正知道一切的人的悲哀，是别人不信他。

然而我当时并不知道，命运已经开始强迫我行动，在慌乱中我忘记了一件最重要的事情，很快，逻辑便会失去作用。有些时候想起来，命运这种存在，在那时候好像正如伊万所说，变成了一种你无法抗拒的存在。

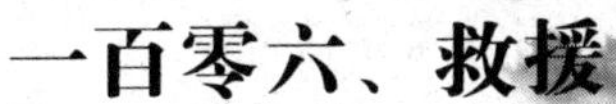

一百零六、救援

袁喜乐这批人都不算是新人，而且说起来，早于我们的第一支队伍，规格一定比我们高。这帮人不是比我们根正苗红，就是在关系上更靠近院里，也可能是袁喜乐早几届带出来的学生，经验肯定比我们丰富，不会把我们放在眼里。

有一瞬间我有些难受，因为她这时还是“苏联魔女”，并不是我的喜乐。

准备的时候，几个伤员和袁喜乐讨论，我基本上插不上话，他们不停地分析，推测下去以后应该怎么行动，再往下可能是什么结构的洞穴。我听着知道毫无价值，他们能判断出地质类别但这对营救没有任何帮助。

几次想打断他们，说出我的意见，他们都不理会，连袁喜乐都皱了眉头，有点厌恶地看着我，好像觉得我很毛躁。

我气得要命，王四川劝我随机应变，慢慢来，要这些人听我们的太难了，不让他们吃吃苦头他们是不会知道谁是爷的。

我们准备妥当之后，顺流而下，整个上游部分的水位一直都在人的大腿处，但往下游走，很快水位就会急速变深，直接没顶，而且速度会比上游急很多倍。

袁喜乐并不知道这些情况，她让所有人都绑上绳子连成一线往水里摸，她相信那些人一定会等待救援。

而我知道，这个洞穴是个水葫芦形，里面有个小水囊，水位会一直升高到很可怕的位置，那9个人被水冲走后，最有可能找到他们的地方是水牢，那里地势很高，前后有大量的乱石，只要他们没有被乱石撞死，一定能在那里找到他们。

所以现在反倒不用那么着急，因为我们绝对不可能在这种水势下到达那里。现在无论做什么都是瞎折腾。

果然，往下游只走了十几米，水流就冲得我们走不动了，不抓住洞壁根本不可能站住。袁喜乐是个很固执的人，还是要尝试，才走了几步就被冲倒，拉倒了小聪明，王四川和我死死抓住一块石头，才把他们拉回来。我对他们大叫：“暂时先回来，硬干是不行的。”袁喜乐这时才反应过来，我把她拉到我身边，见小聪明咬牙竟然徒手爬上了洞壁。

他回头看了我和袁喜乐一眼，做了个跟着他的手势。

我摇头大叫：“你过不去的，别逞强！”

他抹了一把脸上的水，好像有点赌气，又做了个跟着他的手势。

我心中暗骂，袁喜乐也叫道：“算了，小聪明，先回来再说！”却见他解掉了自己的绳子，又爬高了一些，往里爬去。

我咬牙切齿，心中不停咒骂这倒霉孩子，一边解开绳子，也爬上一边的洞壁，袁喜乐问我干什么，我大叫道：“我去带他回来。”

王四川在我后面抓起绳子大叫：“太危险了，你的伤还没好！让他去吧，他自己想死我们没辙。”

我心说，到了这一步了，总要尽尽人事。何况，他不应该死在这里。

袁喜乐死死地抓住岩壁，犹豫地道：“吴用你行不行？”我对她道：“我不行你来？”她有点发怔，大约是有点恼火，想不到我这么不客气，我管不了那么多，对王四川道：“你把他们一个个拽回去，先到上面去，然后下来等我！”

这时那个原先企图用枪威慑我们的人道：“吴用，什么时候轮到你来发命令？这里袁喜乐才是头儿。”

我抹了把脸上的水，心说我们在这里是救小聪明！你大爷的。对王四川使了个眼色，不理他开始往洞壁上爬。

这个人声音严厉起来：“吴用！你这是严重违反纪律！”王四川在后面一用劲，把他们都往后拉去。“我要报告团部，让你降级！”看得出他已经崩溃了，我没理他。

往里爬了十几米，只看到小聪明困在一块石壁的凸起处，好像滑了一下，半个身子浸在水里，他面色苍白地看着我，用力往上爬，但是毫无作用，眼睛是血红的，好像不喜欢被我看到他这副模样。

我当时有一股冲动，想把这个傻鸟一脚踹下去，然后回去和他们说，来不及救他。但看到那张年轻的脸我也只好忍了，谁没年轻过？那是什么都可以浪费的年纪啊。

我看准一块结实的凸起踩过去，然后把手探给他，他犹豫了一下抓住了我的手。

我把他拉上来，对他说道："回去！"

没想到他竟不理我，还是要往里摸。

任性的人我见过不少，没见过这么死心眼的，我拉住他，他立即挣开我的手。我的忍耐一下到了极限，火上来了，一把把他揪过来，他瞪着血红的眼睛要推我，我猛地一个巴掌打得他摆了一下，然后抓起他的头发往岩壁上碰。

我发火是用了力气的，他一下被磕晕了，人整个儿掉进水里。我一手抓住他，一下感觉到水流的力量，心说糟糕，冲动了，这下难办了。王四川的声音从后面传来："干得好，老子早就想揍他。"

我回头一看，袁喜乐他们居然都没走，全都目瞪口呆地看着我。

"我手滑了一下！"我大叫着解释，"快过来帮忙。老子要被冲走了。"

王四川探手过来，我先把小聪明拽过去，重新套上绳子，由王四川扶着，然后我也套上自己的，催促他们开始往回走。

衣服里浸满了冰冷的水，行动十分不方便，走了几步，我忽然听到汹涌的水声里，出现了一种奇怪的声音，从上游传过来。

那声音由远及近，速度极快，我隐约感到不对，猜到了那是什么，立即大叫："小心！"

轰的一声，从上流的暗河中猛地冲出一块巨大的树木，狂野地撞击着洞壁两边，转眼之间把我们全部从洞壁上扫了下来。

等我从水里爬起来，已经被冲出几十米，身上的绳子立即拽着我下沉，我呛了一大口水，在水里解掉了身上的绳扣，才浮起来。

转头四望，看到那块树木在我面前，王四川和其他几个人掩着它，小聪明也在那里，王四川朝我挥手让我游过去，我转头去找袁喜乐，看到她在我后面。

"怎么办？"她朝我大叫。

我深吸了几口气，把嘴里的水吐掉："往边上游。"水下有铁丝网，现在水位很高，腿抬动时不一定会挂到，但是如果挂到了后果不堪设想。

我们会被冲向这个洞穴的深处，很快我们会进入到暗河地带，以这种水速，我们肯定要被刮去不少皮。这时如果贴着洞壁，那么很难抓住石头和洞壁让自己停下来。

如果停不下来，那就要看运气了，水位够高运气够好的话，我们也许只会受些轻伤，但不可能所有人运气都那么好。

爬上树木也许能勉强避开一些撞击，也许能在岩石里停下来，但是爬不上所有的人，人一多它就会沉下去。而且我最害怕的，是下游有一个将近10米的瀑布，里面也全是铁丝网，要是挂在上面，会被活活冲死。而没被挂住的话，从10米高的地方撞下去，下面只要有石头的位置不对，也是必死无疑。

必须在冲到瀑布前找到避难点。

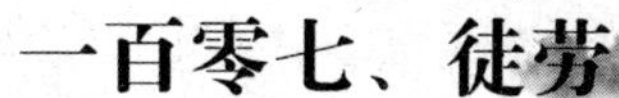

一百零七、徒劳

水流的速度和力量，如果没在激流里搏斗过是没法体会的，几乎靠人力没法和它抗争。现在最重要的是节约体力，并且冷静。

我一边顺流往边上靠去，一边用手电狂照前方的石壁，忽然见到前头有一个转弯，那边水势比较缓慢，可以借机抓住岩壁上的石头。

“靠过去！在转弯的时候抓住岩壁。”我对后面的人大叫，同时把手电照向那块区域。

后面的人纷纷往边缘游了过来，我看见人数很多，心说不妙，又叫道：“分开点，别把前面的人再撞下去。”这时一边的袁喜乐就惊呼了一声。

我转头看去，她身形顿了一下，猛地被什么扯进了水里，再扑腾起来，竟然还在原来的位置。我被水流带着，看着她瞬间和我隔开了。

我心叫糟糕，知道她被铁丝网钩住了。

我立即靠边，用力抓住一边的岩壁，岩壁非常滑，我的指甲一路划出去六七米才抠住一道缝隙，指甲全翻出了血。

停住的那一刹那，我的身体被水流带了起来，双脚带到了水面，我用力让自己贴向岩壁，扭头看见袁喜乐在一边毫无作用地挣扎着。

“别乱动！”我对她大叫，再那么乱动的话，她会把自己困到铁丝网里，这时不如不动。

我用力抓着缝隙往前，对抗着水流，单纯靠手的动作，一点一点地，抠着能抠到的部分朝她靠了过去。

我和她其实已经有了很长一段距离，这一路我还必须咬着手电时刻注意那边的情况，爬到她身边几乎已经筋疲力尽。她趴在岩壁上，因为困在铁丝网里所以没法把身子完全探出来，只有半张脸浮在水面上。

我换成单手拿手电，喘了几口气对她道："你抓紧了，我要抱着你潜下去，帮你挣脱出来，水流的力气很大，你绝对不能松手，否则一溺水你就死定了，明白吗？"

她惊恐地点头，我深吸了一口气，一下抓住她的手臂，然后抓住她的肩膀，沉进水里，抱着她的腰一点一点地往下。

她的衣服被冲得漂了起来，我摸到了她纤细的腰和光滑的皮肤，昔日的记忆一下涌了上来，心中只能苦笑，继续往下，一直爬到她小腿的位置，就摸到了铁丝网。

扯了几下没扯下来，我知道军裤非常结实，靠扯是扯不破的，顺手又摸到她腰间的匕首，立刻拔出来直接把裤脚割掉。

几乎没怎么用力，只划了两下，水流的力量就把切开的口子拉断了，瞬间我和袁喜乐被水冲了出去。

我们在水里抱着，她非常惊慌，我甩掉匕首用力圈住她的腋下，把两个人硬生生提出了水，稳住了身形。就这么一瞬间，我们已经顺水冲出去几十米。

前面打着几支手电，有人对我们狂叫："过来！"

我打眼一看，看到之前的转弯就在眼前，心中一急，知道这一下转过去，我和袁喜乐就都死定了。

袁喜乐还没有完全缓过来，我心急如焚，立即大吼："小聪明！"说完用尽全身的力气，把袁喜乐尽可能抬出水面，往那边推去。

瞬间，我看到小聪明猛地从洞壁上扑了出来，一下抓住了袁喜乐的手，他的另一只手拉着一条皮带，拽在后面的人手里。

他大吼了一声，把袁喜乐硬生生拉了过去，两个人立即被水流冲走，但后面那人死死拉住了他的皮带，把他拉住了。

我心中踏实下来，暗骂这小子总算起了点作用，但转眼间自己被冲过了转弯，就在切过转角的那一刹那，我几乎凭着自己最后的力气，一下掰住转角处凸出的岩石。瞬间所有的冲力全部集中到我的手上，我大吼一声，手几乎快被拉断了，终于没被继续冲下去。

老子也总算有点长进，我暗想，另一只手也掰住岩石，刚松了口气，却又听到上游传来了奇怪的声音。

所有的手电顿时打向了那个方向，我心里咯噔一下，随即看到王四川大叫了一声："抓紧，趴下！"

我立即就看到，一道足有两个人高的水墙从上游排山倒海地冲了过来，在狭窄的洞道里冲起巨大的水浪。

上游有地方塌了！我意识到这点，连忙缩紧身子，但明白这一切举动都是徒劳的。

水浪几乎瞬间就把我冲走了，巨大的力量直接像水压枪一样推向我，最后一眼我看见王四川和袁喜乐他们也全被冲了下去。

等我趺趺撞撞地从水里爬起来，就看到自己搁浅在一个浅滩上，手电已经不在手上了，但一边的地上有手电的光亮，照出了一小块地方。

我抹了抹脸，走过去看到是王四川捏着手电，我把他翻过来，他的脸都青了。我立即按压他的小腹，把他肚子里的水压出来，然后再翻过去，让石头垫在他的腹部下，拍他的后背。

他咳嗽了几声，醒了过来，我马上再去找别人，却发现浅滩上一个人都没有。

背后是水牢，果然如我所料，我们都被冲到了这个地方。但是，我发现我有一个地方料错了，这一次的激流使得水位空前的高，比我们刚来的时候高了太多，浅滩四周已经全是激流，我们被搁浅的地方是最高点，现在成了一个江心的岛屿。

那些人很可能已经被冲到更下游的地方去了。

我回到王四川身边把他拽上来一点，坐下来想怎么办，这里完全是被困死的，再往深了走，全是凸出水面的乱石，即使攀着乱石也走不了多远。按照我们的经验，他们下一次能停下来的地方，只有当时发现的那个水泥落水洞基站。

那里高高地凸出了水面，显然是为了避开大水设计的，我们在那里发现了帐篷，幸存的人应该会在那里被搁浅。

但现在我们没法过去，我站起来想摸下水流，看看能不能在这么急的水流里维持动作。

刚下水，王四川就在身后大叫："放弃吧！"

我转头看他，他爬起来道："你什么都改变不了！"

我看着他，脑子里一片空白，其实我也知道下去基本上等于送死，他咳嗽了几声道："他们已经走上了他们的道路，你什么都改变不了。"

我摇头道："不可能什么都不能做。"

"他们是我们的历史，你如果改变了什么，让历史改变了，我们也一定会发生变化。"王四川大叫，"但是我们有变化吗？我们没有任何的变化，这说明什么，这说明，你只要跳下去，会死在水里，消失在这个世界上，你同样什么都不能干。"

"可是！"

"对于我们来说，他们已经死了！那些事情必须发生，我们才能回到这里来。"王四川坐了下去，"我们什么也做不了。"

我看着湍急的水流，知道他说得是对的。

"袁喜乐没有死，你们还有见面的机会。"王四川道，"你跳下去，真的再也没有以后了。"

我在水流边坐下，颓然地看着远处的黑暗，身边磅礴的水声渐渐让我失去了神志。

一百零八、必然导致必然

我不得不承认，王四川说得是对的，他们已经踏上了他们自己的道路。

以后的经历，对于他们来说是未知，对于我们来说，那是命运。

但是，想到袁喜乐必须自己一个人，去面对那黑暗和可怕的未知，我的心中无法忍受。

这是一个无法解决的悖论，或者说是一个赌局，我们已经赢了第一把，第二把如果继续赌下去，也许会赢得更多，但也可能直接出局。

我们在浅滩上等了20多个小时，水位竟然慢慢降低。

我失魂落魄地往下游走了一段，别说是尸体，一点零星的痕迹都没有了。

不管是袁喜乐的，还是我们回来时留下的。

不知道什么原因，地下水囊的水迅速退了下去，我们没法空手爬上另一段的洞口，王四川拉住了我，让我往回走。

我逐渐放弃了，如果继续爬下去，后面的事情会是什么样子，我无法想象。

所有人都被冲下去了，包括老田，我已经不去想会不会有两个他碰面，因为印象中没有这种消息出来，可能他和其他人在基地里牺牲了吧。我心里充满了挫败感，和王四川互相搀扶着，慢慢走出了洞口，爬上了地面。

出来后，王四川整理了干粮和水，说必须要出发了。

我看着那个幽深的洞口，想到袁喜乐，我很难受，离开了这里，等于离开了袁喜乐，我觉得，这一走，很可能再也见不到她了。这对于我来说，不是惆怅，而是不可以忍受的。一想到这一点，我会产生即使死也要等在这里的想法。

这种想法和我的理智无数次抗争过，和所有热恋中的男人一样，我很快发现这不是什么选择，这单纯是折磨而已，

王四川一直在开解我，但也逐渐失去了耐心。

最后的准备工作做完以后，他背起了自己的包裹，站在我面前。我知道他是要给我最后一次机会了。他的性格决定他不会陪我一起死。我也明白我只有跟他走这一条路。

看我有动摇的迹象，王四川松了口气，对我道："必然导致必然，你强求也没有用。"

我点了点头，叹了口气，忽然觉得不对。

"你刚才说什么？"我道。

"必然导致必然。"他看着我莫名其妙。

一股寒意从我的背后升了起来，我瞬间打了个哆嗦。

"怎么了？"王四川看我面色有变，问道。

"你怎么知道这句话，你是从哪里看来的？"我问道。

"这种话，我随便乱说的，怎么，你想到什么了？"

我的汗毛开始炸起来，一股闪电闪过我的大脑，我一下想到了什么，但是却抓不住。

必然导致必然。

不对，不对。

事情不对劲。

我想起了在积水房里，袁喜乐特地给我看墙壁上刻的字，一个不可思议的念头忽然在心里浮了起来。

当时她为什么要让我看那句话，为什么有那么一句奇怪的话被刻在墙壁上，那是谁刻的？

几乎是同时，我又想到了假"何汝平"当时听到我的声音，说的那句奇怪的话，他好像在说："为什么又是你？"

他听到我的声音时，反应非常奇怪，我当时无法理解。但如果是那样的话——

一个封闭的环在我脑海轰然闭合在了一起。

等我反应过来，我发现我身上已经全部湿透了，连手都在不由自主地发抖。

“你到底怎么了？”王四川问。

我深吸了口气，对他道：“我要回去，回到洞里去。”

我参与了袁喜乐的历史，我在心里暗叹道，汗毛全部立了起来。

假“何汝平”那么害怕我，是因为他见过我，而袁喜乐给我看那段话，无疑是一个提示。这是设计好的，而且，这一定是我自己设计的，是为了让我在刚才那一刻，听到王四川的那句话，领悟到整个事情背后的奥秘。

“我”用这种方式，告诉我，我的事情并没有结束，我必须要和袁喜乐一起到洞里去。

这就对了，进洞的一路上，我总觉得有一股如影随形的力量，在推动事情的发展。我总感到，暗中有一个人，在一路观察着我们。

比如说，我口袋里那几张奇怪的纸条，有人在我们进入沉箱以后启动了下降。有人事先撬断了那个通风管道的口子。

如果这么说的话，我想到了一个让我发抖的可能性——袁喜乐难道当时没有疯？

难道当时的袁喜乐知道事情的一切，她是假装的。难道是因为这样，她才会下意识地和我接近，才会躺在我的怀里？

我不敢再想下去了，同时我已经等不及了。我必须立即回到洞里去，如果真是这样的话。我已经耽误了太多时间，我不知道还来不来得及。

王四川听我说完摇头：“这不可能吧，也许只是巧合而已。”

我摇头，想着当时袁喜乐给我看墙上那行刻字时的情形，那样的情形怎么可能巧合得起来。

“你走吧。”我道，“不管是不是可能，既然事情到了这一步，我只能回去看看，我们冒不起这个险。”

如果不去的话，万一我的想法是对的，那么事情会不堪设想，我甚至无法想象会发生什么。这时我发现刚才本来阻挠我的概念，现在忽然变成了我前进的坚实理由，不由得觉得好笑，这真是讽刺。

“你一个人回去太危险，我陪你回去。”王四川也犹豫了，“既然现在只剩下咱们两个了，那是长生天给我们的缘分，没道理让你一个人冒险。”

我想了想，摇头：“你没有回去的理由，而且，我并没有发现你回去的

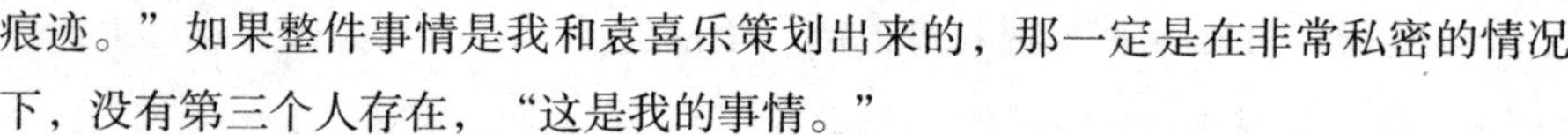

痕迹。”如果整件事情是我和袁喜乐策划出来的，那一定是在非常私密的情况下，没有第三个人存在，“这是我的事情。”

他并没有和我争辩，确实，要再回到那片压抑的黑暗里去，需要极大的勇气。如果不是袁喜乐，我连身后的洞口都不想靠近，只想尽量远离它们。

我背起了背包：“必然决定必然，没什么好说的。”

王四川叹了口气，我们对视了一眼，他拍了拍我的肩，说道：“那你自己保重。”

我心里颇有感慨，我和王四川的感情我自己说不出是深是浅，但这些日子相处下来，我知道他是一个值得信任的人，如果我能活着出来和他再见面，我们一定会成为真正的莫逆之交。

我们就此分别，他往南走去，而我再次进入了洞穴，内心出奇的安静。当你知道自己应该干什么的时候，你不会去想太多旁枝末节的东西。

洞里的水位已经彻底降了下去，我小心翼翼地爬到一块岩壁上，想着前两次到这里的情形，现在又是孤身一人，那种感觉很难形容。每次离开这里的时候，我都想过绝对不会再回来，但无奈的是每一次我都回来了，而且一次比一次更险恶。

这是命运，伊万说过，在某些时候，你会发现命运是触手可及的，如果他能活下来，面对现在的局面，他一定会觉得，命运何止可以摸到，几乎是在我们面前扇我们的耳光。

一百零九、回去

苦笑着最后把装备理了一遍，我振奋了一下精神，开始顺着已经不再湍急的水流往前。

接下来，是在黑暗里长时间跋涉，虽然一个人在那片地下河里往深处前进的过程让我毛骨悚然，甚至一度产生了各种幻觉，但我已经走过了一遍，这里就不赘述了。

一路上，我能走的地方走，不能走的地方顺水漂流，两天后，来到了蓄水囊处。

我们之前在蓄水囊底部发现过一道铁门，之后上游发大水，我们在逃命的归途被老猫的冲锋舟从这里送到了洞顶的岔洞里。这个地方是一个坎，我找到了当时躲藏的大石，爬上去升上篝火休息——第一次休息。

可即使两天没有睡觉，我这时也睡不着，我最担心的是能不能赶上他们，毕竟这么长的时间里，什么事情都有可能发生。我脑子里一遍一遍地回忆之前经历过的所有事情，想着袁喜乐是不是真的可能是装疯。

我真的无法肯定，因为我从来没有接触过疯子，事实上是不是真疯很难界定，不然古代那些演义里，那些韬光养晦的人也不会动不动装疯。

不管她疯没疯，她给我看那面墙上的字，就是一种提示，一定是有人告诉她要给我看那几个字。但是，当时我们两个人单独相处，她如果没有疯的话，有必要在我面前继续装疯吗？为什么不直接告诉我？

或者她是怕我不相信，试想她当时和我说这些，我绝对会认为和“影子里有鬼”一样，一定是另外一种疯话。不过，也有可能她真的疯了，但她记得这件事情，并且非常侥幸地传递了这个信息。

这件其实对我来说已经发生过的事情，他娘的现在看来竟然有无限种可能性。真相只有到了那里才能知道。

真希望，她没有疯。我在暗自祈祷中迷迷糊糊地睡了过去。

醒来以后继续，我爬上石壁到达顶部的洞口。因为水位下降，这里的一切都露了出来，水只没到膝盖处，我看到了当时我们在水下看到的战斗机残骸和铁轨全都露出了水面。紧接着，我看到了前面的水泥架子。

那是落水洞发电站，之前的时间里，我们和老唐就在这里第一次分开。

我远远地看到了篝火和帐篷，心说果然和我预料的没错，幸存的人，都会在这里被搁浅。

这时我反倒不敢上去，我在想，我应该以一个怎样的方式介入进去，是暗地里先观察环境，还是直接现身？

如果要让袁喜乐为我留下提示，我必然要和她再次见面，并且取得她的信任。但是，以我知道的结果来看，这些人的尸体散布在大坝的各种位置，很多都是被枪杀的，接下来发生的事情，恐怕不是那么简单。而且，敌特还在其中，我看不出是谁，如果暴露自己，好像不太妙。

我不清楚自己应该怎么做，只能先躲起来，这时我仔细看着篝火能照亮的范围，忽然发现帐篷的四周没有人，篝火不是旺盛的状态。

我们在洞里都是露天睡地铺的，有帐篷是因为有女性队员，她们换衣服和睡觉需要避讳。我不知道帐篷里有没有人，但外面一个人都没见到，这看起来有问题。

我小心翼翼地从水里潜过去，来到水泥架子下，听着帐篷里的动静，却发现一点声音也没有。

我觉得有点不对，即使他们都睡了，也不可能安静成这样，我决定冒一次险，过去偷偷一看，确实整个宿营地一个人也没有，帐篷里也是空的。

篝火还很暖和，我靠近取暖，一想就明白了是怎么回事，他们一定是在这里休整完毕后，往里去探索了。这个营地和我们当时看到的情况一模一样。他们这一去，没有再回来。

我抽了支烟，把烟头丢进篝火里，然后去查看了落水洞，发现了他们下去的绳索。

从这里下去，离大坝其实已经非常近，以后我要做的事情，不再是见机行事，而是必须好好想想，我到底需要做些什么。

我回到篝火边，下意识摸了摸我的口袋，这时也没有纸片了。不由得苦笑，拿出王四川给我准备的肉片，舀水用火煮着化开，一面看着篝火，凝神思考。

最重要的是，我一旦找到他们，应该怎么做，我不知道到底会在什么情况下和他们相遇，也许他们所有人都还在，也许他们已经在大坝里出事了。

我首先打定的主意是，要尽量在人少的时候，和袁喜乐接触，因为一旦被大部队发现，我不得不听从那个“特派员”的命令，说不定还会被看管起来。

这个基地非常大，如果他们已经进入到其中，要找到他们一定十分麻烦，盲目去找，在短时间里一定找不到。

我想了几个他们一定会到的地方，我需要去那些地方堵他们，而我能肯定他们一定会去的，只有那个把我们困死的毒气区。

想着我心中有了一个大概的路线，还有一些我必须先去的地方，然后整顿起所有的装备，束紧了裤子从落水洞爬了下去。

下面的路更好走，只要注意那些蚂蟥，当时通过这些地方我们吃了不少亏，但这一次我心里有底，所以走得快了很多。顺着最后的出口，我跳进地下河0号川，水流很缓慢，我再次爬上铁丝网，看着四周的黑暗，知道自己已经真正回到了这个所谓的“熟悉”的地方。

我打起手电，用衣服蒙住，特意看了看那架坠毁的“深山”，它和三个月前时已经完全不一样了，腐坏得很严重，果然地下河水的酸性十分厉害，难怪“我”第一次下来的时候有它坏了20多年的错觉。

电力好像没有开启，整个基地一片漆黑，但我对这里太熟悉了，摸着我上来的地方，就知道自己在什么地方。

向大坝的方向眺望，没有火光，他们一定已经进入了大坝里，我小心翼翼地按照原路进入到了大坝内。

首先去的是放置三防服的地方，在这里，没有这东西真是寸步难行。我爬到大坝的顶端，没有探照灯的照明，你在上面什么也看不到，但想象中的那片虚无让人更加恐惧。我想着这个深渊里到底隐藏了什么样的力量?

顺着大坝外沿，我找到当时爬下去的铁丝梯，风实在太大，在手电的光线下我看不清楚，只得硬着头皮小心翼翼地往下爬去。

我不记得当时副班长踩的是哪一根铁丝出的事情，只能格外小心，很快进入准备通道，来到放置三防服的墙壁前。这时我注意到，一共七个钩子，有两个钩子是空的，看样子，有人比我先来过了，这其中的一件，可能被那个“敌特”拿走了。不过，为什么少了两件?

难道有两个敌特?我想了想，不可能，整支勘探队那么多人，这些人死的死，疯的疯，也许那人以防万一多拿了一件。

我在其中挑了一件，塞入自己的包里，立即往回走，但是出去以后，我忽然又觉得不放心，再次回去拿了一件。

在我打包准备绑起来背在自己身上的时候，忽然从大坝的内部深处，传来了一个沉闷的声音，然后这个声音开始在大坝里蔓延，接着，我看到大坝的探照灯开始闪动，竟然好像要亮起来。

我愣了一下，意识到发电机开始发电了，有人打开了电源。

随着沉闷的声音越来越厉害，我看到更多的探照灯亮了起来，一条条光线开始射入深渊，有些灯一亮就熄灭了，有些闪了几下稳定了下来。

一开始我还松了口气，这里的黑暗是很大的麻烦，有了灯光，我可以方便很多。但是随即一想就知道糟糕，勘探队的人不可能冒险去开大坝的电源，也不太可能知道哪个开关是总电闸，这肯定是那个“敌特”干的。看样子，他是准备要动手了。

我急忙重新爬回到大坝上方，走回到另一边看着大坝内部，好多灯闪动着也亮了起来，整个基地恢复了生气，但是这些生气背后却是一个无比险恶的陷阱。

不能再磨蹭了，我拔出“托卡列夫”手枪，检查了子弹，顺着通往放映室的路线，狂奔而去。

一百一十、“鬼”与“鬼”的战斗

我不知道控制整个大坝电源的电闸在什么地方，但我记得曾经找到过一个四方形的满是仪器的房间，那里有人活动的痕迹，我的直觉告诉我，应该是那里。

那人拿走了三防服，又打开了电源，说明袁喜乐他们已经被困在那片区域里了，他只要打开那个区域的灯，可以等着他们被毒气弄倒，然后进去，一个一个干掉还没有被毒死的。

我没有多少时间，或者是说几乎没有时间了。

狂奔着一直跑到电缆井，我才慢下来，一边深呼吸把心跳减缓下来，一边小心翼翼地往前爬去。等找到那个仪器室，我看到里面亮着一支手电，看不到人，但能听到脚步声。

是不是要把他毙掉？我心里犹豫了一下，如果把他杀了会发生什么事情？

敌特不会死在这里，但是，如果我怀着这种心态去做事，等于给自己上了个枷锁，事到如今，我什么也管不了了。如果一切都是注定的，那我做什么都是注定的。

想着，我缓缓地深吸了一口气，一下从通风管道里滑了下去，混乱间看到一个穿着三防服的人，我举枪就射。

三枪几乎全部打中了他，他一下栽倒在地，我虽然在军训的时候非常熟悉枪械，但平时也没有机会用枪，这三枪打完，我的手几乎失去了知觉。

看他摔倒在地，我立即打开手电照过去，看到那人倒在地上，胸口全是血，在艰难地拉动他冲锋枪的绳子，看样子想把枪拉过来。

我看着那些血竟然有些不敢过去，定了定神才鼓起勇气，上去一脚把他的手踢开，把他的冲锋枪背到身上，然后一把把他的头罩甩开，用手电直接照他的脸，骂道："你他娘到底是谁？"

一看之下，我看到了一张熟悉的脸，竟然是"特派员"。他捂着伤口，难以置信地看着我。

"原来是你。"我心中苦笑。

"又是你！你怎么会在这里？"他喘着气道，"你怎么知道这个地方？"

"老天派我来的。"我道，刚想把他拽起来，让他去关掉电源开关，忽然嗡的一声，有什么东西狠狠地打在我的后脑上，几乎把我打得眼前一黑，有一瞬间失去了知觉。

我一个趔趄往前扑到"特派员"身上，刚想站起来，特派员立即把我抱住，我挣扎着，后脑又被打了一下，直接把我打蒙了。迷糊中我感到有人把我从"特派员"身上拉了起来甩到一边，手里的枪被抢了过去。

竭力忍住要昏过去的感觉，我跌跌撞撞地爬起来，看到另一个人拿枪指着我，一边的特派员捂着伤口跌跌撞撞地也爬了起来。

见鬼了，居然有两个人。我暗骂一声，看向那个人，接着我愣住了。

拿枪对着我的那个人，竟然是袁喜乐。

"你？"我看着袁喜乐，吃惊得说不出话来，那一刹那，我的脑子里一片混沌，整个世界都变得荒诞起来。

她冷冷地看着我，问那个特派员："你没事吧？"

特派员点了点头靠近袁喜乐，看着我对她道："杀了他。"

袁喜乐把他推开，道："不行，我有事情要问他。他好像知道很多我的情况，我得问问他怎么知道的。"说着把冲锋枪递给他，"你去把正事办了。"

特派员满脸杀气地看了我一眼，但好像他也意识到袁喜乐的话有道理，于是接过冲锋枪放在一边，开始脱下三防服。我看到那几枪只有一枪打中了他的肩头，刚才的射击没有我想的那么精准。

他咬牙撕下一团衣服垫了一下枪伤，然后让我把我背上的三防服丢给他穿上，拿着冲锋枪往外走，临走前对袁喜乐道："你最好快一点。"

袁喜乐偏头看他捂着伤口离开，再次看向我，对我道："好了，说说看，你到底是什么人？你怎么知道我那么多事情？”

我看着她的脸，心里想着该怎么办。但是，我心中被另外一种情感冲击着，根本无法思考怎么脱身，甚至我完全不想脱身。

我无法理解我眼前的情形。

这是怎么回事？不对劲，事情不应该是这样的。

我回来是来救袁喜乐的，我会暗算那个一直暗算我们的敌特，然后把袁喜乐救出来，保护她，让她能活到和我们再次相遇的那一刻。

但是眼前是怎么回事？

我实在不敢相信，袁喜乐竟然也是敌特之一。

可是，这怎么可能呢？我想着，回忆着以往的一切，忽然就意识到了这是怎么回事。

那难道这一切，都是她设下的圈套？

虽然我心中一直在竭力否定，但脑子过电一样闪过很多画面，我忽然意识到，眼前的这种可能性，也不是绝对不可理解。甚至，仔细想起来，整支队伍，只剩下两个疯子，一个特派员，一个袁喜乐，其他人都死了，难道这是巧合吗？

袁喜乐在当时知道我的出现，甚至我的出现可能在以后给她的计划提供了便利，所以她设下了一个圈套，让我这个笨蛋以为自己是一个爱情的勇士，带着牺牲自己的想法回到了这里，再被她利用一次。

所以她一直在“毒气区域”里和我在一起，和我发生暧昧举动，在“敌特”面前救了我一次，甚至把她自己都给了我，是要让我陷得够深，在那一刻有一个必须回来的勇气吗？

我无法判断，但想到了我们起飞之前，袁喜乐被送回了地面上，没有受到任何的审查，如果她也是敌特，那说明她非常成功地完全逃过了组织的追查。在整个过程中，因为她的疯癫状态，没有任何一个人怀疑过她。

我忽然觉得自己是一个白痴，袁喜乐这样的女人，怎么会轮到我，像当时几个医生说的，我有任何地方可以吸引她吗？我不是情感上的矮子，而是情感上的白痴而已。到了现在，我甚至没有机会去问袁喜乐真相，因为现在我面前的她，已经是彻头彻尾的敌人。

我心中已经开始绝望，只是愣愣地看着她，她看我不回答，又问了一遍：“别以为装傻就没事，我想你既然知道我们的存在，也必然知道我们的手段，不想吃苦头就直说。我时间不多，也不想大动干戈。”

我看着她，深吸了一口气，心中道现在还有什么可说的，说出那个本来很可笑的故事，告诉你我是一个在未来被你诱惑的男人，然后自愿送到这里来，被你利用吗？我只是看着她，什么都不想说。

她被我这样看着，倒有点不自在起来，她皱起秀目坐了下来，道："我对付过很多你这样的人，他们要么想把我咬死，要么瞪着眼睛虚张声势，不过你这种好像懒得理我的，倒是头一次见。"说着，她忽然把枪放下了，"你走吧。"

我知道她的目的，这是让我燃起求生的意志，一旦我走，她就会喝住我。

当人必死的时候，人会放弃求生的欲望，那样无论是多么可怕的威胁，都是没有用的，但一旦有了求生的想法，那么平静就会打破，人的弱点会暴露出来。

我还是没有动，不是说识破了她的想法，而是根本不想动。我转身把头顶在墙上，心里非常非常难受。我不知道我要干什么，我回到这里，本身完全没有任何意义。

沉默了片刻，袁喜乐按捺不住了，又道："你再不走，我的朋友回来了，到时候你肯定走不了。"

我抬头看着她，对她道："你给我闭嘴，我想待哪里就待哪里。"

她扬了扬眉毛，我看着她，忽然起了一股冲动，我站了起来，朝她走了过去。

她一惊立刻把枪举了起来，往后退了一步，我立即扑了过去。

她虽然是猝不及防，但显然训练有素，瞬间开枪了。我左肩一震，几乎一个趔趄，但我丝毫不觉得疼，上去一把抓住她拿枪的手，把她压到墙壁上，吻了上去。

她一下被我吻住，足足停顿了几秒才反应过来，猛地把我推开，脸上也不知道是惊恐还是惊讶。

她继续退后，我看到她头发全乱了，枪口对着我也没有开枪，但是手在发抖。

我的左肩开始剧痛起来，慢慢缩起了身子，我还是看着她，想着刚才那一吻，和她身上熟悉的香味，心里希望她能对着我的要害补一枪。

被女特务挟持的时候，忽然得到了反击的机会，不是反击夺枪，而是想着反击立即强奸她的，估计古今中外也只有我一个人。我喘着气，坐倒在地，但还是看着她，和她对视着，我希望她能记得我，记得我这么一个和其他人完全不同的人。

她喘着气道："你是个疯子，我要杀了你。"

我闭上了眼睛。听到了枪的撞针被扳动的声音。

我安静下来，等着最后的那一刻，心中竟然没有了杂念。快一点吧，别让我等太久。我想着第一次进入地下河的各种危险，想着在飞机上的九死一生，和那黑暗里的几天几夜，就当我没有熬过那些好了。

然而，静了很久，却没有听到枪响。

我抬起头睁开眼睛，看到她还是那么看着我，枪口虽然仍然对着我，但她的表情非常奇怪。接着就见她从一边捡起一根木棍，对着我的脑袋狠命一敲，我的脑袋一震，立刻失去了知觉。

一百一十一、逼供

我是被冻醒的，睁开眼睛，发现自己被绑在铁桌子的腿上，脸上全是水。

我还在那个屋子里，袁喜乐在一边站着，特派员已经回来了，他正用水壶里的水泼我。

我根本不想看他，越过他的肩膀，看到袁喜乐的头发已经弄整齐，恢复了冰冷的样子。

看样子我昏了相当长的时间，不知道特派员的事情有没有做完，狗日的，我竟然什么都没能改变，还把自己搭进去了。

“你怎么会犯这样的错误。”袁喜乐的语气很不好，好像是在质问他。

“时间不够，我灯开得太早了，他们走得很小心，还没到最深的地方我就开灯了，结果他们还有时间冲回来，从放映室跑了。不过你放心，从那地方就算跑出来，也活不了多久。而且，这地方有点不对劲。”特派员说着把我的脸掰回来，看着他，问道：“你们有几个人？”

我没理他，他一个巴掌挥了过来，打得我眼冒金星，接着呵斥道：“我问你，你们他娘的有几个人？”

我心中奇怪，他问这个干什么，但袁喜乐问我我都没说，更不会理他，只是冷冷地看了他一眼。

“没有用的。”袁喜乐在他后面道，“这个人是个疯子。”

特派员倒也沉得住气，转头望向袁喜乐：“你确定他不是共产党的人？”

“我确定他绝对没受过训练，我很早以前就见过他，和他共事过很长时间。他不太可能是搞情报的。”袁喜乐道，“刚才他有机会逃走，但是他……”她没说下去，“搞情报的人不会犯这种错误。”

“也许他是装的。”特派员笑了几声，走回去在包里翻着什么东西。

“装的目的也应该是为了找机会脱身逃出去，而不是找死。”袁喜乐抱着双臂，“他让我有一种非常奇怪的感觉。”说着她看向我，“他一定知道很多东西，但他一定不是共产党的人。”

“如果不是情报员，那他怎么可能知道我们的计划。”特派员从包里掏出一把匕首，“刚才我差点中招了，这家伙一定有同伙，他可能是单纯爱上你了。”

“搞情报的人会爱上别人吗？”她好像有点无奈。

“同伙？”我听着心中奇怪，看见特派员拿着匕首坐到桌子上，然后把匕首用一瓶烧酒擦了擦，直接从自己的肩膀里把子弹撬了出去，我看他面不改色，竟然好像丝毫感觉不到疼痛。

“我来给你看看我是怎么干的。”他道，说着把挖出来的子弹丢到一边，然后拿烧酒往肩膀上浇了上去，用布擦干净，垫上穿好衣服，朝我走过来。他把匕首在我面前晃了晃：“说实话吧，女士肯定看不惯我这么干，但我有信心在三分钟里让你忘记你现在的镇定，然后在第五分钟，看到你自己的肠子。我会让你看见我把它们切成一段又一段。不过你不会那么快死，你还能活好几个小时，你最好想清楚，我知道你不怕死，但是死也分舒服和不舒服的。”

我知道他不是在开玩笑，这时我心中忽然有些害怕起来，之前的那种冲击已经过去，我虽然不怕死，但我也不想死得那么难看。

我看着他，又看了看袁喜乐。真的，这个时候我想到了电影里那些酷刑，他看到了我的表情变化，问道：“怎么样，我说得有道理吧。”

我叹了口气，不由得苦笑，但不是为了自己，而是为了面前的这个人。因为刚才那一刹那，我确实害怕了，但是他这么一说，我忽然意识到，不管怎么都是死，我不可以在袁喜乐面前死得太窝囊。想着，我忽然有了一个念头，一个连我自己都觉得可怕但是又非常好玩的念头。

我笑了，对他道：“你还没有了解到情况吗？”

“什么？”他道。

“你也知道我不怕死，你拿这个来威胁我有什么用呢？”我道，说着我看向袁喜乐，“不过，我可以和你们做一个交易。”

特派员有些得意地回头看了袁喜乐一眼，然后转头问我："什么交易？"

"我可以告诉你们一些事情，但是，是在你剖开我的肚子以后，我希望不是你来动手，让喜乐来。"我道，"把刀给她。"

两个人都愣了愣，特派员道："如果你以为她是个女人，她下不了这个手，你错了，她可比我狠得多。"

"没关系。"我道，"你不会懂我的想法，所以按照我说的话做就对了。"

他回头看了看袁喜乐，袁喜乐正若有所思地看着我，我想，她也许想看出我脸上有虚张声势的表情，于是我笑了。我有一种报复性的快感，她一定找不到任何的胆怯，因为我确实没有。

特派员有点恼怒，忽然用匕首割开我的衣服，说道："对不起，现在是我说了算，等我剖开你的肚子，你就知道我懂不懂你的想法。"

"那样你什么也得不到。"我道，"你大可以试试。"

他反手握起匕首，看着我的脸，我平静地看着他，深吸了一口气，屏住呼吸对他点了点头。

他整张脸都扭曲了，刚要下手，袁喜乐说了一句："等等。"

说着走了过来，把特派员手里的匕首拿了过来，我看到特派员简直是松了口气，转过身去，脸上的表情一定非常不好看。

我心中的快意更加强烈，袁喜乐拿着匕首在我面前蹲下，纤细的手停在我的肚子上，道："吴用，其实你不必死，我们可以放你一条生路，何必要这样。"

我看着她的脸，她的语气我很熟悉，和以前她给我们上课的时候说的那些话很像，我摇头，不知不觉眼泪下来了，看着她摇头道："没有用了，你现在说这些已经没有用了，动手吧，有些话，我只能在死之前和你说。"

她和我对视着，我从她眼里看到了震惊和不理解，她迟疑了好久，才道："你不是在为自己哭对不对，你在为我哭对不对？你到底是谁，为什么我从你的眼里看到的，是你对我的怜悯？"

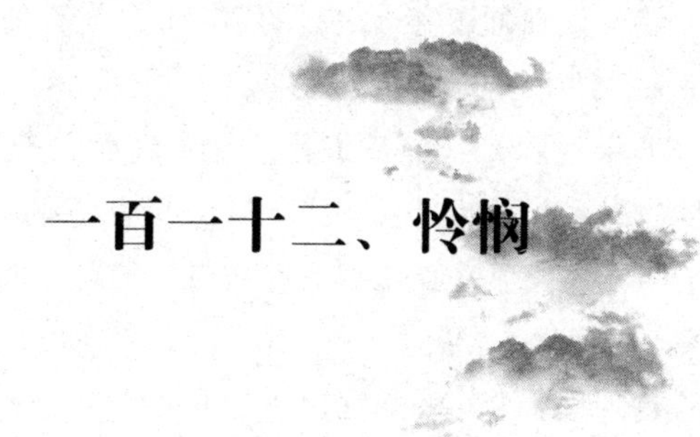

一百一十二、怜悯

我听到这句话，真想说是的，但不是对你的怜悯，而是对我们两个之间的那些“过去”的怜悯，但是，随即，我忽然意识到不对。

怜悯？

我脑子停顿了一下，眼前的袁喜乐，忽然和另一个时空的袁喜乐重叠了起来。

我忽然想起了，我在她手表上看到的那一句话。

“无论我变成什么样子，你都要怜悯我。”

我一个激灵，看到袁喜乐在犹豫，但是刀已经划向我的肚子，立即叫道：“等等，等等。”

她愣了一下，更加疑惑地看着我，我道：“让我想几分钟。”

我想着各种脑子里忽然跳出来的信息，许多奇怪的想法闪过，我抓不住一丝线索，忽然脑子一闪，我想到了一个关键点。

“必然导致必然。”

这句话是王四川对我说的，如果要袁喜乐来设局使用这一句话，袁喜乐必须知道我听过王四川说这句话，但依现在的情况，我不可能把这件事情告诉她。

而她之后，却一定知道了这句话，并特意给我看到了。除了我，还有人会告诉她这条信息吗？

恐怕不可能有了。

我又想到了袁喜乐之后的情况是，她没有和特派员一起逃出去，而是自己一个人在地下河里遇到我们。

如果他们在这里杀了我，找不到那卷胶片的话，出去的时候应该会和特派员一起行动，而当时“我”遇到的情况是，特派员还在仓库里（他一定是在那个地方寻找那卷胶片），而袁喜乐独自一人往洞外走，这说明她和特派员之间，一定产生了问题。

这种敌特之间的问题，一定不是赌气，很可能是背叛或者决裂。

从这两个因素推断：第一，她从我这里听说了“必然导致必然”的话语，就说明我不会死在这里；第二，之后她很有可能和特派员决裂。

那就说明，我眼前的情况，在不久的将来会有出乎我意料的变化。

但是再看现在的情况，几分钟之后我就要看着自己的肠子回忆人生了，怎么看都不可能有转机了。袁喜乐总不可能忽然转身，和特派员搏斗，然后把我救出去，对我说：“同志，其实我想投诚很长时间了。”

看着袁喜乐的匕首，我想着那行“必然导致必然”的刻字，想着袁喜乐手表上的“无论我变成什么样子，你都要怜悯我”，忽然想到了一个问题。

所有这些信息，不管是袁喜乐给我的提示，还是我自己留给自己的提示，用意都是要让我回来，参与到这段历史里。

第一句是为了让我回到这个洞里来，而第二句话是让我知道，事情会有出乎意料的变化。

但是，如果这件事情一定会发生，何必要写在手表上在这个时候来提示我。

这第二句话的提示一定和第一句话一样，是万分必要的。我马上就要死了，难道是说，这件“出乎我意料的变化”，并不是自然而然发生的，而是我看到了这句话而引发的——我必须要做点什么，引发后面的变化？

真的有这个可能性，我想着冒出一身冷汗，看见袁喜乐莫名其妙地看着我，我道：“我想通了，我招。我什么都说。”

袁喜乐一下没有反应过来，还是看着我，我继续对她道：“我想通了，只要你们不杀我，我什么都说。”

袁喜乐还是没有反应过来，回头看了看特派员，特派员也莫名其妙地看着我，接着袁喜乐恼怒了，猛地用刀抵住了我的脖子：“吴用，你是在戏弄我吗？”

我摇头，道："我是认真的。"

袁喜乐的俏脸变成了冰霜，我几乎怕她一刀不问就刺下来，立即对她道："你们是来寻找一卷胶片的，对不对？"

特派员饶有兴味地看着我，拉了拉袁喜乐，把她手里的匕首拿了过去，丢到桌子上，指着我道："你是个人物。"说着对袁喜乐道："你还说他没受过情报训练，看样子他比你还厉害。"

袁喜乐啪地打了我一个巴掌，我转头觉得脸上火辣辣的疼，笑了起来，特派员道："你怎么知道的？"

"这个我不能告诉你，你也没有知道的必要，但我可以告诉你，那东西在什么地方。"我道。

他看着我道："你说。"

"你们进入这里之前，应该看过这里的平面图，对不对？否则你们也不可能事先订下这么周密的计划。"我道，"那你们应该知道，这座大坝里，有一个巨大的冰窖。"

他们两人互相看了看。

我继续道："日本人的小分队从这里跳伞下去以后，飞行员带回来一卷胶片，那卷胶片在冰窖里，但被封在冰里了。"

特派员若有所思地看着我，半晌才问道："你连日本人在这里跳伞都知道，你到底是什么人？"

"我说出来你不会相信的，而且，我还知道一些让你非常意外的事情。"我道，"我知道，你等一下会杀喜乐灭口。"

我看着特派员，牢牢地看着他，手电光下他的表情十分难以捉摸，不知道是错觉还是什么，我感觉他的面部抽动了一下。

我肯定自己是猜对了，因为袁喜乐如果在当时帮我刺伤了他，说明最后他们肯定决裂了，而以袁喜乐当时的被动，一定是特派员抢先发难的。而且，不管对不对，这么说总归是不错的，女人都是多疑的。

四下顿时一片安静，两个人都没有说话，好像被我说中了什么痛处，良久后特派员才道："胡说，你想挑拨我们的关系就不用白费力气了，在这里，只有我和她两个人相依为命。"

"你不用掩饰。"我道，看向袁喜乐，袁喜乐冷笑："你以为我会相信你吗？"

我暗叹一声，只有硬着头皮了，对她道："我可以证明。你过来，我耳语给你听。”

她看着我，特派员道：“别被他控制了，这小子很厉害。”

我看着袁喜乐，心中祈祷，相信我，如果她过来听说明我有希望了。

袁喜乐眼神中闪现出一丝犹豫，几乎要过来，特派员立即又阻止，袁喜乐看向他道：“你很心虚吗？”把他噎了一下，有点阴狠地看着我，在边上点了根烟。

袁喜乐凑过来，低声道：“说！”

我闻着她耳边的香味，低声道：“第一，你一定要相信我，因为这一次的任务非同小可，不可能留你活口；第二，我知道你很多事情，这些事来自你最亲密的人，我不能说是谁，但我是来帮你的。”她听着想挪开，我立即跟了过去，继续道：“我知道你背上的痣，一共是三颗。”

她猛地哆嗦了一下，顿了顿，立即给了我一个巴掌：“放屁！”

这一巴掌格外用力，我瞬间觉得脸颊麻麻的，几乎感受不到自己的脸了，特派员也被她搞得吓了一跳，说道：“让你别听。”

她转身看向特派员：“你去冰窖那里看看，看他说的是不是真的，如果不是，直接毙了他。”

特派员点了点头，又道：“你小心点儿，这里肯定不止他一个人。”说着出去了。

袁喜乐看着他出去，一下把我从地上扶起来，压到桌子上，问道：“你到底是怎么知道这些事情的？”

我的肩膀疼得几乎让我休克，嘶哑着声音问道：“你信还是不信？”

“你告诉到底是怎么回事我才信你。”她道。

“你必须得信我。”我道，“我刚才这么说，他一定会提前动手的，他一定在外面想，随时可能回来，你必须相信我。”

她摇头，我的眼角忽然看到门口有人影一闪，立即咬牙翻起来和她一起滚到地上，同时一梭子子弹扫了过来，打得铁桌子火花四溅。

我大叫了一声：“关手电。”

袁喜乐回头一枪把立在桌子上的手电打飞，瞬间我看到有人已经冲到了屋里，我和袁喜乐一下翻到桌子下面，子弹全部扫到我们刚才待的地方。

屋子里顿时漆黑一片，袁喜乐好像是凭着刚才一瞬间的感觉，对着一个方向连打了好几枪。

我已经滚出了桌子，听到那人跑出了门外，袁喜乐骂了一声，退到我身后，三两下把我的绳子解开了，然后对外面大骂道：“王八蛋，你真是这么打算的。”

“上头的指令，没办法。”特派员的声音从外面传来，“否则你这么漂亮，我也舍不得。”

我的肩膀已经完全没有力气了，只是活动了一下没受伤的右手，拉住袁喜乐的手，让她退后。

她轻声对我道：“你说过让我相信你，现在你打算怎么办？”

我想着指了指一边的通风口：“上去，他是冲锋枪，你的枪里只有几颗子弹了，我们绝对不是他的对手。”

黑暗里也不知道她是什么表情，我拉出一张椅子，听着她摸索着爬了上去。我让她把手枪给我，然后对着门口开了两枪，对方还来一梭子。

我打那两枪是为了让他知道我们还有子弹，借机争取一些时间，接着我把手枪插到腰里，然后也爬了上去。

两个人一路往前，一直来到了电缆井里，她显然不知道该往哪里走，我抓住她的手，拉着她回到仓库里，从那个口子上爬了出来。几乎是在同时，我忽然听到整个基地里，响起了防空警报的声音。

一百一十三、翻转180度

凄厉的警报声让袁喜乐面色惨白。“怎么回事？”她问我。

“大坝要泄洪了。”我心中暗骂，看来上游大雨积累的水量已经超过大坝的承受能力。

这里一泄洪，地下的毒气就会蜂拥上来，把整个区域覆盖，我们会被困住。而我身上只有一件三防服。

想着，我想到了一个地方，拉着她走。

她立即甩掉了我的手，看着我：“你要到哪里去？”

“在这里找个地方躲起来。”

“为什么？”她道，“我要干掉那个王八蛋。”

“来不及了。”我道，把雾气的事情解释给她听，然后道，“在这里和他纠缠，你没有胜算，而且，这里很快会有后续的部队下来。那是一支几百人的队伍，这里的人都是被枪杀的，你准备怎么和他们解释事情的经过？他们会相信特派员，还是相信你这个从苏联回来的女人？”

她看着我没说话。显然还想问我是怎么知道的，但是克制住了。

我道：“这里能隔离毒气的通风系统，只有这个仓库连通的三个区域，那个王八蛋现在在办公区，这里没有周旋的余地，我们没有地方躲，只有一个地方是安全的。”

就是那片毒气的区域，他绝对想不到我们会躲到那里。

“但是那里有毒。”她道。

“我知道一个地方，毒气进不去。”我道，重重地拉着她的手，“我不会骗你的，你要相信我。”

她犹豫了一下，我感觉她第一次也抓紧了我的手，我心中一热，立即拉着她来到吊装仓库的二楼，找到那扇连通净化水池的铁门进去，然后进入通风管道，一路来到了那片噩梦一般的毒气区域。

区域里没有开灯，但为了以防万一，我让她穿上三防服，自己用衣服捂住嘴，一路找过去，回到了那个积水的房间。

我蹚水进入到这个房间的时候，简直有一种恍如隔世黄粱一梦的感觉，我转了那么一圈，竟然又回到了这里。

我坐到床上，看见袁喜乐陌生地看着房间里的一切，问我道：“现在你可以告诉我，你到底是谁了吧？”

我解开自己的衣服，子弹从我的肩膀下靠近胳肢窝的地方穿了过去，已经凝出了血块，我一边用衣服擦着，一边道：“现在我还可以作一个预言，你绝对不会相信我跟你说的故事。但是，只要你听我的，我能让你摆脱你现在的生活。”

我把所有的事情，原原本本，全部和袁喜乐说了一遍，没有放掉任何细节。

她听完之后，表情和我想得一模一样，那不仅是不信，而是一种看神经病的表情。

“你觉得我会爱上你？可笑，不过我觉得你预言得非常准。”她道，“我确实不相信你。”

我从怀里掏出了她当时送我的表，递给她。

她看着，眼角就一跳，拿了过来，立即和自己手上的一比，面色瞬间变了。

“我没有在市面上见过这种表，我想，这一定不是任何人都能得到的。”我道。

她看着那只表，一下坐倒在了床上：“这是伊万送给我的。”

我看着她道：“你觉得，我可能会知道你身上那么多的秘密吗？”

她想了想，还是摇头，把头埋到自己的手里：“我不相信，这不可能。”

我蹲下来，看着她的样子，又是心疼，又是难受。我和她经历的一切，对于现在的她来说，都是虚幻和毫无基础的，我吸了口气，定了定神，对她道：

“不管你信不信其他的事，为了你自己，你也要听我的。之后，我会让你看到所有的‘证据’一件一件发生。”

她沉默着，吸了口气，点头道：“好吧，你要我怎么做？”

我道：“我要你先把你们到这里的目的，全部告诉我，你现在已经被他背叛了，即使你不相信我，说出来也没有关系。我只是需要知道，他之后可能的动向。”

她看着我，就道：“我们到这里来，第一是为了找你说的一卷胶片，但是，更重要的是，是为了发一个电报。”

电报？

我看着她，她继续说她最开始是东北53谋略部队的最后一批特工，当时她还是小孩，甚至来不及训练，日本就战败了。于是她被滞留在东北的福利院，由当时的接头人员负责抚养，后来进入了地质勘探系统。一直到来这里之前，她才和特派员接上头，开始执行她的第一个也是最后一个任务。

她没有其他选择，因为她的身份决定了她只能这么撑下去。

她并不知道要发的电报是什么内容，他们从日本方面拿到了这里的资料，特派员把她调入了这个项目中，之后任务一直进行到现在，没想到会有那么多波折。

我在心里盘算了一下，想到了那个假“何汝平”半夜爬到深渊下，难道是要为了发那个电报？那家伙，难道就是特派员？

我们的人没在基地里找到特派员的尸体，这种可能性一下变得很大，妈的，那他们往深渊里发的电报到底是什么内容？难道下面真的有人在？

我想到了裴青，那小子难道是对的？

袁喜乐看着我，问道：“你想到了什么？”

我把思绪转回来，对她道：“现在，你要听我的计划，一点也不要漏掉。”

我把我的整个想法，一边和她说，一边在自己的脑子里整理。

如果我没有回来，那么袁喜乐一定会被特派员灭口，这几条关键的信息，把我逼回到这里来，显然不像我之前想的那样，只是在暗地里推动事情的发展，我的到来，竟然完全改变了一个人的命运。

我不是一个逻辑学家，我无法去推测各种无解的问题，我也知道，现在所发生的一切，从逻辑上来说，好像是无法成立的，但是，事情既然已经发展到现在，我只有先往后想，往后做。

首先，我明确了一点，就是我不能放任事情自己发生，因为显然我在袁喜乐的这段历史里，起的不是之前我想的那种辅助作用，我的到来颇为关键，甚至是决定性的。

与其束手束脚地去想我到底应该在这段历史里怎么小心翼翼，不如直接放手大胆设计。

我把我们入洞之后的所有经过全都想了一遍，想着我所作的每一个决定，就发现一个非常可怕的事实，我的所有决定，看上去非常平常，但是好像都不是我自己作下的。

我们为什么会进入到落水洞里？是因为一张奇怪的纸条，这张纸条是谁塞进我的口袋里的？又是在什么时候塞进去的？

我们进入沉箱后，是谁启动了沉箱，把我们降到冰窖里？

是谁事先拧开了放映室地上通风管道口的螺栓？

又是谁在那个毒气区域的墙壁上，刻下了通往出口的刻痕？

我忽然发现，在每一个决定我们命运的地方，都有人事先帮我们做好了准备。

这个人不可能是别人，只可能是我自己。

一边想一边理，在和袁喜乐说的过程中，我的心中慢慢有了一个全貌，我发现我需要做的事情非常非常多，但是，并不算太难，因为对于我来说，答案早就已经写在了我的脑子里，我现在只需要照做一遍。

说完之后，我发现袁喜乐没能理解我所有的话，其实我也明白，这么多的信息对于她来说是不可能一次消化干净的。

我想了想，就意识到这种全盘计划没必要对她说，我只需要告诉她，遇到某些事情之后，应该怎么做。

在洞穴里遇到我们第二支队伍的时候，她必须装疯。

在我们离开之后，她必须带陈落户和马在海他们回到大坝里，因为他们回不到洞口上游就会发大水，只有大坝里是安全的。而进入大坝之后，他们必须立即到沉箱里躲避雾气——袁喜乐熟悉这里的地形，这不是什么问题。

之后，我会启动沉箱，把她降到冰窖里，她可以在黑暗当中想办法离开沉箱，虽然我还不知道她当时是怎么毫无声息地离开的，但是，一定有办法。

她离开沉箱，通过通道来到毒气区域，进入避难所，只要听到我们出现动静，就去到那个位置，发出声音来吸引我们的注意。

她点头，但表情满是怀疑："吴用，如果你说的这些情况都不发生，我该怎么办？"

"相信我，对于我来说，这些事情已经发生了。"我道，"发生的那些事情，不会改变，我也不想改变。"

她看着我的眼睛，忽然问道："这一切不是做梦？"

我摇头，想了想道："算上结局的话，即使是梦，对于你来说，也不算是个噩梦。"之后想着，第一步最急迫的工作，就是把王四川的那句话刻到墙壁上去。

"我们真的会相爱？"她忽然突兀地问道。

我转头看了她一眼，心中有些难过，这个问题，我原本是那么确定，但是现在，我又无法肯定了。因为，我没有想到，这个故事真正的开始，会是这个样子的。

"我想要打败一个能驾驶轰炸机在空中翻转180度的男人，只能让自己变成一个在命运里翻转180度的男人。"我道，"我只能向你保证，我一定会喜欢上你。"

她继续看着我的眼睛，好像在思考些什么。

我从她的腰间拔出匕首，开始搬动靠墙的床，回忆着当时刻字的位置，想把"必然导致必然"先刻上去。

我能做的事情，全部在我脑海里，之后她到底怎么想，恐怕已经不是我可以控制的了。但是，在我预言的事情一件接着一件发生后，她对我的信任会逐渐加深，我至少可以放心地看着她安全离开。

我想着推开床，露出了墙壁，然后趴下去准备下手，这个时候，墙壁上出现的东西，打断了我的思绪。

我看到墙壁上有人刻了一行字："必然导致必然。"

我愣住了，忽然恍惚了一下。

仔细去看，我发现这行字，无论是位置，还是样子，都和之前我看到的那一行字一模一样。

我看了看手里的匕首，差点以为这是我自己刻上去的，但显然不是。

他娘的，这是怎么一回事？

这行字不是我刻的？我摸着这行字，忽然开始浑身冒冷汗。

这事情不对劲，不对劲，妈的，很不对劲！

一百一十四、我和“我”

在我的推断里，应该是我刻下了这一行字，提醒即将到来的自己。

所以我推开这张床之后，看到的墙壁应该是什么都没有。

但是，原本应该我刻上去的字，现在却已经在墙壁上了。而且显然，我看着这行字就发现，这些字刻上去有一些日子了。

我的脑子刹那间一片空白，完全无法去思考这是怎么一回事，摸着字我感觉头都要裂开了。

原来的一切虽然复杂，但我还是觉得已经想明白了前因后果，但是，这行字一下让我意识到，我这些想法不对。

但是，为什么不对？

我连我们回到了十个多月前这种荒唐的事情都相信了，一切好像已经说得通，为什么在这里会出现这种奇怪的事情？

我发怔地看着那行字，一下不知道该怎么办了。

袁喜乐看见我的表情，就问道：“怎么了？出了什么事？”

我看向她，不知道该怎么和她解释，想了想，就道：“没事。”但我的手已经不由自主地抖了起来。

我深吸了几口气，冷静下来，开始想这行字可能是谁刻的。

知道这行字的人，只有两个，一个是我，一个是王四川。

绝对不是我，那，难道是王四川刻的？

但是，这怎么也说不通啊，王四川不可能知道我的计划，也不可能知道这句话对于我和袁喜乐来说有多重要。他即使真的能够比我还快地偷偷潜进基地，先到这个地方来刻下这行字，那他的理由是什么，这比这行字在这里出现还要诡异。

然而，除此之外，不可能有其他的解释了。

我看着手里的匕首，感觉很尴尬，心说怎么办，已经有人刻上去了，是划掉它自己重新刻，还是在后面加个×2？

如果加一个×2会不会对之后的事情产生影响？常理上说应该不会，但是，那一定会让“我”看见它的时候产生疑惑。想着，我下意识看向这行字的四周，这个时候，我又发现了一些奇怪的现象。

我用力把床推得更开，就发现，在这行字下面，靠近墙脚的部分，有几块被人刮掉的痕迹。

我摸着那些划痕，就意识到，这些被刮掉的部分，应该之前也写着什么字。

我看着，一共有八块刮痕，突然心生寒意。

这里原来还写着什么？

难道，也是信息？那，这些信息又是谁留给我的，又是被谁刮掉了？

事情到了这里，我好像明白了这是怎么一回事，但我又不能肯定。但我明白，这里发生的事情，一定没有我想得那么简单，我所经历的，看来只是整个时空旋涡中的冰山一角。

我看着“必然导致必然”这句话，能刻下这句话的人，只可能是我。

但它一定不是现在的我刻下的，那难道，我现在遇到的情况，只是整件事情的开始？难道，我执行完这一次的计划之后，在未来还会再一次回到这里？并且发生无数的事情？

如果是这样的话，那太可怕了。

我收起匕首，暗叹看来要做一个能在命运中翻滚的人，我绝对还不够格。

但是，此时我反倒放开了，我决定不去想这些可能性了。

对，这，就是所谓的命运。和袁喜乐一样，看来我也只能走一步是一步了。

此时的特派员不知道在干什么，之前他说小聪明他们没有被毒死就逃出了毒气室，我记得那个老专家是死在了落水洞那里，当时牙龈发黑，应该是汞中毒的迹象，而有一些人是死在了仓库里，还有一部分人死在了另一边支流洞穴的发报机房间里。

这些人即使现在没有死，也会是严重中毒的状态，但是，只要他们活着，特派员就不可能置之不理，只要他不是专心对付我们，那我就有机可乘。

我想着，是否可能去救剩下的那些人？他们从这里逃了出去，这里又是全封闭的，特派员是怎么把他们骗到这里来的？

我想到了当时在放映室的经历，难道，他也是用烟把他们熏进来的？

很有可能，当时，那个通风管道口已经被撬松了，我还以为那是我即将要做的事，但如果它本身就是个圈套，那个入口很可能是特派员做好的陷阱，在通风管道的另一头，他也做了同样一个出口陷阱，和这个入口成为一条死亡通道的两端。

不过，那些人并不知道避难所的存在，也没有“影子里有鬼”的提示，所以，他们会比我们更晚发现毒气的事情，等他们反应过来之后，他们又会立即冲向入口。

特派员说他估计错了时间，也就是说，他在那些人还没有走得足够深的时候启动了电源和灯光，结果，那些人可能在死之前重新爬回了连通放映室的通风管道，然后一直待在管道里，挨到了特派员认为他们死透的时候，然后回到放映室逃了出去。

他们的人数不少，如果没有浓烟的话，是很可能撬开门出去的。

但是，这些人一定已经因为汞中毒严重损伤了，神经系统逐渐出了问题，他们会发生分歧，有的人会回去追捕特派员，有些人会选择直接出去，有些人则意识到他们已经不可能活着出去了，会想办法通知外面这里的情况。

所以才会有人死在不同的地方。

我猜想小聪明这种性格，一定咽不下这口气，而且他会以为袁喜乐被特派员抓住而去解救，所以他会回来找特派员算账最后死在仓库里。老专家地位很高身份神秘，他可能很想活下来，一定会选择出去，而其他几个人因为更加理智和以任务为重，会想办法通知外面。

我不知道这几个人是怎么知道电报机的位置的，也许是他们前期探索的时候找到的，然后把发报机的电线接到了电话线上，发送信号出去。

初期的信号一定不是之前“我”在电话里听到的，那个信号一定是特派员改的，他们最后被发现在电报室附近被枪杀了，我不知道特派员改那份电报是什么用意，但这就可以解释，当“我们”第一次进洞以后，工程兵整理电缆的时候接通了电话线，立即就有电流让电话响了。

整个过程应该是这样的，我相信怎么也是八九不离十了，如果是这样，那我去救他们的概率太低了。第一，我不可能去救那个老专家，时间上来不及；第二，我不可能去救在电报房的人，因为我不知道那在什么地方，寻找太花时间。唯一我可以救的，就是小聪明这一拨，可惜特派员没有死，小聪明死了，我即使去救一定也是失败。

不管如何，这方面我觉得见机行事就行，其实我心中已经放弃了，这么想只是让自己好过一些。在特派员精力被他们分散的时候，我反而有了优势。

他一定不会想到，我们会跑到这个危险的地方，所以我可以很从容地干一些事情。

我做的第一件事情，是在黑暗中做出通往出口的标记，那些灯很难破坏，我只能一盏一盏爬上去看灯丝的情况，尽量做出一道最安全的、一路上路灯都不亮的路线，在每个转弯口都做上记号。

做完之后，我掐着时间等待，让我觉得好笑的是，特派员一次都没有在这个地方出现过，显然他打死也不认为，袁喜乐会在这个地方。而事实上，如果他不知道我的底细，他一定是认为我已经离开这里了。

如果可以的话，我倒也想这么走了算了，但如果没有袁喜乐搅局，“我们”那批人进来后的结果，可能是和第一支队伍一样被特派员连锅端了。

我在黑暗当中，陪了袁喜乐大约一个月。我在这个区域里，找到了好几只包，应该都是小聪明他们发现毒气之后，狂奔下抛弃的重行李，里面有不少罐头，我们靠这些罐头和我包里的熏肉度日。

这一次的黑暗中，没有了之前的那种温存，她一开始一直很谨慎地看着我，慢慢地，习惯了我的存在，放松了下来。

我们聊了很多，我编了一个关于伊万的故事，和她说了很多我的事情，她一直安静地听着，我能感觉到她对我的态度在软化，但是，这仅仅是最浅的变化。

我看着她就在我面前，离得远的时候，我觉得她就是我拥抱过爱过的袁喜乐，但是，只要我一靠近她些，她立即就会变得陌生起来。

后来我放弃了，我们在黑暗里一直掐着日子算着时间，到了我记得的“我”下来之前的几天，我和袁喜乐出发了。

路上我们并没有碰到特派员，他一定就在附近，但是这个地方太大了，即使我们不是那么小心翼翼，也很难碰到。

之后的事情，乏善可陈。

我准备了两张纸条，一张是“小心裴青”，一张是“下落水洞”。

对于第二张纸条的作用，我心里很清楚，但是第一张纸条，我觉得有点疑惑，为什么我要让“我”小心裴青呢，裴青不过打了我一枪？

我无法肯定是否所有的纸条都是我放的，但是，这些纸条都是使用了劳保本的纸，这种纸质很好，而且因为是特种使用都具有防水性，既然来源一样，所以应该都是一个人写的。

但即使有疑惑，我也不敢不送，因为我知道，如果没有“小心裴青”这张纸条，我的很多行为都会改变，比如说，“我”就不会在裴青反常的时候，觉得他的行为不正常。

说起来这张纸条是我所有的判断中，最无法解释的一个，因为似乎之前我所有干预的事情，都正中事情的关键点，而这张纸条明显不是。

我写完后，有种奇怪的感觉，这似乎是一种“控制”——我用这张纸条，仅仅为了引起“我”对裴青的注意。但这是没有动机的。如果“我”没有收到过这张纸条，我是不会想到要送出这张纸条的。这是个先有鸡还有先有蛋的问题。

这不同于我的“干预”，干预只是野蛮地在任何需要引导的时候引导，而“控制”的感觉，却精细得多。

我想起了我在床后看到的那些被刮掉的字，这里的事情很不简单，虽然我现在写了两张纸条，但它们并不一定能送出去，这个“控制者”，其实未必是我。

如果有人在非常精细地引导着所有事情的发生——那是谁？他的动机是什么？

比如说，本来事情是朝着一个方向发展的，有人为了使事情朝另一个方向发展，设计了一个非常精细的“干预”，这些干预，有些很关键，比如说我的“下落水洞”纸条，有些却很难察觉，比如说“小心裴青”。这种带着“小心”字眼的纸条，改变的往往是我们的心态，从而引起一连串连锁反应。

这算是奇思妙想，我很快就放弃了，只要我把纸条都送出去，那么，事情就没有那么复杂，一切都是我瞎想。如果不是，那么我经历的一切，恐怕都在另外一个更大的局里，我现在是不可能抗拒的。

我宁可相信前者。因为后者虽然我隐约已经有了感觉，但是那太可怕了。

当然，我无法证明它是否存在，因为可能性太多了。也许，第一张纸条真的是陈落户塞给我的。

这种事情，只能随机应变了。

我们在黑暗中通过一条岔洞回到了当时进来的暗河支流，走了很久，一下就听到了前面的枪声。

我知道那是怎么回事，我们终于遇到了“我们”。

我立即冲了过去，一下就看到了前面的悬崖，钟胡子已经躺在了上面，裴青正在悬崖上开枪通知后面的“我们”。我远远地看着，钟胡子一动不动地躺在瀑布下，显然已经遇难了。

我让袁喜乐先等在瀑布下面，自己顺着一边小心翼翼地爬上去，此时我知道“我”正听到枪声赶过来。

我潜伏在黑暗中，慢慢绕过裴青，他正在万分焦急的状态里，根本不可能注意到我。绕开他一段距离之后，我开始在乱石中一路狂爬，在黑暗中看着副班长和几个战士先跑过去，然后是“我”和王四川。我躲在石头后面，等他们过去，之后回到了宿营地。

我拿着纸条，就看到“我”的外套放在篝火边烤，我把“小心裴青”的纸条塞到了“我”的口袋里，刚想立即离开，就听到有人问道：“出了什么事情？”

我回头一看，发现是陈落户，他捂着手也爬了回来，显然刚才追我们追了一半就放弃回来了。这家伙力气不小，但是不够灵活，在这种地方跑是要了他的命了。

我一下有点不知所措，但他并没有发现我有什么不妥，又问了我一遍：“出了什么事了？老裴干吗打枪？”

我看着他，又听了听远处的枪声，忽然脑子里一闪。

我对他道：“好像有人掉下去了，我跟不上他们，没看到你，就先回来看看。”

他指了指腿：“我扭了一下，你别管我，我没事。”

我装出担心的样子：“那行，我再去看看，你待在这里。”说完再次跳入到黑暗之中。

跑了一段时间，我再往回看，就看到陈落户坐下了，没有任何的异样。

——他分辨不出来。

我摸了摸自己的下巴，在这里的黑暗下，他认不出我来。看来这一年时间并没有让我变化多少。

我想着就意识到我能做什么了，在这种情况下，我能做的事情，比我想象的，要多得多。

我重新一路小心翼翼地等他们背上尸体离开，爬回到瀑布下，带着袁喜乐爬了上来，再次回到营地。

当我们在黑暗里，看到“我”和王四川他们在篝火下休息的时候，袁喜乐一下抓住了我的手臂，指甲都掐到了我的肉里。

我仔细看着“我”自己的样子，感觉十分奇妙，当时的“我”怎么会想到，在远处的黑暗中，凝视他的人有如此奇妙的遭遇。

我回头看了袁喜乐一眼，关键的时刻终于到了。

我推了袁喜乐一把，对她做了手势，让她一定要记住我的话，她第一次坚定地点头，我相信她终于完全相信了。

我们对视着，她深吸了一口气，转身想走，这个时候，我终于忍不住拉住了她，在她没有反应过来的时候，吻了她一下。

出奇地，她只推了我几下，没有拒绝，分开后，在远处篝火的淡光中，我发现她的眼神非常复杂。

我对她做了一个保重的手势，她盯着我，头也不回地离开了。

我靠在一块大石头后面，听着那边我以前亲身经历过的动静，内心平静得自己都害怕。

接下来的事情，可以迅速说完，我在“我们”过水牢的时候，估算着把裴青拉进了水里，等我下水之后，把一具尸体推向了“我”自己，在“我”惊恐莫名的时候，把第二张纸条塞进了“我”的口袋里。

接着我跟着“我”到了大坝，在所有人进入沉箱之后，启动了开关，把他们降入了冰窖里。

之后，就是“我”的事了。

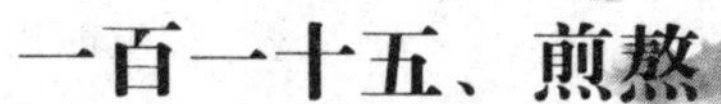

一百一十五、煎熬

我完成了该做的事情，回到了地面上。

外面有很多人，汽车开的临时栈道出现在木屋的周围。

我小心翼翼地绕过那些人，走上了临时的栈道，在中段，我遇上了王四川，他竟然在半路等我。

我初看到他吃了一惊，但并不感动，因为如果是我，我也一定会在半路上等他，不仅是情谊的问题，在这个世界上，只有我们两个是同类了。

对视中，他问我道："成功了？"我点了点头，没有再说什么。

我们走了两个星期，在大雪中看到了伐木林场的小火车，偷偷爬上火车，等到在一个木站下了车，已经冻得连话也说不清。

我们又在木站冒充其他林场迷路的建设兵团，拿了大衣和一些干粮，坐火车回到了佳木斯。

那时候还没有全国联网，我们的身份证和军官证通行无阻，可以去任何大食堂吃饭。

后来王四川问我有什么打算。

我说想回山西老家去，但这不太现实，以后我爹妈问起为什么要回去，事情会很难办。

只有先找一个偏远的地方待着，我想到了大庆附近的一些山村，那里还在做地质普查，我们可以冒充地质队待上一段时间。

王四川觉得可行，我们查了地图，找了一个不通火车只能步行进去的山村，把身上所有的东西都兑换成粮票。

我们到了那里以后，发现那是一个很安静的小村子，这个村子里的人甚至对抗日战争的事情也不熟悉，因为没人愿意走这么远来抓几个壮丁，四周又全是山。

我们在村公所用全国粮票换了一间屋子和一些生活用品，在村里挨过了整个冬天。

快到夏天的时候，我们的粮票已经用完了，有一拨供销社的人来做普查，我们朝他买了一个收音机，播放当时的广播故事，来换取粮食。一直挨到立夏，我们才走上了回途。

不能去单位报到，我先回了老家，编了一个故事告诉爹娘，说自己做了逃兵，差点死在苏联人手里，大部队以为我牺牲了，先藏了起来——在那个消息闭塞年代的乡下，这样说是不会露出破绽的。

老爸对于我的事情非常意外，但我毕竟是他的亲生儿子，我得以暂时躲在了家里。

当时这样的事情并不少见，打仗打完以后找不到部队，只好回老家，在部队里是作为烈士，以后重新登记户口的时候，就要找其他身份顶替。

我父亲托他部队里的朋友，尝试帮我找个空户口顶上，但一直没有什么结果。另一边，袁喜乐也没有任何消息，我没有收到任何信件，不知道她是什么情况。

在老家待了一段时间，我终于受不了这种煎熬，决定去找她，又找了借口离开了家乡。

那段时间我蓄了胡子，一眼很难认出来，倒也不是很担心，身上的证件齐全，如果不被人特地去查，吃饭坐车什么还都是免费的。

七二三工程是如此绝密的一个项目，我知道一切都绝不可能在表面上被查到，但是，袁喜乐还活着，我一定可以在某个地方找到她。

她是东北人，我走遍了东三省几乎所有的医院，一路上，经过了不少地方，除了东走西看，空下来的时间，就是想着和她在一起的那些日子。

那些日日夜夜，说实话时间真的不长，但闭上眼睛，一切却仿佛都在眼前。

然而，袁喜乐却好像从这个世界上消失了一样，无论怎么寻找，都没有一丝线索。

我从坚持，一直找到绝望，再找到麻木，一直到我再次见到王四川，我的心里，已经认定我再也不会见到她了。

王四川重新回到了矿上工作，他的父亲权力很大，他顶了一个身份，也不求发展，只求能在那个小地方安稳地待下去。他看到我的样子，说会想办法让他父亲也帮我顶个身份，被我谢绝了。

“文革”的苗头当时已经逐渐展现，各种运动风潮涌动，这个国家的未来越来越难以预测，在这个时候，还是小心一点好。

后来说起了袁喜乐，他听了我的遭遇，提醒道，她是跟着大部队出去的，当时最合理的情况，很可能是到部队医院，然后被家里人领回了家。

袁喜乐是孤儿，会由单位负责，安顿在单位所在城市的精神病院里。所以，很可能不在东北，而在南方。

于是我又辗转到了南方寻找，她的名字很奇特，重名的情况会很少，所以我连错误的希望都不曾有过，只是害怕命运和我开玩笑，对于每一个医院都是亲自问过和看过很多遍。

一路麻木又不敢放松地找过来，却还是没有消息，一直到了第二年的冬天。我来到了成都市郊区的双流精神病院。

那是我在四川的最后一站，成都的冬天，少有地下着冰雨，十分寒冷。

我刚找到医生，拿着王四川父亲开给我的介绍信，想去病房看看，走过走廊的时候，看到了一个女人的背影。

那个女人正看着窗外的冰雨，玻璃上倒映出她模糊的容颜。

我走了过去，拍了拍她的肩膀。

她转过身来，我们四目相对。

我想说话，但是那一刻，却什么也说不出来。

尾声

这是我的故事。

说得准确点，是我年轻时的故事。

在风云飘摇的几十年里，这些记忆，这些恐惧，这些爱情，一直深埋在我的脑海里，我以为它们迟早会被消磨、忘记，没有想到，这么多年后，重新拿出来，吹掉上面的灰尘，却还能看出当年的那些纹理。

我不得不承认这是一个很难让人信服的故事，这个故事以一个无比真实的模样开始，又以如此一个真实的模样结束。但是，其中的过程，却完全找不到一点现实中可能的依据。

很多人问我，这个故事是真是假，是否真的有七二三工程，是否在蒙古的地下，真的有那么大的一个空腔。

我很想简单地回答一个是或者否，但我无法回答，因为无论是真实的，或者是虚构的，对于看完故事的你来说，已经无关紧要了。

我在故事的开篇，一直告诫着，这一切只是一个故事而已，当一些无法被流传、无法被写入史料的事情被写了下来，那么它只能作为故事存在。任何的探究，都没有意义，甚至是危险的。

当然，这并不是这一类“故事”中唯一的一个，但我只想把这个故事讲出来。因为，那对于我，不仅仅是个故事而已。它承载了我最好的一段岁月和最好的一些人儿。

也许还会有人问，我和袁喜乐以后的故事。

我觉得，那也不重要。

在最后的那一瞬间，我意识到一个真理。世界上，很多经历过的一切的一切，之所以发生，不是为了他的过去或者未来，而只是为了他人生中的某一瞬间而已。

假使你和某一个人共同拥有过那一瞬间，你会理解我的话。

四年后，我换了一个身份，重新考入了当地的地质勘探队，而后在第二年转到了当地的学校办培训班，当时“文革”已经迫在眉睫，我和王四川也长时间不敢联系，之后，我又经历了一些事情。

这段过程中，我一直在想办法打听七二三工程最后的结果，但是，我只能打听到这个工程在1965年的时候结束了。

一直以来，我就知道这件事情并没有结束，我一直在等待着任何苗头，我觉得，我终归还是会回到那个洞里去的。但是，我没有等到什么契机。

一直到培训班第二期的时候，我的班上来了一个小伙子，他在这个班里做一个强化考核，之后要调去东北执行三四七工程。这应该是整个东北大勘探的收尾工程。不过据说规模也很大。

我看他的资料时，发现他的名字那一栏里，写着：毛五月，28岁。

我心里一抽搐，同名同姓？

我忽然觉得不是，特地见了他一下，在食堂里，一张非常熟悉而年轻的脸出现在我面前，他并不认识我，见到我他很奇怪，问我道：“老师，你有什么要和我说的？”

我看着他，很久才道：“有，我有很多话和你说。”

这，就是我的故事。

后记

大家好，我是南派三叔。

很抱歉拖延了这么久，才完成了这部作品。

这本小说原本是一个中篇，但是越写自己越喜欢，终于成为这么长的篇幅。算起来，这算是我个人完成的第一本作品。真正的首度“填坑”，应该可以这么说吧。

因为之前一直没有写全过一本小说，所以一直没有机会写什么后记，这次终于完成了，我还是有一些话想说在这篇小说之后的。

《大漠苍狼》是一本很奇特的小说，它在创作之初、创作之中，到最后完成，我对它的想法都是完全不同的。我想表达的东西，也随着时间的推移慢慢变化了。原先它只是一本非常奇怪的探险小说，但是随后我发现，我可以把它写成一种我自己都没有想到的状态。

写完了《大漠苍狼：绝地勘探》之后，我也曾经思考过几种未来的方向，是走奇诡的路线，还是做一个封闭的结构。最后我选择了后者，因为我想正面尝试一下所有的细节都相扣是什么感觉——这本来是第三人称小说才能做的结构，用“我”人称来写，简直就是自虐，不过我还是虐了。我不知道自己做得怎么样，希望大家喜欢。

另外，我一直认为很多的东西，点到为止是比较合适的，我不喜欢罗列出对所有伏笔的解释——小说毕竟不是教科书。但是，很多朋友习惯了一定要听到作家亲口说出那些答案，才算是真正的答案。

那么，我想我可以把故事的一些线索的官方可能性写在下面：

敌特就是特派员和袁喜乐，目的是向深渊发送一条电报，特派员躲在基地里暗算了两批勘探队员，最后他自己潜入到深渊第一层的信号塔，想向深渊发出一封电报。特派员知道下面的情况，事先准备了防护用具，下去之后发生了一系列事情，他在偷窃水泥塔里奄奄一息的工程兵的补给、证件时被惊醒的人发现，追赶着上了钢缆。在钢缆上他们发生了冲突，撕扯中特派员的防护用具掉了，被严重烫伤，而工程兵本身就受了烫伤，直接死在了钢缆上，临死前想炸断钢缆但没有成功。

这部分内容因为当事人死亡了，靠“我”人称是不可能得知的，想让“我”人称推理出来事实也是不现实的，如果脑补不出来，这就是解释。

巨大的石雕来自远古的文明，确实如裴青所说是从上头跌落下来的（我一开始其实想写发现了威震天）。

巨大的空间里到底隐藏了什么？从石雕处开始，空间呈现一种不对称的时空倒流的关系，由此“深山”回到了几个月前。深渊中隐藏的，是一个时空旋涡。

日本人的目的是什么？他们一开始在洞穴里开采汞矿，后来对那片巨大的深渊产生了兴趣，尝试着运用飞机下去探秘。但是那架战斗机会飞回过去的时间，那个时候，说不定大坝还没有竣工——这在大坝上的人看来，相当于他们刚把战斗机的零件运下来，忽然就有一架战斗机从深渊里飞了回来，两者一联系他们会意识到发生了什么事情。所以，他们才会在地下河设置那么多缓冲沙包，因为他们不知道，什么时候又会有飞机从深渊中飞回来。

这是一个非常崩溃的情况，在日本军官们商议起飞飞机的计划时，会开到一半，说不定他们准备起飞的飞机就从深渊中飞回来了。

他们飞去深渊的目的是什么，大概可以推测出来，也许他们是想回到过去，阻止在战争中犯下的错误，但是，显然计划实现之前，日本就战败了。但这个计划和之前的计划很不相同，即使战败了，这个计划也应该实行下去，所以日本人在这个地下要塞还没被发现的时候，准备转移人员进入到深渊之中。他们准备在第二级台阶建设机场。但是，机场没有建成，基地就发生了突发事件，一定有一架轰炸机强行飞入了深渊，进行了跳伞，带着他们研究的所有资料，进入了深渊之内。在当时的那种情况下，基地还没有被发现，但那时日本人也不能走出地面，能让日本人放弃基地的，只有基地内部发生不可逆转的事故——这个事故我已经给了足够的提示（是提示，并没有直白地说出来，因为主人公是不可能知道这些事情的），说出来就没有意思了。

至于空间地下的灯光，日本人是否还活着，这个就不要追究了吧，深渊地下的世界，它的精彩之处就在于，它可以有无穷的可能性。但是，如果你觉得很难受的话，我只能说，从理论上说，这种深渊之中有的，是大量的石头。是的，全是石头。没有任何一个答案会比这个答案更合理。

那么，主人公为了救袁喜乐，到底循环了多少次呢，七二三工程发生了什么，这一个看似复杂的简单故事背后，还有多少可能性？那些在“避难所”被刮掉的信息痕迹意味着什么？

大家看里面的各种细节，大约能推测出来，就不说那么明白了。当然，你也可以发现，我可以去掉这些悬念，使得整个故事完全封闭起来，但是，这样一来，这个故事就会失去最后让人思考的部分——好比最近的一部电影那样，最后旋转的陀螺是否会停下，见仁见智。它是我提出的一个思考题，而不是悬念。

对了，也许有人会觉得这本小说里的爱情不是爱情，我想说的是，大概大部分男孩的第一次爱情都是这样的，飞短流长的言情看多了，偶然看看真实的也不错吧。

谢谢大家，希望我的解释不是太复杂或者太简单。

南派三叔

2010-12-10

图书在版编目（CIP）数据

大漠苍狼.全集 / 南派三叔著. —上海：上海文化出版社，2011.12
ISBN 978-7-80740-829-1
Ⅰ. ①大… Ⅱ. ①南… Ⅲ. ①长篇小说－中国－当代 Ⅳ. ① I247.5
中国版本图书馆 CIP 数据核字（2011）第 279986 号

出 版 人　王　刚
责任编辑　毛小曼　周雯君
装帧设计　刘碧微

书　　名　大漠苍狼.全集
作　　者　南派三叔

出　　版　上海世纪出版集团
　　　　　上海文化出版社
地　　址　上海市绍兴路 7 号
邮政编码　200020
发　　行　上海世纪出版股份有限公司发行中心
印　　刷　三河市祥达印刷包装有限公司
开　　本　710×1000 1/16
印　　张　30
版　　次　2012 年 2 月第 1 版　2017 年 4月第 17 次印刷
书　　号　ISBN 978-7-80740-829-1/G · 591
定　　价　48.00 元

敬告读者　本书如有质量问题请联系印刷厂质量科
电话：010-82069336